1905

Paul lag im Bett und starrte in das Halbdunkel des Zimmers. Die bodenlangen Vorhänge waren zugezogen, doch ein schmaler Lichtstrahl verriet, dass es draußen bereits heller Tag war. Das Sonnenlicht schlug eine Schneise in sein Zimmer und teilte es in zwei Hälften. Bis auf die Mitte blieb alles grau. Das Grau passte genau zu der Stimmung, in der er sich seit Tagen befand. Nichts und niemand konnte ihm die Niedergeschlagenheit und Verzweiflung, die sich auf ihn gelegt hatte, nehmen. Selbst der Kitsch, mit dem sein Zimmer vollgestopft war, verblasste mit jedem Tag mehr. Das Porzellanschwein mit dem grünen Kleeblatt im Maul, den grell bemalten Zeppelin und das mit Rosen bestickte Samtdeckchen auf dem Kaminsims. Die Hochzeitsbilder der verwitweten Frau Schleicher, alle grau in grau.

Vor seiner Tür regte sich nun etwas. Es klopfte.

»Herr Randlkofer?« Die Stimme seiner Zimmerwirtin drang durch die Tür. Ihr Ton schwankte zwischen Besorgnis und kaum verborgener Neugier.

Paul zog sich die Decke über den Kopf, wie ein Kind. Er fühlte sich gerade außerstande, mit Frau Schleicher zu sprechen.

»Herr Randlkofer, so machen Sie doch auf. Sind Sie krank? Sie müssten sich doch längst angekleidet haben.«

»Ja, ich bin krank, lassen Sie mich bitte schlafen.« Paul wusste, dass die Chance, sie damit abzuwimmeln, nicht besonders groß war. Doch ins Geschäft würde er heute ganz bestimmt nicht gehen.

»Ich habe hier ein Telegramm für Sie. Von Ihrer Frau Mama, aus München.«

Von Mutter? Paul setzte sich im Bett auf. »Was schreibt sie denn?«

»Na, das ist doch privat.« Frau Schleicher und »privat«, das passte ungefähr so gut zusammen wie Frau Schleicher und elegante Wohnungseinrichtung.

»Wenn Sie wissen, dass das Telegramm von meiner Mutter ist, haben Sie es doch schon gelesen«, behauptete Paul.

»Nun machen Sie doch bitte auf, es ist bestimmt wichtig, wenn Ihre Mutter schon ein Telegramm nach Wiesbaden schickt und keinen Brief.«

»Meine Mutter hat keine Zeit zum Briefeschreiben, sie leitet ein Geschäft. Ein Telegramm kann sie zwischen Tür und Angel unserer Buchhalterin diktieren und muss sich dann um nichts weiter kümmern. Deshalb schickt sie lieber Telegramme.«

»Sie wissen doch gar nicht, was drinsteht.«

»Es ist doch hoffentlich niemand gestorben?«, fragte Paul.

»Nein«, kam es wie aus der Pistole geschossen zurück. So leicht war Frau Schleicher zu überführen.

»Nun lesen Sie schon vor.«

Die Zimmerwirtin zögerte. Ihre Neugierde war jedoch noch größer als ihr Hang zur Wichtigtuerei. Zu gern hätte sie sich selbst ein Bild vom Zustand ihres jungen Zimmerherrn gemacht. Sie hatte doch so etwas wie stellvertretende Mutterpflichten ihrem zahlenden Kostgast gegenüber, solange er sich noch in Ausbildung und weit fort von zu Hause befand.

»Also gut.« Frau Schleicher räusperte sich. »Telegrafenanstalt München, Telegramm. 5. Juli 1905. Dallmayr Dienerstraße München.« Sie legte eine Atempause ein, um die Spannung zu erhöhen. »Paul, mein größter Geburtstagswunsch ist, dass du heimkommst. Mach deine Lehre im Dallmayr fertig. Du bist hier unentbehrlich. Ich rede mit deinem Chef.«

Paul sprang aus dem Bett. Wenn es noch einen Gruß seiner Mutter gegeben hatte, so hörte er ihn nicht mehr. Er musste jetzt auf der Stelle handeln. Nicht wegen des Geburtstags seiner Mutter, den er vergessen hatte, sondern wegen seines Chefs. Er musste sofort zu Hause anrufen und mit ihr reden. Oder lieber mit Rosa, der Buchhalterin, oder seinem Bruder. Paul schlüpfte in seine Kleider und stieß mit Frau Schleicher zusammen, als er aus seinem Zimmer stürmte.

»Herr Randlkofer, was ist denn los? Sie müssen doch nicht auf der Stelle nach München abreisen. Sie denken schon an die vereinbarte Kündigungsfrist für Ihr Zimmer?« Sie betrat den Raum, zog die Vorhänge zurück und sah sich neugierig um.

»Jaja«, rief Paul, »keine Sorge.« Er musste jetzt nur eines tun: verhindern, dass seine Mutter mit seinem Chef sprach.

»Die Münchener Meteorologische Zentralstation gibt ziffernmäßig über die Hitze der letzten Tage folgenden Bescheid nach Temperaturmessungen auf Celsius im Schatten: In der Nacht von Montag auf Dienstag (3. bis 4. Juli) wurden 19,2 Grad gezählt, am Dienstag um sieben Uhr früh 23,1 Grad, zwei Uhr mittags 32,2 Grad, neun Uhr abends 26,1 Grad, Maximum 34,3 Grad«, las Therese beim Frühstück in den *Münchner Neuesten Nachrichten.*

Und auch heute würde es vermutlich nicht abkühlen. Therese nahm noch einen Schluck von ihrem Morgenkaffee, während Anni, das Dienstmädchen, schon dabei war, alle Fenster und Läden in der Wohnung zu schließen, durch die selbst nachts kaum kühle Luft drang. Mitten in der Stadt heizte sich das Pflaster auf wie ein Kachelofen. Die Kinder im Hof mussten

Sandalen zum Kästchenhüpfen tragen, denn barfuß hätten sie sich die Füße verbrannt. Und immer wieder kam eine besorgte Mutter angerannt und zerrte sie in den Schatten.

In den Brauereien wurde das Eis knapp, das in Stroh und Sackleinen gehüllt in den Bierkellern die Fässer kühl hielt, damit ihr Inhalt nicht verdarb. Es wurde in den Nordtälern der Alpen aus Eis- und Lawinentrichtern geschlagen, von den Eishändlern wohl verpackt in die Stadt geliefert und dort in den Eiskellern eingelagert.

Sie sah auf den Abreißkalender an der Wand, dann auf das Bild von Anton in seinem schwarzen Rahmen. Acht Jahre führte Therese das Geschäft nun schon allein, ohne ihn. Dallmayr war eines der führenden Delikatessengeschäfte im Herzen der Residenzstadt München. Und »königlich bayerischer Hoflieferant«, wie man auf dem Schild am Eingang lesen konnte. Korbinian Fey, ihr ältester Mitarbeiter, polierte es jeden Morgen mit einem weichen Lappen wie einen Orden. Und das war es ja auch: eine Auszeichnung für höchste Qualität und Zuverlässigkeit. Wo der bayerische Königshof einkaufen ließ, da tat es ihm das Bürgertum, sobald es wirtschaftlich dazu in der Lage war, mit Eifer und großem Vergnügen nach. Es mussten ja nicht unbedingt immer Austern oder Kaviar sein. Bei Dallmayr gab es schließlich auch Brot und Speck, Schokolade, Kaffee, Tee und Wein, und nicht alles war sündhaft teuer. Doch man konnte sich immer darauf verlassen, dass man beim Dallmayr in der Dienerstraße ein Spitzenprodukt erworben hatte. Dafür verbürgte sich Therese. Sie hatte außerdem dafür gesorgt, dass ein Einkauf bei Dallmayr immer zu einem echten Erlebnis wurde, das allein schon die Menschen glücklich machen konnte. Die Münchnerinnen und Münchner kamen mit hohen Erwartungen in »ihren« Dallmayr. Fast so, wie wenn man in ein Theater oder auf die Wiesn ging. Immer gab es etwas Neues und Besonderes zu entdecken. Und wenn sie wieder hinausgingen, schwebte ein kleines zufriedenes Wölkchen über ihnen, egal, ob das verschnürte Päckchen, das sie so stolz hinaustrugen, nun besonders groß oder doch eher kleiner war. Man kam und staunte, schmeckte, schnupperte, man ließ die Augen über das üppige und aufs Angenehmste präsentierte Angebot an Bekanntem und Seltenem schweifen oder an ganz Neuem, das man anderswo noch nie gesehen oder gekostet hatte. Wenn etwas besonders Exotisches in der Stadt auftauchte, das essbar oder trinkbar war, so konnte man sich darauf verlassen, dass man es beim Dallmayr mit Sicherheit bekam. Man unterhielt sich, tauschte Rezepte und Erfahrungen beim Kochen und an der festlichen Tafel aus. Alle liebten es, wenn sie gut gespeist und einen göttlichen Tropfen getrunken hatten, über dieses Erlebnis in allen Einzelheiten zu berichten. In welcher Soße und mit welcher Beilage es serviert worden war, als wievielter Gang, auf welchen Tellern, in welchen Schüsseln und mit welchem Wein als Begleitung. Und es waren nicht nur die ausgewiesenen Feinschmecker, die mit Therese über die beste Methode fachsimpelten, eine Fischsuppe zuzubereiten, oder wie es ihr gelang, dass die Prinzregententorte mit ihren sieben Biskuitschichten und den Füllungen nicht zu süß wurde.

Therese hatte sich zum Geburtstag genau eine Sache gewünscht: Man sollte sie ihren Morgenkaffee trinken lassen, allein und in aller Ruhe, und vor allem, bevor die große Hitze die Stadt überrollte. Mehr wollte sie gar nicht. Eine große Feier kam schon deshalb nicht infrage, weil ihre Schwiegertochter im Rotkreuzkrankenhaus lag. Sonias zweite Schwangerschaft war schwierig. Die Ärzte empfahlen ihr zu liegen, und alle machten sich Sorgen um sie. Sonias Ehemann Hermann, Thereses ältester Sohn, war oft bei ihr, und er hatte auch den kleinen Johann mit dabei. Er brachte seiner Mutter jeden Tag etwas aus dem Geschäft mit: Pralinen, ein Stück Mortadella, die sie besonders liebte, ein Döschen französische Lavendelbonbons oder eine Mandarine. Johann war ein Schatz. Ihr erster Enkel. Therese ging das Herz auf, wenn sie an ihn dachte. Dass Hermann jetzt fürs Geschäft so oft ausfiel, war dagegen ein schwerer Posten. Sie hätte ihn so dringend gebraucht. Hoffentlich hatte Rosa schon Zeit gehabt, das Telegramm an Paul abzuschicken, mit dem sie ihn dazu bewegen wollte, heimzukommen. Sie brauchte jetzt wirklich jede Unterstützung.

Therese nahm den letzten Schluck des köstlichen Morgenkaffees und faltete die Seiten der *Münchner Neuesten Nachrichten* zusammen. Beim Aufstehen strich sie sich über den anthrazitfarbenen Baumwollrock. Dazu trug sie eine weiße Leinenbluse mit Lochstickerei, an deren Kragen eine Brosche aus Elfenbein saß. Ein rascher Blick in den Spiegel am Gang. Der Dutt sollte nicht allzu streng sitzen. Ein graues Haar, das sich aufdringlich an der Schläfe kräuselte, riss sie beherzt aus, während sie die, die sich ein bisschen dezenter unter das dunkle Haar mischten, gelernt hatte zu akzeptieren. Schließlich konnte sie auf ein erfülltes Leben zurückblicken. Die Familie, das Geschäft, auf beides war sie gleichermaßen stolz. Sie strich sich noch einmal über den Rock und betrachtete dabei ihre Hände. Damit hatte sie Neugeborene gewiegt, Tränen weggewischt, Wangen gestreichelt. Mit diesen Händen hatte sie Anton in seinen letzten Wochen gepflegt und jeden Morgen das Geschäft aufgesperrt, um ihre Stammkunden zu begrüßen. Eine Handwerkerin war sie, heute wie jeden anderen Tag. Sie hatte viel geschafft, und trotzdem fühlte sie sich noch weit davon entfernt, sich zur Ruhe zu setzen und ihre Kinder ans Ruder zu lassen. Sie hatte noch so viel vor und wollte große Dinge in die Wege leiten, bevor sie sich irgendwann aus dem Geschäft zurückziehen würde. Dass Hermann gerade jetzt so oft ausfiel und Paul immer noch in Wiesbaden war, dazu die Sorge um ihre Schwiegertochter. Das nagte an ihr. Das musste anders werden, sonst ginge sie im alltäglichen Geschäft unter und es bliebe keine Zeit – und Muße – für strategische Überlegungen und Planungen. Und darin sah sie eine ihrer größten Stärken.

Keine Feierlichkeiten. Therese hatte es allen zusammen und jedem Einzelnen eingeschärft, und doch überraschte es sie nicht wirklich, als sie die Treppe zum Geschäft hinunterlief und sah, dass der Puttenbrunnen leer geräumt und stattdessen mit einem großen Blumenbouquet aufgefüllt worden war. Die Blumen sahen aus wie frisch aus einem Bauerngarten gepflückt: rosa und weißer Phlox, Stockmalven von hell- bis dunkellila, Dahlienblüten in Gelb und Orange. Ein Strauß wie zum Erntedank, und das passte sehr gut zu einem Geburtstag, der sich allmählich schon zur sechzig neigte, fand Therese. Korbinian trug ein Tablett mit perlenden Champagnergläsern herein. Wenn Ludwig noch bei ihnen wäre, der Lehrling, den sie am meisten in ihr Herz geschlossen hatte, dann hätte er jetzt selbst gemachte Pralinen kredenzt, dachte Therese. Als hätte sie Thereses Gedanken lesen können, brachte Rosa, die Buchhalterin, ein weiteres Tablett mit zwei Pralinenschachteln aus der Patisserie Planès. Dazu ein kleines Kärtchen. *Herzlichen Glückwunsch, Chefin, zum Geburtstag, sendet Ihnen Ihr Ludwig Loibl, Patissier in Bayonne.*

»Unser Ludwig, ein Patissier! Ich hab immer gewusst, dass aus ihm noch einmal etwas wird.« Therese war gerührt.

Die rechteckige Schachtel, sie hieß »Coffre N° 1« enthielt zwei Reihen mit Pralinen in Würfelform, etwas höher als breit, je zwei mit heller Milchschokolade, zwei mit fast schwarzer Zartbitterschokolade überzogen. »Pralinés noisettes torréfies du Piémont« hießen diese Wunderwerke. Aussprechen konnte Therese es nicht, aber sie verstand so viel Französisch, dass es sich um geröstete Piemont-Haselnusspralinen handeln musste. Die Nüsse waren nicht gehackt, sondern fein gehobelt und geröstet, was sie sehr knusprig machte und die Oberfläche kräuselte wie der Wind die Wellen des Atlantiks. Die zweite Packung war höher und in apricotfarbenes Seidenpapier eingeschlagen. Als sie den Deckel hob, standen darin wie kleine Käselaiber drei Reihen von Macarons in zarten Farben von weiß über gelb, orange, pastellgrün bis dunkelrot.

Es sah so aus, als habe sich jede Mühe, die Anton und sie in die Ausbildung ihres Lehrlings gesteckt hatten, gelohnt. Es war etwas aus ihm geworden, und er hatte seine Dallmayr-Familie nicht vergessen. Im Gegenteil.

»Sollen wir anstoßen, Frau Randlkofer«, fragte Korbinian, »oder wollen Sie noch warten, bis sich die letzte Perle aus dem Champagnerglas verdrückt hat?«

Therese schmunzelte. »Auf die ungehorsamste und trotzdem beste Belegschaft in ganz München! Habe ich nicht gesagt, keine Feier?«

»Wenn ich ehrlich bin, ist es auch keine Feier«, murrte Korbinian, »zumindest keine richtige. Wir sitzen hier im Feinschmeckerparadies, und es gibt für jeden ein Glas Champagner und maximal eine Praline, wenn ich mich nicht verzählt habe.«

»Korbinian, du alter Grantler«, schimpfte Therese. »Sobald mein zweites Enkelkind endlich auf der Welt ist, feiern wir, bis sich die Balken biegen.«

»Versprochen, Chefin?«

»Versprochen. Und jetzt gehen alle wieder an ihre Arbeit, und falls Pralinen übrig sind, bekommen unsere besten Kundinnen auch noch welche, zum Probieren.«

»Die guten französischen vom Ludwig?« Korbinian konnte es nicht fassen. Aber er beruhigte sich gleich wieder bei einem Blick in die beiden Schachteln. Sie waren blitzeblank und bis auf ein, zwei Krümel leer.

Später, als Therese sich eine halbe Stunde Zeit nahm, um auf ihrem Schreibtisch für ein wenig Ordnung zu sorgen, fiel ihr ein Brief ihres Freundes Michael von Poschinger in die Hände. Seltsam, wieso sie gerade jetzt darauf stieß. Der Brief erinnerte sie an die bittersten Stunden, die sie seit dem Tod ihres Mannes erlebt hatte. Sie hatte damals vor einem Abgrund gestanden, und es hatte nicht viel gefehlt und die Leitung des Geschäfts wäre ihr aus den Händen gerissen worden, noch bevor sie auch nur eine einzige Entscheidung getroffen hätte. Ihr Schwager Max, der ewige Widersacher, hatte die Bank gegen sie aufgehetzt, und er hätte fast sein Ziel erreicht, sie aus dem Dallmayr vertrieben, um selbst einen Fuß, oder auch beide, im Geschäft gehabt zu haben. Beinahe hätte er gesiegt, wäre nicht Michael von Poschinger, ihr guter Freund und Mentor, mit einem zinslosen Darlehen in die Bresche gesprungen, mit dem sie ihre Schulden bei der Vereinsbank schließlich tilgen konnte. Damit hatte sie ihren Kopf noch einmal aus der Schlinge gezogen, und seitdem war sie auf der Hut. Sie hatte sich dieses eine wichtige Mal gegen ihren Schwager behauptet, doch sie bildete sich nicht ein, dass er klein beigeben würde. Die Partie mochte eins zu null für sie stehen, ausruhen konnte sie sich auf ihrem Erfolg dennoch nicht. Ihr Vorsprung würde ihn nicht entmutigen, sondern immer ein Ansporn sein aufzuholen.

»Hat Paul sich schon gemeldet?« Therese streckte den Kopf in Rosa Schatzbergers Kontor.

»Noch nicht, aber das Telegramm wird bestimmt bald ausgeliefert. Ich sage Ihnen gleich Bescheid, wenn er anruft. Es ist ja keiner gestorben.« Erschrocken über ihre Taktlosigkeit fügte Rosa noch schnell ein »Glücklicherweise« hinzu.

»Muss einer sterben, damit die Kinder sich auch einmal zu Hause melden?«

Therese wurde immer ungeduldiger. Für ihre Pläne brauchte sie die Unterstützung ihrer Kinder. Oder besser ihrer Söhne, denn Elsa hatte ihr sehr klargemacht, dass eine Arbeit im

Familienbetrieb für sie derzeit nicht infrage kam. Sie war mit ihrer »Karriere« in der Schweiz beschäftigt. Daheim hätte sie nichts anderes werden können als Lehrerin oder Erzieherin, und das wollte sie nicht. Für das Geschäft hatte sie sich nie sonderlich interessiert, und die ständige Nähe zur Mutter war vielleicht auch etwas, das sie vermeiden wollte. Vielleicht gerade deshalb, weil sich Mutter und Tochter so ähnlich waren? Aus irgendeinem Grund akzeptierte Therese bei Elsa, was sie ihren Söhnen so niemals durchgehen lassen würde. Wenn sie jetzt auch noch einen Mann in der Schweiz fände, würde Elsa womöglich ganz dortbleiben. Aber im Augenblick war noch keiner in Sicht, zumindest hatte Therese nichts davon mitbekommen. Das Telefon klingelte, und Rosa nahm den Hörer ab.

»Ist das Paul?«, wollte Therese wissen.

Rosa schüttelte den Kopf. »Eine Bestellung«, flüsterte sie und deckte die Sprechmuschel mit der Hand ab. »Sehr wohl, Frau Kommerzienrat«, hörte Therese sie antworten und verließ enttäuscht das Büro. Wenn Paul sich bis Mittag nicht meldete, würde sie bei ihm in der Firma anrufen.

»Wieso nennst du mich Frau Kommerzienrat?«, fragte Paul in seiner Kabine im Telegrafenamt und stellte einen Fuß in die Glastür, um den Schweißgeruch, der in den Holzwänden dieser Zelle hing, erträglicher zu machen. Es war schrecklich heiß und stickig.

»Weil deine Mutter gerade in der Tür gestanden und nach dir gefragt hat. Und weil ich ja deine Antwort durch den Telegrammboten bekommen habe, dass sie auf keinen Fall an deiner Arbeitsstelle anrufen soll. Da hab ich gedacht, ich gebe ihr den Hörer am besten nicht weiter. Richtig so?«

»Danke, Rosa.«

»Was ist denn los bei dir? Hast du was ausgefressen?«

Paul drückte die Tür seiner Kabine noch ein Stück weiter auf. Die Hitze war zum Ersticken.

»Paul? Bist du noch da?«

»Jaja. Kannst du Hermann holen?« Rosa war zwar die Schaltzentrale im Dallmayr, aber seine Beichte hätte Paul lieber bei seinem großen Bruder abgelegt. Dann bliebe es in der Familie.

»Der ist im Krankenhaus, bei seiner Frau.«

»Wieso, was ist denn passiert?« Das schlechte Gewissen packte Paul. Er war so mit sich selbst und seiner Grau-Krankheit beschäftigt gewesen, dass er in letzter Zeit gar nicht mehr mitbekommen hatte, was in der Familie so passierte.

»Sie soll mit dem Baby jetzt vorsichtig sein, sagen die Ärzte, und haben sie ins Krankenhaus eingewiesen. Sie muss liegen, damit das Kind nicht viel zu früh auf die Welt kommt.«

»Ach, und Hermann ist da auch mit dabei?«

»Er besucht sie fast täglich mit dem kleinen Johann.«

Dann hatte Hermann jetzt also andere Sorgen. Sollte er Elsa in der Schweiz anrufen oder Balbina am Bodensee?

»Paul? Wir können das Firmentelefon nicht ewig belegen. Jetzt sag halt einfach, was los ist. Wieso soll deine Mutter nicht an deiner Lehrstelle anrufen?«

»Warte mal.« Paul ließ den Hörer an der Schnur baumeln, riss die Tür auf und zog sein Jackett aus. Er öffnete den obersten Hemdkragen und wischte sich mit dem Ärmel den Schweiß aus dem Gesicht. Diese Zelle war wie ein Vorgeschmack aufs Gefängnis. »In der Firma gibt es gerade ein größeres Problem«, antwortete er dann. »Und mein Chef ist mit den Nerven am Ende. Es hat wenig Aussicht auf Erfolg, wenn Mutter jetzt mit ihm spricht.«

»Paul?«, fragte Rosa.

»Ja?«

»Willst du mich für dumm verkaufen?«

»Nein, wie kommst du denn dadrauf?«

»Da stimmt doch irgendwas nicht. Ich kenne dich, seit du zur Volksschule gegangen bist. Und ich habe den Eindruck, dass du mir hier gerade einen ziemlichen Bären aufbindest. Dazu muss ich dich gar nicht sehen, Paul. Das kann ich sogar hören.«

»Blödsinn, Rosa, das bildest du dir ein.«

»Und was hat dieses Problem in der Firma eigentlich mit dir zu tun, hm?«

»Nichts, aber es ist eben ein schlechter Zeitpunkt.«

»Und das soll ich deiner Mutter erzählen? Das glaubt sie nie, genauso wenig wie ich.«

»Dann«, Paul stockte. »Dann denk dir bitte was Überzeugenderes aus. Bitte, Rosa.«

»Also, du hast schon Nerven. Dann bist du eben krank geworden und meldest dich, sobald du wieder gesund bist.«

»Danke.«

»Paul? Wenn du irgendwie in der Klemme steckst …«

»Nein, nein, alles gut. Ich melde mich wieder.«

Paul stürzte aus der heißen Zelle. Draußen die Sommerhitze und von innen her brannte die Scham, dass er Rosa angelogen hatte. Genau so musste das Fegefeuer sich anfühlen.

»Hat der Schorsch sich schon erleichtert?«, fragte Max Randlkofer seinen Lehrling. Doch der glotzte ihn nur an. »Ob er sein Geschäft schon gemacht hat, will ich wissen.«

»Ach so, ja, ist erledigt«, antwortete der Lehrbub. Er war dafür verantwortlich, mit dem Schorsch Gassi zu gehen, in den Grünanlagen an der Herzog-Wilhelm-Straße.

Dass seine Freundin Mitzi, bevor sie zur Kur nach Bad Reichenhall gegangen war, den Schorsch bei ihm abgegeben hatte, war für Max schon in Ordnung. Er zeigte sich gern mit dem für München typischen Kurzhaardackel. Er fand, das Hunderl passte zu seinem eleganten, trotzdem patriotischen Auftreten, aber natürlich fand Max es unter seiner Würde, mit ihm Gassi zu gehen. Er sah den Schorsch eher als modisches Accessoire, so wie anständig geputzte Schuhe und ein gedrechselter Spazierstock mit Elfenbeingriff.

Am späteren Vormittag hatte Max sich einen kleinen Spaziergang die Neuhauser und Kaufinger Straße hinunter zum Marienplatz und von dort zum Viktualienmarkt angewöhnt. Den Schorsch nahm er dazu mit. Die Marktfrauen an ihren Ständen und Buden waren ganz verrückt nach dem Viecherl und fütterten es für gewöhnlich mit Leckerbissen. Max holte sich wie üblich eine Portion Nürnberger Bratwürste mit Kraut und viel mittelscharfem Senf, setzte sich damit in einen der Biergärten, bestellte sich eine schöne Maß Bier dazu und blinzelte zufrieden in die Sonne. Woanders hätte er Weißwürste bestellt, aber am Viktualienmarkt mussten es die berühmten Bratwürste aus Nürnberg sein, von dem Stand an der Heiliggeistkirche. Als die Antonia vorbeikam, ein sauberes Frauenzimmer mit viel Holz vor der Hütte, zog er sich eine frische Brezel von dem Metallspieß, auf dem sie das Gebäck feilbot, und war mit sich und der Welt zufrieden.

Eine stattliche Dame mit zwei kleinen Buben kaufte fürs Mittagessen ein, Gemüse, Salat, mäkelte an den Kartoffeln, ließ sich verschiedene Sorten Äpfel zeigen, roch daran. Der eine Bub, der größere, blieb die ganze Zeit bei seiner Mutter stehen, während der kleinere den Markt lieber auf eigene Faust erkundete, zurückblieb, ermahnt werden musste, einmal ganz verschwand und erst später am Zuckerlstand auf wundersame Weise wiederauftauchte. Max beobachtete die Szenerie amüsiert. So war es immer, dachte er. Einer hielt sich brav an die Regeln und war der ganze Stolz seiner Erzeuger.

Der andere hatte sich entschieden, die Welt auf eigenen Wegen zu erkunden, und die krummen Wege übten eine ganz besondere Anziehung auf ihn aus. In jeder Familie gab es solche und solche, es würde immer so sein. Indes war nicht ausgemacht, wer von beiden der Erfolgreichere oder gar Glücklichere sein würde. Das Glück war sowieso nur eine Sternschnuppe, und doch jagte jeder ihm nach und hoffte, er könne es erhaschen und dann festhalten.

Max hatte, wie sein Bruder Anton, nicht bei null starten müssen. Ihre Vorfahren waren fleißige Leute gewesen und hatten als Bierbrauer und Gastronomen einen wirtschaftlichen Grundstock geschaffen, der ihren Söhnen den Start ins Berufsleben erleichterte. Sie hatten bereits den wichtigsten Schritt getan und waren vom Land in die Stadt gezogen, wo das Geld zwar nicht auf der Straße lag, aber leichter und vor allem schneller zu verdienen war. Natürlich nur, wenn man sich geschickt anstellte und den richtigen Riecher hatte. Als sein Bruder Anton 1895 den Kolonialwarenladen in der Maffeistraße aufgab und das Delikatess-Haus Alois Dallmayr kaufte, das damals schon einen klingenden Namen trug, da war Max sich sicher gewesen, dass Anton sich übernommen hatte. Er hatte damals schon angenommen, dass er ihm zur Seite springen und ihn unterstützen müsste, wozu er sofort bereit gewesen wäre. Gegen eine angemessene Beteiligung, versteht sich. Stattdessen hatte das Geschäft unter Antons Führung floriert, und das Hilfsangebot von Max war ungenutzt ins Leere gelaufen.

Anton selbst hatte seinen Triumph nicht lange auskosten können, genau genommen zwei Jahre, dann war er überraschend verstorben. Damals hatte Max auf ein größeres Erbe und wenn nicht auf die Übernahme des Geschäfts, so doch auf eine anständige Teilhaberschaft spekuliert. Alle Hebel hatte er in Bewegung gesetzt, um Zugang zum Dallmayr und dessen Erfolg zu bekommen. Doch seine Schwägerin Therese war raffinierter und durchtriebener, als er gedacht hatte. Sie führte das Geschäft jetzt seit acht Jahren alleine, stellte von Jahr zu Jahr mehr Personal ein, erwarb ein weiteres Haus in der Dienerstraße dazu, erweiterte den Laden und baute ihn aufs Modernste aus. Sie raffte einen Hoflieferantentitel nach dem anderen zusammen, band ihren Ältesten mit ins Geschäft ein, den er, Max, ausgebildet hatte, und dazu war sie auch noch stolze Großmutter geworden und eine ernst zu nehmende Geschäftsfrau, der er bislang mit nichts an den Karren fahren konnte, sosehr er es auch versuchte. Sie wurde immer vermögender und einflussreicher, und ihre Geschäfte liefen glänzend. Dieses blasierte Weib, dachte Max. Mit Genugtuung hatte er bemerkt, dass sie im Alter ein kleines Doppelkinn ansetzte, das sie mit den hochgeschlossenen Blusen, die sie immer trug, zu kaschieren versuchte. Wie ein Pinguin lief sie herum, stets im schwarzen langen Rock mit weißer oder cremefarbener Spitzenbluse. Bieder, allen modischen Dingen abgeneigt, in ihrer ganzen Erscheinung ohne jede weibliche Raffinesse.

Am Zuckerlstand gab es jetzt ein großes Geheule, weil die Dame ihrem verschwundenen und wiedergefundenen Buben die Ohrwaschl langzog und wegen seiner Eigenwilligkeiten auf ihn losschimpfte.

Nein, schwor sich Max, er würde nie aufhören, um sein familiäres Anrecht auf das Dallmayr-Vermögen zu kämpfen und seiner Schwägerin genau auf die Finger zu schauen, um ihr, sooft er konnte, in die Suppe zu spucken. Nie würde er sich damit abfinden, dass sie ihn von allem ausschloss, nachdem er immer für seinen Bruder und für sie da gewesen war und ihnen das ein oder andere Mal unter die Arme gegriffen hatte, als es ihnen noch nicht so gut ging. Und kein Mensch konnte ihn von der Überzeugung abbringen, dass ihm mindestens ein angemessener Anteil am Dallmayr zustand. Schon von den familiären Bindungen her. Anton war sein großer Bruder gewesen, sein Held aus Kindertagen. Er hätte nicht gewollt, dass er, Max, leer ausging. Wer weiß, wie Therese seinen schwerkranken Bruder beim Abfassen seines Testaments beeinflusst hatte und wie sehr sie ihm in den Ohren gelegen hatte, bis Anton alles ihr allein, als Sachwalterin für die gemeinsamen Kinder, überschrieben hatte. Rechtens war es wohl gewesen, aber gerecht war es deshalb noch lange nicht. Max knallte seinen Maßkrug auf den Tisch, dass das Bier spritzte. Schorsch kam hektisch unter dem Tisch hervorgesprungen und wedelte mit seinem lächerlichen Rattenschwanz. Vor Aufregung hob er das dünne Hinterbeinchen, und schon prasselten die ersten Tropfen auf das herrlich weiche hellbraune Kalbsleder von Max' Halbschuhen.

»Mistviech, elendiges«, fauchte Max den Dackel an und gab ihm einen Tritt, der ihn aufjaulen ließ. Ein distinguiertes Ehepaar vom Nebentisch sah Max pikiert an, aber der Schuh war wahrscheinlich ruiniert und seine Laune verdorben.

»Zahlen, Lisbeth«, herrschte Max die Kellnerin an. »Aber heut noch. Ich hab's eilig!«

»Herr Dr. Kronawitter, wie schön, dass Sie auch einmal wieder bei uns vorbeischauen!« Therese trat hinter dem Tresen hervor und ging dem Herrn mit dem schwarzen Schnurrbart und den breiten ergrauten Koteletten entgegen, der etwas unschlüssig an der Tür stand. »Sie waren länger nicht bei uns, oder täusche ich mich?«

Sie streckte ihm freundlich beide Hände entgegen, denn er schien sich ein wenig unwohl zu fühlen. Therese konnte sich auf ihr Personengedächtnis verlassen, das ihr Mann »phänomenal« genannt hatte. Wenn du jemanden einmal siehst, erkennst du ihn auch nach zwanzig Jahren wieder, und meistens fällt dir dann auch gleich noch der Name dazu ein, hatte

Anton einmal zu ihr gesagt. Wie machst du das bloß? Sie wusste es selbst nicht. Es war eine Gabe, für die sie sich nicht einmal anstrengen musste. Die Gesichter flogen ihr einfach so zu, ebenso die Namen. In einem anderen Beruf wäre dieses Talent womöglich verschwendet gewesen, als Geschäftsfrau und Ladeninhaberin war es mitunter Gold wert.

»Man kennt sich ja gar nicht mehr aus bei Ihnen«, wunderte sich der Kunde. »Ich habe Ihr Geschäft noch ganz anders in Erinnerung.«

Seine Krawatte saß ein wenig schief, und der hohe Kragen war an einer Seite nach innen geknickt. Therese musste sich beherrschen, ihn nicht darauf aufmerksam zu machen oder gleich selbst hinzufassen und das Malheur in Ordnung zu bringen.

»Wie haben Sie es denn in Erinnerung?«, fragte sie, während er ihre Hand schüttelte.

»Kleiner«, sagte er und sah sich um, »und auch dunkler, die Decke war auch niedriger, oder täusche ich mich?«

»Dann waren Sie aber schon ziemlich lange nicht mehr bei uns. Wir haben gleich am Beginn des neuen Jahrhunderts mit dem Umbau begonnen. Genau am 2. Januar 1900. Und durch das Nebenhaus, das ich dazuerwerben konnte, haben wir etwas erweitern können.«

»Jetzt untertreiben Sie aber, gnädige Frau. Etwas erweitern.« Er grinste. »Ihr Geschäft ist doch jetzt doppelt so groß wie vorher.«

»Ich hoffe, es gefällt Ihnen«, antwortete Therese souverän. Dass sie schon längst Pläne hatte, die anderen beiden Gebäude in ihrer unmittelbaren Nachbarschaft auch noch zu übernehmen, sobald die Besitzer bereit wären zu verkaufen, davon erwähnte sie nichts. Neider gab es auch so schon genügend.

»Waren diese Marmorsäulen immer schon da?« Kronawitter strich mit den Fingern darüber, wie um zu prüfen, ob es tatsächlich Marmor war.

»Ja, die waren immer da, aber unter dem Verputz versteckt. Darauf hat mich der Architekt Seidl aufmerksam gemacht, dass man sie freilegen sollte.«

»Der Gabriel Seidl hat den Umbau gemacht?«

»Er hat ihn geplant. Ausgeführt hat ihn dann Eugen Hönig, ein junger, aber sehr tüchtiger Münchner Architekt.«

»Und was ist das? Ein Frischwasserbrunnen?«

»Ja, das ist unser Puttenbrunnen, manche sagen auch Krebsbrunnen dazu. Wenn Fangsaison ist, dann dürfen die Flusskrebse in dem Wasserbecken wohnen.«

»Bis sie im Kochtopf landen. Ja, da gratuliere ich zum gelungenen Umbau, Frau Randlkofer. Hoflieferantin sind Sie ja auch, habe ich draußen auf Ihrem Schild gelesen. Ob ich es mir als einfacher Münchner Magistratsbeamter überhaupt noch leisten kann, bei Ihnen einzukaufen?«

Er zwinkerte ihr zu, aber Therese verstand sehr gut, dass er damit eine kleine Spitze gegen sie losließ. Der Magistrat, und mit ihm das ganze bürgerliche München, versäumte keine Gelegenheit, sich vom regierenden Königshaus, den Wittelsbachern, abzugrenzen, die nur einen Sprung vom Marienplatz entfernt residierten. Deshalb war das neue Münchner Rathaus, dessen Flügel in der Dienerstraße dem Dallmayr direkt gegenüberlag, auch nach dem Vorbild des Brüsseler Rathauses im neugotischen Stil erbaut worden. Und gerade nicht nach dem klassizistischen Stil der bayerischen Könige und Regenten. Man war in der Bürgerschaft sehr darauf bedacht, sich von der Monarchie abzugrenzen, was Therese im Prinzip auch richtig fand. Aber als Geschäftsfrau, die eine Delikatessenhandlung führte, zählten der Königshof und der Adel zu ihrer wichtigsten Kundschaft. Denn was der Adel sich leistete, wollten sich auch die Bürger leisten, sobald sie es aufgrund wirtschaftlicher Erfolge konnten. Und die höheren Beamten sowieso. Dr. Kronawitter war eher ein Liberaler mit einer unausgesprochenen Sympathie für die kleine Fraktion der Sozialdemokraten, die Georg von Vollmar im Landtag anführte. Vielleicht war er im Herzen sogar Republikaner. Therese ließ jedem seine Überzeugung. Bei ihr drehte sich alles um das Geschäft, nicht um die große Politik.

»Bei mir kann jeder Münchner Bürger einkaufen«, antwortete sie. »Wir haben ja nicht nur Austern und Kaviar und französischen Champagner im Angebot. Doch selbst den kann man sich leisten, es muss ja nicht jeden Tag oder jede Woche sein. Womit kann ich also dienen, Herr Doktor, was führt Sie zu mir? Oder wollten Sie sich einfach nur umschauen, was sich so tut in der Münchner Geschäftswelt rund um das Neue Rathaus?«

»Um Himmels willen, das hätte ich jetzt in dem Geplauder fast vergessen. Gut, dass Sie nachfragen. Meine Frau und ich feiern heute Hochzeitstag, und da wollte ich ihr etwas Feines mitbringen. Sie hat immer die Ölsardinen vom Dallmayr so gern gegessen, sie sagt, es gibt in ganz München keine besseren.«

»Und damit hat sie ja auch vollkommen recht.« Therese nahm drei Dosen aus dem Regal, dazu ein Päckchen Kaffee. Sie hätte ihm seinen Einkauf gern geschenkt, für die Frau Gattin, aber Kronawitter wollte partout nichts annehmen. Von wegen Bestechlichkeit eines Magistratsbeamten. Worauf Therese sich sofort überlegte, in welcher Angelegenheit sie ihn denn tatsächlich hätte bestechen können. Sie holte noch schnell eine Tafel belgische Schokolade, während Kronawitter an der Kasse seinen Einkauf bezahlte.

»Dann bringen Sie Ihrer verehrten Gattin doch bitte dieses persönliche Präsent von mir mit, das können Sie nicht ablehnen, Herr Dr. Kronawitter. Sie müssen ja selbst nichts davon kosten, wenn Ihnen das gelingt. Und bitte richten Sie beste Grüße aus.«

Der Beamte strich sich über seinen Schnurrbart. Das konnte er jetzt wirklich kaum verweigern. Es war ja nicht einmal für ihn. Therese begleitete ihn zur Tür.

»Wann ist es denn nun so weit, dass auch der dritte Bauabschnitt des Rathauses fertig wird?«, fragte sie. »Viel fehlt ja nicht mehr. Sogar der Turm steht schon, für das Glockenspiel, also ich freu mich ja schon so darauf, wenn alles fertig und die Baustelle endlich weg ist.«

»Ja, nicht, es ist schön geworden. Seit einunddreißig Jahren bauen wir jetzt an dem Komplex. Nicht jedem gefällt er, aber die Leute werden sich schon noch daran gewöhnen, so wie sie sich an alles gewöhnen, auch wenn sie zuerst dagegen sind. Im Dezember soll alles fertig sein und der Schlussstein gesetzt werden.«

»Zur Einweihung im Dezember«, dachte Therese laut nach, »könnten wir da nicht mit einem Bankett aus dem Dallmayr etwas Würdevolles zu den Feierlichkeiten beitragen?« Es war eine spontane Eingebung, und sie sah sofort, wie Kronawitter sich innerlich wand. »Über das Budget ließe sich ja noch reden. Mir ist selbstverständlich bewusst, dass der Neubau am Ende doch um ein Mehrfaches teurer war als geplant. So war es zumindest in der Presse zu lesen. Ich dagegen biete immer einen Festpreis an für meine Dienste und bleibe dann auch dabei. Selbst wenn ich mich verkalkuliert habe.« Sie legte Kronawitter ihre Hand in vertraulicher Geste auf den Arm und öffnete ihm die Tür.

Etwas überrumpelt trat er mit seinem verschnürten Paket mit der goldenen Dallmayr-Schrift auf die Dienerstraße hinaus.

»Ich werde es mit dem Bürgermeister besprechen. Aber versprechen kann ich nichts, Frau Randlkofer.«

»Freilich, es ist ja auch nur ein Angebot. Empfehlen Sie mich Ihrer Gemahlin. Auf Wiedersehen.«

»Auf Wiedersehen.« Er lief Richtung Marienplatz davon, dass die schwarzen Rockschöße flatterten.

Hoffentlich dachte der Herr Dr. Kronawitter daran, die Schokolade kühl zu lagern, nicht dass sie ihm bei der Hitze noch schmolz. Über dem Kopfsteinpflaster flimmerte die Luft. Pferdegetrappel kam näher, eine Kutsche rollte vom Marienplatz her durch die Dienerstraße. Sie würde gleich den Lehrling herausschicken, um die verlorenen Pferdeäpfel aufzusammeln. Nicht dass sich die Damen ihre feinen Schuhe schmutzig machten, wenn sie zum Dallmayr gingen. Wie ein Blitzlicht tauchte eine Erinnerung aus Thereses Gedächtnis auf. Wie sie Ludwig damals, zu Beginn seiner Lehrzeit, anleiten und immer wieder zurechtweisen musste, weil er nicht mit dem gebotenen Ernst an seine Aufgaben, zum Beispiel das Einsammeln von Pferdeäpfeln, gegangen war. Heute musste sie selbst darüber schmunzeln. Wie lange war das her? Acht Jahre, neun? Er musste 1896 zu ihnen gekommen sein, ein halbes Jahr bevor Anton starb. Patissier in Frankreich war er geworden, ihr Lehrling Ludwig aus Haidhausen, einem Arbeiterquartier auf der rechten Isarseite. Alle hatten sie geglaubt, dass Ludwig und Balbina, in die er bis über beide Ohren verliebt gewesen war, einmal zusammenkommen würden. Aber es sollte halt nicht sein. Balbina war am Bodensee geblieben, Ludwig bis nach Südfrankreich gekommen. Die gemeinsamen Zukunftspläne hatten sich in Luft aufgelöst. Den jungen Leuten heutzutage boten sich einfach viel mehr Möglichkeiten als ihnen damals. Von der Oberpfalz in die Stadt München, das war schon ein Riesenschritt gewesen, als sie jung war. Aber jetzt war Europa näher zusammengerückt, Landesgrenzen waren durchlässig geworden, auch fremde Sprachen keine unüberwindbaren Hindernisse mehr. Diese Weltläufigkeit gefiel Therese. Es passte perfekt zu ihrem Geschäft und zu den Waren aus ganz Europa und darüber hinaus, die sie im Sortiment hatte. Wenn die Münchner in der Zeitung von einer besonders feinen exotischen Frucht oder einem rohen Schinken aus eichelgefütterten iberischen Schweinen lasen, dann konnten sie sicher sein, dass man es auch bei Dallmayr gelesen hatte und schon dabei war, Lieferanten und sichere Handelswege ausfindig zu machen. Nach kurzer Zeit war es dann meist so weit. So hatten sie die ersten Bananen von den Kanaren nach München gebracht, auch Mangos kamen von dort, wenn auch noch nicht in der Menge und Regelmäßigkeit, die sie sich wünschten. Aber sie blieben dran. Es war immer ein kleines Abenteuer, Waren mit Schiffen über die Weltmeere oder Gewürze und Tee über die Seidenstraße von Asien über Russland und dann mit der Eisenbahn Richtung Mitteleuropa zu bringen. Dass es die Kinder jetzt fort von München und in andere Städte und Länder zog, war im Grunde ein gutes Zeichen. Also ganz allgemein gesprochen, die engen Ländergrenzen waren durchlässiger geworden. Der engstirnige Nationalismus, wir hier in Bayern, dort die Preußen, die Franzosen und so weiter, war ein Holzweg. Nicht nur fürs Geschäft. Natürlich hätte sie als Mutter schon gern alle näher bei sich gehabt. Die Kinder sowieso, aber auch ihre Mitarbeiter, die sie selbst ausgebildet hatte. Am liebsten hätte sie alle wieder zurückgeholt. Aber sie musste ihnen Zeit geben, sie eigene Erfahrungen sammeln lassen. Eines Tages würde sie ihnen vielleicht ein so gutes Angebot machen, dass sie nicht länger widerstehen konnten. Zumindest die, die noch keine Familie anderswo gegründet hatten. Und Ludwig mit seinen köstlichen Pralinen würde man doch bestimmt als original bayerisch-französischen Patisserie-Lieferanten mit ins Geschäft holen können. Es musste etwas sein, das es so nur in Frankreich gab, nicht bei den heimischen Konditoren, die ja im Grunde auch nicht schlechter waren. Und dann musste man nur noch überlegen, wie man die ludwigschen Kreationen heil und zu annehmbaren Preisen bis nach München brachte. Vielleicht konnte sie einen ihrer Söhne auf Geschäftsreise nach Südfrankreich schicken. Und weil Hermann jetzt Familienvater und seine Kinder noch so klein waren, dachte sie dabei eher an Paul. Aber der musste jetzt erst einmal nach München kommen. Wenn er sich bloß endlich melden würde.

൙

Paul hatte sich den halben Tag um die Ohren geschlagen. Erst war er in der Stadt herumgelaufen, ziellos wie ein Streuner. Als es ihm trotz etwas Schatten sogar im Kurpark noch zu heiß war, hatte er sich in das Café gegenüber dem Telegrafenamt geflüchtet und entdeckt, dass es über eine sensationelle technische Neuerung verfügte: einen Deckenventilator, der offenbar mit einem Elektromotor betrieben wurde und tatsächlich für ein wenig Abkühlung sorgte. Er trank Kaffee, dann Wasser, dann wieder Kaffee, und später Limonade. Am Nachmittag wurde das Café voller. Paul raffte sich auf, ging über die Straße ins Telegrafenamt und ließ sich wieder mit dem Anschluss von Dallmayr in München verbinden. Hermann sei aus dem Krankenhaus zurück, aber jetzt mit dem Ausliefern von Bestellungen unterwegs, erklärte ihm Rosa. Paul seufzte. Was sollte er bloß tun? Zurück in sein graues Zimmer bei Frau Schleicher? Nur das nicht.

»Was ist denn los bei dir in der Firma?«, fragte Rosa. »Mir kannst du es doch sagen. Von mir erfährt keiner was.«

Paul zögerte. Konnte er Rosa vertrauen? Sollte er wieder warten, bis er Hermann endlich erreichte? Was würde der ihm sagen? Lange konnte er die Sache nicht mehr für sich behalten. Er musste endlich mit irgendjemandem darüber reden, bevor es ihn noch ganz erdrückte.

»Jemand hat Geld unterschlagen«, sagte er hastig.

»Unterschlagen«, echote Rosa. »Und was hat das mit dir zu tun?«

»Das geht jetzt so, seit ich vom Laden ins Kontor gewechselt bin.«

»Ja und?«

Nun war der Damm gebrochen, und es gab kein Zurück mehr für Paul. Er musste es endlich loswerden. »Deshalb verdächtigen sie mich.«

»Was? Das geht doch nicht«, regte Rosa sich auf. »Hast du denn niemanden dort, der auf deiner Seite steht?«

»Die Angestellten halten alle zusammen. Ich bin der Neue, der aus dem Ausland, wie sie immer sagen. Ein Bayer in Preußen.«

»So ein Schmarrn«, schimpfte Rosa.

»Ich halte immer tapfer dagegen, bin fleißig, pünktlich, aber irgendwie habe ich einen Bayernstempel auf der Stirn. Mit Lederhose und Schuhplattler, das ganze Programm. Manchmal treiben sie es ganz arg. Vor allem einer, der Wilhelm, ist besonders grob zu mir und will immer den Watschentanz von mir lernen, sagt er.«

»Was für ein Depp«, kommentierte Rosa. »So etwas gäbe es bei uns im Dallmayr nicht. Da würde deine Mutter aber einschreiten.«

»Mutter darf auf keinen Fall etwas davon erfahren. Versprichst du es mir?«

»Jaja, keine Sorge«, versprach Rosa. »Aber Paul, um welche Summe geht es denn da eigentlich?«

»Achthundert Mark.« Eine neue Hitzewelle arbeitete sich von Pauls Körpermitte hinauf Richtung Kopf. Ein kleiner Schwindel erfasste ihn.

Rosa pfiff durch die Zähne. »Das ist ja mehr, als ich im ganzen Jahr verdiene«, sagte sie. »Und ich verdiene gar nicht mal so schlecht. Hermann kann so viel Geld bestimmt nicht an deiner Mutter vorbeischleusen. Lass mich mal überlegen. Der Herr von Poschinger vielleicht? Der ist doch wie ein Patenonkel für dich. Und Geld hat er genug.«

»Nein, nicht der Herr von Poschinger! Wie würde ich denn vor ihm dastehen?«, jammerte Paul. »Und dann erfährt es die

Mutter bestimmt irgendwann. Die beiden reden doch über alles miteinander, nicht nur übers Geschäft.«

Rosa überlegte. »Genau genommen hast du zwei Probleme«, teilte sie Paul mit. »Das eine ist das fehlende Geld, das andere, dass der Schuldige gefunden und überführt werden muss. Dieser elende Betrüger, der so viel Geld für sich abgezweigt hat. Das bleibt doch sonst an dir kleben wie Hühnerdreck.«

In Wahrheit war es noch viel schlimmer. Pauls Chef hatte gesagt, er würde von einer Anzeige absehen, wenn seine Mutter den Schaden ersetzte. Seine Lehrzeit wäre damit aber vorzeitig beendet. Der Wunsch seiner Mutter, Paul nach München zu holen, kam ihm also gar nicht so ungelegen. Wenn nur das Geld nicht wäre. Und diese Schmach, wie sollte er die je wieder loswerden?

»Du könntest natürlich zur Polizei gehen, aber ob die so schnell den wahren Schuldigen …«

»Nein, bloß keine Polizei.«

»Jetzt lass mich mal überlegen. Ruf mich am Abend wieder an. Ich mache heute Überstunden. Und die Chefin ist bei einer Versammlung des Wirtschaftsvereins in der Altstadt. Am besten meldest du dich so gegen acht.«

Paul bezahlte das Telefonat und tigerte wieder durch Wiesbaden, um weitere öde Stunden totzuschlagen. All seine Hoffnung ruhte jetzt auf Rosa Schatzberger. Wenn ihr nichts einfiele, dann blieb die Welt weiterhin düster und ganz ohne Farben.

Elsa beschloss, sich den Nachmittag freizunehmen. Ihr Chef war zu einem Mandanten nach Zürich gefahren. Sie hatte die Schriftsätze ausformuliert, die sie zusammen vorbereitet hatten, aber jetzt war die Hitze im Büro trotz geschlossener Fenster und Läden nicht mehr länger auszuhalten. Ihren

Badeanzug und ein Handtuch hatte Elsa am Morgen von zu Hause mitgebracht.

Die Altstadt war wie ausgestorben. Als seien alle Bewohner aus der Stadt geflüchtet. Sie lief an der Stickerei Einstein vorbei. Durch eine zur Seitengasse geöffnete Tür konnte sie das Rauschen der Handstickmaschinen hören und sehen, wie das »Schiffli« hin- und hersauste. In den Schaufenstern hingen Stores mit feinsten Blüten- und Schleifenmustern. Für sie war die Stadt St. Gallen berühmt.

An der Mühleggbahn kaufte Elsa sich für fünfzehn Rappen ein Billett und wartete auf den Wagen der Standseilbahn, der bald aus dem steilen Felstunnel auftauchen würde. Neben Gleis und Tunnel stürzte der Mühlegg-Bach die Schlucht hinunter. Sein Wasser wurde in den Tank des oberen der beiden Wagen gefüllt und sorgte mit seinem Gewicht dafür, dass der Wagen auf den Schienen nach unten fuhr und dabei den zweiten Wagen an einem Stahlseil nach oben zog. Elsa erinnerte sich genau, als ihr Physiklehrer ihnen die Wirkungsweise der hypermodernen Wassergewichtsseilbahn erklärt hatte, die erst vor ein paar Jahren gebaut worden war.

Der Schaffner wünschte einen »guete Tag« und entwertete ihr Billett mit der Lochzange. Von der Bergstation im Villenviertel Sankt Georgen lief Elsa noch weiter den Hügel hinauf bis zu den Drei Weihern. Der erste und größte der drei Badeteiche war der Mannenweiher, zu dem Frauen keinen Zutritt hatten. Der Buebenweiher war kleiner und fast ganz mit Seerosen bedeckt. Dann kam der Frauenweiher, der von allen nur zärtlich »das Frauenbadi« genannt wurde. Elsa verschwand im hölzernen Badehaus und zog ihren nagelneuen Badeanzug an, den sie in einem Geschäft in der Spisergasse gekauft hatte. Er war schwarz mit weißen Paspeln am Ausschnitt und an den Beinrändern, die bis zur Mitte der Oberschenkel reichten. Sie hatte sich für ein Modell mit kurzen Armen entschieden, wie sie es in einer Zeitschrift bei der australischen Weitschwimmerin Annette Kellerman gesehen hatte. Es war eng geschnitten wie ein Trikot und hatte weder einen Matrosenkragen noch Puffärmel oder weite Hosenbeine, die am Knie von Gummilitzen eingeschnürt wurden. Im Mannenweiher hätte sie mit diesem engen Schwimmanzug für Furore gesorgt. Im Frauenbadi dagegen war man unter sich. Sie spürte schon Blicke von anderen Frauen auf sich, aber sie waren diskret bewundernd und respektvoll. So wie Elsa es gewohnt war, denn in Modedingen war sie oft mutiger als ihre Freundinnen und ließ sich in ihrer Wahl nicht von fremden Meinungen und neidischen Blicken beeinflussen.

Elsa stieg die Leiter hinab ins Wasser und durchschwamm den kleinen See in seiner ganzen Länge, während die anderen Badegäste meist im seichten Uferbereich blieben. Die allermeisten konnten nicht schwimmen und kamen nur zum Abkühlen ins Frauenbad. Wenn sie nur wüssten, was ihnen entgeht, dachte Elsa und betrachtete ihre Arme, die unter der Wasseroberfläche matt schimmerten. Wäre sie in der Klosterschule in Nymphenburg geblieben, dann hätte Elsa wahrscheinlich auch nie schwimmen gelernt. Aber hier in St. Gallen war alles etwas freier und moderner, und es herrschte die Meinung, dass es auch für junge Frauen wichtig, vielleicht sogar lebensnotwendig war, schwimmen zu lernen. In der Schweiz durften Frauen überhaupt schon viele Dinge, von denen die Mädchen in München nur träumten. Studieren zum Beispiel oder eine Ausbildung in einem Männerberuf machen, wie Elsa. Sie hatte Jura studiert und war nun Assistentin eines Rechtsassessors. Vielleicht würde sie sogar selbst einer werden, oder eine.

Elsa hielt die Luft an und tauchte mit dem Kopf unter Wasser. Endlich Abkühlung. Seit sie die Haare kürzer trug, musste sie nicht mehr so viel Rücksicht auf ihre Frisur nehmen. Sie fühlte sich frei und ungebunden, ließ sich vom Wasser tragen und konnte sich fast mühelos fortbewegen, als schwebte sie dahin.

Nach einer kurzen Rast am anderen Ufer schwamm sie zurück. Als sie das Badehaus fast erreicht hatte, sah sie eine Frau ins Wasser steigen. Sie hatte dickes schwarzes Haar und trug eine bis zum Knie reichende Hose mit Gummizug, dazu ein schlichtes Unterhemd ohne Corsage. Das Wasser ging ihr schon bis zur Hüfte, doch das schien sie nicht zu stören. Sie hatte ein Lächeln auf den Lippen, und ihr ganzer Körper schien dem Sonnenlicht entgegenzustrahlen, das sich auf der Wasseroberfläche brach. Plötzlich verschwand ihr Kopf für Sekunden von der Wasseroberfläche, um kurz darauf wieder aufzutauchen. Sie schnappte nach Luft und ging wieder unter. Elsa schwamm schneller. Nach einigen harten Zügen war sie bei ihr und bekam ein Stück ihres Unterhemds zu fassen. Sie zog an dem Leinenstoff und spürte, wie eine Hand nach ihr griff und sich mit aller Kraft an sie klammerte. Fast zog sie Elsa mit sich unter Wasser. Elsa hörte, dass ihnen jemand etwas zurief, doch keiner kam ihnen zu Hilfe. Sie kämpfte, um den Kopf über Wasser zu behalten. Es mochten nur drei, vier Züge sein, bis sie wieder stehen konnte. Elsa zog mit Gewalt ihren Arm aus der Umklammerung, griff nach dem dunklen Schopf der Frau und zog sie mit sich. Mit dem anderen Arm ruderte sie mit letzter Kraft Richtung Ufer. So schaffte Elsa zwei Züge, dann spürte sie, wie fremde Hände nach ihr griffen und sie ans Ufer zogen. Sie hustete, schnappte nach Luft, hustete wieder. Erschöpft lagen sie beide auf der Wiese. Jemand legte der Frau mit dem Zopf ein Handtuch um die Schultern, fragte, ob alles in Ordnung sei. »Ja danke, ich lebe noch«, hörte Elsa sie mit einem fremden Akzent sagen, »nur hätte ich jetzt gern etwas anderes zu trinken als Wasser.« Sie drehte sich zu Elsa, rang nach Luft, grinste aber wie nach einem gelungenen Streich.

»Wieso gehen Sie ins tiefe Wasser, wenn Sie nicht schwimmen können?« Auch Elsa japste.

»Oh, ich dachte, vielleicht könnte ich es auf diese Weise endlich lernen.« Ihre Schultern hoben und senkten sich schwer beim Atmen, aber sie lächelte immer noch. Nach einigen Sekunden sagte sie: »Vielen Dank übrigens. Ich heiße Sarah. Sarah Rabinowitz.«

»Elsa Randlkofer.«

»Sie sind keine Schweizerin«, stellte Sarah fest.

»Sie auch nicht«, antwortete Elsa.

»Ich bin Russin.«

»Was machen Sie hier in St. Gallen?«

»Ich bin auf der Durchreise und komme von Bern, wo ich an der Universität eingeschrieben war. Und Sie?«

»Ich arbeite in St. Gallen.«

»Ja? Was machen Sie?«

»Wollen Sie sich nicht lieber umziehen? Ihre Unterwäsche muss ja bleischwer sein. Wahrscheinlich hat sie Sie runtergezogen.« Sarahs Haut war sehr hell, fast durchscheinend.

Sarah stützte sich auf die Ellbogen und drückte sich das Wasser aus dem Haar. »Haben Sie mir gerade das Leben gerettet?«, fragte sie, als käme ihr der Gedanke, dass sie beinahe ertrunken wäre, erst jetzt.

»Sie sind jedenfalls die erste Nichtschwimmerin, die ich am Zopf aus dem Wasser gezogen habe.«

Sarah Rabinowitz lächelte schon wieder und zeigte dabei zwei hübsche Grübchen.

»Dann müsste ich Sie jetzt zumindest zu einem Wodka einladen, aber ich weiß gar nicht, ob es hier so etwas gibt.« Sarah sah sich um. »Sie sind doch noch da, wenn ich mich umgezogen habe?« Sie musterte Elsa. »Einen wunderbaren Badeanzug haben Sie an. Wo bekommt man so etwas?« Noch bevor Elsa antworten konnte, winkte die andere ab. »Ach, ich könnte ihn mir ja doch nicht leisten. So ein Luxus, wo ich noch nicht einmal schwimmen kann.«

»Ich könnte es Ihnen beibringen.«

»Das würden Sie tun?«, fragte Sarah. »Wie schade, dass ich morgen schon in der Eisenbahn nach Wien sitzen werde. Ich hätte gerne bei Ihnen schwimmen gelernt.«

Elsa zuckte die Achseln. »Vielleicht kommen Sie ja irgendwann wieder.«

»Tja, wer weiß. Woher kommen Sie?«

»Aus München.«

»Sind Sie verheiratet?«

»Nein, Sie?«, fragte Elsa zurück.

»Nein, ich habe keinen Mann. Nur einen Freund, der mich hierhergebracht hat, aber ich durfte ja nicht mit ihm in diesen Mannenweiher hinein. Die Schweizer sind schon komisch. Sie lassen uns in die Universitäten, aber zum Baden brauchen wir einen eigenen See.«

»Immerhin haben wir einen. Und das Frauenbadi ist doch sowieso der schönste von den drei Weihern«, meinte Elsa.

»Ich weiß schon, dass es um unsere Haut geht, die man im Badekostüm sehen kann.« Sarahs Grübchen waren wieder da, und sie waren einfach entzückend anzusehen. »Wie lange wird es wohl noch dauern, bis Frauen und Männer in dasselbe Bad steigen dürfen? Und zwar nicht in diesen langen Kleidern, die uns ins Wasser hinunterziehen.«

»Ich finde, zuerst sollten wir alle schwimmen lernen«, meinte Elsa nüchtern.

»Da haben Sie recht. Aber heute habe ich die Gelegenheit verpasst. Sie warten doch, bis ich mich umgezogen habe? Ich möchte meinem Freund Alexej gern meine Retterin vorstellen. Würden Sie mir die Freude machen?«

Wer kann diesen Grübchen schon widerstehen, dachte Elsa und ging mit Sarah zum Badehaus, um sich anzuziehen.

Sie liefen auf dem Panoramaweg zurück. Von hier konnte man die Segelboote auf dem Bodensee erkennen. Sie sahen aus wie weiße Fähnchen, die über das Wasser gezogen wurden. Nach Westen zu nahm der See überhaupt kein Ende. Sie kamen an der Linde vorbei, die sie im Mai hier gepflanzt hatten. Sarah blieb stehen.

»Sehen Sie mal«, sagte sie. »Dieses kleine Stämmchen hat eine mächtige Gedenktafel erhalten. Da muss es sich aber anstrengen, dass es irgendwann ein großer Baum wird, der seiner Tafel würdig ist. Was steht denn da?«

»Schillerlinde – Gepflanzt von der dankbaren Jugend, 9. Mai 1905«, antwortete Elsa, und dazu musste sie nicht einmal hinsehen.

»Ah, Sie waren dabei bei der dankbaren Jugend?«

Elsa nickte. »Wir haben sie zu Schillers hundertstem Todestag gepflanzt.«

»Ach ja, der deutsche Freiheitsdichter«, seufzte Sarah, »und Gegner der Französischen Revolution. Er setzte ganz auf die Vernunft und war gegen Gewalt.«

»Ist daran irgendetwas falsch?«, fragte Elsa.

»Revolutionen sind ohne vorübergehende Gewalt nicht möglich«, antwortete die Russin ernst.

Gewalt? Als Juristin hatte Elsa gelernt, dass sie nur vom Staat und seinen Organen ausgehen durfte.

»Haben Sie vom Petersburger Blutsonntag gehört, hier in Ihrem friedlichen, reichen St. Gallen?«

Elsa nickte. Das musste Anfang des Jahres, irgendwann im Januar gewesen sein. Es hatte in Sankt Petersburg Aufstände und Demonstrationen gegen den Zaren gegeben. »Ich habe es in der Zeitung gelesen.«

»Ich war dabei«, sagte Sarah. »Ich habe gesehen und gehört, wie die Soldaten gegen uns geritten sind und auf uns geschossen haben. Und wir waren alle friedlich und unbewaffnet. Finden

Sie nicht, dass so ein gewaltloser Protest möglich sein muss?« Ihre Grübchen verschwanden, wenn es ernst wurde.

»Wieso waren Sie dort, wenn Sie doch in Bern immatrikuliert waren?«

»Ich bin da, wo man mich braucht«, sagte sie, aber Elsa verstand nicht genau, was Sarah meinte. Doch dann gab Sarah sich einen Ruck und nahm Elsas Hand, als seien sie Freundinnen seit Kindertagen.

»Kommen Sie, jetzt laufen wir zu den Mannen, und ich stelle Ihnen Alexej vor. Wehe, er hat keine Räppli in der Tasche für meine Lebensretterin. Und sagen Sie jetzt nicht, dass Sie selbst Geld haben, bitte. Ich stehe in Ihrer Schuld und muss zahlen. Oder Alexej. Jedenfalls wird heute ein Russe bezahlen.«

»Wie alt sind Sie?«, fragte Elsa, die Sarahs Hand in ihrer spürte. Warm fühlte es sich an und fast schon etwas vertraut.

»Dreiundzwanzig. Und Sie?«

»Auch dreiundzwanzig«, antwortete Elsa, aber sie fühlte sich im Vergleich mit Sarah jünger und unerfahrener. Nie hatte sie an irgendetwas Besonderem teilgenommen, das über ihre eigene Person und das persönliche Umfeld hinausging. »War Alexej auch dabei?«, fragte sie.

»Wobei?«

»In Sankt Petersburg, bei den Aufständen.«

»Ja. Wir Russen reisen gerade viel herum in ganz Europa. Wenn die Heimat ruft, dann machen wir uns eben auf den Weg.«

Unter ihnen lag nun der Mannenweiher mit seinem weiß und grün gestrichenen Badehaus und dem Milchhüttli zur Versorgung der Gäste. Sarah hielt nach ihrem Freund Ausschau.

»Und was werden Sie in Russland tun? Sie sagten doch, Sie seien auf der Durchreise.«

Sarahs Grübchen lächelten wieder. »Ich werde Kinder unterrichten, denn ich habe ein Diplom als Lehrerin«, sagte sie, steckte sich dann wie ein Kutscher zwei Finger in den Mund und ließ einen schrillen Pfiff ertönen.

Elsa sah sie entsetzt an.

»Was ist, Lebensretterin?«, fragte Sarah. »Wenn sie uns hier schon nicht reinlassen, weil wir Röcke tragen, dann muss ich meinen Freund ja wohl anders auf uns aufmerksam machen, oder? Sie zwingen mich doch dazu, mich schlecht zu benehmen. Aber das macht mir nichts aus. Obwohl ich natürlich schon lieber dort reingehen und mir diese Mannen aus der Nähe ansehen würde.«

Elsa errötete. Das ganze Mannenbad starrte jetzt zu ihnen herauf, und Sarah warf die Arme in die Luft und winkte. Ein Mann mit kräftiger Statur und muskulösen Oberarmen, verwegen langem Haar und Vollbart winkte zurück und lief zum Badehaus. Elsa wäre am liebsten davongelaufen, so peinlich war ihr die ganze Sache allmählich. Als Alexej schließlich zu ihnen heraufgelaufen kam, musterte er Elsa so unverhohlen, dass sie am liebsten im Erdboden versunken wäre.

»Alexej Droschin.« Er streckte ihr seine Hand entgegen.

»Elsa Randlkofer.« Sie zwang sich, ihm in die Augen zu sehen, die unentschieden braun und blau zugleich waren.

»Sie hat mir das Leben gerettet, Alexej«, sagte Sarah und erzählte ihm, was passiert war.

»Was machst du bloß für Sachen? Sonst so klug, aber manchmal bist du dumm wie Stroh, Sarah. Ich danke Ihnen jedenfalls, Elsa.«

Sie gingen ins Café an der Bergstation der Mühleggbahn und bestellten drei Kräuterbitter, denn Wodka gab es keinen. Als Sarah sich kurz frisch machte, sah Alexej Elsa aus seinen zweifarbigen Augen eindringlich an, dann betrachtete er ihre Hände, bis sie zu kribbeln anfingen.

»Sie sind nicht verheiratet, Fräulein Elsa?«

Elsa schüttelte den Kopf. »Mögen Sie keine Männer?«

»Nicht alle«, erwiderte sie, »aber einige schon. Ich bin mir nur noch nicht ganz sicher, welchen ich nehmen soll.«

»Dann nehmen Sie mich«, sagte Alexej, und sein Lächeln und diese Lippen, die sich dabei ganz fein kräuselten, jagten ihr eine Hitzewelle durch den Körper. »Ich liebe starke Frauen. Sie sind eine Heldin, und ein Schnaps ist nicht genug, Ihnen zu danken.«

»Aber mich zu heiraten wäre dann doch ein bisschen zu viel, finden Sie nicht?«

»Du sollst fremde junge Damen nicht so anstarren, Alexej«, bemerkte Sarah, als sie zum Tisch zurückkam. »Du benimmst dich wie ein russischer Bauer.«

»Hoch lebe der russische Bauer«, rief Alexej, »nieder mit dem Zaren!«

Erschrocken sah Elsa sich um, aber es waren nur wenige Tische besetzt, und niemand schien von ihnen Notiz zu nehmen. Sie war froh, als Alexej bezahlte und sie das Lokal verließen.

»Ich befürchte, jetzt müssen wir zu Fuß gehen. Ich habe mein letztes Schweizer Geld ausgegeben«, sagte Alexej, und Elsa war heilfroh, nicht mit den beiden in der Bahn fahren zu müssen. Nicht dass sie noch ehemalige Mitschüler vom Institut am Rosenberg oder Mandanten aus ihrer Kanzlei träfe. Am Ende waren diese beiden, die sich um Konventionen nicht allzu viel scherten, tatsächlich russische Revolutionäre. Wie Spione sahen sie nicht aus, aber was wusste sie schon von Spionen.

»Vielleicht sehen wir uns einmal in München, später irgendwann«, sagte Sarah zum Abschied. »Sie wissen doch, dass wir jetzt auf immer miteinander verbunden sind, Elsa?«

»Wie Blutsschwestern«, sagte Alexej.

Sarah drückte sie an sich und gab ihr einen Kuss auf den Mund. Und bevor Alexej noch auf die Idee kommen konnte, dasselbe zu tun, reichte Elsa ihm die Hand, sagte »Auf Wiedersehen« und ging davon.

Sie hörte, wie Alexej ihr ein »Doswidanja« nachrief, aber sie drehte sich nicht mehr um. Erst als sie schon in sicherer Entfernung war, rief sie den beiden hinterher. »Wenn Sie nach München kommen, meine Mutter hat ein Delikatessengeschäft in der Dienerstraße, gleich hinter dem Marienplatz. Es heißt Dallmayr.«

Elsa winkte noch ein letztes Mal, dann bog sie in die nächste Seitengasse und atmete einmal tief durch.

Die Telefonistin mit der Stupsnase und den roten Haaren hatte auch schon am Nachmittag im Telegrafenamt in der Luisenstraße gesessen. Paul erinnerte sich genau an sie, und sie offenbar auch an ihn.

»Immer noch im Dienst?«, begrüßte er sie vielleicht zu sehr wie eine alte Bekannte.

»Und Sie, wieder ein Gespräch nach München?«

Sie erinnerte sich also tatsächlich. Paul nickte.

»Wahrscheinlich wartet dort Ihre Braut schon sehnsüchtig auf Sie, stimmt's?« Sie grinste.

»Schön wär's«, meinte Paul. »Es ist aber leider nur die Buchhalterin unserer Firma.«

»Dann ist sie also um diese Uhrzeit auch noch im Dienst, die Arme. Und wenn es Ihre Firma ist, dann sind Sie bestimmt ein Kapitalist und gemeiner Ausbeuter«, behauptete sie und ließ ihm keine Zeit für eine Antwort. »Sie können gleich an den ersten Apparat gehen.«

Ein offener Apparat mit einer Trennwand, glücklicherweise keine Zelle mit abgestandener heißer Luft. Paul ging an die erste Säule mit den beiden Sprechapparaten rechts und links, drehte die Induktionskurbel per Hand und gab, als er dazu aufgefordert wurde, den Namen des Teilnehmers in München und die Telefonnummer an. Dann dauerte es bestimmt zwei, drei Minuten, bis das rothaarige Fräulein die Verbindung hergestellt und die Leitung freigeschaltet hatte. Zwei Minuten nach acht Uhr klingelte bei Rosa im Kontor das Telefon.

»Und, ist dir was eingefallen, Rosa?«, fragte Paul.

»Tja, ich glaube, es reicht nicht, dass wir das Geld auftreiben, das da bei dir in der Firma unterschlagen wurde«, antwortete Rosa.

Paul hörte vor allem dieses tröstliche »Wir« und klammerte sich erst einmal daran.

»Wir müssen den Schuldigen finden. Also brauchen wir noch mehr Geld«, behauptete Rosa.

»Noch mehr? Wieso denn jetzt das?«

»Für den Privatdetektiv, der die Angestellten in dieser Firma genauer unter die Lupe nehmen muss. Besonders diesen einen Bayernhasser, von dem du erzählt hast. Das kostet aber zusätzlich.«

Pauls Mut sank wieder. Noch mehr Geld. Wo sollte das denn herkommen?

»Hast du eigentlich selbst nichts gespart?«, fragte Rosa.

»Schon, aber doch nicht so viel! Ach, es ist sowieso alles aussichtslos. Dann werde ich eben in den Rhein gehen müssen.«

»Meinst du vielleicht, du findest das Geld dort?« Rosa kannte kein Mitleid. »Kannst du dir sparen, Paul.«

»Wieso?« Stand da plötzlich ein schwacher Hoffnungsschimmer am Horizont?

»Weil ich eine Idee habe, wo wir es herbekommen könnten. Das heißt, von wem.«

»Du hast aber nicht Herrn von Poschinger angepumpt, oder?«

»Nein, hab ich nicht.«

»Wen dann? Hermann?«

»Hermann weiß von nichts.«

»Doch nicht etwa meine Mutter?« Paul fing nun doch wieder an zu schwitzen, trotz des offenen Telefonapparats.

Während Rosa plapperte und plapperte, sackte sein Kreislauf kurz ab. Am liebsten hätte er sich hingesetzt, aber es gab nicht einen Hocker in der ganzen Halle. Sitzen war nicht vorgesehen. Man telefonierte ja schließlich nicht zum Vergnügen, sondern weil man etwas Wichtiges zu besprechen hatte. Und man fasste sich kurz.

»Bist du noch dran?«, fragte Rosa ab und zu, was Paul bejahte. Ansonsten hörte er einfach nur zu, während er von einem Bein auf das andere trat, um seinen Kreislauf wieder in Schwung zu bringen.

Eine Hurra-Lösung war Rosas Vorschlag nicht, aber blieb ihm denn eine Wahl? Aus den Augenwinkeln bemerkte er, dass die rothaarige Telefonistin anfing, ihren Arbeitsplatz aufzuräumen. Anscheinend hatte sie gleich Feierabend.

»Ich muss jetzt nach Hause, Paul«, sagte Rosa am anderen Ende der Leitung. »Ich bin so müde, du kannst es dir nicht vorstellen.«

»Rosa, das ist verdammt lieb von dir, dass du dich so ins Zeug gelegt hast für mich. Was würde ich ohne dich bloß machen?«

»Hoffentlich nicht in den Rhein gehen oder in sonst einen Fluss, der durch Wiesbaden fließt. Komm zurück an die Isar, Paul, komm heim, und es wird alles wieder gut, wirst sehen.«

»Rosa, ich ...«

»Lass mich jetzt nach Hause gehen und schlafen, Paul, ja?«

Paul drehte noch einmal die Kurbel am Telefonapparat, damit die Telefonistin wusste, dass das Gespräch definitiv beendet war und sie die Leitung wieder freigeben konnte. Die Schicht hatte gewechselt. Nun saß da ein Fräulein mit dünnem, farblosem Haar und fliehendem Kinn, wie die Profilansicht unvorteilhaft herausstellte. Paul bezahlte das Telefonat und verließ die Halle.

Die Schwingtür des Telegrafenamtes war noch in Bewegung und schlug leise tock, tock, tock. Paul blieb kurz stehen, um die etwas kühlere Abendluft zu genießen und einmal tief durchzuatmen. Er musste sich das alles durch den Kopf gehen lassen. Gegenüber, vor dem Café, stand die Rothaarige und winkte. Für einen kurzen Moment glaubte Paul wirklich, sie meinte ihn. Doch dann bemerkte er den jungen Mann, der hinter der vorbeiratternden Straßenbahn über die Straße und auf sie zulief. Sie hakte sich bei ihm unter, und Paul sah den beiden nach, bis er sie unter den vielen Passanten, die zum Essen nach Hause eilten, aus den Augen verlor.

Hermann beobachtete, wie Johann auf dem Weg zum Ausgang versuchte, jede Bodenfliese nur in der Mitte zu betreten und ja keine Fuge mit dem Schuh zu berühren. Das machte er immer so. Wenn man ihn fragte, warum, wusste er keine Antwort, oder er wollte sie niemandem sagen. Wenn er doch einmal eine Fuge berührte, dann räusperte er sich und ging noch einmal einen Schritt zurück, um es wiedergutzumachen. Seine Mutter machte sich deshalb Sorgen, aber Hermann meinte, er habe selbst auch solche Ticks gehabt als Kind, und das würde sich mit der Zeit schon geben.

In der Pforte saß wie immer Schwester Hildegard. Ihr pausbäckiges Gesicht von einem schwarzen Schleier mit weißem Rand eingerahmt. »Auf Wiedersehen, Schwester«, rief Johann wie immer. Fröhlich, aber doch weiterhin auf seine Schritte konzentriert. Wo er nur diese Energie hernahm. Eigentlich hätte er todmüde sein müssen. So wie Hermann, der sich am liebsten auf der Stelle hingelegt hätte. Die Besuche im Krankenhaus strengten ihn sehr an. Vor allem, dass er Sonia nicht mitnehmen konnte, sondern in dem Zimmer mit den acht Betten zurücklassen musste. Sie war so tapfer, vor allem wegen Johann. Aber wenn er sie zum Abschied in die Arme nahm, spürte er, wie sie bebte und mit den Tränen kämpfte.

»Auf Wiedersehen, kleiner Mann. Kommst du denn deine Mama morgen wieder besuchen?« Schwester Hildegard war aufgestanden und hatte ihr Fensterchen aufgeschoben.

»Meine Mama und mein Schwesterchen«, antwortete Johann.

»Woher weißt du denn, dass es eine Schwester wird? Es könnte doch auch ein Brüderchen sein.«

»Nein, nein, es ist ein Schwesterchen«, behauptete Johann fest. »Wir brauchen doch nicht noch einen Jungen. Ich bin ja schon da.«

Johann war fest davon überzeugt, dass es nach der Reihe gehen musste: Junge, Mädchen, Junge, Mädchen und so fort.

Die Schwester fragte wie jeden Tag: »Magst du vielleicht ein Zuckerl?«

Und wie immer nickte Johann. Aus einem Ballonglas suchte er sich ein gelbes Bonbon in Zitronenform aus. »Danke, Schwester«, sagte er artig und steckte es in den Mund. Erst dann schritten sie endlich durch die Glastür hinaus ins Freie, und Hermann atmete tief ein. Nicht dass die Luft am Rotkreuzplatz besonders gut gewesen wäre, es war nur die normale Stadtluft. Aber sie war besser als die Krankenhausluft. Sie roch nach Pferden und Pferdemist, nach Müll und ein wenig nach Kanalisation, nach den Bremsen der Trambahn und den Abgasen der wenigen Automobile, die den Platz in größeren Abständen überquerten. Das alles war Hermann lieber als die Mischung aus Kernseife, Putzmitteln und Klosterschwestern in langen Gewändern, nach wässrigem Kartoffelbrei, Hagebuttentee und abgestandenem Leitungswasser, nach lauwarmer Gemüsesuppe mit fettem Speck und nach in Milch eingeweichten Semmeln, die nach nichts schmeckten. Sonia wäre hier schon bis auf das Skelett abgemagert, wenn Hermann nicht täglich ein paar Stärkungen aus der Dienerstraße mitgebracht hätte. Den Schwestern, die sie argwöhnisch dabei beobachteten, wie er seinen Henkelmann auspackte, hatte er erklärt, dass seine Frau von den Kanaren käme und das deutsche Essen immer noch nicht so gut vertrage. Eine glatte Lüge. Sonia war nur das schlechte Klinikessen nicht gewohnt, genauso wenig wie Johanns Schwesterchen. Der Bub hatte seine Eltern schon mit seiner Überzeugung angesteckt, dass das Baby ein Mädchen würde. Er hatte auch bereits einen Namen für sie ausgesucht: Johanna. Johann und Johanna, das lag doch auf der Hand. Sonia sagte dann immer zu ihrem Sohn, sie müssten erst abwarten und schauen, wer da zu ihnen kam. Erst dann könnten sie herausfinden, welcher Name zu diesem Baby passte. »Ich glaube, es will Johanna heißen«, sagte Johann dann, und damit war die Sache für ihn erledigt.

»Jetzt fahren wir aber nach Hause, ja, Papa?«, fragte der Fünfjährige. Hermann nickte und nahm seine Hand, um mit ihm die Straßenbahnschienen zu überqueren.

»Oder ...?«

»Oder was?«, fragte Hermann. Es war ein Spiel. Hermann tat so, als wüsste er nicht, was Johanns »oder« bedeutete. Dabei wusste er es ganz genau. Er wartete darauf, dass der Junge es selbst aussprach.

»Oder ... wollen wir noch zu Sarcletti?« Johann sprach den italienischen Namen aus wie »Sargletti«.

»Was sollen wir denn bei Sarcletti?«

»Na, so eine ... nur eine einzige Kugel Eis?«

»Ach, du möchtest ein Eis?«

Johann nickte.

»Und weißt du auch schon, welches?«

Der Junge nickte wieder.

»Ich weiß gar nicht, ob der Eiswagen heute überhaupt am Rotkreuzplatz steht.«

»Aber ich weiß es!«, rief Johann. »Ich sehe ihn sogar.«

»Wo denn?«

»Da, schau doch, da drüben!«

Nun sah auch Hermann zur Nymphenburger, Ecke Schulstraße hin, wo wie jeden Tag der Sarcletti-Eiswagen stand. Ein Handkarren mit zwei hohen Rädern und einem roten Markisendach. In der Kühlung drei Sorten Gefrorenes: Vanille, Erdbeer und Schokolade. Johann bestellte immer nur Schokolade. Es war wie mit den Bodenfliesen.

Am nächsten Morgen stand Therese schon bei Rosa im Büro, während die noch dabei war, ihre Ärmelschoner anzuziehen. Tintenflecken ruinierten einfach jede Bluse.

»Hat Paul sich gemeldet?«, fragte Therese.

»Er ist immer noch krank, wahrscheinlich eine Erkältung. Er meldet sich, sobald er wieder gesund ist, hat er gesagt.«

»Dann rufe ich jetzt den Herrn Loos an, den Geschäftsführer von Ecker Nachfolger. Machen Sie mir die Verbindung, Rosa?«

»Das wird gar nicht nötig sein, Frau Randlkofer. Paul hat gesagt, er hätte schon mit seinem Chef gesprochen und es sei alles geklärt. Sobald er wieder auf den Beinen ist, wird er sein Zimmer kündigen und sich um seinen Umzug kümmern.«

»Das ist ja prima, wenn er das selbst schon geklärt hat. Verbinden Sie mich aber bitte trotzdem mit Herrn Loos. Ich habe ihn länger nicht gesprochen und will einfach hören, wie Paul sich so macht im Geschäft, und wie er mit ihm zufrieden ist.«

Rosa reagierte nicht, sah sie nur merkwürdig an.

»Ist was an mir, Rosa? Habe ich die Bluse falsch eingeknöpft?« Therese blickte an sich herunter.

»Nein, nein, entschuldigen Sie, ich versuche ihn gleich zu erreichen.«

Wenig später kam Rosa zu Therese ins Büro, um ihr mitzuteilen, dass Herr Loos sich auf Geschäftsreise befände und erst nächste Woche wieder im Geschäft sei. Na, Hauptsache, Paul hatte klären können, dass er die Lehre daheim und nicht in Wiesbaden fertig machen würde. Hoffentlich war Rosa nur unpässlich. Nicht dass sie krank wurde. Sie hatte ganz rote Backen und wirkte ein wenig derangiert.

Ihre Schwiegertochter musste weiterhin liegen, hatte Hermann beim Frühstück erzählt. Am Nachmittag würde er wieder hingehen, mit Johann, der darauf bestand, dabei zu sein. Hoffentlich war das richtig. Und hätte Sonia zu Hause nicht genauso gut liegen können? Wieso musste es unbedingt ein Krankenhausbett sein? Schonen konnte sie sich daheim auch, und dann hätte Hermann öfter im Geschäft sein können. Womöglich ging er davon aus, dass man im Notfall Sonia im Krankenhaus schneller helfen konnte. Er war übertrieben besorgt um seine Frau. Therese hätte aus der Haut fahren können, wenn sie daran dachte, wie viel Arbeit liegen blieb, während Hermann seine Spitalbesuche machte.

Es klopfte. Rosa stand an der Tür mit einem Zettel in der Hand.

»Was gibt es noch, Rosa? Haben Sie Herrn Loos doch erreicht?«

»Loos?«, fragte Rosa, als hätte sie den Namen nie zuvor gehört. »Ach so, nein, nicht wegen Loos. Ich wollte Sie darauf aufmerksam machen, dass der Herr Wallner vom Zehnderhof in Kirchheim schon seit Wochen viel zu wenig liefert. Ich habe das mal zusammengeschrieben für die letzten drei Monate. Schauen Sie.« Sie legte ihre Liste auf den Schreibtisch. Links stand die bestellte Stückzahl an Geflügel, rechts die jeweils tatsächlich gelieferte Menge.

»Das ist ja ein Drittel weniger«, rief Therese.

»Bei den Gänsen sogar fast die Hälfte«, sagte Rosa. »Korbinian hat auch gesagt, dass der Schaden für den Betrieb immer größer wird. Wir könnten viel mehr verkaufen. Die Kunden wollen alle ihre Enten und Gänse zu Weihnachten haben. Es ist zwar noch ein halbes Jahr hin, aber wenn die Bestände nicht wachsen, bekommen wir ein echtes Problem.«

Therese war augenblicklich alarmiert. »Das Problem haben wir schon früher«, sagte Therese. »Zu Martini essen die Münchner Gänsebraten, so wie sie am Aschermittwoch Fisch essen und an Ostern geweihte Eier und den Osterzopf. Wenn es am 11.11. kein Ganserl gibt, ist der ganze Faschingsanfang verdorben. Und sechs Wochen später ist Weihnachten.«

»Ich glaube, da stimmt irgendwas nicht mit dem Zehnderbauern. Er hat noch in keinem Jahr so wenig geliefert«, mutmaßte Rosa.

»Entweder er liefert einen Großteil seiner Tiere nicht an uns, sondern an einen Konkurrenten, oder …« Therese mochte sich die Alternative gar nicht vorstellen.

»Oder er hat andere Schwierigkeiten«, setzte Rosa Thereses Gedanken fort.

»Das sollten wir herausfinden. Jemand muss hinfahren und sich den Hof anschauen. Weiß Korbinian irgendwas Näheres?«

»Nein, er weiß nichts, er ist nur stocksauer, weil der Züchter die Bestellmengen nicht erfüllt und Korbinian von Woche zu Woche die Kunden vertrösten muss.«

»Darum muss Hermann sich kümmern«, entschied Therese.

Obwohl Paul den ganzen Tag nur in der Stadt herumgelaufen war und die beiden Male mit Rosa telefoniert hatte, war er todmüde nach Hause gekommen, hatte sich am Wohnzimmer von Frau Schleicher vorbei in sein Zimmer geschlichen und war fast auf der Stelle eingeschlafen. Als er aufwachte, wusste er noch, dass er schlecht geträumt hatte, aber er konnte sich nicht erinnern, was es gewesen war. Als er die Augen öffnete, merkte er, dass etwas anders war als sonst. Das Grau war weg. Stattdessen schien die Sonne ins Zimmer. Er hatte am Abend vergessen, die Vorhänge zuzuziehen. Er dachte an Balbina. Seine Halbschwester Balbina hatte angeboten, ihm das Geld vorzustrecken, das er brauchte, um sich bei Ecker Nachfolger freizukaufen. Rosa hatte ihm gesagt, sie wäre sogar bereit, die Kosten für einen Privatdetektiv zu übernehmen, der dem wahren Schuldigen, vielleicht diesem widerlichen Wilhelm Keuper, auf die Schliche kommen und Pauls Unschuld beweisen könnte.

Er hörte Frau Schleicher draußen rumoren, konnte riechen, dass sie Kaffee kochte, aber er wollte noch einen Augenblick liegen bleiben und nachdenken. Wo hatte Balbina eigentlich das Geld her, das sie so bereitwillig anbot? Rosa meinte, es stammte von der Summe, die ihr gemeinsamer Vater ihr vererbt hatte. Konnte er das annehmen? Er musste es sogar! Er würde es in Raten abstottern und ihr bis auf den letzten Pfennig alles zurückzahlen. Trotzdem war es sehr großzügig von ihr. Ob da irgendwas dahintersteckte, irgendein Plan? Eine Absicht, von der er nichts ahnte? Paul dachte scharf nach. Balbina hatte mit seiner Mutter gebrochen, man musste es wohl so sehen, auch wenn das Thema in der Familie ein Tabu war und nicht offen darüber gesprochen wurde. Und jetzt gab sie ihm Geld. Wollte sie sich damit etwa irgendwie an seiner Mutter rächen, für manche Ungerechtigkeit, die sie im Haus in der Dienerstraße erlitten hatte? Nein, wie sollte das auch gehen. Mutter durfte ja nie von dem »Darlehen« erfahren, das Balbina ihm angeboten hatte. Das andere war eine Sache zwischen den beiden Frauen. Paul hatte damit nichts zu tun. Rosa hatte gesagt, er solle es sich überlegen und sie am Nachmittag noch einmal anrufen, um ihr zu sagen, ob Balbina nun das Geld von der Bank holen und ihm schicken sollte oder nicht. Natürlich sollte sie. Es gab gar keine andere Möglichkeit für ihn, heil aus der Sache wieder herauszukommen. Wenn Loos die Polizei einschaltete, würde es noch am selben Tag seine Mutter erfahren. Paul hatte ihm eine Woche Frist abgerungen, bis dahin er entweder den Betrag ersetzen oder Loos die Polizei und seine Mutter benachrichtigen würde. Er konnte Balbinas Geld gar nicht ausschlagen, auch wenn sein Bauch ziemlich laut grummelte und sein Gewissen »Vorsicht« signalisierte.

Als das Geschirrklappern immer lauter und Frau Schleicher immer ungeduldiger wurde, stand Paul auf, um mit ihr zu frühstücken.

»Sie sehen sehr viel besser aus als gestern«, sagte sie. »Ich habe mir ja richtig Sorgen gemacht.«

»Alles wieder in Ordnung«, sagte Paul und ging, wie fürs Büro angezogen, aus dem Haus. Wieder stromerte er einen ganzen Tag durch die Stadt. Wie ein Tourist sah er sich die Sehenswürdigkeiten an, die vierzehn heißen Quellen Wiesbadens, von denen nur ein paar öffentlich zugänglich waren, den Kurpark, die Wandelhalle. Nie hatte er sich richtig Zeit dafür genommen. Doch jetzt hatte seine Tour schon etwas von einem Abschied. Seit dem Abschluss des Gymnasiums in München und einigen Monaten auf dem Weingut Lelarge in der Champagne war er jetzt fast zwei Jahre in Wiesbaden. Er würde seine Lehre nicht abschließen, sondern nach München zurückgehen. Nicht ganz freiwillig, aber bei Ecker konnte er auf gar keinen Fall bleiben, egal, wie es ausging, und wohl auch in Wiesbaden nicht.

Er aß zu Mittag, trank Kaffee, dann rief er Rosa an. Es war wieder die Telefonistin mit dem roten Haar, die ihn durchstellte.

»Schon wieder München?«, fragte sie, »derselbe Anschluss wie gestern?«

Paul nickte. Sie kam ihm noch hübscher vor als am Vortag. Bestimmt hatte sie einen schönen Abend erlebt zusammen mit ihrem Freund oder Verlobten.

Er wartete auf seine Verbindung. Als Rosa endlich ranging, sagte er ihr, dass er Balbinas Geld annehmen würde, und bat sie, ihr in seinem Namen zu danken.

»Ist doch klar, Paul. Ich habe übrigens auch schon einen Privatdetektiv gefunden.«

Paul seufzte.

»Hier, ich lese dir mal aus seiner Annonce vor: Emil Hoppe – seriös, zuverlässig, diskret. Hohe Aufklärungsquote. Beste Referenzen.«

Paul wurde ganz schummrig. Ein Detektiv bei Ecker Nachfolger. »Wie soll der denn in die Firma reinkommen, ich meine, diskret.«

»Das ist doch seine Sache, darüber musst du dir nicht den Kopf zerbrechen. Ich habe ihn schon auf deinen Peiniger, diesen Wilhelm, angesetzt. Wie heißt der mit Nachnamen, dieser Bayernhasser?«

»Keuper. Wilhelm Keuper. Aber ich bin doch gar nicht sicher, ob er der Schuldige ist, hörst du?«

»Das wird Herr Hoppe dann schon herausfinden, sobald wir den Vorschuss überwiesen haben. Jetzt hab mal ein bisschen Vertrauen. Er führt seine Detektei seit 1885.«

Damit war für sie alles geklärt. Rosa musste zurück an die Arbeit, und bei den Telefonistinnen war gerade Schichtwechsel. Die eine, die Paul so gut gefiel, war schon gegangen, während er telefoniert hatte.

Paul trat aus dem Gebäude, die Tür schlug hinter ihm ihr Tock, Tock, wie ein Uhrwerk, und dann hörte Paul plötzlich ein leises »Psst!«. Als er sich umsah, sah er sie dort hinter der Tür an der Mauer stehen, mit einem sehr süßen grünen Filzhut auf der roten Mähne.

»Gute Nachrichten von daheim?«, fragte die junge Frau keck. »Sie sehen ja heute sogar wieder aus wie ein Mensch.«

»Wieso, wie habe ich denn gestern ausgesehen?«, fragte Paul.

»Wie ausgespuckt.«

Paul grinste. »Ja, tatsächlich, es gibt wieder Hoffnung für mich«, sagte er. »Und Sie? Warten Sie wieder auf Ihren Verlobten?«

»Auf wen?« Sie sah ihn an, als sei er nicht ganz bei Trost.

»Ich meine, auf den jungen Mann, der Sie gestern Abend abgeholt hat.«

»Ach, den von gestern«, sagte sie. »Mit dem unmöglichen Kerl bin ich sogar verwandt. Das ist mein großer Bruder Theo.«

Paul fiel ein Stein vom Herzen. Die plötzliche Aufregung, die ihn ergriff, machte ihn mutig.

»Wenn das so ist, dann müssen Sie mit mir anstoßen.«

»Worauf denn?«, fragte sie.

»Auf mein Glück und die guten Nachrichten«, sagte Paul. »Machen Sie mir die Freude und trinken Sie ein Glas Sekt oder Selters mit mir. Ich heiße übrigens Paul. Paul Randlkofer.«

»Ich bin Lotte Blisch.«

»Sie kommen also mit? Wie wäre es mit dem Café gegenüber?« Paul traute seinem Glück noch nicht über den Weg, aber eine klitzekleine Hoffnung begann doch in ihm zu keimen.

»Dann müssen Sie mir aber erzählen, was von gestern auf heute passiert ist. Das Lauschen ist mir ja strengstens verboten, dabei bin ich schrecklich neugierig.«

Auch wenn es keine Heldentaten waren, mit denen er hätte prahlen können, war schon die bloße Vorstellung, mit ihr unter dem Deckenventilator des Luisencafés an einem Tisch zu sitzen, aufregend.

Sie liefen noch vor der nächsten Bahn, die bimmelnd angefahren kam, über die Straße auf das Café zu. Paul hielt Lotte die Tür auf, und als sie an ihm vorbei eintrat, machte sein Herz einen kleinen Sprung. Der Tag war noch nicht um, und er hatte das Zeug dazu, zu so etwas wie seinem Glückstag zu werden. Gestern noch war alles grau gewesen, und plötzlich leuchtete es fuchsrot, denn Lotte war gerade dabei, ihren Hut abzunehmen.

»Ist das der Hof? Ist er es?« Johann konnte nicht mehr stillsitzen, seit er die vielen Gänse auf dem Dorfteich entdeckt hatte, die aufgeregt schnatternd ankündigten, dass sich Fremde dem Hof näherten. Hermann sagte ihm, er solle gefälligst auf dem Kutschbock sitzen bleiben, bis er die Pferde angehalten hätte. Johann setzte sich wieder und reckte wie die Gänse seinen Hals, um die Wasservögel besser zu sehen.

»Wieso haben die Enten solche Runzeln am Schnabel?«

»Das fragst du am besten den Herrn Wallner, das ist der Züchter.«

Hermann brachte die Pferde zum Stehen und ging mit Johann in einen der großen Ställe, um einen Knecht aufzutreiben, der sich um die beiden Rappen kümmern konnte. Er rief in das Dämmerlicht hinein, aber anscheinend war niemand da, auch wenn die Tür offen stand. In einer Abzäunung waren Hunderte von Hühnern zusammengesperrt und pickten seltsam lahm und lustlos im Stroh nach Futter.

»Papa, was ist mit den Hühnern?«, fragte Johann. »Die gackern ja gar nicht. Sind sie traurig?«

Er hatte recht, genauso sah es aus. Hermann hätte es selbst nicht besser beschreiben können.

Sie gingen über den Hof und am Misthaufen vorbei auf die zweite Scheune zu. In der braunen Jauche, die sich am Boden absetzte, lag ein totes Huhn.

»Ist das Huhn ertrunken?«, fragte Johann.

Hermann zog ihn weg und schob ihn vor sich her in die Scheune. Sie war leer. Ein Mann in Gummistiefeln war dabei, Kalk aus einem Blecheimer auf den Boden zu streuen. Ein Knecht fuhr mit der Schubkarre Mist und Stroh aus dem hinteren Teil der Scheune nach draußen. Auf seiner Karre entdeckte Hermann ein braunes Federbündel. Johann hatte es auch gesehen, aber er sagte nichts mehr.

»Herr Wallner?«, fragte Hermann.

»Wer will das wissen?«

Johann griff nach der Hand seines Vaters, als fürchte er sich vor dem Mann. Oder er spürte, dass das kein freundliches Gespräch werden würde.

»Hermann Randlkofer, meine Mutter schickt mich her«, antwortete Hermann.

»Soso. Vom Dallmayr kommen Sie, aus München. Und extra zu uns raus. Was verschafft mir denn die Ehre?«

»Können wir vielleicht ins Tageslicht gehen oder zu Ihnen ins Haus?«, fragte Hermann.

»Ich bin noch nicht mit meiner Arbeit fertig.« Wallner stand breitbeinig da, den Kalkeimer in der Hand, und rührte sich nicht.

»Warum ist denn der Stall ganz leer?«, wollte Hermann wissen.

»Weil die Gänse und Enten alle draußen sind und wir eben alles gründlich reinigen, wenn die Viecher sich im Freien aufhalten.«

»Draußen am Misthaufen hat eine tote Henne gelegen«, sagte Hermann.

»Tja, diese dummen Luder passen halt gar nicht auf, wo sie hinlaufen«, behauptete Wallner. »Das kommt schon einmal vor, dass da eins zugrunde geht. Ganz normal.«

»Vielleicht sind die anderen Hühner deshalb so traurig«, murmelte Johann. »Weil das eine tot ist.«

Wallner lachte auf und hielt es nicht für nötig, darauf zu antworten.

»Kann es sein, dass die Tiere krank sind?«, fragte Hermann.

»Wieso denn krank? Sind Sie zufällig auch Ökonom oder Züchter, Herr Randlkofer?«

»Als Kaufmann lernt man mehr, als Sie vielleicht denken. Und dass es auf Geflügelhöfen zu Krankheiten kommen kann, das weiß seit der Braunschweiger Geflügelausstellung jeder.«

»Bei uns hier ist alles in Ordnung. Ich habe keine Tiere nach Braunschweig auf eine Ausstellung geschickt«, behauptete Wallner.

»Aber Sie liefern viel weniger, als wir bestellt haben, und das schon seit Monaten.«

»Ja, Sie müssen schon wissen, was Sie wollen, Herr Randlkofer. Entweder produzieren wir Masse oder Klasse, auf die Sie ja so viel Wert legen. Beides zusammen geht eben nicht.«

Nach Klasse sah das hier aber nicht unbedingt aus. Ein unangenehmer Mensch war dieser Wallner. Hermann wurde das Gefühl nicht los, dass er etwas zu verbergen hatte. Vielleicht die »traurigen« Hühner, wie Johann sie genannt hatte. Das konnte auch ein Symptom für eine ansteckende Hühnerseuche sein. Manche von den Krankheiten griffen auf andere Geflügelarten über, manche nicht. Das, was hier mit dem Kalk versucht wurde, war wahrscheinlich eine Maßnahme zur Schadensbegrenzung.

Hermann hatte genug gesehen.

»Gut«, sagte er. »Wenn bei Ihnen also alles in Ordnung ist und Sie bei unseren Qualitätsanforderungen einfach nicht in der Lage sind, mehr Tiere zu produzieren, müssen wir uns wohl noch nach anderen Lieferanten umsehen.«

»Ist das jetzt eine Kündigung?«, fragte Wallner.

»Nein, vorerst nur eine Feststellung. Ich werde meiner Mutter berichten, und dann entscheiden wir zusammen, wie es weitergeht mit unserem Geflügel. Gerade die Gänse sind für uns sehr wichtig.«

»Sie haben sie ja draußen am Weiher gesehen. Schneeweiß, mit einem eleganten Schwanenhals und einer Schnabelfarbe wie frischer Eidotter. Kerngesund sind sie, meine Tiere, und jede Menge Auslauf haben sie. Das ist doch eine echte Dallmayr-Qualität, oder nicht?«

»Mag sein«, antwortete Hermann, »aber die Menge stimmt nicht für uns.«

»Tja, wie gesagt, entweder oder.«

»Auf Wiedersehen.« Hermann mochte ihm gar nicht die Hand geben. »Sie hören von uns.«

»Auf Wiedersehen«, sagte Johann, wie man es ihm beigebracht hatte. »Darf ich mich von den traurigen Hühnern auch noch verabschieden?«, fragte er seinen Vater.

»Nein, du gehst dort nicht mehr hinein«, entschied Hermann.

»Warum?«, fragte Johann.

»Das verstehst du noch nicht.« Hermann hob das Kind auf den Kutschbock und fuhr los.

Am Ortsrand hielt er an einem Bauernhof und fragte, wo er einen Tierarzt finden konnte.

»In Ismaning«, sagte ihm eine alte Bäuerin, die in ihrem Garten Bohnen erntete. »Der Soller Hansi, dem Posthalter Karl sein Sohn.«

Sie fanden den Tierarzt gleich neben dem Posthalterhaus, und während draußen die Pferde versorgt wurden, bestätigte er Hermann, was dieser bereits vermutet hatte. Auf dem Geflügelhof Wallner war es im Frühjahr zum Ausbruch einer Vogelseuche gekommen.

»Mangelnde Hygiene, Tierhandel, ein nur halbherziges Durchgreifen bei der Eindämmung, so werden diese Seuchen übertragen. Wenn es nach mir gegangen wäre, hätte Wallner seinen ganzen Hühnerbestand vernichten müssen. Aber so weit war es nicht gekommen. Unsere Sanitätspolizei ist hier auf dem Land kaum im Einsatz.«

»Aber sind Sie sicher, dass es eine Seuche war?«

»Ich habe doch seine Tiere gesehen. Sie waren apathisch, haben nicht gefressen, Kamm und Kehllappen waren bläulich gefärbt. Sie sahen wirklich schlecht aus.«

»Und was haben Sie gemacht?«, fragte Hermann.

»Ich habe ihm zur Einhaltung einer vernünftigen Hygiene geraten, Trennung der gesunden von den kranken Hühnern, gute Ernährung. Außerdem den Zusatz von 0,5 Prozent schwefelsaurem Eisenoxyd zum Trinkwasser und eine gründliche Desinfektion seines Stalles.«

»Und ist das geschehen?«

»Das weiß ich nicht. Mehr als meinen fachlichen Rat und Medikamente kann ich nicht geben. Ich bin ja nicht die Polizei.«

»Dann stimmt es also, dass die Hühner traurig waren«, sagte Johann, der aufmerksam zugehört hatte.

»Ja, das hast du gut beobachtet, kleiner Mann. Vielleicht willst du ja auch einmal Tierarzt werden?«

»Nein«, sagte Johann bestimmt. »Ich möchte keine traurigen Hühner untersuchen müssen. Ich möchte nur gesunde Tiere haben. Vielleicht werde ich einmal ein Ökonom und züchte selbst Tiere.«

»Ich fürchte, so lange können wir nicht warten«, sagte Hermann. »Wir brauchen schon bald einen neuen Geflügellieferanten.«

Sie aßen im Gasthof Soller neben der Poststation zu Mittag und fuhren zurück nach München, denn am Nachmittag mussten sie ja wieder zum Rotkreuzplatz und Sonia in der Klinik besuchen.

Die kleine Marie war von Anfang an ein Schreibaby gewesen. Das Schlimmste war nun überstanden, aber manchmal, wenn sie übermüdet war oder durch Besuche und aufregende Tageserlebnisse sehr aufgewühlt, verfiel sie immer noch in eine Unruhe, die klein anfing, sich aber bis zu einem Anfall steigern konnte, bei dem das Kind schrie und schrie und selbst keinen Ausweg mehr fand. Für Balbina war es das Schrecklichste, was ihr mit ihrer Tochter passieren konnte. Sie wusste sich immer noch keinen Rat, wie sie damit umgehen sollte. Die Kleine in ihr Zimmer bringen und die Tür schließen, wie sie es so oft versucht hatte, war meist keine Lösung. Sie hörte das Kind dann von allen Zimmern aus schreien, in den Schreipausen nach Luft ringen, nur um noch mehr und verzweifelter weiterzuschreien. Manchmal stopfte Balbina sich Papierkügelchen in die Ohren, aber selbst das half nicht. Schimpfen noch weniger. Einmal hatte sie das Kind geschüttelt, weil sie das Schreien einfach nicht mehr ertragen hatte, bis ihr Mann eingegriffen hatte. Mit sehr viel Geduld war es ihm gelungen, Marie zu beruhigen. Er trug sie auf dem Arm durch die Wohnung, machte »scht, scht«, ging in ihr Zimmer, sprach mit ihren Puppen, erzählte ihnen, dass Marie heute sehr müde war, aber nicht einschlafen konnte, weil sich irgendwo im Zimmer ein Floh versteckte, der immer wenn sie einschlief, herauskrabbelte, um sie zu ärgern. Einmal auf die Nase, dann in den großen Zeh, der aus der Bettdecke hervorguckte. Irgendwann hatte er sie. Sie hörte ihm zu, betrachtete ihre Puppen mit ihm, suchte mit ihm nach diesem Floh und ließ sich schließlich zudecken, sogar den großen Zeh, damit der winzige, unsichtbare Feind ihn nicht finden konnte. Balbina bewunderte die Engelsgeduld ihres Mannes, die sie selbst nicht aufbrachte. Nicht ihrer Tochter Marie gegenüber. Sie hatte doch wirklich alles, was man sich als Kind nur wünschen konnte, und trotzdem schlug sie so über die Stränge. Oder vielleicht gerade deshalb? War das Kind zu verwöhnt? War sie zu sehr Mittelpunkt der kleinen Familie, die Prinzessin, um die sich alles drehte? Hatte ihr Vater zu viel Geduld mit ihr, liebte er sie zu sehr, egal, was sie tat und wie schlecht sie sich benahm? Wusste sie, dass er ihr alles verzeihen würde, alles, für ein winziges Lächeln von ihr? Mit so einem Kind hatte Balbina nicht gerechnet, als sie schwanger war und ihre eigene Familie gründete. Das ewig schreiende Baby hatte sie wie ein Unglück getroffen. Dieses Kind war ihr fremd, und es wurde ihr mit jedem Anfall fremder. Manchmal kam es ihr so vor, als belauere ihre Tochter sie auch in den Friedenszeiten. Oder war es so, dass ihre Tochter nur auf die nächste Gelegenheit sann, an den Grundfesten ihrer Ehe, ihres ganzen Lebens, das sie sich in Lindau aufgebaut hatte, zu rütteln? »Unsinn«, sagte Ernst, wenn sie ihm etwas von ihren zwiespältigen Gefühlen Marie gegenüber andeutete. »Das Kind ist doch nicht unser Feind.« Die Schwiegermutter, die auf dem Festland lebte und ab und zu im Hotel aushalf, meinte nur, das würde sich irgendwann schon legen. Manchmal dachte Balbina bei sich, dass ihr Leben vielleicht einfacher wäre, wenn sie dieses Kind nicht bekommen hätte, sondern kinderlos geblieben wäre. Sie sehnte sich zurück in ihr Büro und beneidete die junge Buchhalterin, die sie eingestellt hatten, als Balbina wegen des Schreibabys gar nicht mehr arbeiten konnte. Sie wäre gern weiter ins Büro gegangen. Hätte das Baby in einem Körbchen mitgenommen. Sie hatte alle Freiheiten als Frau des Hotelbesitzers, sie hätte es sich einteilen können. Sie liebte ihre Arbeit, sie war gut darin, besser als die Neue, umsichtiger, selbstständiger. Aber Marie hatte ihr einen Strich durch die Rechnung gemacht. Es war, als hätte sie ihr Körbchen und Balbinas Büro von Anfang an gehasst. Und dabei war es ein so schöner Raum, hell, mit zwei großen Fenstern in eine ruhige Seitengasse. Balbina hatte die Wände mit Stadtansichten von Lindau, dem Hafen, dem Fährbahnhof, dem alten Rathaus geschmückt. Sie hatte davon geträumt, sich eine Schreibmaschine anzuschaffen, wie sie sie in einem Katalog gesehen hatte. Balbina dachte daran, ein Kindermädchen anzustellen für Marie, aber ihr Mann meinte, es sei noch zu früh und das Schreien des Kindes dürften sie einer fremden Person nicht zumuten. Bislang sei es ja nur ihm selbst gelungen, das Kind zu beruhigen, wenn es diese Zustände hatte. Er sprach wie von einer Kranken. Da Marie aber körperlich gesund war, konnte es sich nur um eine Geisteskrankheit handeln. Auch das beunruhigte Balbina sehr. Was in aller Welt fehlte ihrer Marie, die doch alles hatte?

An diesem Abend, es war der 21. Juli 1905, ein Datum, das später in die Annalen der Stadt Lindau eingehen würde, hatte Balbina Marie ins Bett bringen wollen. Während sie ihr vorlas, waren dem Kind die Augen zugefallen. Doch als Balbina aufstand und leise das Zimmer verlassen wollte, bemerkte sie die plötzliche Unruhe, die das Kind zu erfassen schien. Sie fing an, sich in ihrem Himmelbett zu wälzen, deckte sich ab, begann unverständliche Worte zu lallen, als träume sie schwer. Balbina machte »scht, scht«, wie Ernst es immer tat, aber es war schon zu spät. Das Kind fing an zu schreien, da war sie noch nicht einmal wach. Als sie erwachte, sah sie ihre Mutter an, als wäre sie dieser Feind, der sie so in Angst und Schrecken versetzte. Balbina lief zu Ernst, der unten noch die Anmeldungen der Gäste prüfte.

»Ich muss noch mal raus«, sagte Balbina und blieb an der Tür stehen. »Kannst du nach Marie sehen, sie … kann nicht einschlafen und schreit.«

»Ist es wieder so weit?« Ernst seufzte. »Geh nur, ich sehe gleich nach ihr.« Er legte seinen Federhalter zur Seite. Balbina sagte »danke« und schämte sich, dass sie nicht einmal mit einem fünf Jahre alten Kind fertigwurde. Vielleicht war Marie wirklich krank, auch wenn der Hausarzt nichts feststellen konnte.

Balbina nahm ihre Strickjacke von der Garderobe. Zuletzt hatte es ein Unwetter gegeben, mit Sturmwarnung für die Ostseite des Sees. Das Wetter hatte sich wieder beruhigt, aber die Abende waren seitdem etwas kühl, was Balbina nur recht war. Ein frischer Seewind würde ihr jetzt guttun, das Spiel der Möwen im Flug, der immer gleiche Rhythmus des Feuers im Leuchtturm, der Bayerische Löwe, der mit sanftem Blick auf seiner Säule am Hafen ruhte. Das runde Hafenbecken mit den Landungsbrücken lag ruhig unter ihr. Gäste flanierten nach dem frühen Abendessen oder vor dem großen Galadiner, das Römerbad neben dem Hafen war schon geschlossen, aber in dem kleinen Park auf der Schanze spielten die größeren Kinder noch Räuber und Gendarm. Balbina sog den Geruch des Wassers ein und ließ sich den Wind um die Nase wehen. Sie lief das Hafenbecken entlang hinüber zum Bahnhof und von dort zur Mole, auf der der Leuchtturm stand. Im Wasser lagen wie gewohnt die beiden Kähne, auf denen die Eisenbahnwaggons von Lindau in die Schweiz übergesetzt wurden. Das war kürzer als auf dem Landweg, auf dem zudem noch zwei Landesgrenzen zu überqueren waren. Einmal hatten sie als Familie einen Ausflug in die Schweiz mit einem dieser Fährschiffe unternommen, das auch Passagiere mit an Bord nahm. Marie hatte ihnen anschließend verkündet, dass sie Kapitän werden wollte, wenn sie groß sei, und war wochenlang nur im Matrosenanzug und mit einer Kapitänsmütze herumgelaufen, die Ernst ihr in einem Souvenirladen am Hafen gekauft hatte.

Balbina wandte sich auf dem Uferweg nach rechts, Richtung Karlsbastion und Hintere Insel. Das war ihr üblicher Rundweg um die Insel, immer am Wasser entlang. Da nahm sie plötzlich eine Vibration des Bodens wahr, es fühlte sich an wie ein leichtes Beben. Kurz darauf war ein noch weit entferntes dumpfes Dröhnen zu hören. Wie fernes Gewittergrollen aus den Schweizer Bergen. Doch der Himmel war klar, die Wölkchen über dem See hatten sich aufgelöst. Konnte das ein Erdbeben sein, ganz weit in der Ferne? Sie schlang die Strickjacke um sich. Das Grollen schwoll an, als näherte sich etwas der Insel. Etwas Schweres, Menschengemachtes, wie ein Geschütz oder eine Maschine aus Eisen oder Stahl. Ein Ächzen, als riebe Metall an Metall, es schien vom Festland zu kommen. Auch die anderen Passanten waren auf diese unheimlichen Geräusche aufmerksam geworden. Man konnte noch nicht sehen, was es war, aber Balbina ahnte, dass es genau auf sie zukam. Himmel, was konnte das sein? Alles rannte fort von den Gleisen und auf die Mauer zu, die den Uferweg einfasste. Eine Frau schrie auf, ein Junge blieb mit seinem Schuh an einer Baumwurzel hängen. Alles wollte weg vom Hafen.

Wie eine riesige Flutwelle schwoll dieser unfassbare Lärm an. Das Kreischen und Knarren wurde unerträglich laut, Kinder weinten, und die verängstigten Leute hielten sich die Ohren zu. Ein riesiger Schatten näherte sich vom Festland her in rasender Geschwindigkeit. Plötzlich erkannte Balbina einen Güterwagen, der mit ungedrosselter Geschwindigkeit auf den Hafen zuschoss. Hinter diesem rollte ein zweiter heran, der während der Bahnhofsdurchfahrt auf den ersten auffuhr und ihn zertrümmerte. Mit einem gewaltigen Schlag entgleiste diese zusammengeschobene Masse und schraubte sich in den Boden neben den Gleisen. Alles schrie jetzt hell auf, und jeder hoffte, damit sei es nun vorbei. Doch nur wenige Sekunden später kamen weitere Güterwagen angerast. Balbina zählte insgesamt vier. Sie rollten an den beiden havarierten vorbei bis ans Gleisende und überschlugen sich nacheinander in den See, wo es zischte und brodelte, als öffne die Hölle ihren Schlund, um alles, was da war oder noch käme zu verschlingen. Eine Frau neben Balbina stieß einen so verzweifelten Schrei aus und hörte erst wieder auf, als ihr Mann ihr eine Ohrfeige gab. »Wir leben, Mathilde«, rief er. »Der See hat sie verschluckt!«

Die Leute rannten zum Ufer, und Balbina wurde von der Masse einfach mitgeschoben. Da lagen die vier tonnenschweren

Ungetüme, während die beiden Fährschiffe aus ihrer Verankerung gerissen und auf den See hinauskatapultiert worden waren. Vom Festland her tönte eine Sirene. Alles war auf den Beinen und strömte dem Hafen zu. In dem Pulk, der sich schreiend näherte, riss jemand die Arme nach oben und winkte wie verrückt.

»Balbina«, hörte sie jemanden verzweifelt rufen und erkannte ihren Mann Ernst in der Menge. Sie nahm ihr Taschentuch aus der Jacke und schwenkte es. Beim Näherkommen erkannte sie, dass er Tränen im Gesicht hatte, solche Sorgen hatte er sich um sie gemacht. Obwohl er dagegen ankämpfte, hatte er schon das Schlimmste befürchtet.

Erst später erfuhren sie, dass sich während Rangierarbeiten auf dem Gütergleis des Oberreitnauer Bahnhofs an diesem Abend vierzehn Güterwagen selbstständig gemacht hatten. Oberreitnau lag nur wenige Kilometer entfernt, aber sechsundsechzig Meter höher als der Bahnhof von Lindau, und die Güterwagen verfügten noch nicht über moderne Luftdruckbremsen, sondern mussten von Hand gebremst werden. Auf ihrer Talfahrt Richtung Lindau gewannen sie stetig an Tempo. Im Stadtbahnhof Lindau, der telegrafisch über den Unfall benachrichtigt wurde, konnten gerade noch die Weichen in Richtung der Trajektfähre an der Leuchtturmmole gestellt werden. Die ersten zwei heranrollenden Wagen wurden zertrümmert, die vier nächsten überschlugen sich in den See, der siebte blieb auf der beschädigten Brücke hängen, und der Rest war schon davor entgleist.

Aber das Schicksal hatte es noch einmal gut gemeint mit den Lindauern. Wie durch ein Wunder waren keine Opfer unter den Bewohnern und Besuchern, die sich abends in der Nähe des Hafens befunden hatten, zu beklagen. Und auch Balbina war mit dem Schrecken davongekommen.

»Lass mich.« Elsa machte sich ganz steif.

»Was hast du denn? Du musst dich doch nicht genieren«, sagte der Maler.

»Ich geniere mich nicht.«

»Man kennt uns doch hier.«

»Hörst du eigentlich zu?« Elsa spürte einen schmerzhaften Druck in der Gallengegend.

»Natürlich«, sagte Sigmund und ließ seine Hand sinken. »Wir kennen uns jetzt acht Jahre, Elsa, da kann ich doch deine Hand halten in der Öffentlichkeit.« Schon tat er ihr leid in seiner Enttäuschung.

»Eine Beerdigung ist nicht die passende Gelegenheit«, antwortete Elsa ausweichend, aber es hörte sich auch für sie selbst falsch an. »Ich bin einfach nicht in der Stimmung.«

Elsa hasste Friedhöfe, seit ihr Vater vor acht Jahren gestorben war. Eine dünne Schneeschicht hatte damals die Grabsteine bedeckt, und Elsa hatte eingeklemmt zwischen ihren beiden Brüdern und der Mutter gestanden. Sie hatte bestimmt, dass Balbinas Platz nicht bei der Familie, sondern beim Personal sein sollte. Was für ein schrecklicher Tag. All diese Erinnerungen wurden wieder wach, während sie an diesem frischen Grab auf dem Südfriedhof stand. Es war die Beerdigung des stadtbekannten Malers Ažbe, und das Trauervolk war wesentlich bunter als damals bei ihrem Vater. Auf dem Friedhof hatten sich Künstler, Malerinnen, Musen, Professoren der Münchner Kunstakademie und Schüler aus Ažbes Malschule in der Georgenstraße versammelt, in der früher auch Sigmund unterrichtet hatte.

»Wer sind diese beiden Paare dort?«, flüsterte Elsa.

»Das sind die Russen«, sagte Sigi leise. »Der Schmächtige mit der hohen Stirn, das ist Kandinsky.«

»Und die Frau an seiner Seite, mit den blassblauen Augen?«

»Seine Gefährtin und selbst Malerin. Gabriele Münter heißt sie. Sie hat wohl ein kleines Vermögen geerbt, ist unabhängig und reist viel. Und angeblich hat Kandinsky ihr die Ehe versprochen, obwohl er … na ja, Gerüchte.«

»Ja, was jetzt? Sag schon.«

»Es heißt, er sei schon liiert, in Russland, und könne deshalb sein Versprechen gar nicht einlösen.«

»Weiß diese Münter das auch?«, fragte Elsa.

»Ich hoffe nicht«, antwortete Sigi.

»Dann sollte ihr das jemand sagen.«

»Elsa, du bist die unromantischste Frau, die ich je kennengelernt habe. So etwas sagt man doch einer Liebenden nicht. Am Ende tut sie sich noch was an.«

»Wenn sie die Wahrheit beizeiten erfährt, tut sie vielleicht nicht sich, sondern ihm etwas an. Das wäre doch nur gerecht, oder? So ein Lügner, dieser Kandinsky.«

»Das Paar neben den beiden«, sagte Sigmund Rainer, »das sind auch Russen. Derzeit laufen hier sehr viele von ihnen herum. Und alle malen sie oder bereiten die Revolution vor.«

»Tun sie das wirklich, oder sagt man das auch nur so?«, fragte Elsa. Sie musste an die beiden Russen denken, Sarah und Alexej, die sie an den Drei Weihern kennengelernt hatte.

»Woher soll ich das wissen?« Sigi nahm Elsas Arm und hakte sie unter. »Das ist jedenfalls die Werefkin, eine Gräfin und ziemlich gut betucht, mit ihrem Zögling Jawlensky. Sie hat sich in den Kopf gesetzt, ihm die bestmögliche Ausbildung zu ermöglichen, weil er angeblich so ein riesiges Talent ist.«

»Und das findest du nicht?«

»Ich finde, dass die Werefkin womöglich das größere der beiden Talente ist. Aber Frauen haben es nicht leicht in der Kunst. Und manchmal stellen sie sich sogar freiwillig hinter den Männern an und lassen ihnen den Vortritt.«

»Wie diese Russin.«

»Vielleicht unterschätzen wir aber auch nur die Macht der Liebe, Elsa. *Die Liebe ist langmütig und freundlich. Sie erträgt alles, sie glaubt alles, sie hofft alles, sie duldet alles*«, rezitierte Sigi aus der Bibel und sah Elsa dabei tief in die Augen.

Mit der Straßenbahn fuhren sie zum Kurfürstenplatz, wo Sigis neues Atelier lag. Er war seit ein paar Jahren Dozent an der Kunstakademie und musste nicht mehr in einer dieser Hinterhofwerkstätten mit zugigen Fenstern malen, sondern bewohnte jetzt eine sonnige Mansarde mit Dachgauben, Außentoilette und Waschbecken am Gang. Sogar eine Aufwärterin konnte er sich leisten, die einmal wöchentlich sauber machte. Die Zeiten, in denen Sigi im Café Stefanie oder bei Kathi Kobus im Simpl anschreiben ließ oder seine Zeche mit Bildern bezahlen musste, waren vorbei. Auch er selbst hatte sich verändert. Sein schwarzes Wuschelhaar, das er immer eine Spur zu lang getragen hatte, wurde dünner, aber es war jetzt kurz geschnitten. Nur am Hinterkopf kräuselte sich noch eine Handvoll Locken, und es war genau diese Stelle, in die Elsa am liebsten hineinfasste.

»Ich war fünfzehn, als wir uns zum ersten Mal begegnet sind«, sagte Elsa. Sigi schenkte ihnen den Bordeaux in zwei Kristallgläser ein. »Eigentlich noch ein Kind. War ich damals ein Kind?«

»Mir kamst du nicht besonders kindlich vor. Ich kenne dich immer nur als Frau, auch wenn du sehr jung warst damals.« Er reichte ihr ein Glas und stieß mit ihr an. »Auf unsere Jugend«, sagte er. »Auf uns.« Der Wein hatte die Farbe von Elsas Granatanhänger, der wie ein Tropfen in ihrem Dekolleté lag. Das Collier selbst war aus dünnem Golddraht gebogen und wirkte sehr leicht und modern, passend zu ihrem schlichten graublauen Leinenkleid mit geradem Schnitt und einem Ton-in-Ton-Kragen aus Sankt Galler Spitze. Dazu passte, wie dafür gemacht, ihr blauer Strohhut mit dem breiten, dunkelroten Ripsband und der cremefarbenen Feder. Elsa wusste genau, was ihr stand.

Sie nippte nur an ihrem Glas Wein, während Sigi seines in einem Zug leerte. Elsa wäre lieber rausgegangen, in einen Park.

Es war ein heißer, aber irgendwie trauriger Sommertag in München, der am Friedhof begonnen hatte. Ich stelle jetzt mein Glas ab, und dann gehe ich, dachte Elsa. Ich habe versprochen, meine Schwägerin im Krankenhaus zu besuchen und mit meinem Neffen Johann zu Spielwaren Obletter zu gehen.

Doch Sigi hatte andere Pläne und hielt sie zurück, als sie aufstehen wollte. Er nahm ihr das Weinglas ab, stellte es auf den Diwantisch und griff nach ihren Händen. Nein, bitte schweig, dachte Elsa, lass uns rausgehen, aber diesen Wunsch las er ihr nicht von den Augen ab.

»Elsa«, begann er und sah sie wieder ganz ernst an. »Wir kennen uns schon sehr lange. Du weißt, dass ich dich immer noch genauso lieb habe wie damals.« Elsa hätte sich am liebsten die Ohren zugehalten wie ein Kind. »Ich möchte dich gern immer um mich haben.«

Elsa schüttelte unmerklich den Kopf.

»Ich möchte, dass du meine Frau wirst«, sagte Sigi, ihr verwuschelter, zerstreuter Künstler, ihre heimliche und inoffizielle Beziehung, ihr emotionaler Stützpunkt in München, ihr ferner Freund und Liebhaber. Und nun? Elsa saß ganz steif in ihrem Sessel. Warum gerade jetzt?

»Du schweigst?«, fragte Sigi.

»Verzeih.« Elsa räusperte sich. »Es kommt so überraschend.«

»Findest du? Nach acht Jahren?« Früher war Sigi nie sarkastisch gewesen. Es musste mit dem Alter zusammenhängen, oder mit seiner Enttäuschung, dass sie nicht enthusiastischer reagierte.

»Gib mir noch Zeit«, sagte Elsa leise. »Ich war noch so jung, als ich dir begegnet bin. Und ich habe nie einen anderen Mann kennengelernt.«

»Das findest du schlimm?«

»Nicht schlimm. Nur …«

»Nur was?«

»Schade vielleicht.« Sie wusste, dass sie Sigi damit verletzte, und doch kam ihr genau in dem Moment dieser Alexej in den Sinn. In seiner Badehose mit den breiten Schultern hatte er ausgesehen wie einer von den russischen Balletttänzern am Theater. Es war gemein von ihr, gerade jetzt an ihn zu denken. Sie war dreiundzwanzig und auf dem besten Weg, ein »altes Mädchen« zu werden, wie man das nannte. Sie wünschte sich selbst am meisten, dass jetzt die ganz großen Gefühle in ihrem Inneren sich geregt hätten, aber so war es nicht. Sie konnte doch ihren besten Freund nicht anlügen. Sie wusste auch, dass nicht Alexej schuld war. Schuld waren ihre Jugend, ihr Beruf, ihr selbstbestimmtes Leben in der Schweiz.

»Warst du nie mit einer anderen Frau zusammen?«, fragte Elsa.

»Sie hatten keine Bedeutung für mich«, antwortete Sigmund.

Also ja, dachte Elsa. Aber sie nicht. Sie hatte keinen Vergleich und keine Erfahrung. Sie konnte nicht einschätzen, was in der Beziehung bedeutend für sie war und was nicht.

»Warum heiraten?«, fragte sie, »es geht uns doch gut miteinander. Fehlt dir etwas?«

»Sollen wir warten, bis wir heiraten müssen, weil du schwanger bist?« Sigi ließ ihre Hände los, schenkte sich noch einmal Wein nach, während Elsas Glas immer noch voll war.

»Ich bin über dreißig, Elsa. Ich habe eine Anstellung an der Akademie, vielleicht wird einmal mehr daraus. Als Lediger bekomme ich keine Professur. Sie würden an meiner Ehrbarkeit zweifeln, mich für homosexuell oder für liederlich halten, wenn sie von unserem Verhältnis wüssten, das nicht legitimiert ist.«

»Nicht legitimiert«, echote Elsa.

»Ja, es klingt nicht besonders romantisch, das gebe ich zu. Und es geht auch nicht nur um meine Karriere. Vielleicht geht es auch eher um deine Karriere. Aber ich glaube, da musst du keine Sorge haben. Du findest bestimmt eine Anstellung in

München, bei den Beziehungen deiner Hoflieferantenmutter, für die ich immer noch der Buhmann bin, der vor der Familie verheimlicht werden muss. Ich bin kein brotloser Künstler mehr, und ich möchte nicht länger dein heimlicher Liebhaber sein. Heirate mich, Elsa.«

Meine Hoflieferantenmutter. Meine Karriere. Wie er über sie sprach! Und wenn ich gar nicht wegwill aus St. Gallen? Wenn ich nicht zurück will nach München? Elsa sprang auf und öffnete das Fenster. Aber von draußen schlug ihr nur die Sommerhitze entgegen.

»Es tut mir leid«, sagte sie. »Ich werde darüber nachdenken, aber jetzt muss ich fort. Ich habe meiner Schwägerin versprochen, dass ich sie heute noch im Krankenhaus besuche. Lass uns morgen reden, Sigi, bitte.«

»Vielleicht hast du ja bereits nachgedacht«, antwortete Sigmund. »Wenn dein Herz dir die Antwort nicht gibt, dann kann es dein Kopf vermutlich auch nicht, Elsa.«

Er zog seinen grauen Malmantel an, stellte sein Weinglas auf dem Fensterbrett ab, das schon mit braunen Ringen von vielen Rotweingläsern übersät war. Dann ging er an die Staffelei. Das Bild, an dem er arbeitete, war ein Doppelporträt. Ein Mann, in dem unschwer der Maler selbst erkennbar war, nur etwas gealtert, mit noch weniger Haar und scharfen Zügen um Mund und Nase, und neben ihm eine Frau, die nur von hinten zu sehen war, weil sie sich von ihm fortbewegte. Und das Allertraurigste an dem Bild war dieser gelbgraue, Unheil verheißende Gewitterhimmel.

»Wo sollen jetzt zu Martini und Weihnachten meine Gänse herkommen, wenn der Wallner die Geflügelpest am Hals hat und nicht genügend liefern kann?«, fragte Therese und griff nach dem Glas mit der bitteren Orangenmarmelade. Normalerweise war sie die Einzige im Haus, die davon aß. Nur wenn ihre Tochter Elsa zu Besuch war, wurde das Glas doppelt so schnell leer. »Aus dem Ausland? Italien vielleicht?«

»In Norditalien hat es zuletzt erst wieder Ausbrüche der Hühnerpest gegeben«, antwortete Hermann. »Die kann leicht auf das andere Geflügel auf einem Hof überspringen.«

»Ja und?« Elsa sah von ihrer Zeitung auf und betrachtete ihren Bruder von der Seite. In letzter Zeit war er ein bisschen schwerer und irgendwie behäbiger geworden. Ganz Familienvater und Nachfolger seines Vaters im Geschäft. Sogar wenn er sprach, strahlte er diese Ruhe aus, die richtig enervierend sein konnte. Elsa hoffte, dass es nur eine vorübergehende Angewohnheit war, weil Hermann im Moment so unter Druck stand. »Ich meine, was folgt denn daraus? Wo wollt ihr jetzt das Geflügel hernehmen?«

»Johann hat angekündigt, dass er Ökonom wird«, antwortete Hermann. »Aber das kann noch eine Weile dauern.«

»Schon blöd, wenn man so von den Lieferanten abhängig ist. Wenn sie Schwierigkeiten haben, habt ihr die automatisch auch.« Raschelnd blätterte Elsa auf die nächste Seite der *Münchner Neuesten Nachrichten.*

»Und?«, fragte Therese. Elsa beteiligte sich sonst wenig an geschäftlichen Diskussionen. »Was schlägt das studierte Fräulein Tochter als Lösung vor?«

»Ich bin Juristin, keine Agrarökonomin oder so etwas. Aber ich denke, es muss eben eine genügend große Anzahl von Lieferanten für einen begehrten und zeitkritischen Artikel geben, um das Risiko von Lieferengpässen zu verringern. Oder man stellt auf alternative Produkte um.«

»Was heißt denn hier alternative Produkte?« Therese sah ihre Tochter entgeistert an. »An Martini essen die Münchner ihr Ganserl, so wie sie am 24. Dezember ihre Wollwürste mit

Kartoffelsalat essen und am 25. dann den gefüllten Gänsebraten mit Blaukraut und zweierlei Knödel. So ist es Tradition, und da kann ich nicht hergehen und ihnen die Gans ausreden und dafür einen Hummer verkaufen wollen oder Jakobsmuscheln oder *dinde aux marrons*, Perlhuhn mit Maronen, wie in Frankreich. Nicht einmal einen deutschen Karpfen blau, weil nicht jeder Süßwasserfische mag. Gans dagegen mag jedes Kind.« An Traditionen, deren Veränderung in Bayern Aufstände verursacht hätte, rüttelte man nicht. Die Martinigans war eine davon. »Dann züchte ich mir meine Gänse noch lieber selber, als dass ich mir meine Kunden vergraule und zur Konkurrenz schicke.«

»Du und Gänse züchten, Mutter«, feixte Hermann.

»Warum denn nicht? Wenn ich sie sonst nirgendwo herbekomme in ausreichender Menge und Qualität, bleibt mir ja gar nichts anderes übrig.«

»Und wo genau sollen die Wasservögel jetzt gezüchtet werden?«, fragte Hermann. »Bei uns im Hinterhof vielleicht, zwischen den Pferdeställen und dem Kohlelager?«

»Kein Platz.« Therese und Elsa antworteten praktisch gleichzeitig.

Elsa blätterte zur letzten Seite und faltete die Zeitung zusammen. »Hier«, rief sie plötzlich. »Hört euch das an: Schöner Hof im Moos, bei Ismaning, mit Wirtschaftsgebäuden, Bachlauf und Fischweiher günstig zu verkaufen.« Therese und Hermann sahen sich an.

»Ismaning, da waren wir doch einmal bei Herrn von Poschinger im Schloss, zu seinem Geburtstag. Du hast damals selbst gekocht, Mutter.« Elsa erinnerte sich noch ganz genau. »Ludwig und Balbina haben sich um die Nachspeisen gekümmert, und Paul und ich haben den Tisch gedeckt und dekoriert. Und dann sind wir mit dieser kleinen Eisenbahn ins Moos gefahren, und der Herr von Poschinger hat uns ein paar Höfe gezeigt. Vielleicht ist es ja einer von denen, der jetzt zum Verkauf steht.«

»Hoffentlich nicht der Zehnderhof in Kirchheim«, sagte Hermann. »Wallners Hof. Von dem würde ich abraten, Mutter.«

»Steht da ein Name oder eine Adresse dabei?«, fragte Therese.

»Nein, weder vom Hof noch vom Besitzer. Es ist eine Chiffre-Anzeige.«

»Und der Preis?«

»Hundertfünfzigtausend Mark.«

»Hundertfünfzigtausend?« Hermann sah seine Mutter an. »Wo sollten wir denn so viel Geld hernehmen?«

»Wer alles selbst bezahlen kann und kein fremdes Geld braucht, der macht etwas falsch im Geschäftsleben, hat dein Vater immer gesagt.« Therese sah ihren Sohn an. »Wenn man investieren will, muss man halt fremdes Geld aufnehmen. Dazu sind die Banken doch da. Außerdem kann man bestimmt noch handeln, das ist sicher nicht der letzte Preis. Rosa soll da hinschreiben, und dann schau ich mir das einfach mal an. Von euch hat ja, wie ich euch kenne, keiner Zeit. Oder?«

»Wer sollte denn so einen Hof überhaupt führen? Hast du darüber auch schon nachgedacht?«, fragte Hermann.

»Das findet sich dann schon. Jetzt muss erst ein Hof her, und im Grunde möglichst bald. Bis Weihnachten ist es ja nicht mehr lang.«

Ihre Kinder sahen sie an. Es war immer noch Anfang August.

»Jetzt rechnet doch einmal nach. So eine Gans wird nicht über Nacht fett, oder? Eine Gans ist schließlich kein Huhn. Vier, fünf Monate muss die schon gemästet werden, bevor ein Gänsebraten daraus wird. Was habt ihr denn gedacht? Da sieht man mal wieder, dass ihr reine Stadtkinder seid. Keine Ahnung von der Landwirtschaft.«

»Eben deshalb frage ich ja, wer so einen Hof eigentlich führen soll«, hakte Hermann nach. »Also ich habe keine Zeit für so etwas, und ich will auch nicht dort draußen in der Ödnis leben. Und Sonia mit den Kindern bestimmt auch nicht. Paul ist in Wiesbaden …«

»Nicht mehr lange«, sagte Therese.

»Paul kommt zurück?«, fragte Elsa. »Er hat doch seine Lehre noch nicht abgeschlossen.«

»Ich habe ihn gebeten, hier seine Ausbildung fertig zu machen.«

»Und? Was hat Paul dazu gesagt?«

»Dass er kommen wird«, antwortete Therese. »Er ist praktisch schon unterwegs.«

»Das ist gut. Wir können ihn hier wirklich gut brauchen«, sagte Hermann. »Vielleicht willst du dich ja auf dem Land verwirklichen, Schwesterchen?« Er grinste Elsa an.

»Mir gefällt es eigentlich ganz gut in St. Gallen«, antwortete Elsa. »Aber in den Ferien komme ich euch gern besuchen. Ich meine, es war doch sehr schön da draußen mit dem Herrn von Poschinger und seiner Frau. Dieser herrliche rote Salon, wo sie die Gäste empfangen und wir sie bekocht haben.«

Therese seufzte tief. Henriette von Poschinger, die doch zehn Jahre jünger gewesen war als ihr Mann, war überraschend vor zwei Jahren gestorben, ihr Freund Michael Poschinger Witwer geworden.

»Mutter möchte aber einen Bauernhof kaufen, Elsa, kein Schloss«, wandte Hermann ein.

»Sag mal, Bruderherz, hast du denn kein bisschen Fantasie?« Ihr Bruder war wirklich schwerfällig geworden, richtig bieder. Das machte wahrscheinlich seine Verantwortung als Familienvater. »Auf einem Gut mit Ländereien und Gewässern, da kann man sich doch auch wie ein Gutsherr fühlen. Man stellt einen Verwalter ein und das nötige Personal, und dann taucht man da am Wochenende auf, um nach dem Rechten zu sehen, lädt Gäste ein, geht mit ihnen auf die Jagd, macht eine Landpartie im offenen Landauer, sieht den Lerchen nach, wie sie sich in den Himmel schrauben, und folgt den bunten Schmetterlingen auf den Moorwiesen. Da lassen sich bestimmt rauschende Feste feiern. Ihr wollt doch wahrscheinlich nicht wie die Knechte schuften. Wir sind Kaufleute, Hoflieferanten, keine Stallburschen.«

Es wurde ganz still in der Küche. Alle hingen den Bildern nach, die Elsa da so leicht hingeworfen hatte. Aus dem bäuerlichen Geflügelhof war auf einen Streich ein idyllisches, opulentes Landgut geworden, wo man sich an den Wochenenden von der Arbeit im Geschäft und vom Stadtleben erholen und schöne Feste feiern konnte.

Therese sah ihre Tochter an und lächelte. So hatte sie die Sache noch gar nicht betrachtet und Hermann auch nicht.

»Rosa soll sich heute noch um diese Anzeige kümmern. Schade, dass der Herr von Poschinger jetzt wieder in Niederbayern lebt, sonst hätten wir gemeinsam hinfahren können. Er kennt sich doch so gut aus in der Gegend und könnte mich sicher gut beraten.«

»Er kommt bestimmt, wenn du ihm ein kleines Zeichen gibst«, sagte Elsa. »Die Gelegenheit, mit dir zusammen durchs Moos zu fahren, lässt er sich ganz sicher nicht entgehen. Vor allem jetzt, wo er Witwer ist.«

Therese schüttelte den Kopf. Darüber machte man doch keine Witze. Henriettes Tod hatte Michael sehr getroffen. Seitdem lebte er zurückgezogen in seinem Schloss in Frauenau. Wie die Kinder sich das so einfach vorstellten.

Doch Elsa und Hermann sahen sich nur an und grinsten.

Michael von Poschinger hatte Therese tatsächlich einen Korb gegeben für den geplanten Tag. Einen späteren Termin wollte sie nicht vereinbaren, denn wenn sie sich etwas in den Kopf setzte, dann wurde nicht mehr lange gefackelt und herumgeschoben. Der Termin mit der aktuellen Besitzerin des Hofes war vereinbart, und Therese hatte sich den Nachmittag dafür extra freigeschaufelt. Dass in Poschingers Manufaktur in Theresienthal gerade an dem Tag ein neuer Glasofen installiert werden musste, war zwar Pech, aber kein Grund, ihre Pläne über den Haufen zu werfen.

Der schnurgerade Feldweg von Ismaning hinaus zum »Klitschner«, wie der Hof wenig klangvoll nach einem früheren Besitzer hieß, schien kein Ende zu nehmen. Korbinian Fey, ihr längster und ältester Mitarbeiter, hatte es sich nicht nehmen lassen, Therese persönlich zu fahren. Wahrscheinlich wollte er der Erste sein, der diese seltsame Idee seiner Chefin gleich mit in Augenschein nahm. Bei so einer wichtigen Entscheidung wollte er demonstrieren, dass er an ihrer Seite stand und seine Meinung abgeben würde, ob sie sie nun hören wollte oder nicht. Er würde sicher nicht damit hinterm Berg halten.

Die Schwalben flogen hoch, oder waren es doch die Lerchen dort oben am Himmel, und die Rufe der Kiebitze begleiteten sie den ganzen Weg hinaus ins Moos, als seien sie Wächter, die über jeden Neuankömmling Meldung machten. Die Sonne brannte auf das Verdeck der Kutsche, und Therese dachte, wie schön es wäre, wenn man entlang der Straße Bäume pflanzen würde, die allen Besuchern Schatten spenden würden. Von Weitem konnte man den Hof bereits erkennen, mit dem zweistöckigen Haupthaus und seinem flachen Satteldach, das von Scheunen und Stallungen umgeben war, die keiner strengen Ordnung zu folgen schienen. Die Gebäude standen mit den Stirnseiten zur Straße und wiesen hinaus auf das weite flache Land, das sich bis zur Isar hin und weit darüber hinaus erstreckte. Die Straße führte über einen Bach, und linker Hand tauchte jetzt unter Bäumen ein fast quadratisches, barock anmutendes Gebäude mit Zeltdach und einem Zwiebeltürmchen mit Kreuz als Dachreiter auf. Eine eigene Hofkapelle, vom Stil ungewöhnlich für einen Bauernhof und insgesamt ein wenig vernachlässigt. Doch der Platz am Bach war ausgesprochen idyllisch und mit ein bisschen frischer Farbe ... Therese verbot sich fürs Erste solche Gedanken. Sie fuhren einen Zaun entlang, der das Grundstück zur Straße hin abgrenzte. Als Korbinian die Pferde durch das Tor lenkte, flatterte ein Schwarm weißer Tauben aus dem Ausflugsloch des Taubenschlags, der im ersten Stock eines frei stehenden Turms untergebracht war. Ein Hund döste an seinem Fuß. Er hatte ihre Ankunft bemerkt, fand sie aber keiner Aufregung wert. An das Wohnhaus schloss ein Vorgarten mit vier, fünf Tischen und Bänken, an denen zwei Landarbeiter über ihren Bierkrügen saßen. Der Hof besaß also ein Schankrecht. Viel Umsatz war damit kaum zu machen in dieser einsamen Gegend, dachte Therese, aber wenn schon eine Konzession zum Bierausschank erteilt war, konnte sie bestimmt leicht übertragen werden. Eine Kellnerin erschien an der Tür und kam mit der Besitzerin des Hofes, die wie Therese Witwe war, wieder heraus. Korbinian half Therese beim Absteigen und wollte sich um die Pferde kümmern. Sein kritischer Blick hieß, er würde sich überall umsehen, auch dort, wohin man sie nicht einladen würde.

»Willkommen im Moos, Frau Randlkofer. Krause, Eleonore. Ich hoffe, es gefällt Ihnen bei uns, auch wenn Sie heute eine solche Prügelhitze erwischt haben, wie wir sie hier nicht oft erleben.«

Das Bier, das die Magd ihnen in den typischen grauen Keferloher Steinkrügen servierte, war ein bisschen zu warm. Da ging wohl das Eis im Eiskeller allmählich zur Neige. Dafür war die hausgemachte Knöcherlsülze mit ausreichend Wacholderbeeren und Lorbeerblättern gewürzt und schmeckte sogar Korbinian. Er nahm zweimal von dem frisch gebackenen Bauernbrot nach, das mit seinem hohen Roggenanteil angenehm säuerlich war.

»Wer hätte das gedacht, dass man bei Ihnen so gut isst«, sagte Therese und wischte den letzten Rest Sülze mit einer Scheibe Brot aus ihrem Teller.

»Wir sind halt nicht so bekannt wie Sie in München, aber wir wissen auch, was gut ist. Und wir holen uns alle Kräuter und die Kranewittbeeren frisch aus dem Moos. Wacholder sagt man anderswo dazu«, erklärte Frau Krause.

Während Therese zuhörte und Fragen stellte, erkundete Korbinian den Hof auf eigene Faust. Die Gebäude waren nicht alt. Vor nicht einmal zehn Jahren war ein älterer Hof an dieser Stelle abgebrannt und der damalige Besitzer, nach dem die Zufahrtstraße benannt war, hatte neu gebaut. Dabei musste er sich übernommen haben, denn es waren lange nicht alle Gebäude fertiggestellt worden. Ein Heustadel war über die Planung nicht hinausgekommen, die Tierställe waren im Rohbau geblieben, nur rudimentär ausgestattet und wurden von der jetzigen Besitzerin auch nicht genutzt. Nur Pferde waren noch auf dem Hof, Hühner, die Tauben, und die kleine Gastronomie, die aus vier Tischen im Freien und einem kleinen Gastraum neben dem Eingang bestand. Es gab nicht viel, womit die Witwe Krause hier hätte Geld verdienen können. Sie war eine gute Köchin, aber ihre Pläne, eine Ausflugsgastronomie zu errichten, waren gescheitert. Oder sie war zu früh dran gewesen mit ihren Plänen. Noch fuhren die Städter am Wochenende nicht hinaus aufs Land, nicht in den Münchner Norden. Und solange die Eisenbahn noch nicht bis Ismaning fuhr, würde es wohl auch so bleiben. Die Münchner zog es eher nach Süden, ins Voralpenland und an die großen Seen.

»Dabei ist es hier so einmalig schön, glauben Sie mir«, beteuerte sie. »Wir haben an die sechshundert Tagwerk Land beim Hof und unzählige Bäche und Entwässerungsgräben und ein paar Fischweiher, die man jederzeit erweitern kann.«

Therese inspizierte mit Korbinian die vorhandenen Gewässer

und die Möglichkeiten, weitere anzulegen. Das Grundstück schien groß genug, und die Stallungen konnte man noch erweitern. Während Korbinian am Nachmittag die Pferde vor dem Anspannen tränkte, ging Therese vom Hof noch einmal nach hinten hinaus in den Garten, wo das kleine Flüsschen Goldach von Weiden und Erlen gesäumt durch die Wiesen floss. Sie dachte an ihre Jugend auf dem elterlichen Hof in der Oberpfalz. Das behäbige Bauernhaus mit dem breiten, aus Feldsteinen gepflasterten Flur, in dem sie aufgewachsen war. Aus dem sie fortgegangen war, um für sich ein besseres Leben in der Stadt zu finden. Sie war nicht vor der Arbeit weggelaufen, sondern vor der engen Bahn, in die ihr die eigene Zukunft gegossen schien. Nicht breiter als der Abstand zwischen zwei Ackerfurchen. Sie wollte sich das Arbeitsleben nicht von der Jahreszeit und dem Wetter diktieren lassen. Sie wollte es selbst in die Hände nehmen und gestalten. Raus aus der engen Furche und rein in das pulsierende Zentrum einer Großstadt. Therese fühlte sich als Städterin, die nun vielleicht zurückkehren würde aufs Land, jetzt aber unter neuen Vorzeichen und mit einem anderen Blick als damals. Die Fantasie zauberte ihr ein Bühnenbild vor Augen, was sie aus diesem Hof machen könnte, falls sie sich wirklich dazu entschloss, ihn zu kaufen. Ein weiß getünchtes Wohnhaus mit frischem Verputz und grünen Fensterläden, davor ein Birnbaum, der am Spalier wuchs und üppig blühte. Daneben ein echter Biergarten mit gezimmertem Portal, das von Tannengirlanden umrankt war. Unter dem Taubenhaus scheuchte eine Magd eine Schar Enten und schneeweiße Gänse hinaus zu den Teichen. Es war ein bisschen wie im Märchen. Therese gab sich diesen Bildern hin. In ihrer Vorstellung sah sie sogar Kinder auf dem Hof und zwischen den Tieren herumlaufen, den kleinen Johann, der sein Schwesterchen – wenn es denn eines wurde – im Bollerwagen hinter sich herzog, und ihre Schwiegertochter Sonia auf ihrem Lieblingspferd ins Moos hinausreiten. Und bestimmt würde auch Elsa sie hier besuchen kommen.

Korbinian hatte mittlerweile die Pferde eingespannt, und Therese riss sich los von ihren Fantasiebildern. Die Witwe Krause reichte ihr ein Glas Marmelade aus Blaubeeren und Moosbeeren als Abschiedsgeschenk. Über den Preis hatten sie noch gar nicht verhandelt. Therese wollte sich in Ruhe alles durch den Kopf gehen lassen. Kein Strom, Wasser vom eigenen Brunnen, Bäche und Flüsschen reichlich und viel weites Land mit kargen, sandigen Moosböden. Ein Himmel voller Schwalben und eine schnurgerade Straße ohne Bäume und Sträucher. An der Kapelle bat Therese Korbinian noch einmal anzuhalten. Vielleicht würden sie ja Nachbarn, der Heilige Sebastian, den sie als Holzfigur in der nach Norden ausgerichteten Apsis entdeckte, und sie. Sie sprach ein kurzes Gebet, bevor sie wieder in die Kutsche stieg.

»Zurück nach München«, sagte Therese.

»Zeit wird's«, beschwerte Korbinian sich. »Ich hab schon geglaubt, Sie wollen gleich hier draußen bleiben.«

»Ach, Korbinian, war die Brotzeit, die dir die Witwe Krause höchstpersönlich serviert hat, nicht außergewöhnlich gut? Sag bloß, das hat dir nicht gefallen, wie sie sich um dich bemüht hat.«

»Das Bier war zu warm«, meckerte Korbinian, »da müsste sich mal jemand um die richtige Kühlung kümmern.«

Therese schmunzelte. »Dann schieß los, Korbinian, du wartest doch schon die ganze Zeit darauf, mir den Kopf auf der Heimfahrt wieder zurechtzurücken.«

»Ich bin so frei«, sagte er und legte los. »Aber eigentlich müssten Sie es selbst gesehen haben, was hier los ist. Das Haus mag ja nicht alt sein, aber heruntergekommen ist es schon. Als wäre da die letzten zehn Jahre nichts, aber auch kein Handstrich, an den Gebäuden gemacht worden. Die Stallungen sind verwahrlost und der Garten so verwildert, dass es mich ehrlich wundert, wie die Frau Krause da auch nur ein einziges Kräutlein finden kann.« So viel Schlendrian und Schlamperei waren ihm zuwider, da ließ er sich auch mit einer außergewöhnlich guten Sülze nicht bestechen.

»Du hast ja recht, Korbinian. Ich habe es selbst auch bemerkt.«

»Aber?«, fragte Korbinian, der seine Chefin wirklich gut kannte.

»Aber entscheidend ist doch, dass man mit gutem Willen, dem nötigen Kapital und entsprechenden Arbeitseinsatz …«

»Ja?« Korbinian hatte sich umgedreht und sah sie gespannt an.

»… doch etwas Schönes daraus machen kann.«

»Soso«, höhnte Korbinian. »Das habe ich mir fast gedacht. Haben Sie es denn schon durchgerechnet?«

»Was denn? Die Finanzierung? Wir haben ja noch nicht übers Geld gesprochen.«

»Nicht das Geld, sondern wie viele Enten und Gänsebraten wir hier auf dem Grund aufziehen und beim Dallmayr verkaufen können?«

»Noch habe ich den Hof ja nicht gekauft.«

»Gekauft nicht«, behauptete Korbinian, »aber gerechnet haben Sie bestimmt schon.« Er schüttelte den Kopf. »Jetzt will die Chefin also auch noch Ökonomierätin werden«, knurrte er halblaut. »Womöglich noch königlich bayerische Ökonomierätin.«

Therese tat so, als hätte sie es nicht gehört, aber für sich dachte sie: Warum eigentlich nicht?

Der Detektiv hieß Emil Hoppe, und doch sah er haargenau aus wie Allan, der berühmteste und allererste Privatdetektiv, der im Wilden Westen die Dalton-Brüder gejagt und ein erstes

Attentat auf Abraham Lincoln vereitelt hatte. Hoppe hatte sich Pinkertons Vollbart stehen lassen und trug sein gelocktes, unauffällig braunes Haar wie sein Vorbild aus der Stirn nach hinten gekämmt, mit einem leichten Kräuseln im Nacken. Und sogar seine Augen waren ebenso blau wie die des gebürtigen Schotten, der später nach Amerika auswanderte und als erster Privatinvestigator der Geschichte Karriere machte. Paul konnte gar nicht aufhören, ihn anzustarren. Lotte, Pauls rothaarige Freundin, hatte kein Problem mit Hoppes Aussehen. Wahrscheinlich hatte sie auch noch nie eine Fotografie von Pinkerton gesehen und kannte seine Erfolgsgeschichten nicht, von denen Paul, seit er lesen konnte, nicht genug bekommen konnte. Wie von allen Geschichten aus dem Wilden Westen.

Balbina hatte Paul die Postanweisung mit dem Geld geschickt, er hatte seinen Auflösungsvertrag bei Ecker Nachfolger unterzeichnet und die unterschlagene Summe bezahlt. Hoppe hatte seinen Vorschuss erhalten und erste verdeckte Ermittlungen angestellt. Und Paul hatte ihm alle nötigen Informationen geliefert. Er hatte jetzt viel Zeit tagsüber, und jeden Abend holte er Lotte vom Telegrafenamt ab und führte sie aus. Sie tranken Bier und aßen Suppe mit Brot, wofür ihre Barschaft eben reichte. Am wichtigsten war ihnen beiden, dass sie zusammen sein und miteinander reden konnten. Lotte wusste schon bestens Bescheid über die etwas verworrenen Familienverhältnisse im Hause Randlkofer und hätte aus dem Kopf einen Plan der Delikatessenhandlung in der Dienerstraße sowie einen Stadtplan der Münchner Altstadt zeichnen können, in der Paul aufgewachsen war. Obwohl sie nie dort gewesen war. Sie war überhaupt noch nicht aus Hessen hinausgekommen. Ebenso war Paul über Lottes Geschwister, ihre Eltern und die Wohnung der Familie im Bilde, ohne sie je gesehen zu haben. Im Hause Blisch begann man sich darüber zu wundern, dass Lottes Arbeitszeiten im Telegrafenamt immer länger und länger wurden. Entweder war eine Kollegin krank geworden oder eine hatte geheiratet, und dann musste eine neue eingearbeitet werden. Im Notfall musste ihre Schwester als Alibi herhalten oder ein Nähkurs, zu dem sie außer zur Anmeldung nie mehr erschienen war. Dafür zweigte Paul sogar etwas von Balbinas Geld ab, denn es schien ihm zur Aufklärung seiner Unschuld und Stabilisierung seines Seelenheils absolut notwendig. Lotte und er wurden zu Vertrauten und Verbündeten.

Paul war in seinen Gedanken abgeschweift von Hoppe alias Pinkerton zu Lotte, doch bei dem Stichwort »Casino« horchte er wieder auf.

»Wer geht ins Casino?«, fragte er.

»Auch wieder mit an Bord, Paul?« Lotte grinste ihn an, vorlaut wie immer. »Herr Hoppe hat die Vermutung, dass dieser Willi Keuper …«

»Die observierte Person«, korrigierte der Detektiv. Diskretion war ihm in Fleisch und Blut übergegangen.

»Also, dass die observierte Person Spielschulden hat. Was natürlich ein Motiv für eine Unterschlagung sein könnte.«

»Ein zwingendes Motiv sogar«, ergänzte Hoppe und strich sich über den Bart. Er schien eine Vorliebe für kalte Getränke zu haben, denn jetzt erst nippte er an seiner Tasse Kaffee, die immer noch voll, aber bestimmt eiskalt war.

»Dazu müsste ich mich selbst auch dorthin begeben«, sagte Hoppe, »was jedoch einen erhöhten Aufwand bedeuten würde, denn ohne Jetons fällt man in Casinos nur unnötig auf. Wie übrigens auch ohne Begleitung.«

Lotte und Paul sahen sich an. »Ich wollte immer schon mal das Casino von innen sehen«, rief Paul begeistert.

»Ich vermute«, dämpfte Lotte seinen Enthusiasmus, »Herr Hoppe dachte eher an Damenbegleitung.«

Der Detektiv nickte. »Zwei Herren wären ebenfalls sehr auffällig.«

»Ich habe aber nichts anzuziehen«, behauptete Lotte.

»Spesenabrechnung«, warf Hoppe ein.

»Ach, so ein Spesenkleid würde ich mir gern aussuchen. Vor allem, wenn du zur Anprobe mitkommst, Paul.«

»Ich schlage vor, ich begleite Sie ebenfalls«, sagte Hoppe, »denn ich kann Sie wohl am besten beraten, wie Sie sich möglichst unauffällig und doch ausreichend elegant kleiden, wie es sich für ein so hübsches Fräulein wie Sie ziemt.«

Lotte verbiss sich ein Lachen, und Paul willigte notgedrungen ein, obwohl es ihm einen kleinen Stich gab. Lotte mit diesem Hoppe im Casino! Er spürte, dass das Dilemma, in dem er steckte, mit jedem Tag größer wurde. Stetig schwankte er zwischen dem Drang, die ganze Sache schnell hinter sich zu bringen, und dem Wunsch, noch viele weitere Stunden und Tage mit Lotte in Wiesbaden zu verbringen. Er wollte fort und doch bleiben. Wie ließ sich dieses Problem bloß lösen?

Schon wieder setzte der Radau ein, der ihn schon im Morgengrauen aus den Federn getrieben hatte. Da hatte er sich das Wochenende freigenommen, sich eine Karte für das Rennen am Kesselberg besorgt, und dann stand er hier in der Naturidylle am Kochelsee, schaute den Schwänen zu, wie sie sich elegant aus dem Röhricht herausbewegten und ihre Spuren über den See zogen. Und dabei dachte Max schon wieder an seine Schwägerin und den verdammten Dallmayr in der Dienerstraße, der wie ein Erreger in seinen Eingeweiden lebte und nur auf die nächste Gelegenheit lauerte, wieder aktiv zu werden.

»Schorsch, hierher!«, rief er den Dackel, den er an diesem Wochenende selbst Gassi führen musste, und stapfte zurück zum Haus. Max hatte sich extra Galoschen mitgebracht, damit seine Lederschuhe im Gras nicht nass wurden, aber in den dünnen Socken hatte er eiskalte Füße bekommen. Mistvieh, dachte er, denn er hatte Schorsch und seine Hundenatur als Schuldigen für sein Missgeschick ausfindig gemacht.

Beim Frühstück sprach er Frau Sebald, die Besitzerin des Grauen Bären, auf den morgendlichen Radau an. Das Rennen würde doch erst am Vormittag starten.

»Die Münchner Fahrer sind schon seit zwei, drei Wochenenden mit ihren Automobilen hier draußen. Sie möchten sich halt mit ihren Probefahrten einen Vorteil verschaffen«, erzählte ihm die Wirtin. »Da haben die Preußen das Nachsehen. Deshalb sind die jetzt schon seit dem ersten Lichtstrahl auf der Strecke unterwegs. Was meinen Sie, was wir hier aushalten müssen wegen diesem vermaledeiten Bergrennen am Kesselberg.« Sie servierte ihm sein Ei. »Fünfeinhalb Minuten, wie gewünscht, der Herr.«

»Fürs Geschäft wird das Rennen nicht gar so schlecht sein«, setzte Max dagegen.

»Das muss sich erst noch erweisen. Die Auswärtigen müssten halt über ihre Motorhauben hinausschauen, damit ihnen auffällt, wo sie ihre Abgase hier hinausblasen und dass man hier auch mit der Bahn anreisen und den Urlaub mit der Familie verbringen kann.« Sie schenkte ihm feinen Bohnenkaffee ein, dessen Duft ihn ein wenig mit den immer noch kalten Füßen versöhnte.

»Tja, wer hätte gedacht, was so ein Künstler alles zustande bringt«, spottete Max Randlkofer.

»Sie meinen den Maler Herkomer, der diese Idee mit dem Bergrennen überhaupt erst aufgebracht hat? Der hat ja auch das nötige Kapital für so ein Automobil. Die Engländer, sagt man, sind ganz wild auf seine Bilder.«

»Der Herkomer sagt, irgendwann, in dreißig oder hundert Jahren, wird fast jede Familie so ein Automobil besitzen.«

»Das fehlt uns gerade noch«, schnaubte die Wirtin. »Seit die Eisenbahn bis nach Kochel fährt, kann doch jeder bequem zu uns kommen. Wozu brauchen wir dann noch Automobile? Die Leute sind auch nie zufrieden mit dem, was sie haben. Darf es noch etwas sein für den Herrn? Ein zweites Ei vielleicht?«

Während Max sich für das Rennen umkleidete und seine kalten Füße massierte, zog sich der Himmel zu, und es fing auch noch an zu nieseln. Trotzdem säumten Tausende von Zuschauern die Strecke. In der weiten Linkskurve beim Gasthaus Kesselberg hatte man eine gute Sicht auf die Strecke. Dort waren die Tribünen aufgebaut. Sein Sitzplatz hatte Max stolze zehn Mark gekostet. Wahrscheinlich bezahlten die vielen Ehrengäste aus Verwaltung, Wirtschaft und Hochadel viel weniger als er oder gar nichts, wie die vielen Zuschauer, die als Zaungäste entlang der Strecke Staub schluckten. Die Wirtin hatte Max beim Frühstück die erwartete Gästeliste heruntergebetet und war dabei vor Stolz fast geplatzt. Max erinnerte sich noch an den Großfürsten Kyrill von Russland, den Fürsten Ferdinand von Bulgarien und den Prinzen von Battenberg, der auch noch Konteradmiral der Royal Navy in England war. Der Maler Hubert von Herkomer begrüßte seine prominenten Gäste persönlich, und er war es auch, der um Punkt zehn Uhr das Signal zum Start des Autorennens gab. Zuerst waren die Motorräder an der Reihe. Man hatte die Strecke von sieben auf sechs Kilometer verkürzt, weil die Fahrbahn vom Regen schon etwas aufgeweicht war. Als Erster ging der Münchner Hermann auf einer böhmischen Laurin & Klement mit einem fünf-PS-Motor auf die Strecke und wurde frenetisch beklatscht.

Sieger wurde jedoch, mit nur sechs Minuten und 19,8 Sekunden, der Nürnberger Georg Retienne auf einer Mars. In der Klasse ein bis dreieinhalb PS wurde jetzt die NSU-Fahrerin

Gertrude Eisenmann aus Hamburg angekündigt, die schon einige Rennen erfolgreich bestritten hatte und bekannt war wie ein bunter Hund. Jetzt hatte sie allerdings Mühe, nachdem sie in einer engen Kurve heftig hatte bremsen müssen, wieder in Schwung zu kommen. Max grinste hämisch. »Jetzt schau dir das an, Schorsch«, sagte er zu seinem Dackel, der unter der Stuhlreihe hervorgekrochen kam, weil die Leute so laut schrien. »Jetzt müssen die Weiber schon beim Motorradrennen dabei sein, wo sie doch wirklich nichts verloren haben.«

Er amüsierte sich über den verzweifelten Kampf der Fahrerin und wünschte ihr nichts anderes, als dass sie im Dreck liegen bliebe und die Männer ihr Motorrad von der Strecke schieben müssten. Doch die Zuschauer feuerten die Eisenmann so lautstark an, dass sie wieder und wieder kräftig in die Pedale trat, um den Motor zum Laufen zu bringen. Schließlich gelang es ihr aus eigener Kraft weiterzukommen. Das Publikum jubelte.

Max machte eine abwertende Geste, da sagte jemand hinter ihm: »Wenn wir sie lassen, dann sind die Frauen irgendwann überall dabei, und nach einer gewissen Übergangszeit – sie müssen ja viel aufholen – sind sie genauso gut wie wir. Da bin ich mir sicher. Ich wette, dort, wo es um Technik geht und nicht um Kraft, werden sie uns irgendwann sogar überlegen sein.«

Max drehte sich nach dem Sprecher um. War das nicht der SPD-Vorsitzende von Bayern, dieser Georg von Vollmar? Natürlich war er es. Jedes Kind kannte den Hünen, der stets schwarze Kleidung und eine Art Uniformjacke trug, wie ein evangelischer Pfarrer oder ein Schwabinger Künstler, der unbedingt ein Unikat sein wollte. Jeder wusste außerdem, dass Vollmar gehbehindert und auf einen Stock angewiesen war.

»Sie hier, Herr von Vollmar?« Max stellte sich vor.

»Randlkofer? Dann sind Sie mit der Chefin vom Dallmayr verwandt?«, fragte Vollmar.

»Ich bin der Schwager«, antwortete Max säuerlich, »und habe meinen Kolonialwarenladen in der Neuhauser Straße.«

»Dann haben Sie ja das beste Beispiel für meine These direkt in der Familie, Herr Randlkofer. Ich wohne in Urfeld, am Walchensee oben. Ich habe mir gedacht, wenn wir schon einmal so ein Spektakel vor der Haustür haben, muss ich es mir auch ansehen. Meine Frau fand es vulgär und ist zu Hause geblieben.«

»Die Ehrenloge ist aber da drüben«, frotzelte Max, dem die Belehrungen des Sozis allmählich auf die Nerven gingen. Nicht nur politisch waren sie meilenweit auseinander. Max war seit jeher ein Anhänger der bayerischen Patriotenpartei und war ihr, wenn auch zähneknirschend, gefolgt, als sie sich in Anpassung an die Preußen in Berlin in Zentrumspartei umbenannt hatte. Die Sozialdemokraten waren in Bayern gerade vom politischen Gegner zum Verbündeten im Kampf um ein gerechteres Wahlsystem geworden. Das bestehende Mehrheitswahlrecht benachteiligte die kleineren Parteien stark. Sie waren im Parlament viel schwächer vertreten, als es ihrem Stimmenanteil nach gerecht gewesen wäre. Aber Max war ein strammer Patriot und guter Katholik und hatte schon deshalb nichts für die Sozialdemokratie übrig. Und ein Wahlrecht für Frauen, wie es die SPD forderte, fand Max mehr als ärgerlich. Da war ja jeder Sechzehnjährige gebildeter als die große Mehrheit der Frauen, die hauptsächlich lernten, einen Haushalt zu führen und Mutter zu sein. Und das war ja auch richtig so. Wozu sollten sie wählen, wenn die allermeisten sowieso keine Ahnung von Politik hatten.

»Als Ehrengast bin ich nicht adelig genug«, antwortete von Vollmar, »und noch dazu in der falschen Partei. Aber ich kann nichts Anrüchiges dabei finden, selbst für mein Billett zu bezahlen, so wie alle anderen auch. Da, haben Sie gehört?«

Max schüttelte den Kopf.

»Gertrude Eisenmann ist im Ziel angekommen, und nicht einmal mit der schlechtesten Zeit.«

Die einzige weibliche Rennfahrerin wurde trotz ihres Malheurs sogar noch fünfte in einer Konkurrenz von dreißig Teilnehmern, wie auf der Ergebnistafel nachzulesen war. Max holte sich ein Bier und zündete sich ein Zigarillo an.

Fünfzehn Minuten nach dem letzten Motorradfahrer begann um elf Uhr die Schnelligkeitsprüfung für achtzig Tourenwagen zwischen zehn und hundert PS, die in verschiedenen Klassen auf die Strecke gingen. Gefährliche Überholmanöver sollten so möglichst ausgeschlossen werden. Sieger und Gewinner des Herkomer-Preises wurde am Ende glücklicherweise ein Münchner Fahrer: Edgar Ladenburg auf einem Mercedes Simplex mit vierzig PS Motorleistung. Zur Siegerehrung behielt er seinen langen Staubmantel und die verwegene Lederkappe auf. Lediglich die runde Sportbrille hatte er über die Kappe geschoben. Wenigstens ein Münchner und keine Frau. Das war auch für einen bayerischen Patrioten wie Max Randlkofer ein Grund zu feiern und den Straßenstaub mit einem zweiten Bier runterzuspülen. Schorsch bekam im Biergarten einen Wurstzipfel unter den Tisch geworfen. Sollten sich doch die Damen am Tisch um den Hund kümmern, wenn sie ihn schon so »niedlich« fanden. Aufs Betteln verstand sich der Dackel mit seinem treuen Blick vorzüglich.

»Frau Randlkofer, sind Sie wach?« Die Hebamme streckte den Kopf zur Schlafzimmertür herein. Sonia hatte das Klopfen gar nicht gehört.

»Morgen, Trudi«, sagte Sonia und lächelte.

Johann, der für die meisten Menschen eigene Namen erfand, nannte die aus Straubing stammende Hebamme nur »die treue

Trudi«, und das war ein treffender Name für die Frau mit den kräftigen Armen und dem langen, schmalen Gesicht.

»Wie geht es Ihnen heute? Alles ruhig? Bleiben Sie auch schön im Bett?«, fragte Trudi und zog ihr glatt poliertes Hörrohr aus dunklem Nussbaumholz aus der Ledertasche.

»Ich habe mindestens zwei Zerberusse im Haus, die über mich wachen: meinen Mann und meinen Sohn. Ich würde es nicht wagen aufzustehen. Aber ich zähle die Stunden und hoffe, mein Mädchen beeilt sich ein bisschen mit dem Wachsen, damit ich mein Gefängnis bald wieder verlassen kann. Meine Beine sind schon ganz dünn geworden, sehen Sie nur. Aber kaum setze ich mich auf und lasse sie auch nur aus dem Bett hängen, kommt entweder Hermann oder Johann und bugsiert mich zurück. Ich sage Ihnen, Trudi, die beiden interessieren sich kein bisschen mehr für mich. Wichtig ist allein dieses kleine Mädchen in meinem Bauch. Wie es mir geht, ist den beiden völlig egal.«

»Jetzt übertreiben Sie.« Trudi schob das Nachthemd hoch und setzte das Hörrohr über dem Nabel auf den Bauch. Eine kleine Beule wurde sofort daneben sichtbar, als schlüge ein Füßchen oder ein spitzer Ellbogen von innen dagegen.

»Oh, sehen Sie nur«, sagte Trudi, »das kleine Madamchen geruht, wach zu sein. Ich verstehe sie so, dass sie noch ein bisschen bleiben und die Ruhe genießen möchte. Mit diesem Beschützer von Bruder wird sie ja keine unbeobachtete Minute mehr haben in ihrem Leben.«

»Zu viel Liebe kann auch zur Tyrannei führen, da haben Sie recht.«

»Was sind wir heute böse.« Die Hebamme schüttelte den Kopf. »Statt dass wir uns über seine Gewissenhaftigkeit freuen, spotten wir über ihn. Das hat er wirklich nicht verdient.« Sie setzte das Hörrohr ab. »Die Herztöne sind ganz deutlich zu hören, alles in Ordnung. Aber ein bisschen früh wäre es noch für das Fräulein, also halten Sie noch ein bisschen durch, ja?«

Sie untersuchte den Muttermund, der mit seiner vorzeitigen Öffnung dafür verantwortlich war, dass Sonia liegen musste. Sie fühlte sich in Trudis Händen sicher und empfand nicht diese Scham, die sie Anni, dem Dienstmädchen, gegenüber spürte, wenn sie die Bettpfanne leerte oder sie waschen kam. Aber es gab keine andere Möglichkeit. Obwohl Hermann und sie sich sehr nahestanden und fast alles miteinander teilten, wäre es doch undenkbar gewesen, dass er sie so sah wie Trudi. Wenigstens konnte sie sich nun zu Hause auf die Geburt vorbereiten. Freiwillig wäre keine Frau zur Geburt in eine Klinik oder Gebäranstalt gegangen, auch Sonia nicht. Die Sterberate unter den Wöchnerinnen und den Neugeborenen war dort viel höher als bei den Hausgeburten. Wenn eine Frau alleinstehend und ohne Familie war, dann blieb ihr nichts als die Gebäranstalt. Der Wiener Professor Semmelweis hatte den Ärzten und Schwestern die Schuld an der hohen Sterblichkeit der Mütter gegeben und sie immer wieder zu häufigem und gründlichem Händewaschen angehalten. Sonia hatte gelesen, dass der Professor möglicherweise von Gegnern aus seiner eigenen Zunft zu Tode gebracht worden war. Die treue Trudi wusch sich jedenfalls immer gründlich die Hände mit warmem Wasser und Seife, bevor sie Sonia untersuchte, was sehr beruhigend war.

»Alles so weit in Ordnung.« Trudi packte ihre Instrumente ein. »Sie brauchen nur noch ein wenig Geduld.« Sie öffnete das Fenster, aber die Hitze, die von draußen hereindrang, war so unerträglich, dass sie es gleich wieder schloss.

»Wo müssen Sie als Nächstes hin?«

»Zu einer Zwillingsgeburt nach Sendling. Da kann es jeden Tag so weit sein.«

»Gut, dann halte ich auf jeden Fall noch so lange durch, bis die Sendlinger Zwillinge da sind, damit Sie danach wieder Zeit für mich haben.«

»Das ist ein guter Plan«, sagte die treue Trudi.

Letzte Nacht hatte Sonia schlecht geschlafen und sich von einer Seite auf die andere gewälzt, möglichst leise, um Hermann nicht zu wecken. Er lag entspannt neben ihr auf dem Rücken, den Mund leicht geöffnet. Es tat ihr leid, ihn so früh zu wecken, aber sie wusste, dass etwas passiert war. Zwischen ihren Beinen war alles nass, und Krämpfe ließen ihren Bauch hart wie ein Fußball werden. Sie weckte Hermann und schickte ihn in die Ledererstraße, um Trudi zu holen. Die Krämpfe kamen immer regelmäßiger und in immer kürzeren Abständen. Von der Unruhe im Haus war auch Therese wach geworden. Sie wies Anni an, Wasser zu kochen und frische Handtücher bereitzulegen. Sonia hatte das Gefühl, als ginge alles sehr viel schneller als bei Johann. Die Wehen kamen in immer kürzeren Abständen. Am Höhepunkt des Schmerzes krallte Sonia sich in das Kopfteil des Bettgestells, bis die Fingerknöchel weiß wurden. Therese strich ihr das Haar zurück, trocknete ihr das Gesicht und rieb ihr den Rücken mit dem Handtuch ab.

»Wo bleibt denn Hermann mit der Hebamme?«, fragte Sonia verzweifelt.

»Sie werden bestimmt gleich da sein.« Therese drückte die Hand ihrer Schwiegertochter. »Mach dir keine Sorgen. Anni und ich sind bei dir. Zusammen halten wir die Stellung, bis die Hebamme kommt.«

Der Schmerz setzte ein wie ein Prügel, der auf ihren Bauch niedersauste.

»Gleich kommt sie«, rief Therese, »ich höre schon Schritte draußen auf der Treppe.«

Sonia konzentrierte sich auf einen Fleck an der Wand, um nicht ohnmächtig zu werden, als die Hebamme das Zimmer betrat und alle anderen hinausschickte. Sonia heulte auf und ließ unter lautem Stöhnen den angehaltenen Atem ausströmen.

»Legen Sie sich hin, damit ich Sie untersuchen kann«, bat sie. Aber das war nicht die treue Trudi.

»Wer sind Sie?«, fragte Sonia. »Wieso ist Trudi nicht hier?«

»Sie ist zu einem Notfall gerufen worden. Doktor Eichengrün, Ihr Hausarzt, hat Ihren Mann zu mir geschickt. Ich bin die Leimgruber Berta. Ist es Ihre erste Geburt?«

»Nein, ich habe schon einen Sohn von fünf Jahren. Aber dieses Mal ist es anders. Mein Muttermund ist zu schwach, das Kind kommt viel zu früh.«

»Das hilft nun nichts mehr«, meinte die Hebamme, als sie Sonia untersucht hatte. »Sie sind mitten in der Geburt. Es wird nicht mehr lange dauern.«

Wenn sie noch mehr gesagt hatte, so war es in der nächsten Wehe untergegangen. Waren die Herztöne des Babys in Ordnung? Die Hebamme hatte gar nichts darüber gesagt. Sonia wollte nachfragen, aber in der Schmerzpause musste sie atmen und versuchen, noch irgendwoher Kräfte zu sammeln. Sie war wieder einer Ohnmacht nahe. Hätte sie doch bloß weggekonnt, fort von diesem Albtraum, der ihr schlimmer vorkam als alles, was sie bisher erlebt hatte. Jetzt spürte sie, wie auch noch die letzte Kraft von ihr wegfloss, sie konnte nichts mehr dagegen tun. Mit jeder Sekunde wurde sie leichter und trieb fort wie ein Ballon am weiten Himmel. Zum ersten Mal kam ihr der Gedanke, dass sie bei dieser Geburt sterben könnte. So viele Frauen starben im Kindsbett, sogar mehr als Soldaten im Krieg. Am nächsten Höhepunkt, der gnadenlos über sie herfiel, dachte sie, dass der Tod vielleicht gar nicht das Schlimmste war. Nicht schlimmer als dieser Schmerz.

»Nicht nachlassen, pressen, pressen, pressen«, rief diese Frau, deren Namen Sonia schon wieder vergessen hatte. »Ich kann das Köpfchen sehen und die kohlrabenschwarzen Haare.«

»Aber ich kann nicht mehr.« Sonia sah, wie ihre Beine in Krämpfen zuckten, und konnte nichts dagegen tun.

»O doch, Sie können. Das Kind ist klein, sein Köpfchen nicht größer als eine Orange. Sie pressen noch einmal, und dann kommt es. Jetzt!«

Es musste auch ohne Pressen gegangen sein, denn plötzlich war dieses Wesen da. Sein Körper war glitschig und schimmerte rötlich. Und eine schemenhafte Person wickelte es in Tücher und trug das Bündel fort, und dann wurde es wieder Nacht, und Sonia ließ sich in die Erschöpfung fallen und in den Schlaf.

Der letzte Rest Tageslicht war dabei, sich davonzumachen, als sie die Augen wieder aufschlug. Jemand hatte das Bett frisch bezogen, und eine einzelne weiße Rose stand in einer Vase auf ihrem Nachttisch. Ihr zarter Duft nach Puder hatte die Gerüche der Nacht weggewischt. Wo war das Kind? Sonia hatte es kaum gesehen, wusste nicht, ob es ein Junge war oder ein Mädchen, ob es gesund war. Die Tür öffnete sich einen Spalt, und die fremde Hebamme trat herein, mit einem verschnürten Bündel auf dem Arm.

»Die ganze Familie wartet schon«, sagte die Frau, »aber ich habe sie noch um fünf Minuten Geduld gebeten, was für das Brüderchen da draußen eine Ewigkeit ist. Er nennt das Baby bereits Johanna.«

Dann war es also ein Mädchen. Sonia suchte nach einem Gesicht in diesem weißen Wäschebündel und blickte in die weit geöffneten, blaugrauen Augen eines Neugeborenen, die sie interessiert betrachteten.

»Was machen Sie denn da?«, herrschte die fremde Hebamme sie an.

Sonia hatte angefangen, die Knöpfe an ihrem Nachthemd zu öffnen, um das Kind an die Brust zu legen. Sie wollte ihre Tochter willkommen heißen und ihr den besten Platz in ihrem jungen Leben anbieten.

»Sie werden doch nicht etwa selbst stillen wollen.« Die Hebamme ließ keinen Zweifel daran, was sie davon hielt. »Das machen doch nicht einmal die Frauen draußen auf dem Land. Wo wir doch so nahrhafte und gesunde Säuglingsnahrung haben für die Kleinsten. Ich habe das Fräulein schon gefüttert und bei der Menge an Ersatzmilch, die sie getrunken hat, sollte sie bis morgen früh satt sein. Das Hausmädchen ist schon eingewiesen, wie sie es anrührt und aufwärmt. Sie müssen sich um nichts mehr kümmern.« Dann legte sie endlich das Bündel in Sonias Arme und begann, ihr das Nachthemd rasch zuzuknöpfen.

»Lassen Sie das«, fauchte Sonia, schob den Mund des Babys zur Brustwarze hin und reizte die zarten Lippen mit feinen Stupsern. Doch das Kind war zu satt, um zu reagieren. Sonia spürte, wie ihr die Tränen aufstiegen, aber weder diese blauen Augen, die sie immer noch fixierten, noch das Habichtsgesicht der Hebamme sollten ihren Kummer merken.

»Lassen Sie jetzt meinen Mann und meinen Sohn zu mir.«

»Aber doch nicht so«, murmelte die Frau und knöpfte Sonias Nachthemd zu. Sie ließ es geschehen, während sie vor Zorn bebte.

»Mama, Mama«, rief Johann, als er endlich hereindurfte. »Hast du gesehen, was für schöne Augen sie hat, und Finger wie eine Puppe, stimmt's?« Er sprang in Sonias Bett.

Als Hermann sich über seine Frau beugte, um sie zu küssen, flüsterte Sonia ihm ins Ohr: »Schick sie fort, auf der Stelle. Ich will sie hier nicht mehr sehen.« Hermann zuckte zurück. »Und dann hol Trudi«, flüsterte sie. »Sie muss mir helfen. Und sag Anni, dass das Kind ab sofort keine Milchnahrung mehr bekommt. Keine, hörst du?«

Hermann nickte. »Ich bin so froh, dass es dir besser geht, Liebes. Du warst so furchtbar schwach. Dr. Eichengrün war am Morgen noch hier und hat dir ein Schlafmittel gegeben. Ich dachte schon … ach, Liebste, ich bin ja so glücklich.«

»Und ich bin auch glücklich«, sagte Johann. »Wegen Mama und wegen Johanna.« Und er gab zuerst seiner Mutter, dann seiner Schwester einen zärtlichen Kuss auf die Wange.

»Und jetzt schickst du diese Person fort, Hermann. Trudi wird die Nachsorge übernehmen und sonst niemand.«

»Jetzt gleich?«, fragte Hermann.

»Auf der Stelle. Sie soll sich auch nicht von mir verabschieden.«

Irgendwann würde sie Hermann erzählen, was ihr widerfahren war. Aber nicht jetzt. Jetzt war die Stunde von Johann und Johanna. Die beiden wirkten wie Zwillinge, die nur zufällig mit einem Abstand von fünf Jahren geboren waren, aber irgendwo, in einer anderen Welt, schon immer zusammengehört hatten.

»Paul?«

»Was ist?« Paul stieg die Wendeltreppe zum Weinkeller hinunter.

»Komm doch mal!«, rief Hermann oben im Geschäft.

»Ich hole nur noch den Burgunder.« Das Gewölbe verströmte einen leicht modrigen Geruch wie in einer alten Burg. Paul fröstelte. Er hatte als Kind seinen Vater dabei beobachtet, wie er an den Regalen vorbeiging und hier und dort eine Flasche streichelte, als wären es Welpen. Und er ertappte sich gerade dabei, wie er jetzt genau dasselbe tat. Sie fühlten sich kühl und ein bisschen feucht an. Tausende Flaschen lagerten hier, die meisten zum alltäglichen Gebrauch, aber ein Regal war für die besonders alten und wertvollen Weine reserviert. Man musste die Etiketten regelmäßig prüfen, damit sie nicht feucht oder gar schimmelig wurden. Fast hätte er vergessen, warum er überhaupt hergekommen war. Der Burgunder zum Rinderbraten. Dreimal dachte er, die Stelle gefunden zu haben, wo sein Favorit lagerte, und jedes Mal stellte sich heraus, dass seine innere

Landkarte versagte. Endlich fand er die Stelle, wo der Burgunder früher wie heute abgelegt war, ein Gevrey-Chambertin, dessen intensives Aroma von schwarzer Johannisbeere mit einem Hauch von Lakritz ihn so besonders machte. Er betrachtete das Etikett der bauchigen Flasche. Genau die würden sie sich an diesem herrlichen Herbsttag schmecken lassen. Es war der 1. November, Allerheiligen.

Wie jedes Jahr hatte sich die Familie am Vormittag am Eingang zum Südfriedhof getroffen, um zusammen zum Grab des Vaters zu gehen. Sie waren alle da, mit Ausnahme von Therese. Denn sie stand schon eine ganze Weile am Grab, als die Kinder ankamen. Vielleicht redete sie immer noch mit Papa, wenn sie mit ihm allein war, dachte Paul. Durch die feinen Wolkenschleier brach immer wieder der blaue Herbsthimmel hervor, und die Sonne ließ die wenigen goldenen Blätter, die noch ganz oben an den hohen Buchen hingen, leuchten. Paul trug einen Korb mit weißen und gelben Chrysanthemen, die seine Mutter alle in eine große Vase in der Mitte des Grabs steckte. Ein paar Tage würden sich die dicken Blütenbälle gegen die schwarze Erde und den dunklen Stein behaupten können, solange der Nachtfrost sie verschonte. Johann hatte ein Bild für seinen Opa, den er nie kennengelernt hatte, gemalt und steckte es zwischen die Chrysanthemen. Darauf war die ganze Familie zu sehen: Vater, Mutter, seine kleine Schwester in der Wiege, und seine Großmutter Therese, die größer als Mutter und Vater gezeichnet und unschwer als Familienoberhaupt zu identifizieren war. Der etwas zu klein geratene Mann neben ihr war er selbst, Onkel Paul. Seit September war er nun wieder in München. Wer nicht auf dem Bild war, das war Onkel Max, der es sich jedoch nicht nehmen ließ, auch kurz auf dem Friedhof vorbeizuschauen. Er fragte Hermann, ob er ihm am Nachmittag ausnahmsweise im Geschäft helfen könne. Er hatte umgebaut und am nächsten Tag sollte die Wiedereröffnung sein, aber er war noch nicht ganz fertig geworden, und am Feiertag bekam er kein Personal. Das ginge leider nicht, sagte Therese, denn sie habe ihre Kinder schon vor Wochen gebeten, sich den Nachmittag des 1. November freizuhalten für einen Familienausflug. Fast wäre es am Grab noch zum Streit gekommen, weil Onkel Max nicht akzeptieren wollte, dass ein Ausflug wichtiger sein sollte als seine Wiedereröffnung. Hermann selbst war hin- und hergerissen, aber Therese setzte sich durch. Sie sagte, ohne Hermann ginge es nicht, und Max hätte eben früher Bescheid geben müssen.

»Paul, kommst du bitte mal?« Hermann stand oben an der Wendeltreppe zum Weinkeller.

»Was gibt es denn?«

Hermann schien ziemlich angespannt. »Im Tresor fehlt Geld.« Paul sackte das Blut vom Kopf in die Beine, aber er versuchte, sich nichts anmerken zu lassen.

»Bist du sicher?«, fragte er. Hermann nickte. »Dafür gibt es bestimmt eine einfache Erklärung«, hörte Paul sich sagen.

Sein Wiesbadener Albtraum war sofort wieder präsent und trieb ihm den Schweiß auf die Stirn. Mit Rosas Hilfe hatte er die Sache bis jetzt vor der Familie geheim halten können. Das Ganze ging doch jetzt nicht wieder von vorne los. Das war absurd.

»Um welche Summe geht es denn?«, fragte er.

»Fünfzigtausend, wenn ich richtig gezählt habe.«

Paul zwang sich, ruhig zu bleiben. »Das ist doch unmöglich«, sagte er.

»Ich habe die Kasseneinnahmen nachgerechnet und auch unsere Tagesreserven, und es fehlt einfach diese gewaltige Summe.«

»Schau doch mal in Rosas Bücher. Vielleicht hat es da eine Entnahme gegeben, von der du nichts weißt.«

»Wieso sollte ich davon nichts wissen?«, entrüstete sich Hermann. Er starrte Paul an.

»Hast du das Geld genommen?«

»Ich? Bist du verrückt? Ich nehme mir doch nicht eigenmächtig Geld aus dem Tresor.«

»Wer soll es denn sonst gewesen sein?«

»Woher soll ich das wissen?«

»Außer uns und Rosa hat doch niemand Zugang zum Tresor.«

»Rosa nimmt doch kein Geld«, entrüstete sich Paul.

Sie öffneten das aktuelle Buchungsjournal und suchten bei den Entnahmen. Da war tatsächlich eine Auszahlung eingetragen, und zwar für Montag, den 30. Oktober, genau die Summe von fünfzigtausend Mark. Das Kürzel war die Signatur ihrer Mutter. Als Zweck der Entnahme war »G.-H.« eingetragen.

»Was bedeutet G.-H.?«, fragte Paul.

»Keine Ahnung.« Es war Hermann anzusehen, wie sehr es ihn ärgerte, dass seine Mutter ihn nicht eingeweiht hatte und er nichts über ihre geschäftlichen Pläne wusste.

»Wozu kann sie dieses viele Geld denn gebraucht haben?«

Paul fiel der Ausflug ein, den seine Mutter für den Nachmittag des 1. November geplant hatte. Aber dafür brauchte man doch nicht so viel Geld. Seltsam. Paul atmete tief durch. Wieso hatte er sich überhaupt so aus der Ruhe bringen lassen? Er wusste doch genau, dass er nicht am Tresor gewesen war.

Als sie oben in der Küche standen, fiel Paul ein, dass er die Weinflasche unten vergessen hatte.

»Paul, wo hast du denn deinen Kopf?«, fragte seine Mutter und wuchtete den großen Bräter aus dem Ofen, um die Soße mit Rahm und Majoran abzuschmecken. Auf dem Herd simmerten die Knödel in einem weiten Topf. Es duftete nach Braten und ausgelassenem Speck. Hermann wartete, bis Paul zurückkam. Dann sprach er seine Mutter auf das fehlende Geld aus dem Tresor an.

»Das hat schon seine Richtigkeit, Hermann«, antwortete Therese. Sie ließ seinen Bruder wie einen kleinen Jungen stehen und kümmerte sich weiter um die Soße.

»Oma, was machen wir denn heute Nachmittag?«, fragte Johann beim Essen. Wie üblich aß er seinen Knödel nur mit Soße, ohne Fleisch. Seine Großmutter bat ihn, wenigstens ein Stück zu probieren, aber er schob es an den Rand seines Tellers und rührte es nicht an. »Bitte verrate es mir, Oma, was machen wir heute?«

»Mittagsschlaf«, neckte Therese ihn.

»Neeein«, protestierte er. »Ich bin doch kein Baby.«

»Ja, das stimmt. Es war nur ein Scherz. Wir machen heute alle zusammen einen Ausflug. Der Tag ist ja wunderbar mild und sonnig. Das wird richtig schön.«

»Fahren wir mit der Kutsche?«, fragte Johann. Seine Großmutter nickte. »Und wohin?«

»Das werdet ihr dann schon sehen.«

»Eine Überraschung?«

»Ja, eine schöne Überraschung.«

Paul überlegte, ob die Überraschung etwas mit dem fehlenden Geld zu tun hatte. Hermann stocherte in seinem Essen. Die Stimmung war angespannt.

Nach dem Mittagessen tauchte Korbinian mitten am Feiertag auf und meldete, die Rösser seien eingespannt. Als Hermann ihn fragte, ob er wüsste, wohin die Fahrt ging, schüttelte er den Kopf. Er habe nur Order bekommen, sich mittags in der Dienerstraße einzufinden. Die Chefin hatte ihm einen freien Tag unter der Woche dafür angeboten.

»Jetzt lass doch deiner Mutter den Spaß«, sagte Korbinian, als er sah, wie Hermann sich ärgerte. »Du kennst sie doch lange genug. Sie liebt ihre Überraschungen, und es wird schon alles gut werden.«

Der Landauer hätte Platz für vier Erwachsene und die beiden Kinder geboten, aber Hermann weigerte sich einzusteigen.

»Wir fahren in der eigenen Kutsche«, entschied er.

»Aber du weißt doch gar nicht, wo es hingeht«, gab Sonia zu bedenken.

»Also wohin?«, fragte Hermann.

»Nach Norden, die Isar entlang.«

Mehr wollte Therese nicht preisgeben. Es blieb ihm nichts anderes übrig, als hinter Korbinian herzufahren.

»Darf ich bei Korbinian auf dem Kutschbock mitfahren?«, bettelte Johann. »Er hat zwei Pferde angespannt und du nur eines.«

Korbinian hatte sich fein gemacht und saß im Kutschermantel mit Goldknöpfen und Pelerine und mit Zylinder auf dem Kutschbock.

Hermann wollte es Johann verbieten, aber Sonia schlug einen Kompromiss vor: Hin durfte er mit Korbinian fahren, zurück dann bei ihnen in der Kutsche. Hermann ließ sich zähneknirschend überreden. Und Paul fand, dass der Ausflug allmählich unter keinem guten Stern mehr stand. So fuhren sie los.

Johann plapperte munter mit Korbinian, aber als sie sich ein Stück von der Stadt entfernt hatten, wurde er immer stiller.

»Ich weiß schon, wohin wir fahren«, sagte er.

»So? Wohin denn?«, fragte Therese.

»Nach Kirchheim, zu dem Hof mit den toten Hühnern.«

Therese schüttelte den Kopf. »Nein, da fahren wir ganz bestimmt nicht hin, auch wenn die Richtung schon stimmt, Johann. Aber tote Hühner gibt es dort nicht.«

Sie kamen nach Ismaning und fuhren auf das Schloss zu, das Michael von Poschinger gehört hatte. In einer großzügigen Geste hatte er das Schloss sowie die Güter Zengermoos und Karlshof der Stadt München als Wohlfahrtsstiftung geschenkt und war zurück in den Bayerwald umgesiedelt, wo er sich wieder um seine Glasmanufaktur kümmerte. Therese wies Korbinian an, beim Müllerwirt neben der Pfarrkirche nach Osten abzubiegen und die Straße parallel zur Torfbahn zu nehmen. Paul erinnerte sich noch, dass er als Kind mit dieser Bahn gefahren war, damals, zu Poschingers Geburtstag, zu dem sie ein privates

Dallmayr-Bankett ausgerichtet hatten. Nur Hermann, der damals auf die Kanaren gereist war, hatte gefehlt. Paul verstand schon, dass sein Bruder sich ärgerte, dass Mutter ihn nicht in ihre Pläne eingeweiht hatte. Er war der Älteste und damit ihr Nachfolger in der Firma, und er fand diese Art der »Überraschungen« seiner Mutter, soweit sie mit der Firma zu tun hatten, alles andere als lustig.

Sie hatten jetzt die letzten Häuser der Ortschaft hinter sich gelassen. Die Schotterstraße führte schnurgerade hinaus ins Moos. Die Kiebitze, deren *Kiwitt, Kiwitt* im Sommer über der weiten, endlos scheinenden Moorlandschaft zu vernehmen war, waren längst in den Süden gezogen.

»Es ist ganz leer hier«, sagte Johann. »Es gibt nicht einmal Häuser.«

»Nur Moor und Torf, Wiesen und kleine Bäche«, antwortete seine Großmutter. »Viel Platz und gute Luft.«

Sie mochten etwa vier bis fünf öde Kilometer zurückgelegt haben, als rechter Hand ein Gehöft auftauchte. Die Kutsche überquerte einen Bachlauf, passierte eine Kapelle und fuhr an einem Holzzaun entlang, hinter dem sich ein Wohnhaus und einige Wirtschaftsgebäude befanden. Über der Einfahrt in den Hof hing ein Schild mit der Aufschrift »Randlkofer'sche Geflügelzucht«. Auf dem Hof, vor dem Taubenhaus, erkannte Paul Michael von Poschinger, der zur Begrüßung angereist war und ein weiß-blaues Papierfähnchen schwenkte.

»Da sind wir«, sagte Therese.

Korbinian brachte die Pferde zum Stehen, und Herr von Poschinger öffnete den Wagenschlag des Landauers.

»Willkommen daheim!«, sagte er, »und nicht erschrecken. So wie ich eure Mutter kenne, wird es bestimmt nicht mehr lange hier so aussehen. Alles wird bald blühen und gedeihen, und eine Schar Wasservögel wird hier herumlaufen und sich fühlen wie im Paradies.«

»Zumindest bis Martini«, meinte Therese.

»Darf ich zu dem Taubenhaus gehen?«, fragte Johann und rannte los, als er von niemandem eine Antwort bekam.

Mittlerweile hatte auch Hermanns Kutsche den Hof erreicht, und natürlich hatte er das Schild über dem Tor bereits gelesen.

Er stieg ab und drückte dem verblüfften Paul die Zügel in die Hand. Eine dicke Zornesfalte auf der Stirn, baute er sich vor seiner Mutter auf, die Arme in die Hüften gestemmt.

»Was hat das alles zu bedeuten, Mutter?«

»Das hier ist meine Überraschung.« Therese breitete die Arme aus. »Unser Hof.«

»Du hast ihn gekauft?«

Therese nickte stolz.

»Ohne dich mit mir zu besprechen?«, presste Hermann zwischen den Zähnen hervor.

»Papa, Papa«, rief Johann. Er kniete unter dem Taubenschlag und hielt irgendetwas in der Hand.

»Ich gehe schon«, sagte Sonia, die kleine Johanna auf dem Arm. Auch Herr von Poschinger zog sich diskret zurück und folgte ihr.

»Was hast du für diese Ruine bezahlt?«, fragte Hermann wütend.

»Jetzt bitte«, versuchte Paul zu schlichten, »müssen wir das hier in aller Öffentlichkeit besprechen?«

»Wie viel?«, wiederholte Hermann.

»Hundertfünfunddreißigtausend«, antwortete Therese. »Für die diversen Ruinen, wie du sie nennst, und dazu noch sechshundertsiebzig Tagwerk Grund. Michael, also Herr von Poschinger, meinte auch, dass es ein guter Preis ist. In wenigen Jahren, wenn die Eisenbahn bis nach Ismaning fährt und die Moosflächen entwässert sind, könnte das Gut schon das Doppelte wert sein. Zumal wenn man es entsprechend ausbaut.«

»Hundertfünfunddreißigtausend«, murmelte Hermann. »Und

das geht sich aus mit der Finanzierung? Wollten wir nicht alles daransetzen, mit unserem Geschäft in der Dienerstraße zu expandieren?«

Die beiden standen sich wie Kontrahenten in einem Wildwestroman gegenüber.

»Wir können beides, Hermann. Es wird Hand in Hand zusammengehen, du wirst sehen. Wir beliefern uns selbst und sind nicht mehr so abhängig von unseren bisherigen Lieferanten, dass sie gut wirtschaften und ausreichende Mengen und die gewohnte Qualität liefern. Das wird uns viel Kraft und Nerven sparen, die uns für unsere Pläne in München dann zur Verfügung stehen. Wir kaufen bei uns und haben alles selbst in der Hand. Zumindest beim Geflügel. Ich möchte auch unsere eigenen Hühner züchten hier auf dem Hof und unsere eigenen Eier produzieren. Und Gemüse anbauen.«

Paul fand, dass das alles nicht unvernünftig, aber auch nach sehr viel Arbeit klang. Doch seine Mutter hatte sicher alles durchdacht, vielleicht auch schon zusammen mit ihrem Freund Poschinger durchgerechnet, bevor sie sich zum Kauf entschlossen hatte.

»Gemüse?«, fragte Hermann. »Denkst du wirklich, dass der saure Moorboden hier mehr hergibt als Kraut und Steckrüben? Nicht ganz die richtigen Erzeugnisse für ein Delikatessenhaus«, höhnte Hermann. »Unsere Kundschaft ist eher an Spargel und Artischocken gewöhnt als an Rüben. Und die werden schwerlich hier wachsen, oder täusche ich mich?«

»Die Königliche Moorkulturanstalt forscht schon eine ganze Weile intensiv dazu, und die Ergebnisse sind vielversprechend«, behauptete Therese scheinbar ungerührt. »Kartoffeln, auch feines Gemüse und Salate, die besten Sorten werden immer weiterentwickelt. Auch der Herr von Poschinger ist überzeugt, dass der weiße Almboden hier im Moos noch weit mehr hervorbringen wird als Weißkraut.«

»Der Herr von Poschinger«, Hermann senkte seine Stimme. »Sind wir mit dem eigentlich verwandt? Gehört er zur Familie?«

»Das reicht jetzt, Hermann«, sagte seine Mutter. »Schade, dass es dir hier an Vorstellungskraft fehlt. Du siehst nur baufällige Gebäude und nicht, was hier alles entstehen kann. Als Geschäftsmann darfst du nicht immer nur auf die Zahlen schauen. Du musst auch Visionen haben, sonst bist du lediglich ein Verwalter des Status quo und irgendwann des Stillstands.«

Sonia sah besorgt zu ihnen herüber, und auch Herrn von Poschinger war die ganze Situation ziemlich unangenehm. Aber Paul ahnte, dass seine Mutter noch nicht fertig war mit ihrer Ansprache.

»Ohne Visionen kann man nichts Großes entwickeln«, fuhr sie fort. »Und einer, der alles aus dem eigenen Ersparten bezahlen will, dem fehlt es einfach an Mut. Hermann, ich bin alt und du bist jung. Jetzt tu doch bitte nicht so, als wäre es umgekehrt.« Therese griff nach Hermanns Händen, aber der trat einen Schritt zurück und wandte sich ab.

»Hermann«, rief sie. Sie machte einen Schritt auf ihn zu und nahm nun doch seine Hand und zog ihn zu sich. »Wenn ich mir das mit Ende fünfzig zutraue, dann solltest du das als junger Mann schon lange. Und dass ich nicht leichtfertig mit unserem in München erwirtschafteten Geld umgehe und alle meine Investitionen sich bisher als sinnvoll und durchaus lukrativ herausgestellt haben, sollte mir recht geben. Oder zumindest dein Vertrauen in mich befördern. Wenn ich einmal alles übergebe, bist du an der Reihe, zusammen mit deinen Geschwistern. Aber noch treffe ich die Entscheidungen.« Hermann wollte ihr seine Hand entziehen, aber sie packte noch fester zu. »Ich wünsche mir mehr Respekt und Vertrauen von dir. Alles wird gut werden. Wenn wir nächstes Jahr zusammen hier an dieser Stelle stehen, dann wird es ein anderer Ort sein. Dann wird hier das blühende Leben herrschen und nicht der Verfall. Es wird sich was rühren auf dem Hof. Ihr werdet alle gern hier sein, dafür werde ich sorgen. Und du und deine Familie auch, Hermann, da bin ich mir ganz sicher.«

Endlich ließ sie Hermanns Hand los. Er starrte seine Mutter an und kniff die Lippen zusammen, zweifelnd, skeptisch und auch immer noch wütend, dass sie alles ohne ihn abgemacht hatte. Hermann war von Natur aus ein eher ruhiger, bedächtiger Mensch wie sein Vater. Doch jetzt sah Paul nichts anderes als den puren Zorn in den Augen seines Bruders aufblitzen.

»So geht das nicht, Mutter.« Es kostete ihn Mühe, nicht laut zu werden. »Das kannst du mit mir nicht machen. Ich bin doch nicht dein Angestellter.«

Er lief zu seiner Familie, packte Johann und hob ihn auf den Arm. Johann hielt eine junge Taube in den Händen, die aus dem Nest gefallen war. Als Hermann ihm den Vogel wegnehmen wollte, presste Johann seine Hände zusammen und drückte das ziemlich hässliche, fast federlose Tier an seine Brust.

»Kommt, wir fahren nach Hause!«, sagte Hermann.

Er war so wütend, dass Johann sich nicht zu fragen traute, ob er nicht bleiben durfte, und auch Sonia, mit dem Baby auf dem Arm, begriff, dass sie ihm jetzt nicht in den Rücken fallen durfte.

»Ihr habt die Fischweiher ja noch gar nicht gesehen, und die Goldach, wie hübsch sie durch das Grundstück fließt!« Therese war sichtlich getroffen. Sie hatte nicht mit einer so heftigen Reaktion ihres Ältesten gerechnet.

Sonia machte eine entschuldigende Geste in ihre Richtung, dann stieg sie mit den Kindern in die Kutsche, und Hermann fuhr ohne ein Wort des Abschieds zum Tor hinaus.

Nach einer schweigsamen Fahrt, während der Sonia ihre Tochter stillte und mit Johann besprach, dass er die Taube füttern und wärmen musste, damit sie überleben konnte, setzte Hermann Sonia und die Kinder zu Hause ab und fuhr gleich weiter in die Neuhauser Straße.

Als er den Kolonialwarenladen seines Onkels betrat, fand er Max ganz allein in seinem Geschäft, auf einem Schemel sitzend, umgeben von Säcken mit Mehl, Zucker, Kaffee und Tee. Holzkisten mit Zwiebeln, Kartoffeln, Gelben und Roten Rüben stapelten sich um ihn herum, Schachteln mit Kernseife und der grünlichen Savon de Marseille, die mit Olivenöl hergestellt wurde und etwas teurer war. Im Regal hinter ihm türmten sich die verpackten Seifenstücke der Firma Sunlicht aus Mannheim in der typischen blauen Verpackung mit gelbem Rand und weißer Schrift. Daneben zwei Töpfe Senf von Develey, einer mittelscharf, der andere süß. Die Keramiktöpfe hatten zum Abfüllen einen Hahn aus Kupfer. Ein bauchiges Gurkenglas, dem der passende Deckel fehlte, sorgte für einen kräftigen Essiggeruch im Laden. Dagegen kam der Duft des Usambara-Kaffees aus den deutschen Schutzgebieten in Ostafrika im Regal darüber nicht an. Maggi-Suppen und Brühwürfel, Konservendosen und Tüten mit getrockneten Linsen, Bohnen und Erbsen standen neben- und übereinander. In einem Holzkasten lagen Nähgarn, Nadeln, Hornknöpfe, Gummilitzen und Schuhbänder, daneben gab es eine Lade mit Bleistiften.

Sein Onkel wirkte apathisch und mit der Unordnung vollkommen überfordert. Vielleicht war es das Beste, mit der Verkaufstheke anzufangen. Dort standen die große Waage aus Email, einige bunte Bonbongläser und daneben das aufgeschlagene Anschreibbuch, in dem Max die Einkäufe seiner Kunden notierte, genauso wie die Summen, die sie ihm die Woche über schuldig blieben. Schubladen mit Rosinen, Muskat und Fencheltee,

Graupen und Reis waren aus einem Schrank hinter der Theke herausgezogen und neu befüllt, aber nicht wieder einsortiert worden. Unter der Theke lagen Schrubber, Besen und Scheuerlappen. Dort begann Hermann mit seiner Aufräumaktion. Die brennende Wut, die er immer noch auf seine Mutter hatte, würde er damit wahrscheinlich nicht ganz loswerden, aber sie lieferte ihm immerhin die Energie, es mit diesem Saustall aufzunehmen. Eine solche Unordnung hätte seine Mutter in ihrem Laden niemals geduldet, und sie war den Kunden seines Onkels, auch wenn es keine Adeligen, Hofköche, Magistratsbeamte oder Regierungsräte, sondern einfache Leute waren, auch nicht zuzumuten. Als sein Onkel sah, wie Hermann die Ärmel hochkrempelte und anfing aufzuräumen, kam wieder etwas Farbe in sein Gesicht.

»In Bayern kriegst du an Allerheiligen einfach kein Personal«, schimpfte Max. »Da kannst du machen, was du willst. Alle stehen sich an den Gräbern die Beine in den Bauch. Aber einem Lebenden hilft keiner.«

Hermann musste an Korbinian Fey denken, der an jedem Tag des Jahres, zu jeder Tages- oder Nachtzeit zu seiner Mutter gelaufen kam, wenn sie ihn brauchte. Loyalität nannte man das, und es ging weit über ein einfaches Angestelltenverhältnis hinaus. Seinem Onkel Max fehlte das Händchen dafür, so eine Verbindlichkeit zu seinen Angestellten herzustellen, das war Hermann schon zu seiner Lehrzeit aufgefallen. Er vermutete, so etwas konnte man nicht lernen. Entweder man besaß diese Art von Autorität oder eben nicht. Und wenn man sie nicht besaß, dann konnte man zetern und schreien, so viel man wollte, man konnte Prämien zahlen, und dann stand man doch allein da, weil man einfach für Geld nicht alles kaufen konnte. Korbinian zum Beispiel, oder auch Rosa Schatzberger, denen ging es nicht ums Geld. Was nicht hieß, dass sie nicht anständig bezahlt werden wollten. Aber sie wollten vor allem anständig behandelt werden, wie Menschen, nicht wie Lakaien. Onkel Max dagegen war nun mal einfach nicht der Typ, der sich über andere Gedanken machte. Er sagte den Leuten, was sie zu tun hatten. Aber das reichte eben nicht. Und deshalb stand er jetzt auch allein in seinem Kolonialwarengeschäft in der Neuhauser Straße, in bester Münchner Innenstadtlage, nahe am Stachus, zwischen Hauptbahnhof und Marienplatz. Er hatte einen Laden, wie es viele gab in München, und daran würde sich auch nach dem neuesten Umbau nichts ändern. Verdammt, schalt Hermann sich, ich bin nicht nach München zurückgefahren, um meinem Onkel vorzuhalten, was meine Mutter besser macht als er.

»Was habt ihr denn heute für einen Ausflug gemacht mit eurer Mutter?«, fragte Max, während sie zusammen ein Regal mit Päckchen von Getreidekaffee und preiswertem Tee auffüllten.

»Sie hat einen Hof im Moos gekauft und will dort Geflügel züchten«, sagte Hermann. Irgendwann würde er es ja ohnehin erfahren. Und weil er immer noch sauer und aufgewühlt war, fühlte er sich von jeder Schweigepflicht entbunden, sofern es denn überhaupt eine gab.

»Was?« Max legte die zwei Päckchen mit Malzkaffee beiseite. »Das war ihr Überraschungsausflug? Hast du davon gewusst? Oder Paul?«

»Sie hat sich den Hof angesehen und ihn einfach gekauft. Du kennst sie ja«, sagte Hermann und sortierte weiter, damit das Regal endlich voll wurde.

»Das kann sie sich leisten?«, wunderte Max sich. »Und wer soll ihr die Arbeit abnehmen? So eine Geflügelzucht organisiert sich ja nicht von selbst. Sag mal, ist deine Mutter jetzt, wo sie älter wird, ganz übergeschnappt?«

Hermann arbeitete stur weiter. Mit dem Alter hatte es nicht so viel zu tun, eher damit, dass sie sich angewöhnt hatte, allein zu entscheiden, und ihn und seinen Bruder anscheinend immer noch nicht für voll nahm.

»Und das lässt du dir gefallen? Sag mal, Bub, hast du überhaupt keinen Schneid? Irgendwann muss ein Mann auch mal Halt sagen! Die Weiber neigen schnell dazu, über die Stränge zu schlagen, wenn man ihnen allzu viel nachgibt. Mein Bruder war viel zu gutmütig.«

Hermann arbeitete verbissen weiter. Was ihn am meisten kränkte, war, dass Therese eigenmächtig entschied, als gäbe es ihn gar nicht. Oder als wäre er noch ein grüner Junge und würde sich nicht jeden Tag abrackern für das Unternehmen.

»Du solltest der Chef sein, du bist der Mann im Haus«, ereiferte sich Max. »Du sollst die Entscheidungen treffen, nicht deine Mutter, die Spinatwachtel.«

Jetzt musste Hermann doch darüber schmunzeln, wie Max sich aufregte.

Sie arbeiteten so lange weiter, bis der Laden in einem vorzeigbaren Zustand war. Jeder hing seinen Gedanken nach. Max überlegte bestimmt, was das nun wieder zu bedeuten hatte, dass Therese sich so etwas wie eine Landwirtschaft ans Bein band, und ob ihr Plan aufgehen oder sich als Reinfall erweisen würde. Und sicher war er mächtig neugierig, den neuen Besitz in Augenschein zu nehmen. Hermann jedoch gelangte langsam, aber sicher zu der Überzeugung, dass Onkel Max für ihn doch nicht der richtige Bündnispartner gegen seine Mutter war. Max hatte keine eigenen Kinder, die im Geschäft hätten mitreden wollen. Er hatte keinen einzigen loyalen Angestellten wie Korbinian, Rosa und noch eine Handvoll andere im Dallmayr. Max war missgünstig, und er hatte etwas dagegen, dass Frauen überhaupt etwas zu sagen hatten, in den Familien und außerhalb. Und zu dieser Fraktion Männer wollte Hermann nicht gehören. Er, und das wurde Hermann klar, während er Regal um Regal füllte, musste seinen eigenen Weg finden.

Als die Arbeit endlich getan war, war es Nacht. Max wollte sich erkenntlich zeigen für Hermanns Hilfe und zückte seine Geldbörse. Aber Hermann schüttelte den Kopf. Er würde sich doch von seinem Onkel nicht bezahlen lassen.

»Den Kindern kannst du was schenken«, sagte er, »aber nicht mir. Ich habe mein Auskommen, das ist nicht mein Problem. Ich muss nur meinen Platz finden, in der Familie und in der Firma.« Und dabei konnte Max ihm gerade auch nicht helfen, dachte Hermann.

»Wo ist denn eigentlich der Schorsch?«, fragte er, während er in seinen Mantel schlüpfte.

»Das Krummbein ist wieder bei seinem Frauchen untergekrochen. Die Madame ist von ihrer Kur zurück und kann sich jetzt wieder selbst um das Viecherl kümmern.«

»Und um dich kümmert sie sich auch?«, fragte Hermann, schon an der Tür.

»Nummer eins ist der Schorsch, und dann kommt lange nichts«, antwortete Max. »Weiber!« Er begleitete Hermann zur Tür, dankte ihm und sperrte hinter ihm ab.

Die Wiedereröffnung des Geschäfts von Onkel Max war kein Ereignis, schon gar kein gesellschaftliches. Hermann sah noch einmal vorbei in der Neuhauser Straße, aber die Kunden waren die von immer, das Sortiment im Grunde auch, nur dass alles einen besseren, ordentlicheren Eindruck machte. Aber aus dem Laden seines Onkels würde einfach nie ein Dallmayr werden. Dafür fehlte Max das Geschick, die Kundschaft, und, seine Mutter hätte gesagt, die Vision. Zu Hause war bis jetzt noch nicht über das Thema Geflügelzucht im Ismaninger Moos gesprochen worden. Hermann hegte immer noch seinen Groll gegen Therese. Er erwartete, dass sie auf ihn zukäme und das Gespräch mit ihm suchte. Doch sie war ebenso eigensinnig und stur wie er und versteckte sich hinter wichtigen Terminen.

»*Mag lauern, mag trauern, wer will hinter Mauern, ich fahr in die Welt*«. Wie jedes Mal, wenn Hermann das Haus in der Engelhardstraße in Sendling betrat, las er diesen Spruch. Dabei konnte er ihn seit Jahren auswendig. Er zierte den Eingang des Münchener Velociped-Clubs, dem er schon lange angehörte. Der Club hatte schon Radrennen, Straßenrennen veranstaltet, als sie noch verboten waren und entweder frühmorgens oder spätabends durchgeführt werden mussten, um den Gendarmen eine lange Nase zu drehen. Inzwischen träumten viele der Clubmitglieder mehr von einem Automobil als von einem Velociped, das schon Alltag geworden war. Aber dennoch hielt man dem Club die Treue, schon wegen des geselligen Beisammenseins.

Hermann saß bei seinem zweiten Halbliterglas Bier, als der Ingenieur Julius Möhrle, Schwabe durch und durch, aber bei Siemens in München angestellt, eintraf und sich gleich zu Hermann an den Tisch setzte.

»Mensch, ich hab gehört, ihr habt einen Hof gekauft draußen auf dem Land, bei Ismaning?«

»Hm, ja«, antwortete Hermann und fragte sich, wer das schon wieder wem alles erzählt hatte.

»Elektrifiziert?«, fragte Möhrle.

»Ja klar«, sagte Hermann. »Schaufensterbeleuchtung bis vierundzwanzig Uhr, Kuhstall nur bis zweiundzwanzig Uhr. Hühnerstall ganz ohne Beleuchtung. Brauchen die nicht.«

Möhrle sah ihn an. Es dauerte ein bisschen, bis er schaltete. »Ach, der war gut, Hermann. Ich hab gar nicht gewusst, dass du so sarkastisch sein kannst. Jetzt im Ernst: gar kein Strom weit und breit?«

»Wo denkst du hin, Julius? Das ist eine Hofstelle, und ziemlich ruinös dazu. Weder Elektro noch Telefon. Und mit der Infrastruktur generell sieht es auch schlecht aus. Feldwege, aber auch nur, wenn du Glück hast.«

»Ach so, Has' und Igel, oder?« Möhrle grinste. »Jetzt mal Spaß beiseite. Habt ihr Fließgewässer auf dem Grund?«

»So genau hab ich mich noch nicht umgesehen, aber Mutter sagt, da fließt die Goldach ganz nah am Haus vorbei. Und wo du gräbst, stößt du auf Wasser. Das ist so in einem Moorgebiet.«

»Das ist doch hervorragend«, meinte Möhrle und hob sein Bierglas, um mit Hermann und den anderen am Tisch anzustoßen, »wir bauen einfach ein Kraftwerk. Dann hast du Strom. Strom ist die Zukunft, das weiß doch jeder.«

»Auf dem Möhrle und dem Hermann sein Kraftwerk im Moos«, rief einer am Tisch, der mitgehört hatte, und sie ließen die Gläser klirren.

»Ja, wie«, fragte Hermann, »so einfach wird das doch nicht gehen.«

»Doch, das geht ganz einfach«, behauptete Julius Möhrle. »Fließgewässer, Stauwehr, Turbine ins Wasser rein, mit Generator verbunden, fertig ist die Chose. Und schon wird's Licht da draußen.«

»Ist das nicht sauteuer, ich meine Turbine, Generator und so weiter.«

»I wo«, behauptete Möhrle, »das bezahlst du aus der Portokasse. Und es kommt ja alles wieder rein. Erst hast du die Beleuchtung, dann die Maschinen, die mit Strom betrieben werden. Man muss doch vorausdenken als Unternehmer. Auch die Landwirtschaft wird sich mit dem Strom und der Technik verändern. Alles, was heute Hände verrichten, werden irgendwann Maschinen übernehmen. Der Strom ist nur der erste Schritt, aber der wichtigste.« Möhrle war in seinem Element, er bekam richtig leuchtende Augen wie ein Kind unterm Weihnachtsbaum.

»Es wäre auf jeden Fall der erste Hof im Moos, der elektrifiziert würde.«

»Na eben, siehst du? Wir beide sorgen dafür, dass es Licht wird im Moos. Das ist doch großartig, zukunftsweisend, oder?« Möhrle streckte die Hand über den Tisch. »Schlag ein, Hermann, und ich schau, wo wir eine gute, günstige Turbine herbekommen. Na los!«

Hermann zögerte. Das ging ihm jetzt doch alles zu schnell. Bis vor ein paar Tagen hatte er ja noch nicht einmal gewusst, dass die Firma Dallmayr einen Hof zur Geflügelzucht erwerben würde. Und er war sich immer noch ganz und gar nicht sicher, ob er mit diesem Hof überhaupt je etwas zu tun haben wollte.

Da kam eine Gruppe Velocipedisten von draußen herein und suchte nach einem Sitzplatz. Einer von ihnen, es war der Bäcker Hildner aus der Au, rempelte Hermann an, rief: »Habe die Ehre, Randlkofer«, und traf ihn mit der Hand am Ellbogen. Hermanns Arm schnellte reflexartig nach vorne, und Möhrle packte seine Hand und griff zu.

»Abgemacht!« Der Ingenieur strahlte über das ganze Gesicht. »Also, ich wär ja stark für eine Phönix-Turbine. Was meinst du, Hermann?«

»Prost, meine Herren«, rief vom anderen Tischende einer, und sie stießen auf den Sieger des letzten Straßenrennens an, der ein Untergiesinger Fleischergeselle war und nicht nur in den Oberarmen, sondern auch in den Beinen Kraft hatte wie ein Bär.

Ein eigenes Kraftwerk, dachte Hermann. Damit kämen sie in die Zeitung, ohne dafür bezahlen zu müssen. Modernisierung, Technik, dafür war er ja eigentlich immer zu haben. Er war ein glühender Verehrer des Grafen Zeppelin und seiner Luftschiffe, und er träumte schon lange von einem eigenen

Automobil, privat oder auch für die Firma. Der technische Fortschritt war nicht aufzuhalten, und lieber war er vorne mit dabei, als sich von anderen überholen zu lassen. Wenn er sich diesen verkommenen Gutshof mit elektrischem Licht vorstellte, sah er gleich viel freundlicher und moderner aus. Ein Kraftwerk, ja, das wär schon was.

Als er an dem Abend nach Hause kam, war Sonia schon zu Bett gegangen, aber wegen der kleinen Johanna, die in ihrer Wiege neben dem Elternbett lag, hatte sie einen sehr leichten Schlaf und wurde gleich wach, als Hermann zu ihr ins Bett kam.

»Johanns Taube ist heute gestorben«, sagte seine Frau. »Die, die er vom Bauernhof mitgenommen hat.«

Hermann hatte nichts anderes erwartet und war im Grunde froh, dass sie den Vogel nicht länger im Haus hatten.

»Es hat ihn schwer getroffen, dass er das Vögelchen nicht retten konnte. Er hat sich solche Mühe gegeben, hat ihn mit Brei und Körnern gefüttert und extra eine Kiste mit Lumpen ausgestopft.« Sonia seufzte und legte ihren Kopf an Hermanns Schulter. Bestimmt würde sie gleich wieder einschlafen. »Auf den Hof gehören unbedingt Pferde«, murmelte sie. »Das Gelände ist ideal dafür.« Sie sprach so leise, dass Hermann die Ohren spitzen musste, um sie zu verstehen. »Pferde lieben solche weichen, federnden Wege, wie es sie in einem Moor gibt. Keine Steine im Boden und kaum Wurzeln. Eine Heidelandschaft ist wie gemacht zum Ausreiten«, schwärmte sie.

Während sie so leise vor sich hin plapperte, wurde ihr Kopf an Hermanns Schulter schwerer. Entspannt und wie von einem Metronom geführt, atmete Sonia ein und aus, ein und aus. Sie war wieder eingeschlafen und hatte den Mund dabei leicht geöffnet. Hermann musste sie einfach küssen in diesem Moment.

Sie träumte sich da was zusammen, genau wie der Möhrle,

nur halt anders, auf ihre Weise. Aber wo war der Landwirt, der sich um diesen Betrieb kümmern sollte? So einer war bisher nicht in Sicht. Und dass gerade diese Frage den Fantasten gar nicht in den Sinn kam, ärgerte ihn am meisten. Seine Mutter musste es am besten wissen, schließlich war sie auf einem Bauernhof aufgewachsen. Und das machte ihn immer noch stinkwütend.

»Frau Randlkofer, kommen Sie mit rauf?«, fragte Georg von Hauberrisser. »Wir bringen jetzt das Kindl auf den Turm.«

Zwei Arbeiter trugen die in Stroh und Sackleinen gewickelte, fast lebensgroße Figur des »Münchner Kindl«, eines Wahrzeichens der Stadt, hinter dem Architekten Hauberrisser her. Therese bekreuzigte sich. Es sah aus, als trügen die beiden Männer eine Leiche zum Turm.

»Seien sie nicht so schreckhaft, gnädige Frau. Mein Bauleiter wollte das Kindl zum Transport in eine Holzkiste legen. Aber ich hab gesagt, das sieht ja aus wie ein Sarg. Und jetzt erschrecken Sie trotzdem, auch ohne Bretterkiste.« Hauberrisser zwinkerte ihr zu, und da hatte Therese sich auch schon wieder gefangen.

»Die Figur ist ja lebensgroß.«

»Einen Meter fünfundsechzig. Und es wird oben auf dem Turm in fünfundachtzig Metern Höhe stehen. Das ist schon weit oben, wenn man unten auf dem Platz steht.«

Der Tag brach gerade erst an, und der Morgen an diesem 4. Dezember war kühl, aber wenigstens frostfrei.

»Also, wie ist es? Kommen Sie mit? Ganz langsam natürlich, die beiden tragen die Last und wir nur uns selbst. So jung kommen wir nicht mehr zusammen auf den Rathausturm.«

Therese sah sich noch einmal um. Zwischen dem Haupteingang zum Neuen Rathaus und dem Fischbrunnen befand sich der Dallmayr-Stand Nummer eins, den Hermann aufgebaut hatte, und drüben am Beginn der Weinstraße ihr zweiter Stand, an dem Korbinian noch die letzten Vorbereitungen traf. Anscheinend lief alles nach Plan. Hauberrisser bot Therese seinen Arm an, und da wollte sie ihm keinen Korb geben. Zumal er der Architekt und außerdem noch der Ältere von ihnen beiden war. Wenn er die achtzig Meter Turmhöhe schaffte, dann müsste es ihr doch auch gelingen. Sie hängte sich bei Hauberrisser ein, der aus Graz stammte und wie ein echter Künstler aussah. Er trug einen buschigen Vollbart, etwas längere Haare, eine schwarze Samtkappe auf dem Kopf und eine nachlässig gebundene Schleife am Hemdkragen.

»Haben Sie es in der Zeitung gelesen?«, fragte Hauberrisser. »In Dresden hat es Massenkundgebungen zur Einführung des allgemeinen Wahlrechts gegeben. Und die Polizei ist mit Waffen gegen die Demonstranten vorgegangen.«

»Da sind wir in Bayern weiter«, antwortete Therese, die am kürzer werdenden Atem merkte, dass es stetig bergauf ging. »Ein Dreiklassenwahlrecht haben wir zum Glück nicht.«

Der Architekt nickte. »In Bayern darf jeder wählen, der Steuern zahlt, und jede Stimme zählt gleich. Da müssen die Leute nicht demonstrieren.«

»So ganz stimmt das nicht«, wandte Therese ein. »Was meinen Sie, was ich Steuern bezahle! Trotzdem zählt meine Stimme nicht, und zwar nicht weniger als die anderen Stimmen, sondern überhaupt nicht. Und das nur, weil ich statt einer Anzughose einen Rock trage. Zeitung lesen kann ich aber schon, sogar rechnen. Und natürlich Steuern zahlen.«

Sie waren auf der Höhe des zweiten Aussichtsbalkons angekommen. Bis ganz rauf würde sie es wahrscheinlich nicht schaffen, aber vielleicht noch bis zur Ebene, auf der später einmal das Glockenspiel eingebaut werden sollte, wenn es nach den Plänen des Architekten ging. Noch war er auf der Suche nach

Geldgebern für seine Idee. Auf dem Marienplatz wimmelte es bereits von Menschen. Der Platz war schon fast so voll wie zur Fronleichnamsprozession, an der neben den kirchlichen Würdenträgern auch noch der Prinzregent, die Vertreter des Hofs und der Magistrat der Stadt München teilnahmen. An Fronleichnam folgte alles einem steifen Protokoll. Heute sah es dagegen eher aus wie bei einem Volksfest. Jeder wollte sich einen guten Platz sichern für den Festakt, bei dem der Schlussstein auf den Rathausturm und eben das Münchner Kindl als Wahrzeichen der Stadt auf die Turmspitze gesetzt werden sollte. Sie war zwar nicht massiv, sondern aus getriebenem Kupfer, dennoch mussten die Arbeiter ihre Fracht mehr als einmal auf dem Weg hinauf absetzen. Therese kam schwer atmend zum vierten und mit letzter Kraft zum fünften Balkon, wo Hauberrisser ihr seine schon sehr konkreten Pläne für ein Glockenspiel vorstellte, das auf Figuren und Ereignisse der Münchner Stadtgeschichte Bezug nehmen würde.

»Wie man hört, hapert es noch mit der Finanzierung«, japste Therese.

»Ach, eine großzügige Spende von einem Münchner Unternehmer für die ersten Glocken habe ich schon gesammelt. Vielleicht wollen Sie sich ja auch in einer oder zwei Glocken verewigen?«

»Ich habe drei Kinder und zwei Enkel«, antwortete Therese. »Ich brauche persönlich keine Glocke. Aber wie sollen sich die Figuren zum Glockenspiel eigentlich bewegen?«

»Sie werden auf Schienen laufen«, erklärte Hauberrisser. »Oben die Ritter, die zur Hochzeit eines Bayernherzogs bei einem Turnier auf dem Marienplatz gegeneinander angetreten sind. Auf der Ebene darunter die Schäffler, die mit ihrem Tanz die Münchner nach der Pest 1517 wieder auf die Straßen und zurück ins Leben geholt haben. Das ist doch eine schöne Geschichte, nicht?«

Therese nickte. Von unten drang das Gemurmel der wartenden Menschenmenge zu ihnen herauf.

»Wie haben Sie damals, als Student, mit sechsundzwanzig Jahren, gewusst, dass Sie es schaffen werden, diesen riesigen Bau hier mitten im Herzen von München zu errichten?«

»Der Student Hauberrisser hat noch nicht viel gewusst. Er hat nur eine Idee gehabt und einen schönen Plan gezeichnet«, antwortete der Architekt. »Der Baumeister in mir hat dann über viele Jahre durchgehalten und dabei unendlich viel gelernt. Und Gott sei Dank haben mir ja viele Leute geholfen, die von ihrem Handwerk etwas verstehen.«

»Aber Sie haben es sich zugetraut.«

»Wenn man jung ist, ist man leicht einmal mutig. Je älter wir werden, desto größer wird das Abenteuer, oder nicht?«

»Wie viel haben wir denn schon?«, fragte Therese, die trotz der Pause immer noch schwer atmete.

»Fünf Stockwerke, das ist fast die Hälfte.«

Nach einem Blick ins Treppenhaus, das sich ins schier Endlose verjüngte, trat Therese den Rückzug an.

»Für mich ist das Abenteuer hier zu Ende. Ich muss mich da unten darum kümmern, dass die Leute etwas zu essen und zu trinken bekommen, wenn sie sich hier schon die Beine in den Bauch stehen.«

»Ich kann Sie leider nicht begleiten, wie es sich jetzt gehören würde, gnädige Frau. Sie wissen, ich muss hinauf.«

»Danke, ich finde den Weg allein«, antwortete Therese und verabschiedete sich.

Je weiter sie nach unten kam, desto mehr schwoll der Geräuschpegel an. Der Tag versprach wieder mild zu werden. Kein Kaiserwetter, aber die Bewölkung war nicht sehr dicht und würde die Sonne vielleicht noch durchlassen. Die Leute waren vergnügt und freuten sich auf das Freibier, das ausgeschenkt würde. Entlang der Weinstraße waren jetzt alle

Würstchenbuden aufgebaut und die Feuer unter den Grillrosten entfacht.

Seit Therese in München lebte, und das waren jetzt fünfunddreißig Jahre, hatte sie mit dieser riesigen Baustelle gelebt, von der man glaubte, sie würde nie ein Ende finden. Zur Errichtung des ersten Bauabschnitts zwischen Marienplatz und Dienerstraße musste das Feinkostgeschäft, das damals noch dem Holledauer Unternehmer Alois Dallmayr gehörte, weichen. Es blieb in der Dienerstraße, wechselte aber die Straßenseite und zog in das Haus gegenüber um. Als der erste Bauabschnitt 1883 fertiggestellt war, waren zwar die geplanten Baukosten um ein Zehnfaches überschritten worden. Trotzdem wurde Hauberrisser auch für die zweite Erweiterung am Marienhof beauftragt, die abgeschlossen war, als Alois Dallmayr 1895 sein Geschäft an Therese und Anton Randlkofer verkaufte. Am dritten und letzten Bauabschnitt war nun sieben Jahre gebaut worden. Anton hatte seine Fertigstellung nicht mehr miterleben dürfen. Es hätte ihn wie die meisten Münchner Bürger sehr stolz gemacht. München war mittlerweile die drittgrößte Stadt im Reich und würde nun ein würdiges Rathaus im neugotischen Stil mit einer fast hundert Meter breiten Fassade am Marienplatz bekommen.

Therese unterdrückte ein Gähnen. Sie hatte in der Nacht kaum geschlafen. Alles war mit den Vorbereitungen für den großen Tag beschäftigt gewesen. Korbinian leitete den Aufbau ihres Standes in der Weinstraße und Hermann den Stand für die Ehrengäste am Fischbrunnen. Immer noch sprach er kaum ein Wort mit seiner Mutter. Therese hatte geglaubt, dass seine Wut über ihren eigenmächtigen Kauf des Gutshofs sich bald legen würde. So hatte sie Hermann überhaupt noch nie erlebt. Sie führte sein ungewöhnliches Benehmen auch darauf zurück, dass er dieses Jahr zum zweiten Mal Vater geworden war. Vielleicht spürte er jetzt mehr Verantwortung und machte sich Sorgen um die wirtschaftliche Sicherheit seiner Familie. Das war natürlich völlig unnötig. Sie waren mit der Firma auf einem sehr guten Weg, es hätte gar nicht besser sein können. Aber noch war Hermann verstockt und nicht aus der Reserve zu locken. Eigentlich müsste ihm das Ereignis heute, und vor allem die Rolle, die Dallmayr dabei spielte, doch Auftrieb und Mut geben. Denn es war schon ein Husarenstück, das Therese hier eingefädelt hatte. Der Clou, mit dem sie die Mehrheit im Stadtrat erobert hatte, war, dass es mit Ausnahme des Champagners für die Ehrengäste an beiden Dallmayr-Ständen haargenau dasselbe geben würde. Nämlich Leberkäs mit Senf und einer Breze und dazu Bier vom Schleibinger-Bräu aus Haidhausen. Damit keiner dem Magistrat nachsagen konnte, er setze sich vom Volk ab und ließe sich eine Extrawurst braten. Dem bürgerlichen Charme dieser Idee konnte letztlich kein Stadtrat widerstehen. Sogar der Prinzregent würde Leberkäs essen. Natürlich war der vom Dallmayr erstklassig, nicht zu vergleichen mit dem wässrigen, wabernden, aus schlechtem Fleisch hergestellten und schlecht gewürzten Fleischkäse, den sich die Arbeiter in der Metzgerei an der Ecke holen mussten. Aber nach Thereses Plan sollten die hohe Qualität und der hervorragende Geschmack nicht nur den »Großkopferten«, sondern allen Bürgern zugutekommen, unabhängig von ihrem gesellschaftlichen Status und Geldbeutel. Dass es in den Senftöpfen des Standes für den Magistrat auch Köstlichkeiten wie Feigensenf von der Insel Mainau und grobkörnigen Senf à l'Ancienne von der Firma Pommery aus Meaux zu probieren gab, musste ja nicht jeder wissen. Hauptsache Hermanns Mitarbeiterinnen, die zur Feier des Tages alle blaue Blusen und weiße Schürzen trugen, wussten es und würden es entsprechend anbieten. Das I war sozusagen gleich, nur beim Tüpfelchen gab es für die besseren Kreise ein bisschen mehr Raffinesse.

»Was dem Hof und dem Adel schmeckt, ist für die Vertreter

der Bürgerschaft im Stadtrat grade gut genug«, rief da jemand, und Therese erkannte schon an seiner Stimme und seinem Tonfall, wer hier im Anmarsch war, als sie endlich unten am Marienplatz ankam.

Eleganter brauner Herbstanzug mit feinen Nadelstreifen, farblich passender Zylinder und die Schuhe noch auf dem Weg vom Schuhputzer aufpoliert. Spazierstock und ein Schnurrbart, an dem er süffisant zwirbelte, auch wenn er nicht verhindern konnte, dass ihm der Neid aus den Augen tropfte. Max Randlkofer ließ sich die Gelegenheit nicht entgehen, seiner Schwägerin in die Kochtöpfe zu schauen, und, wenn möglich, auch hineinzuspucken. Denn genau dazu war er gekommen. Das Sticheln und »Frotzeln«, wie man in München sagte, war sein Lebenselixier.

»Ich hab's ja nicht glauben können, als mir zu Ohren getragen wurde, dass der Hoflieferant Dallmayr den Bürgermeister samt Magistrat an so einem wichtigen Tag, was sag ich, zu so einem Jahrhundertereignis, verköstigt. Wie hast du denn das wieder gedeichselt, Schwägerin? Wird dich ein hübsches Sümmchen gekostet haben.«

»Manchmal überzeugt man mit guten Ideen besser als mit Geld, lieber Max.« Therese hatte keine Geduld, auf die Spitzen ihres Schwagers einzusteigen. »Und jetzt entschuldige mich, Max, ich habe wirklich alle Hände voll zu tun.«

»Schau, schau«, suchte Max sich sein nächstes Opfer. »Der Hermann ist auch da. Immer noch unter der Fuchtel seiner Frau Mama, der brave Bub.«

Der Rest ging im Lärm der Menge unter. Denn nun traten Hauberrisser und sein Bauleiter zusammen mit dem Künstler Anton Schmid auf das letzte rundum laufende Baugerüst unter der Turmspitze. Mit dabei hatten sie das Münchner Kindl. Es trug traditionell eine Mönchskutte mit weiten Ärmeln, hatte aber das Gesicht des kleinen Sohnes des Künstlers bekommen.

Die Menschen riefen: »Bravo« und »Vivat«, und die Männer warfen ihre Hüte in die Luft, als der Schlussstein gesetzt wurde. München hatte ein neues Rathaus und Therese und ihre Mannschaft alle Hände voll zu tun, den Leberkäs zu schneiden und das Freibier auszuschenken.

»Paul? Kannst du bitte mal kommen?« Rosa lächelte Frau Professor Steinsdorf zu, der Paul gerade zwei Flaschen Luxemburger Pinot Blanc von der Mosel zum geschmorten Kaninchen empfohlen hatte. »Wiesbaden«, flüsterte Rosa und deutete pantomimisch ein Telefonat an.

Pauls Herz klopfte. War das Hoppe, der Detektiv, oder jemand aus der Firma Ecker? Er entschuldigte sich bei der Kundin, gab Hermann ein Zeichen, für ihn einzuspringen, und folgte Rosa ins Büro.

»Ich geh mich kurz frisch machen.« Rosa ließ ihn allein.

»Ja bitte?«, meldete er sich.

»Guten Tag, hier spricht die Kriminalpolizeidirektion Wiesbaden. Das Vorzimmer von Herrn Hauptkommissar Lothar Struwe. Spreche ich mit Herrn Paul Randlkofer?«

Paul spürte eine Schweißperle auf seiner Stirn den Halt verlieren, doch dann fing er auch schon an zu grinsen.

»Ja, liebes Vorzimmer, das bin ich«, antwortete er. »Kann es sein, dass Sie mit Vornamen Lotte heißen?«

»Mensch, Paul, du hättest aber auch ein bisschen mitspielen können.«

»Hätte ich, wenn ich nicht so aufgeregt gewesen wäre.«

»Wegen der Kripo?«

»Wegen der Kripo doch nicht«, log Paul, »wegen dir natürlich. Gibt es irgendwas Neues, Lotte? Rosa kann jeden Augenblick zurückkommen, dann kann ich nicht …«

»Rosa weiß doch sowieso Bescheid, hast du selbst erzählt. Sie ist so etwas wie unsere Komplizin, und wir haben uns auch schon miteinander bekannt gemacht.«

»Ach so?«

»Frauen sind so, Paul. Wir suchen immer sofort Verbündete. Also, pass auf. Ich mach's kurz. Dieser Hoppe hat mich dann doch nicht mitgenommen ins Casino, sondern seine Frau, die auch bereits über ein passendes Abendkleid verfügte. Insofern wurde deine Spesenrechnung geschont, und ich habe kein neues Kleid bekommen. Aber was glaubst du, wen die beiden Hoppes am Roulettetisch angetroffen haben?«

»Den Keuper?«

»Ganz genau, deinen Ex-Kollegen. Und was hat er dort gemacht?«

»Gespielt, nehme ich an.«

»Nicht nur gespielt, gewonnen hat er!«

»Wie blöd«, sagte Paul. »Dann braucht er ja kein Geld mehr aus der Firma. Und Hoppe kriegt ihn nie dran.«

»Hab ich auch gedacht, aber Hoppe hat mir erklärt, dass Spieler nur äußerst selten mit Gewinn aus dem Casino gehen. Sie spielen in der Regel so lange, bis sie alles wieder verloren haben. Es ist wie ein Fluch. Am Ende gewinnt immer die Bank, also das Casino. Alle wissen es, aber im Glücksrausch bildet sich der Spieler ein, dass gerade ihm gelingen kann, was so gut wie nie gelingt.«

»Gut, dann wissen wir das jetzt. Aber überführt ist er damit ja noch lange nicht.«

»Na, so schnell geht es eben nicht, aber das war schon mal Schritt eins. Schritt zwei folgt.«

»Und was heißt das nun wieder?«

»Hoppe will mit Loos, dem Geschäftsführer, reden und ihm einen Vorschlag machen, wie er den wahren Täter überführen kann. Denn dass der Keuper, also wenn er derjenige ist, irgendwann doch wieder Geld braucht, ist so sicher wie das Amen in der Kirche, sagt Hoppe. Es sei denn, er würde aufhören zu spielen, was aber unwahrscheinlich ist. Vor allem nicht, wo er jetzt etwas gewonnen hat.«

»Und wie will er das anstellen?« Sein Chef war ja überzeugt, dass er den Täter, also ihn, längst überführt hatte.

»Er will kurz vor Ladenschluss die Geldscheine in der Kasse markieren. Und dann muss Keuper beschattet werden, damit die Geldscheine, die er beim Roulette oder beim Einkaufen oder sonstwo lässt, inspiziert werden können.«

»Aber ob der Loos da mitmacht?«

»Der wird schon mitmachen, sobald wieder Geld in der Kasse fehlt.«

»Und wenn nicht? Wenn der Keuper es woanders klaut, weil er sich bei Ecker nicht mehr traut?«

»Hoppe ist ihm auf der Spur, Paul. Der lässt den nicht mehr so schnell los. Berufsehre, verstehst du.«

»Berufsehre«, schnaubte Paul. »Der verdient ja auch gut mit meinem Geld.«

»Ich dachte mit Balbinas Geld.« Rosa war zurück im Büro. »Entschuldige, aber ich müsste dann weiterarbeiten. Hermann wartet schon auf die Lieferscheine.«

»Lotte, wir müssen leider Schluss machen, Rosa ist zurück.« Paul drehte sich zu Rosa um. »Halt dir mal kurz die Ohren zu, ja?« Rosa verdrehte die Augen, aber sie tat ihm den Gefallen.

»Lotte, ich … ich …«

»Du willst mir für die Informationen und meinen Anruf danken?«, fragte Lotte.

»Ja, auch, aber ich wollte dir noch sagen, dass du mir fehlst. Unsere blauen Stunden im Luisencafé, deine Hände, deine Augen, dein rotes Haar. So etwas Schönes wie deine Haare habe ich hier in München überhaupt noch nicht gesehen.«

»Das will ich auch hoffen, Paul.«

»Wenn das alles vorbei ist, dann musst du mich besuchen kommen.«

»Ja, aber als was? Als Ex-Kollegin bei Ecker?«

»Nein, nein«, protestierte Paul.

»Als was dann?«

»Als Lotte Blisch natürlich, das hübscheste und netteste Mädchen aus Wiesbaden.«

Rosa stieß Paul in die Seite und rollte wieder die Augen.

»Ich muss jetzt aufhören, Lotte, sonst schlägt Rosa mir noch eine Vase über den Schädel, damit sie endlich weiterarbeiten kann.«

»Vase? Nein, eher etwas Stabileres«, zischte Rosa.

»Das hab ich gehört«, sagte Lotte. »Trotzdem einen schönen Gruß an die liebe Rosa und bis bald, Paul.«

»Bis bald«, echote Paul und hängte verträumt den Hörer ein.

»Jetzt raus hier, du verliebter Gockel«, scheuchte Rosa ihn aus dem Kontor. »Rotes Haar, so etwas habe ich hier in München noch nicht gesehen. Pah, dass ich nicht lache«, giftete sie. »Du hast nur noch nie darauf geachtet. Immerhin warst du ja auch gar nicht da, die letzten zwei Jahre. Und als du nach Wiesbaden gegangen bist, warst du noch grün hinter den Ohren, Paul. Und jetzt? Rote Haare, pah!«

Zum ersten Mal fiel Paul auf, dass Rosas Haar auch eine Farbe hatte. Es war ein dunkles Blond oder helles Braun, nicht sehr auffällig. Im Nacken war es zu einem Knoten zusammengesteckt, und weil es so glatt war, fiel es in einzelnen losen Strähnen heraus.

»Was ist los, Paul?«, fragte Rosa. »Hast du gerade zum ersten Mal bemerkt, dass ich auch ein weibliches Wesen bin? Dass meine Haare schon länger keinen Friseur mehr gesehen haben, weiß ich selbst. Mit meinen vielen Überstunden komme ich einfach nicht dazu, weißt du? Und rothaarig war ich überhaupt noch nie. Und jetzt träum draußen weiter und lass mich hier arbeiten.« Als Paul immer noch unschlüssig herumstand, schob sie ihn zur Tür.

»Weißt du«, rechtfertigte Paul sich, »ich muss mir doch Lottes Gesicht in Erinnerung rufen, ihr süßes Lachen und diese Zähne mit der winzigen Lücke, sonst vergesse ich es doch.«

»Raus jetzt.« Rosa öffnete die Tür, und Paul stand im Geschäft und hörte sie unsanft hinter ihm zufallen.

1906

Stramm marschierte Christel den dunklen Gang bis zum Ende, stieß mit dem Fuß die Tür so weit auf, dass sie sich mit ihren drei Keferloher Maßkrügen in jeder Hand in den Nebenraum des Schleibinger Bräus zwängen konnte.

»Wer kriegt jetzt alles eine Maß von euch?«, schrie sie ohne Rücksicht auf die Gespräche an den Tischen.

Reihum flogen die Arme in die Luft. Das Nebenzimmer war so voll, dass einige stehen mussten, weil die Stühle nicht reichten. Die Vorstandschaft saß an einem Tisch an der Stirnseite. Rauchschwaden aus Pfeifen und Zigaretten standen über den Tischen. Der Kassenwart wedelte missbilligend mit der Hand vor seiner Nase. Wie alle ernsthaften Turner lehnte er das Rauchen strikt ab, wollte er damit sagen. Mit einem Rauchverbot bei den Sitzungen hatte er sich jedoch bis heute nicht durchsetzen können.

Seit neun Jahren gab es nun den »Arbeiter-Turn-Verein München-Ost«, und Juli war von Anfang an mit dabei. Nächstes Jahr würden sie das zehnte Jubiläum feiern, natürlich mit einem Turnfest. Groß würde es vermutlich nicht werden, denn sie hatten noch immer keine eigenen Räume und mussten sich in den Nebensälen von Gaststätten und Brauereien herumtreiben zum Turnen. Mitglieder hatten sie dafür schon ziemlich viele, auch wenn ein Arbeiter fast keine Freizeit hatte. Und Geld noch weniger als Zeit. Der Vereinsbeitrag, wenn er auch bescheiden war, war kein Pappenstiel. In den teureren bürgerlichen Sportvereinen schaute man immer noch auf die Arbeiter herunter und blieb lieber unter sich. Aber eine Beitragserhöhung kam nicht infrage. Deswegen hatten sie ja den Arbeiter-Turnverein gegründet, weil sie sich den Beitrag in den anderen Vereinen nicht leisten konnten. Ohne Mittel konnte man aber keinen Sportplatz und schon gar keine Halle oder ein Vereinsheim bauen.

Der Vorstand hatte gerade die Zahlen für das abgelaufene Jahr vorgetragen, da kam Christel mit der zweiten Runde Bier. Die Rauchschwaden über dem Ecktisch wurden dicker. Gleich würde einer das Fenster aufreißen, und die Raucher würden laut dagegen protestieren. Wie jedes Mal. Als Nächstes wurde über den kommenden Wettkampf diskutiert, den der Arbeiter-Turnbund in Dresden organisierte. Julius Krug, so wurde entschieden, sollte als bester Reckturner aus Haidhausen mit dabei sein. Er wusste nur noch nicht, ob der Thomasbräu, sein Arbeitgeber, ihn für ein ganzes Wochenende freistellen würde. Sein Chef war bislang sehr großzügig, wenn es um seine gewerkschaftlichen Verpflichtungen ging. Und jetzt auch noch Turnen?

Die Sitzung dauerte nun schon über eine Stunde, und die Männer wurden langsam ungeduldig. Der Geräuschpegel schwoll an, man wollte jetzt den Feierabend genießen. Der Sitzungsleiter kam zum Punkt »Sonstiges«, und jeder hoffte auf möglichst wenige Wortmeldungen. Es waren doch immer dieselben Klagen, dass die Wirtshaussäle schmutzig waren und im Winter eiskalt und dass die Turner selbst sauber machen mussten, bevor sie auf dem Boden turnen konnten. Die Lage war schwierig, aber immer noch besser, als gar nicht zu turnen. Die bürgerlichen Turnvereine verlangten zu den hohen Beiträgen auch noch, dass man teure Sportkleidung trug und einen Bürgen vorweisen konnte, wenn man als Arbeiter bei ihnen mitmachen wollte. Dann lieber ein eigener Verein, wenn er auch arm war. Der Vorsitzende der bayerischen SPD, Georg von Vollmar, der Vormund seiner Freundin Lilly und deren Bruder gewesen war, und seine Partei halfen immer wieder mit Zuwendungen aus, wenn sie besonders knapp bei Kasse waren. Den Rest mussten die Mitglieder eben selbst stemmen. Das musste eigentlich jeder wissen, und auch, dass ewiges Jammern zu gar nichts führte. Aber kaum war der Punkt »Sonstiges« angekündigt, flogen die Arme hoch, und der Erste, auch ein Braugeselle wie Julius Krug, fing an, sich darüber zu beschweren, dass er erst Tische und Stühle wegräumen musste wie ein Schankkellner, bevor er turnen konnte. Obwohl das mit dem Wirt anders vereinbart gewesen war. Julius und sein Freund Robert Lechner sahen sich an. Robert verdrehte die Augen.

»Schon wieder die gleiche Leier. Ja, meint der vielleicht, dass es uns anders geht?«

Julius griff nach seinem Bierkrug und prostete ihm zu. »Manche müssen halt alleweil maulen und greinen, bevor sie zupacken.« Er nahm einen großen Schluck aus seinem Krug. Da stieß ihn sein Spezi Robert in die Seite.

»Da schau, ist das nicht die Lilly?«

In der offenen Tür stand eine Gruppe Frauen, und unter ihnen, nein, eigentlich vorneweg, seine Lilly. Julius verschluckte sich fast. Was hatte sie denn jetzt vor? Seit Monaten lag sie ihm in den Ohren mit ihrer Idee, dass der Arbeiter-Turn-Verein München-Ost doch auch eine Frauenabteilung einrichten sollte. Und jetzt kreuzte sie einfach hier auf, ohne ihm vorher etwas zu sagen? Nach der ersten Stille brach unter den Männern ein Gejohle los, für das Julius sich ein bisschen schämte, aber sie waren hier ja schließlich nicht in einem akademischen Bildungsverein. Sie waren, wie alle Turnvereine, ein reiner Männerverein, und die einzigen Damen unter ihnen waren die Kellnerinnen und die eine oder andere Ehefrau oder Mutter, die ihnen die Trikots wusch und ausbesserte. Lilly hatte ihre Arme in die Hüfte gestemmt wie eine Marketenderin. Und Julius wusste sofort, dass Lilly und ihre Freundinnen nicht zum Servieren, Putzen oder Waschen gekommen waren. Jetzt spürte er die Blicke der anderen Männer auf sich, teils spöttisch, teils anerkennend, vor allem neugierig.

Als der Lärm etwas abgeklungen war, erhob sich Toni Käutner vom Vorstand und fragte die Damen nach ihrem Begehren. Großes Gelächter im Saal und die Bitte um Ruhe von Käutner. »Jetzt benehmt euch doch mal, Männer«, rief er.

Und dann trat Lilly vor. Es hatte sich eine Menge Wut in ihr aufgestaut über all die wichtigen und interessanten, schönen oder auch nur langweiligen Bereiche, von denen Frauen immer noch ausgeschlossen waren. Julius kannte seine Lilly. Aber dass sie den Mut haben würde, hier einfach hereinzuschneien, mit einem Trupp Unterstützerinnen, das hätte er ihr nicht zugetraut. Gut, dass sie ihm nichts gesagt hatte vorher. Er hätte auf der Stelle versucht, es ihr auszureden.

»Ich schätze, ihr wisst genau, warum wir hier sind«, rief Lilly laut und deutlich. »Jedes Jahr wieder stellen wir den Antrag auf Aufnahme in den Turnverein, und jedes Jahr kriegen wir den Bescheid, dass Damen nicht zugelassen sind. Ja, Herrschaftszeiten, dann lasst uns halt endlich zu!«

Protestrufe der Männer, aber irgendwo rief einer »Jawoll«, und ein anderer schrie darauf »Halt's Maul, du Depp«.

»Wir sind Arbeiterinnen, wir wohnen in Haidhausen, wir wollen turnen, und wir können den Beitrag bezahlen. Also lasst uns beitreten. Ihr wärt die Ersten in München, wahrscheinlich in ganz Bayern. Traut euch, Männer!«

»Hoho, hört, hört«, kam es von den verrauchten Tischen zurück.

»Wir nehmen euch doch nichts weg, Herrgott noch mal. Wir wollen einfach auch etwas tun für unsere körperliche Ertüchtigung. Und am Ende kommt das ja auch euch zugute, meine ich.« Das Geschrei und Gelächter schwoll jetzt so an, dass Lilly warten und dann noch lauter schreien musste.

»Ja, wie stellt ihr euch das denn vor?«, fragte Toni Käutner. »Mit den Männern könnt ihr auf keinen Fall mitturnen.«

»Sehr richtig«, schrie einer, »aber schad!«, ein anderer.

»Die Frauenabteilung bekommt natürlich ihren eigenen Trainingsabend«, sagte Lilly. »Vielleicht kann ein guter Turner – also nicht ihr Bierdimpfel dahinten«, rief sie zur allgemeinen Belustigung in den Saal, »bei uns vorturnen und uns die Grundlagen beibringen, solange es noch keine Frauen gibt, die das übernehmen können.«

»Einen Vorturner?«, fragte Käutner zurück.

»Genau«, antwortete Lilly. »Vielleicht meldet sich ja einer freiwillig. Also einer, der es wirklich kann.« Es war klar, wen sie meinte, und Julius spürte alle Blicke auf sich gerichtet.

»Der Juli?«, fragte Käutner. »Dann fragen wir ihn halt, ob er bereit wäre, diese Aufgabe auch noch zu übernehmen. Also, was sagst du, Juli?«

Julius überlegte sich seine Worte wohl, denn sein Ruf bei den Männern stand gleichermaßen auf dem Spiel wie der Haussegen.

»Also«, fing er an, »ob ich der Richtige bin, den Damen etwas beizubringen, das weiß ich nicht. Auf jeden Fall …« Er strich sich eine blonde Strähne zurück, die ihm immer wieder in die Stirn fiel. »Auf jeden Fall könnte ich es einmal versuchen. Also falls der Verein sich dafür entscheidet, dass wir Frauen zulassen.«

Das erschien ihm diplomatisch genug nach allen Seiten. Lilly lächelte. Dann rief sie in den Saal hinein:

»Und, Männer, was sagt ihr? Ihr werdet doch keine Angst vor uns haben, oder? Jetzt gebt euch einen Ruck! Wir wollen doch nur turnen. Wir haben es sicher nicht auf eure Vorstandsposten abgesehen, und mit euch im Wirtshaus sitzen wollen wir auch nicht.«

»Ooooooo«, schrie einer bedauernd von ganz hinten, und alles grölte.

»Nur turnen!« Die Männer beruhigten sich wieder. »Eigentlich könnten wir doch jetzt gleich abstimmen«, schlug Lilly vor. »Herr Vorsitzender?« Käutner sah sich im Saal und bei seinen Kollegen im Vorstand um.

»Von mir aus«, sagte er schließlich, und keiner protestierte.

»Also, Männer. Wer ist dafür, dass wir Damen ab sofort turnen und dem Verein beitreten dürfen? Wer dafürstimmt, hebt die Hand.«

Ganz hinten flog die erste Hand nach oben, viele weitere folgten. Ein paar Grantler protestierten gegen diese neumodische Unsitte, dass die Frauen ihre Nasen überall hineinstecken mussten und ob sie denn daheim gar keine Arbeit hätten. Aber die Grantler waren eindeutig in der Minderzahl. Auch Julius' und Roberts Hände waren oben, und sogar im Vorstand stimmte man mehrheitlich dafür.

»Ich stelle fest«, sagte Käutner, »dass eine Mehrheit für den diesjährigen Antrag der Damenriege unter der Leitung von Lilly Loibl aus Haidhausen stimmt – ich glaube, es ist der sechste oder siebte in unserer Vereinsgeschichte. Von den Älteren werden einige noch den Vater von Lilly und ihren Bruder gekannt haben, ein braver Sägewerksarbeiter und Sozialdemokrat. Einer von uns. Sagen wir, sein Andenken spricht auch dafür, dass wir dem Antrag von Lilly und ihren Mitstreiterinnen stattgeben. Gibt es denn etwas Schöneres für uns, als den lang gehegten Herzenswunsch von so feschen, turnwilligen Damen zu erfüllen?«, fragte er.

Julius betete, dass Lilly sich jetzt nicht noch provozieren lassen und ihm sagen würde, dass sie keinen selbstgefälligen Gönner bräuchte, sondern einfach ihr Recht einforderte, sich sportlich betätigen zu dürfen, weil sie ein erwachsener Mensch war, wenn auch zufällig eine Frau. Er kannte ihre Argumente auswendig. Doch Lilly ließ sich nicht provozieren. Sie lächelte nur hintersinnig.

»Dann sind wir also aufgenommen?«, fragte sie.

Die Mehrzahl der Männer klopfte mit der Faust oder dem leeren Maßkrug auf den Tisch, einige stampften mit den Füßen, und ein paar steckten die Finger in den Mund und pfiffen zur Bestätigung.

»Dann Gratulation, meine Herren, Genossen und Turner. Mit eurem Beschluss habt ihr heute Abend Geschichte geschrieben. Darauf könnt ihr stolz sein.«

Julius kam es so vor, als setzten sich einige der Männer auf ihren Stühlen ein bisschen aufrechter, mit herausgestreckter Brust, als fühlten sie, dass sie etwas ganz Wichtiges zuwege gebracht hatten. Und zwar ganz einfach dadurch, dass sie es nicht verhindert hatten.

»Nur wenn ihr euch zu uns hersetzt und ein Bier mittrinkt«, rief einer.

»Oder eine Halbe Radler«, gestand ein anderer den Damen zu.

Ihre Freundinnen umarmten Lilly und klatschten in die Hände. Auch Julius war aufgestanden und ging nach vorne.

»Meine Damen«, sagte er und verbeugte sich galant. »Wann wollen wir denn mit der ersten Turnstunde anfangen?«

∾

Der Zug kam am frühen Vormittag in Ulm an. Aber wo war jetzt der Anschlusszug? Das Gleis, auf dem sie standen, endete hier. Ein Dienstmann, der ihr Gepäck und die Kisten auf seinen Wagen lud, klärte Paul und Otto Seiler darüber auf, dass sie auf dem Bayerischen Bahnhof angekommen waren, aber vom Württemberger Bahnhof aus nach Südwesten durch das Donautal weiterfahren mussten. Denn genau zwischen Ulm und Neu-Ulm verlief entlang der Donau die Grenze zwischen den Königreichen Württemberg und Bayern.

»Eine Schande, dass die bayerische Bahnhofsuhr nachgeht«, schimpfte Otto Seiler. Die Württemberger Uhr war schon vier Minuten voraus. »Kümmert sich denn da keiner drum?«

»Ach«, meinte der Dienstmann, »wegen der paar Minuten. Früher, da kann ich mich noch gut erinnern, vor ein bissle über zehn Jahren, wart ihr Bayern uns Schwaben ja immer eine Naslang voraus. Um ganze dreiundzwanzig Minuten nämlich.«

»Wirklich?«, fragte Paul.

»Jaja, so war des g'wesen. Erst als wir die gemeinsame Eisenbahnzeit gekriegt haben, war's vorbei mit dem bayerischen Vorsprung. Davor hat einer, der um den Bodensee gereist ist, fünfmal seine Uhr umstellen müssen, von Land zu Land.«

»Also bloß Schlamperei, das mit der Uhr«, maulte Seiler noch, während Paul der Sache mit den fünf Ländern um den Bodensee herum nachsann. Wahrscheinlich war es die erste Reise seines Mitarbeiters über die Grenzen des Königreichs Bayern hinaus. Er war etwas älter als Paul und von der Statur her kräftiger, deshalb hatte Paul ihn ausgewählt. Die Rückreise würde Seiler dann alleine antreten müssen, denn für Paul war Donaueschingen nur das erste Ziel einer längeren Reise.

Sie begannen, ihre kostbare Fracht in dem Württemberger Zug, der bereits auf dem Gleis stand, zu verstauen.

»Haben Sie da rohe Eier drin?«, fragte der Dienstmann mit Blick auf die acht blauen Kisten mit dem goldenen Dallmayr-Schriftzug, die die beiden eigenhändig umluden.

»Ein bisschen kostbarer ist unsere Fracht schon«, gab Paul zu.

»Und wohin fahret Sie damit?«

»Nach Donaueschingen«, antwortete Paul.

»Sagen Sie bloß zum Kaiser! Na, da wird's bestimmt was Besseres sein als Eier. Der Wilhelm zwo ist jetzt schon zum siebten Mal bei seinem Freund, dem Fürsten Max Egon im Schloss in Donaueschingen zu Besuch. Die zwei gehen ja immer zusammen auf die Fuchsjagd, heißt es.«

»Das Wild für die Hauptspeise schießen sich die Herren selber«, sagte Paul, »wir sind mehr für die Getränke und die Vorspeisen zuständig.«

»Dass vom Dallmayr aus München nix Schlechtes kommt, das wissen wir Schwaben auch. Aber dass der Fürst sich aus München und nicht aus Stuttgart beliefern lässt?«

»Nicht der Fürst«, sagte Paul, »die Bestellung ist direkt vom Kaiserhof in Berlin gekommen. Für das Galadiner in Donaueschingen.«

Da sie davor auch schon die Preußische Gesandtschaft in München mit Delikatessen beliefert hatten, lag das Gesuch um den königlich kaiserlichen Hoflieferantentitel aus Preußen bereits bei seiner Mutter auf dem Schreibtisch oder war sogar schon abgeschickt worden. Rosa hatte Übung mit dieser Art Korrespondenz, und der kaiserliche Titel wäre natürlich für eine Münchner Firma eine Sensation. Wahrscheinlich hätten sich dann auch die notorischen Lästerer gegen »die Preußen« zu Wort gemeldet, wie sein Onkel Max, der ein glühender bayerischer Patriot war. Aber seine Mutter pflegte zu sagen: »Meine Delikatessen sind international. Wenn ich nur verkaufen wollte, was bei uns zu Hause wächst, dann könnt ich mich am Mariahilfplatz auf den Wochenmarkt stellen. Ein Feinkostgeschäft ließe sich damit nicht führen.«

Die obere Donau mäanderte in einem engen Tal durch die Schwäbische Alb, immer wieder zwischen schroffe Felsen eingezwängt. Hier und da war noch der Nebel zwischen den Felswänden gefangen und lag wie ein Dunstschleier über der üppig grünen Landschaft. Der später mächtige Strom, der so viele

Hauptstädte in Europa durchfloss, war hier noch ein ganz braves Flüsschen und das Land und die Dörfer an seinen Ufern beschaulich. Dass der deutsche Kaiser den weiten Weg von Berlin bis hierher ins Ländle auf sich nahm, wunderte Paul. Sein Jagdglück hätte er woanders, näher an der Hauptstadt, bestimmt genauso finden können. Wenn der Kaiser es wünschte, wurden ihm die Hasen und Rehböcke bis vor die Haustür getrieben. Es hieß, Max Egon zu Fürstenberg sei ein mächtiger, einflussreicher Mann und enger Freund des Kaisers. Er habe die besten Beziehungen zur Donaumonarchie Österreich-Ungarn, die Wilhelm der Zweite als seine bevorzugten Verbündeten sah. Und die Fuchsjagden des Fürsten waren ebenso legendär wie die Galadiners im Schloss, hatte Herr von Poschinger ihnen vor der Reise erzählt.

Die Bestellung vom Kaiserhof lautete auf sechs Kilo Flusskrebse, deren Saison gerade begonnen hatte, und zwei Dutzend Dosen Kaviar aus Astrachan, dazu vier Kisten Champagner der Marke Moët & Chandon.

Bei der Ankunft in Donaueschingen organisierte Paul ein Fuhrwerk. Das Fürstliche Fürstenbergische Schloss war von einem Park umgeben, und als sie ihn durchquerten, machte der Kutscher sie auf die Donauquelle aufmerksam, die in einem runden Steinbecken gefasst war. Das Quellwasser schimmerte grünlich von all den Pflanzen, die unter Wasser üppig gediehen. Das Schloss war ein wuchtiger Trutzbau, viel zu groß für den Ort, an dem es stand, aber schon durch seine schiere Größe würdig, eine kaiserliche Familie samt Hofstaat zu beherbergen.

Während sie die Kisten ausluden und einzeln durch einen Nebeneingang in die Wirtschaftsräume trugen, rauchte der Kutscher eine Virginia. Als ein Tross Kutschen angefahren kam, sprang der Lohnkutscher sofort vom Bock, stand stramm und legte die Hand an seine Mütze.

»Der Kaiser«, rief er Paul zu, der mit Otto zusammen die vorletzte Kiste ablud. »Und der Fürst.«

Er stand wie eingefroren, und auch Paul gab Otto ein Zeichen, dass sie besser stehen blieben und warteten, bis die hohen Herrschaften sich zum Schloss hin begeben hätten, um nicht deren Wege zu kreuzen. Eine Laune verführte den Kaiser dazu, sich auf ihr Fuhrwerk zuzubewegen.

»Wollen wir doch mal sehen, was hier angeliefert wird«, hörten sie ihn sagen.

Otto schluckte, und auch Paul hatte noch nie mit einem deutschen Kaiser zu tun gehabt. Als er sich näherte, verbeugte Paul sich, so tief er konnte.

»Was haben wir denn hier? Dallmayr, München, aha. Was bringen Sie uns denn Schönes?«

»Nur das Allerbeste«, beeilte Paul sich zu versichern. »Flusskrebse aus unseren klaren Gebirgsbächen, Kaviar aus Astrachan und den besten französischen Champagner, leicht rosé perlend, das Feinste vom Feinen.«

Wenn seine Mutter ihn jetzt sehen könnte, würde sie ihm zuraunen, weniger unterwürfig zu buckeln. Wir sind Kaufleute, keine Sklaven oder Bediensteten.

»Das will ich hoffen, mein Junge.« Der Kaiser klopfte ihm mit dem Knauf seines Spazierstocks gegen die Brust wie einem Stallburschen.

Paul bemerkte, dass der linke Arm des Kaisers kürzer war als sein rechter und verkümmert wirkte. Auf den Fotos in den Illustrierten war ihm der Unterschied nie aufgefallen. »Wir werden sehen, ob Ihre Lieferung unseren Ansprüchen genügt. Könnt ihr Bayern denn überhaupt etwas anderes als Bier?«

Der Fürst rief seinen Freund, den Kaiser, er möge doch endlich ins Schloss kommen, er werde schon von einem seiner Attachés erwartet, mit Nachrichten aus Berlin. Der Kaiser wandte sich grußlos ab, und Paul verbeugte sich noch einmal.

»Für den Spruch sollten wir dem Kaiser gleich zehn Prozent mehr auf die Rechnungssumme draufschlagen«, sagte Paul.

Otto setzte seine karierte Kappe wieder auf und grinste.

»Ich glaube, Theo mag mich nicht«, sagte Ingenieur Möhrle. Er stand mit Hermann in Gummistiefeln im flachen Bachbett. Sie waren dabei, die am Vortag angelieferte Turbine für das Kraftwerk zu montieren.

»Theo Schapfl?«, fragte Hermann. Er nahm die Mütze ab und strich sich mit dem Hemdsärmel über die nasse Stirn. Was für eine Hitze! Hoffentlich war das Ding bald richtig justiert, damit sie eine Pause einlegen konnten. Und wehe, das Eis im Keller reichte nicht mehr aus, ihr Bier zu kühlen. Wenn es so weiterging mit den hohen Temperaturen, dann würde es bald kritisch werden. Da mussten sie in Zukunft besser vorsorgen, damit das Eis aus dem Eisweiher bis in den Sommer reichte. »Was sollte er denn gegen dich haben?«

»Ich weiß es nicht. Aber immer, wenn ich komme, haut der ab, und das Maul kriegt er auch nicht auf.«

»Ach komm, das darfst du nicht persönlich nehmen. Es redet halt nicht jeder so gern und so viel wie du. Und am Samstag hat der Verwalter eben auch ab und zu einen freien Tag.«

»Ich hätte ja heute eigentlich auch meinen freien Tag, also bei Siemens.«

»Du wolltest doch hier ein Kraftwerk bauen, jetzt lieg mir bloß nicht mit deinem Gejammere in den Ohren. Es ist unser gemeinsames Projekt. Ich zahle, und du kümmerst dich um die Technik.«

»Ja, ist schon recht. Aber der Theo …«

»Der Theo, der Theo. Der ist halt nicht dein Angestellter, den du herumkommandieren kannst, sondern mein Gutsverwalter.

Ich bin froh, dass ich ihn gefunden habe. Wenigstens einer, der sich mit der Landwirtschaft auskennt. Aber die Sache mit dem Strom ist ihm nicht ganz geheuer, darum hält er sich da raus. Ist halt einer von der traditionellen Sorte wie unser Prinzregent. Der hat auch lieber Kerzen auf dem Tisch stehen als eine elektrische Lampe. Und statt mit Oberleitung muss die Trambahn in der Brienner Straße mit Akkumulatoren fahren, weil unser Monarch denkt, die Leitungen würden das Stadtbild verschandeln.«

»Unser Regent Luitpold ist aber ein alter Mann, und Theo nicht viel älter als ich oder du. Na egal, dann ist er halt ein Stinkstiefel. So, und jetzt pack mal mit an, damit wir das Ding zusammen auf die Welle raufbringen. Danach haben wir uns eine Brotzeit verdient, glaube ich.«

Beim dritten Versuch hatten sie das Laufrad der Turbine senkrecht in die Welle eingehängt. Möhrle klopfte Hermann auf die Schulter. »Drin ist das Biest!« Sein Gummistiefel blieb in der Grube stecken, als er den Fuß auf die Böschung setzte.

»Herr Randlkofer!« Die Magd kam über die Goldachbrücke gelaufen und schwenkte einen Brief. »Ein versiegelter Brief!«

Hermann sprang aus dem Bachbett und kam zu ihr.

Möhrle kletterte aus der Grube und versuchte, seinen Stiefel mit der Hand herauszuziehen.

»Hör dir das an«, rief Hermann, nachdem er das Siegel erbrochen hatte. »Jetzt ist es amtlich! Hör zu: Seine Majestät der Prinzregent geruht allergnädigst, dass das Anwesen Klitsch-Einöde an der Mayerbacherstraße in Ismaning fortan den Namen Goldachhof führe.«

»Und dass du zum allerersten erlauchten Gutsherrn auf dem Hof ernannt wirst, steht nicht dabei?« Möhrle kratzte sich hinterm Ohr.

»Das weiß doch sowieso jeder«, sagte die junge Frau und grinste. »Und dass der Hof Goldachhof heißt, wissen wir auch schon lange. Aber jetzt ist es amtlich.«

»Ist das Bier kalt gestellt, Mädle?«

»Freilich, Herr Ingenieur«, versicherte sie.

Während Hermann sich am Brunnen Gesicht und Hände wusch, dachte er an den 1. November zurück, als er zum ersten Mal auf den Hof gekommen war, den Mutter ihnen als Überraschung präsentiert hatte. Und daran, wie maßlos er sich über ihr eigenmächtiges Handeln geärgert hatte. Sie war zwar nach wie vor als Besitzerin des Hofes ins Grundbuch eingetragen, aber Hermann hatte Therese schon bald eine Vollmacht für alle Belange abgerungen, und de facto war er hier am Hof der Chef. Er hatte einen Verwalter eingestellt und einen Ökonomie-Baumeister. Letzten Monat hatten sie die Konzession für den Gasthof und das Schankrecht bekommen. Statt eines Plumpsklos gab es jetzt im Gasthof ein Wasserklosett, und nur das Pissoir war im Hof geblieben. Die Genehmigung zum Ausschank von Branntwein war noch nicht erteilt, aber der Antrag gestellt. Die Bauern kamen an den Wochenenden gern zum Kartenspielen hier zusammen. Hermann hatte die alten Tische entfernen und neue aus Weißahorn bauen lassen für die Wirtschaft. Die Männer tranken ihr Bier aus neuen Steinkrügen mit Zinndeckeln, und alle schienen sich auf dem Goldachhof wohlzufühlen.

Der Ingenieur Möhrle kam barfuß über den Hof gelaufen, die dick verkrusteten Stiefel trug er in der Hand.

»Hast du eigentlich schon deine Jagdlizenz beantragt?«

»Noch nicht«, antwortete Hermann. »Ich bin eigentlich kein großer Jäger.«

»Na ja, egal, ob groß oder klein, ein Gutsherr muss ab und zu auf die Jagd gehen, Freunde einladen, zusammen eine Gaudi haben, das gehört einfach dazu. Da kannst du dich nicht drücken. Das Jagdrecht ist, wie der Name schon sagt, ein Recht und ein Privileg, früher des Adels, heute von jedem Grundbesitzer auf dem Land, der es sich leisten kann. Und es wird bestimmt ein Riesenspaß, vor allem, wenn du mich dazu einlädst.«

»Du baust jetzt erst mal dein Kraftwerk fertig, damit wir bald Strom fürs Haus haben, für die Wirtsstube und die Stallungen. Letztes Jahr haben wir ja nicht mehr viel geschafft, aber bald zieht jetzt das Federvieh ein. Ich brauche nur noch etwas mehr Personal, und dann geht es hier richtig los.«

»Mit einem Kraftwerk vom Möhrle und einem Siegel vom Prinzregenten kann ja nichts mehr passieren, würde ich sagen. Aber wo ist denn jetzt die Erna mit unserem Bier?«

»Kommt sofort«, rief die Magd, die bereits ein Tablett anschleppte, um dann Bier und eine Wurstplatte auf einen der Gartentische abzustellen, dazu frisch gebackenes Brot aus dem wieder in Betrieb genommenen Ofen.

Mit der Post waren auch ein Stapel Bücher und zwei landwirtschaftliche Zeitschriften gekommen, die Hermann abonniert hatte.

»Du nimmst die Sache mit dem gebotenen Ernst, wie ich sehe.« Möhrle hob sein Glas. »Auf deinen Hof!«

»Auf unser Kraftwerk!«

Von Osten kam ein Reiter in scharfem Galopp angeprescht, und erst als er abbremste und den Pferdehals tätschelnd durchs Tor trabte, war auch Möhrle klar, dass es gar kein Reiter war, sondern eine Reiterin.

Er hob ein weiteres Mal sein Glas. »Auf deine bildschöne Frau!«, sagte er. »Jetzt reicht's aber dann mal, sonst werde ich wirklich noch neidisch.«

෴

»Der Frühling der Naturkatastrophen«, las Therese in den *Münchner Neuesten Nachrichten*. Glücklicherweise waren sie in München sowie in ganz Deutschland, bislang davon verschont geblieben. Die Nachrichten trafen in diesen modernen Zeiten per Telegraf, Telefon oder Telegramm fast zeitgleich in verschiedenen Ländern der Erde ein. Vom Ausbruch des Vesuvs am 8. April war die Asche sogar bis zu ihnen über die Alpen nach München gelangt, und zwar mit dem Expresszug aus Salerno. Er traf mit fünfstündiger Verspätung in München ein, und die Waggons waren alle mit schwarzer Vulkanasche eingestaubt. Nur zehn Tage später hatte ein schweres Erdbeben von der Stärke 7,8 die kalifornische Küstenstadt San Francisco erschüttert. Dreitausend Menschen waren zu Tode gekommen, ein riesiges Feuer hatte vier Tage lang gewütet und große Teile der Stadt vernichtet. Gut, dass es in der Münchener Schotterebene weder Vulkane noch Erdbeben gab.

Therese faltete die Zeitung zusammen und ging hinunter ins Geschäft. Hermann war schon früh nach Ismaning aufgebrochen. Die Turbine, ein modernes Schaufelrad aus Stahl, war angeliefert worden, und sollte heute von Herrmann und seinem Freund, dem Ingenieur Möhrle, in den zukünftigen Lauf der Goldach eingesetzt und angeschlossen werden. Sie hatte die technische Zeichnung des Ingenieurs dazu gesehen und die Funktionsweise auch verstanden, nachdem Hermann sie ihr erklärt hatte. Aber ob es tatsächlich so funktionieren würde, wie die beiden sich das vorstellten, musste sich erst noch herausstellen. Das Generatorenhaus jedenfalls stand schon, und die Leitungen und Transformatoren waren auch bereits geliefert worden. Es ging also voran, und Hermanns Ehrgeiz war geweckt, der erste elektrifizierte Hof im Moos zu werden. Es war zwar immer noch kein Landwirt aus ihm geworden, aber er hatte mit der Technik ein neues Steckenpferd gefunden. Sonia war mit der Kleinen wieder einmal die ganze Woche auf dem Hof geblieben. Sie blühte hier auf, nutzte das Personal auf dem Hof, um ihnen die Kinder anzuvertrauen, und ritt morgens und abends aus. Sie war ein anderer oder wieder der

Mensch geworden, der sie früher gewesen war, an der frischen Luft und bei ihren geliebten Pferden. Man konnte es sehen, wie gut ihr das Landleben tat. Und wenn Sonia glücklich war, war es auch ihr Ältester.

Therese dachte, es würde sich mit der Zeit alles einrenken, und irgendwann würde sich keiner mehr an den etwas holprigen Start des Goldachhofs erinnern. Es schien sich alles prächtig zu entwickeln. Jedes ihrer Kinder fand etwas, woran sein Herz hing.

Schon Tage bevor es losging, hatte Paul einen großen Koffer nach einer selbst erstellten Liste bepackt: Kleidungsstücke für die unterschiedlichsten Anlässe, Zange, Schere, Messer, Faden und Nadeln, alles, was man auf einer Reise vermissen könnte. In eine extra Tasche packte er sein Reisebuch, in dem er alle privaten Eindrücke und die Ereignisse, die für ihn als Kaufmann wichtig waren, festhalten wollte, dazu alle Informationen über bestehende und potenzielle Lieferanten. Und dann hatte er natürlich in dieser Tasche noch ein Kontobuch, in das er alle Zahlungen notierte, sodass sie, sobald er wieder zu Hause wäre, von Rosa ordentlich verbucht werden konnten. Therese hatte auch den Skizzenblock in dieser Tasche gesehen, auf dem Paul seine ganz privaten bildlichen Eindrücke mit Bleistift festhalten wollte.

Ein bisschen Wehmut empfand Therese doch, dass nun auch ihr Jüngster zu seiner ersten großen Geschäftsreise aufbrach. Er musste sich ja nicht gleich, wie Hermann damals, in der Ferne verlieben. Natürlich war sie stolz auf ihn, und darauf, wie wichtig er diese Reise nahm und wie vernünftig und umsichtig er sie plante. Schon bevor Paul in den Zug stieg, waren die ersten Seiten in seinem Notizbuch beschrieben. Jede Seite erhielt entweder die Überschrift »Privé« für Privates oder »Affaires« für geschäftliche Einträge. Er hatte sich Züge und andere Verkehrsmittel notiert und in welcher Reihenfolge er sie benutzen wollte, und einen groben Zeitplan, was er sich von bestimmten Zielen erhoffte und wen er treffen wollte. Anschließend ließ er immer genügend Platz für seine Notizen. Dass sich auch private Stationen auf Pauls Geschäftsreise befanden, war mit Therese abgesprochen. Ihr Jüngster sollte schließlich nach dem Abbruch seiner Lehre in Wiesbaden auch die Vorteile eines Kaufmanns genießen, der für das eigene Familienunternehmen tätig war und also das Angenehme mit dem Nützlichen verbinden konnte. Er würde Lieferanten und Geschäftspartner kennenlernen, erfahren, wo sie der Schuh drückte und mit welchen Schwierigkeiten sie zu kämpfen hatten. Er würde etwas über ihre Arbeit und ihre Produkte erfahren und persönliche Beziehungen aufbauen. Die Firma Dallmayr verhandelte immer schon auf Augenhöhe mit ihren Partnern und legte viel Wert auf persönliche Kontakte zu den Erzeugern. Und natürlich diente eine solche Reise immer auch der Spionage. Paul sollte wo immer möglich auch herausfinden, welche Konkurrenten ihre Lieferanten bedienten und zu welchen Konditionen. Er sollte sich bei Wettbewerbern im Laden als Kunde ausgeben, Fragen stellen und beobachten, was sie vielleicht besser machten, welche Marktlücke sie nutzten, um ihre Gewinne zu steigern. In dieser Hinsicht war Paul wie ein als Kurier ihrer Majestät verkleideter Spion in den großen und kleinen Nachbarländern Bayerns unterwegs.

Donaueschingen und der Kaiser war nur seine erste, wenn auch keine unwichtige Station. Er würde noch eine ganze Weile unterwegs sein, aber hoffentlich nicht so lange wie Hermann, als er in Hamburg seinen Fuß auf das Schiff setzte, das ihn auf die Kanaren brachte. Paul würde hauptsächlich mit Bahn und Droschke reisen und das Festland bis auf einen kurzen Abstecher nach Lindau im Bodensee nicht verlassen. In Lindau würde er seine Halbschwester Balbina besuchen, die den Kontakt nach München und zur Familie vor Jahren abgebrochen hatte. Und so schwer es Therese auch fiel, es sich einzugestehen: In ihrer Macht lag es nicht, das zu ändern. Hoffentlich würde Paul mehr Glück mit seiner Mission haben.

Als Rosa ihr die Post ins Büro brachte, war ein Brief aus Berlin dabei, vom kaiserlichen Hof.

»So schnell?«, wunderte Therese sich. »Otto ist doch gerade erst aus Donaueschingen zurückgekommen.«

»Diesmal war unser Gesuch genauso schnell in Berlin wie die Lieferung an der Donau«, meinte Rosa.

»Das Schreiben von Gesuchen geht bei dir inzwischen auch so flott wie das Brezelbacken.« Therese öffnete das Kuvert und nahm den Brief heraus. »Absage«, sagte sie.

»Und die Begründung?«

»Der zuständige Hofbeamte, warte, er heißt Heinrich Treptow, schreibt, dass er ein Hofprädikat nicht befürworten kann, weil unsere Lieferung für das Galadiner nicht auf Rechnung der königlichen Hofverwaltung ausgeführt wurde.«

»Was?« Rosa konnte ihren Ärger nicht verbergen. »Das Gesuch ging an die falsche Adresse und kann deshalb nicht befürwortet werden? Das ist doch nur ein Vorwand. Soll ich gleich noch mal eines stellen?«

»Nein, wir nehmen die Absage sportlich. Es ist ja nicht die erste, die wir kassieren. Und auf lange Sicht macht das gar nichts. Die nächste Gelegenheit kommt ganz bestimmt. Einmal verliert man, einmal gewinnt man, so ist das eben. Wir dürfen nur nicht aufgeben. Die Richtung muss stimmen. Immer der Kompassnadel folgen, dann gelangen wir früher oder später ans Ziel.«

»Sparen wir uns eben ein paar Hundert Mark für den Bescheid«, meinte Rosa pragmatisch. »Und im Vergleich zu unserem Prinzregenten ist der Kaiser Wilhelm ja noch jung. Es bleibt uns also noch viel Zeit.«

In der Ruhe liegt die größte Kraft, redete Therese sich selbst gut zu, nachdem Rosa wieder an ihre Arbeit gegangen war. Mit Beharrlichkeit erreicht man seine Ziele und mit Mut. Von einer Absage lassen wir uns doch noch lange nicht abschrecken. Heute bot sich mal wieder die Gelegenheit für ein Gläschen von ihrem ganz besonderen französischen Cognac. Sie schenkte sich ein, nippte am Glas und genoss den feinen Geschmack auf der Zunge und die Wärme im Bauch nach dem ersten Schluck. Dann sperrte sie die Tür ab und öffnete das mittlere Fach ihres Sekretärs mit dem Schlüssel, den sie an der Uhrenkette trug. Sie nahm ein Modell aus Sperrholz aus dem Sekretär. Es sah aus wie ein Puppenhaus, gehörte aber nicht Johann oder seiner Schwester, sondern Therese. Sie hatte es bei einem Schreiner in der Burgstraße anfertigen lassen. Und zwar an dem Tag nach der Eröffnung der Warenhäuser Tietz am Hauptbahnhof und Oberpollinger in der Neuhauser Straße. Beide Häuser hatten am selben Tag eröffnet, und Therese hatte es sich nicht nehmen lassen, mit dabei zu sein. Der unfassbare Glanz, die Opulenz und Eleganz in beiden Häusern hatten sie regelrecht erschüttert. Es war eine neue Welt, weitläufig, weltläufig, ein paar Nummern größer als alles, was sie bis dahin in München gesehen hatte. Die Augen waren ihr übergegangen, als sie die Auswahl und Qualität der Produkte in Augenschein nehmen durfte, und wie stilvoll und elegant alles präsentiert wurde. Ohne übertriebenes Geprotze, dafür mit einer natürlichen Eleganz und einem Luxus, der schmeichelte, nicht abstieß. Sie selbst kam sich fast ein wenig plump vor in ihrer ewig gleichen Witwentracht, schwarzer Rock und weiße Bluse, die ihre Schneiderin schon fast mit geschlossenen Augen, aber eben auch ohne jede Raffinesse anfertigte. Es war zu etwas wie ihrer Uniform geworden, in die sie täglich schlüpfte. Und ihr Geschäft kam ihr im Vergleich mit Tietz winzig, vollgestopft und fast provinziell vor. Genau dieses Lebensgefühl der modernen Warenhäuser – leicht, elegant, weltmännisch, luxuriös – wollte sie den Dallmayr-Kunden auch bieten. Selbst wenn sie nur zum Schauen kamen, weil sie sich nicht alle Waren auf Anhieb leisten konnten. Diesen großstädtischen Stil wollte sie auf ihr Geschäft übertragen. Und dazu war der erste unverzichtbare Schritt, ohne den alles andere nichts war, dass sie mehr Platz dazugewann. Das war das A und O, und es wurde zu Thereses fixer Idee. Sie gab ihr Modell beim Schreiner in Auftrag, holte es selbst ab und bewahrte es seitdem in ihrem Sekretär auf. Es war ihr Traum und ihre Vision eines »Warenhauses für Delikatessen«. Und sie entwickelte eine immer genauere Vorstellung davon. Der Kern ihres Modells war das Haus, das ihr gehörte und in dem im Erdgeschoss der Laden untergebracht war. Dazu kamen die Nebengebäude, die sie irgendwann in näherer Zukunft erwerben wollte. Das Haus rechts von ihr, die Nummer dreizehn, gehörte den Däschners, die eine Herrenschneiderei betrieben. Sie hatten bisher nie den Wunsch geäußert, sich räumlich zu verändern. Und die beiden Inhaber waren jünger als Therese, also würde eine Geschäftsaufgabe aus Altersgründen auch nicht anstehen. In Thereses Modell war das Däschner-Haus in seiner jetzigen Form gar nicht mehr zu erkennen. Darüber war ein anderes, viel größeres Haus gesteckt, das in der Höhe bis zu ihrem jetzigen aufschloss. Links von ihr, Richtung Marienplatz anschließend, stand das Nachbarhaus, das dem Juwelier Egersdörfer und seiner Frau gehörte. Die beiden waren schon ältere Leute und würden irgendwann in Pension gehen. Der Sohn hatte nach Erfurt geheiratet und dort ein größeres Geschäft seiner Schwiegereltern übernommen. Therese kümmerte sich sehr um die beiden Eheleute. Nicht ganz ohne Hintergedanken. Auch über dieses Anwesen ließ sich in ihrem Modell ein größeres, exakt anschließendes Modellhaus stülpen.

Therese betrachtete ihr Traumhaus, nippte von ihrem Spitzen-Cognac und träumte von ihrem Warenhaus der Zukunft.

Die einzelnen Abteilungen sollten jeweils ein bestimmtes Angebot präsentieren. Die Kunden würden sich von ihrer Nase führen lassen, vom intensiven Kaffeeduft hinüber zur Teeabteilung mit ihren viel feineren Nuancen, von den Zitrusfrüchten zum frischen und noch warmen Brotgeruch, zu den exquisiten Süßwaren, zum intensiven Meeresgeschmack der Fischabteilung und den Räucheraromen der feinsten Schinken und Wurstwaren. Alles würde seinen Platz haben und die Kundschaft anlocken und zum Kauf verführen.

Therese seufzte noch einmal, räumte ihr Traumhaus wieder fort und drehte den Schlüssel in der Bürotür um. Vielleicht sollte sie dem Ehepaar Egersdörfer zwei Stücke von dem frischen Apfelstrudel vorbeibringen lassen, der gerade in der Backstube im ersten Stock gebacken wurde. Der Duft war betörend, und der Strudel würde bald ausverkauft sein, wenn sie nicht etwas zur Seite legte.

»Onkel Paul, beißen Flusskrebse eigentlich? Und können sie aus ihrem Becken herausklettern und sich im Laden verkriechen?«

Marie war fasziniert von dem, was Paul über München und Dallmayr erzählte und davon, was ihre eigene Fantasie noch hinzufügte. Ihre Mutter hatte sie schon zweimal ermahnt, trotzdem hörte Marie nicht auf, ihren Gast bei Tisch auszufragen. Über die große Stadt München und das Geschäft von Tante Therese, an die Marie sich nicht erinnern konnte. Sie stellte sich ein Kinderparadies vor und zählte Paul auf, was es dort alles zu kaufen geben müsste, wenn es nach ihr ginge: bunte Zuckerstangen zu allererst, dann Stollwerck-Schokolade, Leibnitzkekse und Milchkaramellen. Unbedingt auch Lakritzpfeifen mit rosa Zuckerspitzen, Weingummi, Mohrenköpfe und Weiße Mäuse aus Schaumzucker mit kleinen Zuckerperlen in Schwarz und Rot als Augen. Sollte Marie tatsächlich einmal nach München kommen, dachte Paul, wäre sie wahrscheinlich enttäuscht.

»Komm uns doch einfach besuchen«, schlug er dennoch vor. »Dein Cousin Johann wird dir bestimmt alles zeigen, und mit ihm kannst du dich dann auch durch die Lebkuchentür und die Marzipanwand futtern. Er ist ein bisschen jünger als du, aber ein ganz lieber Junge.«

Marie strahlte, bis sie den eisigen Blick ihrer Mutter bemerkte. Sie presste die Lippen aufeinander, und ein Schatten huschte über ihr Gesicht. Lustlos stocherte sie in ihrem Kartoffelbrei herum. Die Stimmung war verdorben, und Paul machte sich Vorwürfe, dass er das Gespräch auf München gebracht hatte. Anscheinend war das immer noch ein Tabu. Er bemühte sich, von Donaueschingen und vom Kaiser zu erzählen, aber Maries Interesse konnte er nicht mehr zurückgewinnen. Sie wurde von ihrer Mutter ermahnt, entweder zu essen oder die Gabel wegzulegen.

»Man stochert nicht im Essen.« Marie gab keine Antwort. »Wenn du keinen Hunger hast, dann steh auf und geh in dein Zimmer.«

Paul konnte diesen Ton kaum ertragen. Er hatte Balbina, seine verehrte, wunderschöne Balbina geliebt, als er ein Kind und sie schon fast eine Frau war. Jetzt erkannte er sie kaum wieder. Nie hatte sie so mit ihm gesprochen. Marie warf ihre Gabel auf den Teller, dass Brei und Soße spritzten, schob wütend den Stuhl zurück, bis er krachend umfiel, und rannte zur Tür.

»Marie«, rief Balbina ihr hinterher. »Du kommst zurück und stellst den Stuhl wieder auf.« Aber das Mädchen war schon aus dem Zimmer und knallte die Tür zu.

»Lass sie«, sagte Balbinas Mann und stellte den Stuhl wieder auf.

Paul hielt es nicht mehr aus. Es schnürte ihm den Hals zu. »Ich sehe mal nach der Kleinen«, sagte er und stand auf. »Sie muss doch etwas essen.«

Er nahm Maries Teller. Balbina saß stocksteif auf ihrem Stuhl und sagte kein Wort, als Paul hinausging.

Marie hatte einen Stuhl vor das Fenster gerückt und starrte, die Ellbogen auf das Fensterbrett gestützt, hinaus auf die Gasse. Sie saß wie hinter einer unsichtbaren Wand und bemerkte Paul erst, als er neben ihr stand. Er stellte den Teller auf das Fensterbrett, aber sie reagierte nicht.

»Wenn nachher dein Magen knurrt wie ein böser Hund, wirst du nicht einschlafen können«, sagte Paul und berührte sie sanft an der Schulter.

Paul spürte die zarten Knochen des Mädchens in seiner Hand, die Armkugel, der Ansatz ihres dünnen Ärmchens. Sie hatte kein schönes Leben hier. Irgendetwas stand zwischen ihr und ihrer Mutter, was das Mädchen nicht überwinden konnte.

»Ich werde erst nach München kommen, wenn ich groß bin«, sagte Marie und wandte ihren Blick nicht von der Gasse ab, in der ein Junge seine kleinere Schwester in einem Leiterwagen rumpelnd über das Kopfsteinpflaster zog. »Vorher lässt sie mich nicht.«

»Deine Mutter?«, fragte Paul, »aber warum denn nicht?«

»Frag sie doch«, antwortete Marie wie eine Erwachsene. »Mir sagt sie es nicht.« Jetzt drehte sie sich zu Paul um. »Oder weißt du es längst? Dann erkläre es mir. Ich bin ja nur ein Kind. Und ein Kind muss beim Essen stillsitzen und die Ellbogen nicht wegstrecken und den Teller leer essen, sonst gibt es keinen Nachtisch. Und nicht so viel fragen. Das kleine Fräulein muss nicht alles wissen und soll lieber in sein Zimmer gehen und spielen. Erst wenn es einmal groß ist, wird es alles besser verstehen.« Marie leierte ihre Sätze herunter ohne jede Emotion, abgestumpft von den vielen Ermahnungen.

»Hör zu«, schlug er vor. »Wir essen jetzt gemeinsam deinen Teller leer, und dann frage ich deine Eltern, ob wir noch einen kleinen Spaziergang machen dürfen. Ich habe gehört, dass du in einen Kindergarten hier auf der Insel gehst. Magst du mir den nicht zeigen?«

»Das Kinderhaus hat am Wochenende nicht auf«, sagte Marie ernst. »Und Mama wird es nicht erlauben.«

»Das sehen wir dann. Jetzt erst mal den Teller leer machen. Ich fange an.« Er nahm die größtmögliche Menge Brei auf die Gabel, spießte die halbe Scheibe Braten auf und stopfte sich alles in den Mund. Marie sah ihm grinsend zu, wie er beim Kauen die Backen blähte. Vielleicht würde es ihm ja doch gelingen, sie aus ihrem Schneckenhaus herauszulocken.

Als sie mit dem leeren Teller ins Esszimmer kamen, hatte Balbina sich bereits zurückgezogen. Migräne, sagte ihr Mann. Er hatte nichts gegen einen Spaziergang Maries mit ihrem Onkel. Aller Ärger schien mit einem Mal von Marie abzufallen. Sie hüpfte die Treppe hinunter und zog Paul hinter sich her. Kreuz und quer führte sie ihn durch die Gässchen der Insel, bis er die Orientierung verloren hatte. Sie lotste ihn zum Alten Schulplatz mit seinem schönen achteckigen Brunnen, von dessen Mittelsäule das Wasser plätscherte. An einer Gasse, die »In der Grub« hieß, stand das Kinderhaus Sankt Stephan, Maries Kindergarten.

»Du bist evangelisch?«, fragte Paul.

»Ja, wie mein Papa. Aber wir haben auch katholische und jüdische Kinder bei uns. Weil, wir sind doch alle Kinder. Komm, ich zeig dir auch noch unseren Spielplatz am Bergele.« Und schon zog sie ihn weiter. Paul dachte erleichtert, dass sie den Streit beim Abendessen wohl schon vergessen hatte.

Nach dem Frühstück am nächsten Morgen fand Paul endlich Zeit, mit Balbina zu sprechen. Er war ja gekommen, um sich bei Balbina zu bedanken, dass sie ihm in Wiesbaden aus der Patsche geholfen hatte.

»Ist die Sache denn jetzt ausgestanden?«, fragte Balbina. Sie hatte sich ein Erkerzimmer eingerichtet, von dem aus man einen herrlichen Blick über den Hafen auf den See hatte. Hier stand ein zimmerhoher dunkler Bücherschrank mit Glastüren, ein Schreibtisch, an dem Balbina auch die für den Hotelbetrieb nötige Korrespondenz erledigte und die Kunden- und Personalkarteien führte. Für die Buchhaltung, die sie früher selbst erledigt hatte, vor ihrer Eheschließung mit dem Inhaber des Hotels, war eine junge Frau eingestellt worden, die ihr Büro im Erdgeschoss hatte.

»Ja, Gott sei Dank. Hoppe, also der Detektiv, konnte den Täter mit seinen markierten Geldscheinen aus der Kasse überführen.«

»Und war es der Bursche, dieser Glücksspieler, den ihr in Verdacht hattet?«

Paul nickte. »Der Kerl hat so viele Schulden, der wird wohl eher in den Knast wandern, als dass er das je zurückbezahlen kann. Außer er gewinnt wirklich mal im Casino, aber dann müsste er vorher umziehen. In Wiesbaden hat er nämlich Hausverbot.«

»Dann bekommst du das Geld von ihm nicht wieder?«, fragte Balbina.

»Von ihm nicht, aber mein Geld muss mir mein Dienstherr zurückgeben, er hat es ja zu Unrecht von mir bekommen.«

»Du kannst dir Zeit lassen mit der Rückzahlung«, sagte Balbina. »Uns geht es wirtschaftlich sehr gut, du siehst es ja.«

Ja, das sah Paul wohl, aber er sah auch, dass Balbina dennoch nicht glücklich war. Er betrachtete das Bild auf der Staffelei, an dem Balbina gerade malte. Sie fand also immer noch Zeit zum Malen, wie früher, als sie noch ihre kleine Kammer unterm Dach in der Dienerstraße bewohnte. Auf der Leinwand eine sehr düstere Sturmszene am See mit fast schwarzen Gewitterwolken und hohen, gischtenden Wellen.

»Etwas fehlt noch auf dem Bild«, sagte Balbina.

Freude, Hoffnung, Liebe?, dachte Paul. »Menschen vielleicht«, sagte er stattdessen, »ein Tier, oder ein Ausweg.«

Balbina sah in an. »Ein Ausweg? Auf einem Seebild? Was für eine seltsame Idee.«

Paul griff in seine Tasche, holte zweihundert Mark aus dem Portemonnaie und legte sie auf den Tisch.

»Ich habe gespart«, sagte er. »Und vielleicht kann ich dir schon bald wieder eine Rate schicken oder den ganzen Betrag, wenn das Geld aus Wiesbaden kommt.«

Balbina packte die Scheine in eine Schatulle. »Lass dir Zeit, Paul, du bist jung. Gibt es eigentlich kein Mädchen, das dir gefällt und für die du das Geld besser verwenden könntest?«

Paul grinste. »Doch«, sagte er. »Lotte.«

»Ist sie in München?«

Paul schüttelte den Kopf. »In Wiesbaden.«

»Ach, die berühmte und sagenhafte Rothaarige.« Balbina war offenbar gut informiert über alles, was im Hause Dallmayr vor sich ging. Es war klar, dass ihre Quelle Rosa hieß. »Hermann und seine Frau haben ein zweites Kind bekommen, habe ich gehört. Sind sie glücklich, die beiden?«

»Ja, das sind sie. Sonias Schwangerschaft war schwierig«, sagte Paul, »aber jetzt geht es ihr gut mit der kleinen Johanna. Sie ist viel draußen auf dem Goldachhof mit den Kindern.«

»Und Hermann?«, fragte Balbina nach. »War er nicht gegen den Kauf des Hofes, gegen noch mehr Arbeit, noch mehr Investitionen? Tante Therese scheint ja überhaupt nicht müde zu werden.« Balbina öffnete eine Schatulle auf ihrem Schreibtisch und bot Paul ein Pfefferminzbonbon an. »Immer noch größer, noch besser und bekannter soll das Geschäft werden. Sie ist erfolgreicher als die meisten Männer um sie herum.«

Das stimmte, aber aus Balbinas Äußerung sprach nicht nur Anerkennung und Bewunderung.

»Das mag für ihren Ältesten schon auch schwer sein. Und dann noch dein grässlicher Onkel Max dazu. Er kann es doch immer noch nicht fassen, dass Tante Therese etwas geschafft hat, wovon er höchstens zu träumen vermag. Wahrscheinlich ist jeder Hoflieferantentitel, den sie sammelt, ein Sargnagel für ihn.« Zum ersten Mal seit Paul da war, lachte Balbina, und Paul erkannte das Gesicht und die Person wieder, mit der er früher unter einem Dach gelebt und die er so gerngehabt hatte. »Und jetzt warst du auch noch beim Kaiser, in Donaueschingen. Hast du ihn denn auch leibhaftig gesehen?«

»Ja, leider.« Paul wollte lieber nicht an diese Begegnung denken.

»Wieso denn leider? Das muss doch eine Ehre sein für jeden Untertanen«, spottete Balbina. »Wie ist er denn so?«

»Genau so, wie man ihn sich in Bayern vorstellt: preußisch, arrogant und herablassend.«

»Preuße hin oder her, das wird deiner Mutter egal sein«, behauptete Balbina. »Hauptsache, sie bekommt den kaiserlichen Titel auch noch. Na, von mir erfährt sie jedenfalls nichts von deinem Malheur in Wiesbaden. Das kann ruhig unser kleines Geheimnis bleiben.«

Sie war aufgestanden und zog den Vorhang des Erkerfensters zurück. Der See lag still, ein Passagierdampfer fuhr in den Hafen ein, Möwen kreischten und taumelten in der Luft, und irgendwo spielte eine Blaskapelle einen Marsch. Das war genau das Leben, das auf Balbinas Bild fehlte, dachte Paul. Dass sie sein Geheimnis, sein unrühmliches Ende in Wiesbaden, mit ihm teilte, fühlte sich für Paul plötzlich wie Verrat an. Ob es Balbina am Ende gar nicht so sehr darum ging, ihm zu helfen, sondern darum, seine Mutter zu hintergehen und ihr damit eins auszuwischen? Er schob den Gedanken wieder weg, denn er hatte noch etwas anderes auf dem Herzen: Marie.

»Willst du uns nicht einmal in München besuchen, Balbina, zusammen mit deiner Familie?«, fragte er vorsichtig.

»Wir haben immer viel zu tun mit dem Hotelbetrieb. Eigentlich können wir gar nicht weg. Du weißt ja, wie das ist.«

»Und Marie? Sie war noch nie in München. Und sie kennt uns gar nicht, ihre Tante, ihren Onkel Hermann, Cousin Johann und sein Schwesterchen. Wir sind doch deine Familie.«

»So?« Balbina sah immer noch auf den See hinaus. »Seid ihr das?«

Paul trat zu ihr. Er, der früher die Arme um ihre Hüfte geschlungen und seinen Kopf an ihren Bauch gelegt hatte, überragte sie nun um zehn, fünfzehn Zentimeter. Er nahm ihre Hände.

»Wie groß du geworden bist, kleiner Paul«, sagte sie. Paul hätte auf die Knie gehen müssen, um noch einmal seinen Kopf an ihren Bauch zu schmiegen.

»Hör doch auf, uns immer noch zu bestrafen, Balbina. Deine Tochter weiß nichts von dem, was in der Vergangenheit passiert ist. Sie denkt am Ende noch, sie ist selbst daran schuld, dass sie nicht nach München darf. Warum bist du so streng mit ihr?« Statt »streng« hätte er auch »hart« oder »herzlos« sagen können.

Balbina ließ seine Hände los und ging zurück an ihren Schreibtisch. Das wuchtige Möbelstück stand nun wieder wie eine Trennwand zwischen ihnen. Steif und unnahbar saß sie dahinter wie auf einem Thron.

»Zumindest belüge ich Marie nicht, so wie dein Vater und deine Mutter und alle anderen, die wussten, wer meine richtigen Eltern waren, mich belogen haben«, sagte sie und Paul verstand, wie tief dieser Stachel immer noch in ihr saß.

»Aber du sagst Marie doch auch nicht die Wahrheit«, erwiderte er. »Das Mädchen denkt, sie ist an allem schuld, weil sie eben ist, wie sie ist, und es dir aus irgendeinem Grund nicht passt, wie sie ist. Sie ist ein kleines Mädchen, Balbina, wieso hast du denn gar kein Mitleid mit ihr?«

Balbina hob den Kopf und sah ihn aus ihren herrlich dunklen blauen Augen an. »Dann tut sie dir also leid, mein Mädchen, das Vater und Mutter hat, in einem schönen Haus am See lebt, einen Kindergarten besucht, der ihre Eltern eine Stange Geld kostet, ein eigenes Zimmer mit Himmelbett und so vielen Spielsachen, dass ich immer wieder Sachen verschenke, weil wir keinen Platz mehr haben. Sie muss dir nicht leidtun, Paul. Sie hat noch viel zu lernen, und wenn sie alt genug ist, wird sie auch ein paar Dinge verstehen. Und dann wird sie selbst entscheiden, ob sie ihre Tante und ihre Onkel in München besuchen will oder nicht.« Es klang nach einem endgültigen Bescheid.

»Hoffentlich lebt meine Mutter dann noch«, sagte Paul verbittert.

Es war ungeheuerlich, was Balbina an materiellen Dingen aufgezählt hatte. Sie schien nicht zu begreifen, was Marie fehlte und was sie mit ihrer Kälte und Herzlosigkeit ihrem Kind antat. Seine Balbina, die er als Kind angebetet hatte. Was war da passiert? Wie war so viel Bitterkeit in ihr Leben gekommen? Sie hatte einen Mann, der sie liebte, eine aufgeweckte Tochter, und eigentlich hätte es ihr an nichts fehlen dürfen. Doch Paul spürte genau, dass dem nicht so war.

Paul wälzte sich hin und her. Er war hundemüde, aber an Einschlafen war nicht zu denken. Schuld daran war diese verdammte Uhr an der Wand. Tick, tick, tick, tick. Jeder Ausschlag des Pendels, nicht einmal besonders laut, aber unermüdlich und rastlos. So würde er nie einschlafen können. Da konnte er sich genauso gut anziehen und spazieren gehen. Er schwang die Beine aus dem Bett, im Fenster schimmerte milchig weiß das Mondlicht. Er stand auf, öffnete den Uhrenkasten, fasste das Pendel unten an seinem Gewicht und hielt es an. Stille. Auf einem Fach am Boden des Kastens lag der Flügelschlüssel zum Aufziehen der Uhr, und Paul versuchte die Aufschrift auf dem Schlüssel zu lesen, doch dafür reichte das Mondlicht kaum aus. Als er den Schlüssel wieder zurücklegte, spürte er einen offenen Spalt zur Gehäuserückwand und griff hinein. In einem Fach, dessen Öffnung man von vorne nicht sehen konnte, ertastete er etwas wie gefaltetes Papier und zog es heraus. Nun machte er doch Licht und drehte den Schlüssel in der Zimmertür um.

Es war still im Haus, doch Pauls Müdigkeit war wie ausgelöscht. Er setzte sich aufs Bett und besah sich seinen Fund. Es waren zwei Briefe von zwei unterschiedlichen Handschriften. Der eine Brief bestand aus nur einem Blatt, und er erkannte darauf die Handschrift seines Bruders. Paul zögerte nur kurz, bevor er las, was Hermann Balbina geschrieben hatte. Er wollte verstehen, weshalb Balbina so verbittert war. Hermann fragte sie in seinem Brief, warum sie nie nach München käme, ob sie es ihm immer noch übel nahm, dass er auf die Kanaren gereist war und sie zurückgelassen hatte, dass er sich für Sonia entschieden und sie geheiratet hatte, obwohl er wusste, was Balbina für ihn empfand. Ihn quälte die Frage, ob er der Grund dafür war, dass sie den Kontakt mit der Familie verweigerte. Er bat sie um Verzeihung und schrieb, dass er sich nichts mehr wünschte, als dass sie Freunde sein könnten, Vertraute, Bruder und Schwester. Einen so gefühlvollen Brief hätte Paul seinem großen Bruder gar nicht zugetraut. Meistens wirkte er doch so vernünftig und abgeklärt, ganz der verantwortungsvolle Familienvater, wenn er nicht gerade gegen die Eigenmächtigkeiten seiner Mutter ankämpfte.

Der zweite Brief war Balbinas Antwort. Er war länger, ausführlicher, und offenbar nie abgeschickt worden. Sonst hätte er nicht im Geheimfach des Uhrenkastens gelegen. Paul zögerte, nahm einen Schluck Wasser aus der Karaffe auf seinem Nachttisch. Doch er fand, dass er in gewisser Weise auch ein Anrecht darauf hatte, Antworten auf diese Fragen zu bekommen, schließlich war er auch ein Halbbruder von Balbina und kannte sie ebenso lange wie Hermann. Wenn er auch damals, als er sie innig geliebt hatte, noch ein Kind gewesen war und sie sich nicht in Paul, sondern in Hermann verliebt hatte. Damals, als sie alle noch zusammen in der Dienerstraße unter einem Dach lebten und dachten, sie wären Cousins und Cousinen, nicht Geschwister.

Du bist es nicht allein, schrieb Balbina, *ihr seid es alle. Jeder von euch. Du hast dich von mir abgewandt, noch bevor du die Wahrheit kanntest. Elsa hat mich behandelt wie ein Dienstmädchen vom Land, als ich aus der Oberpfalz zu euch in die Stadt kam, um bei euch zu leben und im Haushalt zu helfen. Sie hat auf mich herabgesehen, war hochnäsig und gemein. Ja, wir waren jung, Elsa, du, ich, Paul war noch ein Kind, und wir haben nicht gewusst, dass wir einen gemeinsamen Vater haben. Der, der es wusste, hat sein Geheimnis bis in den Tod bewahrt und es erst danach preisgegeben, und deine Mutter hat geschwiegen, selbst als sie die Wahrheit kannte, und mich für den Fehltritt ihres Mannes büßen lassen. Die Enttäuschung hat sie hartherzig werden lassen. Sie hat mich aus ihrem Innersten verstoßen. Du hast mich verlassen, und das tat so weh, dass ich den, der mir auf der Stelle sein Herz geschenkt hätte, nicht erhören konnte. Bis er fortging. Ludwig hätte mich mitgenommen, aber ich wollte bleiben, musste bleiben und weiter leiden, weiter um Thereses Liebe kämpfen, wenn ich schon deine verloren hatte. Es hat nichts besser gemacht. Ich bin erst gegangen, als das ganze Lügengebäude einstürzte, durch einen winzigen Zufall: einen Brief, der mir in den nassen Rinnstein fiel. Erst dann hielt ich es nicht länger aus in der Dienerstraße und bin gegangen.*

Und so lebe ich hier in meinem golden glänzenden Käfig und finde doch keine Erlösung. Man könnte denken, ich hätte alles, und doch fehlt mir das Wichtigste. Wieder werde ich bestraft. Von einem Schreikind, das mich zur Verzweiflung bringt, das unaufhörlich Widerworte gibt, sich einfach nicht einfügt in unser Leben und niemals zufrieden ist. So wie ich auch. Unersättlich bin ich, nicht weil ich immer mehr und mehr möchte, sondern weil ich die Dinge, die in der Vergangenheit geschahen, weder reparieren noch loslassen kann. Es muss doch jemand schuld sein an allem, was mir widerfahren ist. Ich kann es nicht gewesen sein. Dein Vater war es, weil er so feige war, sich mir nicht zu erkennen zu geben. Meine leibliche Mutter, die mich fortgegeben hat. Meine Ziehmutter, die mir nicht die Wahrheit gesagt hat, und Tante Therese. Vor allem Tante Therese.

Hier brach der Brief ab. Balbina hatte ihn nicht zu Ende geschrieben, keinen versöhnlichen Schluss gefunden, keinen innigen Gruß. Was um Himmels willen musste denn passieren, dass sie die Vergangenheit endlich ruhen lassen konnte, fragte sich Paul. Balbina hing fest und konnte keinen Schlussstrich ziehen. Wer würde ihr je helfen können?

Er legte die Briefe wieder zurück in den Uhrenkasten und löschte das Licht. Die Pendellinse schimmerte wie ein ruhiger See, in dem sich der Mond spiegelte. Irgendjemand musste kommen und Balbinas immergrauen Himmel aufreißen, ihr zeigen, wie schön das Leben sein konnte. Aber wer? Er selbst fühlte sich dazu nicht in der Lage.

Paul verabschiedete sich nach dem Mittagessen von Balbina und ihrem Mann. Balbina lächelte, aber als er sie in den Arm nahm, blieb sie steif wie ein Brett. Marie und das Hausmädchen begleiteten ihn zum Hafen. Kurz bevor er das Fährschiff nach Rorschach in der Schweiz bestieg, überreichte Marie ihm eine Rolle Papier, die mit einer Schleife zusammengebunden war.

»Das Bild ist für meinen Cousin Johann«, sagte sie.

Als Paul sich zu ihr hinunterbeugte, um ihr einen Abschiedskuss zu geben, schlang sie ihre Arme fest um ihn. »Komm mich wieder besuchen«, flüsterte sie, »bitte.«

»Natürlich«, versprach Paul. Sie winkte ihm, und er winkte zurück, bis zuerst sie schrumpfte, dann die Hafenmauer, der Bayerische Löwe auf seiner Säule, der Leuchtturm und mit ihm schließlich die Silhouette der Inselstadt. Hinter dem Südufer, auf das sich das Schiff zubewegte, ragten die schneebedeckten Schweizer Alpen mit dem Säntis auf. Der See lag ruhig, die Überfahrt war nur ein kleiner Hüpfer. Es waren viele Fähren, Schiffe mit Eisenbahnwaggons und Frachtkähne in alle Richtungen und Anrainerländer unterwegs. Denn der Weg über den See sparte nicht nur Kilometer. Auch das Passieren der Ländergrenzen mit ihren Pass- und Wagenkontrollen, den Fracht- und Zollbestimmungen war auf dem Seeweg besser geregelt als auf dem Land.

Die Schweizer Grenzbeamten winkten ihn mit einem einfachen Nicken durch, und er eilte zu seinem Zug nach St. Gallen.

Wie ein See lag das Moos im blassen Licht der Dämmerung, und Sonia dachte kurz an das Wogen des Atlantiks in ihrer kanarischen Heimat. Auch in den Mooren um den Goldachhof wehte oft ein kräftiger Wind. Heute kam er aus dem Osten. Es war kühl und fühlte sich gar nicht an wie Sommer. Einer der kleinen Fensterläden am Taubenhaus war locker und klapperte. Ein Luftwirbel hatte sich in der Mitte des Gehöfts verfangen und zwang ihn, immer und immer wieder, diesen seltsamen

Klagelaut auszustoßen. Der erste Schein der Dämmerung oder die Geräusche hatten Sonia geweckt. Die Kinder schliefen noch in ihren Betten. Schade, sie hätte auch gern noch weitergeschlafen, bis Johanna wie üblich anfing zu brabbeln und sie und Johann damit weckte. Sie stand auf und trat ans Fenster. Der Himmel war wieder einmal grau und zu frisch für einen Julimorgen. Sonia dachte daran, die Gelegenheit zu nutzen und schnell noch auszureiten, bevor es wieder regnete, denn im Osten zogen bereits dunklere Wolken auf. Sie kleidete sich rasch an und bat Frieda, die in der Küche Feuer machte, aufzupassen, wann die Kinder wach wurden, und sich um sie zu kümmern. Sie wäre bald zurück, nur eine kleine Runde.

»Ihre kleinen Runden kenne ich«, murrte Frieda. »Aber gehen Sie nur rüber zu den Gäulen. Pferdenarren soll man nicht aufhalten, sonst werden sie ungemütlich. Ich schau nach den beiden.«

»Ist der Herr Schapfl draußen?« Der Verwalter war einer, der täglich mit den Hühnern aufstand.

»Der ist mit dem Knecht nach Zengermoos gefahren.«

»Was macht er denn da?«

»Dort trifft sich heute die Genossenschaft. Wegen der neuen Straße nach Aschheim.«

Gut, dass der Verwalter sich darum kümmerte. Ihre Freiheit war Sonia viel zu kostbar, um sie für langweilige, bürokratische Dinge zu opfern. Sie zog ihre Reitstiefel an und schloss leise die Tür, um niemanden zu wecken. Doch auf dem Weg zum Pferdestall blieb sie abrupt stehen. Was war das? Da lag doch etwas an der Ecke zur Scheune. Hatte sich die Hündin hierhergelegt? Nein, was da lag, war größer als Bella. Sonia schlug die Hand vor den Mund, um nicht zu schreien. Es war ein Mensch, der ausgestreckt, aber seltsam verdreht am Boden lag, unter ihm die Leiter, von der er gefallen sein mochte. Das war doch Karl März, der Monteur, der die Stromleitungen auf dem Hof verlegt hatte. Von einem der Isolatoren an der Scheunenwand hing ein Draht herunter. März musste bei irgendeiner Arbeit von dieser Leiter gefallen sein. Sonia beugte sich zu ihm hinunter und fasste ihn an der Schulter. Er stöhnte auf, also lebte er. Schnell lief sie zurück ins Haus und holte Frieda.

»Jessasmarjaundjosef«, murmelte die Magd und bekreuzigte sich. »Der Karl! Was hat er denn da gemacht? Er ist doch noch …?«

»Er lebt. Bleib bei ihm, Frieda. Ich rufe rasch in Ismaning beim Doktor an.«

»Mein Gott, was für ein Glück, dass wir jetzt den Telefonapparat haben. Ich hätt' nicht geglaubt, dass wir den so bald wirklich brauchen können.«

Was war denn da bloß passiert?, dachte Sonia. Das Wasserkraftwerk war noch gar nicht offiziell in Betrieb genommen worden. Es sollte in der nächsten Woche erst eingeweiht werden. Aber es lief bereits zur Probe, und März war damit beschäftigt, die Leitungen ins Haus und an der Scheune entlang zu den Wirtschaftsgebäuden zu verlegen. Sonia war mit den Kindern dabei gewesen, als die große Phönix-Turbine mit dem Fuhrwerk vom Bahnhof in München aus zu ihnen auf den Hof transportiert worden war. Sie kam aus Straßburg im Elsass, von der Firma Schneider, Jaquet & Cie. Eigentlich hatte Hermann schon eine Blaskapelle organisieren wollen zu ihrem Eintreffen, aber Ingenieur Möhrle wollte damit lieber bis zur feierlichen Eröffnung warten. Hermann hatte sich über den Aberglauben seines Freundes amüsiert. Und jetzt war doch ein Unglück geschehen.

Sie erreichte den Doktor, und er versprach, so schnell wie möglich zu kommen.

März war sonst so erfahren und umsichtig. Er würde doch nicht an den Leitungen arbeiten, ohne den Strom vorher abzuschalten. Das musste am Generator gemacht werden. Himmel!

Hermann hatte ihr das doch genau gezeigt. Damit sie sich bei einem Notfall, wenn er nicht auf dem Hof war, selbst zu helfen wusste. Dem Verwalter war die Sache mit dem Strom nicht ganz geheuer, und er ging allem aus dem Weg, was damit zu tun hatte. Im Haus hingen schon die Glühbirnen, die Leitungen waren verlegt. Bei einem kurzen Probebetrieb am Wochenende hatten sie alle wie verrückt geklatscht, als die Küche mit einer Drehung des Schalters taghell wurde, während es draußen schon dämmerte. »Ein Wunder!«, hatte Frieda gerufen und sich wie üblich bekreuzigt.

»Jesus, Maria«, betete Sonia, »lass den armen März am Leben.« Hermann würde außer sich sein, wenn er von dem Unglück erfuhr.

Sie nahm eine Decke von der Küchenbank und den Schlüssel für das Generatorenhaus aus dem Kasten. Frieda deckte den armen März zu, und Sonia lief weiter zum Kraftwerk. Sie sperrte die Tür auf, und tatsächlich war der Hauptschalter für die Elektrik auf Betrieb gestellt. Sie schaltete ihn sofort ab, versperrte die Tür wieder und steckte den Schlüssel in die Hosentasche.

Mit Stromunfällen hatte der Landarzt Dr. Kemmerer noch keine praktische Erfahrung gesammelt, nur darüber gelesen. Dass März sich den Knöchel oder das Sprunggelenk gebrochen hatte und die Schulter zumindest geprellt, das konnte er sofort feststellen. Was der Strom womöglich mit seinem Herzen angestellt hatte, darüber konnte der Doktor allenfalls spekulieren. Er und sein Helfer luden den armen März auf eine Bahre, und der Patient wurde auf dem schaukelnden Pferdefuhrwerk abtransportiert.

»Wir fahren ihn gleich nach München, ins Klinikum rechts der Isar. Bestimmt haben die Kollegen in der Stadt schon mehr Erfahrung mit dem elektrischen Strom.«

Nach dem Frühstück war Sonia mit den Kindern draußen bei der Kapelle, als Johann »Mama, Mama« rief. »Komm schnell!«

Sonia legte ihren Strauß mit Lupinen, Stockrosen und Tränendem Herz auf den Altar und lief hinaus. Bestimmt war der Bub in den Bach gefallen, in dem er mit seinem Stock herumgestochert hatte, während sie sich in der Kapelle um den Blumenschmuck gekümmert hatte. Aber er war nicht im Bach, sondern stand am Rand der kleinen Brücke und zeigte auf zwei Reiter, die durch die Allee auf den Hof zukamen. Schwarze Hose, grüner Uniformrock, zwei Gendarmen. Als sie auf Höhe der Brücke waren, salutierten sie.

»Wollen Sie zu uns auf den Hof?«, fragte Sonia.

»Sie sind?«, fragte der ältere der beiden, mit einem imposanten Schnauzbart.

»Sonia Randlkofer. Mein Mann ist in München und meine Schwiegermutter auch, aber ich kann Ihnen gerne zeigen, wo der Unfall passiert ist. Sie kommen doch wegen Karl März, dem Monteur?«

Von der Unfallstelle führte Sonia die beiden auch zum Wasserkraftwerk. Die Gänse, die sich auf den Teichen entlang der Goldach aufhielten, schnatterten und fauchten und schlugen aufgeregt mit den Flügeln, wie immer, wenn Fremde sich näherten.

Die Gendarmen schauten sich die umgeleitete und in ihrer Sohle vertiefte Goldach an, inspizierten das Wehr und den Rechen, durch den das Wasser in die Turbine floss, und sahen durch die Fenster in das Häuschen, in dem der Generator stand. Sonia wusste nicht, ob die beiden Herren verstanden, wie der Strom durch die Turbine erzeugt wurde, aber von einer Frau würden sie sich das bestimmt nicht erklären lassen. Sie wollten nicht einmal wissen, ob der Strom abgeschaltet war und wer ihn abgeschaltet hatte. Aber der ältere wies den jüngeren Kollegen an, die Anlage in einem Heft mit Bleistift zu skizzieren.

Vom Hof her kam mit weit ausholenden Schritten der Verwalter auf sie zu. Wegen seiner langen, dürren Gestalt nannte Johann ihn Don Quijote, seit Sonia den Kindern gelegentlich aus dem Roman vorlas.

»Schapfl, Theodor. Ich bin hier der Verwalter.«

»Ah, Herr Verwalter, gut dass wir Sie antreffen. Wir hätten gern die Konzession für den Bau hier gesehen.«

»Konzession?«, fragte Schapfl. »Ich weiß nichts von einer Konzession, dafür bin ich nicht zuständig.« Er lupfte seine Kappe und kratzte sich am Kopf. »Da müssten Sie den Herrn Randlkofer selbst fragen, oder den Ingenieur Möhrle. Wissen Sie etwas von einer Konzession, Frau Randlkofer?«

Sonia schüttelte den Kopf. »Tut mir leid. Aber ich werde mit meinem Mann sprechen, sobald er zu Hause ist.«

»Tun Sie das.« Der Gendarm sah sich die Skizze des Kollegen an und verstaute das Heft in der Uniformjacke. »Die Gemeinde Ismaning bittet um Antwort binnen acht Tagen.«

Damit empfahlen sich die Herren und ritten davon.

Johann lief hinter ihnen her auf die Straße und sah ihnen so lange nach, bis sie nur noch zwei schwarze Punkte am Ende der Allee waren.

Am späteren Nachmittag kam Hermann mit seinem Freund Möhrle im Landauer auf den Hof gefahren. Die beiden eilten zur Unfallstelle, und Möhrle schüttelte unentwegt den Kopf.

»So ein erfahrener Mann wie März, und dann schaltet der Esel den Strom nicht ab, wenn er die Drähte wechselt!« Er eilte zum Kraftwerk, während Hermann erzählte, dass er März im Krankenhaus besucht hatte.

»Er wird es schaffen, aber er bleibt noch einige Tage dort.«

»Kriegt der Herr März jetzt ein Gipsbein?«, fragte Johann.

»Bestimmt, und vielleicht auch noch eine Schlinge um den Arm. Hauptsache, sein Herz hat den Stromschlag gut überstanden. Am Ende war es vielleicht noch sein Glück, dass er von der Leiter gefallen ist. So ist er wenigstens schnell vom Stromkreis getrennt worden.«

»Die Polizei war am Vormittag hier«, sagte Sonia.

»Und was wollten sie?«

»Sie haben nach der Konzession für das Kraftwerk gefragt.«

»Konzession?«, fragte Möhrle, der von der Anlage zurückkam. »Wer hat denn eigentlich den Strom abgeschaltet, die Polizei?«

»Das war ich«, antwortete Sonia. »Hermann hat mir ja alles gezeigt. Ich dachte, das wäre wichtig.«

»Sogar sehr wichtig. Eigentlich sollten Frauen ja nicht mit Strom hantieren, aber in diesem Fall, Respekt, Frau Randlkofer. Da haben Sie alles richtig gemacht. Aber was ist jetzt mit dieser Konzession?«

»Hast du eine beantragt?«, fragte Hermann den Ingenieur.

»Ich? Ich dachte, du machst das, oder deine Mutter. Ihr seid doch die Betreiber.«

»Was ist das, eine Konzession?«, fragte Johann.

»Eine Betriebserlaubnis«, erklärte ihm seine Mutter. »Streng genommen haben wir eigentlich noch keine gebraucht, denn die Anlage ist ja noch gar nicht offiziell in Betrieb genommen worden. Es war doch nur ein Probelauf, bei dem der Unfall passiert ist.«

»Du hast das Zeug zum Winkeladvokaten, meine Liebe.« Hermann war besorgt, aber jetzt musste er doch grinsen.

»Was ist denn ein Winkeladvokat?«, fragte Johann.

»Lilly?«

Nicht schon wieder, dachte Lilly. Sie hatte extra früher Schluss gemacht, war so schnell wie möglich nach Hause gehetzt, damit sie sich umziehen und noch ein bisschen frisch machen konnte, und jetzt rief die Mutter sie schon zum dritten Mal. Dauernd lag sie ihr in den letzten Tagen und Wochen, seit der Termin für die erste Turnstunde feststand, in den Ohren. Ob auch wirklich alle im Verein damit einverstanden wären, ob der Raum auch geeignet wäre und nicht andere Gäste – Männer! – in den angrenzenden Sälen beim Bier säßen und sie durchs Schlüsselloch oder durch die Fenster beobachten konnten. Ob es keine Möglichkeit gab, eine Frau als Vorturnerin zu bekommen. »Nein, Mutter, es gibt keine«, war Lillys Antwort. »Wir sind ja die Ersten in München, wo sollen wir also eine Turnerin hernehmen?« Und zuletzt, ob sie nicht eine Anstandsdame bräuchten wie in anderen Turnvereinen, wenn ein Mann als Vorturner dabei war. Lilly konnte sich gut vorstellen, wen sie, wenn sie gefragt würde, als Anstandsdame vorschlagen würde: sich selbst. Dabei war es gar nicht in erster Linie Sorge um ihr sittliches Wohl, das ihre Mutter antrieb. Sie war einfach nur schrecklich neugierig, auch wenn sie es nie zugeben würde.

»Lilly?« Jetzt klopfte sie auch noch an die Tür.

»Was ist denn, Mama. Ich muss mich umziehen, sonst komme ich zur ersten Stunde schon zu spät.«

Als es noch einmal klopfte, öffnete Lilly in Unterwäsche die Tür. »Was …?«

Ihre Mutter hatte zwei Kleiderbügel in der Hand, daran zwei Teile zu einem Ensemble, hinter denen sie fast völlig verschwand: als Oberteil eine kragenlose Bluse mit abgesteppten Falten, aus einem von Ludwigs Hemden geschnitten. Dazu eine knielange Hose mit zwei Beinen, aber fast so weit wie ein Rock. Sie war unter dem Knie mit Bändern zu binden, damit sie in Bewegung nicht hochrutschte. Den karierten Stoff kannte Lilly. Er stammte von einer Hose ihres verstorbenen Vaters.

»Die Hose von Papa wolltest du doch aufheben!« Lilly starrte die Sachen an.

»Ja, aber wofür eigentlich?«, fragte ihre Mutter. »Du brauchst doch ein Kostüm, wenn du zum Turnen gehst. Ich hätte noch Stoff für eine weitere Hose übrig. Vielleicht für eine deiner Freundinnen.« Lilly war gerührt. An einem Turnkostüm hatte die Mutter also die ganze Zeit genäht, um sie zu überraschen. »Mit langen Röcken stolpert ihr doch nur.«

»Aber was ziehe ich jetzt unter die Rockhose an?« Lilly schniefte.

Darüber hatte ihre Mutter auch schon nachgedacht. Sie hatte ihr einen Strumpfhalter am Unterhemdsaum angenäht und zeigte ihr, wie sie den Rock unten an die Bluse anknöpfen konnte, damit nichts verrutschte. Lilly wischte ein Tränchen fort.

»Musst du nicht los?« Anna Loibl grinste. »Du kommst noch zu spät zu deiner ersten Turnstunde.«

Lilly kam nicht als Letzte, aber sie kam zu spät, um Julius beim Vorbereiten des Raumes zu helfen. Zusammen mit seinem Freund Robert hatte er den Nebenraum des Unionsbräus in der Äußeren Wiener Straße bereits leer geräumt, eines der Mädchen war noch beim Zusammenkehren. Es war bitterkalt. Neun junge Frauen waren gekommen, und sie trugen alle lange Röcke, weshalb Lilly mit ihrer halblangen Rockhose für Furore sorgte. So etwas wollten die anderen auch haben. Da keine von ihnen Sportschuhe besaß, waren sie alle in Strümpfen. Julius ließ sie nach einer kurzen Begrüßung, die mit dem Turnergruß »Frei Heil« endete, zum Aufwärmen mehrere Runden im Kreis laufen, was jedoch zu Karambolagen führte. In ihren Strümpfen rutschten sie aus und fielen übereinander, dass sich die Röcke bauschten. Bis Julius entschied: »Sofort stopp und Strümpfe aus.«

»Dann müsst ihr euch aber umdrehen«, rief eine den beiden Männern zu.

Die Damen hoben die Röcke und knöpften ihre Strümpfe aus den Strumpfhaltern. Nur Lilly musste zusätzlich erst noch ihre Rockhose ausziehen, dann die Strümpfe. Als sie sich wieder aufstellten, sah man bei den anderen nur nackte Zehen. Lilly jedoch war nackt bis zu den Knien. Ein Skandal, der mit Gejohle und Gepfeife quittiert wurde. Julius versuchte, wieder Ruhe in diesen undisziplinierten Haufen zu bringen. Für ihn waren Lillys Waden schließlich nichts völlig Unbekanntes.

Ihre Laufrunden, die die meisten schnell außer Puste brachten, wechselten mit Gehrunden ab. Beim Hopsgang setzte das Gelächter wieder ein, mit Disziplin hatten es die Damen überhaupt nicht. Also ließ Julius sie Leibesübungen im Stehen durchführen. Er machte Rumpfbeugen vor, Armkreisen und Kniebeugen. Das Radschlagen ging in Gekreische unter, als die Frauen in ihren langen Röcken die Beine in die Luft streckten und den Blick auf ihre langen weißen Unterhosen freigaben. Ein Anblick, bei dem Julius und Robert sich eigentlich hätten umdrehen sollen. Stattdessen mussten sie Hilfestellung leisten, weil die Röcke den Turnerinnen so übers Gesicht hingen, sodass sie überhaupt nichts mehr sehen konnten. Statt Turnstunde hatten sie den reinsten Tumult im Unionsbräu.

Um nach den Freiübungen wieder Disziplin in den Weiberhaufen zu bringen, ließ Julius sie die bei den Männern üblichen Ordnungsübungen machen. Aufstellen im Kreis, Marschieren in verschiedenen Gangarten bis zum Stechschritt und Ausfallschritt. Das war den Damen aber viel zu militärisch. Mit den Kraftübungen scheiterte er ebenso. Die Frauen, die zum ersten Mal in ihrem Leben Liegestützen versuchten, kamen schnell zu der Überzeugung, dass der Männersport vielleicht doch nicht das Richtige für sie war. Lilly wollte das nicht gelten lassen. »Das ist doch nur, weil wir es nie zuvor geübt haben«, behauptete sie. »Wir müssen es eben lernen.« Julius kam ihr zu Hilfe.

»Das ist eure erste Stunde, meine Damen, und es ist noch keine Meisterin vom Himmel gefallen. Beim nächsten Mal will ich jedenfalls keine Strümpfe an den Füßen und keine langen Kutten mehr sehen.«

»Ja, das glaube ich«, schrie Ilse.

»Zu viel Stoff ist einfach gefährlich, das ist alles. Mehr steckt da gar nicht dahinter.«

»Soso«, rief Ilse wieder.

Robert brachte einen Lederball. »Wisst ihr, wie man Völkerball spielt?«

Die meisten kannten das Spiel noch von der Straße, wo sie es als Kinder gespielt hatten.

»Dann müsst ihr zwei aber auch mitspielen«, rief Lilly. »Komm zu uns, Robert. Ich möchte gern mal den Julius abwerfen.«

Julius und Lilly waren die Letzten und räumten den Ball und die Bierdeckel auf, mit denen sie das Spielfeld markiert hatten. Lilly schlüpfte aus ihrem Rock und zog sich die Strümpfe wieder an. Julius beobachtete sie dabei, kam zu ihr und küsste sie. Sie schob ihn sanft von sich weg.

»Was ist?«, fragte er, »das hab ich mir doch verdient, oder nicht?«

»Ja, schon.«

»Es ist doch keiner mehr da«, insistierte Julius.

»Die Mädels stehen bestimmt noch draußen beisammen und tratschen. Und wenn wir dann nicht rauskommen, ist doch alles klar, oder?«

»Ja und? Wir sind doch schließlich erwachsen.«

»Also, weißt du, das möchte ich sicher nicht, dass es heißt, die Lilly und der Julius veranstalten die Turnstunden nur, damit sie hinterher noch herumpoussieren können. Stell dir vor, das würde doch wie ein Lauffeuer durch den ganzen Arbeiterturnverein gehen.«

Julius war frustriert. »Wo sollen wir denn hin, wenn wir einmal für uns sein wollen? Wie mich das aufregt!«

Sie waren nicht verheiratet, und so wie Lilly bei ihrer Mutter wohnte, lebte Julius noch bei seinen Eltern. Lilly wusste, dass er jeden Pfennig, den er entbehren konnte, für den Erwerb des Bürgerrechts der Stadt München sparte. Monat für Monat legte er dafür etwas zurück, und sein Gewerkschaftssekretär unterstützte ihn, so gut er konnte.

»Wie viel fehlt denn jetzt noch?«, fragte Lilly und schmiegte sich an ihn.

»Noch vierzig Mark. Es bleibt einfach jeden Monat zu wenig vom Lohn übrig.« Julius zog seine Stiefel an.

Sie wusste, dass ihr Liebster alles daransetzte, das Bürgerrecht zu erwerben, damit er endlich auch wählen gehen durfte. Solange er das nicht besaß, blieb er vom politischen Leben ausgeschlossen. Genau wie die Tagelöhner, die meisten Handwerksgesellen und die kleinen Gewerbetreibenden. Die Gewerkschaft, der Juli als Braugeselle angehörte, schätzte, dass nicht einmal zehn Prozent der Einwohner der Stadt München das Bürgerrecht besaßen und bei den Kommunalwahlen ihre Stimme abgeben konnten.

»Eigentlich bin ich davon ausgegangen, dass ich das Geld bis Mai zusammenhabe. Ich habe eine sichere Arbeitsstelle, einen festen Wohnsitz und hab mir nie etwas zuschulden kommen lassen, nie auch nur die kleinste Unterstützung erhalten. Ich erfülle alle Voraussetzungen, damit ich endlich auch ein vollwertiger Münchner Bürger sein und wählen gehen darf. Es ist eine Schande, dass immer noch so wenige Arbeiter und Handwerker wählen dürfen.«

»Und irgendwann sind dann auch wir Frauen dran«, sagte Lilly. »Ich hoffe nur, dass ich es noch selbst erleben werde.«

»Wieso so pessimistisch, Lilly? Jetzt hast du es gerade geschafft, dass ihr Frauen dem Turnverein beitreten dürft. Wenn du die Altherrenriege des Arbeiterturnvereins überzeugen konntest, dann gelingt dir das beim Wahlrecht für Frauen doch locker.« Er boxte sie zärtlich in den Arm. »Ein paar Muskeln müssen euch aber schon noch wachsen, bevor ich euch an ein Reck lasse.«

»Dafür bist doch du zuständig, also für unsere Muskeln.«

Sie sperrten ab und traten auf die nächtliche Straße. An der Ecke standen wirklich noch zwei von den Frauen aus der Turnstunde. Ilse und Kathi waren noch dabei, Neuigkeiten auszutauschen.

»Du, Julius, mir fällt da gerade was ein. Vielleicht können wir am Samstag zusammen zu den Vollmars an den Walchensee fahren. Was meinst du? Am Samstag mit der Bahn nach Kochel und dann zu Fuß den Kesselberg hinauf nach Urfeld. Und am Sonntag fahren wir erst am Nachmittag mit dem späten Zug zurück. Bei den Vollmars können wir immer übernachten, da müssen wir nicht einmal verheiratet sein.«

»Meinst du?«

»Ja, sie freuen sich immer, wenn ich komme, oder wenn wir kommen. Dem Herrn von Vollmar geht es gesundheitlich gerade nicht so gut. Er kommt kaum noch nach München.«

»Und du meinst, das kriegt keiner mit, wenn wir dort zusammen übernachten? Nicht dass noch jemand die zwei wegen Kuppelei hinhängt.«

»Blödsinn. Wie sollten sie es denn herausfinden, dass wir nicht zwei Zimmer belegen, sondern dass uns eines reicht.«

»Und wie das reicht.« Julius zog Lilly an sich und küsste sie. Und es war ihm egal, ob Kathi oder Ilse oder wer auch immer sie dabei beobachtete.

»Die Frau Randlkofer wär jetzt da, Herr Blechschmidt.« Die Vorzimmerdame hatte die Tür zum Büro des Bürgermeisters nur einen Spaltbreit geöffnet.

»Gestatten«, murmelte Therese hinter ihr, drückte die Tür auf und spazierte hindurch. »Grüß Gott, Herr Bürgermeister, ich hab gedacht, ich schau gleich einmal persönlich bei Ihnen vorbei, bevor ich zum Goldachhof rausfahre.«

»Gnädige Frau, schön, dass Sie so ungeniert hereinschneien. Haben Sie Ihr Gesuch um die Konzession für das Kraftwerk auch gleich mitgebracht?«

»Kraftwerk, das hört sich jetzt so mächtig an. Wie der Sueskanal oder eine meterhohe Talsperre in den Alpen. Ganze zehn Pferdestärken produziert unser kleines Werk an der Goldach, Herr Blechschmidt.«

»Trotzdem braucht der Bau eine Genehmigung, Frau Randlkofer. Und genau von Ihnen hätte ich mir nicht vorstellen können, dass Sie das nicht wissen.«

»Als Gutsbesitzerin bin ich ja noch Novizin, Herr Bürgermeister«, gurrte Therese. »Um die Technik hat sich mein Sohn gekümmert, zusammen mit dem Herrn Ingenieur Möhrle. Die beiden sind davon ausgegangen, dass ich mich kümmere, und ich hab gedacht, dass die beiden sich kümmern. Wie es halt manchmal so ist. Es war nicht korrekt, das gebe ich zu, aber wir sind doch deswegen keine Verbrecher.«

Der Bürgermeister fuhr sich über sein dichtes schwarzes Haar. Ein buschiger Backenbart verschluckte die untere Hälfte seines Gesichts. Nur die blauen Äuglein verrieten, dass der Mann nicht dumm war und dass er Humor hatte.

»Als Sie um das Schankrecht und eine Konzession zum Führen eines Gasthofs und kürzlich um eine Genehmigung zum Ausschank von Branntwein ersucht haben, war das kein Problem für Sie, obwohl Sie ja auch als Gastwirtin quasi ein Neuling sind.«

Eins zu null für ihn, dachte Therese. Woher wusste der denn das alles noch so genau? Offenbar wurden die Entwicklungen auf ihrem Hof hier von oberster Stelle mit Argusaugen überwacht.

»Der Bauantrag für das neue Ökonomiegebäude ist auch fristgerecht eingereicht worden. Geradezu vorbildlich, Frau Randlkofer. Aber dass Sie jetzt Strom erzeugen und eine Turbine einsetzen, ein Generatorhaus bauen, ein Wehr, ohne dass wir davon wissen, das hat mich durchaus überrascht. Und wie es der Teufel will, passiert dann auch gleich noch ein Unfall. Wie geht es denn dem armen Mann, der von der Leiter gefallen ist?«

»Er ist schon auf dem Wege der Besserung, danke der Nachfrage. Das wird schon wieder.«

»Glück gehabt. Aber genau dafür braucht es eben eine behördliche Bauabnahme, bevor so etwas in Betrieb genommen wird.«

»Es war ja noch gar nicht in Betrieb, Herr Blechschmidt.«

»Und es sollte auch nicht in Betrieb gehen ohne Genehmigung. Das wäre nämlich illegal.«

»Gut, dann ersuche ich jetzt um eine Konzession und bitte um Entschuldigung für unser Versehen.« Therese hasste es, sich so kleinzumachen, noch dazu vor einem Beamten. Aber in der Not musste man gelegentlich auch Kreide fressen.

»Ein bisschen spät, wie gesagt. Der Unfall lässt sich damit nicht ungeschehen machen, und der arme Mann liegt im Krankenhaus.«

Da läge er mit erteilter Konzession vermutlich auch, dachte Therese, sprach es aber nicht aus. Reize nie unnötig einen Gegner, wenn er am längeren Hebel sitzt.

»Wie kann ich denn den angerichteten Schaden wiedergutmachen?«, schmeichelte Therese. »Vielleicht könnte ich zu Martini den Gemeinderat von Ismaning mit meinen saftigen Gänsen frisch vom Hof beglücken oder eine Spende für die Sozialkassen der Gemeinde leisten«, bot Therese an.

»Ihre Gänse verkaufen Sie bitte in Ihrem Geschäft in München, das wäre sonst ja Bestechung. Aber wenn Sie etwas spenden wollen«, sagte der Bürgermeister, »Sie sind doch auch Mitglied in der Genossenschaft zur Moosentwässerung.«

Therese nickte.

»Für den Bau der Kulturstraßen durch das Moos, nach Aschheim und nach Kirchheim, fordern die Herren schon lange Geld von der Gemeinde, das ich aber leider nicht habe und deshalb auch nicht ausgeben kann. Wenn Sie da etwas tun könnten, wäre ich Ihnen persönlich sehr verbunden, die Herren der Genossenschaft sicherlich auch.«

»An welche Summe dachten Sie denn dabei?«

»Ach, das überlasse ich Ihnen. Die Herren werden Ihnen sagen, mit welchen Kosten zu rechnen ist und wie es mit der finanziellen Ausstattung der Genossenschaft momentan aussieht. Schlecht, befürchte ich.«

»Na gut, dann werde ich mich da kundig machen.«

»Und für die Konzession lassen Sie einfach Ihre Pläne« – er deutete auf die Mappe, die Therese unter dem Arm hatte – »draußen bei Frau Heimerl, die gibt sie dann an unseren Sachverständigen weiter. Der wird sich nach Prüfung Ihrer Unterlagen bei Ihnen zu einer Tagfahrt anmelden, bei der das fertige Bauwerk vor Ort inspiziert wird.«

»Sehr gerne. Wann wird denn dieser Sachverständige ungefähr zu seiner Tagfahrt aufbrechen? Damit wir auch vorbereitet sind.«

»Das kann ich Ihnen leider nicht sagen. Der Herr ist sehr beschäftigt und natürlich nicht nur hier bei uns. Der reist weit herum, der Herr Ingenieur Bracht. Aber wir informieren Sie rechtzeitig.«

Therese überlegte, ob das nun hieß, dass die Anlage erst in Betrieb gehen durfte, wenn der Sachverständige sie geprüft hätte. Und was war, wenn er in den nächsten Monaten keine Zeit dafür fand? Musste ihr Generator dann ausgeschaltet, die Goldach an der Turbine vorbeigeleitet werden, bis er geruhte, bei ihnen aufzutauchen? Sie entschied sich für die Strategie: Wer viel fragt, geht viel irr. Keine konkrete Auskunft war besser als eine eindeutige Absage.

»Ich empfehle mich, Herr Bürgermeister.«

»Es war mir ein Vergnügen, gnädige Frau. Wir freuen uns übrigens sehr über alles, was Sie hier auf die Beine stellen.« Er kraulte sich den Backenbart.

Ach was, dachte Therese, jetzt auf einmal?

»Endlich ist Leben auf dem Hof. Und das Federvieh, das ja wahrscheinlich schon in die Tausende geht, vertreibt sicher jeden unerwünschten Besucher. Man hört sie ja bis nach Ismaning hinein schnattern, Ihre Gänse.«

»Wenn wir erst unseren Strom selbst erzeugen, dann werden die Ismaninger noch ganz andere Geräusche von uns hören«, behauptete Therese.

»Da sind Sie aber falsch informiert, gnädige Frau. Meines Wissens läuft der Strom fast lautlos durch die Leitungen. Mehr als ein Summen wie von ein paar Bienen hört man da nicht.«

»Den Strom hört man freilich nicht, Herr Bürgermeister, aber die Motoren von den Landmaschinen, die mein Sohn damit einmal betreiben will. Wenn die nur summ, summ machen wie die Bienchen, würde mich das sehr wundern. Auf Wiedersehen, Herr Bürgermeister.«

»Auf Wiedersehen, gnädige Frau.«

Elsa hatte ihm einen Plan von St. Gallen geschickt, den sie selbst gezeichnet und illustriert hatte. Darauf waren nicht nur Straßen und Plätze eingezeichnet, und Pfeile, die den Weg zu ihrem Haus markierten, sondern auch der Bahnhof mit den Gleisen, das Bahnhofsgebäude, Häuser, Straßenbahnen, Bäume und Litfaßsäulen, Frauen in eleganten Kleidern mit Sonnenschirmen, Pferdekutschen und sogar ein Hund, der an einer Straßenlaterne sein Bein hob. Mit dieser Zeichnung in der Hand trat Paul vom Bahnhofsgebäude hinaus auf die Straße. Trambahnen bretterten über den Bahnhofsvorplatz und behielten die Vorfahrt vor den Droschken und Pferdefuhrwerken, die Reisende, Gepäck und Frachten zur Bahn brachten oder abholten. Nach links, wohin Paul sich halten musste, war ein kleiner Park mit hellen Laubbäumen zu sehen, genau wie auf der Zeichnung. In die andere Richtung stand die mit Plakaten beklebte Litfaßsäule, und dahinter öffnete sich ein Markt mit Blumenverkäuferinnen und einem Straßencafé. Er lief Richtung Norden, an der Poststraße vorbei zur parallelen Hinteren Poststraße. Von dort zweigte das Bienengässchen ab, wo Elsa in einer eigenen Wohnung lebte. Die Nummer sieben war ein dreistöckiges rot gestrichenes Haus mit hübsch abgesetzten weißen Fensterrahmen. Paul erkannte es anhand der Zeichnung sofort. Die Haustür stand offen. Er hatte nur seine Reisetasche bei sich, den großen Koffer hatte er am Bahnhof in der Gepäckaufbewahrung gelassen. Der Geruch im Treppenhaus mit der hellen Holzstiege erinnerte Paul sofort an das Haus seiner Klavierlehrerin in der Galeriestraße in München. Es duftete nach Bohnerwachs, nach Kartoffelsuppe und frischem Schmalzgebackenem. Es war Abendessenszeit, und Paul bekam Hunger. Er klingelte im dritten Stock an der Tür mit dem Messingschild »E. Randlkofer«, hörte dem rasselnden Klingelton hinterher, bis er verklang, doch es blieb still. Dann war Elsa wohl noch nicht zu Hause. Paul setzte sich auf die Stufen zum Dachboden, sah vom Fenster hinaus auf die Gasse und wartete.

Später entschied er sich doch, etwas essen zu gehen. Eine Adresse von Elsas Arbeitsstelle hatte er nicht. Vielleicht musste sie heute Überstunden machen. Er schrieb ihr einen Zettel, dass er später wiederkommen würde, und lief zurück Richtung Bahnhof, wo er am Gasthof Traube vorbeigekommen war. Dort wollte er einkehren.

Als er eine Stunde später zurückkam, lag sein Zettel immer noch so auf der Fußmatte, wie er ihn hinterlassen hatte. Das Viertel Weißwein, das er zum Gebratenen Eglifilet getrunken hatte, machte ihn müde. Elsa musste jeden Moment nach Hause kommen. Die Sonne war schon hinter der Häuserzeile im Bienengässchen verschwunden, und Paul machte es sich auf dem Treppenabsatz bequem, so gut es ging. Irgendwann schlief er, den Kopf gegen die Wand gelehnt, ein.

Ein Schrei weckte ihn. Es war ziemlich dunkel, und jemand beugte sich über ihn.

»Ach, du bist das, Paul.« Die Stimme seiner Schwester.

»Ja, ich bin das.« Paul streckte den krummen Rücken durch. Wie lange hatte er hier ausgeharrt? Es musste mitten in der Nacht sein. »Hast du meinen Brief nicht bekommen?«

»Doch«, sagte Elsa, »Dienstag.« Sie schlug sich mit der Hand gegen die Stirn. »Aber ich dachte, nächste Woche.« Sie sperrte die Wohnungstür auf und machte Licht. »Na los, komm rein.« Paul stellte seine Tasche im Flur ab.

»Und wo kommst du jetzt her?«, fragte er. »Für Überstunden ist es ganz schön spät.«

»Ach, wir hatten ein kleines Treffen«, antwortete Elsa. Sie sah erhitzt aus, hatte ganz rote Backen, und die Haare, die sie jetzt kinnlang und glatt trug, waren zerzaust.

»Wer ist denn wir?«, fragte Paul neugierig. Hatte seine Schwester einen Verlobten?

»Ach, ein paar Freundinnen. Bist du hungrig, soll ich dir Spiegeleier braten? Ich kann zwar nicht kochen, aber Eier braten und Kartoffelbrei, das bekomme ich hin.«

»Danke, ich war in der ›Traube‹.«

»Ach, im Träubli warst du. Dann bist du schon eine Weile da.«

Auf seiner Taschenuhr sah Paul, dass es halb eins war. Bei Freundinnen, so spät?

»Musst du morgen nicht arbeiten?«, fragte er.

»Doch, aber mein Chef ist in Zürich, und am Vormittag gibt es keine Termine. Ich kann auch später anfangen, es ist nicht so streng bei uns. Wir sind ja nur zu zweit in der Praxis. Wenn er nicht da ist, bin ich ganz allein.« Sie machte Paul das Sofa als Bett zurecht.

Er wunderte sich, dass sie so gar nichts von ihm wissen wollte, und sie wirkte immer noch völlig aufgekratzt. Das Kissen, das sie ihm bezog, war falsch eingeknöpft. Es musste doch ein Mann dahinterstecken, dachte Paul, so durcheinander wie Elsa war.

Sie umarmte ihn und sagte ihm Gute Nacht. »Der Erste, der wach wird, weckt den anderen auf, abgemacht? Damit wir noch Zeit haben zu reden, bevor du mir wieder wegläufst.«

Am Morgen wurde Paul von frischem Kaffeeduft geweckt.

»Na, kleiner Paul«, rief Elsa, »jetzt erzähl doch mal, wie es dir so ergangen ist. Hast du dich wieder gut eingelebt in München, oder vermisst du immer noch dein Wiesbaden?«

»Die Stadt vermisse ich nicht«, antwortete Paul.

»Aha«, sagte Elsa. Sie war sehr schlank, wie immer, hatte die Haare nun hinter die Ohren gekämmt und trug offensichtlich überhaupt kein Korsett, nicht einmal ein leichtes, sondern eines dieser modernen Reformkleider. Es war hellblau, was zu Elsas dunklem Haar auffällig kontrastierte, gerade geschnitten, mit sehr tief angesetzter Taille. Ihr einziger Schmuck waren silberne Ohrhänger mit oval geschliffenen Aquamarinen. Kein Familienschmuck, dachte Paul, also vielleicht ein Geschenk?

»Wie geht es deinem Maler?« Paul hatte sich frisch gemacht und setzte sich an den winzigen Esstisch. »Ist er überhaupt noch dein Maler?«

»Ich weiß es nicht«, antwortete Elsa. »Er wird bestimmt immer ein guter Freund für mich sein.«

»Oh«, sagte Paul und nahm einen Schluck Kaffee. »Das klingt nicht sehr euphorisch.«

»Ach, weißt du, Sigmund ist ... er ist alt«, sagte sie, »und ich bin jung. Er hat in Schwabing schon ziemlich viel erlebt die letzten Jahre, und ich mache eben hier meine Erfahrungen.«

»Auch mit ... Männern?«, rutschte es Paul heraus.

Elsa lebte allein in St. Gallen, ohne Familie, ohne Kontrolle. Sie kam und ging, wann sie wollte. Paul hatte selbst auch nach dem Abitur zwei Jahre fern von der Familie verbracht. Er konnte sich in der ganzen Zeit an vielleicht zwei, drei Abende erinnern, an denen er nach Mitternacht noch unterwegs gewesen war. Einmal nach einem Karnevalsabend, zu den ihn die Kollegen überredet hatten, ein anderes Mal nach einer Weihnachtsfeier. Da hatte er zu viel getrunken und wusste nicht mehr, wie er nach Hause gekommen war.

»Soll ich dir was sagen, Paul? Männer sind gar nicht der Nabel der Welt, es dreht sich nicht alles um sie. Gestern hatten wir Mädels einen solchen Spaß, deshalb ist es auch so spät geworden.«

»Macht ihr da irgendwelche Spiele zusammen?«, fragte Paul.

Es interessierte ihn brennend, denn was Mädchen, oder besser gesagt junge Frauen anbetraf, gab es bei ihm einen großen weißen Fleck, und er fühlte sich schrecklich ahnungslos.

»Ich würde eher sagen, wir machen Entdeckungen. Noch Kaffee, Milch?«

Paul nickte. »Was entdeckt ihr denn zusammen?«

»Willst du das wirklich wissen, kleiner Bruder? Ich warne dich, wir sind ein Zirkel sehr moderner unverheirateter Frauen, und wir stehen hier nicht unter der Fuchtel unserer Eltern oder Ehemänner. Manchmal benehmen wir uns nicht so, wie man es von jungen Damen der besseren Gesellschaft, die am Institut auf dem Rosenberg erzogen wurden, erwartet. Wir sind ein bisschen ... hm, sagen wir unkonventionell.«

»Erzähl doch«, forderte Paul sie auf. »Und nenn mich nicht klein, ich bin erwachsen, und zudem auch noch größer als du.«

»Das glaube ich nicht, dass du mich in der Größe überholt hast. Das muss erst nachgemessen werden.« Sie grinste.

»Also? Jetzt erzähl doch. Was habt ihr gestern entdeckt? Ich will es hören.« Er schnitt sich noch ein Stück Käse ab. Käse, Brot, ein Glas Orangenmarmelade, Kaffee. Groß war die Frühstücksauswahl in Elsas Haushalt nicht gerade.

Elsa zögerte. Eine flüchtige Röte huschte über ihr Gesicht. »Also gut, wenn du unbedingt willst. Wir waren gestern bei Reni. Ihr Vater ist Arzt und hat eine Praxis in dem Haus, in dem sie auch wohnen. Er behandelt sehr viele Frauen mit der Diagnose Hysterie. Er hat sich darauf spezialisiert und wird also vorwiegend von Frauen aufgesucht, die übrigens alle gut situiert sind, verheiratet und aus angesehenen Familien kommen.«

»Hysterie?«, fragte Paul, »was ist das noch mal genau?«

»Das ist eigentlich eine sehr merkwürdige Krankheit. Es befällt soweit bekannt nur Frauen und zeigt sich durch ganz verschiedene Symptome. Frauen, die unter dieser Krankheit leiden, sind launisch, überspannt, aufgedreht bis überdreht, sie neigen zu Wein- oder Lachkrämpfen, sind entweder übernervös oder auch das Gegenteil, nämlich ganz dumpf und teilnahmslos. Etwas stimmt nicht mit ihnen, sie funktionieren nicht richtig, verstehst du? Sie sind genau das nicht, was von ihnen erwartet wird: brave Ehefrauen, umsichtige Hausfrauen, liebevolle, geduldige Mütter und gehorsame Töchter. Stattdessen sind sie zickig, egoistisch, faul, unzufrieden, eben hysterisch.«

»Ich kenne eigentlich gar keine solchen Frauen«, sagte Paul verblüfft. »Gibt es die nur in der Schweiz?«

»Nein, überall, aber anscheinend nur in den besseren Kreisen. In Wien gibt es einen Doktor, der sie mit seinen besonderen Methoden therapiert, und in München findest du bestimmt auch Ärzte, die solche Damen behandeln. Vielleicht hast du eben noch keinen Zugang zu diesen höheren Kreisen, wo das ziemlich häufig vorkommen soll. Man muss es sich ja auch leisten können, nicht zu funktionieren. So eine Arbeiterin mit sechs oder sieben Kindern hat schließlich eine Familie, um die sie sich kümmern muss. Nur die vermögenden Damen neigen dazu.«

»Und wie behandelt man diese Krankheit? Du sagst doch, der Vater deiner Freundin hat sich darauf spezialisiert.«

»Bist du auch wirklich schon erwachsen?«, fragte Elsa und sah ihn herausfordernd an.

»Es gelingt mir zumindest, so zu tun.« Paul grinste.

»Er hat verschiedene Methoden entwickelt, eine bestimmte Stelle am Körper der Frauen zu stimulieren. Sie liegt im, äh, Intimbereich der Frau, und es ist ein bisschen, na ja, vielleicht unappetitlich für dich, noch dazu beim Essen.«

»Ich hör dir zu. Mach dir keine Gedanken über meinen Magen. So üppig ist das Frühstück ja auch wieder nicht. Jetzt weiter.«

»Na gut. Eine Methode funktioniert mit der Hand.«

Paul schluckte. »Mit der Hand?«

»Der Doktor sucht die Stelle unter den Röcken der Patientin, berührt sie und … massiert sie bis …«

»Bis?«

»Bis die Frau so stark stimuliert wird, dass sie einen hysterischen Anfall hat. Also dass die Hysterie ausbricht und sich praktisch entlädt. Das beruhigt dann den Körper und das Wesen dieser Frau, und sie kann wieder in ihre Familie zurückgehen und ist einigermaßen normal. Bis sich eben wieder alles Mögliche aufstaut und sie wieder zu Doktor Füssli gehen muss, damit er ihr wieder diese Erleichterung verschafft.«

»Mit der Hand.« Paul wurde plötzlich ganz heiß. Ihm schwirrte der Kopf, und auch der Rest seines Körpers reagierte ziemlich heftig. Eines jedoch beschäftigte ihn aus männlicher Sicht jetzt besonders.

»Und die Ehemänner, wissen die denn Bescheid, was dieser Doktor mit ihren Frauen da treibt? Ich meine, das ist doch … mit der Hand … ist das nicht …«

»Du meinst Unzucht? Das haben wir Reni gestern auch gefragt. Aber sie sagt, nein, den Männern gelingt es, das als medizinische Behandlung zu sehen. Damit gibt es keinen Grund, auf den Arzt in irgendeiner Weise eifersüchtig zu sein. Wahrscheinlich sind sie einfach nur heilfroh, dass er irgendwas macht, was ihre Frauen wieder normal werden lässt. Sie sind hinterher zufriedener, gelassener. Das Gekeife hört für einige Zeit auf, und die Lage zu Hause in der Familie entspannt sich. Dafür bezahlen sie, und das bekommen sie auch. Das Problem ist, dass es nicht anhält. Aber sie wissen ja, wohin sie ihre Frau schicken können, wenn es mal wieder so weit ist.«

Paul dachte, dass er während der langen Zugfahrt nach Frankreich in Ruhe noch einmal über alles nachdenken konnte, was er hier erfuhr. Er glaubte schon, Elsas Bericht sei damit beendet, aber sie hatte sich das Beste für den Schluss aufgehoben.

»Aber das echte Wundermittel unter all den Methoden des Doktor Füssli«, sagte sie und legte eine Pause ein, in der sie sich Kaffee nachgoss, »ist Granvilles Hammer. Und er funktioniert hundertprozentig.«

Paul verschluckte sich fast an einem Stück Käse. »Ein Hammer?«

»Nein, bist du verrückt, er heißt nur so, wegen seiner Wirkung. Eigentlich ist es eine kleine Maschine, mit einem Griff, den man so in die Hand nehmen kann.« Elsa nahm das Brotmesser und schloss die Faust um den Holzgriff. »Sie läuft elektrisch und hat ein langes Kabel zum Motorblock, der extra irgendwo steht. Vorne an der Maschine kann man Teile aufstecken, die entweder rund sind oder wie ein Kegel geformt, mit einer glatten Oberfläche oder mit Noppen, und diese Teile vibrieren, wenn man die Maschine einschaltet. Kannst du dir das so ungefähr vorstellen?«

»So ungefähr«, behauptete Paul. Er versuchte es wirklich, aber es klang verrückt.

»Hattest du eigentlich eine Freundin in Wiesbaden? Oder in München? Ich meine, du bist ja erwachsen, wie du behauptest.«

Paul grinste schief.

»Es gibt da ein Mädchen in Wiesbaden, ja. Sie heißt Lotte.«

»Das ist doch schön.« Elsa schenkte ihnen nach und fand in einer Schublade noch eine Tafel Schokolade. »Und, wart ihr, ich meine, wart ihr auch schon intim miteinander?«

So direkt gefragt zu werden, noch dazu von seiner eigenen Schwester, das war fast zu viel für Paul. Aber das Thema brannte ihm auf den Nägeln. Er konnte jede Information ganz dringend gebrauchen. Denn es war ihm klar, dass er überhaupt keine Ahnung hatte. Eigentlich hatte er gedacht, dass er mit seinem Bruder einmal darüber reden konnte, wie das so war, mit einer Frau zusammen zu sein. Für den Fall, dass es einmal dazu käme. Denn nichts wünschte er sich mehr, wenn Lotte in seiner Nähe war und ihn anlachte oder ihm einen raschen Kuss auf die Lippen drückte. Doch er hatte keine Ahnung, ob es ihr auch so ging wie ihm. Und noch weniger konnte er sich vorstellen, Lotte danach zu fragen. Er war sich ihrer Zuneigung ziemlich sicher. Aber das andere, die körperliche Nähe, die ihn immer mehr bedrängte – kannte sie das auch, oder empfanden nur Männer so? Darüber war er sich so unsicher, dass es ihn manchmal richtig verrückt machte. Sie konnten über so vieles miteinander reden, aber darüber?

»Also noch nicht«, interpretierte Elsa Pauls Schweigen. »Willst du, dass ich dir als große Schwester etwas dazu erzähle, oder lassen wir das jetzt lieber?«

Paul wusste, dass so eine Gelegenheit so schnell nicht wiederkommen würde. Also überwand er seine Scham. »Es würde mich brennend interessieren, worauf denn nun genau ›Granvilles Hammer‹ bei den hysterischen Frauen trifft«, sagte er.

Elsa sah ihren Bruder an und fing an zu lachen. Die Tränen liefen ihr über das Gesicht, und Paul konnte auch nicht mehr anders, als über sich selbst und die ganze absurde Situation zu lachen. Er war so froh, dass er auch noch den Abstecher in die Schweiz zu seiner Schwester gemacht hatte und dass sie gar nichts über die Familie und das Geschäft mit ihm reden wollte. Das Thema, das sie gerade beschäftigte, war ja noch viel interessanter als alles andere zusammen. Völlig erschöpft lagen sie sich in den Armen. Dann holte Elsa einen Stift und Papier.

»Kleine Anatomiestunde gefällig?«, fragte sie.

»Jawohl, Frau Professor.«

»Also, wie ein Penis aussieht, weißt du ja.« Sie grinste, und Paul wurde auf der Stelle rot. »Entschuldige, aber in der Wissenschaft muss man auf eindeutigen Benennungen bestehen, sonst wird das unübersichtlich. In Ordnung?«

»Jaja, in Ordnung«, log Paul, der sich am liebsten davongestohlen hätte, aber dann auch wieder nicht.

»Wie es bei der Frau dort unten aussieht, weißt du wahrscheinlich nicht, deshalb zeichne ich dir das einfach mal auf.«

Vor Pauls Augen entstand etwas Ungeheuerliches. Natürlich hatte er auch schon pornografische Postkarten gesehen.

Sie waren bei Ecker Nachfolger immer wieder unter den Lehrjungen und Gesellen herumgewandert. Aber darauf sah man dralle Hintern, Brüste, die verschämt mit den Händen verdeckt wurden, ein dunkles Dreieck, aber nicht die einzelnen Teile, die sich darunter verbargen. Und die zeichnete Elsa ihm nun auf das Blatt Papier, das vor ihr auf dem Küchentisch lag, und benannte alle Teile und erklärte ihm ihre Funktion. Genauso gut hätte sie ihm eine Kühlmaschine oder eine Turbine erklären können, und wo man welchen Stecker reinstecken musste. Als Paul dachte, nun wüsste er alles, machte Elsa eine Pause und sah ihn triumphierend an.

»Und jetzt, Brüderchen, tusch und trara, zeige ich dir etwas Sensationelles, Revolutionäres, von dem der Rest der Menschheit noch keine Ahnung hat. Wenn du das jetzt erfährst und nicht zu schüchtern bist, mit deinem Wissen wirklich etwas anzufangen, dann kann man deiner Lotte aus Wiesbaden eigentlich nur gratulieren.«

Pauls Herz klopfte.

»Denn hier, genau hier, ist der Ort, auf den ›Granvilles Hammer‹ abzielt.«

Sie zeichnete eine Perle, einen runden Knopf an das obere Ende der von den Lippen umfassten Spalte auf ihrer Zeichnung.

»Hat er auch einen Namen?«, fragte Paul mit trockenem Mund.

»Die Griechen haben ihn ›kleitoris‹, ›kleiner Hügel‹ genannt. Lateinisch heißt er bei den Medizinern ›Clitoris‹. Und es ist der wesentliche Punkt für das Empfinden von fleischlicher Lust bei Frauen, glaub es mir.« Ihr Gesichtsausdruck war geradezu euphorisch. »Wir haben es selbst gestern ausprobiert.«

Paul sah sie verdattert an. Deshalb also das Überdrehte, das Hitzige, das er gespürt hatte, als sie sich im Treppenhaus über ihn gebeugt hatte.

»Mit der … Hand?«, fragte er. »Oder … etwa ›Granvilles Hammer‹?«

Elsa lachte lauthals. »Der Hammer war's, und ich sage dir, man muss gar nicht Hysterikerin sein, um dabei Freude, ja Ekstase zu verspüren. Es ist … unbeschreiblich!«

»Und habt ihr das«, fragte Paul und hielt den Atem an, »also bei euch gegenseitig?«

»Nein, wo denkst du hin? Reni hat es uns gezeigt, angezogen, und dann habe ich es ausprobiert. Allein. Dorli ist dann beim nächsten Mal dran.«

Paul schob sich das letzte Stück Schokolade in den Mund.

»Es war sensationell, Paul. Ich habe keine Ahnung, was da genau passiert. Vielleicht wissen die Ärzte, die das praktizieren, es selbst nicht. Vielleicht ist die ganze Sache mit der Hysterie eine Erfindung, eine Lüge, und es geht um ganz was anderes. Ich bleibe dran, Paul. Vielleicht hätte ich nicht Jura, sondern doch Medizin studieren sollen, um darüber zu forschen. Denn das müssen wir doch tun, oder? Das ist doch wichtig. Ach, was wir Frauen alles noch vor uns haben.«

Paul nickte. Aber er musste vor allem daran denken, was er noch alles vor sich hatte.

»Der an meteorologischen Absonderlichkeiten besonders reiche Sommer hat eine weitere bemerkenswerte Tatsache zu verzeichnen, er endet mit dem ersten Reif am heutigen Tage.«

Therese sah von den *Münchner Neuesten Nachrichten* auf und wickelte sich das Wolltuch noch enger um die Schultern. Mitte September, und es war richtig kalt geworden. Sie würde sich warm anziehen müssen, wenn sie später mit der Kutsche nach Ismaning hinausfuhren. Wenn doch nur die Gleise für die Lokalbahn schon fertig verlegt wären.

»Die für diese Jahreszeit abnorm tief gesunkene Temperatur in den Morgenstunden der letzten Tage ließ eher das Nahen des Winters als das des Herbstes vermuten«, las sie weiter, »und so präsentierten sich heute früh die Fluren und Dächer in Weiß.«

Herrschaftszeiten, dann würden sie also die geladenen Gäste nicht draußen auf dem Hof bewirten können, wie sie es vorgehabt hatten, sondern mussten in der engen Gaststube zusammenrücken. Und wo sollte dann die Blaskapelle hin, die bestellt war? Ach, es würde sich schon eine Lösung finden, wie immer.

Hauptsache, der Monteur war nach dem unglücklichen Unfall wieder genesen und aus dem Spital entlassen worden. März ging auf Krücken, was nicht ungewöhnlich war nach einem Bruch des Sprunggelenks, und die Schulter tat ihm noch weh, aber sie war Gott sei Dank nicht gebrochen. Und an Kopf, Herz oder Organen sollten, wenn es nach den Ärzten ging, keine Schäden bleiben. Natürlich kamen sie als seine Arbeitgeber für alle anfallenden Kosten auf, obwohl eine Fahrlässigkeit und Mitschuld von März nicht von der Hand zu weisen war. Aber sie hatten Stillschweigen über die Sache vereinbart und kamen für den Verdienstausfall ebenso auf wie für einen geplanten Erholungsaufenthalt von Karl März in einem Sanatorium in Bad Aibling. Die zum Zeitpunkt des Unfalls nicht einmal beantragte Konzession für das Kraftwerk ließ ein solches Abkommen ratsam erscheinen. Jetzt konnten alle ein bisschen aufatmen, denn die Konzession war beantragt, wenn auch noch nicht endgültig erteilt. Die Spende an die Genossenschaft, die der Bürgermeister angeregt hatte, um das Genehmigungsverfahren zu beschleunigen, hatte Therese umgehend in die Wege geleitet. Heute sollte das Kraftwerk also eingeweiht werden, auch wenn der Bescheid noch nicht zugestellt war. Außer ihr selbst, Hermann, Sonia und dem Verwalter Theo Schapfl sowie dem verunfallten Karl März einerseits und dem Bürgermeister von Ismaning andererseits wusste keiner davon. Und so sollte es auch bleiben.

Als Korbinian Therese am späten Vormittag mit der Kutsche hinausfuhr, war der Reif von den Feldern verschwunden, und außer der Bergkette im Süden von München war nichts Weißes mehr zu sehen. Aber es war kalt, und trotz der Decke, die Therese um die Beine geschlungen hatte, fror sie.

Die Vorbereitungen auf dem Goldachhof waren bereits in vollem Gange. Im Hof war eine hölzerne Plattform aufgebaut worden, ein Podest für die Musikkapelle. Über den Aufgang zu dieser Bühne spannte sich, gehalten von zwei Pfosten rechts und links, eine Holztafel: »23.9.1906 Wasserkraftwerk Goldachhof. Hermann Randlkofer u. Ing. Möhrle schalten das Licht an.« Rundherum waren Szenen aus dem Hofleben aufgemalt: das Taubenhaus, einer der Gänseteiche, zwei Hasen, die über die Moorfläche hoppelten, und das Wohnhaus mit einer leuchtenden Glühbirne über der Eingangstür. Von der Scheune kam ihr Hermann entgegen. Korbinian öffnete den Wagenschlag und half Therese beim Aussteigen.

»Na, was sagst du, Mutter?« Der Stolz war ihm ins Gesicht geschrieben.

»Wer hat denn diese Erinnerungstafel gemalt?«, fragte Therese. »Die Motive sind ja wirklich entzückend.«

Hermann winkte einem Mann, der mit dem Ingenieur bei der Scheune stand.

»Das ist Hans Metzger, Mutter, der Maler, dem wir die schöne Tafel zu verdanken haben. Ich habe ihn in der Nähe von Dachau kennengelernt, wo er mit seiner Staffelei auf einer kleinen Anhöhe stand und eine Dorfansicht malte. Die hat mir so gut gefallen, dass ich mir dachte, ich könnte ihn auf den Goldachhof einladen. Einen Maler hatten wir ja noch nicht. Für unser Einweihungsfest ist Hans auch gleich zur Tat geschritten und hat für ein bisschen Farbe auf dem Hof gesorgt.«

»Freut mich sehr, Herr Metzger. Sie sind ja ein richtiger Künstler.«

»Ausgebildeter Freskenmaler, gnädige Frau.«

»Und wo kommen Sie her?«

»Aus Egenburg im Landkreis Dachau.«

»Ein Urbayer also. Sie müssen sich unbedingt in unser Gästebuch eintragen, nicht vergessen, Hermann. Vielleicht können Sie ja den Hof zeichnen oder eine Skizze zur heutigen Feier machen. Bleiben Sie doch gerne über Nacht, oder, Hermann?«

»Freilich, Hans kann bleiben, solange er möchte.« Hermann legte den Arm um seine Schulter.

»Dagegen hätte ich absolut nichts einzuwenden.« Metzger strich sich über den dunklen Schnäuzer. Mit den etwas zu langen Haaren, den dunklen Augen, dem breitkrempigen schwarzen Hut und den Hosen mit leichtem Schlag sah er aus wie ein Handwerksbursche auf der Walz. Dass er auch noch ein Zigarillo aus der Jackentasche zog und sein Streichholz zum Anzünden über die Stiefelsohle zog, machte ihn vollends zum verwegenen Vagabunden.

»Warum nicht, Herr Metzger. Ich finde, ein Hofmaler hat uns gerade noch gefehlt.«

Während Metzger sich galant verbeugte, kam ein junger Mann mit dem Fahrrad durchs Hoftor gefahren.

»Zu wem wollen Sie denn?«, fragte Hermann.

»Zur Frau Randlkofer.«

»Das bin ich«, sagte Therese.

Er zog umständlich einen Briefumschlag aus der Jackentasche. »Vom Bürgermeister.«

»Kommt er denn nicht selbst, der Herr Blechschmidt? Wir haben ihn doch zur Eröffnung eingeladen.«

»Er ist leider kurzfristig verhindert, soll ich ausrichten und Ihnen den Brief überreichen.«

Der Gemeindediener salutierte.

»Wollen Sie noch einen Schluck Bier trinken, bevor Sie wieder durch die staubige Straße zurückradeln?«, fragte Hermann. »Im Gastgarten ist das erste Fass schon angezapft worden. Holen Sie sich doch ein Glas.«

Er zögerte nur kurz. »Dann bin ich so frei. Vergelt's Gott.« Er stellte sein Fahrrad an den Zaun, zog sich die beiden Klammern von den Hosenbeinen und holte sich sein Freibier.

»Verhindert?«, fragte Hermann. »Glaubst du das?«

»Nein«, antwortete Therese.

Dass die Absage des Bürgermeisters bestimmt mit der noch immer fehlenden Genehmigung zu tun hatte, wollte sie in Anwesenheit des Künstlers nicht laut aussprechen. Das ging nur sie und Hermann etwas an.

Nach und nach kamen die geladenen Gäste an, allen voran die zwölfköpfige Blaskapelle aus Ismaning, in Lederhosen und Wadlstrümpfen, Leinenhemden und Wolljankern. Die gesamte Nachbarschaft war eingeladen, die Moosbauern, die Torfunternehmer, die einige Flächen von Herrn von Poschinger übernommen hatten und weiterhin seine Torfbahn nutzten, um die Arbeiter ins Moos und den gestochenen Torf nach Ismaning zu bringen. Auch die Mitglieder der Genossenschaft zur Moosentwässerung waren erschienen. Ihr Vorsitzender Melchior Baumgartner bedankte sich noch einmal persönlich bei Therese für ihr zinsloses und großzügiges Darlehen, das sie der Genossenschaft gewährt hatte. Zwei Lohn-Kellnerinnen aus Ismaning versorgten die Gäste. Ein halbes Dutzend Gänse und Enten war gebraten worden.

Auch Schwager Max hatte es sich nicht nehmen lassen, zu dem feierlichen Anlass von München herauszukommen. Hermann meinte, man könne ihn nicht übergehen bei den Einladungen. Mit ihm stieg eine junge Dame aus dem Landauer, für die die Fahrt über unbefestigte Schotterstraßen wahrscheinlich eine Qual gewesen war. Wie eine Statue saß sie mit ihrem eng geschnürten Korsett in der Kutsche und konnte kaum atmen.

Während die Blaskapelle sich auf ihre Plätze auf dem Holzpodest begab, führten Hermann und Ingenieur Möhrle die erste Gruppe von Gästen über den Hof Richtung Goldach, um ihnen das Kraftwerk zu zeigen und das Geheimnis zu lüften, wie man aus Wasserkraft Strom gewinnen konnte.

»Wann wird denn jetzt das Licht angemacht?«, fragte Max seine Schwägerin.

»Wahrscheinlich, wenn's dunkel wird, sonst sieht man's ja nicht«, rief der Mann mit der Tuba herüber, und der ganze Hof brüllte vor Lachen.

Max sah sich nach dem Kerl um, der groß und stark wie ein Ringer war, und grinste schief.

»Ist denn der Bürgermeister gar nicht da?«, fragte er.

»Wir haben ihn natürlich eingeladen«, sagte Therese. »Aber leider ist er heute verhindert.«

»Verhindert?« So schnell ließ Max sich nicht abspeisen. »Da wird der erste Hof im Ismaninger Moos elektrifiziert, und der Bürgermeister ist verhindert? Also, ich würd ihm das nicht abnehmen. Und du sicher auch nicht, Therese, oder? Du bist schließlich ein Fuchs in solchen Dingen. Du hörst doch das Gras wachsen.«

»Das hilft mir aber in dem Fall auch nicht weiter«, antwortete Therese. »Ich kann ihn ja nicht zwingen zu kommen.«

»Ach, wirklich nicht?«, frotzelte Max. »In München hast du deinen Einflussbereich ja schon ganz schön ausgeweitet.«

Therese wusste genau, dass er damit auf die Feier zur Fertigstellung des neuen Rathauses anspielte.

»Da musst du dich noch mehr ins Zeug legen, bis hier auch alle nach deiner Pfeife tanzen.«

Therese lächelte säuerlich. Nur nicht provozieren lassen.

»Aber«, fuhr er fort, »diesen Bürgermeister würde ich mir schon vorknöpfen. Das ist ja fast eine Beleidigung, dass er dich so abblitzen lässt. Ismaning ist ja schließlich nicht München, sondern ein Dorf von Kraut- und Kartoffelbauern. Was wird denn da grad heute so wichtig gewesen sein?«

»Darüber musst du dir deinen Kopf nicht zerbrechen, Max. Schau, dein Fräulein kommt wieder und vielleicht hat sie Hunger oder Durst. Bei der Wespentaille wird sie uns sicherlich nicht arm essen.«

Später sah sie Max ausgerechnet neben Melchior Baumgartner, dem Vorstand der Genossenschaft stehen. Der Mann war die größte Plaudertasche im Umkreis von fünfzig Kilometern. Da würde es nicht mehr lange dauern, bis ihr Schwager von dem Darlehen erfuhr, mit dem sie dem Verein unter die Arme gegriffen hatte. Baumgartner pries sie ja überall als große Wohltäterin an. Der Stromunfall des Monteurs würde sicherlich auch ein Thema sein. Und wenn jemand so ein Schnüffler war wie ihr Schwager, dann waren das eventuell ein paar Informationen zu viel.

Als die nächste Besuchergruppe zum Kraftwerk geleitet werden sollte, nahm Therese Hermann zur Seite.

»Ich glaube, es wird Zeit für eine erste Jagdgesellschaft auf den Goldachhof. Möhrle liegt dir doch eh schon dauernd damit in den Ohren.«

»Ja schon, aber …«

»Nichts Aber. Das gehört zu deinen gesellschaftlichen Verpflichtungen.«

»Ach so?«

»Ja. Und jetzt gehst du zu deinem Onkel Max und lädst ihn ein, auch daran teilzunehmen. Das wird ihm schmeicheln. Sag ihm, dass der Herr Ingenieur Möhrle und der Architekt Hönig ebenfalls mit dabei sein werden. Also eine illustre Gesellschaft.«

»Und der Dachauer Maler Metzger, der den Schriftsteller Ludwig Thoma persönlich kennt.«

»Ja, das wird Max bestimmt gefallen. Er verehrt ja den Thoma wie einen Heiligen.«

»Ihm wird es gefallen«, sagte Hermann, »aber mir nicht. Onkel Max kann schon ziemlich unangenehm werden, vor allem, wenn er getrunken hat.«

»Ich weiß, aber so ist das mit solchen gesellschaftlichen Ereignissen, wenn man Geschäftsmann ist. Dann lädt man nicht nur die eigenen Leute ein, sondern man überlegt, wessen Teilnahme nicht unbedingt erwünscht, aber nützlich sein könnte. Es wär schon unangenehm für uns, wenn Max von unserer fehlenden Konzession für das Kraftwerk erfährt. Er sucht ja geradezu nach einer Möglichkeit, wie er uns schaden kann.«

»Und dafür soll ich ihn auch noch zur Jagd einladen, in meiner Freizeit, die ich mit meinen Freunden verbringen möchte.«

»Tu es für den Frieden und unseren Hof, Hermann. Sag mal, wo ist denn eigentlich der Johann? Johanna schläft, habe ich erfahren, aber den Buben hab ich heute noch gar nicht gesehen.«

»Der ist zum Fischen gegangen, an den Moosgraben hinten im Garten. Spätestens wenn die Blaskapelle aufspielt, ist er da. Oder wenn er was gefangen hat.«

Endlich wieder in der Champagne! Immer wieder sah Paul zwischen der Landkarte, die er auf den Knien liegen hatte, und der Landschaft vor dem Zugfenster hin und her. Es war noch früher Vormittag, trotzdem hatte der Speisewagen schon geöffnet, und Paul hatte sich vom Ober einen Café au Lait und ein Croissant bringen lassen. Die Karte brauchte er, um immer zu wissen, durch welchen Teil des Landes er sich gerade bewegte. Er hatte sich früher, bevor er das erste Mal hierherkam, die Champagne ganz anders vorgestellt. Er dachte, er würde überall auf Weinberge treffen, wie an der Mosel, aber diese Landschaft war viel weiter und flacher, und in einem Teil gab es überwiegend Ackerland. Getreide, Rüben und andere Feldfrüchte, Bauern, die mit Pferden auf den Feldern pflügten, säten, hackten. Dörfer mit geduckten Fachwerkhäusern und Kirchen mit schieferschwarzen Dächern und gedrungenen Türmen. Es war ihm damals, nach dem Schulabschluss, als er zum ersten Mal für drei Monate hierhergekommen war, schon aufgefallen, und es fiel ihm heute wieder auf: Die Champagne war auch eine Kornkammer Frankreichs. Erst als er in Reims, wo die schönste und größte Kathedrale stand, die er je gesehen hatte, ausstieg und mit der Kutsche in das wenige Kilometer entfernte Dorf Vrigny fuhr, war er wieder in der richtigen Champagne. Er sah die Reihen um Reihen von Weinstöcken wieder, die sich von den Dörfern die flachen Hügel der Montagne hinaufzogen wie ein grünes Reiterheer. Auf den Feldern wurde fleißig gearbeitet. Vielleicht war es der Rebenschnitt, der um diese Jahreszeit gemacht wurde. Die Frauen, die sich gebückt durch die Reihen bewegten, trugen große glockenförmige Strohhüte, die im Nacken eine Verlängerung hatten, um ihre Trägerinnen vor der Sonne zu schützen. Pauls Reiseziel war das Weingut Lelarge, von dem Dallmayr seinen besten Champagner bezog.

Der Winzer und Produzent Raymond Lelarge und seine Frau Clémence begrüßten Paul wie einen alten Freund.

»Schau an, Paul ist ein Mann geworden«, sagte Clémence mit einem Augenzwinkern zu Raymond. »Ich glaube, wir müssen ihn jetzt mit Monsieur ansprechen und Sie zu ihm sagen.«

»Unsinn!«, antwortete ihr Mann Raymond. »Freund bleibt Freund, und Du bleibt Du.«

Damit war Paul sehr einverstanden. Er hoffte nur, dass sein Französisch ausreichen würde, um die Verhandlungen korrekt zu führen, nach Möglichkeit die Liefermengen zu erhöhen und beste Preise zu erzielen. Als Raymond, der nicht viel älter war als Paul, ihm die Weinpresse und seine Keller zeigte, in denen die begehrten Flaschen lagerten, verstand Paul längst nicht alles, was er ihm über die eingeführten Neuerungen in der Produktion des Champagners erzählte und zum Teil praktisch vorführte, aber das meiste konnte er sich selbst zusammenreimen. Es waren jedenfalls ganz schön viele Arbeitsschritte nötig, bis aus den weißen und blauen Trauben dieser herrlich perlende Schaumwein wurde, den alle Welt liebte und für den auch alle bereit waren, richtig viel Geld auszugeben.

Es war schon später Nachmittag, als Raymond Paul vorschlug, das Kostbarste und Schönste zu besichtigen, was Lelarge zu bieten hatte: seine Weinberge. Clémence brachte einen gut gefüllten Picknickkorb zum Fuhrwerk, mit dem sie hinausfuhren. Es war ein angenehm warmer Frühsommertag. Die Grillen zirpten, als gehörte das Land ihnen ganz allein. Die Erde in den Weinfeldern war steinig und schimmerte weißlich. Raymond fuhr mit einer Hand hinein, als er die Pferde angehalten hatte und abgestiegen war. Als Paul genauer hinsah, bemerkte er versteinerte Muscheln und gedrehte Schneckenhäuser in dieser Erde, die einmal ein Meeresgrund gewesen war. Das Kalkgestein war wasserdurchlässig und ein guter Boden für die Reben. Das lockere Gestein und die darin eingeschlossenen Hohlräume nutzten die Winzer als Reifekeller für ihre Spitzenweine. Drei und mehr Jahre lagerten die Champagnerflaschen in den Gewölbekellern.

Die Weinreben, die an silbergrau gealterte Stöcke gebunden waren, trugen alle blaue Trauben. Und doch wurde daraus der berühmte helle, perlende Schampus mit dem charakteristischen Bläschenkranz innen am Glasrand gemacht. Raymonds

Champagner wurde aus drei Rebsorten hergestellt: aus Pinot Meunier und Pinot Noir, beides rote Trauben, und nur zu einem kleinen Teil aus weißen Chardonnay-Trauben. Der Trick war, dass die roten Trauben gleich nach der Ernte blitzschnell gepresst wurden, sodass sich möglichst wenig rote Farbstoffe bilden konnten, die in den Grundwein gelangten. Manche Rebstöcke waren schon sehr alt, erklärte Raymond, noch aus den Zeiten seines Großvaters. Aus den Trieben wurden jeweils die Setzlinge für die neuen Stöcke gezogen. Bald würden die Reben beginnen zu blühen, und hundert Tage später, im September oder Oktober, würde die Lese beginnen.

Die Sonne stand schon tief, als Raymond eine Decke am Rande eines der Weinfelder ausbreitete und hausgemachte Pasteten, Rotwein, Brot und Käse aus dem Picknickkorb zauberte. Zwischen den Reihen mit den Weinstöcken wuchsen Gräser, Kräuter und wilde Ackerblumen: roter Mohn, blaue Kornblumen und weiße Margariten. An die Ränder ihrer Weinfelder hatten Raymond und seine Vorfahren Obstbäume gepflanzt. Jeder einzelne Weinberg war, wie der, in dem sie auf ihrer Picknickdecke saßen, ein kleiner Garten Eden. Und als nach dem zweiten Glas Wein auch noch eine Nachtigall im Gehölz ihren Gesang anstimmte, hätte Paul sich am liebsten in die Decke eingewickelt und die Augen geschlossen, um ein bisschen zu träumen. Raymond redete und redete, von seinen Plänen, wie sein Champagner noch besser werden könnte und wie er die Produktion weiter steigern wollte. Er sprach über die Tricks und Kniffe bei der Herstellung, wie Hefe und Zucker dem Most beigegeben wurden, um die Gärung in Gang zu setzen. Paul gab sich größte Mühe zu verstehen, was es mit dem Rütteln der Flaschen auf sich hatte. Anscheinend sollte dadurch die Hefe während der ersten Gärung gleichmäßig in der Flasche verteilt werden. Das Entfernen der Hefe hieß Dégorgement, und dafür brauchte man viel Fingerspitzengefühl. Die anschließende

Dosage, bei der der Wein vor der zweiten Flaschengärung mit etwas Zucker und anderen Substanzen aufgefüllt wurde, war ein Geheimnis, das jeder Winzer hütete wie seinen Augapfel. Sie war für den spezifischen Geschmack des Champagners aus dem Haus Lelarge oder dem eines anderen Produzenten verantwortlich.

Paul hörte Raymonds französischen Singsang, dazu das liebestolle Nachtigall-Männchen, das wohl an die hundert verschiedene Melodien kannte, die es unermüdlich aneinanderreihte und wiederholte. Seine Gedanken schweiften ab und führten ihn zu einem Mädchen mit rotem Haar und winzigen Sommersprossen auf der Nase. Er erinnerte sich an ihre zarte Haut, ihren Duft, und spürte, wie gern er Lotte jetzt hier bei sich gehabt hätte.

Als Paul am nächsten Tag seine Bestellungen abgegeben und in sein Buch eingetragen hatte, wurde er herzlich umarmt und geküsst. Er musste versprechen, bald wiederzukommen. Raymond und Clémence standen noch lange auf der Straße und winkten, bis die Kutsche, die ihn zurück nach Reims brachte, nicht mehr zu sehen war. Für Paul stand der nächste Geschäftstermin in den Kalksteingewölben der Madame Pommery bevor. Auch eine dieser Witwen, die es verstehen, Betriebe zu führen und richtig groß zu machen, dachte Paul. Wie seine Mutter. Pommery war ein großer Name und ein weltweit bekanntes Unternehmen, anders als Lelarge. Aber das konnte sich ja noch ändern. Von der Qualität her musste Lelarge sich nicht verstecken.

Der Pariser Gare de Lyon war ein echter Schock für Paul. Noch nie hatte er ein solches Durcheinander an Menschen gesehen, an Lärm, Gestank, überfüllten Bahnsteigen, fluchenden Dienstmännern mit vollbepackten Handkarren, Dampfschwaden und Getöse der abfahrenden Lokomotiven, Trillerpfeifen, Taschentuch schwenkenden, rufenden, kreischenden und ihren Lieben in die Arme fallenden Menschen. Dreizehn Gleise hatte Paul gezählt. Und er wusste, dass Paris nicht nur diesen einen, sondern vier oder fünf Bahnhöfe besaß.

Was für ein Kontrast zu seiner letzten Station in der Champagne. Diese riesige laute Stadt! Wie betäubt vom Lärm und den Eindrücken im Bahnhof lief Paul durch den Haupteingang auf die Straße. Die Fassade des noch ganz neu wirkenden Bahnhofsgebäudes kam ihm genauso breit vor wie die des Neuen Münchner Rathauses am Marienplatz. Es waren bestimmt hundert Meter. Und die Zifferblätter der vier riesigen Bahnhofsuhren, die vom Turm aus in alle Himmelsrichtungen zeigten, mochten einen Durchmesser von fünf bis sechs Metern haben. Fast war er froh, dass er eine Droschke besteigen und dem Fahrer mit Händen und Füßen sein Ziel erklären konnte.

»Gare de l'Ouest«, sagte Paul, und der Kutscher antwortete: »Ah oui, à la Gare Montparnasse.« Und dann redete er so schnell weiter, dass Paul gar nichts mehr verstand. Er hoffte einfach, dass er ihn zum richtigen Bahnhof brachte, von dem sein Nachtzug nach Süden abfuhr. Er malte sich aus, dass er beim Aufwachen den Ozean sehen würde, den er bisher nur von Bildern kannte.

Es war tatsächlich der richtige Bahnhof, denn dort wartete schon sein Zug Richtung Bordeaux. Der Schaffner half ihm, sein Abteil zu finden. Trotz des Komforts in seinem Schlafwagenabteil, das er sich lediglich mit einem Kaufmann aus Spanien teilte, schlief er lange nicht ein und war bei jedem Halt sofort wieder wach. Dann schob er den Vorhang zur Seite, um im Dampf der Lokomotive die Aufschrift auf den Schildern in den Bahnhöfen zu lesen und die Namen der Städte leise nachzusprechen.

Als sie Bordeaux erreichten, glaubte Paul schon das Meer zu sehen. Eine glitzernde Wasserfläche, die bräunlich und träge bis in die Stadt hineinfloss. Sein Mitreisender wusste, dass es nicht der Atlantik, sondern nur der Fluss Garonne war, der erst viele Kilometer weiter in den Atlantik mündete. Auf der Rückreise wollte Paul hier Station machen und die Winzer besuchen, deren Weine sie in München so gut verkauften. Was für ein großer Name: Bordeaux.

In Arcachon streckte Paul die Nase aus dem Fenster, um das Meer zu riechen. Er sah die ersten Sanddünen und dahinter endlose Pinienwälder.

Nach dem Frühstück, das der Schaffner ins Abteil servierte, hatte Paul sein nächstes Ziel erreicht: Bayonne, die Stadt, die in ganz Frankreich für ihre Schokolade berühmt war. Hier lebte Ludwig Loibl, der bei Dallmayr Kaufmann gelernt hatte und danach das geworden war, wovon er immer geträumt hatte: Chocolatier.

Auch Bayonne lag nicht direkt am Meer, sondern an einem großen Fluss. An seine Mündung wollte Paul nun aber als Allererstes. Er wollte endlich das Meer sehen. Er nahm eine Droschke zum Hafen, wo gerade ein Viermaster einlief. Das imposante Segelfrachtschiff hatte bestimmt eine weite Reise hinter sich, wer weiß, vielleicht kam es aus Amerika oder Afrika.

Arbeiter warteten schon darauf, mit dem Löschen der Fracht zu beginnen. Ein Holzkran, der auf Schienen lief, setzte sich ächzend in Bewegung. Fuhrwerke reihten sich zu einer langen Schlange. Schließlich öffneten sich die Ladeluken, und die am Kai wartenden Träger strömten ins Schiff und kamen kurz darauf mit Jutesäcken auf den Schultern wieder heraus, die sie zu den Pferdewagen der wartenden Kaufleute oder ihrer Vertreter schleppten. Die Säcke mochten an die fünfzig, sechzig Kilo wiegen, schätzte Paul. Ein herber, leicht bitterer Geruch lag plötzlich in der Luft. Auf den Pferdewagen griffen Arbeiter mit Eisenhaken nach den Jutesäcken, um sie gleichmäßig auf der Ladefläche zu verteilen.

Plötzlich drangen laute Männerstimmen aus dem Inneren des Schiffes nach draußen. Es hörte sich an wie ein Streit. Die Arbeiter gingen weiterhin aus und ein, und die beiden Streithähne wurden immer lauter. Der blonde jüngere Mann, der zuerst aus der Ladeluke trat, dirigierte einen Träger mit Ladung zu seinem Wagen. An seiner Seite sein Kontrahent. Der Blonde fuchtelte mit einem dünnen Metallrohr mit angesägter Spitze seinem Gegner vor der Nase herum wie mit einem Degen. Der andere war ein kleinerer dunkelhaariger, elegant gekleideter Mann mit gestutztem Schnauzbart. Aber er schimpfte und fluchte wie ein Bierkutscher. Paul bezahlte den Kutscher und stieg ab. Er hörte mehrmals das Wort »Bosch«, was vielleicht der Name des Blonden war. Als der seinen Wagen vollgeladen hatte, stieg er auf den Kutschbock und sah noch einmal zu der Stelle am Kai zurück, wo Paul stand. Ihre Blicke trafen sich.

»Paul?«, fragte der Blonde. »Bist du das?«

»Ludwig!« Mit dem etwas längeren Haar, dem rotblonden Vollbart und der verwegenen Baskenmütze sah Ludwig ein bisschen aus wie der Maler Vincent van Gogh.

»Steig auf, du kannst gleich mitkommen!«, rief Ludwig.

Paul packte seine Tasche auf die Ladefläche und kletterte auf den Bock.

»Wir fahren lieber los, bevor dieser Gaboret sich noch mehr aufregt.«

»Was hat er denn gegen dich?«, fragte Paul. »Alles, was ich verstanden habe, war Bosch.«

Ludwig lachte nur und trieb die Pferde an.

»Der *boche*, das bin ich«, sagte Ludwig. »So nennen die Franzosen uns Deutsche. Und es ist nicht sehr nett gemeint. Vielleicht kommt das noch aus dem letzten Krieg.«

»Aber was hat er denn gegen dich? Hast du was ausgefressen?«, fragte Paul.

»Er meint, ich hätte ihm die Säcke mit den besten Bohnen weggeschnappt.«

»Kaffee?«, fragte Paul.

Ludwig schüttelte den Kopf. »Kakao natürlich. In Bayonne dreht sich alles um Kakao. Gaboret und ich, und all die anderen Messieurs am Kai, wir sind Chocolatiers. Und jeder von uns will für sich die besten Bohnen haben, das ist doch klar. Deswegen schau ich mir die Säcke auch alle genau an und nehme eine Probe, bevor ich mich entscheide. Was auch nicht jedem passt.« Er zeigte auf das Rohr mit der Spitze, das seitlich an seinem Gürtel hing. »Vielleicht nennen sie mich auch deshalb ›den Deutschen‹, weil ich den Dingen gern auf den Grund gehe und mich in ihren Augen damit wichtigmache. Aber wenn du Schimmelbefall in den Säcken hast, weil noch zu viel Feuchtigkeit in den Bohnen war, dann bekommst du ein Riesenproblem. Und bei einem Schädlingsbefall kannst du den ganzen Sack, wenn nicht die ganze Charge vergessen. Während die Messieurs miteinander palavern und alles ausführlich besprechen – ›le dialogue‹ heißt das bei denen, – steche ich mit meinem Probiereisen in den Sack und mache mir selbst ein Bild vom Zustand der Ware.« Ludwig grinste wie ein Lausbub.

»Gibt es denn Schädlinge in den Säcken?«, fragte Paul, und Ludwig nickte.

»Ameisen oder Schaben zum Beispiel oder auch die Kakaomotte, dieses Biest. Wenn du die mit einschleppst, dann gute Nacht.«

»Und, hast du ihnen jetzt die besten Bohnen vor der Nase weggeschnappt?«, fragte Paul.

»Ich hoffe es.« Ludwig lachte und zwinkerte Paul zu. So mit sich zufrieden wirkte er auf einmal viel jünger. So jung wie damals, zu seinen Zeiten als Lehrling im Dallmayr.

Ludwig fuhr am Fluss entlang auf die Stadt zu. Den beiden spitzen Türmen der Kathedrale immer wie einem Wegweiser folgend. Paul erzählte von zu Hause, vom Geschäft, von der Mutter, von Hermann, von Elsa, von Balbina.

»Ist sie immer noch so schön?«, fragte Ludwig und sah auf den Fluss hinaus, während er an die Frau dachte, in die er damals schrecklich verliebt gewesen war.

Paul zögerte. »Schön ist sie immer noch«, antwortete er, »aber ein bisschen, wie soll ich sagen …«

»Unglücklich?«

»Ich weiß nicht, vielleicht nicht gerade unglücklich, aber auch nicht sehr glücklich.«

Ludwig schien nicht überrascht. »Du wolltest sie doch immer heiraten, du Grünschnabel. Dabei warst du noch ein Kind.« Er schmunzelte.

»Du doch auch. Das haben wir doch alle gewusst.«

»Keinen von uns hat sie genommen. Und jetzt ist sie unglücklich. Das hat sie davon.« Ludwig strich sich über den Bart. »Meine Juliette ist Baskin, vielleicht ein bisschen herb nach außen, verschlossen, aber ziemlich leidenschaftlich, wenn du weißt, was ich meine.«

Paul nickte. Ein bisschen was wusste er ja jetzt, wenn auch nur aus zweiter Hand sozusagen.

Sie kamen jetzt an eine breite Steinbrücke über den Fluss. Sieben Bögen hatte Ludwig beim Näherkommen gezählt.

»Das ist die Heilig-Geist-Brücke, *le Pont Saint-Esprit*, und dort drüben, zwischen den beiden Flüssen Adour und Nive liegt Klein-Bayonne, das Viertel, in dem mein Laden und meine Werkstatt liegt«, erklärte Ludwig.

Schön war es hier. Paul wischte sich mit dem Taschentuch über die Stirn. Und warm. Die Gassen von Petit Bayonne wurden immer enger. Ludwig hielt an der Rückseite seines Hauses an, in dem nach vorne die Patisserie liegen musste. Die

Hofseite grenzte an einen Stadtbach, in dem sich ein Mühlrad drehte.

»Wozu brauchst du das denn?«, fragte Paul, »du bist doch kein Müller.«

»Das wirst du gleich sehen.« Er fuhr den Wagen in die Scheune, versorgte die Pferde und sperrte dann seine Werkstatt auf. »Höchste Zeit, dass wir endlich Nachschub bekommen. Meine Vorräte sind so gut wie aufgebraucht.«

Ludwig machte Licht, und Paul stand vor einer Reihe von Behältern und Maschinen, die jetzt alle ruhten. Er erkannte eine Rösttrommel über einer Feuerstelle, ein Mahlwerk und eine Art Teigmischer. Einige Maschinen wurden per Hand betrieben, andere über Laufräder und Riemen, die mit dem Wasserrad verbunden waren.

»Das ist also die Werkstatt, in der du diese köstliche Schokolade zauberst? Aus den Kakaobohnen, die nach gar nichts riechen?«

»Alles, was gut ist, ihren Duft, den Geschmack und das Aroma muss ich ihnen erst mit viel Mühe entlocken. Das ist meine Kunst«, erklärte Ludwig ihm stolz. »In Venezuela, von wo meine Bohnen stammen, werden sie geerntet, in Wasser gelegt, bis sie sich aus ihrer weißen Schutzhaut gelöst haben, und nach dem Trocknen auf die Reise nach Südfrankreich geschickt. Hier muss ich sie rösten, dann aufbrechen, um den Kern aus der Schale zu befreien, und anschließend mahlen.« Er zeigte auf die verschiedenen Stationen.

»Daraus gewinnst du also dein Kakaopulver, aus dem du die Schokolade herstellst.«

»Nur langsam mit den jungen Pferden. Um Pulver daraus zu machen, ist die Masse viel zu fett. Also erhitze und presse ich sie, damit das Fett herausfließen kann. Sobald die Masse erkaltet ist und fest wird, habe ich die Kakaobutter vom Kakaopulver getrennt. Wenn du ein bisschen bleibst, kann ich dir das alles zeigen. Mich juckt es bereits in den Fingern, morgen schon das Wasserrad und die Maschinen anzuwerfen.«

»Ich bleibe gern ein paar Tage. Mutter hat mir diese Geschäftsreise bestimmt auch mit dem Hintergedanken spendiert, dass sie mich dafür die nächsten zehn Jahre in München festbinden kann. Du kennst sie ja.«

»Was habe ich sie anfangs als Lehrling gefürchtet«, erinnerte sich Ludwig.

»Sie hält ziemlich große Stücke auf dich.«

»Ja, ich habe viel bei ihr gelernt. Wenn auch nicht immer freiwillig.« Er grinste.

»Jetzt hast du mir aber immer noch nicht gesagt, wie du Schokolade machst. Du wirst doch nicht einfach die Kakaobutter mit dem Pulver wieder zusammenmischen? Dann hättest du sie ja nicht trennen müssen.«

»Natürlich nicht. Ich mische meine geheimen Zutaten, wozu Kakaopulver, Kakaobutter, Zucker und je nach Sorte Milchpulver gehört, in diesem *Mélangeur.*« Für Paul sah der Mixbehälter aus wie ein Steinbecken mit einer sich bewegenden Walze. »Erfunden hat dieses Gerät übrigens Philippe Suchard in seiner Fabrik in Neuchâtel. Seitdem verwenden wir ihn alle. Wenn du die Masse nach dem Mischen probierst, denkst du, du hast Sand zwischen den Zähnen. Sie muss erst sehr lange gewalzt werden, bis sie diesen zarten Schmelz bekommt, dem kaum jemand widerstehen kann. Das passiert hier, im *Raffineur.* Und am Schluss kommt dann noch diese Maschine zum Einsatz.« Sie war offenbar Ludwigs ganzer Stolz. Unter dem Deckel der Metallwanne war eine Art Teigrührer zu sehen. »Das ist meine *Conche*, mein allerwichtigstes Gerät.«

»Hast du die selbst gebaut?«, fragte Paul. Ludwig nickte. »Und warum ist sie so wichtig?«

»Vor dir liegt eines der Geheimnisse wirklich guter Schokolade. In der Conche wird die pulverige Masse erwärmt und so lange gerührt, bis sie glänzt wie Seide und die Zutaten gleichmäßig, ohne Schlieren und Hohlräume, verteilt sind. Dann bricht sie auch glatt in Stücke und zerbröselt nicht.«

»Und wer hat diese Maschine erfunden? Du?« Paul hätte es Ludwig auf jeden Fall zugetraut.

»Nein, das war Rodolphe Lindt, ein Schweizer Chocolatier, und eigentlich wollte er sein Betriebsgeheimnis gar nicht in die ganze Welt hinausposaunen. Aber irgendjemand bei Lindt & Sprüngli hat nicht dichtgehalten, und so haben schließlich alle erfahren, wie Lindt seine herrliche Schokolade hinbekommt. Und jetzt möchte keiner, der eine hat, mehr auf seine Conche verzichten.«

»Und wie lange wird die Schokolade darin umgerührt?«

»Das kommt auch auf die Bohnen an, aber im Normalfall wird meine Masse an die siebzig Stunden in der Conche geknetet, gepresst, durchlüftet und durch die Reibung auch erwärmt. Am Ende duftet sie unwiderstehlich. Dann gieße ich die dickflüssige Schokolade entweder zu Tafeln oder in Hohlformen, oder ich verarbeite sie zu Pralinen und Torten weiter.«

»Weißt du was? Ich brauche jetzt dringend ein Stück Schokolade.«

»Kannst du haben. Im Laden stelle ich dir auch gleich Juliette und den kleinen Antoine vor. Musst halt Französisch reden mit den beiden.«

Die Patisserie Planès war genau so, wie Paul sie sich ausgemalt hatte. Klein, hell, mit viel Glas, Spiegeln und Vitrinen voller süßer Köstlichkeiten, einem verführerischen Duft und einer hübschen dunkelhaarigen Französin mit Dutt und weißer Schürze, die nur Ludwigs Frau sein konnte. Der kleine Antoine dagegen war ein echter »Boche«, blond, blauäugig, ein Kind, das Ludwig nicht hätte verleugnen können. Er war ihm wie aus dem Gesicht geschnitten.

Juliette reichte ihm ein rundes Silbertablett über den Tresen.

»Such dir etwas aus, futtere dich ganz ungeniert durch unsere Kreationen«, forderte Ludwig ihn auf.

»Das wirst du bereuen«, meinte Paul und begann mit einer Rippe Mandelschokolade und griff dann bei den Trüffelpralinen zu, die in Kakao oder Schokostreuseln gewälzt waren. »Mutter hat mir aufgetragen, ich soll möglichst viel bei dir bestellen. Von allem, was du im Laden hast. Vielleicht können wir ja schon für Weihnachten eine größere Lieferung aus Bayonne bekommen? Wenn es nach ihr ginge, könntest du exklusiv für Dallmayr produzieren.« Ludwig schmunzelte. »Weißt du eigentlich schon, dass meine Mutter einen Gutshof gekauft hat und dort Geflügel züchtet?«

»Ja, das hat Hermann mir geschrieben. Und auch, dass er dort ein Wasserkraftwerk bauen will, um selbst Strom zu erzeugen. Ist er noch dran?«

»Das Kraftwerk läuft bereits. Wir haben unseren eigenen Strom auf dem Goldachhof.«

»Hermann soll mir unbedingt die Pläne schicken. Wenn wir hier Elektromotoren einsetzen könnten, dann wäre alles viel einfacher. Ach, ich würde gern mal wieder nach München kommen. Meine Mutter hat mir geschrieben, dass das Geschäft in der Dienerstraße jetzt viel größer und noch schöner geworden ist als damals, als ich dort Lehrling war und du noch ein Dreikäsehoch.«

»Als du mit Balbina das erste Bananeneis von ganz München oder ganz Deutschland hergestellt hast, weißt du noch?«

»Natürlich weiß ich das noch genau, mit der Eismaschine vom alten Sarcletti. Und italienische Bitterorangen haben wir als Erste jenseits der Alpen verarbeitet und wahrscheinlich die ersten Macarons gebacken, in der Küche deiner Mutter.«

»Und jetzt bist du hier, hast dein eigenes Geschäft, deine Familie. Wir sind alle so stolz auf dich.«

»Und aus dem kleinen Paul von damals ist jetzt ein gestandener Kaufmann und ein Onkel Paul geworden«, sagte Ludwig.

»Oncle Paul?«, plötzlich stand der kleine Antoine vor Paul und redete auf ihn ein.

»Was sagt mein Neffe Nummer zwei?«, fragte Paul.

»Er sagt, du sollst unbedingt von den Anisplätzchen probieren«, übersetzte Ludwig. »Die sind das Zweitbeste in diesem Laden.«

»Und das Allerbeste?«

Antoine griff nach der Hand seiner Mutter. »Maman«, sagte er und strahlte.

»Ja Herrschaftszeiten, muss denn in München überall etwas Altes abgerissen und dafür etwas Neues gebaut werden?«, grantelte Korbinian. »Jetzt muss sogar unser schönes Holzpflaster in der Dienerstraße dran glauben. Schauen Sie, wie sie es mit Gewalt aus dem Boden reißen. Dabei hätte es auch noch ein oder zwei, drei Jahre gehalten. Aber nein, jetzt, wo das Rathaus endlich fertig ist, wird gleich die nächste Baustelle aufgemacht.«

Seit fünf Uhr früh war die Dienerstraße voll von Arbeitern, die die Pflasterstücke des »Stöckelbodens«, wie man ihn in München nannte, mit ihren Eisen heraushebelten und wie Rüben auf die wartenden Fuhrwerke warfen.

»Schönes Holzpflaster? Also das ist doch jetzt sentimentaler Unfug, Korbinian«, antwortete Therese. Die beiden standen an der Ladentür und sahen bei den Straßenarbeiten zu. »Das war doch schon richtig morsch und unansehnlich geworden. Kein Wunder, bei dem, was die Pferde jahrein, jahraus darauf hinterlassen. Das sickert alles ins Holz und zerfrisst es.«

»Freilich hält das Holz nicht ewig«, gab Korbinian zu. »Aber man hätte es ja auch erneuern können.«

»Alle zehn, zwanzig, wenn's hoch kommt dreißig Jahre muss das neu gemacht werden. Und richtig modern ist Holz als Straßenbelag auch nicht mehr, das musst du zugeben.«

»Modern, modern. Was muss denn noch alles modern werden? Den Rössern ist das egal, ob modern oder nicht, die brauchen einen Belag unter den Hufen, der weich ist und nachgibt. Das Pferd ist ein Steppentier, schreibt der Herr Brehm. Wenn es schon in der Stadt für den Menschen arbeiten muss, dann kann der doch zumindest dafür sorgen, dass der Untergrund für Hufe auch geeignet ist. Und überall, wo statt Holz Pflastersteine in der Stadt verlegt sind, jammern und beschweren sich die Leute über den Lärm von Kutschen und Fuhrwerken. Dass es den Pferden nicht guttut, kann man sogar hören. Auf Kopfsteinpflaster scheppern und krachen die Hufe, wenn's mal ein bisschen schneller geht, dass man denkt, die Viecher brechen sich gleich die Beine.«

Plock, plock, landete das Holzpflaster trotz Korbinians Einwänden Stück für Stück auf der Ladefläche des Wagens. Dann wurden Schotter und Sand ausgebracht und mit Rechen gleichmäßig verteilt. Vom Marienplatz her rollten die Eisenwalzen, mit denen der Boden verdichtet würde.

»Aber wir kriegen doch gar kein Steinpflaster, sondern Asphalt. Wie die Residenzstraße auch.« Therese verschränkte zufrieden die Arme.

»Asphalt«, Korbinian spuckte das Wort aus wie zerkauten Tabak. »Das gefällt Ihnen, Chefin, weil es modern ist. Aber was passiert im Sommer, wenn sich der Belag erhitzt und verformt wie Melasse und man mit den Schuhsohlen daran kleben bleibt? Und die Rösser sich das schwarze Zeug in die Eisen eintreten?«

»Wir kriegen Asphalt, keinen flüssigen Teer, Korbinian. Jetzt mal doch nicht den Teufel an die Wand. Dass du immer so gegen jede Veränderung bist. Das ist halt der Zug der Zeit.«

»Und wo fährt er hin, der Zug? Es ist doch nicht alles schlecht, was alt ist, und muss ausgetauscht werden. Und dass die Arbeiten bis zum Abend fertig werden, das glaube ich nie und nimmer.«

»Der Herr Magistratsbeamte Kronawitter hat mir versichert, dass die Arbeiten in einem Tag abgeschlossen sind.«

»Na dann«, knurrte Korbinian. »Der wird es ja wissen, der Herr Magistrat.«

»Schau, dahinten kommt schon der Kesselwagen mit dem Asphalt. Und weiter hinten noch einer. Das würde dem Johann jetzt bestimmt gefallen, so eine große Baustelle vor der Haustür.«

»Der Johann ist draußen am Goldachhof gut aufgehoben. Da gibt es zwar keine Baustelle, aber dafür jede Menge Federvieh, dem man nachlaufen, und Bäche, die man stauen kann.« Korbinian wandte sich zur Ladentür.

»Warte, ich komme mit. Ich muss doch mal schauen, ob der Lehrling die Kisten schon auf den Wagen gepackt hat.«

»Zigarrenkisten aufladen und zum Altholzsammler bringen«, schnaubte Korbinian. Das ist doch eine Schrulle von Ihnen, Chefin, geben Sie es zu. Oder haben wir es nötig, ein paar Groschen dazuzuverdienen? Eine Schande ist das. Sie sind schließlich die wohlhabendste Frau von ganz München. Zumindest die, die ich kenne.«

Therese schmunzelte. »Übertreib nicht so, Korbinian. Ich habe halt nie vergessen, wo ich herkomme. Und Holzkisten einfach so zu verbrennen, das kommt für mich nicht infrage.«

»Geiz zählt aber nicht gerade zu den sieben Tugenden. Er passt auch gar nicht zu Ihnen.«

»Ich bin überhaupt nicht geizig, nur sparsam. So bin ich eben erzogen. Das kriege ich auch nicht mehr weg, egal, wie viel Umsatz ich im Monat mache.«

»Aber was haben Sie eigentlich mit dem Geld für die Kisterl vor?« Das hätte Korbinian jetzt zu gern gewusst. Therese wusste es genau, aber sie war entschlossen, ihre Pläne vorerst für sich zu behalten.

»Und die Blechkisten, in denen der Tee geliefert wird, werden beim Metallhändler abgeliefert. Sie führen doch bestimmt Buch über jeden Pfennig, der da reinkommt«, mutmaßte Korbinian. Sie gingen durch den Laden, in dem nur Regale befüllt und sauber gemacht wurden, solange die Straße nicht befahrbar war.

»Rosa führt eine separate Liste, in die sie die Erlöse einträgt. Ich weiß gar nicht genau, wie viel es im Moment ist. Wir sammeln ja jetzt schon ein paar Jahre.«

»Das glaube ich Ihnen nicht, mit Verlaub.« Korbinian hielt seiner Chefin die Tür zum Hinterhof auf.

»Was glaubst du mir nicht?«, fragte Therese.

»Dass Sie den Betrag nicht kennen und nicht wissen, wofür Sie das Geld ausgeben wollen. Sie haben doch mit Sicherheit einen Plan.«

Therese lachte. »Also gut: Ja, ich hätte da schon eine Idee.«

»Wissen Hermann und Paul davon?«

»Es soll eine schöne Überraschung für alle werden.«

»Für Überraschungen sind Sie ja schon berühmt. Gibt es vielleicht schon ein ungefähres Datum für Ihre Überraschung?«

Therese sah ihn von der Seite an. Ob er etwas ahnte? »Nächstes Jahr im Frühling, sobald es keinen Bodenfrost mehr gibt«, sagte sie.

Im Februar 1907 würde sich Antons Todestag zum zehnten Mal jähren, bestimmt hatte Korbinian daran gedacht. Er würde jetzt knobeln, weshalb sie das Ende des Bodenfrosts abwarten wollte, aber sie würde sich ihr Geheimnis nicht entlocken lassen. Therese griff nach Korbinians Hand und drückte sie. Dann ging sie auf den Lehrling zu, der die Zigarrenkisten in einen Sack und die Teekisten in einen anderen Sack füllte und auf einen Wagen lud. Im Kopf überschlug Therese die

Anzahl der Säcke und schätzte den Ertrag. Dann rechnete sie ihn im Kopf zur aktuellen Summe auf Rosas Liste hinzu und grinste zufrieden. Ja, so könnte das etwas werden mit ihrem Plan.

Die Maus saß genau zwischen den Gleisen und putzte sich so flink das Näschen, dass die weißen Schnurrhaare immer wieder wie Federn auseinandersprangen. Paul beobachtete das Tier schon eine ganze Weile und versuchte, sich so von seiner Aufregung abzulenken. Er konnte an nichts anderes mehr denken, Maus hin oder her. Es fühlte sich an wie Lampenfieber vor einer Prüfung. Würde sie tatsächlich kommen? Jetzt gleich, mit dem nächsten Zug, der mittlerweile schon mit einer Viertelstunde Verspätung einfahren würde? Mit jeder weiteren Minute, die er wartete, steigerte sich Pauls Aufregung. Zweimal dachte er schon, dort draußen, weit vor der Ankunftshalle, rolle ihr Zug heran, und das Herz begann ihm noch härter gegen die Brust zu schlagen. Doch dann wurde der Zug immer langsamer und wechselte auf ein anderes Gleis. Der Rauch sammelte sich unter dem Glasdach, das die Halle überspannte und auf luftigen Eisenträgern ruhte. Er war auch schon einmal zu dem uniformierten Beamten am Gleisende gelaufen, um sich zu vergewissern, dass der Zug nicht auf ein anderes Gleis verlegt worden war. Die Vorstellung, wie sie an einem anderen Bahnsteig auf ihn wartete, während er es nicht einmal bemerkte, trieb ihm den Schweiß auf die Stirn.

Wieder tauchte weit draußen eine schwarze Lokomotive aus dem dicken grauen Nebel, den sie vor sich herschob. Pauls Herz hämmerte sich auf den Rhythmus des Dampfes ein, den sie ausstieß. Würde die Lokomotive wieder auf ein anderes Gleis ausweichen oder doch endlich den Weg zu seinem

Bahnsteig einschlagen? Sie tat es, kam direkt auf ihn zu. Die Maus streckte ihre Nase in den Luftzug. Der Geruch von Hunderten oder Tausenden Tonnen Stahl und Eisen füllte die Luft und machte dem Tierchen Beine. Es verschwand in einem Hohlraum unter der Schwelle, bevor das Monster nun sehr langsam darüber hinwegrollte. Paul zupfte am Saum seiner Weste, die doch etwas knapp saß, lockerte den Knoten seines Krawattenschals und hoffte, dass der Modeausstatter auf dem Boulevard Saint-Michel ihn richtig beraten hatte.

Der Zug kam schnaufend zum Stehen, und die Türen öffneten sich. Er sah jemanden winken. Jemanden mit einem asymmetrischen Hütchen, das eine ganze Seite leuchtend rotes Haar unbedeckt ließ. Lotte! Sie war es wirklich und leibhaftig. Er hob ihren Koffer auf den Bahnsteig und half ihr beim Aussteigen. Dann endlich flog sie in seine Arme. Als er Lotte so nah bei sich spürte, hörte auch sein Herz endlich auf mit diesem sch-t-sch-t-sch-t des Taktes der Lokomotiven und fand einen neuen, gemeinsamen Rhythmus. Paul zog einen schmalen Goldring aus der Tasche und steckte ihn Lotte an den Finger.

»Was hat das zu bedeuten?«, fragte Lotte.

»Nichts«, beeilte sich Paul zu erklären. »Ich habe ihn beim Trödler erstanden. Bin ich froh, dass er passt. Schau, ich trage auch so einen.« Was für eine blöde Idee, den Ring jetzt gleich auszupacken. »Jemand hat mir dazu geraten, dass wir Ringe tragen sollten. Sonst glaubt uns keiner, dass wir verheiratet sind. Und was soll dann der Concierge des Hotel de Fleurie am Boulevard Saint-Michel denken, wo ich ein Zimmer für Madame et Monsieur Randlkofer reserviert habe?«

Lottes Wangen röteten sich. »Und ich werde nie jemandem erzählen können, dass ich für einen Moment glaubte, du machst mir am Pariser Bahnhof einen Heiratsantrag, während du mir in Wirklichkeit den Ring vom Trödler nur zur Tarnung an den Finger gesteckt hast.«

Paul drückte sie an sich. »Ich bin so glücklich, dass du gekommen bist.«

Der Bahnsteig begann sich zu leeren. Lotte hakte sich bei Paul unter, er nahm ihren Koffer, und gemeinsam gingen sie zum Ausgang.

»Hättest du Ja gesagt?«, fragte Paul, als sie auf die Rue de Strasbourg traten und die Sonne sie fast blendete.

»Jetzt gleich, auf der Stelle?«, fragte Lotte.

»Überhaupt«, sagte Paul.

»Das sage ich dir dann, wenn du mit einem Ring vom Juwelier kommst«, antwortete sie.

Paul grinste. Das war seine Lotte, und dafür liebte er sie.

»Was möchtest du zuerst sehen: den Eiffelturm, Notre-Dame, den Pont Neuf, die neuen Markthallen aus Eisen und Glas oder lieber doch die Galeries Lafayette, in denen es alles gibt, was Frauen sich wünschen?«

»Eigentlich möchte ich alles sehen, die Reihenfolge ist mir ganz egal«, sagte Lotte. »Du siehst übrigens aus wie aus dem Modejournal. Trägt man das in Paris so?« Sie befühlte nur den Stoff seiner Samtweste, aber es genügte, dass Paul dachte, ein Stromschlag habe ihn getroffen.

»Schau, unsere Kutsche, steig ein.« Er nannte dem Kutscher alle ihre Ziele, der nickte und zündete sich eine Zigarette an.

»Oui, oui, Monsieur«, antwortete er. »Tout Paris pour deux amoureux.«

Und als Paul es Lotte übersetzen wollte, sah er, dass sie grinste. »Das habe ich schon verstanden«, sagte sie. »Und jetzt endlich los. *Allez!*«

Der Kutscher zeigte ihnen alles, was Besucher an seiner Heimatstadt liebten, streute hier und da kurze Anekdoten ein, berichtete vom Streik der Eisenbahner, von einem Zusammenstoß zweier *Bateaux Mouches* auf der Seine, dem Bau der neuen Markthallen und dem Unglück, das irgendwem mit einer Wagenladung Melonen passiert war. Monsieur Moreau verdiente sich an diesem Tag fast einen ganzen Wochenlohn. Nach dem Abendessen lieferte er seine beiden Passagiere am Hotel de Fleurie ab. Rosa würde Augen machen, wenn er seine Spesenabrechnung bei ihr abgeben würde. Auf der Hotelrechnung würde natürlich nur sein eigener Name stehen: Paul Randlkofer, *commerçant allemand*. Gleich würde er nun seine Gattin am Portier vorbei zur Treppe in den ersten Stock geleiten. Die ganze Aufregung vom Beginn am Bahnhof kehrte urplötzlich zurück. Und der Schlüssel passte einfach nicht zur Tür von Zimmer zwölf. Da musste ein Irrtum vorliegen.

»Lass mich mal machen.« Lotte nahm Paul den Schlüssel aus den zitternden Händen, und die Tür sprang auf.

Was, dachte Paul, wenn Lotte das alles dumm findet, wenn sie auf jeden Fall getrennte Zimmer oder zumindest getrennte Betten erwartet hatte?

Lotte sah sich in dem kleinen Raum um. Die beiden Fensterbretter zum Boulevard hin hatte Paul abwechselnd mit roten Röschen und Trüffelpralinen aus Bayonne dekoriert. Auf dem Nachttisch standen zwei Himbeertörtchen in weißen Papierförmchen, und auf dem Bett lag ein Hutkoffer aus grünem Leder.

»Alles für mich?«, fragte Lotte.

»Ich wäre sehr glücklich, wenn du mir eines der beiden Törtchen überlassen könntest.«

»Was hast du vor, Paul?«, fragte Lotte.

»Nichts, was du nicht auch willst.«

»Soll das hier etwa ein Angriff auf meine Jungfräulichkeit werden, Paul?« Lotte sah ihm ganz tief in die Augen.

»Nein, aber vielleicht auf deine Perle«, antwortete Paul.

»Meine was?« Lotte legte ihre Hand vor den Mund.

Paul wusste nicht, ob aus Scham oder weil sie alles schrecklich albern fand. Würde er es wirklich wagen, hier, heute, das zu tun, wovon er so lange schon träumte? Würde er Lotte fragen, ob sie je von Granvilles Hammer gehört hatte, und ihr, falls nicht, erzählen, wozu er gut war? Er wusste nicht, wohin mit seinen Händen, seinem Mund, doch glücklicherweise wusste Lotte es. Sie suchte mit ihren Lippen nach seinen und fand sie.

»Nein, nein, so ein Unglück!« Die arme Frau Egersdörfer war ganz aufgelöst. Vor dem Juweliergeschäft stand ein Gendarm der Königlichen Schutzmannschaft in Uniform. »Was wird denn jetzt mit unserem Geschäft?« Sie zog die Nase hoch, was Therese bei ihr noch nie erlebt hatte. Aber seit sie in der Dienerstraße lebte, hatte es auch noch nie einen Überfall auf das Geschäft ihrer Nachbarn gegeben. »Wie schnell so eine Scheibe eingeschlagen und die ganze Auslage ausgeräumt ist«, jammerte Frau Egersdörfer.

Die Diebe hatten alle Schmuckstücke, jede noch so preiswerte Taschenuhr eingepackt und nichts zurückgelassen. Herr Egersdörfer war damit beschäftigt, alles, was sich noch im Laden befand, in den Tresor zu schaffen.

»Diese Dreistigkeit!«, jammerte die Frau des Juweliers. »Die Gauner müssen auf Fahrrädern unterwegs gewesen sein. Wir schlafen ja direkt über dem Geschäft, zur Straße hin. Ich habe das Klirren der Scheibe gehört, und danach keine Kutsche, keine Pferdehufe, nicht einmal Schritte in der Gasse. Und auf dem neuen Asphalt hört man ja genau, was sich da bewegt. Lauter, als auf dem alten Holzpflaster. Ich habe einen ganz leichten Schlaf, wissen Sie. Aber da war nichts, also können sie nur mit einem Fahrrad weggefahren sein.«

»Haben Sie denn nicht gleich Ihren Mann aufgeweckt, als die Scheibe geklirrt hat?«, fragte Therese.

»Ich war mir doch nicht sicher. Erst hab ich gedacht, dass ich es vielleicht nur geträumt habe.« Sie zog wieder die Nase hoch. »Entschuldigen Sie.«

»Aber ich bitte Sie, Frau Egersdörfer, das wirft einen doch ganz aus der Bahn, so eine Sache.«

Ihre Nachbarin nickte. »Vielleicht ist das ja ein Zeichen. Vielleicht sollten wir endlich darüber nachdenken, das Geschäft zu verkaufen und aus der Stadt wegzuziehen.«

»Verkaufen« war ein Wort, bei dem es bei Therese klingelte. Wenn sie ehrlich war, war das sogar ihr erster Gedanke gewesen, als sie beim Aufsperren des Geschäfts am Morgen den Gendarmen vor dem Juwelier bemerkt hatte. Gerade erschien ihr Lehrling an der Tür, um zwei Tassen Kaffee mit etwas Schokolade vorbeizubringen.

Frau Egersdörfer war ganz gerührt. »Das wäre doch nicht nötig gewesen, Frau Randlkofer. Aber es ist sehr nett von Ihnen. Rudolf«, rief sie nach hinten, »Rudolf, komm doch. Es gibt frischen Kaffee vom Dallmayr.«

»Wenn ich Ihnen irgendwie unter die Arme greifen kann«, sagte Therese. »Also, ich meine, wenn Sie eine akute Not haben.«

»Ich weiß noch nicht einmal ganz genau, was weggekommen ist. Da muss ich erst den aktuellen Bestand mit meiner Inventarliste abgleichen. Aber als Erstes muss ich die Scheibe reparieren lassen und alles wegräumen, was irgendwie von Wert ist. Stellen Sie sich vor, diese Banditen kommen noch einmal zurück und bedienen sich ein zweites Mal.« Herr Egersdörfer war ziemlich durcheinander. Was sich in der vergangenen Nacht hier abgespielt hatte, war der Albtraum jedes Ladenbesitzers. »Seit Jahren denken wir ans Aufhören und machen doch immer weiter.«

Therese musste sich zusammennehmen, um nicht auf der

Stelle einzuhaken. Angesichts der Lage der beiden kam ihr das kalt und herzlos vor. Sie pflegte immer schon eine gute Nachbarschaft, besonders seit dem Umbau und der Erweiterung. Und das war nun auch schon sechs Jahre her. Nachbarschaft hatte bei Geschäftsleuten immer etwas mit Konkurrenz zu tun, da musste man sich nichts vormachen. Wer von den beiden Läden in der Dienerstraße der erfolgreichere war, lag auf der Hand. Therese hatte ihren Traum vom Expandieren nie aufgegeben. Auf dem Modell, das in ihrem Sekretär eingeschlossen war, gab es längst keinen Juwelier Egersdörfer mehr.

»Ich könnte Ihnen mit einem kurzfristigen Darlehen aushelfen«, bot Therese an. »Natürlich zinslos. Sie zahlen es zurück, sobald der Schaden behoben ist und das Geschäft normal weiterläuft. Sie können sich auch ruhig Zeit lassen und müssen nicht den ganzen Betrag auf einmal leisten.«

»Das ist sehr großzügig, und wir wissen es durchaus zu schätzen«, antwortete Herr Egersdörfer. »Aber wir müssen das alles erst einmal verdauen. Es war ja doch ein ziemlicher Schock. Wir werden uns schon wieder aufrappeln. Unkraut vergeht nicht, heißt es doch. Auch wenn wir beide nicht mehr die Jüngsten sind.«

»Jetzt hören Sie aber auf, Herr Egersdörfer, Sie sind doch auch nicht viel älter als ich«, schmeichelte Therese, obwohl sie ihrem Nachbarn erst kürzlich zum siebenundsechzigsten Geburtstag gratuliert hatte.

Egersdörfer winkte ab. »Bis zu meinem Siebzigsten möchte ich noch in meinem Geschäft stehen und in meine Pensionskasse einbezahlen. Und das wird auch nötig sein. Aber wir sind halt keine Hoflieferanten wie Sie, Frau Randlkofer. Bei uns kaufen keine Könige und Prinzen, sondern die ganz normale Kundschaft, die einmal im Leben Eheringe bestellt, eine silberne Kommunionskette oder etwas für die goldene Hochzeit. Und dann schlagen solche Hirschen einem die Scheibe ein und nehmen die gesamte Nachtauslage mit. Jetzt muss ich im Laden übernachten, weil das Schaufenster hin ist. Der Glaser wird schon ein paar Tage brauchen, bis das alles repariert und dann wieder eingeräumt ist.«

»Für so eine Aufregung«, bemerkte Frau Egersdörfer, die der Schokolade nicht hatte widerstehen können, »sind wir doch eigentlich zu alt. Vielleicht ist das ein Zeichen, dass wir ans Aufhören denken sollten.«

»Einen Interessenten für unser Geschäft und das Haus gibt es sowieso schon länger«, sagte Herr Egersdörfer beiläufig.

»So?« Therese schnappte nach Luft. Da würde ihr doch nicht irgendein wildfremder Mensch zuvorkommen, wo sie sich schon Jahre bemühte, ihren Fuß in der Tür zu Juwelier Egersdörfer zu behalten. »Ist es jemand, den ich kenne? Der Herr Posamentenmacher Beck vorne am Rathauseck vielleicht? Oder ein anderer Nachbar?«

»Nicht direkt«, antwortete Egersdörfer, »aber ein Münchner Geschäftsmann. Und die Vereinsbank hat auch schon einmal angeklopft.«

Bei der Kombination Münchner Geschäftsmann und Vereinsbank spürte Therese auf der Stelle ein Kribbeln in der Magengegend. Hatte ihr Schwager Max da seine Finger im Spiel? Die Egersdörfers wussten ganz genau, dass sie seit Jahren an dem Haus interessiert war und die beiden Herrschaften sicher nicht über den Tisch ziehen würde. Was hatte das zu bedeuten? Preistreiberei?

»Wir verkaufen natürlich viel lieber an Sie, liebe Frau Randlkofer. Aber wir müssen uns auch nach der Decke strecken. Im Umland von München steigen die Grundstückspreise jetzt so stark an, das kann man fast schon Wucher nennen.«

Therese versuchte, sich zu beruhigen und nachzudenken, welche Reaktion jetzt die zielführende und trotzdem freundliche wäre. So viel Interesse zu heucheln und nachzufragen, ob die

Eheleute denn schon ein Objekt in Aussicht hätten, brachte sie einfach nicht über sich. Deshalb erhob sie sich betont langsam, wiederholte noch einmal ihr Angebot eines Darlehens und verabschiedete sich dann so freundlich wie möglich.

Sie gab im Geschäft kurz Bescheid, dass sie sich die Beine vertreten und vielleicht noch im Schneiderbräu vorbeischauen würde. Ihr wäre heute so nach einem zweiten Frühstück mit frischen Weißwürsten.

»Ist irgendwas passiert?«, fragte Korbinian besorgt. »Die Galle vielleicht?« Solche Anwandlungen kannte er von seiner Chefin nur in Zeiten großer Anspannung.

»Ich brauche jetzt einfach eine kleine Stärkung«, war alles, was Therese ihm dazu erklärte.

Sie holte sich Hut und Mantel und verließ das Haus. Im Spiegel hatte sie gesehen, dass ihr Gesicht doch gar nicht so gelb war, wie sie geglaubt hatte. Sie nahm den Umweg über den Alten Hof, um nicht noch einmal am Schaufenster des Juweliers vorbeilaufen zu müssen, vor dem der Gendarm postiert war. Ein Spaziergang würde ihr nicht schaden. Sie lief hinunter zum Platzl und in einer Schleife über die Ledererstraße ins Tal. Im Schneiderbräu wählte sie einen Platz am Fenster, wie die Touristen, die beim Beobachten der Passanten gern ihre Studien über die Urmünchner anstellten. Nachdem sie ein Paar Weißwürste und eine frische Breze gegessen hatte, entspannte Therese sich allmählich, wozu auch der halbe Liter dunkles Weißbier beitrug, den sie sich gönnte. Sie wollte jetzt nicht länger an das Ehepaar Egersdörfer denken, auch nicht an den ominösen Geschäftsmann oder gar die Vereinsbank. Panik war ein ganz schlechter Ratgeber. Sie hatte sich diesen Menschen gegenüber immer anständig benommen. Sie wussten, dass Therese ihr Haus sofort kaufen würde, wenn sie ihr Geschäft eines Tages aufgeben würden. Wenn das nichts half und sie sich aus finanziellen oder anderen Gründen gegen sie entschieden, musste sie mit der Entscheidung leben. »Eine Tür, die du mit der Brechstange aufmachst, geht hinterher nicht mehr zu«, hatte Anton gesagt. Dann lieber abwarten, noch war ja nichts entschieden. Und in Bezug auf ihren Schwager hörte sie vielleicht wirklich das Gras wachsen. Schluss jetzt mit diesen schlechten Gedanken.

»Bring mir noch eine Tasse Kaffee, Zenzl«, rief sie der Kellnerin nach, die gerade vorbeilief. »Aber von dem guten, dem, den ihr selber trinkt. Nicht den für die Touristen, ja?«

»Unsere Gäste kriegen allesamt nur das Allerbeste«, konterte Zenzl und zwinkerte ihr zu. »Einmal Kaffee spezial für die Frau Dallmayr«, rief sie durch die Durchreiche in die Küche.

Beim Kaffee erinnerte sich Therese an den Tag, an dem sie mit ihrem Freund Michael von Poschinger hier im Schneiderbräu gesessen hatte. Davor waren sie auf die Idee verfallen, zusammen den Turm des Alten Peter zu besteigen, wie zwei Verliebte. Sie hatte länger nichts von Michael gehört und nahm sich fest vor, ihn bald einmal anzurufen oder besser noch zu besuchen. Die letzten Male, als er nach München und zu ihr ins Geschäft gekommen war, hatte er immer ein wenig niedergeschlagen gewirkt. Ich sollte mich vielleicht mehr um ihn kümmern, dachte sie. So viele Freunde habe ich nicht, und er ist mir von allen der wichtigste.

»War der Kaffee recht so?«, fragte die Kellnerin beim Bezahlen.

»Alles war recht, Zenzl, ich dank dir. Jetzt bin ich wieder ein ganzer Mensch.«

»Unser Weißwurstfrühstück hat noch aus jedem einen Menschen gemacht«, behauptete die Kellnerin.

Lieber Vetter Johann!

Marie hatte sich während der Mittagsruhe ihrer Mutter zwei Blätter Briefpapier und einen Umschlag aus dem Büro organisiert. *Hotel Krüger – Lindau, Bodensee* stand in geschwungener Schrift auf dem Briefkopf. Marie gab sich Mühe, ebenso schön gleichmäßig nach rechts geneigt zu schreiben, aber es gelang ihr nicht. Wie immer, wenn sie sich konzentrierte, kam ihre Zungenspitze zwischen den Lippen hervor. Schließlich bat sie Frau Hilber, die das Frühstück in der Küche vorbereitete, ihr zu helfen.

Ich bin Marie, dein Bäsle, schrieb sie ab, was Frau Hilber vorgeschrieben hatte, *und wohne auf einer Insel im Bodensee. Es wäre ganz arg schön, wenn du mich einmal hier in Lindau besuchen kämst. Dann könnte ich dir die ganze Insel und den See zeigen. Lindau ist nicht groß, aber der See schon. So groß, dass man nicht einmal bis zur anderen Seite sieht.*

Vor Kurzem war Onkel Paul bei uns zu Besuch. Ich würde dich so schrecklich gern kennenlernen, dich und meine Onkel und Tanten in München. Auch meine Großtante Therese. Meine Mutter sagt zwar, dass sie streng und gar nicht nett ist, aber ich glaube ihr nicht. Und selbst, wenn sie doch nicht nett ist, möchte ich sie trotzdem kennenlernen, weil ich überhaupt keine andere Großtante habe. Lieber habe ich nämlich eine nicht nette als gar keine. Ich bin ganz allein. Nicht einmal eine kleine Schwester habe ich, so wie du.

Die erste Seite hatte Marie schon vollgeschrieben. Ihre Zeilen fielen alle zu einer Seite hinunter wie in ein Loch. Mehrmals hatte sie sich verschrieben, und am Seitenende hatte sich ein hässlicher Tintenfleck ins Papier hineingesaugt, der immer größer wurde. Sie legte das erste Blatt zur Seite und nahm das zweite.

Hast du viele Freunde in der Schule? Ich habe eine Freundin, die Hedi, aber sie ist nicht mehr meine beste Freundin. Am liebsten bin ich draußen am Hafen, wo die Schiffe abfahren. Ich kann auch gut schwimmen. Hast du auch schon schwimmen gelernt? Ich möchte dich so gerne einmal in München besuchen, aber meine Mutter will das nicht.

Jetzt wusste Marie, warum ihre Zeilen so schief geworden waren. Sie hatte vergessen, das Zeilenblatt unterzulegen. Sie schrieb schnell noch *Deine Base Marie* darunter, blies einmal auf die zwei Seiten, faltete sie und steckte sie in den Umschlag. Dann schrieb sie *An Vetter Johann, Dallmeier, München* auf das Couvert, schleckte die Gummierung mit der Zunge ab und klebte es zu. Aus ihrer Spardose hatte sie ein paar Pfennige herausgeschüttelt. Sie steckte alles ein, horchte an der Tür zum Schlafzimmer der Eltern und lief, als alles ruhig war, zur Post.

Der Postbeamte betrachtete den Umschlag und meinte, das sei keine richtige Adresse, denn da fehle der Straßenname. Und den Namen Dallmeier gebe es in der Großstadt München bestimmt mehr als einmal.

»Nein«, widersprach Marie, »den Dallmeier gibt es nur einmal. Das ist ein großes Geschäft mit lauter feinen Sachen. Mein Onkel hat sogar an den Kaiser nach Donaueschingen etwas von Dallmeier geliefert. Mit der Eisenbahn.«

»An den Kaiser? Denkst du dir das auch nicht aus, Fräulein?« Marie schüttelte den Kopf. »Dallmeier, Dallmeier. Warte, ich frage mal meinen Kollegen, ob der schon davon gehört hat.«

»Dallmayr?«, rief einer, der lange, dünne, dicke, weiße, braune und hellblaue Umschläge aus einem Haufen auf dem Tisch vor sich in die offenen Fächer eines Regals einsortierte. Ein rosafarbener war auch dabei. »Das habe ich doch in der Zeitung gelesen, dass die aus München an den Fürstenhof geliefert haben, als der Kaiser da war. Delikatessen. Die haben bestimmt eine Telegrammadresse. Ich frage mal nebenan im Telegrafenamt. Moment.« Das schien dem ersten Beamten nun gar nicht recht, dass der Kollege seinen Platz verließ wegen des kleinen Fräuleins.

»Wo gehörst du überhaupt hin?«, fragte er.

»Ins Hotel Krüger am Hafen. Ich bin die Marie Krüger.«

Der Kollege kam zurück und wusste jetzt, dass Dallmayr sich mit ay schrieb und das Geschäft in der Dienerstraße lag. Der Beamte besserte das aus und schrieb die Straße dazu. Dann klebte er die Marke auf, packte den Holzgriff seines schweren Stempels und ließ ihn auf den Brief sausen. Marie zählte zehn Pfennige aus der Rocktasche und sah zu, wie ihr Brief in einen großen Postsack segelte.

»Der fährt heute noch mit der Bahn nach München«, sagte der Beamte und zupfte seine Ärmelschoner über die Ellbogen. Am liebsten wäre Marie gleich mitgefahren und hätte den Brief persönlich zu diesem Dallmayr gebracht, in dem es nur ganz feine und ganz bunt verpackte Sachen gab, sonst hätte ja der Kaiser nicht dort eingekauft.

1907

Nach einem Winter mit starkem Frost, eisigen Temperaturen und so vielen Schneefällen wie schon lange nicht mehr war die Karwoche unerwartet sonnig und fast frühlingswarm. In der Woche nach Ostern hob Therese ihr ganzes Guthaben aus den Erlösen der Tee- und Zigarrenkisten ab und schritt zur lang geplanten Tat. Am Samstagmorgen – es war der 6. April 1907 – erwartete sie ihren Freund Michael von Poschinger auf dem Goldachhof. Ihren Kindern hatte sie nur gesagt, dass es am Sonntag eine Messe im Gedenken an Antons zehnten Todestag geben würde, zu der die ganze Familie zusammenkommen würde. Dass der Gedenkgottesdienst für ihren Mann nicht an Antons Todestag gefeiert wurde, sondern Therese damit warten wollte, bis der Bodenfrost vorbei war, hatte den Priester zunächst irritiert. Doch wer für die Seelenmesse bezahlte und noch eine großzügige Spende für die Renovierung der Pfarrkirche drauflegte, der bestimmte auch den Zeitpunkt und den Anlass.

Therese war ganz aufgekratzt an diesem Samstagmorgen. Sie hatte ungewöhnlich lang vor dem Spiegel gestanden und schließlich für den Anlass ein taubenblaues Seidentuch mit feinem Paisleymuster zur weißen Bluse gewählt. Es ließ ihre Augen eher blau als grau erscheinen und ihre Haare dunkler, als sie tatsächlich waren. Offenbar war sie die Erste, die auf dem Hof unterwegs war, nur in der Küche bereitete das Dienstmädchen schon das Frühstück und für den Vormittag eine Brotzeit für ein halbes Dutzend Arbeiter vor, die auf den Hof kommen würden. Sie trat rechtzeitig vom Hof hinaus auf die Zufahrtstraße, um die Kolonne der Pferdewagen ankommen zu sehen. Es waren vier oder fünf, und Therese ging ihnen ein Stück entgegen. Auf Höhe der Kapelle kam der erste Wagen bei ihr an. Seine Ladefläche war voll mit Baumsetzlingen. Sie waren schon gute zwei Meter hoch und hatten schön gerade gewachsene Stämme. Die Kronen fielen von der Form ganz unterschiedlich aus. Jeder Baum war schon fast eine eigene Persönlichkeit. Es machte Therese so glücklich, diese lebendige grüne Fracht zu betrachten und zu sehen, wie der Vorarbeiter mit einer Schnur und Messlatte die Abstände absteckte, während die Arbeiter anfingen, die Pflanzlöcher zu graben. Als das erste Bäumchen gleich hinter der Brücke eingepflanzt und mit dem Wasser aus der Goldach angegossen wurde, nahm eine Idee in Therese Gestalt an, die sie schon länger mit sich herumtrug.

Vom Ende der Straße näherte sich ein Einspänner. Auf dem Kutschbock saß Michael von Poschinger und winkte ihr schon von Weitem zu. Der ehemalige Schlossherr von Ismaning sah sich verwundert um.

»Ich habe zwar ein Schloss in Ismaning besessen«, sagte er beim Absteigen, »aber nie eine richtige Allee. Und kaum wirst du Gutsherrin, lässt du dir natürlich sofort eine Allee anlegen«, sagte er und gab ihr die Hand. »Es wird aber noch ein paar Jahre dauern, bis die Bäume richtig Schatten geben. Was sind es denn für welche?«

»Bergahorn«, antwortete Therese, »Antons Lieblingsbäume.«

»Bergahorn im Moos? Bist du dir sicher, dass sie mit dem Boden zurechtkommen?«

»Ganz sicher. Ich habe das alles mit dem Gärtner ausführlich besprochen. Er ist genauso optimistisch wie ich. Das werden stattliche Bäume mit großen Kronen, wirst sehen.«

»Ja, aber ich befürchte, wenn sie einmal so weit sind, werde ich sie mir von unter der Erde aus ansehen müssen«, sagte Poschinger, »und von dort wird mir dann alles riesig vorkommen, besonders die Regenwürmer.«

Therese mochte es nicht, wenn ihr Freund so redete. Sie wollte ihn doch noch ganz lange behalten. Die Arbeiter schlugen jetzt neben dem ersten Stamm Pfähle ein, drei Stück im Dreieck, und banden den Stamm mit einem Strick daran fest, damit er möglichst gerade wachsen würde.

»Ich habe mich schon gefragt, was du wohl in aller Frühe hier ausheckst«, sagte Poschinger. »Wissen deine Kinder davon?«

Therese schüttelte den Kopf. »Das wird eine Überraschung.«

»Bestimmt eine schöne«, sagte Poschinger. Dem Ton nach hätte es auch ironisch gemeint sein können. »Aber wenn ich jetzt zuschauen muss, bis die ganze Landstraße einen Kilometer rauf und dann runter bepflanzt ist, dann beanspruche ich einen Kaffee und ein schattiges Plätzchen zum Sitzen. Deine Ahornbäume sind ja noch nicht ganz so weit, befürchte ich.«

Therese fand, dass ihr Freund ein bisschen abgespannt und müde wirkte, als sei er nicht ganz auf der Höhe. »Die Köchin soll uns gleich Kaffee machen, und eigentlich hat sie am Wochenende immer frisches Gebäck im Backrohr.«

Sie ließen sich von einem Knecht einen kleinen Tisch und zwei Stühle zur Kapelle stellen, unter die mächtige Linde, die hier schon seit vielen Jahrzehnten stand, tranken Kaffee und aßen warmen Apfelstrudel dazu.

»Weißt du, was zwei B/KT bedeutet?«, wollte Poschinger plötzlich von Therese wissen und grinste.

»Keine Ahnung, ich sorge für gutes Essen und nicht für neue Formeln, wie der Herr Albert Einstein. Vielleicht solltest du besser ihn fragen.«

»Der Herr Einstein und seine Physiker-Kollegen haben mit dieser Formel nichts zu tun. Die gilt nämlich nur hier am Goldachhof.«

»Ach so. Also, dann bitte ich um eine Auflösung.«

»Ich habe beobachtet, dass die Arbeiter sehr flink arbeiten und zwei Bäume gepflanzt haben, während ich eine einzige Tasse Kaffee getrunken habe. Der Kaffee war im Übrigen vorzüglich.«

»Ja und?« Therese verstand immer noch nichts.

»Ausgeschrieben oder gesprochen heißt meine Formel: zwei Bäume pro Kaffeetasse.« Poschinger freute sich wie ein Kind über seinen Scherz.

»Ach so, jetzt verstehe ich. Aber du hättest doch auch einfach sagen können, dass deine Kaffeetasse leer ist, und du gern noch einen trinken würdest. Die Köchin wird uns bestimmt gleich eine frische Tasse bringen. Noch ein Stück Apfelstrudel dazu?«

»Ich bin so frei«, antwortete Poschinger.

Ausmessen, ausheben, pflanzen, wässern, festbinden. Die Arbeitskolonne schritt Meter für Meter voran. Die öde, schnurgerade Piste durch die ebene Landschaft mit den schwarzen Böden und den Gräben und Wasserlöchern, um die gelbes Röhricht sich sanft im Wind bewegte, bekam allmählich ein Gesicht und wurde eine Allee. Plötzlich hörten sie den eigentlich friedlichen und besonnenen Hans Metzger, ihren »Hof-Maler«, wie einen Rohrspatz fluchen.

»Ja, Sakrament …«, rief er, als hätte ihn gerade einer aus dem Hinterhalt angefallen.

»Hans, was ist Ihnen denn über die Leber gelaufen? So kenne ich Sie ja gar nicht«, rief Therese.

»Die Finger habe ich mir beim Aufstellen der verdammten alten Staffelei eingezwickt. Das ist mir noch nie passiert, obwohl ich mir schon mit allem Möglichen alles Mögliche eingezwickt habe.«

Therese und ihr Freund Poschinger grinsten schadenfroh und sahen ihm zu, wie er sich allmählich wieder beruhigte und seine Staffelei auf der Brücke aufstellte. Sie konnten von ihrem Platz aus zuschauen, wie das allererste Aquarell der noch jungen Ahornallee entstand. Über der flachen Landschaft lag ein zartblauer Himmel mit ein paar dünnen Wolkenschleiern. Die dominierende Farbe auf dem Bild war das kräftige Moosgrün der Baumkronen. Der Maler hatte beim Farbton ein wenig nachgeholfen und ihn etwas dunkler gewählt, als er jetzt, im beginnenden Frühling, noch war. Das Bild war wie eine kleine Prophezeiung von Leben, Kraft und Zukunft. Als der Entwurf stand, machte Metzger noch eine Bleistiftskizze von Therese und ihrem Freund Poschinger, wie sie vor der Kapelle saßen und ihren Kaffee tranken.

»Schau, jetzt kriegen wir auch noch ein Bild von uns beiden«, sagte Therese. »Das erste, oder?«

»Vielleicht zeichnet er auch nur die Kapelle und lässt uns zwei weg. Junge Bäume und ältere Leute, das passt ja gar nicht zusammen.«

»Freilich passt das zusammen«, widersprach Therese. »So ist es doch im Leben. Einen Baum pflanzt man nicht in der Hoffnung, dass man selber älter wird als er, sondern umgekehrt. Das Bäumchen soll mit unseren Kindern mitwachsen und groß sein, wenn wir einmal nicht mehr sind.«

»Dann haben wir uns ja genau den richtigen Sitzplatz hier vor der Kapelle ausgesucht«, sagte Poschinger.

»So weit sind wir aber noch nicht. Etwas Zeit bleibt uns schon. Sei bitte nicht so düster, sonst mache ich mir Sorgen um dich«, sagte Therese. »Bist du eigentlich noch im Aufsichtsrat der Vereinsbank?«

Poschinger nickte. »Wieso fragst du?«

»Dann willst du jetzt mein neuer Nachbar in der Dienerstraße werden?« So hatte es der Juwelier Egersdörfer ihr gegenüber ja angedeutet.

Poschinger überlegte. »Ach so, von daher weht der Wind. Das Egersdörfer-Haus meinst du, den Juwelier bei dir nebenan?«

Therese nickte.

»Tja, der Platz ist knapp in der Innenstadt. Das weißt du ja selbst. Vor allem Geschäftsleute suchen nach guten Immobilien in der Altstadt. Und davon gibt es gar nicht so viele, wie man verkaufen könnte. Da schickt die Vereinsbank freilich ihre Pfadfinder aus, wenn irgendwo etwas zum Verkauf anstehen könnte. Die Dienerstraße ist eine hervorragende Geschäftsadresse. Ein Filetstück, so nahe am Marienplatz und am Neuen Rathaus.« Poschinger sah Therese an, aber sie sagte nichts, betrachtete still, wie ihre Allee wuchs und wuchs. Er räusperte sich.

»Ja, wie jetzt, ist dir das vielleicht nicht recht?«

Poschinger pfiff durch die Schneidezähne. »Ach, jetzt verstehe ich! Du bist selbst an dem Haus interessiert! Ja, Himmel noch mal, woher soll ich denn das wissen? Du hast mir ja nie etwas davon gesagt.«

Therese kostete seine Überraschung noch etwas aus.

»Du glaubst doch nicht, dass ich dir das Haus vor der Nase wegschnappe oder an einen Kunden vermittle, wenn du ein Auge darauf geworfen hast. Also, Therese, wie lange kennen wir uns jetzt schon? Ich hab gedacht, wir sind Freunde. Traust du mir so etwas wirklich zu? Du hast mir gar nicht gesagt, dass du Expansionspläne hast.«

»Wer hat schon wieder Expansionspläne?« Plötzlich stand Hermann hinter ihnen, und Johann zerrte an seiner Hand, weil er unbedingt zu den Bäumen in der Allee schauen wollte. »Lauf nur zu, Johann, ich komme gleich nach. Aber pass auf, dass du den Arbeitern nicht im Weg stehst.«

»Wie viele Bäume sind das, Oma?«

»Ich hab sie nicht gezählt, Bub. Frag doch mal den Vorarbeiter oder den Herrn Kreitmaier selbst. Er ist der Chef und müsste es eigentlich wissen.«

»Ist heute also wieder einer deiner berühmten Überraschungstage, Mutter?«, fragte Hermann, als Johann losgelaufen war. »Schön ist so eine Allee ja schon, aber auch nicht ganz billig, oder? Sonst gäbe es ja sicher mehr davon. Vor allem, wenn man einen ganzen Kilometer bepflanzen lässt. Ich hab den Posten dafür in der Buchhaltung gar nicht gesehen.«

Poschinger fühlte sich in der plötzlich aggressiv aufgeladenen Stimmung nicht recht wohl. Therese sah es ihm an und legte ihre Hand beruhigend auf seine.

»Alles gut, Hermann, nur keine Aufregung«, sagte sie. »Wie du weißt, ist deine Mutter eine sparsame Frau. Manche nennen das geizig, das ist mir nicht verborgen geblieben. Bei mir kommt nichts weg, auch keine leere Teedose aus Blech. Und es wird auch keine Zigarrenkiste im Ofen verbrannt. Ich sammle dieses Kleinzeug, das andere Abfall nennen, schon seit zehn Jahren und lasse es zu den Altwarenhändlern bringen. Und jetzt verwandelt sich der Abfall eben, Simsalabim, in eine Ahornallee. Und taucht in der laufenden Buchhaltung nicht auf.«

Hermann starrte seine Mutter an, als müsste er im Kopf überschlagen, ob das wirklich so sein konnte. Wie viel mochte sie jährlich beim Altwarenhändler bekommen haben für die Kisten aus dem Geschäft?

»Dann kann man ja mit Fug und Recht von einer Kisterlallee sprechen«, warf Poschinger ein und versuchte, die Anspannung zwischen Hermann und Therese zu lösen.

Hermann wischte mit einer Handbewegung die Sache mit der Allee fort, die also kein Loch in den laufenden Haushalt gerissen hatte, und kam zum Anfang des Gesprächs zurück.

»Also, Mutter, wo expandieren wir denn schon wieder?«

Wo hat mein Ältester nur dieses hitzige Temperament her?,

fragte Therese sich. Eigentlich war er doch tüchtig, verlässlich und lammfromm, seinen Kindern ein vorbildlicher und geduldiger Vater. Aber manchmal, wenn ihn der Hafer stach, flammte der Jähzorn in ihm auf. Die Alleingänge seiner Mutter waren solche Reizpunkte. Poschinger kannte diese Art von Hakeleien zwischen ihr und ihrem Ältesten bereits. Therese entschied sich pragmatisch dafür, die Suppe vom Herd zu nehmen, bevor sie überkochte. Auch wenn sie damit nicht ganz die Wahrheit sagte.

»Ach, die Sache ist ganz harmlos«, behauptete sie. »Der Herr Ex-Torfunternehmer von Poschinger hat ein bisschen geplaudert, wo in der Gegend noch ein paar Äcker dazuzukaufen wären und wer gerade Geld braucht und bereit wäre, etwas zu verkaufen. Er kennt doch seine Moosbauern und weiß, wo sie der Schuh drückt. Aber es ist noch nichts spruchreif, Hermann, wir unterhalten uns nur.«

»Darüber kann man sich auch mit mir unterhalten«, sagte Hermann. »Ich wäre hier nämlich der Betriebsleiter.«

»Freilich besprechen wir das, sobald etwas dabei ist, was für euch wirklich interessant sein könnte«, beschwichtigte Poschinger. »Wir klauben gerade noch die schlechten Kartoffeln aus dem Haufen und suchen nach den guten, sozusagen. Nicht wahr, Therese?« Auch Poschinger war bemüht, kein Öl ins Feuer zu gießen.

»Es wird keine Entscheidung über meinen Kopf hinweg getroffen«, stellte Hermann klar.

»Natürlich nicht«, sagte seine Mutter.

Er schien sich wieder zu beruhigen. »Ich muss jetzt schauen, dass Johann nichts anstellt.«

Die beiden blickten ihm nach, wie er zackig davonging.

»Danke«, sagte Therese in das Schweigen hinein.

»Wofür jetzt?« Poschinger sah sie an. Thereses Hand lag immer noch auf seiner, was sie noch mehr zu Verbündeten, wenn nicht zu Verschworenen machte. »Dass ich brav mitgelogen habe?«, fragte Poschinger. »Oder dass ich dir das Haus in der Dienerstraße nicht vor der Nase wegschnappen werde, jetzt, wo ich weiß, dass du es unbedingt haben willst?«

Therese grinste. »Beides, natürlich«, sagte sie und nahm die Hand fort von seiner.

»Dann musst du mir aber jetzt gestehen, was du vorhast in der Dienerstraße. Du willst schon wieder erweitern? Bist du denn schon so weit? Kaum hast du deine Schulden bei mir abbezahlt, geht's schon wieder weiter? Keine zehn Jahre hast du zum Tilgen des Darlehens gebraucht.«

»Eben«, sagte Therese. »Mir gehen allmählich die Schulden aus. Und das heißt, es wird Zeit für etwas Neues.«

»Du magst dich noch nicht ausruhen, was?« In Poschingers Blick lag ehrliche Bewunderung. »Woher nimmst du bloß diese Kraft? Darum beneide ich dich wirklich.«

»Das sagt der Richtige. Du bist doch auch dein Leben lang aktiv.«

»So ganz still und leise habe ich aber doch das Gefühl, dass meine Kräfte nachlassen, Therese. Ich fühl mich manchmal so leer. Als wär der Docht in der Kerze bald aufgebraucht.«

»Ach, Michael, es ist nicht jeder Tag gleich. Das ist bei jungen Leuten auch nicht anders.«

Poschinger schüttelte langsam den Kopf, griff sich in die Seite.

»Tut dir was weh?«, fragte Therese.

»Es geht schon«, antwortete er. »Ich muss in letzter Zeit öfter an meine Frau denken.« Poschinger strich sich über das immer noch kräftige, widerspenstige graue Haar. »Und über die Ehe mit ihr. Ich glaube, ich hätte mir mehr Mühe geben können all die Jahre, die wir Seite an Seite verbracht haben und doch nicht ... so vertraut waren, wie wir es sind, Therese.«

»Wir sind eben Freunde«, antwortete Therese. »Henriette war deine Frau.«

»Vielleicht habe ich es als zu selbstverständlich genommen. Als müsste ich nicht mehr dafür tun, als das, was alle tun: heiraten, Kinder kriegen, Häuser bauen, Betriebe führen, neuen Ideen nachlaufen, die ein oder andere kleine Liebschaft nebenher ...«

Dieses Geständnis konnte Therese kaum stören oder schockieren. Denn wenn sie ehrlich war, hatte sie in dem ein oder anderen Anflug von Einsamkeit auch schon einmal daran gedacht, dass sie selbst eine der Frauengeschichten von Michael Poschinger hätte werden können.

»Jetzt schau mich doch nicht so an«, missdeutete Poschinger ihr Schweigen, »ich spreche von früher. Mein Gott, ja, ich war auch kein Heiliger. Aber nicht mal das war es. Es sitzt noch viel tiefer. Wahrscheinlich haben wir einfach nie so wirklich zusammengepasst. Sie als Künstlerin, ich als Unternehmer, als Kapitalist. Ich hätte halt ...« Poschinger nahm Thereses Hände, und sie ließ es zu, sah ihn einfach nur an und streichelte ihm die Wange, wie sie es manchmal, ganz selten nur, tat. Sie hatte ihn sehr lieb. Er war ihr bester Freund, und es versetzte ihr einen Stich, wenn sie daran dachte, dass er vielleicht einmal nicht mehr da sein würde.

Während sie wie ein altes Ehepaar so dasaßen, kam Johann allein zurückgelaufen. Sein Vater stand noch beim Gärtner und ließ sich irgendetwas erklären.

»Na, geht es voran mit den Pflanzarbeiten?«, fragte Therese.

»Ja, Oma. Sie pflanzen auf der einen Straßenseite, der nach Ismaning, die Ahörner, und auf der anderen Seite die B-Hörner«, antwortete Johann ganz ernsthaft.

Therese und ihr Freund Poschinger sahen sich an und versuchten sich das Lachen zu verbeißen.

»Ich glaube, Bub, da haben dich die Arbeiter ein bisschen

verkohlt. Sie haben dir einen Bären aufgebunden. Weißt du, was das bedeutet?«

Johann presste die Lippen aufeinander und sah zu Boden. Er ärgerte sich über die blöden Männer, von denen er gedacht hatte, dass sie nett wären. »Wieso?«, fragte er.

»Weil es nur Ahornbäume gibt, keine A- und B-Hörner. Da haben sie sich einen Scherz erlaubt.«

»Hm.« Johann bohrte seine Schuhspitze in den Schotter. Er war sauer.

»Ist klar, dass dir die Sache stinkt«, sagte Therese, »aber ich hätte da eine Idee. Du gehst jetzt zu den Arbeitern zurück.«

Johann schüttelte den Kopf. Das wollte er auf keinen Fall.

»Doch, doch, pass auf, du gehst hin und sagst zu ihnen, dass das Fass Bier, das ich für die Brotzeit besorgt habe, leider zu warm geworden ist. Deshalb ist das Bier jetzt verdorben, und stattdessen gibt es nur Zitronenlimonade zu trinken. Du wirst sehen, wie ihnen die Gesichter lang werden. Enttäuscht werden sie sein. Und dann drehst du dich um und gehst wieder. Und wenn du zehn Schritte gegangen bist, genau zehn, mitzählen!, dann drehst du dich noch einmal um und rufst: April, April! Auch wenn heute schon der sechste ist. Und dass du ihnen nur die B-Hörner heimzahlen wolltest.«

Poschinger lachte. »Aber nur, wenn du dich traust«, sagte er. »Wenn du es machst, kriegst du ein Zehnerl.«

Johann überlegte. »Ein Zehnerl für mich und eines für die Johanna«, sagte er.

»Einverstanden!« Poschinger streckte die Hand aus, und Johann schlug ein. »Ein echter Randlkofer«, bemerkte Poschinger, als der Junge Richtung Allee davongehüpft war.

»Das will ich meinen«, antwortete Therese.

Wonach roch es hier eigentlich? Paul hielt die Nase in den Wind. Es schien aus dem Boden zu kommen, dem sandigen Fahrweg, auf dem die Räder seines Einspänners ihre Spur zogen. Oder aus der lauen Luft. Vom Wasser der Isar vielleicht oder aus den Auwäldern, die hellgrün leuchteten, als würden sie von weither angestrahlt werden. Er kam zu dem Schluss, dass es wohl von allem etwas sein musste und gerade das Zusammenspiel etwas ganz Besonderes ergab. Und endlich fiel ihm auch das richtige Wort dafür ein: Frühling. Natürlich war er auch in der Stadt zu bemerken, aber hier draußen spürte man ihn noch viel deutlicher. Man konnte ihn sogar riechen. Es war ein so eindeutiger, würziger, sinnlicher Duft, der Paul jetzt in Gedanken weit fortriss. Als säße er nicht auf seinem Kutschbock, sondern auf einem fliegenden Teppich, der ihn dorthin trug, wo er jetzt am liebsten gewesen wäre, bei Lotte. Meist hatte er eine Ahnung, wo sie sich gerade befand, wie lange sie arbeitete, was sie am Wochenende vorhatte, ja sogar, wann sie zur Schneiderin ging und welches Kleid sie sich gerade machen ließ. Sie musste es ihm in ihren Briefen oder am Telefon immer ganz genau beschreiben. Manchmal schickte er sie auch zum Fotografen, damit er ein Bild von ihr bekam in einem neuen Kleid, mit den blauen Spangenschuhen und dem passenden Samttäschchen, das er ihr dazu geschenkt hatte. Sie schenkten sich oft gegenseitig kleine Dinge, auch solche, die kein Geld kosteten. Jede gepresste Blume aus dem Wiesbadener Kurpark und jede Kastanie, die er für sie im Englischen Garten auflas, waren ein Zeichen für ihre große, leidenschaftliche Liebe. Paul dachte so oft an Paris und ihr kleines Liebesnest im Hotel de Fleurie auf dem Boulevard Saint-Michel. Es huschte ihm immer noch eine kleine Röte über das Gesicht, wenn er daran dachte, wie er die Maison A. Claverie am Tag vor ihrer Ankunft in Paris gesucht und mit wildem Herzklopfen gefunden hatte. Die Adresse, die er in einer Zeitungsannonce entdeckt hatte, wusste er immer noch auswendig: 234, Rue du Faubourg Saint-Martin. Er war zu Fuß hingegangen, und als er sie gefunden hatte, war er eine Weile auf und ab marschiert, hatte Schaufenster mit Miederwaren und Parapluies betrachtet, bis er sich kurz vor Ladenschluss – die Sonne war bereits hinter der gegenüberliegenden Häuserzeile verschwunden – traute, die Tür aufzustoßen. Ein Glöckchen bimmelte dezent, ein älterer Herr kam ohne Eile aus dem Hinterzimmer, und Paul war sich sicher, dass er ihm seinen Wunsch an den roten Ohren ablas, aber er sagte ganz neutral:

»Bonjour, Monsieur. Vous voulez?«

Seine Geschäftsmäßigkeit wirkte beruhigend auf Paul, und er fragte, ohne zu stottern: »Vous avez des Parisiens?«

»Bien sûre, Monsieur.«

Der Herr zog eine flache Schublade auf und da lagen sie: aufgerollte Gummischnecken, und darüber die entrollten Modelle in drei verschiedenen Größen, mit einer Seitennaht und einer etwas abgesetzten Spitze, dem »Réservoir«. Paul zeigte spontan auf die mittlere Größe.

»Combien vous en voulez?«

»Trois«, antwortete Paul.

Er hatte zwar gelesen, man könne sie mehrfach verwenden, doch er traute der Sache nicht. Er hatte ja noch keine Erfahrung, wie sie sich anfühlten, wenn sie gewaschen und getrocknet waren. Vielleicht musste man sie mit Öl geschmeidig halten. Ach, er wusste gar nichts, vor allem nicht, ob Lotte es vielleicht vollkommen unmoralisch fand oder sich viel zu sehr genierte. Manchmal glaubte er bei ihr auch etwas von dem Begehren zu spüren, das ihn selbst quälte und bedrängte. Aber sicher war er sich nicht. Was wusste er schon über Frauen und wie sie fühlten. Drei Stück zum Ausprobieren. In seiner Vorstellung war es schon so oft passiert, aber in echt? Er bezahlte.

»Au revoir, Monsieur, bonne soirée.«

Paul steckte die Schachtel ein, sie war nicht größer als ein Zigarettenetui, und trat hinaus auf den Faubourg Saint-Martin, der nun ganz im Schatten lag. Natürlich hatte er auch das vierte Modell ganz rechts außen gesehen, anscheinend eine Weiterentwicklung des Standardmodells. Es hatte am unteren Rand des Reservoirs einen angeklebten Stachelring aus Gummi und auf dem Warenschild stand »Le Parisien dentelé«, was so viel heißen mochte wie »Der Pariser mit Zähnen«. Er ging ihm nicht mehr aus dem Kopf. Den ganzen Weg zum Hotel musste er daran denken, und ob er nicht auch einen von diesen hätte mitnehmen sollen.

Ho! Mehrere Kutschen kamen ihm entgegen, und Paul musste zur Seite ausweichen. Es waren fröhliche Rückkehrer einer samstäglichen Landpartie. Damen in duftigen Sommerkleidern, Männer mit Strohhüten und leeren Picknickkörben. Vielleicht würde sich auf dem Hof eine Gelegenheit ergeben, mit Hermann zu sprechen. Er musste sich doch auskennen in solchen Dingen. Wie stellte er es am besten an, seiner Mutter von Lotte zu erzählen? Natürlich nicht von Paris. Sollte er sie einfach ins Haus bringen – »Mutter, das ist Lotte« – oder wie machte man so etwas? Ein Gespräch unter Brüdern wünschte Paul sich, aber nicht über Weinlieferanten, Poststreiks in Italien, Kaffeepreise in Hamburg, Kühlmaschinen von Linde oder Höhlenkäse aus den Pyrenäen.

Als Paul Ismaning erreichte und auf die Mayerbacherstraße einbog, war er nicht sicher, ob er immer noch halb träumte. War das wirklich eine Allee oder vielmehr ein Alleechen? Wo war die denn auf einmal hergekommen? Wieso hatte ihm keiner etwas davon gesagt? Waren das Linden, Eichen? Mit dem Schatten würde es wohl noch eine Weile dauern, aber eine sonderbare Wirkung der kleinen Bäumchen bemerkte Paul schon jetzt. Er war auf der Stelle bemüht, gerade zu sitzen und die Brust rauszustrecken, und fast hätte er salutiert oder den Bäumen zugewunken. Wie eine kleine Armee standen sie in gleichem, fast militärisch ausgerichtetem Abstand zu beiden Straßenseiten Spalier. Deswegen also legten Schlossherren und Gutsherrinnen solche Alleen an, dachte Paul. Man fühlte sich doch gleich größer und wichtiger, wenn man so von rechts und links hofiert wurde.

»Ihr seid ja vielleicht Geheimniskrämer«, rief Paul seinem Bruder zu, als er auf dem Hof ankam.

Schweigend ging Hermann neben ihm her zum Stall. Er schien verärgert. Und Paul hatte keine Ahnung, warum.

»Die Allee ist richtig schön geworden«, sagte Paul. »Warum hast du denn nichts davon erzählt?«

»Weil ich nichts davon wusste. Unsere Frau Mutter hat sich mal wieder eine verrückte Idee in den Kopf gesetzt.« Er half Paul, das Pferd auszuspannen.

»Wirklich? Was hat denn der Spaß gekostet?«

»Nichts«, antwortete Hermann. »Sie hat es über die Jahre zusammengespart. Aus Abfällen. Zigarrenkisten und Teebehältern. Meint sie.«

»Da schau, wie weit man es bringt, wenn man sparsam ist«, scherzte Paul.

»Und gestern hat sie mit Poschinger schon wieder über neue ›Expansionspläne‹ gesprochen.«

»Und was meinte sie damit?«

»Gesagt haben die beiden, dass es um zusätzliche Äcker und Weideflächen oder so etwas geht.«

»Ach so, für den Hof. Das ist doch in Ordnung.«

»›In Ordnung‹, sagst du? Ohne dass sie das mit mir bespricht?«

»Mensch, Hermann, jetzt fühl dich doch nicht gleich wieder übergangen. Vielleicht will Mutter dich eben nicht mit jeder Kleinigkeit belasten. Sie weiß doch, was du alles zu tun hast. Im Laden, auf dem Hof, mit der Familie.« Paul war schon dabei, sein Herzensanliegen, ein Gespräch über Lotte mit seinem Bruder, abzuhaken. Für solche delikaten Themen war Hermann jetzt wohl eher nicht zugänglich.

»Wie kannst du nur immer so … so fröhlich bleiben?«, fuhr Hermann ihn unversehens an. »Du hast immer für alles und jeden Verständnis. Typisch Nesthäkchen. Alle haben sie an dir herumgezärtelt.«

»Was hat das denn jetzt damit zu tun, dass Mutter eine Allee pflanzt oder Äcker kaufen will?« Paul wollte sich nicht provozieren lassen. Aber sein Bruder war schon in voller Fahrt und nur noch schwer zu bremsen. Er warf die Tür zur Pferdebox zu und legte krachend den Riegel vor.

»Balbina hat dich doch jeden einzelnen Tag bis zum Schulhof gebracht. Sie war die ganze Zeit für dich da wie eine Amme. Hausaufgaben hat sie mit dir gemacht, mit dir gemalt, dir vorgelesen. So gut wie du hat es sonst keiner von uns gehabt. Und dann auch noch Klavierunterricht für den kleinen Paul.«

»Sag mal, spinnst du?« Was war denn in seinen Bruder gefahren? Was packte der jetzt für alte Kamellen aus? »Was hab ich dir denn getan? Hab ich dir vielleicht irgendwas weggenommen? Ich kann doch nichts dafür, dass ich der Jüngste in der Familie bin. Balbina, ja, das stimmt. Aber was meinst du, wie ich mich geschämt habe, dass sie mich jeden Tag zur Schule begleitet hat wie ein kleines Baby. Und zum Klavierunterricht bin ich überhaupt nur gekommen, weil Elsa sich gedrückt hat und Mutter der Frau Krozill nicht kündigen wollte, weil die doch jede Mark gebraucht hat.« Jetzt redete auch Paul sich für seine Verhältnisse in Rage. »Du bist ungerecht, Hermann. Was ist denn los mit dir? Du hast eine wunderschöne Frau, zwei tolle Kinder, du bist hier praktisch der Betriebsleiter …«

»Ja, praktisch. Und dann macht unsere Frau Mutter doch wieder, was sie will. Und darüber bespricht sie sich nicht mit mir, sondern mit dem Poschinger.«

»Jetzt sei nicht ungerecht, Hermann. Sie hat dir doch eine Vollmacht erteilt für alle Dinge, die den Gutshof betreffen. Dir, nicht mir oder Elsa oder irgendjemand anderem.« Sein Bruder war einfach nur ungerecht. Er sah immer nur sich selbst, als wäre die Mutter sein Feind. »Mutter sind die Hoflieferantentitel, der Ausbau des Geschäfts oder der Goldachhof ja nicht wie gebratene Wachteln aus dem Schlaraffenland direkt in den Mund geflogen. Sie hat sich das alles selbst erarbeitet, gegen alle Missgunst und Anfeindungen so netter Zeitgenossen wie Onkel Max zum Beispiel. Wir sind letztlich die Nutznießer, denen all diese schönen Erfolge in den Mund geflogen kommen. Wir brauchen nur die Schnäbel aufzumachen, und schwupps ist der nächste Brocken drin. Also worüber beschwerst du dich? Was ist denn eigentlich los mit dir?«

»Ach, ich weiß es auch nicht. Vielleicht bin ich einfach nur nervös wegen morgen.« Er brachte dem Pferd noch eine Gabel Heu in die Box und tätschelte ihm den Hals.

»Wegen des Gottesdienstes?«, fragte Paul.

»Doch nicht wegen der Messe!« Hermann schüttelte den Kopf.

»Weshalb dann?«

»Weil ... aber sag Mutter nichts, es soll eine Überraschung werden.«

»Ach so, du hast jetzt auch Geheimnisse vor ihr. Worüber regst du dich eigentlich auf?«

»Wir wollten sie damit überraschen. Aber nichts verraten.« Paul versiegelte seine Lippen mit Daumen und Zeigefinger wie ein kleiner Junge.

»Onkel Paul, Onkel Paul!«, rief eine Stimme in den Pferdestall hinein. Johann. Hinter ihm tauchte Sonia in der Stalltür auf.

»Entschuldige Paul, aber Johann wollte dir unbedingt noch Gute Nacht sagen.«

»Sag mal, hast *du* heute all diese Bäume gepflanzt?«, fragte Paul.

Johann schüttelte den Kopf. »Das waren die Arbeiter. Sie haben mir einen Bären aufgebunden, aber ich habe es ihnen heimgezahlt.«

»So? Davon weiß ich ja gar nichts«, sagte Hermann.

»Das habe ich mit meiner Oma so ausgemacht und mit dem Herrn von Poschinger. Ich habe zwanzig Pfennige dafür bekommen.«

»Na gut.« Sonia nahm Johann an die Hand. »Dann bis morgen. Kommt ihr zwei noch nicht ins Haus?«

»Gleich.« Hermann gab Johann einen Gutenachtkuss. Dann holte er zwei Flaschen Bier aus einer Ecke und gab Paul eine davon. »Prost!«

»Also, morgen. Wer kommt noch? Elsa?«, fragte Paul.

»Elsa auch«, sagte Hermann. »Aber stell dir vor, Balbina will mit ihrer Familie herkommen. Korbinian holt sie morgen früh von der Bahn ab und bringt sie zu uns heraus.«

»Na endlich! Es wird ja auch wirklich Zeit, dass sie das Kriegsbeil begraben. Und was sagt Sonia dazu, dass Balbina hier auftaucht?«

»Sonia ist da ganz vernünftig. Sie findet es gut, dass sie sich endlich kennenlernen, nach so vielen Jahren. Aber ich weiß nicht, wie das wird, wenn Balbina plötzlich vor mir steht. Ich habe ein richtig schlechtes Gewissen.« Hermann nahm noch einen Schluck Bier.

»Ach komm, die Geschichte liegt so viele Jahre zurück!«

»Ja, du wieder mit deiner Leichtigkeit. Du hast eben noch nichts erlebt mit den Frauen.«

Paul grinste. »Woher willst du das wissen?«, fragte er, aber Hermann war in Gedanken ganz woanders.

»Das war schon gemein damals. Erst die Mutter, die Balbina so ungerecht behandelt und fast aus dem Haus geekelt hat, und dann ich. Bin einfach abgehauen. Ich hab getan, was Mutter von mir verlangt hat, ich Schlappschwanz, und habe Balbina einfach zurückgelassen.«

»Spinnst du, Hermann? Was soll denn das jetzt?« Paul legte seinem großen Bruder die Hand auf die Schulter. »Mutter hatte doch recht. Balbina ist unsere Halbschwester. Ihr zwei wart so verliebt ineinander, ich kann mich noch gut erinnern. Aber es ging eben nicht. Und die Mutter hatte es damals auch nicht leicht. Sie war die Einzige, die Bescheid wusste. Sie musste euch beide trennen, es blieb ihr gar nichts anderes übrig. Stell dir doch nur mal vor, es wäre etwas passiert zwischen euch.«

»Ja, das weiß ich doch selbst. Trotzdem bin ich nervös, wenn ich daran denke, dass ich Balbina wiedersehen werde.«

»Wenn Sonia damit kein Problem hat, solltest du auch keines haben. Außerdem habt ihr beide euch verändert. Du bist älter und auch ein bisschen fetter geworden …«

»Sag mal, bist du noch gescheit? Ich geb dir gleich fetter! Das ist alles Muskelmasse, vom Schuften hier auf dem Hof.« Hermann legte die Hände auf sein Bäuchlein, das sich unter dem Hemd ganz leicht wölbte.

»Auch Balbina hat sich verändert. Sie ist älter geworden, hat ein Kind, einen Ehemann.«

»Sieht sie immer noch so aus wie früher?«, fragte Hermann und pulte sich einen Strohhalm aus dem Stiefelabsatz.

»Irgendwie schon, aber da ist auch etwas Hartes, Bitteres in ihrem Gesicht, was sie früher nicht hatte.«

»Meinst du, sie trägt mir oder uns die Geschichte von damals immer noch nach?«

»Warum hätte sie sich sonst fast zehn Jahre nicht bei uns blicken lassen?«

»Ich habe Angst, dass Balbinas Besuch hier alles aus dem Gleichgewicht bringt. Vielleicht wäre es besser gewesen, wir hätten sie erst gar nicht eingeladen.«

»So ein Blödsinn«, schimpfte Paul. »Das kann doch nicht für alle Zeiten so bleiben, wie es ist.« Er nahm noch einen Schluck Bier. »Ich verstehe schon, dass dir nicht ganz wohl dabei ist. Du bist einer, der immer gern die Kontrolle über alles hat, was rundherum passiert. Deshalb regt es dich auch so auf, wenn Mutter Entscheidungen ohne dich trifft. Dann passieren die Dinge einfach, ohne dass du dir vorher tausend Gedanken darüber machen und alles hundertmal abwägen kannst.«

Paul lehnte sich mit dem Rücken an die Stallwand. Sein Pferd rupfte Heu aus der Futterraufe, die Fuchsstute nebenan drehte ihren Kopf und sah ihn aus großen Augen an.

»Ich muss gerade an deinen ersten Brief von deiner Reise damals denken. Du hast uns geschrieben, dass dein Schiff im Sturm beinahe gekentert wäre. Mitten hinein ins Ungewisse hat Mutter dich damals geschickt. Und heute? Heute hast du eine Familie, bist Gutsherr auf dem eigenen Hof. Lass dich doch von der Vergangenheit nicht verrückt machen. Und schließ Frieden mit Mutter. Sie ist nicht deine Feindin.«

»Du redest wie ein Pfarrer, Paul. Dabei kommt der doch erst morgen früh.«

Sie stießen noch einmal an und kippten den Rest Bier. Dann stand Hermann auf. »Ich muss ins Bett und morgen früh raus.«

Auch Paul erhob sich von seinem Strohballen. Dann waren die Sorgen des großen Bruders eben wichtiger als die des verzärtelten kleinen. Aber mit Elsa würde er hoffentlich reden können. Irgendjemandem musste er sein Geheimnis anvertrauen, sonst würde er platzen.

Als Paul am nächsten Morgen aus den Federn kroch, war auf dem Hof schon alles auf den Beinen und er der Letzte, der zum Frühstück erschien. Hermann war unterwegs, um den Pfarrer zu holen. Therese und Sonia schmückten die Kapelle. Die Kinder trugen Lederhose und Dirndl und waren gewaschen und gekämmt. Johanns Scheitel war so akkurat gezogen, dass er wie ein kleiner Buchhalter aussah, und Johanna hatte ihr feines blondes Haar zu zwei dünnen Zöpfen geflochten.

»Wo bleibt denn Hermann mit dem Pfarrer Hinterholzer? Sie wollten doch bis zehn Uhr hier sein.«

Therese lief unruhig hin und her. Von Poschinger kam vom Haus herüber. Er sah blass aus.

»War das Bett nicht in Ordnung, Michael?«, fragte Therese.

»Doch, doch, daran hats nicht gelegen. Ein alter Mann braucht halt am Morgen ein bisschen, bis er in Fahrt kommt. Das ist wie mit den Maschinen. So ein Motor muss auch erst warm laufen.« Er setzte sich an einen der Tische im Freien und schenkte sich ein Glas Wasser ein. »Was kommt denn jetzt durch die Allee gefahren? Das sieht von Weitem ja fast wie meine Torfbahn aus, aber es dampft nicht, und es klingt ganz anders.«

»Und es fährt nicht auf Schienen«, sagte Paul. »Es tuckert.«

»Ein Automobil!«, rief Johann und wollte dem schwarzen Ungeheuer schon entgegenlaufen. Doch Sonia bekam ihn gerade noch hinten an den Hosenträgern zu fassen.

Alle schauten, wie das Fahrzeug näher kam: groß, schwarz, laut, und sehr elegant. Am Steuer saß Hermann, stolz wie ein Bierkutscher beim Einzug aufs Oktoberfest.

»Tante Elsa!«, rief Johann und winkte, bis er seinen Hemdsärmel bis auf die Schulter heruntergeschüttelt hatte.

Elsa saß neben Hermann vorne, hinten der Ismaninger Hochwürden. Er hatte die Hand an seinem viereckigen Barett mit der schwarzen Quaste, damit es kein Opfer des Fahrtwinds wurde. Neben ihm hockte ein pickeliger Dorfministrant im Messgewand.

»Der Pfarrer hat ja eine Bommelmütze auf«, rief Johann, »dabei ist es doch heute ganz warm.«

Was für ein schickes Fahrzeug! Therese hing an Michael von Poschingers Arm und wirkte völlig überrumpelt. Eins zu null für Hermann, dachte Paul. *Die* Überraschung war ihm gelungen. Sein Bruder war mit Lederkappe, Staubmantel und runder Brille ausgestattet wie ein Fahrer beim Straßenrennen. Das Schönste an dem Wagen waren seine hellen Reifen, die auf Holzspeichenrädern liefen, und die beiden chromgefassten Scheinwerfer, rund wie Bullaugen. Den Beweis, dass es sich um einen Mercedes handelte, lieferten die drei Zacken auf dem Kühler. Alle standen bewundernd um das fabelhafte Automobil herum, aus dem offenbar keiner aussteigen wollte. Das halb offene Verdeck beschirmte nur die Rückbank. Fahrer und Beifahrerin saßen im Freien. Das Oberteil der Frontscheibe hatte Hermann bei dem schönen Frühlingswetter nach vorne heruntergeklappt.

»Vier Zylinder?«, fragte Paul. Hermann nickte. »Wie viele PS?«

»Sechzehn«, rief von Poschinger. »Mein guter Freund Professor Döderlein in München fährt auch so einen. Gratuliere, Hermann!« Er sah Therese an. »Jetzt sag doch auch mal was«, raunte er ihr zu. »Aber was Nettes!«

Therese stockte kurz, dann rief sie: »Bravo!« und klatschte dazu, bis auch die anderen reihum einfielen. Hans Metzger baute seine Staffelei auf, um diesen historischen Moment in einer Skizze festzuhalten.

In der Kutsche, die jetzt in den Hof einbog, erhoben sich die beiden Passagiere. Vielleicht dachten sie, dass der Applaus ihnen galt. Ein elegantes, wenn auch ungleiches Paar: Eine Dame, nicht mehr ganz jung, aber wesentlich jünger als ihr Begleiter, wie aus dem Modejournal entstiegen, ein Traum in Rosé und Tüll, den sie erst aufrollen musste, um die Szenerie überblicken zu können. Neben ihr im Nadelstreifenanzug aus blauem Leinen Max Randlkofer, mit gestutztem Schnauzer,

Stock und Bowlerhut. Der Neid schien ihn am Kragen zu packen, als er Hermanns Automobil erblickte und begriff, dass der Beifall weder seiner halb verschleierten Begleiterin noch ihm selbst galt. Paul hätte sich schütteln können vor Lachen. Steif wie Holzgliederpuppen patschten die beiden ihre behandschuhten Hände aufeinander und taten so, als fielen sie in die allgemeine Begeisterung mit ein.

Als Letzte kam die Kutsche aus München mit Korbinian auf dem Kutschbock an. Seine Mutter ging ihrem ältesten Mitarbeiter und Weggefährten entgegen, und er gratulierte ihr zur Allee.

»Die Überraschung ist Ihnen gelungen, Chefin«, sagte er beim Absteigen. »Aber ich habe vielleicht eine noch größere für Sie dabei.« Er öffnete den Wagenschlag. An seiner Hand stieg zuerst Balbina aus, dann ihre Tochter Marie und schließlich ihr Mann, der Hotelier Ernst Krüger. Paul konnte sehen, dass seine Mutter Tränen in den Augen hatte. Sie brachte kein Wort heraus, und wieder war es ihr Freund Poschinger, der die Situation rettete.

»Balbina, so alt muss ich werden, dass ich dich in deiner ganzen Schönheit noch einmal bewundern darf«, rief er und streckte die Arme aus. »Lass dich anschauen – darf ich überhaupt noch Du sagen?«

»Freilich«, antwortete Balbina lächelnd.

»Reizend wie eh und je, aber jetzt in voller Blüte«, sagte Poschinger. Und Paul dachte, dass das sehr charmant, und nur ein kleines bisschen geschummelt war. Balbina trug einen sehr schönen Goldschmuck um den Hals: ein teuer wirkendes Collier mit einer in Gold gefassten Perle, die genau in ihrer Schlüsselbeingrube lag.

»Mein liebes Kind«, sagte Therese und wollte sie an sich drücken. Doch Balbina machte sich steif wie ein Brett.

»Könnten wir dann vielleicht anfangen?«, rief der Pfarrer

aus dem Chassis des Mercedes. »Ich hätte um zwei Uhr noch eine Beerdigung in Finsing.«

»Freilich.« Therese räusperte sich. »Jetzt sind wir vollzählig.«

»Wer ist das?« Johann zupfte Hermann an der Hosennaht, während sie zur Kapelle hinausgingen.

»Das ist deine Base«, antwortete sein Vater.

»Was ist eine Base?«

»Eine Verwandte. Sie ist deine Base, und du bist ihr Vetter.«

»Vetter Johann?« Das Mädchen machte gleich einen Schritt auf ihn zu.

»Dann bist du die Marie, die mir den Brief geschrieben hat?«, fragte Johann.

Das Mädchen nickte.

»Was für einen Brief?«, fragten Hermann und Balbina gleichzeitig.

»Das können wir später klären«, sagte Sonia, »nach der Messe. Ich freue mich sehr, dich endlich kennenzulernen, Balbina.«

Sie wollte Balbina umarmen, doch die machte einen Schritt zur Seite und nickte höflich, aber distanziert. Auch Hermann warf sie nur einen kurzen Blick zu, doch der traf ihn bis ins Innerste. Es lag noch immer so viel Verletztheit darin, und er fühlte sich augenblicklich schuldig. Die Zeit hatte offenbar noch lange nicht alle Wunden geheilt.

Der Raum in der Kapelle war klein. Außer dem Pfarrer in der weißen Soutane und dem Ministranten mit seinem Weihrauchkessel fand nur die engste Familie darin Platz: Therese, Hermann und Sonia mit den Kindern, Paul und Elsa. Therese blickte sich nach Balbina um und gab ihr ein Zeichen, doch mit nach drinnen zu kommen. Doch Balbina schüttelte den Kopf. Sie konnte die Brücke noch nicht beschreiten, die Therese ihr baute. Da gab Hermann sich einen Ruck und ging zu ihr. Irritiert hielt der Pfarrer inne.

»Der Verstorbene war auch dein Vater. Unser Vater. Bitte komm und stell dich zu uns, Balbina«, flüsterte er. Er streckte die Hand nach ihr aus, doch sie zögerte wieder. Ihre herrlich dunklen meerblauen Augen füllten sich mit Tränen. Hermann sah, wie sie mit sich kämpfte. Schließlich ergriff sie seine Hand und ließ sich von Hermann nach vorne geleiten. Therese presste die Lippen aufeinander. Die Anspannung war ihr deutlich anzusehen. Elsa und Paul machten Platz und nahmen Balbina in die Mitte. So standen die vier Geschwister endlich vereint und zusammen in einer Reihe. Zumindest für die Dauer der Messe, dachte Hermann, aber er war sehr erleichtert, dass Balbina ihm keinen Korb gegeben hatte.

»Dominus vobiscum«, setzte die Stimme des Priesters ein.

»Et cum spiritu tuo«, antwortete die Familie im Chor.

Der Pfarrer wickelte routiniert die Gedenkmesse ab, auch um noch rechtzeitig zu seinem zweiten Termin zu gelangen. Doch kurz vor Ende der Messe, während der Fürbitten für die Seele des Verstorbenen, brach ein Tumult draußen vor der Kapelle aus. Alle drehten sich um. Und als Therese sah, was passiert war, zögerte sie nicht und verließ das Gotteshaus, um ihrem Freund von Poschinger zu Hilfe zu eilen, der offenbar einen Schwächeanfall erlitten hatte. Er kniete am Boden und wurde von Balbinas Mann gestützt. Therese nahm ihr Schultertuch ab und legte es auf den Boden, um Michael von Poschinger darauf zu betten. Der Pfarrer stand jetzt unschlüssig an der Tür, irritiert über die neuerliche Verzögerung. Hier ging es zwar nicht um Leben und Tod, aber weitermachen konnte er auch nicht, wenn die Hauptperson, die die Messe bestellt und bezahlt hatte, in der Kapelle fehlte. Die Magd, die Therese zum Haus geschickt hatte, kam mit einem Krug Wasser zurück. Poschinger trank und gab zu verstehen, sie sollten ruhig weitermachen, es ginge schon wieder. Eine kleine Unpässlichkeit, die Hitze vielleicht, das Stehen. Der Pfarrer schritt wieder an den Altar und setzte die Messe fort. Nachdem er allen Anwesenden seinen Segen erteilt hatte, sah Hermann, wie Balbina beim Hinausgehen rasch Thereses Hand drückte, und diese kleine Geste machte ihn sehr glücklich.

Michael von Poschinger hatte wieder etwas Farbe bekommen und ließ sich von Hermann und Paul untergehakt zum Hof zurückbegleiten.

Balbina wollte gerade zu ihrem Mann und ihrer Tochter aufschließen, als sie sah, dass Onkel Max direkt auf sie zusteuerte, und sofort verkrampfte sich alles in ihr. Sie hatte Max noch nie leiden können, und dafür gab es mehrere Gründe. Einer war, dass er ihr als junges Mädchen im Haus ihrer Tante immer wieder nachgestellt hatte. Einmal war es ihm gelungen, sic bis in die Wohnung zu verfolgen. Er hatte sich in der Küche an sie gedrückt und sie an der Brust berührt. Damals war sie fünfzehn gewesen. Sie hatte ihm eine Ohrfeige verpasst und sich anschließend in ihrem Zimmer eingesperrt. Auch heute noch fand sie, dass er ein unangenehmer Mensch war. Was wollte er denn von ihr?

»Balbina.« Er streckte ihr die Hand entgegen, aber hinter seiner zur Schau gestellten Freundlichkeit lauerte etwas anderes, das spürte Balbina sofort. »Dass du einmal wieder die Familie mit einem Besuch beehrst. Wie lange ist es her? Und wie ist es möglich, dass du wieder dieses Collier deiner Tante trägst, Balbina? Sag bloß, sie hat es dir überlassen.«

Daher wehte also der Wind. Das Collier hatte Onkel Anton ihr kurz vor seinem Tod zu ihrem sechzehnten Geburtstag geschenkt, aber Max hatte ihr das nie geglaubt.

»Das Collier gehört mir«, sagte Balbina halblaut, »nicht meiner Tante.« Sie wollte weitergehen, aber Max versperrte ihr den Weg.

»Ich bitte dich«, entrüstete Max sich, »mach dich doch nicht lächerlich. Ich selbst habe das Collier bei Heiden gekauft, im Auftrag meines Bruders, als er schon wusste, dass er sehr krank war und vielleicht nicht mehr lange leben würde.«

»Ja und?« Balbina hätte ihn am liebsten zur Seite geschubst.

»Ja und?«, äffte er sie nach. »Das fragst du ernsthaft? Ich weiß noch ganz genau, was ich dafür bezahlt habe. Mein Bruder hätte doch für dich nie so viel Geld ausgegeben. Für das ledige Kind seiner Schwägerin in der Oberpfalz! Er war krank, aber doch nicht irre. Du warst als Hausmädchen in der Familie meines Bruders.«

»Ich habe ihn Tag und Nacht gepflegt.« Sie spürte, wie die Wut in ihr aufstieg. Warum glaubte sie überhaupt, sich vor ihm rechtfertigen zu müssen? Sie sah sich nach Marie und Ernst um, aber die beiden waren schon vorausgelaufen und nicht mehr zu sehen.

»Das war eine gute Tat von dir, natürlich. Dafür hättest du dir ein paar Mark extra verdient oder einen schönen Trachtenschmuck meinetwegen, eine silberne Kropfkette oder irgendeinen Tand. Aber doch nicht ein Stück vom Hofjuwelier Heiden! Weißt du eigentlich, was das gekostet hat?«

»Nein, und ich will es auch gar nicht wissen. Weil es ein Geschenk war. Aus.« Wieder wollte Balbina sich an ihm vorbeidrücken, aber er ließ es nicht zu.

»Du bist eine ausgemachte Lügnerin, Balbina«, zischte Max. »Dass du dich nicht schämst. Am zehnten Totengedenken für meinen Bruder.« Bei dieser Anschuldigung brannten bei Balbina alle Sicherungen durch. Sie wollte Max nur noch zum Schweigen bringen.

»Ich bin keine Lügnerin, merk dir das«, fuhr sie ihn an. »Anton hat mir das Collier geschenkt, nicht weil ich das Hausmädchen war, das ihn gepflegt hat, sondern …«

»Sondern?« Balbina sah, wie sein Gesicht rot anlief. Gleich würde ihm diese dick angeschwollene Ader an der Stirn platzen, wenn er sich weiter so aufregte.

»Sondern«, sagte Balbina und machte eine Pause.

»Na?«, hakte Max nach.

»Weil er mein Vater war.«

»Was sagst du da?« Max' Stimme schnappte fast über.

Balbina atmete noch einmal tief durch. Dann erfuhr er also jetzt die Wahrheit. »Er war mein Vater«, sagte sie, »und hat es mich sechzehn Jahre nicht wissen lassen, weil er sich schämte, es Tante Therese zu gestehen. Aber als er spürte, dass er vielleicht sterben würde, hat er sich dazu entschlossen, es ihr in einem Brief zu beichten. Mir hat er das Collier geschenkt, um damit sein schlechtes Gewissen zu beruhigen.«

»Was für einen Brief?«, fragte Max und griff sich in den Hemdkragen. Er war immer noch puterrot im Gesicht. »Mein Bruder war damals gar nicht mehr dazu in der Lage, einen Brief zu schreiben. Und mir hat er jedenfalls nichts dergleichen diktiert.«

»Dir nicht«, antwortete Balbina, »aber Doktor Eichengrün, seinem Hausarzt, zu dem er Vertrauen hatte. Mehr als zu dir.« Sie spie es ihm fast vor die Füße.

»Dann hat es Therese also gewusst?«, krächzte Max.

»Ja, sobald sie nach seinem Tod den Brief gelesen hatte.«

»Bist du deshalb aus München weg und an den Bodensee?« Max schienen langsam die möglichen Zusammenhänge zu dämmern, von denen er keine Ahnung gehabt hatte. Bis heute hatte er nichts davon gewusst. Keiner hatte ihm etwas gesagt. Er war Antons Bruder, aber die Familie hatte zusammengehalten wie Pech und Schwefel.

»Es geht dich nichts an, warum ich weggegangen bin, Onkel Max«, sagte jetzt auch Balbina.

Max Randlkofer schien die Welt nicht mehr zu verstehen. Immer wieder schüttelte er verständnislos den Kopf. »Aber wie kommt mein Bruder dazu, sich mit deiner Mutter, dieser blassen Agnes aus dem Kuhdorf in der Oberpfalz einzulassen? Was war denn bitte an der dran, was einen Mann zu einem Seitensprung reizen könnte?«

Darüber, dass Agnes nicht ihre leibliche Mutter war, wollte Balbina ihm keine Auskunft geben. Auch das war ihre Privatsache und ging ihn nichts an.

»So, Onkel Max, dann weißt du jetzt ja Bescheid. Nenn mich also nie wieder eine Lügnerin!« Sie drohte ihm mit dem Zeigefinger, und er wollte schon wieder aufbrausen, aber sie schnitt ihm das Wort ab. »Und das Collier ist meines, finde dich endlich damit ab. Frag Tante Therese, sie wird es dir bestätigen.« Mit dem Ellbogen schob sie ihn zur Seite.

»Da haltet ihr zusammen, was?«, rief er ihr nach. »Seit zehn Jahren seid ihr zerstritten, aber wenn es gegen mich geht, dann seid ihr auf einer Seite.«

Balbina zuckte mit den Schultern und wandte sich von ihm ab. Sie raffte ihren Rock und lief zurück zum Hof. Fast wäre sie mit Max' Begleiterin zusammengestoßen, die ihn offensichtlich schon vermisst hatte.

»Was ist denn, Maxl, fehlt dir was?«, hörte Balbina sie fragen.

»Nichts fehlt mir«, behauptete er laut genug, damit sie es auch mitbekam. »Ich habe nur gerade etwas erfahren, das ich mir nie hätte träumen lassen. Aber die Menschen sind eben fehlbar, sogar die guten, die allerbesten. Man kann sich auf nichts mehr verlassen in dieser Welt. Mein Bruder Anton, der Familienvater und brave Gatte!« Er lachte höhnisch auf.

»Wieso, was ist denn passiert?«, fragte die Dame in ihrem rosa Tüll. »Willst du es mir nicht erzählen, Max?«

»Nein, will ich nicht«, wies Max sie ab. »Das sind Familienangelegenheiten, und die gehen dich nichts an. Die gehen niemanden außerhalb der Familie etwas an.«

Beleidigt drehte die Dame sich auf den Absätzen um und stakste davon.

Das Letzte, was Balbina sah, als sie sich noch einmal zur Kapelle umwandte, war Max, der sich die Knöpfe am Kragen öffnete und seine Krawatte abnahm. Er braucht also Luft, dachte Balbina. Recht geschah es ihm, dass er endlich erfuhr, dass man ihn all die Jahre hintergangen hatte – genau wie sie.

Im Hof, unter der alten Linde, war während der Messe eine lange Tafel eingedeckt worden. Sogar Hochwürden und sein Messdiener fanden trotz ihres wichtigen Folgetermins noch Zeit, mit der Gesellschaft zu speisen. Die Randlkofer'sche Geflügelzucht und die Felder und Gärten rund um den Hof lieferten die feinsten Zutaten für ein opulentes Mahl unter freiem Himmel. Das Bier war gut gekühlt, die Köchinnen gaben ihr Bestes, und das Personal war bemüht, der Gesellschaft zügig jeden erdenklichen Wunsch zu erfüllen. Auch Ingenieur Möhrle hatte sich die Gelegenheit für eine Landpartie nicht entgehen lassen. Anlässlich seines Besuchs inspizierte er beiläufig auch sein Elektrizitätswerk und fand alles in bester Ordnung. Irgendjemand musste Max' Begleiterin das Korsett etwas geweitet haben, denn sie erfreute sich eines gesegneten Appetits, der bis zum frisch ausgebackenen Schmalzgebäck zum Kaffee anhielt. Max dagegen stocherte lustlos in seinem Essen herum und hing seinen Gedanken nach. Die Kinder waren irgendwann in den Garten verschwunden und hatten davor alle Ermahnungen, nicht in die Goldach oder einen der Fischteiche zu fallen, über sich ergehen lassen. Die Großen, Marie und Johann, hatten versprochen, gut auf Johanna aufzupassen.

Am späten Nachmittag, als die Tafel aufgehoben wurde und die meisten Gäste den Heimweg antreten wollten, fragte Balbina: »Wo ist denn eigentlich Marie?«

»Und Johann?«, fragte Hermann.

Johanna saß brav zwischen ihm und Sonia auf der Bank und lutschte an einer Schmalznudel mit Puderzucker, aber von den beiden anderen fehlte jede Spur. Sie waren vor Stunden in den Garten gelaufen, hatten sich noch einmal etwas Gebäck vom Tisch stibitzt, aber seitdem hatte sie keiner mehr gesehen. Im Garten, im Haus, in den Stallungen waren sie nirgendwo zu finden. Eine Magd erinnerte sich schließlich, dass sie sie vor einiger Zeit über die Felder ins Moos hatte laufen sehen.

»Ausgesehen hat es, als wären sie zur alten Schäferhütte unter der großen Eiche. Jedenfalls in die Richtung«, meinte sie.

»Zur Hütte?«, fragte Sonia. »Das kann nicht sein. Alle Kinder haben Angst vor dieser Hütte. Es heißt, dort geht der alte Gottfried um. Ein Landstreicher, der sich hier einige Zeit aufgehalten hat, bis er eines Tages verschwunden war.«

»Marie, ich glaube, wir müssen zurück zum Hof«, sagte Johann.

»Ich will aber nicht«, antwortete Marie.

Sie hatte, nachdem sie ein wenig draußen im Moor herumgestreift waren und Johann ihr einige Plätze gezeigt hatte, wo man angeln konnte, die alte Schäferhütte entdeckt. Johann machte immer einen großen Bogen um die Hütte, denn es hieß, dort spuke es. Die Kinder vom Mooshaus erzählten, sie hätten dort den alten Gottfried herumstreichen sehen, auch, nachdem er schon lange verschwunden und von niemandem mehr gesehen worden war. Sie behaupteten, es sei sein Geist, der dort immer noch umgehe, weil er ein Verbrechen begangen habe und seine Seele deshalb nicht zur Ruhe käme. Darum mieden alle Kinder die wackelige Hütte, die eines Tages ein Sturm packen und davontragen würde, wie sein Vater sagte. Zusammen mit der Seele des alten Gottfried. Aber noch stand sie, und Marie, die vom Bodensee kam, kannte all diese Geschichten nicht und war einfach nur neugierig.

Furchtlos stieß Marie die Tür zur Hütte auf. Johann hielt für einen Moment den Atem an. Wenn jetzt der alte Gottfried … Doch die Hütte war leer.

»Wieso gehen wir nicht zurück zum Hof?«, versuchte Johann seine Base wegzulocken von diesem unheimlichen Ort.

»Weil meine Mutter bestimmt bald zurück nach München will und dann nach Hause. Ich möchte aber nicht schon wieder weg, ich bin doch gerade erst hergekommen. Und ich wollte doch auch noch unbedingt euer Geschäft in München sehen, von dem Onkel Paul mir so viel erzählt hat.«

Sie machte jetzt einen Schritt in die Hütte hinein. Auf einem Brett an der Wand standen ein altes Senfglas mit Sprung, ein Blechteller und ein verbeulter roter Emailtopf. Davor ein dreibeiniger Hocker und in der Ecke ein Strohsack mit einem offenen Schlitz in der Mitte, aus dem schmutzig braun und klumpig das uralte, durchweichte Stroh hervorquoll.

»Es wird aber bald dunkel«, wandte Johann ein, der hoffte, dass die Seele des alten Gottfried keine Augen hatte, um die Eindringlinge – sie! – zu beobachten.

»Geh zurück und sag, du weißt nicht, wo ich bin«, sagte Marie.

»Ich soll lügen?« Johann machte große Augen.

»Mir zuliebe, Johann. Damit ich ein bisschen länger bleiben darf.«

»Ich weiß nicht, ob ich das kann.« Johann war sich auch nicht sicher, ob es etwas nutzen würde.

»Du kannst es«, behauptete Marie, »mir zuliebe. Manchmal darf man schon flunkern, man muss nur hinter dem Rücken die Finger kreuzen, schau, so, dann gilt es nicht als Lüge. Man hat ja das Zeichen gegeben, verstehst du? So sind die Spielregeln. Jetzt geh schon, los. Mach es für mich.« Mit einem Klaps schubste sie ihn zur Tür hinaus. Johann sah sich nach irgendwelchen Seelen mit oder ohne Augen um, doch außer zwei Kiebitzen, die in der Luft Fangen spielten, konnte er nichts Ungewöhnliches entdecken. Die Sonne stand schon recht tief, und es würde bald Abend werden.

Johann lief zurück zum Hof, wo ihm auf halbem Weg sein Vater mit Balbina entgegenkam. Sie waren losgegangen, um nach ihnen zu suchen.

»Wo ist sie?«, rief Balbina schon aus einiger Entfernung. »Wo ist Marie?«

Johann kreuzte hinter dem Körper die Finger und sagte, er wüsste es nicht. Aber auch wenn die Spielregeln so waren, fühlte er sich doch wie ein hundsgemeiner Lügner. Sein Vater nahm ihn zur Seite.

»Komm«, sagte Hermann, »du führst uns jetzt zu ihr. Damit wir sie mit auf den Hof nehmen können. Es wird bald dunkel.«

Johann schwieg und sah zu Boden. Sein Vater packte ihn an den Schultern. »Jetzt sag schon, Johann, wo ist Marie?«

»Ich glaube, sie hat Angst vor ihrer Mutter«, flüsterte Johann. »Sie will noch bei uns bleiben und nicht gleich wieder wegfahren.«

Hermann sah sich nach Balbina um. Sie hatte wohl gehört, was Johann gesagt hatte, denn eine leichte Röte stieg ihr ins Gesicht.

»Geh du«, sagte Balbina leise zu ihm, »hol du Marie zurück.«

Hermann wandte sich wieder Johann zu.

»Hör zu. Ich möchte Marie nur fragen, warum sie sich versteckt. Sonst nichts. Also führ mich bitte zu ihr. Ist sie in der alten Schäferhütte?«

Johann war sich nicht sicher, ob das noch mit den Spielregeln zu vereinbaren war, aber er entschied sich dafür, seinen Vater zum Unterstand des alten Gottfried zu führen.

Als sie dort ankamen, öffnete Hermann die Tür, doch die Hütte war leer.

»Johann, führst du mich an der Nase herum?« Johann sah zu Boden.

»Sie war aber hier«, behauptete er.

»Und jetzt?«, fragte Hermann.

»Jetzt ist sie nicht mehr da.«

»Das sehe ich. Aber wo ist sie hin?«

»Das kann ich doch nicht wissen«, flüsterte Johann und kniff den Mund zusammen. Er wollte auf keinen Fall weinen.

Balbina stieß zu ihnen, und zusammen suchten sie die Gegend ab, aber da gab es sonst keine Hütten oder Plätze, wo man sich verstecken konnte. Nur Wiesen, Wassergräben und ein paar vereinzelte Birken. Sie riefen nach Marie. Johann hatte aufgehört, sich die Tränen aus dem Gesicht zu wischen. Es waren zu viele, und ständig kamen neue nach.

Ein Fasan flog ächzend aus dem Gebüsch und etwas weiter weg jagte ein aufgeschreckter Feldhase im Zickzack über die Heide. Fast am Horizont erkannten sie die Silhouette eines Mannes, der etwas umgehängt hatte. Aus der Ferne sah es aus wie ein Gewehr. »He!«, rief Hermann, aber der Jäger reagierte nicht auf seine Rufe und sein Winken, und nach ein paar Minuten verschwand er in einem Erlenhain. Sie liefen in seine Richtung, aber als sie unter den Erlen standen, war von dem Mann nichts mehr zu sehen und auch keine Spur von Marie. Kein Geräusch, außer dem leisen Gurgeln eines Wasserlaufs. Über eine Feuchtwiese spannte sich schon ein dünner Nebelschleier.

Balbina war außer sich. Der ganze Hof wurde abgesucht, jede Scheune, jeder Stall, jeder Unterschlupf. Aber Marie musste entweder ganz schnell ganz weit fortgelaufen sein oder ein Versteck gefunden haben, das außer ihr keiner kannte. Als es dämmerte, wollte Balbina die Polizei rufen, aber Hermann versicherte ihr, dass die in der Dunkelheit auch nichts ausrichten würde.

»Und wenn sie in irgendeinen Wassergraben gefallen ist?«, schluchzte Balbina.

»Hier draußen gibt es nur Entwässerungsrinnen und kleine Bäche, keine tiefen Gewässer«, versuchte Hermann sie zu beruhigen.

»Marie ist eine gute Schwimmerin«, warf ihr Mann ein.

Zusätzliche Gästebetten und Nachtlager wurden eilig hergerichtet. Es war viel Unruhe im Haus, und noch mehr Sorge.

»Ich wollte das doch gar nicht«, schluchzte Johann, als sein Papa ihm Gute Nacht sagte. »Ich hab doch nur gemacht, was sie mir aufgetragen hat.«

»Das reicht aber nicht«, sagte Hermann. »Lass andere nicht verantwortlich sein für das, was du tust. Wenn jemand etwas von dir will, das du nicht möchtest, dann gibt es da ein ganz wichtiges Wort.«

Johann zog sich die Decke bis unter die Nase.

»Na?«, fragte Hermann. »Du kennst doch das Wort?«

Johann nickte. Und als sein Vater schon an der Tür war, sagte er »Nein«.

Hermann ging in die Küche hinunter, wo Balbina bei seiner Mutter saß, die beruhigend auf sie einredete. Ein Bild, über das er sich im Normalfall gefreut hätte. Doch plötzlich drehte er sich in der Tür um und war schon wieder auf dem Weg nach draußen.

»Hermann?«, rief Therese ihm nach.

»Mir ist noch etwas eingefallen, wo sie sein könnte«, antwortete er. »Ich gehe noch mal raus.«

»Wie, jetzt, in der Dunkelheit?«

»Ich nehme eine Laterne mit.«

»Ich komme mit.« Balbina sprang auf. »Bitte«, flehte sie ihn an. »Ich kann hier nicht sitzen und nichts tun.«

Sie zog sich an, während Hermann Laternen besorgte.

Sie liefen ein Stück die Mayerbacherstraße entlang, dann wandte Hermann sich ab und folgte einem schmalen Pfad hinaus ins Moos.

»Wohin gehen wir?«, fragte Balbina.

»In dieser Richtung gibt es noch eine Behausung. Eine Familie von Mooshäuslern wohnt dort. Arme Leute, der Mann verdingt sich als Tagelöhner, und die Frau hat einen Stall voll Kinder zu versorgen. Vielleicht ist Marie dorthin gelaufen.«

Von einer Eiche rief ein Käuzchen sein schauriges »Huhu«. Der Mond war noch nicht aufgegangen, und außer dem Goldachhof gab es nicht einen weiteren Punkt mit elektrischem Licht. Es war so dunkel, dass Balbina trotz der Laterne, die sie in der Hand hielt, beinahe stolperte.

»Gib mir lieber die Hand«, sagte Hermann, und als er ihre Finger spürte, musste er an jenen Tag zurückdenken, als sie auf Schlittschuhen zusammen über die Eisfläche in der Galeriestraße gezogen waren, Balbinas Hand sicher in seiner. Wie schön sie damals gewesen war. Und wie sehr er es sich gewünscht hatte, sie zu küssen. Hermann erinnerte sich noch so genau daran, als wäre es gestern gewesen. Wenn man verliebt war, prägte sich jede Kleinigkeit ein, jeder Blick, jede auch nur zufällige Berührung, jedes Lächeln.

»Deine Frau ist sehr nett«, sagte Balbina plötzlich, »bestimmt liebst du sie sehr.«

Hermann räusperte sich. »Ja, das tue ich«, sagte er. »Und du? Bist du glücklich mit Ernst?«

»Manchmal bin ich es, und manchmal bin ich es nicht«, antwortete Balbina. »Manchmal denke ich, ich sollte zufrieden sein mit meinem Leben, und manchmal denke ich, es ist zu viel passiert, als dass ich je Ruhe finden und zufrieden sein kann.«

Es raschelte im Schilf, und Balbina zuckte zusammen.

»Was war das?«, fragte Balbina.

»Ein Kaninchen vielleicht oder ein Wiesel. Du musst keine Angst haben.«

Sie gingen weiter in die Dunkelheit hinein.

»Wir sind bald da«, sagte Hermann wie zu einem Kind.

»Marie ist schwierig«, sagte Balbina. »Sie fordert mich so heraus.«

»Sie ist deine Tochter«, antwortete Hermann.

»Ich habe mir das ganz anders vorgestellt mit einem Kind. Einfacher, friedlicher und schöner. Ich bin oft so ... überfordert mit ihr. Marie ist furchtbar anstrengend.« Balbina blieb erschrocken stehen, als habe sie etwas in der Situation ganz Unmögliches, Verbotenes gesagt.

»Wir finden sie, mach dir keine Sorgen«, beruhigte Hermann sie. »Vielleicht ...«

»Vielleicht was?«

»Ach nichts«, wiegelte Hermann ab.

»Jetzt sag schon, bitte.«

»Vielleicht musst du erst mit dir selbst ins Reine kommen«, meinte Hermann. »Einen Schlussstrich ziehen unter die Vergangenheit, vergessen, vergeben, und dann noch einmal neu anfangen.«

»Wenn ich das nur könnte«, seufzte Balbina. »Es hört sich einfach an, aber es ist so schwer für mich. Manchmal wünsche ich mich in die Zeit zurück, als ich noch nicht wusste, dass dein Vater auch mein Vater war. Als ich dachte, wir wären Cousin und Cousine und mein Vater wäre einfach ein Schuft, der sich aus dem Staub gemacht hat, als ich zur Welt kam.«

Hermann blieb stehen, legte die Arme um Balbina und zog sie an sich. »Ich hab dich sehr lieb, Schwesterchen«, flüsterte er und stellte ihre Laternen ab. Der Himmel hatte aufgerissen und war voller Sterne, und Arm in Arm sahen sie beide hinauf zum Firmament, das sich über sie spannte und keinen Anfang und kein Ende hatte.

»Da«, rief Hermann, »eine Sternschnuppe. Du darfst dir was wünschen.«

»Ich wünsche mir nichts anderes, als dass wir Marie ganz bald finden.«

»Dann weiter.« Hermann nahm die Laternen wieder auf. In einiger Entfernung war jetzt ein sehr schwacher Lichtschein zu sehen. »Das muss die Hütte sein, in der die Familie Schuster haust«, sagte Hermann. Sie beschleunigten ihre Schritte.

Die Hütte war aus Brettern zusammengenagelt und das Dach mit Holzschindeln gedeckt. Sie stand ein wenig schief, wie ein Baum, der sich mit den Jahren dem Wind und den Stürmen beugte.

Als Hermann und Balbina näher kamen, sahen sie durchs Fenster in eine Stube, in der die Familie beim Nachtmahl saß, obwohl es schon spät war. Die Kinder, es waren mehr als ein halbes Dutzend, löffelten eine dünne Suppe aus ihren Schüsseln. Am Tisch stand die Mutter und hielt einen Brotlaib gegen ihre schmutzige Schürze, von dem sie Scheibe um Scheibe mit einem groben Messer abschnitt. Ein Kind stand auf und holte sich eine Scheibe Brot, und dieses Kind war Marie. Balbina klopfte gegen die Scheibe, und Marie sah zum Fenster und rief: »Mama!« Dann flog die Tür auf.

Als Hermann und Balbina zusammen mit Marie zurück zum Goldachhof kamen, saß die Familie in der Küche zusammen. Ernst Krüger sprang als Erster auf und schloss seine Tochter in die Arme. Man sah, dass ihm eine Riesenlast von den Schultern fiel. Er kündigte an, Marie zu Bett zu bringen, aber Balbina hatte andere Pläne.

»Nein, bitte«, bat sie ihren Mann. »Lass mich das heute machen.« Ernst sah sie überrascht an.

»Sag deiner Familie noch Gute Nacht«, wandte Balbina sich an ihre Tochter, »und zwar jedem Einzelnen. Sie haben alle den ganzen Nachmittag damit zugebracht, nach dir zu suchen. Du hast uns einen solchen Schrecken eingejagt.«

Marie vergewisserte sich, dass ihre Mutter sie weder tadelte noch böse mit ihr war. Dann fing sie bei Hermann an.

»Gute Nacht, Onkel Hermann, danke, dass du nach mir gesucht und mich gefunden hast.« Sie gab ihm einen Kuss auf die Wange. Dann ging sie weiter zu Tante Sonia, Onkel Paul, Tante Elsa und schließlich zu Therese, die sie liebevoll umarmte. »Gute Nacht, Oma«, sagte Marie und sah kurz zu ihrer Mutter, aber die hatte offenbar nichts einzuwenden.

»Schlaf gut, liebe Marie«, antwortete Therese, »wir sind ja so froh, dass du wieder da bist.«

Als Balbina wenig später aus dem Gästezimmer, das für ihre kleine Familie hergerichtet worden war, zurückkam, bedankte sie sich noch einmal bei allen und verkündete, dass sie und Ernst beschlossen hätten, am nächsten Morgen nach München zu fahren und ein paar Tage dortzubleiben. Marie dagegen dürfte, wenn die Familie nichts dagegen hätte, diese Zeit mit ihrem Vetter Johann und der kleinen Johanna auf dem Goldachhof verbringen, vorausgesetzt, sie laufe nicht wieder weg und wüsste sich zu benehmen. Das habe sie so mit Marie vereinbart.

Therese schniefte vor Rührung und holte den selbst gebrannten Marillenschnaps aus dem Küchenbüfett.

»Darauf müssen wir anstoßen«, entschied sie. »Schließlich bin ich heute zum dritten Mal Oma geworden.«

Zwischen Wohnhaus und Stadel sah Paul zum kleinen Kraftwerkshaus und dahinter ins Moos und zu der Reihe von Fischweihern, wo sicher nicht nur er gestern Angst gehabt hatte, dass Marie dort hineingefallen sein könnte. Jetzt war hier nur Frieden. Selbst die Gänse, die sich auf ihren Morgenspaziergang in Richtung Mooswiesen gemacht hatten, scheuten sich, die Morgenstille zu stören, und verzichteten auf ihr sonst so lautes Geschnatter.

Immer noch stieg Dunst aus dem Moor auf, doch die goldene Morgensonne hatte schon begonnen, die Schwaden aufzulösen.

»Was macht eigentlich die Liebe, Paul?«, fragte seine Schwester, die er in seiner Träumerei für einen Augenblick fast vergessen hatte.

»Sie wird …«, wollte er antworten, da fegte ein überraschender Luftzug Elsa den Strohhut mit dem flatternden blauen Seidenband vom Kopf. Paul machte einen Satz nach vorne und fing ihn, bevor er in einem der Teiche oder der Goldach landen konnte. Paul strich Elsa die glatten, kinnlangen Haare hinters Ohr, bevor er ihr den Hut wieder aufsetzte.

»Ach du, es ist so schön, dich wiederzusehen«, sagte Elsa und umarmte ihren Bruder. »Du hast mir am meisten gefehlt, du und Balbina, eigenartigerweise. Und ehrlich gesagt habe ich sogar ein bisschen Bammel davor, in ein paar Tagen wieder in meine geliebte fortschrittliche Schweiz zurückzufahren.«

Sie löste sich aus der Umarmung und wuschelte Paul die Haare, bis er ihre Hände festhielt.

»Jetzt erzähl von deiner verwöhnten Liebe, wie läuft es denn da?«

»Sie wird langsam ungeduldig«, sagte Paul. »Ich weiß nur nicht, wie ich es Mutter sagen soll. Sie weiß doch noch nicht einmal, dass ich Lotte seit meiner Lehrzeit in Wiesbaden schon kenne. Sie wird aus allen Wolken fallen.«

»Eine Preußin also«, sagte Elsa und imitierte den Stechschritt der preußischen Armee, wandte den Kopf zackig nach rechts und rief: »Präsentiert das … Gewehr!« Dann begann sie zu kichern und musste sich an Paul festhalten, um nicht zu stolpern.

»Eigentlich ist Lotte ja Hessin«, sagte Paul, »und gar nicht so zackig, wie du dir das vorstellst. Ich wollte die ganze Zeit mit Hermann reden, aber der ist ja so beschäftigt mit seinen eigenen Dingen. Er hat keine fünf Minuten Zeit, mir in Ruhe zuzuhören und mit mir darüber zu reden, wie ich es denn nun Mutter sagen soll.«

»Also wenn du dir Hermann als Berater in diesen Dingen aussuchst, dann kannst du doch gleich den Bock zum Gärtner machen. Er und seine Beziehungen zu Frauen! Mit Sonia hat er zwar das große Los gezogen, aber mit Balbina oder mit unserer Mutter, da knirscht es ganz gewaltig. Also ich meine, da taugt er ja nicht gerade zum Experten oder zum Vorbild. Wozu brauchst du denn überhaupt noch Gespräche? Bring sie doch einfach her und stell sie ihr vor: Mutter, das ist Lotte, das Mädchen aus Wiesbaden, das ich liebe und heiraten möchte. So viel Mumm solltest du doch haben, kleiner Bruder, sonst müsstest du dir das mit der Liebe, mit Heirat und, Gott bewahre, sogar Kindern vielleicht noch einmal überlegen.«

»Du musst reden! Versteckst seit Jahren deinen Maler vor uns. Seid ihr jetzt überhaupt noch zusammen? Er in München, du in der Schweiz?«

»Na gut, Paul, du hast ja recht«, gab Elsa zu. »In der Liebe bin ich eine Versagerin, na und, trotzdem weiß ich, wie andere es besser machen könnten.« Sie lachte und hakte sich bei ihm unter. »Mit meinem Maler. Weißt du, Maler und diese besitzanzeigenden Fürwörter wie *mein*, *dein* und so weiter, das passt einfach nicht zusammen. Aber wir sind Freunde, und das werden wir wohl für immer bleiben, befürchte ich. Wir können nicht ohneeinander, aber eben auch nicht so richtig miteinander.«

Sie schlugen den Weg entlang der Goldach ein, die mit leichtem Gefälle durch die Wiesen bummelte und gluckste.

»Du willst es nicht mit vollem Herzen, stimmt's?«, fragte Paul.

»Ich habe immer das Gefühl, es müsste noch etwas anderes für mich kommen, etwas Besseres, nein, nicht etwas Besseres, sondern einfach etwas Neues, Aufregendes, verstehst du? Aber vielleicht täusche ich mich auch, und ich sollte einfach zufrieden sein mit dem, was ich habe. Nicht dass ich es irgendwann verpasst habe, einen Mann zu finden.« Elsa warf ein Stöckchen in den Bach und sah dabei zu, wie es auf der Wasseroberfläche davonschaukelte. »Mit jedem Jahr, das vergeht, wird es schwieriger. Manchmal frage ich mich, wie es gewesen wäre, wenn ich schon als junges Mädchen den gefunden hätte, der wie für mich gemacht ist. Der eine Mensch für mein ganzes Leben. Selbst wenn ich später darauf gekommen wäre, dass er doch nicht so ideal ist, wie ich es mir in meiner jugendlichen Ahnungslosigkeit erträumt habe. Mit der Zeit hätte ich mich doch an ihn gewöhnt, ich würde ihm verzeihen, das ein und das andere und noch ein Drittes. Ich merke ja auch, dass ich mit jedem Jahr gnädiger mit meiner Umgebung werde.«

Gnädig?, dachte Paul. Seine Schwester und gnädig?

»Dafür hätte ich jeden Abend jemanden, an den ich mich schmiegen kann, wenn mir danach ist. Mit dem ich beim Abendbrot mit meinem Weinglas anstoße, auch wenn wir keine Kinder hätten und nur zu zweit am Tisch säßen. Immer wäre einer da, den ich fragen kann, wie wird das Wetter, soll ich das blaue oder lieber das lila Kleid anziehen?« Sie hielt kurz inne und hing diesem Bild nach, das auch Paul ganz deutlich vor sich sah.

»Und was habe ich stattdessen? Ich glaube, mir lägen die attraktivsten und interessantesten Männer zu Füßen, für einen Monat oder zwei, aber dann, dann bin ich wieder alleine.« Sie tat so, als starre sie ins Wasser und hinüber ans andere Ufer, als habe sie dort etwas entdeckt, einen Frosch oder eine Libelle. Dabei versuchte sie nur ihre Sentimentalität, garniert mit ein paar Tränen, vor Paul zu verbergen. Aber Paul merkte es wohl.

Plötzlich huschte ein Lächeln über Elsas Gesicht.

»Einen Heiratsantrag habe ich in der Schweiz auch schon bekommen«, erzählte sie, »aber der Mann war Russe und ziemlich verrückt.«

»Verrückt nach dir vermutlich«, sagte Paul.

»Tja, der Mann kannte mich nicht, es war nicht mehr als eine flüchtige Bekanntschaft, und ich habe ihn nie wiedergesehen.«

Paul erschien die Begegnung doch mehr als flüchtig, wenn er Elsas Gesichtsausdruck, der nun ganz verändert und seltsam milde war, richtig deutete. »Aber du weißt seinen Namen noch?«, fragte er.

Elsa nickte. »Alexej«, sagte sie, und es klang, als würde sie nach ihm rufen.

Als sie umkehrten und zum Hof zurückgingen, tauchte weiter hinten im Garten Hans Metzger auf. Er war dabei, seine Staffelei unter einer alten Ulme aufzustellen, um zu aquarellieren. Hans winkte ihnen, und Elsa winkte ein wenig gezwungen lachend zurück. Mit der anderen Hand hielt sie ihren Hut fest. Paul sah seine Schwester an.

»Nicht schon wieder ein Künstler«, sagte er.

»Wieso denn kein Künstler? Bist du wirklich so ein Bourgeois, Paul?«

»Hans ist ein lieber Mensch und sogar ein guter Maler, aber leider völlig mittellos. Er ist jetzt schon mehr als ein Gast. Der Goldachhof ist zu seiner zweiten Heimat geworden, oder vielleicht sogar zu seiner ersten.«

»Das macht doch nichts«, sagte Elsa und grinste. »Ich will ihn ja nicht gleich heiraten. Nur ein bisschen besser kennenlernen.« Sie griff nach Pauls Nasenspitze und zog daran. »Ist doch nur Spaß, Paul. Metzger interessieren mich nicht, selbst wenn sie malen können!«

Nicht der schon wieder, dachte Therese, als sie ihren Schwager Max unter den Kunden im Geschäft herumstolzieren sah. Wie ein etwas zu elegant geratener Inspekteur von irgendeiner Aufsichtsbehörde, dachte sie. Wie unangenehm es war, wenn man wusste, einer kam nicht zum Schauen und Staunen, sondern nur, um das Haar in der Suppe zu finden, irgendwas, wo er seinen affigen Spazierstock hineinbohren und darin herumstochern konnte. Solche »Kunden« gab es ab und zu, und meistens handelte es sich dabei um Konkurrenten, die sehen wollten, was es bei Dallmayr wieder Neues gab. Sogar die Präsentation der Waren und die Dekoration der Schaufenster begutachteten diese Leute ganz genau. Einen hatte sie dabei beobachtet, wie er sein Notizbuch gezückt und sich die Preise für einzelne Waren notiert hatte. Und womöglich hätte er auch noch eine Skizze des Schaufensters angefertigt, wenn sie ihn nicht angesprochen und freundlich, aber bestimmt hinauskomplimentiert hätte. Therese kannte ihre Pappenheimer, sogar wenn sie Strohmänner schickten zum Spionieren. Sie behielt sie im Auge. Etwas anderes hatte sie weiß Gott nicht nötig. Es schmeichelte ihr insgesamt sogar. Viel Feind, viel Ehr, hieß es schließlich. Zu Recht.

Doch bei diesem einen speziellen »Kunden« lag die Sache etwas anders. Er kam nie nur zum Spionieren und Nachahmen, er suchte immer wie ein Spürhund nach einer kleinen oder größeren Unregelmäßigkeit, nach dem feinen Riss in der Fassade, wo er sich mit Eifer hineinwühlen konnte. Herrgott, dabei hatte sie doch gleich den Termin mit dem Herrn Hönig. Musste er gerade jetzt auftauchen? Und ein Rückzug war nun auch nicht mehr möglich, weil Max sie bereits gesehen hatte.

»Einen schönen guten Morgen, Schwägerin«, schmetterte er durchs Geschäft und machte einen übertriebenen Kratzfuß.

»Was verschafft mir die Ehre, Max?«

»Ich wollte mich noch bedanken für die Einladung zum Gedenkgottesdienst für meinen Bruder. Und dir zu deiner Allee gratulieren!«

Sie führte ihn ins Kontor und schickte Rosa in eine kurze Pause.

»Nanu?«, fragte Max gleich misstrauisch, »ist dein Büro gerade belegt? Baust du um?«

»Ich erwarte Besuch, und es ist schon alles vorbereitet«, erklärte Therese, was sofort das misstrauische Interesse ihres Schwagers entfachte. Therese hoffte, dass Hönig nicht überpünktlich eintreffen würde. Ihr Schwager würde keine Ruhe mehr geben, wenn er dem Architekten bei ihr im Haus begegnete.

»Ach so?«, fragte Max. »Scheint ja ein wichtiger Besuch zu sein.«

»Nur ein Lieferant«, behauptete Therese und kreuzte im Geist die Finger hinter dem Rücken, wie Johann es auf dem Goldachhof gemacht hatte. Meine Güte, sie hoffte bloß, dass Max nicht doch dem Herrn Hönig begegnete. Vielleicht kannten sich die beiden am Ende. »Ja, die Allee, hat sie dir gefallen?«

»Ein bisschen mickrig sind die Bäumchen«, antwortete Max, »aber das wird schon noch. Da hast du ja für die Zukunft gebaut, sozusagen. Deinen Kindern und Enkeln wird es einmal mehr zugutekommen als dir selbst.«

»Ja, wir werden alle nicht jünger«, spielte Therese den Ball zurück. Die fünf Jahre Altersunterschied zwischen ihnen machten ja nun keinen wirklich großen Unterschied. »Als Junggeselle musst du natürlich nicht so weit in die Zukunft planen. Wer keine Kinder und Enkel hat, braucht sich nicht viele Gedanken machen, wie es nach ihm weitergeht.« Das musste sie ihm jetzt doch noch mitgeben.

Er blitzte sie kurz an, fing sich aber gleich wieder. »An der schönen Balbina sind die Jahre aber auch nicht spurlos vorübergegangen«, bemerkte er. »Schade, wie manche Frauen sich zu ihrem Nachteil entwickeln. Als Mädchen Schönheiten, aber dann bekommt der Lack ganz schön viele Kratzer.«

»Sie ist eben keine sechzehn mehr, hat ein Kind, führt ein Hotel. Eine Frau, die mitten im Leben steht.«

»Und was für eine freche Rotzgöre sie da herangezogen hat«, fuhr Max unbeirrt fort. »Mein Lieber, die hat euch alle ganz schön auf Trab gehalten.«

»Immerhin ist ja noch alles gut ausgegangen. Mit Kindern gibt es halt immer auch Aufregungen, das gehört dazu. Bist du wegen etwas Bestimmtem gekommen oder zum Plaudern?«, fragte Therese und sah auf die Uhr. Hönig würde jeden Moment eintreffen.

»Ja, was ich vergessen habe zu fragen am Sonntag: Habt ihr jetzt eigentlich eine Genehmigung für euer Kraftwerk auf dem Goldachhof bekommen, oder betreibt ihr das weiterhin schwarz?«

Daher wehte also der Wind. Das war es also, was er am Sonntag gern in Erfahrung gebracht hätte. »Schwarz betreiben klingt ja richtig kriminell, Max. Dabei machen wir doch kein Geschäft mit unserem Strom. Den brauchen wir ausschließlich selbst. Damit verdienen wir kein Geld, und wir nehmen auch niemandem etwas weg.«

»Eine Genehmigung brauchst du trotzdem, sonst ist es ein Schwarzbau.«

»Da musst du dir keine Sorgen machen, Max. Wir haben noch vor Ostern den Lokaltermin zur Kraftwerksbeschau gehabt. Und seit dem 12. April haben wir eine offizielle Genehmigung zur privaten Stromerzeugung auf dem Goldachhof.« Peng, das saß, und zwar mitten in der Magengrube ihres Schwagers. Eine Stelle weniger, an der er kratzen konnte. »Und ich müsste jetzt wirklich, mein Termin, Max.«

Für zwei, vielleicht drei Sekunden war Max ganz still und

nachdenklich. Und genau in dem Moment, als Therese ihn zum Ausgang komplimentiert hatte, trat der Architekt Eugen Hönig durch die Ladentür, und Max schien auf der Stelle zu wissen, wen er da vor sich hatte und dass es sich sicher nicht um einen Lieferanten handelte.

Therese beeilte sich, Hönig fort von ihrem Schwager und in ihr Büro zu lotsen und den Blick, den er ihr nachschickte, zu ignorieren. Sie hatte ihren großen dunklen Schreibtisch frei geräumt und das Modell aus Sperrholz aufgestellt. Ihr Traumhaus, in dem das bestehende Haus und die beiden Nebengebäude verschmolzen zu etwas Neuem, Großem, Beeindruckendem.

»Ja, ist denn schon Weihnachten?«, fragte Hönig. Therese wollte gerade die Tür hinter ihm absperren, doch der Architekt wollte sich noch rasch frisch machen, und Therese zeigte ihm den Weg. Als er zurückkam, hatte sie zwei Gläser mit Cognac gefüllt und reichte ihm eines davon.

»Worauf trinken wir?«, fragte Eugen Hönig. »Auf den Palazzo Dallmayr?«

Es klopfte. Therese hatte nun doch vergessen, die Tür abzusperren, als Hönig zurückgekommen war. Noch bevor sie etwas erwidern konnte, flog die Tür auf, und da stand Paul mit einer jungen rothaarigen Frau, die Therese noch nie zuvor gesehen hatte.

»Mutter, ich möchte dir …«, stammelte Paul. Da erst bemerkte er, dass Therese nicht allein war. Sein Blick wanderte zuerst zu Hönig, dann zum Tisch, wo Thereses Luftschloss stand, gelb und weiß angemalt wie eine fünfstöckige Torte mit Zuckerguss.

»Was soll das sein?«, fragte Paul.

»Zukunftsmusik, Paul«, antwortete Therese. »Man ist nie zu alt zum Träumen. In fünf Jahren vielleicht, oder auch in zehn.« Sie räusperte sich. »Wolltest du mir vielleicht jemanden vorstellen?«

Paul sah sich um, als hätte er die junge Dame hinter sich ganz vergessen.

»Das ist Lotte, Mutter«, sagte er erregt.

»Lotte, und wie noch?«

»Lotte Blisch«, antwortete die junge Frau. »Paul und ich haben uns in Wiesbaden kennengelernt.«

»Und jetzt kommen Sie uns in München besuchen, Fräulein Blisch? Das freut mich sehr.« Therese ging mit ausgestreckter Hand auf sie zu. »Haben Sie sich schon ein wenig im Geschäft umgesehen?«

»Ich hoffe, das darf ich jetzt gleich tun und vielleicht auch nicht nur mit den Augen.« Auf den Mund gefallen war sie schon mal nicht.

»Eugen Hönig«, stellte Therese den Architekten vor. Er nickte den beiden zu. »Wir werden auch bald fertig sein. So viel gibt es ja noch gar nicht zu besprechen«, versuchte Therese abzuwiegeln. »Dann sehen wir uns hoffentlich beim Mittagessen.«

»Gerne«, sagte Lotte und gab Paul ein Zeichen, dass es Zeit war, den Rückzug anzutreten.

Was für ein hübsches Mädchen, dachte Therese, aufgeweckt und gar nicht schüchtern. Wiesbaden, wie lange war das jetzt her? Fast zwei Jahre. Da hatte es doch bestimmt Treffen, Reisen hin und her gegeben zwischen den beiden, von denen sie nie etwas erfahren hatte.

Hönig räusperte sich. »Was für eine nette Kollision mit zwei Unbekannten«, sagte er grinsend. »Ihr kleines Geheimnis sollte wohl eine Überraschung für die Familie werden und noch geheim bleiben?«

»Alle Geheimnisse kommen irgendwann ans Licht, und meist nicht unbedingt zur rechten Zeit«, sagte Therese. »Das müsste ich eigentlich selbst am besten wissen. Wenn man etwas zu lange geheim hält, riskiert man bloß, dass es für die anderen zu einer bösen Überraschung wird. Von daher ist es vielleicht ganz gut, dass Paul jetzt weiß, was da noch auf ihn zukommen wird. Vorausgesetzt, es gelingt mir irgendwann, die beiden Nachbarhäuser zu erwerben. Bis dahin wird aber noch viel Wasser die Isar hinunterfließen.«

»Am Anfang steht immer eine Idee und dann ein Plan«, antwortete der Architekt. »Der Anfang ist also gemacht, denn Ihr Modell steht ja. Ich hätte da auch noch ein paar Vorschläge, wie wir aus Ihrem Palast einen richtigen Tempel machen. Einen Genusstempel sozusagen.«

»Aus diesem Grund habe ich Sie hergebeten«, sagte Therese. »Lassen Sie hören.«

Beim Mittagessen bot sich die Gelegenheit, das Fräulein Lotte etwas näher kennenzulernen. Sie war nun doch ein wenig nervös und aufgekratzt und redete ziemlich viel. Paul und sie wirkten sehr vertraut miteinander, wie alte Freunde aus Sandkastentagen. Für Therese stand fest, dass die beiden sich seit Pauls Weggang aus Wiesbaden gesehen haben mussten, und bestimmt nicht nur einmal. Natürlich heimlich. Wie das nun zu verstehen war und ob es gegen den guten Ruf des Mädchens sprach, oder nur für ihre Eigenständigkeit, darüber wollte Therese noch nicht urteilen, bevor sie nicht mehr von ihr erfahren hatte. Dass sie verliebt waren und Mühe hatten, auf der Sitzbank nicht enger zusammenzurücken, als sich schickte, das war unschwer zu erkennen.

Die Köchin trug die Suppenteller ab, und Therese fragte, wie die beiden sich kennengelernt hätten. Lotte erzählte, dass es an Thereses Geburtstag vor zwei Jahren gewesen war. Paul war zum ersten Mal ins Telegrafenamt gekommen, und Lotte hatte die Leitung nach München für ihn geschaltet, weil sie dort als Telefonistin beschäftigt war.

»Ich erinnere mich«, sagte Therese. »Habe ich Paul nicht an genau dem Tag das Telegramm geschickt und ihn gebeten, dass er wieder nach Hause kommt?« Paul warf Lotte einen raschen Blick zu. »Warst du nicht krank an dem Tag, Paul? Das hat Rosa mir jedenfalls erzählt.«

»Doch, ich habe es am späten Nachmittag noch mal versucht, konnte dich aber nicht erreichen.«

»Ich bin jedenfalls sehr froh, dass Paul jetzt wieder in München ist und sich um das Geschäft kümmert.« Zwei Jahre. Wie oft mochten sich die beiden in diesen zwei Jahren getroffen haben, und wo eigentlich?

Fräulein Lotte sprach auch während des Hauptganges viel, wahrscheinlich weil sie so nervös war. Kein Wunder, dachte Therese. Sie war schließlich das erste Mal in München, zumindest offiziell, und nun auch noch in der Familie. Schade um das gebratene Hähnchen mit Semmelknödel, ein Gericht, auf das Anni sich wirklich verstand. Es wurde unter Lottes munterem Geplapper kalt. Eben erwähnte sie einen Detektiv, mit dem sie in ihrem Stammcafé zusammengesessen hatten.

»Detektiv?«, hakte Therese nach. »Was denn für ein Detektiv?« Der Blick, den Paul seiner Lotte jetzt zuwarf, sprach Bände. Sie hatte sich verplappert.

»Emil Hoppe hieß er, weißt du noch, Paul, er sah aus wie dieser Privatermittler im Wilden Westen …«

Therese hörte sich das Gestammel ein paar Minuten an, dann wischte sie sich mit der Serviette über den Mund, schob ihren Teller zur Seite und stützte die Ellbogen auf den Tisch. »Entschuldigen Sie, wenn ich Sie unterbreche, Fräulein Lotte. Aber kann mir jetzt mal jemand sagen, was es mit diesem Detektiv auf sich hat und was damals wirklich geschehen ist, in Wiesbaden? Mir scheint, es gibt da Dinge, die mir bisher entgangen sind. Ob ich sie erfahren sollte, weiß ich nicht. Aber ich möchte es schon gern. Und zwar nicht irgendwann, sondern jetzt gleich.«

Die Köchin klapperte ungeschickt mit dem Geschirr und

traute sich nicht, das Dessert zu servieren. Die Schüssel mit der frisch gerührten Bayerischen Creme mit pürierten Erdbeeren stand unberührt auf der Anrichte.

»Also gut.« Paul gab sich geschlagen. Er entschied sich für die Wahrheit und gab seiner Mutter eine Zusammenfassung der ganzen Geschichte von dem Vorwurf der Unterschlagung bis zur Aufklärung des Falles durch den Detektiv.

»Und da untersteht ihr euch, mir die ganze Zeit nichts davon zu erzählen?« Therese war fassungslos. »Wo ist denn das Geld hergekommen für diesen Detektiv? Er wird ja nicht umsonst für euch gearbeitet haben.«

Paul zögerte. »Ich habe es mir geliehen«, sagte er schließlich ausweichend.

»Von wem?«, fragte Therese. »Die Bank wird es dir kaum gegeben haben.«

»Nein, nicht von der Bank«, gab Paul zu. »Von privat.«

»Und wer ist nun der private Geldgeber? Der Herr von Poschinger etwa?« Das sähe ihrem Freund ähnlich, dass er bereit wäre, einem ihrer Söhne finanziell aus der Patsche zu helfen. Aber dass er ihr zwei Jahre lang nicht davon erzählt hätte, das wunderte sie dann doch.

Paul schüttelte den Kopf. »Der Herr von Poschinger war's nicht.«

»Wer dann? Hermann? Elsa?«

Paul schüttelte resigniert den Kopf. Seine Mutter würde jetzt keine Ruhe mehr geben. »Balbina hat mir das Geld gegeben und mittlerweile auch alles wieder zurückbekommen. Die Sache hat sich ja aufgeklärt, Mutter.«

»Und warum bist du damit nicht zu mir gekommen? Ich bin doch kein Menschenfresser!«

»Mutter, bitte. Ich habe mich einfach geschämt, dass man mich unter einen solchen Verdacht gestellt hat. Ich wollte keinen Skandal, sondern es selbst lösen. Versteh das doch bitte.«

Balbina? Und kein Sterbenswörtchen hatte sie darüber verloren, draußen am Goldachhof. Der alte Stachel der Missgunst bohrte sich wieder in Thereses Fleisch, gerade jetzt, wo sie gedacht hatte, dass ein Neuanfang mit ihrer Quasi-Stieftochter gemacht wäre.

Anni brühte Kaffee auf. Eine gute Idee. Aber noch lieber wäre Therese jetzt ein Schnaps oder ein Glas Cognac gewesen. Sie hatten sie einfach hintergangen.

»Wusste sonst noch jemand davon außer dir und Balbina?«

Paul starrte auf die Schüssel mit dem Dessert.

»Das Geld ist fast ganz zurückbezahlt«, sagte er, als würde das ihre Frage beantworten.

Therese überlegte, wo die Verbindung zwischen Paul und Balbina war, und kam ziemlich schnell auf die Lösung.

»Rosa«, sagte sie. »Die also auch.«

»Sie wollte mir doch nur helfen«, sagte Paul.

»Und warum hast du mich nicht gefragt? Meinst du, ich hätte dir nicht geholfen?«

»Doch. Aber es war mir einfach zu peinlich.«

Therese schüttelte langsam den Kopf. Ach Paul, dachte sie. Kaum war er groß geworden, war seine Mutter die Person, die er auf keinen Fall mit seinen Problemen belästigen wollte. War das nun ein Naturgesetz oder etwas, das speziell mit ihr zu tun hatte? Und jetzt saß er da, mit seiner rothaarigen Telefonistin. Wollte er diese Frau etwa heiraten? Eine Telefonistin aus Wiesbaden? Fand wirklich keiner ihrer Söhne eine Fabrikantentochter oder Erbin eines Geschäfts oder Unternehmens in München? Musste es immer von so weit weg sein? Sie spürte plötzlich eine ungeheure Müdigkeit.

»Entschuldigt mich jetzt bitte«, sagte sie. »Aber ich muss mich kurz hinlegen. War ein anstrengender Vormittag.« Therese stand auf und ging zur Tür. »Anni, würdest du dann bitte das Gästezimmer für Fräulein Lotte herrichten?«

Die wirklich wichtigen Gespräche in der Familie wurden in der guten Stube geführt. Anton war auf seinem Foto an der Wand hier immer mit dabei. Therese begrüßte ihn stets mit einem Lächeln, wenn sie das Zimmer betrat. Doch heute fiel ihr das nicht so leicht wie sonst. Auf der Kredenz standen ein weißer Portwein aus Lissabon und ein Oloroso Sherry aus Jerez de la Frontera. Therese schnupperte an den beiden Flaschen und wartete auf Paul. Sie entschied sich für den Portwein, weil er weniger nach Fass und dafür mehr nach Sonne und Korkeichen roch.

»Lotte ist schon schlafen gegangen«, sagte Paul, als er die Stube betrat. »Wir haben viel vor am Wochenende.«

»Auch einen kleinen Porto?«, fragte Therese ihn.

»Warum nicht? Ist das der aus Portugal, den Hermann damals bei dieser Dona Irgendwas entdeckt hat?«

»Dona Quitéria.« Therese nickte. »Sie ist leider bereits verstorben. Aber es gibt jetzt eine Dona Esmeralda, die das Geschäft weiterführt. Ihre Tochter. Du willst Lotte bestimmt die Stadt zeigen.«

»Sie möchte gerne zum Goldachhof hinausfahren, um Hermann und seine Familie zu treffen. Und am Abend wollen wir ins Café Perzel oder eine andere Volkssängerbühne. Damit sie das auch mal erlebt, wenn sie schon in München ist.«

»Verstehen wird sie allerdings nicht allzu viel«, bemerkte Therese. »Die Coupletsänger und -sängerinnen sprechen doch grundsätzlich nur ihr Münchnerisches Bairisch, und da wird deine Lotte aus Hessen dich als Übersetzer brauchen. Im Café Perzel, tritt da nicht auch dieser Neffe von Korbinian auf, von dem er immer behauptet, er sei so ein Nichtsnutz?«

»Wirklich? Der Fey?«

»Wie ich gehört habe, nennt er sich jetzt nicht mehr Fey, sondern Valentin. Karl Valentin. Frag mich nicht, warum.« Sie reichte ihm sein Glas. »Es ist dir ernst mit dem Mädchen?«

»Merkt man das nicht?«

»Doch«, sagte Therese.

»Gefällt sie dir?«

»Ja, schon. Sie ist hübsch, nett, nicht zu schüchtern. Aber ich kenne ihre Familie noch nicht. Und Lotte ja auch nicht wirklich, nach der kurzen Zeit. Und dann noch diese Wiesbaden-Geschichte, die mir den ganzen Tag nicht mehr aus dem Kopf gegangen ist. Wieso bist du damit nicht zu mir gekommen, Paul?«

Paul schwenkte sein Glas und sah dem Portwein zu, wie er träge vom Rand zurück in die Mitte floss.

»Bin ich ein Monster? Hattest du Angst, ich würde dir deshalb den Kopf abreißen?«

Er schüttelte den Kopf. »Manche Dinge muss man eben ohne die Eltern regeln.« Er redete daher wie ein Reformpädagoge. »Eltern erfahren doch nie alles von ihren Kindern. War es bei dir anders?«

»Um mich geht es jetzt nicht.« Der Portwein schmeckte im Nachgang ein kleines bisschen nach Medizin. »Überall bist du hingelaufen, zu Rosa, zu Balbina, zu deiner Lotte, dann noch zu diesem Detektiv. Nur zu mir bist du nicht gekommen.«

»Wir haben das Problem doch lösen können, Mutter. Man braucht auch Freunde im Leben, und ein paar kleine Geheimnisse.«

Jetzt ist es aber kein Geheimnis mehr, dachte Therese.

»Damals war das ganz schlimm für mich. Ich wusste nicht mehr, wie es weitergehen sollte. Wenn plötzlich alle davon ausgehen, du bist ein Dieb, ist das schrecklich. Aber weißt du, was ich heute denke? Wenn diese blöde Sache bei Ecker Nachfolger nicht passiert wäre, hätte ich Lotte nie kennengelernt. Und dann ist es mir lieber, dass sie passiert ist. Außerdem wäre ich sonst nicht nach München zurückgekehrt, sondern hätte auf jeden Fall meine Lehre in Wiesbaden fertig gemacht,

Mutter. Dann hätten wir beide gleich das nächste Problem gehabt.«

»Soso«, antwortete Therese.

»Bist du eigentlich zufrieden mit mir?«

»Wie meinst du das jetzt?«, fragte Therese.

»Na, im Geschäft.«

»Was ist denn das für eine Frage, Paul?«

»Du sagst nie was, deshalb frage ich dich.«

»Du weißt doch, wie sehr ich deine Arbeit hier schätze, das musst du doch merken.«

»Du meinst, nicht geschimpft ist genug gelobt?«

»Nein, ich meine, ich sehe doch, was du hier alles tust. Ohne dich wäre ich aufgeschmissen. Und du machst das alles sehr gut.«

»Danke.« Er saugte das letzte Tröpfchen aus dem Portweinglas. »Und was hast du heute in deinem Büro mit diesem Architekten zu besprechen gehabt?«

O ja, dachte Therese, das war ja auch noch ein Thema zwischen ihnen, das es wert war, in der guten Stube besprochen zu werden.

»Warum weiß eigentlich ein Fremder mehr als deine beiden Söhne, die sich Tag und Nacht fürs Geschäft abrackern? Ich hier in München und Hermann auf dem Goldachhof mit der Landwirtschaft, dem Geflügel und dem ganzen Personal. Wir schuften den lieben langen Tag wie die Ochsen, während du schon wieder etwas Neues planst, ohne es mit uns zu besprechen?«

»Hat Hermann dich gegen mich aufgehetzt?«, fragte Therese.

»Das muss er gar nicht. Erst dachte ich, Hermann leidet unter einer Art Verfolgungswahn, als er mir erzählte, du hättest mit dem Herrn von Poschinger über Expansionspläne gesprochen. Ich dachte, was regt mein Bruder sich schon wieder auf. Aber als ich diesen Herrn Hönig heute bei dir sitzen sah, da hab ich gedacht, wenn Hermann jetzt da wäre, würde er die Wände hochgehen. Wie kannst du so etwas nur ohne uns planen?« Paul hatte sich jetzt so dicht vor ihr aufgebaut, dass Therese lieber einen Schritt zurücktrat und im Sessel vor dem Kamin Platz nahm.

»Es ist doch nur ein Traum, weiter nichts«, sagte sie. »Und ich rede grundsätzlich nicht über ungelegte Eier, das hat noch nie was gebracht.«

»Mutter, diesmal übertreibst du es. Du hast vor zwei Jahren den Goldachhof ohne unser Einverständnis, sogar ohne unser Wissen gekauft. Das hat Hermann noch einmal weggesteckt, auch wenn es lange gedauert hat und unter der Oberfläche immer noch rumort. Du kannst von Glück sagen, dass Sonia da ist und ihn immer wieder besänftigt. Sie ist die Einzige, der das gelingt. Aber wenn du ihn jetzt schon wieder übergehst, weiß ich nicht, wie das werden soll. Das kannst du nicht machen, Mutter.«

»Das lass mal meine Sorge sein, Paul. Ich bin immer noch ein eigenständiger Mensch und ...«

»Ja, du bist die Chefin hier, Mutter. Schon klar. Aber wir arbeiten uns dumm und dämlich und haben trotzdem manchmal den Eindruck, wir wären nichts weiter als deine Angestellten. Dabei sind wir deine Söhne und wahrscheinlich auch deine Nachfolger, wenn du nichts anderes geplant hast.«

»Ich bitte dich, was sollte ich denn anderes geplant haben?«

»Weiß man's?«

»Paul!«

»Also, Mutter«, Paul atmete einmal tief durch, »machen wir Nägel mit Köpfen. Ich möchte Lotte heiraten. Wir sind jetzt eineinhalb Jahre zusammen.«

So viel zum Thema Geheimnisse, stieß es Therese sauer auf.

»Ich liebe sie und will keine andere. Ich möchte jetzt, mit deinem Einverständnis, offiziell bei Lottes Eltern um ihre Hand anhalten.«

»Dann sag ihnen aber besser nicht so unverblümt wie mir, dass ihr seit Jahren zusammen seid.«

»Gut, das heißt, ich habe dein Einverständnis?«

Therese hätte gern erfahren, wo die beiden sich getroffen hatten seit Pauls Weggang aus Wiesbaden. Wie sie das arrangiert hatten und wie es Lotte gelungen war, das alles vor ihrer Familie zu verbergen. Aber sie wusste, dass sie von Paul keine zufriedenstellende Antwort erhalten würde. Eltern mussten ja von ihren Kindern nicht alles erfahren – seine Worte.

»Dann wünsche ich dir viel Glück, Paul!« Therese stand auf und umarmte ihren Sohn. Er blieb jedoch steif, unversöhnlich. Ihre Aussprache war noch nicht beendet.

»Du planst also einen Neubau?«

»Nur für den Fall, dass ich die Nachbarhäuser dazubekomme. Ich habe nicht vor, unser Haus abzureißen. Ich möchte lediglich aufstocken und anbauen, die Fassade neu gestalten. Der Laden soll im Prinzip so bleiben, nur eben größer werden, ein weiteres Stockwerk dazubekommen. Wie ein Warenhaus. Wie Tietz am Bahnhof oder Oberpollinger in der Neuhauser Straße. Aber ohne Mode und Schnickschnack. Nur Delikatessen, vielleicht den ein oder anderen Geschenkartikel, aber es soll immer etwas mit Küche, Essen und Trinken zu tun haben. Und von allem nur das Beste bieten, versteht sich.«

»Können wir uns das denn leisten?«

»Wir können, Poschinger und die Vereinsbank wären mit im Boot.«

»Ach so, Poschinger weiß auch schon von deinen Plänen.«

»Durch einen Zufall, Paul. Aber erzähl das bloß nicht Hermann. Ihm habe ich gesagt, es ginge um Ackerflächen.«

»Dann hast du ihn angelogen, Mutter?« Pauls Blick war vernichtend. »Meinst du denn, Hermann ist dumm? Da kommt er mit Sicherheit irgendwann selbst drauf.«

»Ja, und jetzt?«

»Wenn du nicht willst, dass ich Hermann davon erzähle …«

»Um Himmels willen, Paul, bloß nicht! Bei seinem aufbrausenden Temperament.«

»Dann gibt es nur eine Möglichkeit.«

»Und die wäre?«

»Du sagst es ihm selbst.«

»Aber nicht jetzt schon. Das ist überhaupt nicht meine Art. Es ist zu früh, darüber zu reden.« Therese verschränkte die Arme vor dem Körper.

»Genau jetzt«, beharrte Paul. »Ich weiß, dass es nicht deine Art ist. Aber es wird Zeit, dass du mal über deinen Schatten springst, Mutter. Lass dir das Wochenende noch Zeit, und dann sagst du es ihm oder uns. Meinetwegen spiele ich da noch mit und tu so, als wüsste ich von nichts. Doch dann muss es auch wirklich passieren, Mutter. Ich lasse mich sonst nicht mehr auf solche Spielchen ein.«

»Dann musst du aber aufpassen, dass deine Lotte sich nicht wieder verplappert, wenn ihr auf dem Goldachhof seid.« Das musste Therese ihm noch aufs Butterbrot schmieren.

»Das werde ich, Mutter. Und du bestellst Hermann nach München und zeigst uns ganz offiziell dein Traumhaus. Dann kannst du ihn fragen, was er davon hält und ob er sich das vorstellen kann. Denk daran, Mutter, wir sind deine Partner, oder gar Nachfolger. Nicht deine Lakaien.« Wie redete er bloß mit ihr?

»Na gut«, sagte sie um des lieben Friedens willen. »Ich will es mir überlegen.«

Immerhin umarmte Paul sie zum Abschied und gab ihr sogar noch einen Kuss auf die Wange, wie er es schon lange nicht mehr getan hatte.

»Gute Nacht, Mutter.«

»Schlaf gut, Paul.«

Während er die Tür zuzog, sah Therese zu Anton und zuckte die Achseln.

»Kommt in den besten Familien vor, dass mal nicht alle derselben Meinung sind«, brummte sie.

Als Therese zu Bett ging, konnte sie nicht anders, als im Vorbeigehen an Pauls Tür zu horchen. Sie musste erst gar nicht durchs Schlüsselloch schauen. Sie wusste sowieso, dass er nicht in seinem Zimmer war. Aber nun waren ihre Kinder alle erwachsen, auch Paul. Und Lotte war jetzt schließlich mehr oder weniger offiziell seine Verlobte. In Gottes Namen, sagte Therese sich, ging an Pauls leerem Zimmer vorbei und endlich zu Bett.

»Magst du auch noch eine Maß oder eine Halbe?« Max saß mit seinem Freund Karl Braumiller im Donisl am Marienplatz und winkte der Kellnerin.

»Für mich höchstens eine Radlerhalbe«, antwortete Braumiller.

»So? Was ist denn mit dir los?«, frotzelte Max. »Sag bloß, du wirst alt?«

»Ich vertrag nicht mehr so viel, ja, wahrscheinlich werde ich alt«, gab Braumiller zu. »Genau wie du. Aber jetzt erzähl doch, Max. Du hast doch etwas auf dem Herzen, wenn du mich anrufst und zum Donisl einlädst. So freigiebig bist du sonst nicht. Nur wenn du was brauchst.«

»Nur dein Ohr, und vielleicht deinen Rat«, antwortete Max und bestellte die nächste Runde Getränke und eine Brotzeit dazu. Als Stammgast hatte er einen ruhigeren Tisch etwas abseits vom Trubel der mit dunklem Holz getäfelten Gaststube bekommen.

Als sie von dem Geräucherten und dem kalten Braten mit Meerrettich gegessen hatten, erzählte Max seinem Freund Braumiller die Sache mit dem Kuckuckskind seines Bruders, die ihm einfach keine Ruhe mehr gelassen hatte, seit Balbina ihn am Goldachhof aufgeklärt hatte.

Braumiller nahm einen langen Zug aus seinem frischen Radler und wischte sich über den grau gewordenen Schnauzbart.

»Und was sagst du jetzt dazu?«, fragte Max.

»Tja«, antwortete Braumiller. »Wär nicht der erste Seitensprung, der mit einem Bankert endet. Ledige Kinder gibt's mehr als genug.«

»Ja, aber mein Bruder!«, ereiferte sich Max.

»Denk dir nichts. Das kommt in den besten Familien vor.« Max konnte gar nicht glauben, wie ruhig sein Freund blieb.

»Ja und jetzt?«, fragte Braumiller. »Ist dieses Kind jetzt auch erbberechtigt?«

»Meinst du?«, fragte Max.

»Das kommt darauf an, ob dein Bruder diese Tochter oder ihre Mutter irgendwie abgefunden hat, mit Geld, oder ob sein Name im Geburtsregister als Vater eingetragen ist. Er kann auch später noch nachgetragen worden sein.«

Braumiller schien sich auszukennen. Das hatte Max gehofft, und deshalb hatte er ihn zum Donisl eingeladen.

»Kann man das nachschauen?«, wollte Max wissen.

»Ja freilich, im Geburtsregister. Ich weiß nur nicht, ob sie dir da Auskunft geben, als Bruder. Eigentlich geht dich das ja nichts an.« Max wollte protestieren, aber er wusste ja, dass es stimmte, was Braumiller sagte.

»Aber ein Rechtsverdreher oder ein Notar, die wissen immer, wen sie fragen können, und finden auch einen passenden Grund. Erbschaftsangelegenheit oder so etwas, das geht immer. Die bekommen in der Regel Einblick und versprechen dann Verschwiegenheit oder etwas in der Art, aber die müssten das schon herauskriegen.«

»Bist du sicher?«

Braumiller sah ihn an. »Wieso willst du das überhaupt wissen? Hast du was vor?«

Max antwortet nicht, sondern sah verträumt der jungen

Kellnerin mit ihren blonden Zöpfen hinterher. Sie war seit Langem das Hübscheste, was der Donisl zu bieten hatte.

»Hast du immer noch nicht die Hoffnung aufgegeben, dass du einen Fuß in das Geschäft deiner Schwägerin bekommst?«, bohrte Braumiller nach.

Max grinste.

»Ja, aber wie willst du das denn anstellen?«

»Also, Karl«, riss Max sich endlich vom Anblick der Kellnerin los, »du bist doch sonst auch so ein cleverer Geschäftsmann, Bauunternehmer, und einer der größeren, wenn nicht richtig großen in München. Das wird man doch nicht, wenn man nicht hell ist auf der Platte.« Aber bei Karl Braumiller schien immer noch nichts zu klingeln.

»Also, pass auf«, erklärte Max ihm. »Falls mein Bruder als Vater von Balbina eingetragen ist im Geburtsregister, und da nicht ›unbekannt‹ steht, dann hätte sie einen Anspruch auf das Erbe wie die anderen Kinder meines Bruders auch, oder?«

»Vielleicht nicht genau gleich, aber zumindest anteilig schon, wenn er seinen Namen hat eintragen lassen.«

»Wenn sie aber ihren Anspruch gar nicht kennt oder ihn nicht geltend machen wollte bisher, weil sie immer noch zerstritten ist mit Therese und ihren Halbgeschwistern?«

»Tja, dann verfällt der Anspruch eben«, mutmaßte Braumiller.

»Und wenn jetzt jemand käme und ihr auf die Sprünge helfen würde, damit sie ihren Anteil einfordern oder erstreiten kann, meinetwegen über den Weg einer Klage?«

»Wenn sie ihn aber, wie du sagst, gar nicht will, weil sie mit der Familie entzweit ist?«, entgegnete Braumiller.

»Dann will sie vielleicht ihren Anteil am Geschäft nicht, aber Geld kann doch jeder brauchen. Ich bitte dich. Der laufende Betrieb des Hotels, das sie zusammen mit ihrem Mann führt, kostet doch Unsummen. Eine Geldspritze kommt doch da immer gelegen.«

»Ja, und wo soll das Geld herkommen?«

Max grinste. Er klemmte den rechten Daumen unter den Hosenträger und streckte die Brust heraus.

»Ach so, von dir! Jetzt verstehe ich.« Braumiller tippte sich an die Stirn. »Du bietest ihr Geld, kaufst ihr ihren Anteil ab und hast endlich einen Fuß im Dallmayr. Das ist es doch, wovon du seit Jahren träumst.«

»Ganz genau«, sagte Max und hob seinen Maßkrug, um mit Braumiller anzustoßen. »Magst noch eine Halbe?«

»Ich bin so frei«, antwortete Braumiller. »Aber sag mal, bist du gerade so flüssig? Das wird dich schon eine Stange Geld kosten. Und dein Laden wirft ja auch nicht so viel ab wie der von deiner Schwägerin.«

»Cilli«, rief Max, »noch eine Maß und ein Radler für den älteren Herrn!« Dann wandte er sich wieder an Braumiller. »Ich hab den Wald bei Landshut verkaufen können. Gut verkaufen. Zehn Jahre habe ich gewartet, und jetzt kommt ein Unternehmer zu mir und will seine erfolgreiche Leim- und Pappdeckelfabrik noch erweitern und hat meinen Grund dazugekauft.«

»Ah, daher weht der Wind. Deshalb kommt dir jetzt die Sache mit der Balbina besonders gelegen. Ich kann, wenn du willst, bei meinem Notar vorbeigehen und ihm die Sache antragen wegen dem Geburtsregister. Das macht der schon für einen seiner besten Mandanten«, versprach Braumiller.

»Kann ich mich da auf dich verlassen, Karl, und auf deine Diskretion?«

»Freilich, Max. Das ist ja jetzt wirklich kein großes Kunststück.«

»Dank dir schön!«, antwortete Max und kniff der blonden Cilli in den Po, während sie die Getränke auf den Tisch stellte.

Paul machte dauernd »mmm« und »mhhhhm« und rannte zwischen Tisch und Herd hin und her, um Therese beim Kochen über die Schultern zu schauen. Anni trug die panierten und in Butter gebratenen Kalbsschnitzel auf und eine Schüssel mit jungen Kartoffeln.

»Die Soße ist gleich so weit«, rief Therese.

Der Topf, der im Wasserbad stand, klapperte rhythmisch, während sie die Sauce Béarnaise mit dem Schneebesen aufschlug. Die goldgelbe Buttersoße durfte auf keinen Fall gerinnen. Die kräftigen Schläge brachten sie ins Schwitzen. Am Ende schmeckte sie die Soße mit gehacktem Estragon und Kerbel ab, probierte noch einmal und fügte eine mikroskopische Prise Salz hinzu. So und nicht anders musste das schmecken. Therese verteilte ihre Soße löffelweise auf die Teller. Paul fächerte sich mit der Hand den feinen Estragonduft, den er so liebte, unter die Nase.

»Fangt an«, forderte Therese sie auf. »Genau jetzt schmeckt sie am besten.«

»Eine Soße für Könige«, sagte Paul, »und nirgendwo schmeckt sie so gut wie bei dir, Mutter! Auch wenn es irgendein Franzose war, der sie erfunden hat.«

»Mir ist sie noch nie gelungen«, gestand Sonia.

»Dann ist deine Bain-Marie womöglich zu heiß.« Therese setzte sich zu Tisch. »Und jetzt los, los, und lasst es euch schmecken.«

Es war der Sonntag nach Lottes Abreise, und Therese hatte ihre Kinder, alle drei, zum gemeinsamen Mittagessen mit anschließender Besprechung eingeladen. Elsa zog es wie üblich vor, nicht zu erscheinen. Sie hatte gefragt, worum es ginge, und als ihre Mutter sagte, sie wolle eine Art Familienrat oder Gesellschafterversammlung abhalten, hatte sie dankend abgelehnt.

»Ihr werdet schon alles richtig machen«, sagte sie. Sie müsse gerade sehr viel reisen, beruflich, und auch privat hätte sie einige Pläne, weshalb ihr München jetzt als Ziel nicht sehr gelegen käme.

»Aber es geht dir gut?«, hatte Therese sie am Telefon gefragt.

»Ja, es geht mir gut. Ich habe gehört, unser Paul wird bald heiraten. Wie ist sie denn so, seine Lotte?«

»Macht einen tüchtigen Eindruck«, sagte Therese.

»Mutter!«, empörte Elsa sich. »Ist sie nett? Ist sie hübsch? Mir wurde erzählt, sie sei rothaarig.«

»Ja, das stimmt wohl, also alle drei Merkmale. Aber da ich sie nicht heiraten werde, fragst du am besten deinen Bruder Paul nach seiner Braut. Da wirst du blumigere Antworten bekommen als von mir.«

»Du und blumig, Mutter, das ist wie …«

»Na?«

»Wie Friedrich Schiller und Abzählreim.«

»Vielen Dank, liebe Tochter, aber von einem starken Hang zur Romantik ist mir von deiner Seite her auch nichts bekannt, zumindest seit du erwachsen bist. Oder hast du inzwischen einen, meinetwegen sogar rothaarigen, jungen Mann kennengelernt, den du uns demnächst vorstellen möchtest?«

»Leider nicht, Mutter. Dafür habe ich mir ein neues Hobby zugelegt.«

»Hobby? Und wozu braucht man so etwas?«

»Mutter, willst du gar nicht wissen, was es ist?«

»Doch. Also was?«

»Ich habe mir eine Kamera gekauft und angefangen zu fotografieren. Ich entwickle die Bilder auch selbst.«

»Entwickeln?«, fragte Therese.

»Vom Negativ zum Positiv, also zum fertigen Papierbild«, erklärte Elsa. »Die Kamera ist so klein, dass man sie auch auf Reisen gut mitnehmen kann.«

Therese fand sich langsam damit ab, dass sie keine ihrer Erwartungen an ihre Tochter herantragen konnte. Elsa hatte nun mal bei fast allem ihren eigenen Kopf.

Nach dem Essen wechselte die Familie in den »blauen Salon«, wie Johann die Stube nannte, seit sie mit einer neuen blauen Tapete mit feinen goldfarbenen Ornamenten tapeziert war. Antons Foto hatte auch nach der Umgestaltung sofort wieder seinen angestammten Platz an der Kaminwand eingenommen. Blauer Salon hieß eben auch, dass es etwas Wichtiges zu besprechen gab, bei dem Anton dabei sein sollte. Auf einem Beistelltisch stand, unter einer Decke verborgen, etwas Eckiges, ziemlich Großes.

»Oma, was ist das? Eine Überraschung?«, fragte Johann.

»Spielen?«, fragte die kleine Johanna.

»Doch, ja, das könnte man so nennen. Aber ich zeige euch mein Spielzeug erst später. Du und dein Bruder, ihr dürft es dann enthüllen. Aber erst, wenn ich es sage.«

Nachdem Anni ein Tablett mit gefüllten Champagnergläsern gebracht hatte, für die Kinder gab es Limonade, zog Therese eine silberne Haarnadel aus dem Dutt und klopfte damit gegen ihr Glas.

»Meine lieben Kinder und Enkel«, sagte sie feierlich, »es gibt zwei sehr gute Neuigkeiten. Die schönste zuerst: Paul wird heiraten und seine Lotte zu uns ziehen. Ich könnte mir vorstellen, dass sie uns tatkräftig im Geschäft unterstützen wird, zumindest in der ersten Zeit, wenn die beiden noch kinderlos sind.« Sie konnte es sich nicht verkneifen und zwinkerte Paul kurz zu.

»Auf Paul und Lotte!«, rief Hermann.

»Dürfen wir jetzt das Spielzeug auspacken?«, fragte Johann.

»Moment noch«, bremste Therese. »Die zweite Neuigkeit, die es zu besprechen gibt, ist ein besonderes Angebot, sagen wir: eine Möglichkeit, oder besser eine Chance. Eine Entscheidung ist nicht gefallen, und sie soll auch nicht ohne euch getroffen werden.« Sie hatte den Text vorher einstudiert, darum kam er ihr jetzt so flüssig über die Lippen.

»Hört, hört!«, rief Hermann, »und das aus deinem Munde, Mutter. Dass wir das noch erleben, Paul. Was kann das sein?«

»Ihr kennt alle unsere Nachbarn, den Juwelier Egersdörfer und seine Frau. Wie ihr wisst, war es mir immer wichtig, dass wir eine gute Nachbarschaft pflegen. Nach dem Einbruch letztes Jahr habe ich ihnen mit einem Darlehen unter die Arme gegriffen, das bislang noch nicht abbezahlt ist, aber das ist nicht weiter schlimm. Es tut uns nicht weh. Im Gegenteil.«

»Du machst es aber spannend«, sagte Hermann.

»Ich wäre sowieso gerade zum Punkt gekommen, Hermann. Nur Geduld. Also. Die beiden Leute wollen aufs Altenteil nach Bad Tölz gehen und sich dort ein Haus kaufen. Und sie haben mich gefragt, ob wir an ihrem Haus interessiert wären. Ob wir das Haus Dienerstraße fünfzehn dazukaufen wollen. Die noch ausstehenden Kreditraten würden wir dann einfach vom Kaufpreis abziehen. Wir wären die Ersten, denen sie das Haus anbieten, und bekämen wohl den Zuschlag, wenn wir uns entscheiden zu kaufen. Der Preis ist übrigens anständig und ortsüblich.«

Therese sah in die Gesichter ihrer Söhne, las bei Hermann seine ihm eigene Skepsis gegen all ihre hochfliegenden Pläne, und bei Paul eher freudige Zustimmung. Sonia nickte ihr anerkennend zu, und Johann fragte wieder, ob sie denn jetzt endlich die Decke lüften dürften.

»Jetzt stoßen wir erst einmal auf diese Neuigkeiten an«, sagte Sonia. »Das ist doch großartig, oder nicht, Hermann?«

»Das muss man sich gut durch den Kopf gehen lassen, was uns das kosten und was es uns im Gegenzug bringen würde.«

»Prost«, sagte Sonia und hob ihr Glas. »Auf die Dienerstraße fünfzehn!«

»Auf Mutters Geschäftssinn und ihre Beharrlichkeit«, sagte Paul.

»Auf unser Geschäft«, sagte Therese. »Unseren Dallmayr. Habe ich einen guten Champagner ausgesucht, Paul?«

»Den Besten! Ein Geschmack nach Pfirsich und Mirabell und …«, Paul hielt noch einmal seine Nase dicht über das Glas und nahm einen kleinen Schluck, »nach feinen weißen Blüten, würde ich sagen. Es gibt derzeit nichts Besseres als den Champagner von Raymond Lelarge.«

»Dürfen wir jetzt endlich die Decke abziehen?«, fragte Johann.

Therese nickte, und während Johann an einer Ecke zog, hatte Johanna ihre Nase schon unter die Decke gesteckt und rief: »Ohhhh, ein Puppenhaus!« Und dann stand er da, in voller Pracht, und mit einigen Veränderungen durch den Architekten Hönig versehen: der fünfgeschossige Prachtbau mit der lang gestreckten Fassade über drei Häuser, mit mehrfachen vertikalen und horizontalen Rücksprüngen und Absetzungen und gliedernden Säulen. Vom Gesamteindruck her eindeutig herrschaftlich klassizistisch und nicht bürgerlich gotisch wie das Neue Rathaus.

Johanna versuchte, die Eingangstüren und die Fenster zu öffnen, und suchte nach den Puppen, die darin wohnten.

»Wird das unser Haus werden?«, fragte Johann.

»Vielleicht«, antwortete Therese.

»Das ist aber sehr groß«, meinte ihr Enkel. »Es sieht fast wie ein Schloss aus.«

»Da ist der Juwelier von Nummer fünfzehn ja auch schon dabei«, stellte Hermann fest.

»Und die Herrenschneiderei Däschner mit der Hausnummer dreizehn ebenso«, sagte Paul. »Wollen die Däschners auch verkaufen?«

»Noch nicht«, gab Therese zu, »also zumindest nicht heute oder morgen, soviel ich weiß. Aber wir haben es ja nicht eilig. Nur den Kauf des Nachbarhauses Egersdörfer sollten wir heute zusammen beschließen. Der steht bald an, und die Finanzierung muss mit der Vereinsbank verhandelt werden.«

»Was sagt eigentlich Elsa dazu?«, fragte Paul.

»Dass sie mit allem einverstanden ist, was wir entscheiden.«

»Typisch«, sagte Hermann, »wahrscheinlich ist ein Hauskauf für meine Schwester ein zu banales Thema, um sich ernsthaft damit zu beschäftigen.«

»Obwohl sie über ihre Kanzlei eigentlich oft mit Immobiliengeschäften ihrer Mandanten zu tun hat«, sagte Paul. »Ich habe schon öfter daran gedacht, dass sie doch auch für Dallmayr arbeiten könnte. Als juristischer Syndikus oder etwas in der Art. Aber ich glaube, sie will nicht so recht. Ihre Freiheit in der Schweiz ist ihr wichtiger.«

»Es ist, wie es ist«, sagte Therese, »man kann Elsa wohl nicht ändern, zumindest ich kann es nicht. Aber wenn sie sich aus der Ferne andauernd einmischen würde in die geschäftlichen Dinge, wäre uns das bestimmt auch nicht recht. Also, was sagt ihr?«

»Ich finde es gut und an der Zeit, an eine Vergrößerung des Geschäfts zu denken«, legte Paul sich fest. »Die Umsatzzahlen geben es her, und wir platzen jetzt schon aus allen Nähten. Einmal mehr Lagerflächen zu haben für unsere Waren, Platz für eine Kühlmaschine, wie Dr. Linde sie jetzt überall baut, eine eigene Küche oder Patisserie-Abteilung, das wäre doch ein Traum. Was meinst du, Hermann?«

»Ich brauche mehr Zeit. Ich muss mir das erst noch gründlich durch den Kopf gehen lassen. Außerdem habe ich auf dem Goldachhof alle Hände voll zu tun. Jetzt sind die Gänse und Enten auf dem Hof, obwohl noch nicht einmal alle neuen Gebäude und Stallungen fertiggestellt sind. Wir improvisieren den lieben langen Tag und lernen immer noch dazu. Und das ist auch nötig.«

»Aber es ist doch großartig, was ihr schon alles auf die Beine gestellt habt im vergangenen und in diesem Jahr. Irgendwann läuft das wie geschmiert«, behauptete Therese.

»Wie geschmiert vielleicht schon, aber trotzdem nicht von selbst. Also ich bin eigentlich bedient mit meiner Landwirtschaft.

Ich sehe nicht, dass ich euch demnächst, sollte es doch so schnell gehen, groß unter die Arme greifen kann.«

»Und was heißt das jetzt?«, fragte Paul, »also in Bezug auf Mutters Fresstempel?«

»Das heißt, dass ich für meinen Teil darüber nachdenken und mir unsere Geschäftszahlen noch einmal genau ansehen muss, bevor ich mich entscheide. Auf dem Goldachhof stehen in nächster Zukunft noch einige wichtige Investitionen an, ohne dass da jetzt schon ein nennenswerter Ertrag zu erwarten ist.«

»Aber spätestens zu Martini erwarte ich einen nennenswerten Ertrag, und zwar in Form von erstklassigem, körnergefüttertem Federvieh«, sagte Therese und hob noch einmal ihr Glas. »Auf Hermann, unseren Gutsherrn, und Sonia, die Gutsherrin!«

»Und was sind wir?«, fragte Johann. »Die Gutskinder?«

»Die guten Gutskinder natürlich«, fügte Paul hinzu. »Nein: natürlich die besten! Und jetzt noch mal zum Mitschreiben: Der Familienrat hat, vorbehaltlich einer Bilanzprüfung durch den Herrn Ökonomen Hermann Randlkofer, im Prinzip dem Kauf des Hauses in der Dienerstraße fünfzehn zugestimmt und grünes Licht für die Kreditverhandlungen mit der Vereinsbank gegeben. Darauf noch einen Schluck aus der Champagne.«

1908

Therese glaubte nicht an übersinnliche Erscheinungen. Ob ein Freitag ein 13. oder 14. war, das interessierte sie nicht. Schwarze Katzen, vor denen manche Menschen sich fürchteten, taten ihr dafür herzlich leid. Noch nie hatte Therese beim Ruf eines Kuckucks ihre Geldbörse geschüttelt, und trotzdem war ihr das Geld nie ausgegangen. Glück oder Unglück im Leben hatte ein Mensch zum einen Teil selbst in der Hand, zum anderen Teil seinem Schöpfer zu verdanken. Aber dass sie ein feines und wachsames Gefühl für die Menschen hatte, die sie liebte und die ihr nahestanden, auch wenn sie gerade ganz weit weg waren, daran glaubte sie nicht nur. Sie hatte es oft genug am eigenen Leib erfahren.

An diesem Morgen war sie davon aufgewacht, dass ein kleiner Vogel, ein Spatz vielleicht, eine Meise oder ein Rotkehlchen, gegen ihr Fenster geflogen war. Ein kurzes, dumpfes Pochen ans Fenster, nicht sehr laut, aber doch wahrnehmbar, denn davon war sie wach geworden. Sie musste sich erst orientieren, wo sie war, denn sie hatte von einer fremden Stadt geträumt, in der sie sich nicht ausgekannt und immer mehr verirrt hatte. Sie sah zum Hof hinunter, konnte aber nicht erkennen, ob dort etwas auf dem Boden saß oder lag. Entweder war der Vogel entkommen, oder eine Katze hatte ihn erwischt. Therese wollte sich gerade wieder hinlegen, als sie plötzlich an ihren Freund von Poschinger denken musste, mit einer spürbaren Dringlichkeit.

Ganz so, als riefe er nach ihr. Michael?, flüsterte sie in den noch düsteren, klammen Morgen hinein. Als sei er in der Nähe und warte darauf, dass sie sich endlich anzog. Wollte er ihr etwas sagen oder zeigen? Wie damals, vor Jahren, als er plötzlich im Geschäft stand und sie abholte, um mit ihr durch die Altstadt und über den Viktualienmarkt zu schlendern. Sie führte ihn schließlich auf den Turm der Peterskirche, und dort oben hatten sie wie zwei Verliebte gestanden und auf die Stadt und auf die weiß schimmernden Alpengipfel im Süden geblickt.

»Was ist denn mit dir, Michael?«, flüsterte sie in die Stille hinein, und ihr Herz schlug schneller und machte schmerzhafte Sprünge. Aber nicht um sich machte Therese sich Sorgen, sondern um ihren Freund. Es war kein Freitag und kein 13. Es war Dienstag, der 18. Februar 1908.

Sobald es von der Turmuhr der Frauenkirche acht Uhr schlug, griff Therese zum Hörer. Sie erreichte nur das Hausmädchen. Herr von Poschinger sei diese Nacht gar nicht heimgekommen, meldete sie. Er übernachte jetzt oft draußen in einer seiner Jagdhütten. Ob es ihm auch gut ginge, erkundigte sich Therese. Er beklage sich nicht, sagte das Mädchen. Was das zu bedeuten habe, fragte Therese und erfuhr, dass ihr Freund vor einigen Wochen einen Schlaganfall erlitten hatte. Einen leichten nur, aber seit seiner Genesung verbringe er viel Zeit draußen in der Natur. Wieso man ihr nichts davon gesagt habe, herrschte Therese das Mädchen an, sie hieß Elly oder Emmy oder Evi. Der Herr von Poschinger wollte das nicht, antwortete das Mädchen. Das beunruhigte Therese noch mehr, und sie kündigte ihren Besuch für das kommende Wochenende an.

Michael von Poschinger holte sie trotz der Jahreszeit im Zweispänner von der Bahn ab. Die beiden Rappen waren herausgeputzt und trugen Trensen mit Silberbeschlägen, wie für die Ankunft eines Ehrengastes. Aus ihren Nüstern dampfte die Atemluft.

Ihr Freund sah mitgenommen aus, seine Bewegungen waren bedächtiger geworden, nein, eigentlich nicht bedächtiger, sondern nur müde, und sein Haar hatte alle Farbe verloren.

»Andere werden kahl im Alter, du wirst blond«, scherzte Therese.

»Ja, hellblond.« Er grinste, und sie sah, wie tief sich die Falten um seine Augen eingegraben hatten.

»Dass du mit der Kutsche kommst, hätte ich nicht gedacht«, sagte Therese. »Dir hätte ich nun wirklich ein Automobil zugetraut. Noch dazu bei den Temperaturen jetzt im Februar.«

»Ach, weißt du, ich habe mir die Motorkutschen angeschaut, wie sie blitzen und knattern und stinken. Und bei den Temperaturen stottert schon mal ein Motor, oder er springt erst gar nicht an, da kannst du kurbeln, so viel du willst. Das ist mir zu anstrengend. Außerdem muss es bei mir jetzt nicht mehr schnell gehen, wenn ich von einem Ort zum andern will. Da, wo ich gerne bin, draußen im Wald, auf meiner Lichtung, von der ich bis in den Böhmerwald hinübersehe, komme ich mit so einer Benzinkutsche im Winter sowieso nicht hin. Das können meine Rappen viel besser. Und sie sind ein Teil der herrlichen Natur, die mir gerade so viel, wenn nicht alles bedeutet.«

Sie setzte sich neben ihn auf den Kutschbock und wickelte sich in die Wolldecken, die bereitlagen. Nachdenklich hatte ihr Freund die Zügel angezogen. Die Pferde gehorchten aufs Wort. Fast kam es Therese so vor, als hätte er vergessen, dass sie neben ihm saß. Sein Gesicht hatte die Farbe von Kerzenwachs, und er wirkte erschöpft. Therese wurde das Herz schwer.

Er fuhr mit ihr hinaus aus Theresienthal, fort von seiner Fabrik, fort von seinem Schloss, fort von allen menschlichen Behausungen, auf Waldwegen zu seinem derzeitigen Domizil, einer Jagdhütte auf einer Lichtung mitten im Wald. Mit Trophäen an den Wänden, Geweihen, präparierten Tieren, dunklem Holz, grünem Kachelofen, in dem noch etwas Glut übrig war. Hier hauste er anscheinend ohne Personal. »Ich brauche nicht mehr viel«, sagte er.

Zum Mittagessen fuhren sie zurück nach Oberfrauenau. In der Einfahrt zum Schloss der Edlen von Poschinger, an der Rotunde mit dem Brunnen, glitten Poschinger von einer Sekunde zur anderen die Zügel aus der Hand, und er griff sich an die Brust. Therese gelang es, sie zu fassen und die Pferde zum Stehen zu bringen. Dann spürte sie, wie der Kopf ihres Freundes zur Seite fiel, bis er schwer auf ihrer Schulter lag. Sein Seufzen ging ihr durch und durch. Sie sah zum Haus, ob jemand von drinnen die nahende Kutsche bemerkt hatte. Doch im Schloss rührte sich nichts. Es war so still. Der Springbrunnen im Hof war mit Holzbrettern für den Winter verpackt, die Blumenrabatten lagen unter einer dicken Schneedecke. Von einer kahlen Buche flog ein Rabe auf, tintenschwarz und lautlos.

Therese schauderte. »Michael«, flüsterte sie. Sie nahm seinen Kopf in beide Hände und legte ihn in ihren Schoß.

Er lächelte, ohne die Augen zu öffnen. Sie wischte sich rasch eine Träne fort, bevor sie von ihrer Wange auf sein Gesicht tropfen konnte.

»Bist du also endlich zu mir gekommen«, seufzte er. »Ich habe so lange ...«

»Scht«, machte Therese.

»... auf dich gewartet.«

Therese schaute hinauf in den kalten blauen Himmel, als müsse dort oben etwas geschehen, genau jetzt, bevor es zu spät war. Aber es geschah nichts. Sie streichelte das Gesicht ihres Freundes, seine für einen Mann eigentlich zu kleine spitze Nase, die Wangen, die blassen Lippen.

»So ein ... Glück«, waren die letzten Worte, die diese Lippen formten.

Sein Kopf wurde noch schwerer und fiel zur Seite, als Therese ihre Hände fortnahm, um ihre Tränen fortzuwischen.

Einer seltsamen Choreografie folgend, öffnete sich die schwere Eingangstür und der Kopf des Mädchens, Emmy oder Elly, erschien und verschwand wieder. Sie kam wenig später mit zwei Bediensteten zur Kutsche gelaufen, die den reglosen Körper ihres Dienstherrn zum Haus trugen. Während ein Diener sich um die Pferde kümmerte, stieg Therese mit steifem Rücken aus der Kutsche. Sie fühlte sich steinalt, wie eine Greisin. In den ersten Spiegel, an dem sie im Vestibül des Hauses vorbeikam, wagte sie kaum hineinzusehen. Sie hatte Angst, ihr Haar sei von einem Augenblick zum andern so schlohweiß geworden wie das ihres geliebten toten Freundes.

War das nicht der Ingenieur Draxenberger, den ihr Mann zur Tür begleitete? Balbina wartete, bis Ernst den Gast verabschiedet hatte.

»Was macht denn der Herr Ingenieur bei uns?«, fragte sie, als Ernst mit einer Rolle Papier in der Hand zurückkam.

»Ach, ich habe mir mal von ihm durchrechnen lassen, was es kosten würde, wenn wir eine moderne zentrale Warmwasserheizung einbauen ließen«, antwortete Ernst.

»Eine Zentralheizung?«

»Das wäre doch fantastisch, oder nicht?« Ernst schien begeistert von der Idee. »Wir wären das erste Hotel hier am Hafen mit einer solchen Heizung und könnten damit bei den wirklich gut situierten, vermögenden Gästen punkten. Sogar im Winter.«

»Freilich, weil wir dann auch die Preise erhöhen müssten«, sagte Balbina nicht ohne Sarkasmus. »So eine Heizung kostet bestimmt eine Menge Geld.«

»Das sind Investitionen, die sich lohnen«, behauptete ihr Mann. »Da bin ich mir ganz sicher.«

»Zeig doch mal die Pläne«, forderte Balbina ihn auf.

Sie setzten sich an einen der freien Tische im Restaurant. Es war mitten am Nachmittag, einige Gäste tranken Kaffee, eine Dame stand mit ihrer Tochter am Tortenbüfett. Das blonde Mädchen mit den nach außen gedrehten Locken konnte und konnte sich nicht zwischen Kirschkuchen und Himbeertorte entscheiden. Ernst entrollte ein Blatt Pergamentpapier, auf dem der Grundriss für jedes Stockwerk des Hotels Krüger eingezeichnet war. Balbina schlug die Hand vor den Mund.

»Was hast du denn?«, fragte ihr Mann besorgt.

»Die Rohre müssen ja durch alle Zimmer verlegt werden«, stammelte sie. »Dann können wir für eine Saison komplett schließen, Ernst. Wie soll denn das sonst gehen? Eine einzige Baustelle von unten bis oben, Dreck, und alles wird kaputt gemacht, die Böden …«

»Jetzt beruhige dich wieder, wir können das ja Stockwerk für Stockwerk angehen, nicht alles auf einmal. Und immer im Winter die Arbeiten durchführen lassen, wenn wir wenig oder keine Gäste haben.«

»Um Himmels willen, nein«, stöhnte Balbina. »Das geht doch nicht. Dann musst du hinterher alles neu machen. Die Böden, die Wände, nein, ich will das nicht, Ernst. Die Gäste haben bisher noch nicht danach verlangt.«

»Jetzt beruhige dich doch, Balbina. Es ist noch nichts beschlossen. Es sind doch nur gezeichnete Pläne, wir können das auch noch später machen lassen.« Er gab dem Ober einen Wink, ihnen Kaffee zu bringen.

»Es ist doch gut so, wie es ist«, beharrte Balbina. Es graute ihr davor, das Gewohnte zu verlieren, alles umzudrehen und neu zu machen und außerdem wieder Schulden zu machen und so viel Geld auszugeben. Sie hatten doch vor zwei Jahren erst die Fassade machen lassen, und das Dach würde auch irgendwann neu gedeckt werden müssen. So ein großes Haus war wie ein Loch, in dem alles, was man erwirtschaftete, auch wieder verschwand. Ein ständiges Einnehmen und Ausgeben. Manchmal kam es Balbina vor wie ein Fass ohne Boden.

Plötzlich stand ein Gast auf, der mit dem Rücken zu ihnen am Fenster gesessen hatte, und kam auf ihren Tisch zu.

»Guten Tag, die Herrschaften.« Er machte eine leichte Verbeugung. Balbina erkannte ihn augenblicklich.

»Onkel Max!«, rief sie. »Wo kommst du denn jetzt her?«

»Ich mache Urlaub«, behauptete er, »im Hotel Krüger. Schön haben Sie's hier. Gestatten, Randlkofer«, wandte er sich an Balbinas Mann.

»Herr Randlkofer, ja freilich, wir haben uns ja auf dem Goldachhof kennengelernt. Krüger.« Er gab Max die Hand.

»Sehr erfreut. Sie haben Pläne? Für das Hotel?« Max war schon dabei, die Unterlagen auf dem Tisch zu studieren, bevor Balbina sie wieder einrollen konnte.

»Eine Zentralheizung wäre das nächste große Projekt«, sagte Ernst. »Man muss mit der Zeit gehen, wenn man nicht mit der Zeit gehen will, respektive abtreten meine ich natürlich.«

»Unbedingt«, pflichtete Max ihm bei. »Wird halt nicht billig sein.«

»Tja, wenn man sparen will, muss man alles lassen, wie es ist«, sagte Ernst. »Aber irgendwann ist es zu spät, und ob sich das dann auszahlt?« Ernst ließ seine Argumente wie Billardkugeln über Bande auf Balbina zurollen. »Wenn wir mit dieser Innovation die Ersten am Hafen sind, können wir als Luxushotel auch satt die Preise anheben und werden trotzdem gut gebucht sein. Warten wir zu lange, dann müssen wir die Preise senken, um weiterhin von Schuhvertretern und noch ärmlicheren Schluckern gebucht zu werden. Trotzdem kommen wir irgendwann nicht mehr um den Ausbau herum. Doch als Fünfter oder Zehnter können wir die Preise sicher nicht mehr anheben.

Außerdem werden die Gäste schließlich auch immer anspruchsvoller.«

»Wem sagen Sie das.« Max sah sich um. »Wo ist denn das Fräulein Tochter? Ist sie denn inzwischen ein wenig ... sagen wir, vernünftiger geworden? Ich habe sie noch gar nicht gesehen, seit ich hier bin.«

»Sie ist für ein paar Tage bei den Großeltern«, sagte Balbina, »während der Ferien.«

»Telefon für Sie, Herr Krüger.« Der Buchhalter war an ihren Tisch getreten.

»Sie entschuldigen mich«, verabschiedete Ernst sich.

Noch bevor er »Darf ich mich setzen?« gefragt hatte, saß Max bereits neben Balbina am Tisch und bestellte sich ein Bier. Ohne lange Vorreden kam er zum Punkt.

»Balbina, nachdem du mir auf dem Goldachhof erzählt hast, dass du Antons Tochter bist, hat mir das einfach keine Ruhe mehr gelassen. Das kannst du dir vorstellen. Ich bin ja aus allen Wolken gefallen.«

»Aber deshalb bist du nicht hergekommen.«

»Nein, pass auf. Ich habe mich natürlich erkundigt. Sei mir nicht böse, aber die Geschichte ist ja schon haarsträubend. Ich wusste ja gar nichts davon, und meine Schwägerin hat es auch nicht für nötig befunden, mir die Wahrheit zu sagen. Immerhin ist dein Vater mein Bruder, mit dem ich aufgewachsen bin. Wir hatten nie Geheimnisse voreinander. Dass er das vor dir und sogar mir verheimlicht hat, liegt sicher an seiner herrischen Gattin.«

»Du hast dich erkundigt?«, fragte Balbina.

»Genau. Kurz und gut, ich habe Erkundigungen eingezogen und mir juristischen Rat geholt. Anton ist tatsächlich im Geburtsregister als dein Vater eingetragen ...«

Balbinas Herz schlug ihr bis zum Hals. Wer hatte das eintragen lassen? Anton selbst? Eher nicht. Tante Therese?

»… und deshalb solltest du auch dein Erbe von Therese einfordern«, sprach Max weiter. »Und warum nicht jetzt, wo ihr das Geld gerade so gut gebrauchen könnt?«

Balbina belauerte ihren Onkel. Irgendwas führte er doch im Schilde. Urlaub am Bodensee, das konnte er ihr nicht weismachen. »Und was geht dich das eigentlich an?«, fragte sie geradeheraus.

»Es hat mir einfach keine Ruhe gelassen, Balbina. Ich hatte ja keine Ahnung über unsere wahren Familienverhältnisse. Aber jetzt, wo ich es weiß! Ist dir eigentlich klar, dass wir beide enger verwandt sind, als du mit Therese verwandt bist, Balbina? Du bist meine Nichte, und ich dein leiblicher Onkel, nicht nur dein Nennonkel, wie ich bisher gedacht habe.«

»Und deshalb kommst du extra hierher?« Balbinas Misstrauen blieb bestehen.

»Pass auf, ich wollte dir etwas vorschlagen: Du forderst von Therese deinen Anteil am Geschäft, der dir zusteht, genau wie den anderen Kindern von Anton. Vielleicht nicht in derselben Höhe, das ist wieder eine juristische Auslegungssache, das muss man dann sehen, wie ein Richter entscheidet. Aber falls du das Geld jetzt brauchst, zum Beispiel für eine Zentralheizung oder andere Renovierungsarbeiten im Hotel, dann lässt du dir einfach deinen Anteil auszahlen. Du wirst ja sowieso in Lindau bei deiner Familie bleiben und nicht mehr zurück nach München gehen wollen.«

Balbina starrte ihn mit offenem Mund an. »Meinen Anteil vom Geschäft, wie stellst du dir das vor? Gerade will Tante Therese erweitern, der Goldachhof ist noch im Aufbau. Wo soll sie denn da jetzt das Geld hernehmen, um mich auszubezahlen?«

»Tja, dann muss sie eben einen Kredit aufnehmen«, wischte Max das Problem vom Tisch. »Oder …«

»Oder was?«, fragte Balbina. »Da bin ich jetzt aber gespannt.«

»Oder ich übernehme das und zahle dich an ihrer Stelle aus.«

»Du übernimmst das? Heißt das, du kaufst dich damit in den Dallmayr ein?«

»Warum nicht?«

»Könntest du das überhaupt?«, fragte Balbina. »Ich meine, hast du das finanziell im Kreuz?«

»Ich habe gut gewirtschaftet«, behauptete Max, »und ein Grundstück in Niederbayern sehr gut verkaufen können. Und ich weiß, wie ich mir Geld beschaffen kann. Ich biete dir das jetzt einfach an.«

Balbina nahm einen Schluck Kaffee und sah zum Fenster hinaus, wo das Nachmittagsschiff aus Romanshorn gerade in den Hafen einlief. Es hätte so aussehen können, als denke sie ernsthaft über Max' Angebot nach. Nur klirrte ihre Tasse ein bisschen zu laut, als sie sie wieder abstellte.

»Das wäre ja für dich ein Traum, nicht wahr, Onkel Max? Seit Anton tot ist, denkst du doch an nichts anderes als daran, wie du einen Anteil am Geschäft bekommst.« Sie hatte sehr leise gesprochen.

»So ist es auch wieder nicht«, wiegelte Max ab. »Ich kann mein Geld auch woanders investieren, das muss nicht im Dallmayr sein. Andere Leute haben auch schöne, vielleicht sogar noch lukrativere Unternehmen. München explodiert ja gerade vor Neubauten und Neugründungen, und überall wird Kapital gesucht.«

Balbina nickte. Sie sah ihn direkt an, mit einem wissenden, leicht geringschätzigen Blick. Sie kannte ihren Onkel, vielleicht besser als er es sich vorstellen konnte. Seit er versucht hatte, sie als Jugendliche zu bedrängen und zu betatschen, war sie ihm immer aus dem Weg gegangen, nicht, ohne ihn aus der Distanz stets im Auge zu behalten. Erst hatte er ihr nachgestellt, dann hatte er sie als Diebin und Lügnerin beschimpft, als er das Collier bei ihr gesehen hatte, das er selbst beim Hofjuwelier Heiden besorgt hatte. Für ihn war sofort klar gewesen, dass sie es sich unrechtmäßig unter den Nagel gerissen hatte. Sie mochte gar nicht an diese schlimmen Erlebnisse denken. Schau nicht zurück, redete sie sich selbst gut zu. Jetzt bist du erwachsen und schlau genug, dich nicht übertölpeln zu lassen, von niemandem. Du hast dein Leben in Lindau, deine Familie, und hier sitzt dein Onkel Max und schlägt dir ein Geschäft vor. Sie war innerlich aufgebracht, versuchte aber, sich nichts anmerken zu lassen.

»Ich werde mir dein Angebot durch den Kopf gehen lassen«, sagte sie wie eine gestandene Geschäftsfrau. Sie erhob sich. »Und jetzt entschuldige mich bitte, Onkel Max. Ich habe heute noch so viel zu tun. Einen schönen Nachmittag noch. Und dein Bier geht natürlich aufs Haus.« Sie gab dem Ober ein Zeichen.

Max war überrumpelt. Er erhob sich überhastet, als sie hinausging, und rieb sich unschlüssig das Kinn, während er ihr nachdenklich hinterhersah.

Man schickte eilig nach einem Arzt, der aber nur noch den Tod des Herrn Ritters und Edlen von Poschinger bestätigen konnte. Bevor die Herren vom »Institut« ankamen, die den Leichnam für die Aufbahrung im Haus vorbereiten sollten, wurde Poschingers Neffe Egon aus der Glasmanufaktur geholt. Er war ein Hüne, rothaarig und sah seiner Tante Henriette sehr ähnlich.

Therese sprach ihm ihr Beileid aus. Sie hatten sich bei dem ein oder anderen Besuch flüchtig kennengelernt. Während Michael von Poschinger vom Fabrikanten zum Schlossherrn, zum Erbauer der Ismaninger Torfbahn und Herrn auf dem

Gut Zengermoos sich in verschiedenster Weise beruflich betätigt hatte, brannte sein Neffe Egon für den Werkstoff Glas und seinen Vertrieb in die halbe Welt. Er hatte seiner Tante Henriette sehr nahegestanden und war ihr im Aussehen wie im Wesen sehr ähnlich, viel mehr als seiner eigenen Mutter. Er war vom Tod seines Onkels getroffen, aber nicht verzweifelt.

»Die Gesundheit meines Onkels war in den letzten Monaten sehr angeschlagen«, sagte er, wie um seine Gefasstheit zu rechtfertigen. »Ich danke Ihnen, dass Sie bei ihm waren. Darf ich Ihnen etwas anbieten?«

Nach einem starken Kaffee mit einem Schluck Obstbrand für den Kreislauf schlug Egon Therese vor, ihr etwas zu zeigen. Sie fuhren zu einem Schlösschen bei der Glasmanufaktur in Theresienthal und bestiegen dort den Turm. Das Turmzimmer war Henriettes Reich gewesen. Dort standen Staffeleien, Pinsel, Wassergefäße, es roch nach Ölfarben und Terpentin. Es war das Zimmer einer Künstlerin.

»Vielleicht waren Sie meinem Onkel eine bessere Freundin und Gefährtin, als meine Tante es je für ihn gewesen ist«, sagte Egon. »Mein Onkel war Unternehmer, er hatte die Glasfabrik übernommen, wie man ein altes Haus übernimmt, das einem vererbt wird. Aber meine Tante hat für die Manufaktur, das Material Glas gelebt. Sie war eine Künstlerin durch und durch.«

Therese ließ sich auf eine Bank nieder und betrachtete Henriette von Poschingers Reich, von dem sie tatsächlich nichts gewusst hatte. Michael hatte ihr nie davon erzählt.

»Meine Tante dachte, dass die Liebe sie und meinen Onkel zusammengebracht hätte«, sagte Egon. »Dabei war es eher das Geld. Geld kommt bekanntlich immer zu Geld, zumindest in unseren Kreisen. Mein Onkel wollte die Glasfabrik von meinem Großvater, also dem Vater meiner Tante haben. Er war aber damals gerade nicht flüssig, weil er seine eigene Manufaktur aufbaute und außerdem ein Konkurrent seines künftigen

Schwiegervaters war. Also heiratete er die Tochter des Fabrikanten, Henriette.«

Es klang bitter und tat Therese in der Seele weh. »Ich weiß nicht, ob Sie Michael damit nicht Unrecht tun«, sagte sie. »Wir können ihn dazu jetzt nicht mehr selbst befragen.«

»Sie haben recht, verzeihen Sie. Es ist nicht richtig, so von ihm zu reden. Gerade jetzt und gerade Ihnen gegenüber, die Sie ihm eine wirkliche Freundin waren.«

»Sie standen Ihrer Tante sehr nahe, Egon, das ist es, was ich Ihren Worten entnehme. Wie schade, dass Henriette so früh gestorben ist. Aber ich habe heute meinen besten Freund verloren.« Sie zog ein Taschentuch aus dem Ärmel und schnäuzte sich geräuschvoll.

Vom Turmzimmer sah man auf die Gebäude der Manufaktur hinunter. Dahinter zogen die schneebedeckten Hügel des Bayerwaldes wie ein Meer nach Osten. In einer Glasvitrine standen die herrlichsten Glaspokale. Farbige Römergläser mit Jugendstilornamenten, grünen, blauen Traubenranken, Vögeln, bunten Blüten, sogar Fischen.

»Wer hat diese wunderbaren Gläser bemalt?«, fragte Therese.

»Henriette«, antwortete Egon.

»Sie sind so schön«, sagte Therese.

»Vielleicht richte ich in den Räumen meiner Tante einmal ein Museum ein«, sagte Egon.

»Ein schönes Andenken«, sagte Therese. Für ihr eigenes Gedenken an ihren Freund Michael brauchte sie kein Museum. Sie würde ihn immer im Herzen tragen, solange sie lebte.

Das Leben hatte ihr ihren besten Freund genommen, der sie getragen und unterstützt und ihr manchmal im letzten Moment noch geholfen hatte, ihren Kopf aus der Schlinge zu ziehen. Therese dachte an ihren Neubau, ertappte sich sogar bei dem schäbigen Gedanken, dass sie nun keinen Fürsprecher im Aufsichtsrat der Vereinsbank mehr hatte. Auch Poschingers

Vertrauter Friedrich Volz, bei dem sie eigentlich noch etwas gutgehabt hätte, war schon pensioniert und offiziell nicht mehr für die Bank tätig. Sie schämte sich für ihre Krämerseele, die sie auch in der tiefsten Trauer nicht verleugnen konnte, und fühlte sich wie bei einer besonderen Schlechtigkeit ertappt. Sie zwang sich dazu, an den Michael von Poschinger zu denken, wie sie ihn gekannt und geliebt hatte. Vital war er gewesen, zupackend, lustig, klug, und ihr zugeneigt bis zum Äußersten. Ein Mann, auf den sie sich zu tausend Prozent hatte verlassen können. Was für ein Geschenk des Himmels. Sie sah ihn noch einmal vor sich mit seinem Jungengesicht, seinen lockeren Sprüchen, den Frotzeleien, die sie zu ihrer beider Vergnügen miteinander zelebriert hatten. Sie sah sein rosiges, lebendiges, lebhaftes Gesicht vor sich, und seine Augen schienen ihr ein letztes Mal zuzuzwinkern. In dem Moment triumphierte die Freude, ihn gekannt und als Freund gehabt zu haben, über den Schmerz des Verlustes.

»Da!« Ernst stellte Balbinas Tasche auf den Boden und zeigte mit dem ausgestreckten Arm zum Hotel Bayerischer Hof am Lindauer Hafen, wo die Handwerker ein und aus gingen. »Schau doch mal. Vielleicht hat Herr Großhotelier Rath schon die Planung für eine Zentralheizung beauftragt? Was machen wir, wenn dann unsere Stammgäste anfragen, ob wir auch so etwas haben?«

Ernst hatte es sich nicht nehmen lassen, Balbina bis zum Bahnhof zu begleiten, obwohl er sich doch nur wenige Minuten zu Fuß vom Hotel befand. Als wollte er seiner Haltung und seinen Argumenten für ihre Entscheidung noch einmal Nachdruck verleihen. Marie war in der Schule und hatte liebe Grüße an Johann und Johanna, an Onkel und Tanten und ihre Münchner Oma ausrichten lassen.

Ernst hatte gesagt, es sei ihre Familie und ihre Entscheidung, aber so ganz stimmte das ja nicht. Pro forma ja, aber er war schließlich ihr Ehemann. Gegen seinen Willen eine Entscheidung zu treffen, würde kein Kinderspiel werden, das war Balbina klar. Noch sagte er, er würde sich in die Angelegenheiten zu ihrem Erbe nicht einmischen. Aber sie wusste sehr wohl, dass die Sache mit der Zentralheizung ihm seit dem Besuch des Ingenieurs Draxenberger nicht mehr aus dem Kopf gegangen war. Und Onkel Max hatte ihm auch noch zugeredet. Ernst wollte modernisieren, sein Haus sollte zu den ersten Häusern am Platz gehören, er wusste nur noch nicht, wo er das Geld dafür hernehmen sollte. Er drängte sie nicht, aber es war klar, dass ein unverhofftes, vorzeitig ausbezahltes Erbe, selbst wenn es nur ein Pflichtteil wäre, ihm genau die Möglichkeiten eröffnen würde, von denen er träumte.

»Triff die richtige Entscheidung.« Ernst umarmte sie zum Abschied. »Wenn wir jetzt nicht investieren können, dann eben später, und der Bayerische Hof ist der Bayerische Hof, mach dir darüber keine Gedanken.« Er sagte es leichthin, als hinge gar nichts daran, und doch spürte Balbina es als ihre Verantwortung. Ernst hatte sie damals, als sie mit nichts nach Lindau gekommen war, so genommen, wie sie war: mittellos. Bedeutete das nicht, dass es geradezu ihre Pflicht war, ihn finanziell zu unterstützen, wenn sie es nun könnte?

Schon hatte der Zug den Inselbahnhof verlassen und erreichte über den Bodenseedamm das Festland. Als sie durch das Fenster den Bahnhof Oberreitnau sah, erfasste sie Panik. Sie strich sich mit dem Handrücken über die Stirn und spürte, dass sie schweißnass war. Sofort hatte sie ein Bild des schrecklichen Abends vor Augen, als sich Güterwagen hier losgemacht hatten und nach Lindau hinabgerollt waren und die Inselbewohner und Gäste in Angst und Schrecken versetzt hatten. Drei Jahre war das jetzt her, und fast ein ganzes Jahr war Balbina nicht wieder in einen Zug eingestiegen, nicht einmal den Bahnhof hatte sie mehr betreten. Eine Mauer aus dichtem Gestrüpp hatte ihn umwuchert, sichtbar nur für sie selbst, und undurchdringbar. Es war die Erinnerung an das Unglück, das sich ihr eingebrannt hatte. Irgendwann siegte dann doch die Vernunft, aber das mulmige Gefühl war geblieben.

»Tu, was du für richtig hältst«, hatte Ernst gesagt. Wenn sie nur gewusst hätte, was nun das Richtige war. Balbina ahnte, dass sie die Sache auf keinen Fall allein entscheiden konnte. Sie musste mit denen sprechen, die es ebenso betraf wie sie selbst, ob sie nun tatsächlich ein Anrecht auf ein Erbe hatte, wie Onkel Max behauptete, oder nicht. Deshalb fuhr sie nach München, um herauszubekommen, was die richtige Entscheidung war.

Nach der Ankunft am Hauptbahnhof München trat Balbina auf den Vorplatz hinaus. Eine Reihe von Droschken stand wie immer da und wartete, und die Trambahnen spuckten Reisende aus und nahmen Wartende auf, um sie in alle Himmelsrichtungen der Stadt zu verteilen. Balbina nahm eine Droschke, und obwohl der Himmel bedeckt war an diesem Maitag, versprühte die Stadt einen ganz eigenen Glanz. Er kam von der schieren Größe und Belebtheit der Stadt, von den vielen neu erbauten Gebäuden, den breiten Straßen und großzügigen Plätzen, den hektischen Trambahnen und den Automobilen. Lindau war dagegen ein Dorf, das man zu Fuß ablaufen konnte. Balbina konnte verstehen, dass ihre Tante sich hier dem immer Größer, immer Schöner kaum entziehen konnte. So wie sogar ihr Mann in der Provinz glaubte, mit der Zeit gehen und eine Zentralheizung einbauen zu müssen. Das Geschäft in der Dienerstraße war zwar erweitert und verschönert worden, aber mit den neuen großen Kaufhäusern und den eleganten Modegeschäften konnte es dennoch nicht ganz mithalten.

Balbina bezahlte den Kutscher, stieg ab und trat durch die Ladentür. Sie bimmelte noch genauso wie früher, und sogleich umfing sie dieser eigene Duft im Dallmayr, nach Kaffee und Brot, süßem Gebäck, Pralinen, Tee, ein paar Schritte weiter nach würzigem Käse und geräuchertem Schinken. Selbst blind würde sie sich hier immer noch zurechtfinden. Sie musste nur ihrer Nase folgen, und wer weiß, vielleicht würde sie sie direkt in den Keller zu Ludwig und den Bitterorangen führen. Sie musste lächeln. So viele Erinnerungen, die sie mit diesem Haus verband. Und es waren auch so viele gute dabei, nicht nur schlechte, nein, sicher nicht.

Eigentlich wollte sie gleich zu ihrer Freundin Rosa ins Kontor abbiegen, an ihren ehemaligen Arbeitsplatz, aber das gelang ihr nicht. Denn kaum hatte sie sich einmal herumgedreht und alle herrlichen Düfte im Laden in sich aufgesogen, als Paul schon auf sie zugelaufen kam. Er musste sie bereits beim Eintreten bemerkt haben.

»Balbina«, rief er durch den halben Laden, »wieso hat mir denn niemand gesagt, dass du kommst?« Er winkte Lotte, die noch mit einer Kundin an der Käsetheke stand. »Lotte, schau doch nur, wir haben Besuch aus Lindau.« Balbina wollte richtigstellen, dass sie eigentlich geschäftlich hier war, aber er war schon bei ihr, legte die Arme um sie und drückte sie an sich. Lotte gab Balbina die Hand.

»Sollen wir es ihr gleich sagen?«, fragte Paul.

»Dann ist sie die Erste, die es erfährt«, antwortete Lotte.

»Ihr werdet doch nicht etwa endlich heiraten?«, fragte Balbina.

»Woher weißt du das?« Paul tat ganz enttäuscht.

»Gewusst habe ich es nicht, nur geraten. Meinen herzlichen Glückwunsch, ihr zwei!«

»Na, es ist ja noch eine ganze Weile hin bis nächsten Frühling. Du kommst doch?«

»Wenn ihr mich gern mit dabeihabt, dann komme ich«, versprach Balbina. »Aber jetzt muss ich zu Rosa und dann zu deiner Mutter.«

»Aha.« Paul stand die Frage ins Gesicht geschrieben, um was es denn ging, wenn sie extra aus Lindau angereist kam. »Du isst doch mit uns zu Mittag?«

Rosa erwartete sie schon ungeduldig, und gleich darauf stand auch Therese bei ihr im Kontor und nahm sie mit in ihr Büro.

Balbina bemerkte die Veränderung sofort. Wie einen kleinen Altar hatte ihre Tante eine Ecke mit Fotografien eingerichtet. In der Mitte hing das Bild von Anton mit der hellen Krawatte, dem leisen Lächeln um Mund und Augen, und dem Blick, der auf irgendetwas Schönes gerichtet war, nicht auf die Kamera. Um dieses Bild herum waren die Kinder: Elsa, Paul, ein Hochzeitsfoto von Hermann und Sonia, und ganz selbstverständlich und ohne Unterschied, Balbina als junges Mädchen in dem schwarzen Samtkleid, das sie sich zum Termin beim Fotografen von Elsa geliehen hatte. Auf dem Bild sah sie Anton sogar ein bisschen ähnlich. Balbina bemerkte es zum ersten Mal so richtig. Sie spürte Tränen aufsteigen und räusperte sich.

»Vielleicht bekomme ich ja auch noch ein Foto von Marie«, sagte Therese und legte ihr eine Hand auf die Schulter. Auf der Kommode waren gerahmte Bilder ihrer Enkel Johann und Johanna aufgestellt. »Aber jetzt setz dich doch. Was führt dich zu mir?«

Rosa hatte Kaffee gebracht, und dann hatte Balbina angefangen zu erzählen. Vom Besuch ihres Onkels am Bodensee, von den Plänen ihres Mannes mit dem Hotel, und von ihrer Unsicherheit, wie sie nun entscheiden sollte. Therese hatte an ihrem Kaffee genippt und zugehört.

Nun hatte Balbina geendet und war erleichtert. Sie sah ihre Tante an, die immer noch schwieg. Sie war älter geworden, ja. Früher war ihr Haar dunkler gewesen. Zwei deutlich sichtbare Falten zwischen Nase und Mundwinkel waren dazugekommen, die dunklen Augen schienen nun tiefer zu liegen. Aber es war immer noch das schöne, vertraute Gesicht ihrer Tante. Obwohl es im Augenblick aussah wie in Wachs gegossen, so konzentriert hatte Therese ihr zugehört, und so erstarrt waren ihre Züge, den Blick auf die Wand hinter ihr gerichtet.

»Hast *du* Anton als meinen Vater eintragen lassen?«, fragte Balbina.

»Natürlich ich, wer denn sonst?«, antwortete Therese eine Spur zu barsch.

»Das hättest du nicht tun müssen«, sagte Balbina.

»Es war aber recht so und alles andere eine Lüge. Es war falsch, dass ich dir nach Antons Tod nicht gleich die Wahrheit gesagt und die Sache in Ordnung gebracht habe. Ich habe es erst nachgeholt, als du schon nach Lindau gegangen warst.«

Nun war Balbina diejenige, die zuhörte. Therese sprach weiter, als hätte sie lange schon im Kopf ausformuliert, was sie jetzt vortrug.

»Ich war so verletzt und in meiner Ehre getroffen durch Antons Fehltritt«, sagte sie, »ich konnte damals einfach nicht über meinen Schatten springen.«

Balbina nickte. Dass Tante Therese ihr Verhalten bereute, spürte sie schon länger, aber es tat gut, dass sie es auch aussprach.

»Du musstest es büßen, Balbina, obwohl du am allerwenigsten dafürkonntest. Ich war schwach, und ich habe dir Unrecht getan. Es ist eines der Dinge in meinem Leben, die mir am meisten leidtun, glaub mir. Was habe ich die letzten Jahre unter deiner Abweisung gelitten.«

Balbina wollte etwas sagen, sie rutschte auf ihrem Stuhl hin und her.

»Ich wünschte mir so, dass du mir verzeihen könntest, solange ich noch lebe. Das wäre mir das Wichtigste.«

»Und mein Erbteil oder mein Pflichtteil?«, fragte Balbina.

»Wenn du es haben willst, jetzt, dann sollst du es auch bekommen. Von meiner Seite wird es keinen Widerstand geben. Dann muss ich meine Pläne fürs Geschäft eben noch einmal aufschieben, wir finden schon eine Lösung. Aber was wir nicht wieder verschieben sollten, liebes Kind, ist der Friede zwischen uns. Ich wünsche es mir jedenfalls, aber auch das entscheidest du.«

Therese erhob sich, als hielte sie es nicht länger auf ihrem Stuhl aus. Die Trauer um all die verpassten Jahre schien sie fast zu erdrücken. Sie ging zur Kredenz, stützte sich mit den Armen auf und blieb mit dem Gesicht zur Wand stehen. Vielleicht sollte Balbina nicht sehen, wie sie mit ihren Gefühlen kämpfte und damit haderte, was sie alles falsch gemacht hatte.

Ihre Beichte hatte sie sichtlich erschöpft. Balbina stand nun auch auf, trat hinter Therese, legte ihr die Hände auf die Schultern und strich ihr zunächst etwas zögerlich und unbeholfen über den Rücken. Therese atmete einmal tief durch, drehte sich dann um und machte einen Schritt auf ihre Nichte zu. In ihrer Umarmung, die so spät, aber nicht zu spät kam, fiel eine große Last von beiden ab.

»Ich bin auf deiner Seite, Tante«, sagte Balbina, als sie sich wieder gefasst hatte. »Die Zentralheizung in Lindau kann noch warten. Mein Vater hätte es auch so und nicht anders gewollt. Es ist wichtig, dass das Geld jetzt in der Firma bleibt. Und so soll es sein.«

»Jetzt wird auch Paul bald heiraten«, sagte Balbina am Nachmittag, als Therese sie zur Tür begleitete. »Der kleine Paul! Stell dir vor, Tante Therese. Jetzt komme ich mir auch schon richtig alt vor.«

»Du und alt?« Therese schüttelte den Kopf. »Was soll ich denn da sagen? Aber weißt du was? Das Altwerden ist im Grunde gar nicht so schlimm. Schlimm ist nur, dass mir meine liebsten Menschen dahinsterben. Erst Anton, jetzt auch noch Herr von Poschinger. Bevor ich noch jemanden verliere, der mir so nahesteht, will ich lieber selbst gehen.«

»Hör auf so zu reden, Tante.« Balbina sah sie erschrocken an.

»Wieso?«, fragte Therese, »es hört uns doch keiner. Und der Herrgott weiß es sowieso, dem habe ich es längst gesagt.« Balbina wollte sie unterbrechen, aber Therese schüttelte den Kopf. »Er hat eh noch ein paar schöne Überraschungen für mich bereit. Und eine davon ist, dass du heute zu mir gekommen bist, Kind, und dich auf meine Seite gestellt hast. Ein Geschenk des Himmels, dabei habe ich dieses Jahr schon Geburtstag gehabt.«

»Was machen wir jetzt mit Onkel Max?«, fragte Balbina. Die Droschke zum Bahnhof wartete schon vor dem Eingang auf sie.

»Nichts«, antwortete Therese. »Er wird schon merken, woher der Wind weht. Und wegen des Umbaus im Hotel lasse ich mir schon noch etwas einfallen, wie dein Mann an günstiges Geld kommt. Keine Sorge.«

»Ich habe keine Sorge, Tante«, rief Balbina von der Kutsche aus. »Heute nicht!« Therese winkte ihr lächelnd, und Balbina winkte zurück.

1909

»Herr Graf«, sang Johanna beim Frühstück.

»Herr Graf«, antwortete ihr Johann.

Und alle wussten, wie es weiterging, weil sie das Lied schon seit Tagen immer wieder zu hören bekamen. Jeder im Haus konnte es mittlerweile auswendig, und manche mochten es schon nicht mehr hören, aber heute, heute war endlich der große Tag, weshalb Johann rief:

»Ihr müsst alle mitsingen!«

»Dein Papa auch?«, fragte Paul. »Er brummt doch nur.«

Hermann schob seinen Stuhl zurück, als habe er nur auf eine Gelegenheit zum Aufstehen gewartet. »Ich muss mich sowieso um das Automobil kümmern. Damit es startklar ist, wenn ihr fertig gesungen habt.«

»Wir könnten doch auch mit der Kutsche …«, schlug Sonia vor, die einfach immer auf der Seite der Pferde stand.

»Wir fahren natürlich mit dem Auto zum Oberwiesenfeld«, entschied Hermann. »Willst du wirklich nicht mit, Mutter?«

»Einer muss sich ja ums Geschäft kümmern«, antwortete Therese. »Außerdem brauche ich ja nicht jede Hysterie mitmachen. Die ganze Stadt ist beflaggt wie für den Erzbischof oder den Kaiser, Plakate hängen aus, Postkarten werden an jeder Ecke verkauft. Ganz München ist im Zeppelin-Fieber. Das ist ja schlimmer als Fasching und Oktoberfest zusammen.«

»Aber du kommst doch mit, Lotte, oder?«

»Ach, ich leiste lieber meiner Schwiegermutter Gesellschaft. Wir wollten doch noch die Anzeigen für Ostern durchsprechen und unsere Reklameaktionen planen. Es sind ja nur mehr wenige Tage bis Ostersonntag. Wir haben so viele Eier, Lämmer, in echt und gebacken, das muss alles unter die Leute gebracht werden. Wir müssen noch einmal richtig trommeln, damit sie gar nicht mehr anders können, als bei uns zu kaufen.«

Therese nickte. »Wir lesen es dann eben in der Zeitung nach, ob er wirklich gekommen ist, der Herr Graf von Zeppelin.«

»Wieso bist du denn so skeptisch, Mutter?«, fragte Paul.

»So weit ist er bis jetzt noch nie geflogen mit seinem Gasballon. Da darf man doch Zweifel haben, oder nicht?«

»Ausgerechnet du und Zweifel?« Paul grinste. »Zuversichtlich muss man sein. Wenn er es heute nicht schafft, dann eben nächsten Monat oder nächstes Jahr. Aber irgendwann gelingt es, oder was meinst du, Johann?«

»Er schafft es natürlich heute!« Johann war sich ganz sicher. »Wie weit ist es noch mal von Friedrichshafen nach München?«

»Ungefähr zweihundert Kilometer«, antwortete Paul.

»So weit?« Johann überlegte. »Aber er schafft es trotzdem!«

»Zum Frühstück mit dem Prinzregenten will er da sein. Er hat ihm doch gestern noch ein Telegramm geschickt. Wartet mal.« Therese las aus den *Münchner Neuesten Nachrichten* vor. »Fahrt nach München für morgen Donnerstag beabsichtigt. Eintreffen gegen neun Uhr. Graf Zeppelin.«

»Dafür haben wir doch gestern noch die Bestellung an die Hofküche ausgeliefert«, erzählte Paul den Kindern. »Die Pasteten und die Geflügelbrust für das gräfliche Frühstück kommen vom Goldachhof.«

»Und die Frühstückseier!«, ergänzte Therese. »Vielleicht macht ja ein Fotograf ein Bild, auf dem der Regent und der Graf gerade unsere Eier verspeisen. Das würde ich sofort kaufen und im Geschäft aufhängen. Zur Erinnerung.«

»Und als Werbung«, sagte Lotte.

»Und jetzt macht euch fertig zur Abfahrt«, mahnte Paul. »Euer Vater ist bestimmt gleich so weit und wird ungeduldig, wenn wir herumtrödeln.«

»Wir haben noch nicht gesungen«, protestierte Johann.

»Dann los«, sagte Paul. »Damit wir es hinter uns haben.«

»Herr Graf! Herr Graf! Erzähl ist's schön zu schweben, / dort oben, wo die Wolken leben? / Erkennst du von der Gondel aus / wohl unsern Garten, Hof und Haus? / Ach komm recht bald bei uns vorbei, / wir kriegen in der Schule frei / und wollen mit entzückten Blicken / Dir unsern Dank zur Höhe schicken!«

Paul hatte noch nie erlebt, dass Hermann so schnell durch München gerast war. Wie ganz München war auch er vom Graf-Zeppelin-Fieber befallen. Denn obwohl sie so frühzeitig abgefahren waren, dass sie auch ohne Raserei spätestens zwanzig oder fünfundzwanzig Minuten vor Eintreffen des Luftschiffs am erwarteten Ort sein würden, schnitt er Kurven und hupte Fußgänger von der Straße. Das Wetter war an diesem 1. April, einem Donnerstag, alles andere als ideal. Es regnete zwar nicht, und Hermann hatte das Verdeck offen gelassen, aber der Himmel war bleigrau und schwer. Eine Windböe rollte einen Strohhut vor sich her, dessen Besitzer sein Verschwinden nicht bemerkt oder die Verfolgung aufgegeben hatte. Über den großen Truppenübungsplatz trieben dürres Gestrüpp und Fetzen von den überall hängenden Plakaten zu dem großen Ereignis. Zwischen den Kasernen und den großen Artilleriewerkstätten hatten die Zeppelinfreunde eine Landebahn für das Luftschiff vom Bodensee eingerichtet. Infanteristen in feldgrauer Uniform mit roten Tressen und Pickelhaube sorgten dafür, dass sie von Schaulustigen, die in Richtung Landebahn drängten, nicht betreten wurde. Die Leute standen dicht an dicht hinter den Absperrungen, belagerten die Dächer der umstehenden Häuser, die Türme und sämtliche Telegrafenmasten in Sichtweite. Unter den Automobilen auf dem Parkplatz erkannte Paul den Wagen von Prinz Alfons und seiner Gemahlin, der ein königliches Wappen an der Tür aufgemalt hatte, daneben den Mercedes von Oskar von Miller und den von Professor Döderlein, der ein Zwilling von Hermanns Wagen war. Alle Automobile waren poliert und gewienert wie für eine Autoschau. Die meisten Herrschaften nahmen die Dienste eines Chauffeurs in Anspruch, nur Hermann fuhr selbst und kümmerte sich auch selbst um seinen Wagen. Neben dem Kraftwerk und dem Velozipedclub war das Automobil sein drittes Steckenpferd geworden.

Um neun Uhr war von einem Luftschiff aber immer noch nichts zu sehen.

»Der Herr Graf ist unpünktlich und unhöflich«, sagte Sonia. »Er lässt den Prinzregenten warten.«

»Ich denke, das macht er mit Absicht, damit die Spannung steigt«, meinte Paul.

Alle Augen waren nach Südwesten gerichtet, und dann ging plötzlich ein Raunen durch die Menge wie bei einem aufziehenden Sturm. Aus dem gleichmäßigen Grau des Himmels löste sich etwas, das sich als Schnauze des Luftschiffs entpuppte und von den Wartenden frenetisch bejubelt wurde. »Da ist er! Da kommt er!«, schrien die Leute. Dann drehte die Spitze etwas zur Seite, und eine riesige weiße Zigarre schälte sich aus dem Wolkenmeer und wuchs und wuchs, je näher sie dem Oberwiesenfeld kam. Männer warfen ihre Hüte in die Luft, die Vivat-Rufe waren ohrenbetäubend.

Johann zupfte an Pauls Ärmel, und er hob ihn auf seine Schultern. Johanna machte es sich auf Hermanns Schultern bequem. Sie schwenkten die weiß-blauen Fähnchen, die sie mitgebracht hatten.

»Er hat's geschafft!«, schrie Paul. »Bravo, bravo!«

Der Zeppelin näherte sich der Landebahn, ging tiefer, startete sein Landemanöver, und alles hielt den Atem an. Gleich würden sie das Aufsetzen auf den Boden miterleben und sehen, wie der Herr Graf seinem Luftschiff entstieg und dem Prinzregenten entgegentrat. Doch daraus wurde nichts, denn aus dem Nichts kam eine Böe, erfasste das sinkende Schiff und schüttelte es einmal durch. Seine Schnauze zeigte jetzt wieder nach Norden, und es gewann erneut an Höhe.

»Papa«, schrie Paul. »Warum fliegt er denn weiter?« Die Menge schrie enttäuscht »Oooooh«, wie bei einem Schuss aufs Tor, wenn der Ball daneben vorbeirollte.

»Das schöne Frühstück, mit unseren Eiern!«, jammerte Johanna. »Wo fliegt er denn jetzt hin?«

»Er kann nicht landen, weil der Wind zu stark ist«, erklärte Hermann.

Nicht nur die Kinder waren enttäuscht. Alle waren es.

»Er fliegt Kurs Nord, Nordost«, sagte Paul. »Richtung Ismaning.«

»Dann fliegt er ja vielleicht über den Goldachhof!«, schrie Johann und hopste auf Pauls Schultern herum. »Wir müssen ihm nachfahren«, rief er.

»Wie ›nachfahren‹?«, fragte Sonia.

»Na, mit dem Automobil! Los, los!«

Sonia sah Hermann an, der sah Paul an, und dann rannten sie.

Prinz Alfons und seine Gattin sowie der Ingenieur Oskar von Miller waren anscheinend auf dieselbe Idee gekommen. Hermann war als Erster startklar.

»Nimm die Karte aus dem Handschuhfach«, sagte er zu Paul. »Nach Ismaning finde ich alleine, aber wer weiß, wo es den Zeppelin noch hintreibt.«

Paul nahm *G. D. Reymann's topographische Special-Karte von Central Europa Nr. 173* heraus und entfaltete sie. Jetzt bloß kein Regen, betete er, und prompt traf ihn ein erster Tropfen. Er kletterte nach hinten, um mit Sonia das Verdeck hochzuklappen. Dann holte er zwei Staubmäntel unter den Sitzen hervor und die verwegenen Lederkappen, mit der jeder Automobilist ohne Verdeck Regen, Schnee und Hagel trotzte, wenn es sein musste. Zumindest für kurze Zeit. Die beiden anderen Wagen, die ihnen bis zur Stadtgrenze gefolgt waren, zweigten jetzt nach Osten ab.

»Wir werden ja sehen, wer ihn zuerst wiederfindet«, rief Hermann und gab Gas.

»Da ist er«, schrie Johann und zeigte nach oben.

Das Luftschiff war etwas abgetrieben, schlingerte und schwenkte dann wieder auf seinen Nord-Nordost-Kurs ein. Hermanns Mercedes folgte ihm wie sein Schatten. Tatsächlich bewegte es sich auf Ismaning zu, wo nun auch der ganze Ort auf den Straßen war, Hüte warf und winkte wie verrückt. »Herr Graf!, Herr Graf!«, wurde im Fonds des Wagens angestimmt, und Hermann bog auf die Mayerbacherstraße ab, weil das Luftschiff ebenfalls in östlicher Richtung weiterschwebte. Als er in die Allee einfuhr, wo die Bäume in den letzten zwei Jahren bereits kräftig an Höhe gewonnen hatten und die Kronen schon etwas Schatten spendeten, hupte Hermann mehrfach, um alle, vom Verwalter bis zur Küchenmagd und zu den Hirten draußen im Moos auf das historische Großereignis aufmerksam zu machen, dem sie in wenigen Augenblicken persönlich beiwohnen würden. Das Verdeck wurde wieder geöffnet, und die Kinder johlten und winkten begeistert den bekannten Gesichtern zu. Der Zeppelin überflog den Goldachhof etwa hundert Meter südlich von Hermanns E-Werk, überquerte die Goldach und das anschließende Wolfshölzl und flog lautlos über die Schafherden im Moos hinweg, über die Torfstecher, die Birken und die alten Eichen, unvorstellbare einhundertsechsunddreißig Meter lang und mit etwa achtzig Metern

Flughöhe doch recht knapp über dem Boden. Über Erding, Moosburg und Landshut schwebte es immer weiter fort von seinem Bestimmungsort.

Paul entdeckte gerade, während er die Karte studierte, dass sogar ihre Kisterlallee und der Goldachhof darauf eingezeichnet waren. Nur hieß das Gehöft dort noch »Klitschner«.

»Wie geht es dir und Lotte eigentlich so?«, fragte Hermann. »Seid ihr schon voll in den Hochzeitsplanungen?«

»Gut geht es uns«, antwortete Paul. »Unsere Hochzeit wird doch größer, als wir uns das vorgestellt haben. Aber Mutter hat noch so viele Leute eingeladen, die ›unbedingt dabei sein müssen‹, wie sie sagt.«

»So gehört sich das nun mal als alteingesessene Geschäftsinhaberin in der Münchner Altstadt. Es wird ja auch allmählich Zeit, oder? Lotte möchte doch bestimmt bald Kinder haben, oder …?«

»Ach, ich glaube, sie genießt ihre Freiheit sehr. Sie ist immer noch dabei, sich in München einzugewöhnen.«

»So wie es aussieht, ist ihr das bereits gelungen. Sie ist ja schon zu so etwas wie Mutters Privatsekretärin oder rechter Hand aufgestiegen.«

»Ja, die zwei verstehen sich prächtig. Und Mutter lässt sich sogar was sagen von ihr, der Zugereisten, wer hätte das gedacht. Viele Kunden, die die beiden zusammen erleben, denken, die beiden wären Mutter und Tochter.«

»Tja, wenn unsere Schwester als Hilfe im Geschäft ausfällt, muss die Schwiegertochter eben dieses Amt übernehmen«, sagte Hermann. »Weißt du eigentlich, was Elsa da in St. Gallen die ganze Zeit treibt? Dem armen Hans hat sie ja ganz schön den Kopf verdreht.«

»Hans Metzger? Wirklich?« Paul tat, als wüsste er nichts von diesem Techtelmechtel. »Der Maler wäre allerdings kaum ein passender Heiratskandidat für unser Schwesterherz.«

»Eben, das ist wieder typisch für Elsa. Nur nicht zu eng binden, nur nicht erwachsen werden.«

»Findest du?« Paul war sich nicht sicher, ob sein Bruder recht hatte. »Vielleicht will sie einfach nur unabhängig sein.«

»Als Frau? Langsam muss sie aufpassen, dass sie keine alte Jungfer wird.«

»Was ist eine alte Jungfer?«, fragte Johanna von der Rückbank.

»Eine Frau, die allein lebt, ohne Mann und Kinder«, erklärte ihr Hermann.

»Tante Elsa ist doch überhaupt nicht alt«, widersprach Johann.

Und eine Jungfer ist sie schon mal ganz sicher nicht, dachte Paul.

»Sie kann doch den Maler Hans heiraten«, schlug Johanna vor.

»Ich glaube, den will sie nicht«, sagte Hermann.

»Wieso, der ist doch so nett«, behauptete Johanna.

»Ja, nett ist er schon, sehr nett sogar, aber ...«, wand sich Hermann. »Er hat halt nichts, weißt du. Nicht einmal ein Haus, darum wohnt er ja auch praktisch bei uns.«

»Aber er kann so schöne Bilder malen.«

»Das stimmt, Johanna«, mischte Sonia sich ein. »Aber wen Elsa einmal heiratet, das überlassen wir am besten ihr selbst. Und ich finde sie auch überhaupt nicht alt. Vielleicht wartet sie eben noch auf den Richtigen.«

»Schaut mal«, rief Johann.

Herrn Zeppelins Luftschiff war über einem gewöhnlichen Kartoffelacker stehen geblieben und setzte nun, um kurz nach fünfzehn Uhr, zur Landung an. Laut einer weiteren Karte, die Paul im Handschuhfach gefunden hatte, befanden sie sich in Niederbayern, in der Nähe von Dingolfing.

Wahrscheinlich wegen ihres Umwegs über den Goldachhof waren Prinz Alfons und Oskar von Miller schon vor ihnen an der improvisierten Landebahn eingetroffen. Auch einige Fuhrwerke mit Schaulustigen säumten den Feldweg. Alles starrte auf die Passagierkabine, aber die Türen blieben geschlossen. Es hieß, der Graf ziehe es vor, bis zum nächsten Tag in seinem Luftschiff auszuharren. Man hörte, dass der Prinzregent über die außerplanmäßige Landung des Zeppelins unterrichtet worden war und bereits Essen aus München auf dem Weg nach Niederbayern war.

»Ich glaube, der Herr Graf schämt sich«, sagte Johanna. »Deshalb kommt er nicht heraus.«

Die Kinder waren die Einzigen, die weiß-blaue Fähnchen schwenkten. Der Prinz und die Prinzessin wurden ins Luftschiff eingelassen. Auch der Ingenieur von Miller verschaffte sich Zugang, immerhin war er in gewisser Weise ein Kollege des Luftfahrers. Als der erste Fotograf aus der Umgebung auftauchte, überredete Johann seine Eltern, dass sie sich alle zusammen zur Erinnerung fotografieren ließen. Und Hans Metzger sollte unbedingt ein Bild malen, wie der Zeppelin über dem Goldachhof hing wie eine dicke Zigarre.

In der Zeitung las Therese ihnen am nächsten Tag aus der Nachmittagsausgabe der *Münchner Neuesten Nachrichten* vor, dass der Herr Graf um Mitternacht noch ein Picknick in seinem Luftschiff eingenommen hätte. Er hatte seinen Zeppelin partout nicht verlassen wollen und ließ sich erst dazu überreden, in einer nahe gelegenen Mühle auf einem Strohsack zu übernachten, als man ihm zusagte, dass eine rasch nach Niederbayern entsandte Militäreinheit sein Luftschiff bewachen würde. Am nächsten Morgen bestieg er sein Fahrzeug und flog zurück nach München. Bei seiner Landung auf dem Oberwiesenfeld sangen die Leute das Deutschlandlied. Und zum Frühstück mit dem Prinzregenten wurden frische Weißwürste serviert.

»Steht da gar nichts von unseren Hühnereiern?«, fragte Johanna enttäuscht.

»Das ist nicht schlimm«, sagte Therese. »Hauptsache, wir wissen, dass wir die Eier geliefert haben, und die Hofküche weiß es auch.«

»Und bei Gelegenheit erzählen wir es dann unseren Kunden, damit die es auch wissen.« Damit hatte Lotte das letzte Wort.

Lilly biss sich auf die Lippen und wischte eine Träne fort. Sie wickelte die Stoffbahn aus Leinen enger um ihre Taille. Aber auch dieser Versuch, den Bauch so weit wegzudrücken, dass er nicht jedem sofort auffiel, misslang. Sie schämte sich. Sie dachte, jeder, der an ihr vorbeiging, wüsste sofort, was los war. Was sie getan hatte. Dass sie mit einem Mann zusammen gewesen war. Und jeder konnte seiner Fantasie freien Lauf lassen. Wie eine verheiratete Frau sah sie jedenfalls nicht aus. Sie hatte weder den Ring noch das Auftreten einer Ehefrau. Weshalb ihr Umfang eher auf eine liederliche Person schließen ließ, die vielleicht nicht einmal wusste, wer der Vater des Kindes war.

So ein Unsinn, schimpfte Lilly mit sich selbst, und doch kullerten ihr Tränen über die Wangen. Sie war traurig wegen der Scheinheiligkeit der Leute, den schiefen Blicken, und weil sie wütend war auf das unschuldige Kind in ihrem Bauch, das dafür doch überhaupt nichts konnte. So sehr hatten sie aufgepasst, und trotzdem war es passiert. Sie hatte einen Verdacht, wann es geschehen war, ein kurzer Moment, in dem Julius nicht aufmerksam genug und die Leidenschaft stärker gewesen war als sein Verstand. Sie hatte sich gleich Sorgen gemacht und noch am Abend mit Seifenlauge gespült und am nächsten Tag sogar noch eine Kerze in der Kirche angezündet und schnell zur heiligen Margarethe gebetet, die bei solchen Frauensachen gern angerufen wurde. Weder das eine noch das andere, und nicht einmal die heilige Margarethe hatte geholfen, und jetzt musste sie es ausbaden. Die Blicke der Scheinheiligen, die des Pfarrers. Ihr war klar, wie die Leute sich das Maul zerreißen würden, wenn sie es wagte, in Weiß zu heiraten. Sie war schwanger! Das Kind war da und wuchs in ihr, und irgendwann würde sie es auch unter keinem noch so weiten Rock und dem grauen Arbeitskittel mehr verstecken können. Man glaubte ihr einfach nicht, dass sie nur ein paar Kilo zugenommen hatte. Dazu war sie viel zu dünn.

Julius hatte sich im Gegensatz zu ihr regelrecht gefreut. »Dann heiraten wir eben jetzt«, hatte er gesagt und sie an sich gedrückt. Und meine Arbeit?, hatte Lilly gedacht, mein Beruf? Jetzt habe ich so darum gekämpft, als Telefonistin angenommen zu werden, habe so viel gelernt mit der Frau von Vollmar für die Eingangsprüfung. Der Verdienst war nicht berauschend, die Arbeit ermüdend, aber das war immer noch um Klassen besser als Dienstmädchen oder Verkäuferin in einem Haushaltswarengeschäft zu sein.

Noch am selben Tag, als sie bei ihrem Vorgesetzten das freudige Ereignis ihrer bevorstehenden Vermählung bekannt gegeben hatte, wurde ihr der Brief überreicht. Ihre Hände zitterten, als sie ihn aufriss, und obwohl sie wusste, was drinstand, musste sie beim Lesen doch ein paar Tränen verdrücken.

»Seien Sie froh, Fräulein Loibl, dass der Vater Ihres Kindes ein anständiger Kerl ist und nicht nach Amerika auswandert, ohne Sie.« Genau das hatte ihr Chef gesagt. Und sie hatte dagestanden, beschämt, als müsste nun jeder Mitleid mit ihr haben und sie froh sein, wenn der, der an ihrem Unglück genauso beteiligt war wie sie, sich nun nicht aus der Verantwortung stahl. So etwas Ungerechtes. Aber da half nun alles nichts. Mit ihrem Entlassungsschreiben in der Hand war sie auf die Straße getreten, als käme sie vom Gericht und sei zu einer langen Haftstrafe verurteilt worden.

»Freu dich, dass du endlich heiratest«, hatte die Mutter sie getröstet. »Ihr mögt euch doch, der Julius und du. Und er hat eine gute Arbeit und ist ein anständiger Kerl. Ich bin froh, wenn ihr euer Verhältnis endlich vor Gott und der Gesellschaft auf einen festen Grund stellt.« Vor Gott, das hieß erst einmal vor dem Pfarrer. Und der Hochwürden der Johanniskirche in Haidhausen war gar nicht so begeistert gewesen über ihre Heiratspläne wie Lillys Mutter. Wegen der Sünde. Das, was in ihrem Bauch wuchs, war in seinen Augen die Frucht einer schweren Sünde. Deshalb war der Kirchenmann auch dafür, die Feier ganz klein und bescheiden zu halten, um davon abzulenken. Er selbst hatte seine Teilnahme von vornherein abgesagt. Mit seiner Anwesenheit würde er die Sache ja irgendwie absegnen, und das durfte nicht sein. Dann bleib halt daheim, hatte Lilly trotzig gedacht, und dass sie trotzdem feiern würden. Julis Arbeitgeber, der Herr Thomas, hatte ihnen angeboten, in einem Nebenraum des Thomasbräu zu feiern. Er mochte Julius, ihren Verlobten, obwohl er ein Turner war, der ein-, zweimal im Jahr zu Wettkämpfen in ganz Deutschland fuhr, und außerdem Mitglied in der Gewerkschaft und auch da einer der Aktivsten. Also würden sie nächste Woche am Johannisplatz heiraten.

»Du bist nicht die erste Braut, die ein Kind unter dem Herzen trägt«, hatte ihre Mutter sie getröstet, »und wirst auch nicht die letzte sein.«

Aber arbeitslos bin ich, dachte Lilly bei der Anprobe bitter. Und dass es nicht gerecht war, dass sie nun alles aufgeben und zu Hause bleiben musste, um das Kind und den Haushalt zu versorgen. Eine Wohnung hatten sie in Aussicht, im Glockenbachviertel, aber einziehen durften sie erst nach der Trauung.

Ihre Freundin Elli hatte gesagt: »Sei doch froh, dass es der ist, den du sowieso magst. Könnte ja viel schlimmer sein.«

Ja, das stimmte schon. Aber Lilly hatte sich ihr Leben doch anders vorgestellt. Sie wollte arbeiten, wollte Dinge tun, die bis dahin den Männern vorbehalten waren: in den Turnverein eintreten, eine Arbeitsstelle außer Haus haben, ihr eigenes Geld verdienen und sich eines Tages, sobald es möglich sein würde, politisch betätigen. Jetzt würde sie also doch nur Mutter und Hausfrau werden. Aber vielleicht würde sich später zumindest einmal ihr Wunsch erfüllen, wählen gehen zu dürfen. Sie musste grinsen. Die Vorstellung war doch zu komisch, mit einem oder zwei Kindern im Schlepptau ihr Kreuz auf einem Wahlzettel zu machen. Aber warum eigentlich nicht? Stolz streckte sie ihr spitzes Bäuchlein heraus. Sie würde sich jetzt am Wiener Platz eine Tasse Milchkaffee leisten und ein Stück Topfenstrudel. Wie eine ehrbare verheiratete Frau. Sie musste schon wieder kichern über diese Vorstellung, die noch so gar nicht zu ihr zu passen schien.

Wenn nur ihr Bruder rechtzeitig zur Hochzeit käme! In der Zeitung hatte sie gelesen, dass die Postbeamten in Frankreich einen Streik planten und die Eisenbahner auch schon darüber nachdachten, ob sie für bessere Löhne nicht auf die Straße gehen und die Arbeit einstellen sollten. Lilly hatte zwar Verständnis für ihr Anliegen und fand es richtig, dass Arbeiter für bessere Löhne kämpfen sollten. Aber bitte nicht genau in der Woche, in der sie heiratete und Ludwig eintausendfünfhundert Kilometer mit der Bahn fahren musste, um bei ihrer Hochzeit dabei zu sein. Ohne Ludwig konnte sie einfach nicht heiraten, das war ganz unmöglich. Also, liebe französische Eisenbahner, dachte sie, bitte nicht nächste Woche streiken. Gerne danach, dann hätte sie ihren Bruder länger bei sich in München, das würde gehen. Aber auf keinen Fall vorher.

Sie schwang die Tür zum Kaffeehaus auf und suchte sich einen hübschen Platz am Fenster, von wo sie auf die grünen Marktbuden auf dem Wiener Platz und den Hofbräukeller mit seinen hohen Kastanienbäumen blicken konnte. Was feiere ich eigentlich?, fragte Lilly sich. Meine Entlassung oder meine bevorstehende Eheschließung? Und dann richtete sie sich plötzlich auf. Was war das? Etwas hatte sich in ihrem Bauch bewegt, und gleich noch einmal. Als Lilly hinfasste, meinte sie, einen spitzen Ellbogen oder ein winziges Knie zu spüren. Das war es also, was sie feierte: das Kind der Sünde, das doch eigentlich nichts anderes war als ein Kind der Liebe.

Immer wieder drehte Lilly sich um, während Albert Krug, ihr zukünftiger Schwiegervater, sie zum Altar führte. Pfarrer Kiesl, der die Messe möglichst kurz und ohne Predigten und Orgelspiel zum Einzug gestalten wollte, sah sie bereits verärgert an. »Hier spielt die Musik«, schienen sein giftiger Blick und sein verkniffener Mund zu sagen. Ihre ganze Erscheinung ging ihm sichtlich gegen den Strich. Dabei trug Lilly das wunderbare Hochzeitskleid von Julia von Vollmar, der Gattin ihres Vormunds, das die Mutter geschickt umgearbeitet hatte. Frau von Vollmar hatte gesagt, sie brauche das Kleid mit Sicherheit nicht mehr, und Lillys Mutter könnte es zerschneiden und neu zusammennähen. Was dann doch nicht nötig gewesen war, weil sie eine noch bessere Idee gehabt hatte. Das Kleid war ein relativ schlichter Einteiler aus crèmefarbener Seide. Darüber trug Lilly ein weiteres Oberteil aus Spitze, das wie ein Überkleid locker bis zu den Knien fiel. Der lange Rock darunter bestand aus mehreren Bahnen fließender Seide. Ein zunächst unlösbares Problem war der rückwärtige Verschluss mit Haken, Ösen und Druckknöpfen. Doch Anna Loibl arbeitete die Seidenschärpe, die zum Kleid gehörte, einfach zu einem sehr breiten Gürtel um, den sie locker um Lillys nicht mehr vorhandene Taille und den Bauch drapierte und mit einer großen Schleife am Rücken band. Zur Sicherheit saß auch noch eine mit Strasssteinen bestickte Schließe auf dem Knoten und verdeckte perfekt das hinten offene Kleid.

Ihre Mutter saß nun mit glasigen Augen und einem riesigen Taschentuch in der ersten Reihe. Lilly sah sie fragend an und formte mit den Lippen den Namen »Ludwig«. Die Mutter zuckte die Achseln und schlug die Augen nieder, als der böse Blick des Pfarrers sie traf. Am Altar wartete Julius in einem eleganten, aber unbequemen Leihanzug auf sie. Er grinste selig, als ginge heute sein größter Wunsch in Erfüllung. Er erzählte jedem von seiner ›Doppelhochzeit‹ und hätte beinahe sein Kind schon beim Turnverein angemeldet, denn ein Turner würde es ja auf jeden Fall, oder eben eine Turnerin.

Pfarrer Kiesl tat, was er tun musste, mit versteinerter Miene und keinem Handgriff, keinem einzigen Wort zu viel, aber Lilly bemerkte es nicht einmal. Sie musste immerzu an Ludwig denken. Sie kam erst wieder zu sich, als Julius die Schachtel mit den schmalen Goldringen öffnete, die ihr Vormund Georg von Vollmar ihnen zur Hochzeit geschenkt hatte, den kleineren herausnahm und ihn an ihren Finger steckte. Sie streifte ihm seinen Ring über, der Pfarrer sagte etwas, und dann hätte Julius sie beinahe an sich gezogen und geküsst. Aber da hielt der Priester entrüstet seine segnende Hand dazwischen.

Zum Auszug aus der Kirche spielte die Orgel dann doch, nicht gerade jubilierend, aber doch heiter und zuversichtlich. Die beiden Flügel der Kirchentür standen bereits weit offen, und draußen sah Lilly die halbe Turnerriege des Arbeiterturnvereins Haidhausen Spalier stehen: rechts die Burschen in ihren weißen Trikots und links die jungen Frauen in schwarzen einteiligen Baumwollanzügen mit kurzen Ärmeln, Gürteln und Gummizügen an den Knien. Zur Feier des Tages waren die runden Krägen der Damen mit einer schwarz-weißen Litze umsäumt worden. Unter den Anzügen trugen sie ihre üblichen schwarzen Trikothosen. Und kein Einziger und keine Einzige von ihnen dachte daran, verschämt wegzusehen, wie Hochwürden in der Kirche, nur weil Lillys Bauch sich wie ein Kürbis unter ihrer Bauchbinde wölbte. Wenn das Ludwig sehen könnte, dachte Lilly, aber auch auf dem Kirchenvorplatz konnte sie den rotblonden Schopf ihres Bruders nirgendwo entdecken.

In Kutschen und Fuhrwerken fuhren sie über die Isar zum Thomasbräu.

»Wollte dein Bruder nicht schon gestern Abend kommen?«, fragte Julius.

»Dann haben vielleicht doch die Eisenbahner in Frankreich gestreikt«, sagte Lillys Mutter. »Ich habe ihn jedenfalls noch nicht gesehen.« Sie biss sich auf die Lippen und sah von der Ludwigsbrücke hinunter auf die Isar, die milchig grün, noch voller Schmelzwasser aus den Bergen, in die Ebene hinausfloss. Da stimmt doch was nicht, dachte Lilly. Heckte ihr Bruder am Ende irgendetwas aus? Ihre Mutter war jedenfalls eine miserable Lügnerin.

In einem Nebenraum der Brauerei Thomas war bereits eine lange Tafel aufgebaut, und am Eingang erkannte Lilly sofort ihren Bruder. Auf dem quadratischen Beitisch vor ihm war die schönste fünfstöckige Hochzeitstorte aufgebaut, die Lilly je gesehen hatte. Wie für eine königliche oder gar kaiserliche Vermählung. Mit dunkler Schokolade überzogen und jede Etage anders dekoriert: mit Rosenblättern die oberste, die nächste mit blauen Vergissmeinnicht aus Marzipan, dann kamen weiße Baisers und Lavendelblüten aus Frankreich. Um die Basis lief eine Reihe wie Räder aufgestellter lachsfarbener Macarons mit Füllung. Wie Lilly später erfuhr, hatte Ludwig die ganze Nacht über bei Maître Reiter in der Backstube des Café Victoria gebacken und dekoriert, und die Mutter hatte ihm am Abend noch beim Vorbereiten des Teigs geholfen. Sie hatte es also gewusst, dass Ludwig längst da war, und nichts verraten.

»Wie für eine Prinzessin«, flüsterte Lilly. »Dabei bin ich doch nur die Lilly Loibl, ein Arbeiterkind aus Haidhausen.«

»Hast du jetzt *nur* gesagt?«, fragte ihr Bruder. »Außerdem heißt du ab jetzt Krug, nicht mehr Loibl. Als verheiratete Frau kannst du natürlich keine Prinzessin sein, das stimmt. Aber vielleicht bist du ja bald Mutter einer kleinen Prinzessin. Alles Gute, Schwesterchen! Glück und Liebe ein ganzes Leben lang! Und jetzt heul nicht, sondern such deinen Mann, und dann schneide bitte die Torte an. Ich muss doch sehen, ob sie was geworden ist.«

Zwei Wochen später war Ludwig schon auf der nächsten Hochzeit. Das hatte seine Schwester gut eingefädelt mit ihrer Schwangerschaft. Der Termin für die Hochzeit von Paul und Lotte zwei Wochen später passte perfekt in seine Planung. So lange konnte er Juliette und seinen Schwiegervater ausnahmsweise mit dem Geschäft allein lassen.

Und jetzt, auf dem Vorplatz zum Dom, wusste Ludwig gar nicht, wo er zuerst hinsehen sollte, so geblendet war er vom Kleid und noch mehr von dem außergewöhnlichen Haar der Braut. Es war dick und noch röter als sein eigenes, und die Frisur hatte bestimmt viele Stunden Arbeit und Hunderte von Haarklammern gekostet. Lotte strahlte über das ganze Gesicht, und Paul schien vor Stolz fast zu platzen. Lottes Kleid war aus weißem Seidensatin gefertigt, das Oberteil mit Perlenstickereien verziert, und im Ausschnitt saß eine große Blüte aus Tüll. Zwei Schals aus Spitze hingen von den Schultern herab, und auch der nach oben hin spitz zulaufende Brustausschnitt war mit Spitze belegt. Unter dem Kleid trug die Braut eine hauchdünne Bluse aus Tüll. Seidenschleifen zierten den Ärmel- und Brustbereich. Die weißen Seidenhandschuhe reichten ihr bis über die Ellbogen. Dagegen war das Kleid seiner Schwester, die erst zwei Wochen zuvor geheiratet hatte, schlicht und vielleicht sogar ein wenig altmodisch gewesen.

»Ist sie nicht wunderschön?«, flüsterte jemand neben ihm. Ludwig hätte die Stimme noch im Schlaf und über einen halben Kilometer Entfernung wiedererkannt. Er sah in zwei dunkelblaue Augen und ein Schneewittchengesicht, das von dunklem, fast schwarzem, sanft gewelltem Haar eingerahmt war.

»Ja«, flüsterte Ludwig zurück, »das ist sie. Genau wie du.«

»Ach, hör auf!«, wehrte Balbina ab.

»Nur gewachsen bist du nicht mehr, seit damals«, sagte Ludwig und grinste.

»Sei bloß froh, dass du noch gewachsen bist seit deiner Lehrzeit. Bei dir wär's schlimmer, wenn du so klein geblieben wärst wie als Lehrbub im Dallmayr.«

Sie gaben sich die Hand, aber es fühlte sich seltsam an. Ludwig fand, es gab immer noch so viel Nähe zwischen ihnen. Zu viel für einen förmlichen Handschlag. Doch dem Anlass war er angemessen und dem Ort ebenso. Sie standen vor dem Eingangsportal zum Liebfrauendom, von dessen beiden Türmen gerade lautes Glockengeläut einsetzte.

Plötzlich brach Unruhe aus, die verschleierte Braut drehte sich einmal zur einen, dann zur anderen Seite, und stieß dann einen Schrei aus.

»Der Brautstrauß«, rief sie, und Paul klopfte sich die Taschen seines Fracks ab, als könnte er sich dort versteckt haben. Sie hatten ihn offenbar zu Hause vergessen.

»Du bleibst da, Paul, ich hole ihn schnell«, rief Ludwig zu den beiden hinüber.

Lotte nickte, und Paul gab Ludwig den Wohnungsschlüssel. »Bestimmt liegt er in der Diele oder auf dem Küchentisch.«

»Ich finde ihn schon«, versprach Ludwig. »Bin gleich zurück.«

»Ich komme mit«, sagte Balbina hinter ihm und gab ihrem Mann und ihrer Tochter, die bei Hermann und seiner Familie standen, ein Zeichen.

Ludwig musterte Balbinas Kleid aus zartrosa Seidenstoff,

der von Längsstreifen aus Samt durchzogen war und eine kurze Schleppe hatte. Es waren zwar Schlitze aus rosa Seidensatin in den langen Rock eingearbeitet, trotzdem würde sie damit nicht schnell genug vorankommen, um der Braut rechtzeitig den vermissten Strauß überreichen zu können. Ludwig war drauf und dran, ihr Angebot auszuschlagen, da donnerte eine vertraute Stimme durch die Menge.

»Ich fahre euch. Meine Hochzeitskutsche steht gleich da vorne. Steigt ein!«

Der alte Korbinian! Als Lehrling war er Ludwig bereits alt erschienen. Jetzt war er es wirklich. Aber es tat so gut, ihn zu sehen. Ludwig grinste ihn an, packte Balbinas Arm und schob sie durch die Hochzeitsgäste in Richtung der mit Blumen geschmückten Kutsche. Balbina lächelte, als Ludwig ihr beim Einsteigen half, und er musste erst gar nicht fragen, warum. Sie beide in einer mit Lilien und Chrysanthemen geschmückten Hochzeitskutsche, wo sie doch nur die Boten waren, die den Brautstrauß holen sollten.

»Ich bin ja froh, dass Paul mich angelogen hat«, sagte Ludwig, als er Balbina gegenübersaß und Korbinian die Pferde antrieb.

»Wieso angelogen?«, fragte Balbina.

»Als er mich vor ein paar Jahren in Bayonne besucht hat. Er hat mir erzählt, dass er bei dir am Bodensee war und den Eindruck gehabt hatte, du seist nicht glücklich.«

»Ja und?«, fragte Balbina irritiert.

»Ich finde, du wirkst gerade sehr glücklich, und du bist schöner als je zuvor.«

»Ach, Ludwig, du bist ja ein richtiger Gentleman geworden. Lieb warst du schon immer.«

»Tja, lieb. Aber dafür kann ein Mann sich meist nichts kaufen. Lieb ist ein Zwölfjähriger auch.«

»Lass uns nicht zurückschauen, Ludwig. Das Leben ist doch so wunderbar und schön, genau jetzt.«

Ludwig spürte den Impuls, sie zu umarmen, ihr mit der Hand über die Wange zu streichen. Stattdessen nahm er ihre Hände und drückte sie. Und als er in ihre Augen sah, wusste er, dass sie wusste, was er immer noch für sie empfand. Balbina war seine große Liebe gewesen, das konnte man schon so sagen. Sie hatten sich so gemocht und sich so gut verstanden all die Jahre, und doch war sie unerreichbar für ihn gewesen. Aber die Nähe war immer noch da zwischen ihnen.

»Wieso hast du denn deine Familie nicht mitgebracht? Ich hätte zu gern deine Frau und deinen Sohn kennengelernt«, sagte Balbina, ohne seine Hände loszulassen.

»Dann komm uns doch in Bayonne besuchen. Und lern vorher ein bisschen Französisch. Meine Chocolaterie kann ich dir dann auch gleich zeigen.«

»Fremdsprachen sind etwas für höhere Töchter, Ludwig, das weißt du doch. Ich habe nie eine Höhere Schule besucht, ich war ja nur die Cousine aus der Oberpfalz.«

»Warst du nicht, oder nur zur Hälfte«, sagte Ludwig.

»Ja, aber als ich das erfahren habe, war es schon zu spät. Ach, ist ja auch egal. Wir verstehen uns bestimmt auch so, mit dem Herzen.« Sie drückte seine Hände und ließ sie dann los. »Wieso hast du eigentlich keine Hochzeitstorte für Paul und Lotte gemacht? Ich hätte dir gern dabei geholfen.«

»Ach, weißt du, die Münchner Patissiers verstehen schon auch was von ihrem Handwerk. Und bis zu Lotte ist mein Ruhm anscheinend nicht durchgedrungen. Sie hat sich einfach beim Erbshäuser ihre Lieblingstorten bestellt. Ich hätte ihr ja unseren Maître Reiter aus der Maximilianstraße empfohlen, aber sie hat mich nicht gefragt.« Ludwig legte seine Hand auf Balbinas Arm. »Weißt du noch, als wir bei der Patisserie-Ausstellung im Glaspalast bei ihm am Stand eingesprungen sind?«

»Natürlich weiß ich das noch«, sagte Balbina.

»An dem Tag war ich der stolzeste Lehrbub von ganz München.«

»Wegen Maître Reiter?«

Ludwig schüttelte den Kopf. »Nein. Weil das hübscheste Mädchen von ganz München in ihrem blau bestickten Leinenkleid mit mir in meinen immer zu kurzen Hosen und den schrecklich großen Füßen und Ohren in die Ausstellung gegangen ist und dann nicht mal etwas dagegen hatte mitzuarbeiten. Ich war im siebten Himmel an dem Tag. Der hat sich ganz tief bei mir eingebrannt, Balbina.«

»Bei mir auch, Ludwig, da musst du mich gar nicht ansehen wie ein verliebter Gockel. Das war ein Tag, an den wir uns noch erinnern werden, wenn wir so alt sind wie Tante Therese. Oder Korbinian.«

Der Kutscher drehte sich zu ihnen um. »So alt wie ich müsst ihr erst einmal werden«, brummte er. »Der Ludwig ist ja immer noch derselbe Lausbub wie früher. Und du seine Assistentin, wie damals, als ihr das erste Bananeneis auf der Sarcletti-Eismaschine im Laden gemacht habt. Oder diese elend bitteren Orangen kandiert habt. Ihr seid schon so ein Gespann, mein Lieber!«

Er hielt vor dem Haus in der Dienerstraße. »Wir sind da. Ludwig, jetzt schnell rauf in den zweiten Stock und dass du nicht ohne den Strauß wiederkommst. Ich passe währenddessen auf die Dame in ihrem rosa Festkleid auf. Nicht dass ihr wieder irgendein Unsinn einfällt.«

Ludwig rannte los.

Als sie zum Domplatz zurückkamen, standen dort schon zwei Reihen Kutschen.

»Hoh!«, rief Korbinian seinen Pferden zu und fuhr an allen vorbei ganz nach vorne. »Jetzt schaut euch das an. Die Geschäftsleute aus der Altstadt hätten auch ganz einfach zu Fuß hierhergehen können«, erklärte er Balbina und Ludwig. »Aber nein, heute wird natürlich mit der Sonntagskutsche vorgefahren, damit man auch ja nicht übersehen wird. Schaut hin, von A wie Ackermanns Kunstverlag über Ludwig Beck am Rathauseck, die Firma Kaut-Bullinger Schreibwaren in der Rosenstraße, dahinter Eilles, Erbshäuser, bis zum Z wie Zechbauer Zigarren in der Residenzstraße. Die wissen halt, was sich gehört. Wenn der jüngste Randlkofer-Spross im Dom heiratet, dann sind sie alle da.«

»Sind das alles Hoflieferanten?«, fragte Ludwig.

»Jawohl, allesamt königlich bayerische Hoflieferanten mit Prädikat«, antwortete Korbinian.

Paul kam zu ihnen herübergelaufen, um den Strauß zu übernehmen.

»Wieso zählst du denn die Namen aus dem Telefonbuch der Münchner Innenstadt der Reihe nach auf, Korbinian? Die sind doch überhaupt nicht wichtig«, behauptete Paul. »Wichtig ist doch nur, dass die Menschen gekommen sind, die wir mögen und die wir am liebsten um uns haben. Und zu denen zählt ihr drei ja auf jeden Fall. Euch würde ich sofort gegen alle Hoflieferanten zusammen eintauschen. Danke, dass ihr mir aus der Patsche geholfen habt!« Er zwinkerte Ludwig zu.

»Aber jetzt los, Paul, sonst muss die Braut noch Angst haben, dass deine Hochzeit ohne dich stattfindet, weil du meinst, bei uns Süßholz raspeln zu müssen«, sagte Korbinian und stieg ächzend vom Kutschbock. »Ist denn der neue Erzbischof schon im Amt?«

»Nein, der kommt erst im August aus Speyer, und wegen uns hat er da auch keine Ausnahme gemacht. Aber wir sind mit dem Dompfarrer genauso zufrieden.« Im Weggehen drehte Paul sich noch einmal um. »Ach, Balbina, du bist übrigens die schönste und eleganteste Frau unter allen Gästen.«

»Nach deiner Braut natürlich. Viel Glück, kleiner Bruder!«

Balbina warf ihm eine Kusshand zu. Sie raffte ihr rosa Traumkleid, und Ludwig half ihr beim Aussteigen.

»Paul hat recht«, flüsterte er und drückte Balbinas Hand.

Im Festsaal im ersten Stock des Hofbräuhauses war für an die dreihundert oder mehr Festgäste eingedeckt. Mit seinem bemalten Tonnengewölbe, den großen Kronleuchtern und den runden Bogenfenstern konnte man sich wie in einem riesigen Festzelt auf dem Oktoberfest fühlen. Hier wurde jedoch noch kein Bier getrunken, sondern perlender Schaumwein, Riesling, rote Bordeaux- und süße Dessertweine, je nach der Abfolge des mehrgängigen Menüs. Nur einer hatte seinen grauen Maßkrug vor sich auf dem weißen Damasttischtuch stehen und ließ ihn sich schon ein zweites Mal von der Kellnerin auffüllen: Max Randlkofer. Auch ein Bayer wie er im Buche stand, dachte Ludwig, aber keiner von der herzlichen, bodenständigen Sorte wie Korbinian Fey. Ein typischer Grantler, der immer alles im Blick hatte um sich herum und mit kaum verhohlener Missgunst sogar noch die Qualität des Tischtuchs mit den Fingern prüfte. Ein echter Spaßverderber, dachte Ludwig und grüßte dennoch freundlich in seine Richtung, doch Max schien ihn gar nicht zu erkennen.

»Wer sind jetzt Sie, wenn man fragen darf?«, herrschte er Ludwig an.

»Loibl heiße ich. Ludwig.«

»Der Lehrling?«, fragte Max.

»Inzwischen habe ich ausgelernt und eine eigene Chocolaterie eröffnet«, klärte Ludwig ihn auf.

»In München?«

»Nein, in Südfrankreich.«

Max sah ihn an, als hätte er Zweifel, ob Ludwig ihn auf den Arm nehmen wollte. Doch der hielt ihm die beiden Pralinenschachteln aus seinem Geschäft in Bayonne unter die Nase.

»Ist schon recht, Ludwig«, sagte Max. »Alles Gute weiterhin!« Er sah etwas verloren in den weiten Saal hinaus und nahm noch einen Schluck Bier aus seinem grauen Steinkrug.

Ludwig ging weiter zum Gabentisch und stellte seine Pralinen zu einer Kiste mit Champagner vom Weingut Raymond Lelarge. Die Flaschen hatten handbemalte Etiketten mit der Aufschrift »Lotte & Paul, 17-7-1909«. Ludwig hatte seinen Platz am Tisch der Familie, aber er schaute noch einmal bei Korbinian vorbei, der etwas weiter weg saß. Gerade trat ein Mann mit Mittelscheitel und runder Brille zum Brautpaar, um zu gratulieren.

»Unser Bürgermeister Borscht«, klärte ihn Korbinian auf. »Der muss sich natürlich auch kurz sehen lassen. Wenn im August der neue Erzbischof kommt, dann sind die wichtigsten Männer in München alles Pfälzer: der Prinzregent selbst, der Erzbischof und der Bürgermeister.«

Ludwig verstand nicht, ob das nun gut oder schlecht war. »Ist die Pfalz denn nicht ein Teil des Königsreichs Bayern?« Zumindest während seiner Schulzeit war sie es noch gewesen.

»Freilich, und das wird auch so bleiben«, sagte der Monarchist Korbinian Fey. »Aber haben wir hier in München keine gebildeten Ehrenmänner für unsere höchsten Ämter in der Landeshauptstadt?«

Nach seinem kurzen Toast verschwand Bürgermeister Borscht wieder, weil wichtige Amtsgeschäfte ihn riefen. Die Kapelle spielte, während die Lauchsuppe mit Trüffelschaum verspeist wurde.

Danach erhob sich die Patriarchin, Ludwigs Ex-Chefin Therese, und klopfte mit einem Löffel gegen ihr Glas, als wäre das nötig gewesen. Dabei war es auch so still geworden.

»Liebe Gäste, lasst mich ein paar Worte sagen, eine wirklich kurze Hochzeitsrede, versprochen. Mein Jüngster ist unter der Haube, was für ein großes Glück für ihn und für mich. Ich habe eine liebe, tüchtige Schwiegertochter bekommen und freue mich auf eine hoffentlich große Enkelschar. Dass ihr beide so fleißig im Geschäft mitarbeitet, dafür bin ich wirklich dankbar …« Plötzlich wurde ein Stuhl gerückt, und neben Therese wurde es unruhig. Hermann war aufgestanden, und mit ihm Johann und Johanna. Er räusperte sich.

»Liebe Mutter«, begann er. »Jetzt habe ich drei Wochen an meiner Rede für diesen Anlass gefeilt, und nun sagst du vielleicht alles, was eigentlich ich vorbereitet habe. Also bis auf das mit den Enkeln.« Die Leute verstanden, dass Hermann einen Scherz machte, und lachten.

»Ich habe versprochen, dass es eine kurze Rede wird«, sagte Therese. »Und meine Versprechen halte ich, wie du weißt.« Sie setzte sich.

»Liebes Brautpaar!«, begann Hermann. »Wir wünschen euch alles Glück der Welt. Liebe und Freude und Zusammenhalt, denn das ist das Wichtigste. Und da wir wissen, dass es Pauls zweitgrößter Wunsch ist, sich einmal in die Luft zu erheben – sein größter Wunsch ist ja heute schon in Erfüllung gegangen – und dass Lotte eine mutige und entschlossene junge Frau ist, werden Johanna und Johann euch jetzt ein ganz besonderes Geschenk überreichen. Es ist zwar noch nicht einzulösen, aber doch eine echte Investition in die Zukunft. Noch sind wir technisch vielleicht nicht ganz so weit. Aber in nicht allzu ferner Zukunft ganz bestimmt. Wir werden es sicher alle noch miterleben.«

Die beiden Jugendlichen traten vor und überreichten Paul und Lotte einen Umschlag. Paul öffnete ihn und las vor: »Gutschein für eine Fahrt mit dem Zeppelin, sobald dies für Vergnügungsreisende möglich sein wird. Gezeichnet: Friedrichshafen, im Juli 1909, Ferdinand Graf von Zeppelin.« Paul sah Lotte an, und die lächelte tapfer.

»Wir werden zusammenlegen, um euch diese Reise zu ermöglichen«, versprach Hermann. »Also, Lotte, beeil dich bitte mit der ersten Schwangerschaft, nicht dass der Herr Graf mit seinen ersten Publikumsfahrten schneller ist als du mit deinem Baby.«

Die Kapelle spielte einen Tusch und dann einen Marsch, während die Gäste Zeit hatten, miteinander zu tuscheln, ob das wirklich ein passendes Geschenk für ein Hochzeitspaar war. Bis jetzt war der Herr Graf ja schon so oft abgestürzt, dass sogar der Kaiser ihn als »dümmsten Süddeutschen« bezeichnet hatte. Aber er war immerhin in München gelandet, man hatte es doch mit eigenen Augen gesehen. So wurde die Vorspeise – Spargel mit gebeiztem Saibling – serviert, und die Gesellschaft beruhigte sich allmählich wieder.

Später beobachtete Ludwig, wie Balbina bei Max Randlkofer am Tisch saß und mit ihm sprach. Er wusste nicht, worum es dabei ging, aber Max schien etwas zu erfahren, was ihm gar nicht passte. Sein Gesicht lief rot an, er hob mehrfach seinen Maßkrug, wischte sich nach dem Trinken mit dem Handrücken den Schaum vom Mund, ereiferte sich und schüttelte am Ende nur noch den Kopf, als Balbina aufstand und wieder fortging.

Nach dem Festmahl tanzte das Brautpaar einen Walzer. Hermann führte Sonia auf die Tanzfläche, Balbina tanzte mit ihrem Mann, und Ludwig forderte Elsa auf, die mit ihrem Kurzhaarschnitt und dem türkisfarbenen Seidenkleid mit Perlenbesatz aus der Menge herausstach. Sie freute sich unbändig, Ludwig endlich wiederzusehen, und er fand, dass sie mit der arroganten Göre, die sie einmal gewesen war, nicht mehr viel gemein hatte. Sie war eine selbstbewusste, kluge Frau geworden, die genau zu wissen schien, was sie wollte. Als sie an Balbina und ihrem Mann vorbeitanzten, warfen sich die beiden Halbschwestern eine Kusshand zu. Sie sind Freundinnen geworden, stellte Ludwig fest, wer hätte das gedacht. Ihm schenkte Balbina ein ganz besonderes Lächeln, das ihn ganz tief, bis ins Herz berührte.

1910

Alexej Droschin war auf der Durchreise von Russland in die Schweiz in Prag gelandet. Bei einem Glas Pilsner Urquell und einem Teller Gulasch im Café Slavia an der Moldau hatte er von einem böhmischen Genossen erfahren, dass seine Freundin Sarah Rabinowitz mittlerweile in Deutschland lebte. Angeblich sollte sie sich in München aufhalten. Das lag auf Alexejs Weg nach Zürich, und er beschloss einen weiteren Zwischenstopp einzulegen, um sie wiederzusehen und zu erfahren, wie es ihr ergangen war. Sie hatten sich vor drei Jahren, kaum dass sie in Russland angekommen waren, aus den Augen verloren. Er war in Moskau geblieben, während sie von der Partei auf die Krim geschickt wurde.

In München kam er bei Georg Rittmeyer, einem strammen Sozi, in Schwabing unter. Georg hatte das möblierte Zimmer zum Hinterhof nicht zum ersten Mal für ein paar Mark an einen russischen Kommunisten vermietet. Sogar der Genosse Lenin hatte hier vor ein paar Jahren einmal gewohnt. Im Vorderhaus führte Rittmeyer das Wirtshaus Zum Goldenen Onkel, das wusste Alexej noch. Doch als er zur Kaiserstraße kam, fand er das Lokal geschlossen. Man sagte ihm, Rittmeyer sei in die Ursulastraße am Englischen Garten umgezogen. Dort bot er Alexej tatsächlich eine Übernachtungscouch für ein paar Tage an.

Alexej musste feststellen, dass die Prager Informationen nicht mehr aktuell waren. Sarah lebte mittlerweile in Gießen und hatte sich dort für ein Studium der Nationalökonomie eingeschrieben. Dann hatte er sie wohl in München verpasst. Bei Rittmeyer lieh er sich einen Band Liebesgedichte von Puschkin in deutscher Übersetzung und ein Fahrrad, um in den Englischen Garten zu radeln und ein wenig darin zu lesen. Die Gedichte kannte er im Original, und er dachte, sie auf Deutsch zu lesen würde ihm helfen, seine Sprachkenntnisse zu verbessern. Doch die Liebeslyrik eines übersetzten Russen war ihm doch zu schwierig. Er las die Wörter und verstand doch nicht, was sie ihm sagen wollten. Er klappte das Buch zu, faltete seine Jacke zum Kissen und legte sich ins Gras. Von der Anhöhe des Monopteros sah er auf die Silhouette der Stadt, die gelben Türme der Kirche am Odeonsplatz, deren Namen er nicht kannte. Daneben die Türme der Kathedrale mit ihren grünen Hauben, und plötzlich musste er an das zauberhafte Fräulein Elsa denken, die Sarah in St. Gallen das Leben gerettet hatte. Elsa, dünn wie ein Sperling, dunkles kurzes Haar, durchscheinend helle Haut, die Augen grün, oder waren sie hellbraun gewesen, blau? Alexej legte sich zurück, schloss die Augen und versuchte sich zu erinnern. Doch, sie waren grün, grün wie die Blätter der Birken in seiner Heimat. Ein Anflug von Scham ergriff ihn, als ihm einfiel, dass er ihr in dem Café an der Schrägbahn einen Heiratsantrag gemacht hatte. Was mochte er für einen Eindruck bei ihr hinterlassen haben. Kein Wunder, dass Elsa den Antrag abgelehnt hatte.

Plötzlich setzte Alexej sich wieder auf. Hatte Elsa nicht gesagt, dass ihre Mutter ein Geschäft in München hatte, ganz im Zentrum, direkt am Marienplatz oder zumindest dort in der Nähe? Um was für ein Geschäft hatte es sich noch gleich gehandelt, Lebensmittel? Ah, Feinkost, er erinnerte sich. Ihrer Beschreibung nach musste es fast so mondän wie das berühmte Jelissejew in Sankt Petersburg sein. Alexej zog seine Jacke wieder an, steckte den Gedichtband aus dem Inselverlag in die Tasche und schwang sich auf Rittmeyers Fahrrad.

Kaulbachstraße, Ludwigstraße, Odeonsplatz, Theatinerstraße, Marienplatz. Er fuhr den ganzen Platz ab, fand eine Konditorei, ein Backhaus, eine Buchhandlung, Kurzwaren, den Donisl. Als er eine wie ein Jäger in Grün gekleidete Passantin nach einem Delikatessengeschäft fragte, schickte sie ihn zu Dallmayr in die Dienerstraße. »Was Besseres finden Sie hier nicht«, sagte die Dame mit dem Filzhut und der gebogenen Fasanenfeder.

Dallmayr – war das der Name gewesen, den Elsa erwähnt hatte? Alexej war sich nicht sicher, aber er fuhr trotzdem in die Dienerstraße, und nach wenigen Metern hatte er den Delikatessenladen mit den blauen Malossol-Kaviardosen aus Astrachan im Schaufenster erreicht. »Dallmayr« stand über der Eingangstür, und »Königlich bayerischer Hoflieferant« auf dem Bronzeschild an der Tür. Er war sich immer noch nicht sicher, aber schon hatte er sein Fahrrad abgestellt und war durch die bimmelnde Tür getreten, den Lyrikband in der Jackentasche. Er strich sich über das ein bisschen zu lange dunkle Haar. Mit dem ungeschnittenen Vollbart musste er aussehen wie der junge Karl Marx, als sein Bart noch nicht grau war.

»Bitte schön, der Herr, was darf's sein?« Die Verkäuferin mit der adretten weißen Schürze hielt ihn für einen Kunden.

»Ich möchte zu Fräulein Elsa«, antwortete Alexej ins Blaue hinein. Für lange Erklärungen reichte sein Deutsch ohnehin nicht.

»Fräulein Randlkofer meinen Sie?« Sie sah ihn leicht misstrauisch an. »Die wohnt aber nicht in München.«

»Ich weiß«, sagte Alexej. »Sie lebt in der Schweiz, in St. Gallen. Dort haben wir uns auch kennengelernt. Aber ich dachte mir, vielleicht habe ich Glück. Wenn ich schon einmal in München bin … Ich habe das Geschäft gesehen …«

»Sie ist nicht hier.«

»Hätten Sie denn ihre Adresse in St. Gallen für mich? Ich bin auf der Rückreise nach Russland und habe hier noch ...«, er zog das Buch aus der Tasche, »ein Buch, das ich ihr zurückgeben möchte.«

»Einen Moment bitte.« Sie verschwand kurz in einem Nebentrakt, in dem Alexej die Kontors vermutete. Kurz darauf kam die Verkäuferin in Begleitung einer Dame ohne Schürze, dafür mit Ärmelschonern, zurück, die ihn in ihr Büro bat.

»Sie können mir das Buch geben, und ich werde es Elsa schicken«, bot sie ihm an.

»O nein«, antwortete Alexej, »das kann ich nicht. Ich möchte erst noch ein paar persönliche Zeilen dazuschreiben. Bitte nicht böse sein.«

Die Dame zögerte, überlegte, sollte sie, durfte sie, sollte sie nicht? Schließlich gab sie ihm eine Adresse. Nicht die von Elsas Wohnung, aber die der Kanzlei, in der sie arbeitete.

Puschkin mag ein Genie gewesen sein, dachte Alexej, als er den Dallmayr wieder verließ. Aber sein Einfall mit dem Buch, der war doch mit Fug und Recht auch brillant zu nennen.

Elsa lief durch die Schmiedgasse mit ihren geschnitzten Prachterkern, die über zwei oder mehr Stockwerke an den Häusern hinaufwuchsen wie Schlingpflanzen. Manche waren auch aus Stein gemauert und bemalt. Adler oder menschliche Figuren stützten diese Erker wie Atlas die Weltkugel. Elsa empfand immer Mitleid mit ihnen. Sie krümmten sich unter ihren Lasten, während sie selbst und alle anderen auf dem Weg zur Arbeit leichtfüßig darunter hinwegliefen. Sie winkte noch zu Lisbeth hinüber, die in der Tür des Schwanencafés stand und ihr Gesicht der Sonne entgegenstreckte. Noch waren kaum

Gäste im Café gegenüber. »Guete Morge, Frau Advocat«, rief sie Elsa zu, und die antwortete wie immer mit »Hoi Lisbeth.«

Dann warf Elsa sich gegen die dunkle Holztür, holte den Briefkastenschlüssel aus der Jackentasche und nahm die Post aus dem Blechkasten. Sie hielt drei Geschäftsbriefe in der Hand. Ein loses Blatt Papier segelte schaukelnd zu Boden. Elsa bückte sich und hob es auf. Es sah aus wie ein Gedicht. Wer warf der Kanzlei Gedichte in den Briefkasten? Sie klemmte sich die Briefe unter den Arm und fing an zu lesen. »An ***« stand darüber, und darunter »Alexander Puschkin«. Elsa las mit klopfendem Herzen weiter.

*An ****

Ein Augenblick ist mein gewesen:
Du standst vor mir mit einem Mal.
Ein rasch entfliegend Wunderwesen.
Der reinen Schönheit Ideal.

Im schmerzlich hoffnungslosen Sehnen.
Im ew'gen Lärm der Menschenschar,
Hört ich die süße Stimme tönen.
Träumt ich das milde Augenpaar.

Allein im Kampf mit dem Geschicke
Und in der Jahre düsterm Gang
Vergaß ich deine Engelsblicke
Und deiner süßen Stimme Klang.

Und lange Kerkertage kannt ich.
Es ward die Brust mir stumm und leer.
Für keine Gottheit mehr entbrannt ich.
Nicht weint ich, lebt ich, liebt ich mehr.

Es darf die Seele nun genesen:
Und du erscheinst zum zweitenmal,
Ein rasch entfliegend Wunderwesen,
Der reinen Schönheit Ideal.

Und wieder schlägt das Herz voll Weihe.
Sein Todesschlummer ist vorbei.
Für eine Gottheit glüht's aufs Neue,
Es lebt, es weint, es liebt aufs Neu.

Alexander Puschkin

Elsas Herz schlug mindestens so heftig wie das des Dichters. Sie öffnete die Tür einen Spalt und blickte hinaus auf die Gasse. Lisbeth war wieder im Café verschwunden. Passanten gingen vorüber, auf ihrem Weg zur Arbeit, es war nichts anders als sonst. Elsa hielt den Atem an. Es musste jemand hier gewesen sein und das Gedicht eingeworfen haben, und Elsa war sich sicher, dass es nicht für Rechtsanwalt Auer, ihren Chef, bestimmt war, der eine Frau und drei Kinder zu Hause hatte. Nein, sie war wohl die nicht genannte Adressatin und Puschkin die Spur, die zu seinem Absender führte. Und der konnte niemand anderer sein als ihr Russe aus der Mühleggbahn. Es sei denn, jemand erlaubte sich einen bösen Scherz mit ihr. Sarah Rabinowitz vielleicht? Nur sie konnte es sein, wenn Alexej es nicht war. Doch draußen auf der Gasse war niemand. Also ging Elsa hinauf ins Büro und setzte Kaffeewasser auf, wie jeden Morgen.

Eine halbe Stunde später kam ihr Chef, um seine Robe und die Unterlagen für den Gerichtstermin am Vormittag zu holen. Elsa schloss die Tür hinter ihm, sah wieder zum Fenster hinaus auf die Gasse, und plötzlich machte ihr Herz einen Sprung. Dort, am Eingang zum Café, stand tatsächlich Alexej. Er trug sein kräftiges dunkles Haar immer noch zu lang für einen braven

Bürger, und sogar von hier oben konnte sie das Blau seiner Augen erkennen, denn sie sahen genau zu ihr herauf und strahlten wie zwei Aquamarine. Sie hätte sich abwenden können, ja, müssen. Dieser Mann, der weder ihr Verlobter noch eigentlich ihr Freund war, sondern ein Unbekannter, hatte ihr ein Liebesgedicht geschrieben. Das war so dreist wie damals sein Antrag. Sie hätte nun das Gedicht ignorieren können. Aber etwas zog sie hin zu diesem Kerl, der bestimmt nur wieder auf der Durchreise war. Wie hatte er überhaupt ihre Adresse herausgefunden? Bestimmt nicht über die Polizei oder das Meldeamt, so wie sie ihn einschätzte. Was tun? Zu Lisbeth ins Café konnten sie unmöglich gehen, und in ihre Wohnung würde sie ihn ganz sicher nicht mitnehmen. Mit klopfendem Herzen und einem Schwarm Hummeln im Bauch verließ Elsa die Kanzlei und schloss sorgfältig ab. Ihr Chef würde frühestens in zwei Stunden zurück sein, wenn er nicht direkt vom Gericht zum Mittagessen nach Hause ging. Elsa lief hinunter auf die Gasse und gab Alexej ein Zeichen, ihr zu folgen. Mit weichen Knien schwankte sie zur Multergasse und wartete an der Tür zur Confiserie Appel auf ihren Russen.

»Nummer fünf, Bie-nen-gä-sslein«, las Alexej vom blauen Emailschild über der Tür zu Elsas Haus ab.

»Pscht«, machte Elsa. »Es ist schon spät. Leise.« Sie legte den Finger auf die Lippen. Alexej nickte.

Sie hatten zusammen bei Appel zu Mittag gegessen, dann war Elsa in die Kanzlei zurückgekehrt, und Alexej hatte sich den Weg zur Mühleggbahn erklären lassen. Er wollte noch einmal hinauffahren zu den Badeweihern und dem Café, in dem sie damals zusammengesessen hatten, mit Sarah, die jetzt in Gießen promovierte.

Nach der Arbeit hatte Alexej Elsa dann wieder abgeholt. Sie waren durch die Gassen der Stadt gelaufen, hatten den Turnern auf der Kreuzbleiche, hinter der Kaserne, bei ihren Übungen zugesehen. Sie hatten im Park Händchen gehalten wie Backfische. Irgendwann war klar, dass Alexej kein Pensionszimmer und keine private Unterkunft in St. Gallen hatte und auch gar nicht daran dachte, dafür Geld auszugeben, wenn er doch bei Elsa übernachten konnte. So reiste er schließlich immer durch halb Europa, von Genossen zu Bekannten und Freunden. Es musste sich ein dichtes Netz von der Krim und St. Petersburg bis in die Alpenländer spannen, um die in politischer Mission reisenden Russen aufzunehmen. Sie wollten allesamt den Zaren stürzen, den sie einen Tyrannen nannten. So weit hatte Elsa die Sache verstanden. Sie hatte keine Angst vor Alexej und auch nicht vor der Polizei. Nur vor ihrer Hauswirtin Frau Krattinger, die das Treppenhaus im Bienengässlein fünf bewachte wie ein Zerberus. Bei Tag und vor allem bei Nacht. Und Elsa, als alleinstehendes Fräulein, stand unter besonderer krattingerscher Bewachung.

So bat sie Alexej pantomimisch, er solle seine Schuhe bereits unten im Hauseingang ausziehen und wie sie selbst in Strümpfen das Treppenhaus hinaufsteigen. Alexej zuckte nicht mit der Wimper. Entweder er dachte, die Schweizer seien eben verrückt, oder er war mit solchen Maßnahmen durch seine halb legale Lebensführung schon so vertraut, dass er sich darüber nicht weiter wunderte.

»Frau Krattinger, die Wirtin«, flüsterte Elsa Alexej ins Ohr, »sie lauscht auf jeden Schritt und guckt sofort durch den Spion, wenn sie ein Geräusch draußen hört.«

Das Wort löste nun doch eine erkennbare Reaktion bei Alexej aus. »Spion?«, fragte er erschrocken.

»Pscht! Nicht, was du denkst«, flüsterte Elsa. »Ein kleines Loch in der Tür, ein Guckloch. Es heißt Türspion.« Er dachte bestimmt, die Krattinger sei eine Spionin.

Sie schlichen sich hinauf zu Elsas Mansardenwohnung, die Stufen knarzten nur ganz sanft, als hätten sie den Ernst der

Lage erkannt, und zum Glück stolperte keiner von ihnen. Vor der Wohnungstür suchte Elsa mit klopfendem Herzen nach dem Hausschlüssel. Sie spürte Alexej ganz nah hinter sich, es machte sie so nervös, dass sie sich nicht mehr daran erinnern konnte, wohin sie den Schlüssel gesteckt hatte. Plötzlich packte Alexej sie an den Armen und drehte sie zu sich um. Ihr blieb nicht viel Zeit, in seine Augen zu sehen, die doch blau waren, aber hier, einen Schritt vor ihrer Tür, schwarz wie Kohlenstücke leuchteten. Dann schlang er die Arme um sie, zog sie an sich, als könnte er keine Sekunde länger warten, jedenfalls nicht so lange, bis sie endlich ihren Schlüssel gefunden hätte. Dabei hatte sie seine Umrisse gerade in ihrer Jackentasche erfühlt.

Alexejs Wangen glühten, ebenso die Hände, mit denen er sie überall berührte, ihre Taille, die Hüften und alles darunter, dann wanderten sie hoch zu ihren Brüsten. Ein ungestümer Kuss nahm Elsa den Atem, sie vergaß, dass sie eigentlich leise sein mussten, den Schlüssel, den sie schon mit der Fingerspitze berührt hatte, und ließ sich einfach in seine Arme sinken. Während ihr Kopf ganz leicht wurde, erfasste sie die Leidenschaft wie ein Wolkenbruch an einem heißen Sommertag.

Als Elsa die Augen wieder öffnete, merkte sie, dass Alexej ihr Zeichen machte und irgendetwas flüsterte.

»Wie?«, fragte sie und strich sich das Haar aus dem schweißnassen Gesicht.

»Pscht!« Diesmal war Alexej derjenige, der den Finger auf die Lippen legte. »Den Schlüssel«, flüsterte er.

»Was?«, fragte Elsa noch einmal. Sie kam von sehr weit her zurück.

»Wollen wir hier im Treppenhaus bleiben, oder können wir auch reingehen?«, fragte er leise und grinste.

Elsa gab ihm den Schlüssel, und er öffnete endlich die Tür. Doch bevor sie die Wohnung betreten konnte, packte er sie schon wieder, hob sie hoch und trug sie auf den Armen über die Schwelle.

»Bist du verrückt geworden?«, fragte Elsa und lächelte.

»Ja, ganz verrückt«, antwortete Alexej. »Nach dir.«

»Das war ja jetzt doch ein ganzes Stück Arbeit.«

Hermann begleitete den Gemeindediener ans Hoftor. Der nestelte umständlich nach seiner Taschenuhr, ließ den Deckel aufspringen und betrachtete das chamoisfarbene Zifferblatt mit den römischen Ziffern. Für Hermann sah es so aus, als wollte er ihm unter die Nase reiben, dass auch er sich eine elegante Uhr leisten konnte.

»Eine Stunde haben wir gebraucht, um den Erfassungsbogen zusammen auszufüllen. Das ist doch nicht zu viel, wenn man bedenkt, dass es erst wieder in fünf Jahren die nächste Volkszählung geben wird, oder, Herr Randlkofer?«

Hermann sah dem Büttel zu, wie er aufsaß, grüßte und in nördlicher Richtung davonritt.

Der 1. Dezember war ein milder Herbsttag. Die Tauben gurrten an ihrem Einflug oben am Taubenhaus, und der Maibaum, den sie in diesem Jahr zum ersten Mal auf dem Goldachhof aufgestellt hatten, schimmerte im sanften Herbstlicht. Hans Metzger hatte die Figuren dafür aus Holz ausgesägt und bemalt. Am besten war ihm die Schar Gänse gelungen, zu der die Gänsemagd auf der anderen Baumseite gehörte, und der Jäger, direkt darüber, der mit seiner Büchse auf einen Rehbock zielte. Eigentlich war es ein Wunder, was sie in der kurzen Zeit auf dem Hof geschaffen hatten. Noch vor fünf Jahren war das hier ein heruntergekommenes Gehöft mit schiefen Holzwänden gewesen, Dächern, denen Ziegel fehlten, und überall Dreck und Verfall. Und nun stand Hermann inmitten einer herrschaftlichen Ökonomie, vor einem komplett sanierten Wohnhaus mit weiß getünchter Fassade, neuen Fenstern und frischen grünen Fensterläden. Das Taubenhaus war ausgebessert, und Hans hatte den oberen Teil der Fassade mit bunten Fresken bemalt, die die Bewohner des Turms darstellten: Tauben und Hühner. Sie hatten das Ökonomiegebäude gegenüber dem Wohnhaus praktisch neu errichtet, mit dem Schweinestall und einem neuen Hühnerstall, Waschraum, Backraum, einem Raum, in dem gebuttert wurde, und einem, in dem Milch und Butter aufbewahrt wurden, einer Futterküche und einem Brutraum für die Küken. Daneben schloss ein offener Wagenschuppen aus Holz an. Seit diesem Jahr gab es außerdem ein neues Gartenhaus mit einer Gärtnerwohnung sowie einen weiteren neuen Stall für das zahlreicher werdende Federvieh. In Hochzeiten waren bis zu fünftausend Gänse, Enten und Hühner auf dem Hof, die abends in sechs verschiedene Geflügelställe getrieben und vor Fuchs und Marder sicher untergebracht wurden. Vor zwei Jahren hatte Hermann zwischen der Ökonomie und der Goldach den großen Getreidestadel gebaut, der zwanzig mal fünfzig Meter maß und an den Stirnseiten je eine Zu- und Ausfahrt hatte. Der Goldachhof war schon lange kein einfacher Moosbauernhof mehr, sondern er hatte sich unter seinen Händen und denen seiner Helfer zu einem herrschaftlich anmutenden landwirtschaftlichen Mustergut entwickelt. Er war als erster Hof in der Umgebung durch das eigene Wasserkraftwerk mit Strom und Licht versorgt und an das staatliche Telefonnetz angeschlossen. Die Familie Randlkofer war stolzer Besitzer des »Fernsprechers Ismaning Nr. 16«.

Er ging ein paar Schritte hinaus Richtung Goldach, über die seit Kurzem eine überdachte Holzbrücke führte. Hermann besaß das Fischrecht für die Goldach, in der Forellen und sogar Huchen schwammen. Die Fischweiher, die sie neu angelegt hatten, waren aus Fließgewässern, die teils umgeleitet und teils gestaut wurden, entstanden.

Als Hermann von seinem kleinen Ausflug über den Hof zum Wohnhaus zurückkam, sah er einen Mann am Tor stehen. Er hatte kein Pferd und keinen Wagen bei sich und stand da mit dem Hut in der Hand wie ein Bittsteller. Seine Haare waren länger nicht geschnitten worden, und auch die letzte Rasur lag schon ein paar Tage zurück. Aus dem Augenwinkel sah Hermann, dass Simon, der Knecht, aus dem Schweinestall getreten war. Auch er war auf den Besucher aufmerksam geworden.

»Grüß Gott beinand«, sagte der Mann schließlich.

»Grüß Gott«, antwortete Hermann. »Wollen Sie zu uns?«

Hinter ihm ging die Tür zum Wohnhaus auf, und die Kinder kamen herausgelaufen. Als Johann den Mann am Tor bemerkte, blieb er wie angewurzelt auf dem Treppenabsatz stehen und hielt auch seine Schwester am Arm fest.

»Ich bin der Jakob Wallner«, sagte der Mann. »Ich wär auf der Suche nach einer Arbeit. Hätten Sie nichts für mich?«

»Papa«, flüsterte Johann hinter ihm.

»Was ist denn jetzt?« Hermann machte eine unwirsche Handbewegung in Johanns Richtung. Aber der zupfte ihn am Ärmel, bis Hermann sich zu ihm hinunterbeugte, und flüsterte ihm ins Ohr: »Das ist der Mann mit den traurigen Hühnern.«

Hermann verstand zuerst nicht.

»Von dem Hof mit den kranken Tieren.«

Was faselte Johann da? Aber dann begann auch er sich zu erinnern. Wallner. Hieß so nicht ihr ehemaliger Geflügellieferant? Der wahrscheinlich die Geflügelpest auf seinem Hof gehabt hatte? Diese Hühner, die sich so schwankend und langsam bewegt hatten wie Betrunkene und von denen einige tot in der Jauche gelegen hatten? Hermann sah den Mann an, der sah ihn an, blinzelte, wartete auf eine Antwort.

»Der Wallner sind Sie«, sagte Hermann schließlich. »Vielleicht der vom Zehnderhof?«

Der Mann trat unsicher von einem Bein auf das andere. Jetzt kam auch Simon vom Stall herüber.

»Vom Zehnderhof, ja«, sagte der Fremde.

»Randlkofer«, stellte Hermann sich vor. »Sie haben früher unsere Firma in München beliefert. Ist aber schon eine Weile her.«

Der andere blinzelte. »Vom Dallmayr kommen Sie?«

»Ich war damals bei Ihnen auf dem Hof, mit meinem Sohn. Jetzt erinnere ich mich auch wieder ganz genau an den Saustall bei Ihnen«, sagte Hermann. »Und darum dürfen Sie jetzt auch gleich wieder gehen. Wir brauchen gerade keinen Knecht und schon gar keinen, der nicht weiß, worauf es bei der Geflügelzucht ankommt.« Hermann hatte diesen unangenehmen Menschen auf seinem verlotterten Hof mit den dreckigen Stallungen nun wieder klar vor Augen.

»Ho, ho«, höhnte der Mann und setzte seinen Hut wieder auf. »Da dreht aber einer auf. Ein reiches Bürscherl aus der Stadt, der sich hier einen feinen Hof zusammengekauft hat. Ein Münchner! Pass auf, du wirst es sicher auch noch einmal erleben, wie es ist, wenn du im Dreck liegst. So etwas kommt oft schneller, als man denkt.«

»Verschwinden Sie!«, knurrte Hermann und gab Simon ein Zeichen, ruhig zu bleiben und sich nicht einzumischen. Wallner wandte sich ab, doch im Weggehen drehte er sich noch einmal um.

»Kaufmann, pass auf! Je höher einer steigt, desto tiefer kann er fallen. Wie leicht ist auf so einem großen Hof etwas passiert: Sturm, Wasser, Feuer, ein krankes Vieh oder einer von deinen Schratzen da fällt vom Baum runter und bricht sich das Genick!« Er zeigte auf die Kinder.

»Verschwinde, und lass dich nie wieder hier blicken!«, rief Hermann zornig. »Von dir lasse ich mir doch nicht drohen.«

Er ging auf den Mann zu, um ihn vom Hof zu jagen, auch Simon war jetzt an seiner Seite. Da drehte Wallner sich um und rannte querfeldein Richtung Ismaning davon. Simon wollte direkt hinterher, aber Hermann hielt ihn zurück.

»Der ist fort und traut sich bestimmt nicht mehr auf unseren Hof«, sagte Hermann. »Und wenn doch, dann zeigen wir ihm, dass er hier unerwünscht ist.«

»So ein Lump.« Simon schüttelte seinen großen Kopf mit den strohblonden Haaren. »Und wer geht jetzt mit mir in den Stadel?« Er drehte sich zu den Kindern um. »Ich müsst die Bella füttern und nach den Welpen schauen.«

Johann und seine Schwester liefen sofort mit ihm. Hermann stieg die Stufen zur Haustür hinauf. Bestimmt war noch etwas von dem Zirbenschnaps da. Er wollte diesen Abschaum hinunterspülen und die unangenehme Begegnung möglichst schnell wieder vergessen.

Hermann hatte abends noch ein Bier mehr als üblich getrunken, und es wurde dennoch eine unruhige Nacht. Er lag lange wach und träumte dann, dass er etwas verloren hatte, das er suchte und suchte, aber nicht fand, weil er sich nicht mehr erinnern konnte, was es gewesen war. Er dachte, er sei immer noch in diesem Traum gefangen, und das Gesicht, das er über sich spürte, gehörte ebenfalls zu seinem Traum. Auch dass jemand an seinen Schultern rüttelte, bis ihm ganz schwindelig wurde.

»Was ist denn los?«, fragte er. Es war doch noch stockfinster draußen.

Er erkannte, dass Sonia die Person war, die sich über ihn beugte, und dann hörte er eine Glocke, mitten in der Nacht, und sie läutete Sturm.

Hermann schob seine Frau zur Seite, sprang aus dem Bett und riss das Fenster auf. Da war ein Prasseln in der Luft und ein Knistern, nicht sehr laut und nicht unmittelbar am Haus, aber doch hier, auf seinem Hof. Und dann konnte er es auch riechen. Feuer!

»Der Heustadel«, schrie die Magd und schlug wieder und wieder mit dem Klöppel gegen die Brandglocke. »Der Simon hat das Feuer bemerkt. Er hat schon nach der Feuerwehr telefoniert.«

»Wo ist der Simon jetzt?«, fragte Hermann.

»Draußen am Stadel.«

Der Feuerschein erleuchtete bereits die Nacht im Moos, und die Hitze schlug ihm in Wellen entgegen. Er fand Simon an der Nordseite des Stadels, wo er mit einer schweren Pferdedecke auf die Flammen einschlug.

»Hör auf«, schrie Hermann und riss ihn vom Feuer weg. »Das hat doch keinen Sinn.«

»Wo kommt das verdammte Feuer her, mitten in der Nacht?«, brüllte Simon.

»Wir brauchen Wasser. Mit der Decke richten wir nichts mehr aus.«

»Dieser Saukerl, den Sie gestern vom Hof gejagt haben«, schrie Simon. »Wer war das, wie heißt der? Den Hund kriegen wir. Den erwürge ich eigenhändig. Ans Scheunentor nagle ich den wie einen Fuchsbalg.«

»Wir brauchen Wasser«, schrie Hermann. »Runter zum Teich!« Aber Simon schien ihn nicht zu verstehen.

»Wann kommt denn endlich die Feuerwehr?«, schrie der Knecht. »Schlafen die oder was ist mit denen los?«

Er hob wieder die Decke über den Kopf und schlug sie gegen das knackende, glühende Holz, konnte damit aber kaum etwas ausrichten. Der Stadel brannte wie Zunder.

»Das ganze Jahr haben wir geschuftet«, schrie er. »Die Scheune ist bis unters Dach voll.« Tränen liefen ihm über die Wangen. »Die Dreschmaschine, unsere zwei Erntewagen!« Dann hielt er plötzlich inne und rannte mit seiner Decke in der Hand davon.

»Simon, was ist los?«, schrie Hermann ihm nach.

»Bella!«, schrie Simon und rannte weiter.

Hermann lief zum ersten Teich hinunter, wo der Verwalter bereits alles verfügbare Personal zu einer Eimerkette aufgestellt hatte. Aber auch das würde kaum helfen. Wo blieb um Himmels willen die Feuerwehr mit der Spritzpumpe? Die Aschheimer waren die, die als Erste für den Goldachhof zuständig waren, aber die Ismaninger waren näher dran. Sie würden wie die Aschheimer mit Pferdewagen anrücken, denn beide verfügten noch nicht über ein Motorfahrzeug wie die Münchner Feuerwehr. Wenn sie rechtzeitig kommen und uns helfen, dass der Brand sich nicht ausbreitet, will ich eine großzügige Spende machen, gelobte Hermann. Wasser war genug auf dem Goldachhof. Aber mit ihren paar Eimern konnten sie nichts ausrichten. Der Stadel war verloren, aber gnade ihnen Gott, wenn das Feuer auf die Ställe und Wohnhäuser übergriff. Das Vieh brüllte, und die Gänse schrien sich heiser. Sie mussten ins Freie hinausgetrieben werden.

Als die Feuerwehr endlich kam, es waren die Ismaninger, nicht die Aschheimer, war die Scheune nur noch ein glühendes Gerippe, von dem die Funken stoben. Der Hauptmann musste seine Kommandos brüllen, denn der Lärm des Feuers war ohrenbetäubend. Nichts anderes existierte mehr als dieses Brausen und Prasseln.

Der Stadel und die gesamten Getreidevorräte, das Heu für den Winter, alles war verloren. Das Feuer würde von dem Bau nicht einen Balken übrig lassen, der nicht verbrannt oder verkohlt war.

Drei Tage waren die Feuer- und Spritzenmänner der Freiwilligen Feuerwehr Ismaning, in ihren Zivilberufen Bauernburschen,

Knechte, Straßenreiniger, Wirte, auf dem Goldachhof. Die Aschheimer Feuerwehr war gar nicht erst ausgerückt. Am Ende war der Stadel nur noch ein schwarzes, rauchendes Trümmerfeld. Doch zum Glück waren alle anderen Gebäude heil geblieben.

Am Morgen nach der Brandnacht fragte Johanna, ob es eigentlich auch einen Himmel für Hunde gab. Da nahm Simon sie an die Hand und ging mit ihr hinaus zur Goldachbrücke hinten im Garten. Unter dem hölzernen Brückendach lag eine versengte, nach Rauch stinkende Wolldecke, mit der er wie besinnungslos auf die Flammen eingeschlagen hatte. Und darauf lag die Hovawart-Hündin mit ihren dreifarbigen Welpen, die leise winselten, als Simon die Decke zurückschlug. Er hatte sie noch aus dem brennenden Heustadel retten können. Die Kinder legten sich zu den Welpen, Johanna weinte vor Glück. Hermann klopfte Simon auf die Schultern. »Was würde ich nur ohne dich tun, Simon? Das vergesse ich dir nie.«

»Ist nicht mehr so lang hin bis Maria Lichtmess.« Simon grinste.

Am 2. Februar war Zahltag für alle Knechte und Mägde, und es wurden die neuen Verträge ausgehandelt. Dann wäre es Zeit, sich für gute Leistungen erkenntlich zu zeigen. Und das würde Hermann tun.

Dass die Aschheimer Feuerwehr ihn so böse im Stich gelassen hatte und gar nicht erst ausgerückt war, würde ein Nachspiel haben. Und auch, dass er den Ismaningern eine Spende zukommen lassen wollte, hatte Hermann nicht vergessen. Doch sein erster Gang führte ihn direkt zur Polizei. Er erstattete Anzeige gegen Jakob Wallner, wegen des Verdachts auf Brandstiftung auf dem Goldachhof. Doch von dem Mann fehlte jede Spur. Als hätte ihn der Erdboden verschluckt.

1911

»Oh, entschuldige!« Lotte trat einen Schritt zurück und zog die Tür zu Thereses Büro wieder zu.

»Was gibt es denn?« Die Stimme ihrer Schwiegermutter klang belegt. Sie räusperte sich umständlich.

»Ich wollte dich nicht stören.« Lotte streckte den Kopf in den Türspalt.

»Ist dir trotzdem gelungen.«

Therese setzte sich langsam, aber in flüssiger Bewegung auf und stellte die Füße am Boden ab. Wie groß sie waren. Lotte musste einfach hinstarren. Die Zehen lang und dünn und etwas nach außen gezogen, skelettartig. Sie sollte nicht so starren, dachte Lotte, das gehörte sich nicht, aber sie konnte ihren Blick nur schwer wieder lösen.

Therese zog sich die Schuhe an. Auch sie waren ziemlich groß für einen Frauenschuh, es war Lotte vorher noch nie aufgefallen.

»Nun?«, fragte Therese und erhob sich von der lederbezogenen Chaiselongue. »Ich musste sie doch einmal ausprobieren. Wenn ihr Kinder mir schon so ein schönes Stück zum Geburtstag schenkt. Und ich muss sagen: Man kann darauf nicht nur gut sitzen. Also, was ist los, ich bin wieder wach.«

»Ich dachte, es würde dich interessieren, dass die Däschners sich vergrößern wollen.«

»Die Nachbarin bekommt noch ein Kind? Ist sie da nicht ein bisschen spät dran?«

Lotte grinste. »Nicht familiär. Ich glaube, du bist doch noch nicht ganz wach, Schwiegermutter.« Sie grinste noch breiter.

Therese ging zu ihrem Schreibtisch, stützte sich mit beiden Händen darauf ab und starrte Lotte an. »Mit dem Geschäft?«

Nun war sie putzmunter. Lotte konnte sehen, wie ihre Augen blitzten.

»Wollen die Däschners jetzt dem Isidor Bach in der Sendlinger Straße Konkurrenz machen? Das wird aber nicht leicht, so fest wie der im Sattel sitzt mit seinem Konfektionshaus. Und kürzlich ist er auch noch zum königlich bayerischen Kommerzienrat ernannt worden.«

»›Der Bach ist der Joppenkönig‹, sagt die Margarethe, also die Frau Däschner. Und sie will die Hemdenkönigin werden.«

»Ich hab gedacht, das ist sie längst. Jeder Mann, der auf sich hält, kauft sein Hemd in der Dienerstraße dreizehn, beim Däschner. Oder nicht?«

»Sie könnten mehr produzieren und im Geschäft anbieten, wenn sie nur mehr Platz hätten. Das Ladengeschäft ist beengt, mehr als zwei, drei Herren können da nicht gleichzeitig bedient werden. Die Schneiderei ist ja auch im Parterre untergebracht. Und die Hoffnung, dass du deinen Laden einmal verkaufen wirst, hat sie schon lange aufgegeben, sagt Margarethe.«

Therese schmunzelte. »Das habe ich ja gar nicht gewusst, dass wir uns seit Jahren gegenseitig belauern, wem von uns beiden gelingen wird, das Haus der anderen zu übernehmen. Aber jetzt sag bloß, sie haben schon etwas in Aussicht.«

»Ja, stell dir vor, in der Kaufingerstraße, Ecke Fürstenfelder. Beste Lage. Erdgeschoss und erster Stock wären auch schon ausgebaut. Da, wo jetzt der Gasthof Unterbräu ist. Den kennst du bestimmt.«

»Freilich.« Therese nickte.

»Es gibt nur ein Problem«, sagte Lotte.

»Und das wäre?«, fragte Therese, die Arme wieder auf dem

Schreibtisch abgestützt, den Kopf angriffslustig vorgestreckt. In ihrer ganzen Haltung schien sie zu sagen: Zeig mir das Problem, damit ich es erst ins Visier und dann auf die Hörner nehmen kann. Erst in dem Moment wurde bei Lotte das Bild der alten, knochigen Füße ihrer Schwiegermutter ganz gelöscht, und an seine Stelle trat wieder diese vitale, scharfsinnige, wenn nötig auch aggressiv vorgehende Geschäftsfrau.

»Für das Haus in der Kaufinger Straße ist ein Vorkaufsrecht eingetragen, Frau Däschner hat sich schon erkundigt«, sagte Lotte.

»Dann muss man eben ein so gutes Kaufangebot machen, dass der mit dem Vorkaufsrecht überboten wird. Oder einfach miteinander reden und erfahren, wie man das regeln kann.«

»Ja, schon, aber das Problem ist eher die Person, die sich das Vorkaufsrecht hat eintragen lassen«, sagte Lotte.

»Und wer wäre das?«

»Max Randlkofer.«

Therese atmete hörbar aus.

⁂

»Das ist wirklich sehr gescheit von Ihnen, dass Sie zuerst zu mir kommen, Frau Däschner. Nehmen Sie doch Platz.«

Lotte hatte Kaffee in Thereses Büro gebracht und ein Tellerchen mit Trüffelpralinen. Vielleicht war es die zarte Edelbitterschokolade, vielleicht die Füllung mit Weinbrandganache oder beides zusammen, womit sie Margarethe Däschners Geschmack auf den Punkt getroffen hatte. Denn nach dem ersten Kosten verdrehte sie theatralisch die Augen und stöhnte »ach, wie köstlich«, und ihre Erregung legte sich erst, als der Teller leer gegessen war.

»Ich lasse Ihnen gern noch eine Tüte einpacken, für zu Hause. Erinnern Sie mich bitte daran, wenn ich es vergessen sollte.«

Die Däschner errötete kurz.

»Ich habe gedacht, wir reden zuerst mit Ihnen, nicht dass uns das Haus noch durch die Lappen geht. Ich weiß ja von Lotte, dass Sie und Ihr Schwager, na ja, dass Sie nicht das allerbeste Verhältnis haben. Nicht dass der Schuss nach hinten losgeht und uns unsere Nachbarschaft am Ende noch schadet. Also uns allen. Der Unterbräu wäre von der Größe her für uns ideal.«

»Und in bester Lage«, sagte Therese.

Bloß blöd, dass Max sich beim Unterbräu ein Vorkaufsrecht gesichert hatte, als der Wirt vor ein paar Jahren bei der Renovierung seiner Räumlichkeiten in finanzielle Schwierigkeiten geraten war. Ihr Schwager, der alte Fuchs, hatte angeboten, ihm gegen das Vorkaufsrecht ein günstiges Darlehen bei der Vereinsbank zu verschaffen, aufgrund bester persönlicher Beziehungen. Dieses Recht musste ihm ein Käufer nun teuer abkaufen, viel teurer natürlich, als seine damalige Einlage gewesen war. Wenn Max allerdings erfuhr, dass die Däschners den Unterbräu kaufen wollten, dann würde er sofort eins und eins zusammenzählen. Herrenhemden Däschner verkauft sein Haus in der Dienerstraße, da müsste er nicht lange darüber nachdenken, wer es wohl sofort kaufen würde. Und bevor das Geschäft noch größer und schöner werden konnte, würde Max alle Hebel in Bewegung setzen, um das zu verhindern. Therese traute es ihm zu, dass er eine Fantasiesumme für sein Vorkaufsrecht fordern oder es selbst ausüben würde, nur um es dann an einen anderen Käufer zu veräußern, der in keiner Verbindung mit dem Dallmayr stand. Man musste also klug vorgehen, damit sie beide ans Ziel kamen: die Däschners mit dem Unterbräu und Therese mit dem Zukauf des Nachbarhauses.

»Was machen wir denn jetzt? Ist Ihnen denn da was eingefallen, Frau Randlkofer?«

»Ich sehe eigentlich nur eine einzige Möglichkeit: Das Haus Gasthof Unterbräu muss jemand kaufen, der nicht Däschner heißt, damit mein Schwager keinen Verdacht schöpft.«

Frau Däschner war noch mit Verdauen beschäftigt oder mit dem Nachschmecken der Weinbrandganache, oder sie war einfach geistig ein bisschen träge. »Ja, aber wer sollte das denn sein? Mein Mann und ich scheiden dann ja aus.«

»Wie ist denn Ihr Mädchenname?«, fragte Therese.

Frau Däschner schien sich ein wenig zu genieren. »Froschmeier«, sagte sie dann. Dabei gab es wirklich Schlimmeres.

»Na bitte. Ein Bruder von Ihnen vielleicht?«

»Ich habe keinen.«

»Dann vielleicht Ihre Eltern?«

»Der Vater«, sagte Frau Däschner, »der könnte es machen. Aber ist das nicht Betrug? Nicht dass wir uns noch strafbar machen.«

»Es ist, sagen wir, höchstens eine kleine List. Ihr Vater wäre so was wie ein Strohmann, wenn Sie wissen, was ich meine. Wir tun nichts Verbotenes oder Ungesetzliches. Ihr Vater kann schließlich kaufen, was immer er will, Sie führen die Verhandlungen mit der Bank gemeinsam mit ihm und bringen Ihr Haus als Sicherheit ein. Einen Entwurf für den Kaufvertrag mit mir können Sie dann gleich auch schon vorweisen, dann geht das schneller bei der Bank. Und letztlich wollen wir ja niemandem schaden. Ihr Vater kauft meinem Schwager sein Vorkaufsrecht zu einem marktüblichen Preis ab, und er kriegt, was er verlangt. Wir wollen ja nur verhindern, dass er uns womöglich schädigen oder an unseren Plänen hindern kann. Aus Gründen, die mit dem Geschäftsleben gar nichts zu tun haben.«

»Es geht mich vielleicht nichts an, Frau Randlkofer, aber was hat denn Ihr Herrn Schwager eigentlich gegen Sie und gegen das Haus Dallmayr? Warum ist er so missgünstig?«

»Das kennen Sie bestimmt aus Ihrer Verwandtschaft auch, Frau Däschner. In jeder Familie gibt es solche, tja, wie soll man sie nennen, schwarze Schafe? Neider? Quertreiber? Mein Schwager erträgt es nun mal nicht mitanzuschauen, wie erfolgreich seine Schwägerin mit ihren Söhnen und Schwiegertöchtern ist, während er auch in Zukunft weiterhin nur seinen Tante-Emma-Kolonialwarenladen betreiben wird. Weil er eben lieber im Hofbräuhaus und im Varieté herumsitzt, auf den Volkssängerbühnen und im Panoptikum, statt sich den lieben langen Tag ins Zeug zu legen und zu schuften, damit das Geschäft vorankommt.«

Margarethe Däschner nickte. Das leuchtete ihr ein.

Dass Max vor vierzehn Jahren vorgehabt hatte, sie wirtschaftlich kaputtzumachen und es ihm auch beinahe gelungen wäre, das musste Frau Däschner nicht erfahren. Damals hatte sie mithilfe ihres Freundes von Poschinger den Sieg davongetragen. Und auch diesmal wollte sie die Siegerin bleiben. Dann wäre hoffentlich endgültig der Beweis erbracht, dass sie nun einmal die bessere Geschäftsfrau war und deshalb in naher Zukunft, wenn es nach ihr ging, das größte und erfolgreichste Delikatessenhaus in München oder ganz Deutschland führen würde. Ganz ohne die Unterstützung ihres Schwagers. Dass sie damit den sowieso sehr brüchigen Waffenstillstand zwischen ihnen aufkündigte, war ihr bewusst. Wenn Max merkte, dass sie ihn im Verbund mit den Däschners angeschmiert hatte, konnte es allerdings ungemütlich werden. Doch darauf konnte Therese jetzt keine Rücksicht nehmen. Die Gelegenheit, das zweite Nachbarhaus dazuzukaufen, war einmalig und würde so schnell nicht wiederkommen. Weder falsche Rücksichtnahme noch Ängstlichkeit ihm gegenüber hatten bei dieser Entscheidung etwas verloren. Da wäre sie doch die schlechteste Geschäftsfrau, die München je gesehen hatte. Familie hin oder her. Angesichts der Möglichkeiten, die sich plötzlich auftaten, konnte sie doch jetzt nicht den Schwanz einziehen und ihre Träume fahren lassen, nur damit sie einen Feind weniger hatte. Auch wenn er denselben Nachnamen trug und sie ihm damit zumindest moralisch einen Dolchstoß versetzte. Skrupel hatten sie im Geschäftsleben nie besonders geplagt und Angst vor Gegnern auch nicht. Wenn es einem als Frau in einer Männerwelt nicht gelang, Zweifel und Ängste falls nötig über Bord zu werfen, dann hatte man schon verspielt, bevor es überhaupt richtig losging. Therese hatte diese Regeln schließlich nicht gemacht. Dafür hatte die Männerwelt schon vor ihr gesorgt. Und so konnten sie ihr auch nicht ernsthaft vorwerfen, dass sie sie zu ihren Gunsten nutzte.

Seit er den Schorsch nicht mehr dabeihatte, verlief sein zweites Frühstück auf dem Viktualienmarkt sehr viel ruhiger. Fast langweilig. Es war doch kaum zu glauben, wie so ein Viecherl die Leute zusammenbrachte. »Ist der süß! Hat er Hunger? Darf er eine Wurst haben?« Und schon war man mitten in einem netten Plausch über das Wetter, die Preise, die Politik. Max überlegte ernsthaft, ob er sich nicht doch einen eigenen Hund anschaffen sollte. Wenn nur die Gaudi mit dem ewigen Gassigehen nicht gewesen wäre. Das war wirklich sehr unpraktisch und vollkommen unter der Würde eines gestandenen Mannes.

Er hatte sich gerade eine Bratwurst geholt, als er die hagere Gestalt des ehemaligen Aufsichtsrats der Vereinsbank über den Markt direkt auf sich zukommen sah. Der Volz, dachte er, ist wirklich alt geworden. Wobei, grau war er immer schon gewesen, und groß und dünn auch. Aber jetzt war ein zaundürrer Hagestolz aus ihm geworden. Wie ein Asket sah er aus, der nie genug zu essen bekam. Umso mehr konzentrierte Max sich auf seine Bratwurst mit Kraut und biss herzhaft in die rösche Kaisersemmel.

»Grüß Gott, Herr Randlkofer.« Hatte Volz ihn also auch erkannt. »Ich war gerade unterwegs zu Ihrer Schwägerin. Das ist ja nett, dass ich Sie treffe.«

»Soso«, antwortete Max und wischte sich die Finger an der Serviette ab. »Was wollen Sie denn von meiner Schwägerin?«

»Gratulieren wollt ich ihr zum Erwerb des Däschner-Hauses. Ich weiß ja, dass sie schon lange dahinterher ist, die Nachbarhäuser noch dazuzukaufen. Immer auf Expansionskurs, die Dame.«

Max schrubbte sich das Fett von den Fingern und zerknüllte die Serviette. Nur nichts anmerken lassen, sagte er sich wie einen Zauberspruch im Geiste vor. Gönn ihm nicht die Freude, dass er merkt, dass du davon keine Ahnung gehabt hast. Nicht der Volz, das geht den überhaupt nichts an.

»Dann will ich Sie nicht aufhalten, wenn Sie als Gratulant unterwegs sind.« Max grinste jovial. Auf dem restlichen Haufen Sauerkraut lag noch eine letzte, stark angebratene Wurst, die der Länge nach aufgeplatzt war. Der Appetit darauf war ihm vergangen.

»Ja, ich Sie auch nicht, Herr Randlkofer. Lassen Sie sich bloß nicht beim Essen stören. Aber …« Er hatte schon einen Schritt Richtung Altes Rathaus gemacht, kam noch einmal zurück.

Max grinste immer noch mit zusammengebissenen Zähnen. Er hätte diesen Volz am liebsten angeknurrt wie ein Kettenhund, um ihn endlich loszuwerden. Er konnte nicht denken, wenn der dürre Kerl einen Meter vor ihm stand.

»Aber … wenn Sie mir noch gestatten, Herr Randlkofer.«

Nein, schrie alles in Max, ich gestatte nicht. Aber er grinste weiter, bis ihm das ganze Gesicht wehtat.

»Ich möchte Ihnen auch gern gratulieren, dass Sie offenbar

die alte ... na ja, sagen wir Feindschaft in Anführungszeichen, ja? Dass Sie das Kriegsbeil gegen Ihre Schwägerin begraben haben. Ich kann mich ja noch gut erinnern an damals, vor vierzehn Jahren ... Es ist doch nur vernünftig und richtig, dass man innerhalb einer Familie zusammenhält und dafür sorgt, dass der andere vorankommt, statt ihm Steine in den Weg zu legen.« Wie ein Pfarrer salbaderte dieser Volz herum.

Max kannte sich überhaupt nicht mehr aus. Sein Grinsen war ihm vergangen, stattdessen glotzte er Volz nur noch verständnislos an.

»Herr Volz, helfen Sie mir auf die Sprünge«, musste Max zugeben. »Wie meinen Sie das jetzt mit dem Zusammenhalten und Vorankommen und Steine in den Weg legen.«

»Na, eben keine Steine! Ich meine, dass Sie auf das Vorkaufsrecht zugunsten von Frau Däschner und ihrem Mann verzichtet haben, das ist wirklich anständig von Ihnen«, sagte Volz. »Denn wenn der Herrenausstatter Däschner nicht in die Kaufingerstraße umziehen würde, dann könnte ja Ihre Schwägerin auch das Däschnerhaus nicht kaufen.«

Jetzt fing Max wieder an zu grinsen, denn nun war er ganz sicher, dass Volz in der Sache schlicht einem Irrtum aufsaß. Dass er da etwas kolossal durcheinanderbrachte, der alte Hagestolz. Hatte das Hirn auch zu wenig Nahrung bekommen, nicht nur der ganze Mann Volz.

»Nein, nein«, sagte Max. »Sie verwechseln da was, Herr Volz. Ich habe mein Vorkaufsrecht nicht an die Frau Däschner verkauft.«

»So? Nicht?«, fragte Volz irritiert.

»Nein.«

»Ja, dann entschuldigen Sie, Herr Randlkofer. Aber Sie haben es doch verkauft, oder?«

»Jaja, freilich, und zu einem guten Preis. Aber nicht an eine Frau Däschner.«

Jetzt schaute der Volz aber ganz schön dumm aus der Wäsche. Da hatte er sich was zusammenfantasiert von wegen Familie und Zusammenhalten, der Herr Hochwürden. Und weil er jetzt doch ein wenig Mitleid hatte mit dem pensionierten Banker, klärte Max ihn gleich vollständig auf.

»Das war ein Herr Froschmeier, mit dem ich über den Unterbräu handelseinig geworden bin. Ein netter älterer Herr, der dort ein Geschäft einrichten will. Ein Konfektionsgeschäft, hat er gesagt.«

»Dann haben Sie es also gar nicht gewusst?«, stotterte Volz.

»Was gibt es denn da zu wissen?« Langsam ging ihm dieser Kerl aber wirklich auf die Nerven.

»Na, dass der Herr Froschmeier der Vater von der Frau Däschner ist.«

»Der Froschmeier von der Däschner?« Max schluckte. »Das ist ja …« Betrug, durchfuhr es Max wie ein Hieb mit der Axt. Haben die mich übers Ohr gehauen, diese zwei Weiber. Er, ein ausgebuffter Münchner Geschäftsmann, hatte sich von zwei »Damen« und dem willfährigen alten Froschmeier an der Nase herumführen lassen und war einmal ohne Argwohn in ein Geschäft eingestiegen, von dem er dachte, es sei gut gelaufen für ihn. Dieses verreckte Weibsstück. Das Ganze stank doch zum Himmel. Eine abgekartete und eingefädelte Sache war das. Auf Deutsch: Betrug! Er musste sofort zum Notar und seine Unterschrift widerrufen. So ging das nicht. Er würde sie anzeigen, diese zwei Weibsbilder.

Er pfefferte Wurst und Kraut in den Mistkübel und lief grußlos davon, hinauf zum Färbergraben. Der Doktor Steinmeißl befand sich gerade in einer Besprechung, aber darauf konnte Max jetzt keine Rücksicht nehmen. Er drängte sich an dem zeternden Bürofräulein vorbei in das Büro des Notars und verkündete in Anwesenheit eines fremden Mandanten, dass er seine Unterschrift unter dem Vertrag mit dem Herrn

Froschmeier mit sofortiger Wirkung zurückzog. Außer sich ließ er sich von allen Anwesenden zusammen in ein Wartezimmer bugsieren, schüttete das Glas Wasser hinunter, das ihm das Fräulein reichte, und versuchte das, was alle von ihm verlangten: sich zu beruhigen. Erst als er sich quer über alle Stühle legte und die Leute ihn endlich allein ließen, stabilisierten sich sein Kreislauf und seine Herzfrequenz, aber im Kopf drehte sich immer noch alles, und schließlich fiel er in einen unruhigen Erschöpfungsschlaf. Es war ihm einfach alles zu viel.

Um die Mittagszeit – Max hörte das Ein-Uhr-Schlagen vom Liebfrauendom – kam der Herr Notar zurück und redete auf ihn ein wie auf eine kranke Kuh. Dass er seine Unterschrift bei vollem Bewusstsein und im Vollbesitz seiner geistigen Kräfte geleistet habe. Dass sein Vertragspartner der Herr Froschmeier sei und auch der Kreditvertrag bei der Vereinsbank auf seinen Namen laufe und es sich demnach bei dem Käufer nicht um einen Strohmann und bei dem Kauf um keine betrügerische Angelegenheit handle. Der Herr Froschmeier sei nicht verpflichtet, demjenigen, der sein Vorkaufsrecht gegen Zahlung einer Ablösesumme an ihn abgetreten habe, seine Familien- und Verwandtschaftsverhältnisse offenzulegen. Demnach könne man nicht von Betrug und auch nicht von arglistiger Täuschung reden. Er, Max, sei ja nicht der Besitzer des Hauses Unterbräu. Er habe sich lediglich eine Kaufoption gesichert und sie nun gegen Bezahlung abgetreten. Das sei alles reell, legal und unanfechtbar. Und er möge sich nun bitte schön zusammenreißen und die Kanzlei verlassen. Jetzt sei nämlich Mittagszeit und der Mandantenverkehr würde gleich wieder weitergehen.

Wie in Trance erhob Max sich, ging an dem zauseligen Steinmeißl und seiner aufgescheuchten Büroziege vorbei, zielte mit dem Spazierstock auf eine Porzellanvase auf einem der Beistelltische in der Diele und hieb sie mit einem Schlag entzwei.

Gekreische im Rücken, plätscherndes Wasser, nasses Grünzeug, das jetzt das Parkett düngte. Dann war er draußen im übermäßig herausgeputzten, aufpolierten, aufgeblasenen Treppenhaus und marschierte aufrecht über den roten Sisalläufer, der auf jeder Stufe mit einem Messingstab gehalten wurde. Eines war klar: Man hatte ihm übel mitgespielt. Das war nach dem Gesetz, zumindest nach der Auslegung des Winkeladvokaten Steinmeißl, vielleicht nicht kriminell, es verlangte aber trotzdem nach einer Satisfaktion. Nicht mit Pistolen. Das gab es nur bei den Adligen und sowieso nur unter Männern. Mit den Weibern konnte man sich ja nicht einmal duellieren. Aber Max schwor sich, dass er diese Schmach nicht auf sich sitzen lassen würde. Niemals.

1912

Unter den Kindern in der Dienerstraße ging das Gerücht um, dass mit Einbruch der Dämmerung ein Gespenst am Marienhof herumgeisterte. Es erschrecke die Kinder, hieß es, und setze ihnen nach, sobald eines in seine Nähe kam. Es trage einen Kaftan aus Samt und könne die Augen so weit aufreißen, bis man nur noch das Weiße sah.

Das berichtete Johann eines Tages beim Mittagessen. Die Kinder in der Schule hätten es so erzählt. Auch Johanna hatte davon gehört und traute sich nun tagsüber nicht mehr allein auf den Marienhof, obwohl es am Tag ganz ungefährlich wäre, belehrte Johann sie. Sie hatten aber beide das Gespenst noch nie mit eigenen Augen gesehen. Die Erwachsenen hielten nichts von solchen Schauergeschichten. Gespenster, das wusste doch jeder, gab es nur im Märchen oder in der Geisterbahn.

Ein paar Tage später, die Abbrucharbeiten an den beiden Nachbarhäusern waren gerade in vollem Gange, kam ein Gendarm ins Geschäft und fragte, ob sie, als unmittelbare Anwohner an der Dienerstraße und am Marienhof, eine verdächtige Gestalt, einen Streuner oder Strolch, bemerkt hätten.

»Also ich nicht«, sagte Lotte, »ich bin aber auch den ganzen Tag im Geschäft und wenig draußen. Und wenn, dann nicht unbedingt am Marienhof. Außerdem stehen doch da den lieben langen Tag so viele Menschen herum und sehen bei unseren

Abbrucharbeiten zu. Alte, Kinder, das ist für viele, die nicht arbeiten müssen, ein richtiger Zeitvertreib.«

Niemand konnte etwas anderes berichten, und so zog der Gendarm wieder ab. Vielleicht hatten die größeren Kinder sich die Geschichte auch nur ausgedacht, um den kleineren Angst einzujagen.

Bis einige Tage später am frühen Abend eine Kundin im Geschäft zu Therese sagte: »Schaun Sie mal, dort drüben steht einer, der sieht irgendwie komisch aus. Ist das ein Landstreicher oder dieses Gespenst vom Marienhof, von dem die Leute reden? So schaun Sie doch!«

Therese sah zum Schaufenster hinaus und meinte auch, dass sie auf der anderen Straßenseite eine Gestalt gesehen hätte, die dann hinter dem öffentlichen Pissoir verschwand.

Als die Bauarbeiter Feierabend machten, lief Therese kurz hinauf in die Wohnung, um vom Fenster aus zu beobachten, wie das letzte Fuhrwerk, vollbeladen mit Schutt, stadtauswärts fuhr. Sie wollte sich schon abwenden, bemerkte dann aber aus dem Augenwinkel eine dunkle Gestalt, die über den Marienhof huschte. War das nun dieses Gespenst, von dem die Kinder sprachen, oder handelte es sich gar um ihr eigenes, das sie schon seit einiger Zeit regelmäßig heimsuchte? Es zeigte sich nur ihr selbst und niemandem sonst. Manchmal grinste es böse und bleckte die Zähne. »Dieses Mal hast du dich übernommen«, schien es zu sagen, »gib es zu. In deinem Alter fährt man die Ernte ein, aber man sät nicht. Man übergibt das Geschäft, man überlässt das Haus den Kindern und zieht sich aufs Altenteil zurück. Man reißt nicht mehr ein, nur um neu aufzubauen.« Immerzu war es um sie, schien sie regelrecht zu verfolgen. Würde es je wieder verschwinden? Sie hatte A gesagt und jetzt musste sie auch B sagen. Das Haus nebenan würde abgerissen bis auf die Grundmauern und neu aufgebaut. Genau so, wie sie es geplant hatte.

»Lach du nur, du unsichtbarer Feind«, dachte Therese. »Ich werde es schaffen, meinen Traum Wirklichkeit werden zu lassen. Du wirst schon sehen!«

Was er auch versuchte, an wen er sich auch wandte, überall wimmelte man ihn ab. Er sah, wie seine Freunde mit den Augen rollten, wenn er wieder und wieder damit anfing. Es gab kaum noch einen Advokaten in München, den er noch nicht aufgesucht hatte, aber ohne Ausnahme ließ ihn jeder von ihnen abblitzen. Damit käme er nie durch, bei keinem Gericht im ganzen Königreich Bayern, und er solle sich endlich damit abfinden. Er habe doch wirklich kein schlechtes Geschäft gemacht. Max konnte und wollte es aber nicht hinnehmen.

Nachmittags oder abends, wenn das Tageslicht schwächer wurde, schlüpfte er in seinen schon altmodisch gewordenen grünsamtenen langen Gehrock und setzte eine Melone auf, die er sich tief ins Gesicht zog. Die Leute mussten ihn bei seinen Spaziergängen ja nicht unbedingt gleich erkennen. Dann näherte er sich über Seitengassen dem Marienhof, nahm hinter dem städtischen Pissoir Stellung und beobachtete, wie die beiden Häuser Dienerstraße dreizehn und fünfzehn abgerissen wurden. Es war wie ein Zwang. Er musste täglich hin und den Arbeitern zusehen, wie sie mit Hammer und Spitzhacke Wände abtrugen, Ziegel abklopften und zu Türmen aufstapelten, wie Träger den Schutt auf die Fuhrwerke luden. Manchmal gab es etwas Besonderes zu sehen, wenn etwa mithilfe von Seilwinden ganze Innenwände mit Tauen eingerissen wurden. Einmal verletzte ein Arbeiter einen anderen mit seiner Spitzhacke, ein anderes Mal brach ein Träger unter seiner Last zusammen und verletzte sich an Knien und Händen. Das Krankentransport-Automobil der Freiwilligen Sanitätskolonne kam mit dem am

Dach montierten Roten Kreuz angefahren, und der Arbeiter wurde ins Krankenhaus rechts der Isar gebracht. Sonst gab es jeden Tag viel Staub und Lärm, aber das machte ihm nichts aus. Mit den anderen Schaulustigen, den Rentnern und Pensionären, nahm er keinen Kontakt auf. Wenn Kinder ihm zu nahe kamen und in der Nase popelnd neben ihm herumzappelten, machte er schon einmal »buh!« und rollte dazu mit den Augen, um sie zu vertreiben. Er konnte Kinder nicht ausstehen. Noch weniger als Dackel. Wenn die Arbeiter Feierabend machten, ging er nach Hause, zog sich um und suchte Zerstreuung im Panoptikum, im neuen Gabriel Filmtheater in der Maxvorstadt, im Café Perzel oder wohin es ihn eben verschlug auf seinen Streifzügen durch die Nacht. In seinem Büro und im Geschäft war er nur noch selten anzutreffen. Er hatte einen Geschäftsführer eingestellt und ihm sein Reich überlassen. Es interessierte ihn nicht mehr. Nur noch diese Baustelle in der Dienerstraße. Aber mehr als Interesse oder Neugier war es der Hass, der ihn antrieb, jeden Tag wieder hinzugehen, dazustehen und zu gaffen.

Das elende Gespenst wich nicht von Thereses Seite, nicht das vom Marienhof, von dem die Leute redeten, sondern ihr eigenes. Den ganzen Frühling und Frühsommer hindurch hatten die Abbrucharbeiten angedauert. Am 5. August schließlich wurde mit dem Neubau begonnen. Währenddessen sollte der Geschäftsbetrieb möglichst ungestört weiterlaufen. Schließlich musste nach wie vor jeden Tag Geld verdient werden, um die enormen Kosten stemmen zu können, die der Bau verschlang. Und nicht nur aus wirtschaftlichen Gründen war das ein kluger Schachzug, die Kundinnen und Kunden konnten so auch während der Bauarbeiten mitfiebern, was nun aus ihrem Feinkosthaus werden würde. Ganz abgesehen davon bekamen sie auch weiterhin all ihre Delikatessen von der Adresse, von der sie es gewohnt waren, und mussten sich keine neuen Bezugsquellen suchen. So eine Förderung der Konkurrenz hätte sich früher oder später sicher gerächt.

Therese hatte sich in das Reiterrelief am Warenhaus Hermann Tietz am Bahnhofsplatz verguckt, und es gelang ihr tatsächlich, dessen Schöpfer Julius Seidler für die Gestaltung ihrer Fassade zu gewinnen. Die Bildhauerarbeiten im Geschäft hatte sie Professor Georg Albertshofer von der Kunstakademie übertragen. Er schuf die beiden Knaben über dem marmornen Krebsbrunnen, die einen großen Fisch in ihren Händen hielten, und ein weiteres entzückendes Knäblein mit einem Früchtekorb auf den Schultern. Mit den Architekten hatte Therese länger gerungen und sich schließlich auf einen gediegenen, gutbürgerlichen Stil geeinigt, in dem das neue Geschäft ausgestaltet werden sollte. Hochwertige Materialien wie Marmor waren für die Säulen vorgesehen. »Ich baue nicht neu, um zu sparen«, war das Motto, das Therese ausgegeben hatte. »Aber ich will auch nicht protzen und die Leute mit unnötigem Prunk und Luxus verschrecken. Wir sind Kaufleute, keine Adligen, die in Schlössern wohnen. Wir verschönern und vergrößern uns zu unserem eigenen und zum Wohl unserer Kunden. Und wir werden hinterher keine anderen sein als jetzt. Also bloß kein Protz. Ich will mich ja nicht lächerlich machen.«

Für die Säulen und Tischplatten hatten sie den hellen Jura-Marmor aus der Gegend um Treuchtlingen ausgesucht, für die Wandverkleidungen und Treppen einen leicht gelblichen Marmor aus Verona. Die Fußböden schließlich wurden aus dem rötlichen Adneter Marmor aus dem Salzburger Land gefertigt, der Fossilien und Einschlüsse enthielt, fast wie Bernstein. Die Baukosten von summa summarum einer halben Million Mark raubten Therese den Schlaf. Doch nach nicht einmal vier Monaten konnte das neue, erweiterte Geschäft am 23. November eröffnet werden, und ganz München eilte herbei, um die herrliche gelbe Fassade mit seinen Bogenfenstern und den weißen Säulen zu bewundern und sich die Nasen an den Schaufenstern platt zu drücken, wenn sie denn einen Platz ganz vorne ergattern konnten. In allen Zeitungen hatte Lotte Anzeigen geschaltet. Sie hatte Plakate drucken und Handzettel verteilen lassen. Zwischen Bahnhof und Marienplatz rollten Pferdefuhrwerke in Blau mit goldener Dallmayr-Aufschrift. Ein neu angeschaffter Lieferwagen auf drei Rädern, ebenfalls in Blau-Gold, und sogar Hermanns Privatauto war mit an den Türen montierten Schildern als Reklamefahrzeug und Prominententaxi unterwegs. Wer weder die Zeitung las noch auf die blauen Fahrzeuge aufmerksam wurde, der durfte über die vielen Gaukler staunen, die in bunten engen Hosen, mit Schnabelschuhen, buntseidenem Wams, weichem Dreizackhut oder aufgetürmtem Turban durch die Altstadt sprangen und tanzten, dass die Schellen klingelten, die an den Spitzen ihrer Schuhe und an den Zipfeln ihres Wamses befestigt waren. Sie machten sich klein, duckten sich in der Hocke zusammen und sprangen wie Frösche hoch in die Luft. Manche von ihnen hatten rußgeschwärzte Gesichter, andere trugen Perücken mit langem Haar. Sie schlugen Räder und gingen auf Händen, die Füße zappelten in der Luft und überschlugen sich dann in endlosen Reihen von Sprüngen. Überall machten die Leute Platz und applaudierten. Schöne, freizügig gekleidete Damen schlugen dazu Zimbeln, Trommeln und Schellen. Sobald sich eine Menge an Menschen um die Tanzenden versammelt hatte, liefen sie mit einem flatternden blauen Band davon, auf dem die Leute Wort für Wort entzifferten: *Dallmayr-Eröffnung heute. Kommen Sie vorbei!*

Schon fünf Minuten nach neun Uhr musste Therese den Laden wegen Überfüllung wieder schließen. An den Schaufenstern sammelten sich Trauben von Menschen. Alle wollten einen Blick ins Innere erhaschen. Was hatte man sich für diesen Eröffnungstag ausgedacht, was würde es Neues geben, das nur Dallmayr nach München brachte? Man hatte gelesen oder gehört von Lämmern von den Salzwiesen der Normandie und von Rentierschinken aus dem hohen Norden, von Schildkrötenfleisch von weiß Gott woher und rotem Chesterkäse von den Britischen Inseln. Man munkelte, es gäbe sogar Bärentatzen aus dem Zarenreich zu kaufen. Sie sollten, durch langes Kochen aus den Krallen des Tieres ausgelöst, die größte Delikatesse der Welt sein. Feiner und viel teurer noch als Gänseleberpastete aus dem Périgord oder Salzburger Ochsenzungen, teurer selbst noch als Kaviar, bretonischer Hummer oder Austern.

»Schaut, schaut, da drinnen sind sie unter sich, die Großkopferten«, rief einer aus der Menge.

»Bist du ein Roter?«, rief ein anderer ihm zu, »oder bloß neidisch, dass du nicht mehr reindarfst?«

»Zum Schauen dürfen wir doch morgen auch noch kommen«, rief eine Köchin, die in einem vornehmen Haushalt beschäftigt war. »Die Frau Randlkofer hat noch niemandem den Eintritt verwehrt. Die lässt sogar einen Roten in den Laden.« Die Umstehenden lachten.

»Und was soll ich mir da anschauen, hm? All das, was ich mir von meinem Maurergehalt nie werde leisten können?« Das war wieder der Querulant.

»Ja, warum denn nicht?«, rief die Köchin. »Du gehst ja auch am Sonntag in den Hofgarten mit deinem Gspusi, obwohl du dir nie ein Schloss mit einem Park wirst kaufen können.« Erneut Gelächter.

»Ich kann mir natürlich auch die fetten Reichen da drinnen anschauen, die Adeligen und die Faulpelze, die den ganzen Tag nichts zu tun haben, als Maulaffen feilhalten und beim Dallmayr einkaufen gehen.« Der »Rote« kam jetzt richtig in Fahrt.

»Schaut doch, da kommt der Prinzregent Luitpold höchstpersönlich in seiner Kutsche gefahren«, rief die Köchin.

»Und der feine Herr neben ihm ist sein Generaladjutant, der Freiherr von Branca«, wusste ein anderer.

»Der alte Depp«, schimpfte der Rote. »Ein Greis, der die Zeichen der Zeit verschlafen hat und unser Bayern dem Preußenkaiser ausliefert, Stück für Stück.«

»Da möchte man sich ja Sünden fürchten«, schrie eine Frau und bekreuzigte sich heftig. »Unsern Regenten so zu beleidigen. Ja, schämst du dich gar nicht, du Saubazi?«

»Wenn es doch die Wahrheit ist!«, beharrte der Arbeiter.

»Hoch lebe Luitpold, unser Prinzregent!«, stimmte jemand aus der Menge an, und die anderen fielen ein. In die Hoch- und Vivat-Rufe ließ einer ein »Pfui« hören. Ein Raunen ging durch die Menge, und alle zusammen gingen sie auf den Querulanten los, bis er sich aus der Menge löste und Richtung Weinstraße davonlief.

»Ihr seid nicht besser wie die Rindviecher, die zum Schlachter gehen und denken, sie machen einen Ausflug«, rief der Maurer, als er weit genug weg war. »Dem alten Narren zujubeln, das könnt ihr. Aber selber denken und für eure Rechte einstehen, das habt ihr nicht gelernt, ihr blöden Hammel!«

Erst als ein Stein flog, machte der Störer sich endgültig davon. Die Menge aber jubelte, und der greise Monarch lächelte jovial und winkte seinen Untertanen in einer tausendfach geübten Bewegung des Armes und der runzeligen Hand zu, Wohlwollen und Volksnähe ausstrahlend. Sogleich öffnete die Chefin selbst die Tür, um seine Majestät zu begrüßen und sich für sein durchlauchtigstes Erscheinen untertänigst zu bedanken.

»Wie ein Fisch im Wasser«, sagte Balbina.

»Was?«, fragte Ludwig. »Von wem sprichst du?« Sie waren spätabends auf dem Weg zurück zu ihrer Pension. Therese hatte sie gerufen, und alle waren sie gekommen an diesem triumphalen Tag der Eröffnung des Dallmayr-Neubaus, der ein wahrer Tempel für Feinschmecker geworden war. Ein Jahrhundertereignis war es, und keiner hatte es sich nehmen lassen, dabei zu sein. Ludwig war extra aus Südfrankreich angereist. Bei der Gelegenheit hatte er auch endlich seine Nichte kennenlernen können. Noch war Lilly mit der kleinen Ursula zu Hause, aber sie schmiedete schon wieder große berufliche Pläne. Über ihren Vormund, Herrn von Vollmar und seine Frau, tat sich vielleicht die Möglichkeit auf, dass Lilly und ihr Julius den Mühldorfer Hof in der Frauenstraße pachten konnten. Die Lage am Isartorplatz wäre perfekt. Lilly war schon Feuer und Flamme, plante bereits die Einrichtung, die Speisekarte, die Gerichte, die sie anbieten wollte. Die Mutter würde am Anfang mithelfen und wenn nötig auf Ursi aufpassen. Beide waren als Wirte Neulinge, aber seiner Schwester war alles zuzutrauen. Wenn sie sich etwas in den Kopf gesetzt hatte, dann setzte sie auch alle Hebel in Bewegung, um es zu erreichen.

»Von Tante Therese natürlich«, sagte Balbina. »Sie ist jetzt ganz oben angekommen. Der Prinzregent, der Bürgermeister, ich weiß nicht wie viele Herren aus dem Magistrat, alle sind sie erschienen, wie zu einem wirklich großen gesellschaftlichen Ereignis.«

»Nur Herr von Vollmar war nicht da. Es heißt, es ginge ihm gesundheitlich sehr schlecht und er käme kaum noch nach München. Ich hätte mich so gefreut, ihn und seine Frau zu sehen. Ihm habe ich ja praktisch alles zu verdanken«, sagte Ludwig. »Er hat mir die Lehrstelle im Dallmayr besorgt, und dort hat dann eigentlich erst mein Leben begonnen. Ich bin aufgewacht, habe viel gelernt, und ich konnte herausfinden, was ich einmal machen möchte im Leben. Ich weiß nicht, was aus mir geworden wäre, wenn nicht er mein Vormund gewesen wäre, sondern irgendeiner, dem die zwei Arbeiterkinder Loibl ganz egal gewesen wären. Die sich nur vom Gericht die Aufwendungen für ihre Vormundschaft hätten ausbezahlen lassen, ohne sich auch nur für fünf Pfennige für Lilly und mich zu interessieren. Ich bin ihm und seiner Frau sehr dankbar.« Ihre Schritte hallten auf dem Kopfsteinpflaster. Es war schon spät und kaum noch jemand auf den Straßen.

»Und mich hättest du auch nicht kennengelernt, wenn du deine Lehre nicht beim Dallmayr, sondern irgendwo in einem Kolonialwarenladen wie dem von Onkel Max gemacht hättest.«

»Stimmt«, sagte Ludwig. »Dann hätte ich nicht gewusst, wie das ist, wenn man sich mit sechzehn unsterblich verliebt und selbst ein blonder Lehrbub mit abstehenden Ohren ist und keine Chance hat.«

»Was redest du denn da?«, fragte Balbina und hängte sich bei ihm ein. »Von abstehenden Ohren weiß ich ja gar nichts.« Sie strich ihm das strohblonde Haar hinter die Ohren und warf einen fachmännischen Blick darauf. »Hat sich gut ausgewachsen«, stellte sie fest und drückte ihm schnell einen Kuss auf die Wange.

Ludwig schloss die Augen und atmete tief ein. Was sollte das hier werden? Eine Schippe Nostalgie? Sie waren beide verheiratet. Balbina legte ihren Arm jetzt um seine Hüfte und schmiegte ihren Kopf an seine Schulter. So gingen sie weiter.

»Was waren wir jung und ahnungslos«, sagte sie. »Ich wusste gar nichts vom Leben, nicht einmal meine eigene Geschichte kannte ich. Ich habe mich gefühlt wie in einem Glaslabyrinth gefangen. Wo ich auch hinlief, stieß ich mit dem Kopf gegen eine Wand, durchsichtig, aber doch ziemlich hart.«

Ludwig legte den Arm um Balbinas Schultern. Das Leben war einfach nicht so schön und leicht wie in den Fortsetzungsromanen der Zeitungen, die alle so gerne lasen, weil sie am Ende immer gut ausgingen.

Sie liefen nicht auf direktem Weg zu der Pension, in der Therese ihnen Zimmer reserviert hatte, weil im Haus kein Platz mehr für Gäste war. Hermann übernachtete mit der Familie dort, und Elsa war aus der Schweiz angereist. Auch Hans Metzger, der Maler vom Goldachhof, war da gewesen. Paul hatte angedeutet, die beiden hätten mal etwas miteinander gehabt.

Ludwig hatte, Balbina an seiner Seite, den Weg über den Viktualienmarkt eingeschlagen. So lange war er nicht hier gewesen. Es war Nacht, alle Stände und Buden verschlossen. Katzen schlichen um die Abfalleimer und schnupperten, ob sich ein tollkühner Sprung lohnen würde oder nicht. Hunde drehten allein noch eine letzte Runde. Ein Angetrunkener fand in Schlangenlinien den Weg nach Hause. Er war wieder in München, seiner geliebten Heimatstadt mit ihren Villen in Bogenhausen und den Arbeiterquartieren in der Au und in Giesing, in Sendling, den Handwerkerhäusern am Wiener Platz und den Bierleichen am Nockherberg. Mit der Isar und ihren Sandbänken, den vielen Bierlokalen, den Flößen und den hübschen Brücken. Den vielen Menschen, die hier täglich ihrer Arbeit nachgingen, ihr Glück suchten, und es fanden oder nicht. Es fanden und wieder verloren.

An einem der Brunnen stillte Balbina ihren plötzlichen Durst. Sie hängte sich an Ludwigs Arm, beugte sich vor, rutschte ab und tauchte kurz mit dem ganzen Gesicht unter den Wasserstrahl. Ludwig trocknete ihr Gesicht mit seinem Taschentuch. Sie lachte und lachte. Es war kein Vorbehalt in ihrem Lachen, kein Hintergedanke, keine versteckte Absicht, keine Falschheit. Sie lachte einfach aus vollem Herzen über ihr Missgeschick, ihre Dummheit, ihre Tollpatschigkeit. Sie war durchnässt, die Frisur im Eimer, die Bluse nass. Ludwig sah ihre runden Schultern, ihre schlanken Arme, die Brüste. Sie blickten sich kurz in die Augen, entdeckten darin die alte Vertrautheit wieder, und bevor Ludwig noch etwas sagen konnte, schüttelte Balbina ganz leicht den Kopf. Und Ludwig verstand. Er stützte sich auf den nassen Stein, ließ den Kopf in den Nacken fallen und blickte in einen mit Sternen gespickten Himmel. »Eine Sternschnuppe, da«, rief er. »Und ich weiß gar nicht, was ich mir wünschen soll.«

»Ich schon«, sagte Balbina. »Ich wünsche mir, dass wir Freunde bleiben, ein ganzes Leben lang.«

»Du hast recht«, sagte Ludwig und versuchte, seine plötzlich aufwallenden Gefühle für Balbina wieder in den Griff zu bekommen. Und er war doch auch so, ohne Sternschnuppe, glücklich. In München, bei seiner Dallmayr-Familie und daheim in Südfrankreich, wo seine zweite Familie auf ihn wartete.

Ihr Schwager kam erst am Tag nach der Eröffnung zu einem kurzen Besuch in der Dienerstraße vorbei. Therese musste zweimal hinsehen, bevor sie Max überhaupt erkannte. Er war aschfahl im Gesicht und wirkte um Jahre gealtert. Wie von einer schweren Krankheit gezeichnet. Modisch aktuell wie immer, in einem braunen Anzug mit dem passenden karierten Überwurf, schmaler Krawatte, Hut, Spazierstock. Doch er war abgemagert, die ganze Erscheinung wie ein verdorrter Baum, den schon ein leichter Windhauch zu knicken imstande wäre. An seiner Seite ein nicht mehr ganz taufrischer Traum in Lila und Rosé, mit viel Puder im Gesicht und einem etwas schiefen Mund. Dafür lachte sie viel.

»Max, es freut mich, dass du doch noch kommst. Schaut euch nur um.«

Mit müdem Blick drehte Max einmal den Kopf nach rechts, einmal nach links. »Schau, schau«, sagte er milde lächelnd, »da sind ja auch der Ludwig und die Balbina, soso.« Mehr wollte er nicht sagen, es schien, als habe er bereits genug gesehen und damit seinen Pflichtbesuch erledigt. Mit hochgezogenen Schultern, seine Madame am Arm führend, oder von ihr geführt, wandte er sich zur Tür.

»Willst du dir gar nicht alles ansehen?«, fragte Therese. »Hermann und Paul sind auch irgendwo, sie …«

Max winkte ab. »Es ist genug«, sagte er und räusperte sich. »Du hast, was du wolltest. Immer hast du bekommen, was du wolltest. Warum eigentlich?« Sein Blick ging Therese durch und durch. Er hatte so etwas schrecklich Resigniertes, Endgültiges. Zum ersten Mal spürte sie fast Mitleid mit ihm. Er war besiegt, oder, was schlimmer war, er hatte aufgegeben. Er stand da, krumm, hohlwangig, und füllte seinen Anzug nicht aus, der doch einmal für ihn maßgeschneidert worden war.

»Kann ich euch nicht etwas anbieten? Eine kleine Erfrischung vielleicht.« Therese hatte das Gefühl, als verschwände er für immer, sobald er aus der Tür getreten wäre.

»Lass gut sein, Schwägerin. Komm, Amalie, wir gehen. Adieu, Therese.«

Sie hielt ihm die Tür auf, und Max trat hinaus. »Was kommt als Nächstes?«, fragte er und drehte sich noch einmal zu Therese um, schwerfällig, als hätte er Schmerzen. »Als Nächstes …« – er sagte es nicht zu ihr, sondern zu seiner Begleiterin und hob dabei den Zeigefinger –, »als Nächstes will sie sein wie Gott.«

1914

Julia von Vollmar schloss die Knöpfe von Georgs Zweireiher und prüfte, ob der Stehkragen seiner Jacke richtig saß. Von seinem weißen Hemd waren nur zwei schmale Querstriche oben am Hals zu sehen. Eine Krawatte trug ihr Mann nie. Er hatte diese Tracht eines fahrenden Handwerksburschen zu seinem Markenzeichen gemacht und sie sein ganzes Leben unverändert beibehalten. Moden waren gekommen und gegangen, Farben, die eine Saison schick waren, wurden im Jahr darauf von anderen abgelöst, aber das alles interessierte ihn nicht. Er trug ein weißes Hemd und seinen schwarzen Rock, jahraus, jahrein, und wenn er schäbig geworden war, wurde er durch ein neues Modell ersetzt: schwarz, hochgeschlossen, zwei Knopfreihen, das war's. Wenn er einmal etwas für richtig befunden hatte, blieb er dabei. Was die Leute dazu sagten, ließ ihn völlig kalt. Auch dafür liebte Julia ihn.

»Es ist gut, Julia«, sagte er, ein wenig ungeduldig, »schieb mich jetzt rein.«

Es war der 21. Januar, ein Mittwoch. Julia schob Georgs Krankenfahrstuhl der Firma Westfalia, schwarz, mit Leder bezogen, und mit einem speziell für ihn verlängerten Fußteil in den Saal. Neben dem Rednerpult arretierte sie den Rollstuhl. Der Geräuschpegel sank, die Gespräche verebbten, ein Saaldiener schloss die Tür des Seiteneingangs, durch den sie gekommen waren. Georg würde jetzt seine letzte Rede im Bayerischen

Landtag halten. Sein Gesundheitszustand hatte sich in den letzten Monaten rapide verschlechtert, nicht einmal der Wunderdoktor Hessing konnte Georg mehr helfen. Er hatte Lähmungserscheinungen am ganzen Körper und konnte nicht mehr laufen, sich nicht einmal mehr allein auf den Beinen halten. Julia wusste es, und er wusste es auch, dass Georg von Vollmar heute seine letzte Rede in diesem Haus halten würde, dem er seit einundzwanzig Jahren als Abgeordneter angehörte.

»Genossen und Kollegen«, wandte er sich an das hohe Haus, »fünfundzwanzig Jahre ist es her, dass ich den einen Satz gesagt habe, der seitdem so oft zitiert wird: ›Dem guten Willen die offene Hand, dem schlechten die Faust!‹ Was bin ich dafür gescholten worden von meiner Partei und auf Reichsebene. Und wie viel Jubel und Zustimmung habe ich dafür geerntet von denen, um die es einem wahren Sozialdemokraten immer gehen muss: dem einfachen Arbeiter, dem kleinen Handwerker oder Beamten, und dem Kleinbauern, der all seine Hoffnungen, wenn er denn noch welche hat, in uns, die Sozialdemokratie, setzt. Nicht zu vergessen die Arbeiterinnen. Wenn diese Menschen auch nur für fünf Pfennige Grips haben und ein paar Jahre zur Volksschule, statt nur zur Sonntagsschule in die Kirche gegangen sind, dann bauen sie auf uns. Wenn sie auf ihren Höfen, in ihren Dörfern nicht nur auf den Pfarrer hören, der gegen uns Sozialdemokraten von der Kanzel herunter als ›rote Teufel‹ und ›vaterlandslose Gesellen‹ predigt, dann müssen sie auf unserer Seite stehen.«

»Hört, hört!«, riefen einige Abgeordnete des Zentrums. Was Georg eine kurze Atempause verschaffte.

Julia wusste, wie viel Mühe es ihn kostete, verständlich zu sprechen. Die Lähmungen griffen manchmal auch auf seine Zunge, die Lippen und den Kehlkopf über. Sie legte ihm eine Hand auf die Schulter.

»Geht es?«, flüsterte sie. Er nickte.

»Aber, Genossen und werte Herren des Zentrums und der Liberalen, die Sozialdemokratie hat Bismarck und seine Sozialistengesetze überlebt, wie oft sie auch verlängert wurden, auch mit Ihrer Unterstützung, meine Herren. Unsere Vereine wurden geschlossen, unsere Leute eingesperrt, vom einfachen Eisenbahner, der sich dem Süddeutschen Eisenbahnerverband angeschlossen hatte, bis zum politischen Führer, dessen Waffe doch immer nur das Wort war. Und wir haben auch Bismarck selbst überlebt und waren nicht unglücklich, als er gehen musste.« Georg machte wieder eine Pause, schluckte. »Durch geschicktes Paktieren ist es uns und unserer ständig wachsenden Zahl von Abgeordneten gelungen, Reformen voranzutreiben und zum Beispiel, darauf bin ich besonders stolz, eine bessere Bildung für alle Gruppen der Bevölkerung auf den Weg zu bringen.«

Er unterdrückte ein Husten, denn er war noch nicht am Ende. Julia kannte seine Rede, sie hatte wie immer das Manuskript gelesen und mit ihm durchgesprochen. Doch Georg hielt sie frei, und keiner von ihnen wusste, ob er es schaffen würde, bis zum Ende durchzuhalten.

»Wir haben Mehrheiten gesucht, um Veränderungen zum Guten auch durchzusetzen. Man hat mich als den ›roten Ritter‹ verspottet, auch meine eigene Partei. Gerade in Bayern war uns jedoch jede Veränderung zum Besseren wichtiger als eine Politik der Blockade und Verweigerung, um das bestehende System zu stürzen. Wie sollen wir denn die Menschen für uns gewinnen, wenn wir nur alles verhindern, damit auch aus dem kleinen Bauern draußen in Aying oder in Glonn nach sozialistischer Doktrin zuerst ein proletarischer Habenichts wird und dann ein Revolutionär.« Von den Zuhörern waren Buhrufe zu hören. »Nein, meine Herren, dafür stehe ich nicht. Ich bin kein Theoretiker und Doktrinär. Ich bin ein politischer Praktiker und ein Bayer, die Herren in Preußen mögen mir verzeihen.«

Einige Abgeordnete der Zentrumspartei applaudierten verhalten.

»Ich wende mich heute in diesem hohen Haus in der Prannerstraße vermutlich zum letzten Mal persönlich an Sie, meine Herren. Wenn mich meine Frau hier wieder hinausgeschoben hat, sind Sie mich los und müssen meine ehemals würdige Gestalt, meinen Militärrock und meinen grau gewordenen Schopf nicht länger ertragen. Meine Zunge wird nicht mehr schneiden. Sie wird Sie auch nicht mehr unterhalten, wie es ihr zweifellos bisweilen gelungen ist. Nicht dem Alter habe ich meine Hinfälligkeit zu verdanken, sondern meinem Dienst fürs Vaterland, der mir im Krieg 1871 eine schwere Verwundung eingebracht hat. Nur durch die Künste des Knocheneinrichters Friedrich von Hessing waren mir einige Jahre geschenkt, in denen ich mich wie ein gesunder Mensch bewegen konnte. Diese Zeit ist nun um. Zweimal bin ich für meine politische Überzeugung ins Gefängnis gegangen, und beide Aufenthalte waren meiner Gesundheit auch nicht unbedingt förderlich.«

»Falsche Partei!«, rief einer aus dem Block der Liberalen.

»Nein, nein, Sie irren sich, Liebermann«, sagte Georg. »Ich bin schon richtig, wo ich bin. Etwas haben wir ja erreicht, doch es fehlt noch so viel. Die Trennung von Kirche und Staat zum Beispiel, die Freiheit der Lehre und Forschung an den Hochschulen, die Abschaffung der Zensur künstlerischer Werke. Denn das Ziel aller wahren Demokraten muss es sein …« Er brach ab, nahm noch einmal Anlauf. »… muss es sein, für das größtmögliche leibliche und geistige Wohl aller Menschen in unserer Gesellschaft zu sorgen. Nicht nur für den Adel und die Vermögenden. Für alle und für jeden Einzelnen, so gering er auch sei.«

Seine Parteigenossen hatten sich jetzt erhoben, während sie Beifall klatschten. Julia wusste, dass Georg mit seiner Rede fast am Ende war. Sie legte schon ihre Hände an die Querstange des Stuhls, aber es gelang ihm doch noch einmal weiterzusprechen.

»Und damit verabschiede ich mich von Ihnen, meine Herren, und begebe mich in die treuen Hände meiner Gattin, die meinen Weg vom Revolutionär zum Parlamentarier begleitet hat, und nun auch noch, zu guter Letzt, für einen Invaliden Sorge tragen muss.«

Was redete er denn da?, wunderte Julia sich. Das hatte gar nicht im Manuskript gestanden.

»Dass meine Frau, Julia von Vollmar, immer noch die einzige Dame in diesem Hohen Hause ist und dass sie an der Politik und an der Gestaltung unserer Gesellschaft nicht teilhaben darf, nicht weil sie unwissend oder ungebildet wäre, weil sie nicht denken oder sich nicht ausdrücken könnte – das kann sie besser als viele Männer, vielleicht sogar besser als viele der hier Anwesenden –, sondern … ich bitte Sie, meine Herren vom Zentrum, ich bin gleich fertig, dann dürfen Sie johlen und feixen, so viel Sie wollen – sondern aus dem einzigen Grund, weil sie als Frau geboren wurde. Das war nicht recht, ist nicht recht und wird es nie sein. Wer gibt uns Männern das Recht, eine Hälfte der Gesellschaft von allen politischen Prozessen auszuschließen? Nur wir selbst. Wir können den Frauen aber das Wahlrecht nicht auf ewig verweigern. Die SPD fordert es schon seit vielen Jahren. Es wird kommen, seien Sie dessen gewiss. Und dann hoffen wir, dass die Frauen sich daran erinnern, wer immer auf ihrer Seite stand. Aber selbst wenn sie es nicht tun, sondern ihr Kreuzchen bei einer anderen Partei machen, werde ich mich darüber freuen. Ich hoffe, ich werde es noch miterleben. Leben Sie wohl, meine Herren.«

Julia wartete den Beifall und die Bravorufe aus dem Lager der Parteigenossen wie auch von den anderen Abgeordneten noch ab. Die Genossen hatten sich alle erhoben, auch ein großer Teil der Liberalen und sogar einige Vertreter des Zentrums klatschten im Stehen Beifall. Georg wirkte vor allem erschöpft. Er hatte sich völlig verausgabt.

»Gehen wir?«, fragte Julia.

Ihr Mann nickte.

Medicus curat, natura sanat. Der Arzt behandelt, aber die Natur heilt. Grimmig schritt Therese unter dem Torbogen mit dem Wahlspruch des Sanatoriums hindurch und hinaus in den Park. Am liebsten wäre sie mit der Droschke in die Stadt gefahren und ins nächstbeste Gasthaus spaziert, um etwas Anständiges zu essen. Seit sie hier war, knurrte ihr der Magen fast ununterbrochen. Das viele Grünzeug machte einfach nicht richtig satt, und der Vegetarismus, für den die Klinikleitung so warb, ließ Therese nur noch mehr von Saurer Lunge mit Semmelknödel und von Nierenbraten mit Zwiebelringen und Salzkartoffeln träumen. Gerade die Innereien, die sie so gerne aß, womöglich als einziger Mensch in diesem Etablissement, waren hier strengstens verboten. Sie stapfte durch den Rosengarten. Den Gemüsegarten strafte sie mit Missachtung. Das Grünzeug hing ihr zu den Ohren heraus. Die ewigen Äpfel, das heimische Obst ebenso. Was war an einer Banane oder Orange weniger gesund als an einem Apfel? Das Un-Heimische konnte es doch nicht sein, das würde sie sich nicht einreden lassen. Eine Schnapsidee war es gewesen, sie ausgerechnet hierher nach Oberwaid bei St. Gallen zu schicken, in die Naturheilanstalt des Herrn Bilfinger und seiner Nachfolger. Natürlich war es nicht ihre eigene Idee gewesen, sondern die von Elsa, die ein modernes Leben führte, Reformkleider trug, Hobbys pflegte, reiste und niemals Innereien essen würde. Nun waren sie nur ein paar Kilometer auseinander, aber wer noch kein einziges Mal gekommen war, sie zu besuchen, das war Elsa. Sie war nämlich gar nicht zu Hause, sondern verreist, das Fräulein Tochter. Und Therese war nun ganz allein diesem Herrn Bilfinger mit seiner Rohkost und seinen Wasseranwendungen, seinen Schwitzkuren und Diätvorschriften ausgesetzt. Zwölf Tage war sie jetzt hier. Aber schlafen auf harten Matratzen, das konnte der Herr Bilfinger gern selbst machen. Sie bekam davon solche Rückenschmerzen, dass sie ohne Hilfe gar nicht mehr aufstehen konnte. Aus Protest hatte sie drei Nächte auf der Ottomane verbracht, halb sitzend, halb liegend, bis man ihr eine normalweiche Matratze zugestanden hatte. Kneippgüsse mit eiskaltem Wasser lehnte Therese ebenso ab wie Rohkost zum Abendessen. Das Kämpfen lag ihr im Blut, und das hatten auch die Schwestern und die Medices schon bemerkt. Ein Rührei oder zwei am Abend, mit frischen Kräutern, konnte doch ihrer Gesundheit nicht wirklich abträglich sein, auch wenn sie von ein paar schwarzen Trüffelspänen darauf hier nur träumen konnte. Was hatte sich Elsa nur dabei gedacht? Das würde Therese sie als Allererstes fragen, wenn sie endlich von ihrer Reise zurück war. In zwei Tagen sollte es so weit sein, hatte Elsa telegrafiert. Bis dahin musste Therese mindestens noch durchhalten.

Das junge Paar war in Budapest zugestiegen und hatte nach einem kurzen Gruß die Gangplätze des Abteils eingenommen, möglichst weit weg von Elsa, die am Fenster saß. Sie sprachen nur leise miteinander, was Elsa nur recht war. Sie hatte so viel erlebt in den letzten sieben Wochen. Alles zog jetzt noch einmal an ihr vorbei, Station für Station, seit sie in Konstantinopel den Orientexpress bestiegen hatte. Elsa sah zwar hinaus auf die wechselnden Landschaften, die Bahnhöfe, die Dörfer, Häuser, Felder, Wälder, die Fabriken und Schlote von Brauereien und Ziegeleien, die Menschen auf den Bahnsteigen. Sie sah sie ebenso vorübergleiten wie die großen Städte Sofia, Nisch, Belgrad und, die schönste von allen, Budapest. Und über alle Erinnerungen schob sich immer wieder die eine, die wildeste, die verrückteste, die ihr den Atem geraubt und ihre Knie hatte weich werden lassen. Sie hatte ihn wiedergesehen, ihren verwegenen Freund Alexej, der von seinem Ziel, den Zaren zu stürzen, erst einmal abgerückt war, um, nicht weniger revolutionär, aber weniger blutig, eine Gemeinschaft und einen neuen Staat mit aufzubauen.

Jetzt erhob sich Madame von ihrem Platz und trat auf den Gang hinaus. Elsa vermutete, dass sie zum Luftholen aufstehen musste, was im Sitzen mit ihrer grotesk eng geschnürten Wespentaille wahrscheinlich kaum möglich war.

»Sie reisen allein, gnädiges Fräulein?«, fragte der Gatte von Madame, den Elsa wegen seines österreichischen Singsangs mit ungarischem Akzent für einen Minister oder Gesandten der K.-und-k.-Monarchie hielt. Nun, wo seine Gattin nicht da war, hatte seine Neugier doch Oberhand gewonnen.

»Ich bin allein losgefahren und komme allein nach Hause, aber unterwegs war ich sehr selten allein.«

»Sind Sie schon länger unterwegs?«

Elsa nickte. »Ich war in Konstantinopel, und von dort bin ich ins Heilige Land weitergereist.«

»Doch nicht etwa auf dem Landweg?«

»Nein, mit dem Schiff. Zunächst waren wir in Haifa, und dann ging es weiter Richtung Norden, bis zum See Genezareth.« Zu diesem wunderbaren, biblischen See, der älter war als die Menschheit und an dessen Südende, wo der Jordan den See verlässt, ein magischer Ort lag wie eine Perle in einer Muschel.

»Haben Sie Familie dort, wenn Sie mir die Frage gestatten«, fragte der ungarische Monsieur.

»Familie nicht, aber Freunde. Jüdische Freunde aus dem

Institut auf dem Rosenberg, die nach Palästina ausgewandert sind, um etwas Neues aufzubauen.« Und sie bauten tatsächlich etwas auf, auch dort am Jordan.

Madame kam zurück, und ihr Gatte verbeugte sich kurz. Das Zeichen, dass ihre Unterhaltung nun beendet war, denn es schickte sich nicht in ihrer Gegenwart mit einem allein reisenden Fräulein zu plaudern. Madame äußerte den Wunsch, ihren Kaffee im Speisewagen einzunehmen, und ihr Gemahl erbot sich sogleich, sie zu begleiten.

Elsa verlor sich wieder in Erinnerungen, während der Zug sich durch die endlose Weite der ungarischen Tiefebene fraß. Sie kehrte in Gedanken zurück zum Südufer des Sees Genezareth, wohin ihre Freunde Ari und Esther aus dem Internat in St. Gallen sie eingeladen hatten. Dort lebte und arbeitete eine kleine Gemeinschaft von Einwanderern und verwandelte mit dem Wasser des Jordan den trockenen, sandigen Boden in eine Oase, in der Obst und Gemüse wuchs und Getreide. Eine Lebensgemeinschaft mit dem großen Ziel, sich selbst zu ernähren und irgendwann so viel zu produzieren, dass sie ihre Lebensmittel gegen andere Dinge tauschen oder verkaufen konnten. Das Kollektiv nannte sich Degania Alef. *Degania* nach dem hebräischen Wort für Korn, und *Alef* nach *Aleph*, dem ersten Buchstaben des Alphabets, weil es die erste Gemeinschaft dieser Art in Palästina war. Zehn Männer und zwei Frauen lebten dort zusammen, und einer von ihnen war Alexej. Er hätte ihr geschrieben, mehrmals, versicherte er ihr, aber Elsa hatte keinen Brief bekommen. Vielleicht, weil ihre Kanzlei, in der sie mittlerweile Teilhaberin geworden war, vor drei Jahren in eine größere Wohnung an der Kapellenstraße umgezogen war und Alexej sich nicht an das Bienengässlein Nummer fünf erinnert hatte.

»Gnädige Frau, Sie haben ja Ihre Crudités gar nicht aufgegessen.« Die Bedienerin im Speisesaal nahm Thereses fast vollen Teller ab.

»Ich bin ja auch ein Mensch und kein Hase«, antwortete Therese. »Karotten werden bei mir zu Hause gekocht, gewürzt und so bekömmlich gemacht. Ein bisschen Ehrgeiz sollte doch jeder Koch haben und etwas möglichst Feines aus seinen Rohstoffen machen.«

»Es ist aber sehr gesund, nicht alle Nahrungsmittel zu erhitzen und zu verarbeiten.«

»Sagt wer?«

»Doktor Bilfinger zum Beispiel.«

»Ich hätte schon längst gekündigt, wenn ich hier Köchin wäre.« Damit schob sie ihren Stuhl zurück und verließ den Speisesaal.

Therese schritt unter dem Torbogen – *natura sanat* – hinaus in den Rosengarten, setzte sich stocksteif auf eine Bank, verschränkte die Arme und wartete auf ihre Tochter. Die anderen Kurgäste saßen entweder in Gruppen beisammen oder gingen zu zweit oder zu dritt spazieren. Therese ließen sie in Ruhe, nachdem sie ihnen reihum Körbe verteilt hatte wie andere Leute Mitbringsel. Sie strahlte etwas Unnahbares, wenn nicht gar Feindseliges ihrer Umgebung gegenüber aus. Dabei lag Oberwaid herrlich auf einer Anhöhe, von Bergen umgeben, mit Blick auf den etwas weiter entfernten Bodensee. Therese war immer noch nicht richtig angekommen. Zu schwer fiel es ihr, sich für ein paar Wochen vom Geschäft zu trennen und sich um ihre Gesundheit zu kümmern. Dreißig Jahre war es her, dass sie zuletzt länger von zu Hause fort gewesen war. Damals hatten eine hartnäckige Bronchitis oder besser Dr. Eichengrün und ihr Mann sie dazu gezwungen, auf Kur zu gehen. Sonst war sie nie krank gewesen, ihr ganzes Leben nicht. Und wirklich krank war sie jetzt auch nicht. Nur ein wenig erschöpft vielleicht. Sie hatte alles erreicht, was sie sich gewünscht und wofür sie viele Jahre gekämpft hatte: das neue Haus und das Geschäft mit den vielen Abteilungen wie im Kaufhaus. Viel schöner als das Modell war es geworden. Der Goldachhof lieferte hochwertiges Geflügel, Fleisch, Gemüse, Salat, Kräuter. Familie und Freunde kamen an den Wochenenden und in den Ferien, um sich zu erholen, Sommerfeste wurden an weiß eingedeckten Tischen unter Linden und Kastanienbäumen gefeiert. Die Männer gingen auf die Jagd und hinterließen begeisterte Einträge im Gästebuch. Alles war so gut, wie es nur sein konnte. Warum war sie dann hier und nicht zu Hause, bei ihrer Familie, in ihrem Reich?

Eine Pferdekutsche kam den gewundenen Weg vom Tal herauf. Als sie die letzte Kurve in die Einfahrt zum Kurhaus nahm, richtete sich eine schmale, sehr schlanke Gestalt in der Kutsche auf, beschattete die Augen mit der Hand, und an der Gestik allein, in Verbindung mit der schmalen, knabenhaften Silhouette, erkannte Therese, dass diese Person niemand anderes sein konnte als ihre Tochter.

»Mutter!« Nun hatte Elsa sie auf ihrer Bank auch entdeckt und winkte ihr.

Therese wollte ihren Platz am Eingang zum Rosengarten nicht aufgeben und wartete, bis Elsa auf sie zukam. Sie beugte sich zu ihrer Mutter und gab ihr einen Kuss auf die Wange. Wie lange hatte sie das schon nicht mehr getan? Sie musste ein Kind gewesen sein. Es rührte Therese mehr, als sie zeigen wollte.

»Ich liebe diese Aussicht«, sagte Elsa. »Es ist so schön hier oben, findest du nicht? Wie geht es dir?«

»Es geht mir nicht so besonders, deshalb finde ich es auch nicht so überirdisch schön wie du«, sagte Therese nüchtern. »Du bist zwar so dünn, dass man meinen könnte, du wärst eine Hungerkünstlerin. Aber du leuchtest von innen heraus, als hättest du eine Kerze verschluckt. Ist etwas passiert?«

»Ach, es passiert doch ständig etwas«, antwortete Elsa. Eine Antwort, die Therese albern fand. »Du bist der erste Mensch, dem ich begegne, der nicht begeistert ist von Oberwaid. Was passt dir denn hier nicht?«

»Eigentlich alles. Am schlimmsten ist aber das Essen und dass ich gar nicht so recht weiß, warum ich eigentlich hier bin, und nicht zu Hause, wo ich hingehöre.«

»Das weißt du nicht?«, fragte Elsa.

Therese schüttelte den Kopf. Es war unnatürlich, wie viele schmiedeeiserne Bögen hier herumstanden, nur damit die Rosen sich rot, puderrosa, weiß und gelb darum ranken konnten wie bei einem Wettbewerb.

»Weil du so erschöpft warst zuletzt, dass du dir nichts mehr merken konntest. Keine Zahlen, keine Namen. Erinnerst du dich gar nicht mehr daran?«

Therese wollte sich gar nicht mehr daran erinnern. Gesichter hatte sie doch immer noch erkannt, und andere Leute vergaßen auch ab und an den ein oder anderen Namen. Wahrscheinlich übertrieb Elsa wieder einmal.

»Mutter, du warst völlig überarbeitet. Seit der Neueröffnung schuftest du jeden Tag bis zum Umfallen, hat Paul erzählt.«

»Na und? Das habe ich doch immer getan.«

»Du bist aber keine zwanzig und auch keine vierzig mehr, Mutter.«

»Aber was fehlt mir? Die Ärzte haben nichts gefunden.«

»Sei froh«, sagte Elsa. »Ist doch gut, dass es nichts Körperliches ist.«

»Was ist es dann?«

»Etwas Seelisches?«

»Und deshalb soll ich meine Zehen in eisiges Wasser halten und Gras fressen?«

»Mutter! Sei nicht kindisch. Darum geht es doch gar nicht.«

»Worum geht es denn?«

»Dass du wieder zu dir selbst kommst, und dazu musst du mal raus aus dem Geschäft. Andere in deinem Alter sitzen auf der Hausbank und sehen der Sonne zu, wie sie auf- und untergeht.«

»Andere in deinem Alter kümmern sich um einen Ehemann und drei Kinder.«

»Tja.« Elsa zog die Schultern hoch.

»Tja«, wiederholte Therese, und dann sahen sie sich an und grinsten.

Elsa nahm die Hand ihrer Mutter und streichelte sie. Irgendwas war mit Elsa los, denn auch das tat sie sonst nie. Aber wann saß Therese sonst schon untätig auf einer Parkbank und nahm sich Zeit, mit ihrer Tochter zu plaudern?

»Weißt du, was richtig schlimm war in dem letzten Jahr vor der Fertigstellung des Neubaus? Diese riesige Baustelle rechts und links von uns. Ich konnte irgendwann gar nicht mehr hinausgehen und zuschauen, so bang wurde mir.«

»Du und bang?«

»Ich fing an zu zweifeln, ob ich mir nicht vielleicht doch zu viel zugemutet hatte. Dieser endlos viele Bauschutt, der weggefahren wurde, und Wagenladungen voller neuem Baumaterial, das herangekarrt werden musste. Dutzende von Vorarbeitern, Maurern, Hilfsarbeitern. Ein ganzes Regiment, ich habe den Überblick verloren. Mit jedem Stockwerk, das abgerissen und neu aufgebaut wurde, kam es mir vor, als würde mir selbst etwas genommen werden. Spätestens am Ende, wenn das Dach draufkäme, dachte ich, wäre ich ruiniert.«

»Es ist aber doch alles gut gegangen, oder?«, beschwichtigte sie Elsa.

»Dann habe ich befürchtet, dass ich die ganze Familie ins Unglück stürze mit meinem Neubau. Die Kosten stiegen und stiegen. Ich dachte schon, am Ende müssten wir gar den Goldachhof wieder verkaufen, um von unseren Schulden herunterzukommen.

Zu viel gewollt, zu weit hinaufgestiegen auf den höchsten Baum. Hochmut kommt vor dem Fall. Solche Gedanken haben mich Tag und Nacht gepeinigt. Ich bin sie einfach nicht wieder losgeworden.« Von ihrem persönlichen, privaten Gespenst, das sie die ganze Zeit über heimgesucht hatte, wenn sie allein war, erzählte sie Elsa lieber nichts.

Elsa streichelte immer weiter Thereses Hand. Ein Windhauch ließ die Blütenköpfe der Rosen leicht erzittern und trug ihren Duft zu ihnen herüber.

»Und dann auch noch dieses Gespenst am Marienhof.«

»Was für ein Gespenst denn?«, fragte Elsa alarmiert.

»Ach, ein Mann, vor dem sich die Kinder gefürchtet haben. Er stand immer da und starrte auf die Baustelle. Ich bin mir nicht sicher, aber es könnte dein Onkel Max gewesen sein.«

»Max? Paul hat mir erzählt, dass er ganz außer sich war, als das neue Haus fertiggestellt war. Aber das hätte dir doch eine gewisse Genugtuung verschaffen können.«

»Hat es aber nicht. Er hat mir sogar leidgetan.«

»Was? Seit Vaters Tod hat er immer nur versucht, dir Brocken vor die Füße zu werfen, damit du endlich stolperst und zu Boden gehst. Da musst du doch kein schlechtes Gewissen haben.«

»Er ist immerhin Antons Bruder, und als ich ihn so völlig zerrüttet gesehen habe, hat er mir einfach leidgetan. Damals dachte ich, es würde mich nicht wundern, wenn ich eines Tages erfahre, dass er nachts von einer Isarbrücke gestürzt und ertrunken ist. Und dass ein Kriminaler mich fragt, ob ich davon gewusst hätte, dass er sich etwas antun wollte.«

Elsa schüttelte den Kopf. »Ihn hätte kein Mitleid geplagt, wenn du bankrottgegangen wärst.«

»Und dann starb am Ende dieses Jahres auch noch unser geliebter Prinzregent Luitpold. Am 12.12.1912, stell dir vor. Ganz München war auf den Beinen, um ihm das letzte Geleit zu geben. Ein schrecklicher Tag.«

»Aber Luitpold war doch ein alter Mann, über neunzig. Was ist daran so besonders schrecklich, wenn ein Greis wie er stirbt?«

»Ein Greis wie er«, wiederholte Therese. »Wie du das sagst. Als wäre er irgendjemand gewesen und nicht unser Monarch. Du redest schon wie eine echte Schweizerin. Unter seiner langen Regentschaft hatten wir Frieden, Elsa. Du kennst nichts anderes, für euch junge Leute ist es selbstverständlich. Aber uns Älteren geht sein Tod an die Nieren. Nicht weil er ein alter Mann war, sondern weil er für uns den Frieden garantiert hat.«

»Du tust, als hätten wir jetzt Krieg, Mutter. Das stimmt doch nicht. Sein Nachfolger ist doch auch wieder so ein gemütlicher älterer Herr, der einfach da weitermacht, wo sein Vater aufgehört hat.«

Therese schüttelte langsam den Kopf. »Er ist anders, und die Zeiten sind auch anders geworden. Als würden die Leute allmählich vergessen, dass Frieden das Wichtigste ist, was es für ein Land, seine Menschen und seine Wirtschaft gibt.«

»Du hörst dich schon an wie so ein Nostradamus. Warum denn so düster, Mutter? Du hast so viel geschafft. Und jetzt hast du dir einfach eine Pause verdient. Sieh deine Zeit in Oberwaid doch einfach als Sommerfrische und hör auf, gegen die Kuranstalt anzukämpfen. Du hast doch Vertrauen in Paul und Lotte und in Hermann und Sonia, dass sie die Geschäfte in deinem Sinne weiterführen, oder hast du da Sorge?«

»Nein, die Kinder sind so tüchtig, ich kann mich auf sie verlassen, und das tue ich auch.«

»Dann kümmere dich doch jetzt einmal im Leben um dich selbst.«

»Und wie geht das bitte?«, fragte Therese.

»Geh spazieren, genieß die frische Luft. Ich könnte dir Farben, Pinsel, Zeichenpapier bringen.«

»Himmel, nein, es gibt niemanden, der unbegabter ist für die Kunst als ich. Aber jetzt erzähl doch mal vom Orient. Wieso strahlst du eigentlich die ganze Zeit so? Bist du im Heiligen Land bekehrt worden?«

»Vielleicht.« Elsa lächelte geheimnisvoll. »Ich habe so viele Bilder gemacht mit meiner Kamera. Sobald ich sie entwickelt habe, zeige ich sie dir. Und dann erzähle ich dir auch von meiner Reise. Vielleicht nächstes Wochenende. Ich glaube, bei euch gibt es bald Abendbrot. Die Patienten stehen schon Schlange an der Eingangstür.«

»Lohnt sich nicht, für dieses Abendessen Schlange zu stehen«, brummte Therese.

Liebe Mutter,
ich wünsche Dir, dass Du Dich in der Schweiz gut erholst und Dich hoffentlich auch ganz oft über Besuch von Elsa freuen kannst.

Schön wär's, dachte Therese, kaum hatte sie Lottes Brief angefangen zu lesen. Ihre Schwiegertochter hatte es sich angewöhnt, sie Mutter zu nennen. Somit hatte sie jetzt zwei Töchter: Elsa, die sie viel zu selten besuchte, und Lotte, die ihr immerhin regelmäßig Briefe schrieb in ihr »Sanatorium« in Langwaid.

Oder ist Elsa so beschäftigt in ihrer Kanzlei, dass sie gar nicht so oft bei Dir sein kann?

Ha, Kanzlei! In der Weltgeschichte reist sie herum mit ihrer Kamera.

Ich kann Dir berichten, dass es uns allen, auch dem Geschäft, sehr gut geht. Es ist immer viel los, aber so soll es ja auch sein. Die Hebamme hat mich schon zweimal besucht. Es ist alles in

Ordnung mit unserem Baby, und ich hoffe, es wird eine ganz normale Geburt, so wie ich ja auch während der Schwangerschaft bisher keinerlei Wehwehchen hatte. Ich glaube, es wird ein braves Baby werden. Meine Mutti wird aus Wiesbaden kommen, um mich in der ersten Zeit zu unterstützen. Du musst Dir also keine Sorgen machen um mich und die bevorstehende Geburt. Genieß die Zeit und sieh zu, dass Du Dich gut erholst und wieder zu Kräften kommst.

Das vierte Enkelkind würde also bald geboren werden. Es tat gut zu lesen, dass Lotte gesund und zuversichtlich war. Paul machte da ein viel größeres Tamtam um seinen Stammhalter oder sein Töchterchen. Männer!

Die Münchner und seit Neuestem auch viele auswärtige Besucher kommen jetzt sehr gern zu uns ins Geschäft. Es spricht sich langsam herum, dass München über ein modernes, großes und bedeutendes Feinkostgeschäft verfügt, in dem man ausgesuchte Spezialitäten, aber auch ganz normale Kolonialwaren erhält, die aber immer in bester Qualität und zu Preisen, die nicht überzogen sind. Sogar über die bayerischen Grenzen hinaus kennt man uns mittlerweile. Stell dir vor, vor Kurzem habe ich ein Ehepaar aus Frankfurt bedient, das mir erzählte, Bekannte, die einmal in München waren, hätten ihnen das Haus Dallmayr empfohlen. Sie sollten sich das Geschäft unbedingt ansehen, wenn sie in der Stadt seien. Sie haben auch tüchtig eingekauft, von Süßwaren über Pistazien bis zu unseren besonders feinen eingelegten Sardinen. Und immer häufiger geschieht es auch, dass alteingesessene Münchner mit ihrem auswärtigen Besuch das Geschäft besuchen. Sie zeigen ihren Gästen den Dallmayr, wie sie ihnen den Dom und das Neue Rathaus zeigen: geradezu als wären wir eine weitere Sehenswürdigkeit! Sogar in einem illustrierten Reiseführer für die Stadt München sind wir mit unserem Geschäft gelandet. Unlängst hielt ein Besucher mir die entsprechende Seite unter die Nase. Wir sind eine Touristenattraktion, liebe Mutter. Wer hätte das gedacht?

Na, wer wohl? Die liebe Mutter natürlich. Das war doch der Plan!

Und, Mutter, weil Du Dich in deinem letzten Brief über deine Diät in Oberwaid so beklagt hast: Bei uns hat ein berühmter Mann, ein Herr Arnold Ehret, im Hotel Bayerischer Hof unlängst einen Vortrag gehalten, der sehr gut besucht war. Auch die Zeitungen haben darüber berichtet. Er sprach über die Vorteile des Fastens und des Essens von Äpfeln und Zitronen, was er für das Zuträglichste für den menschlichen Organismus hält. Alles Übel und alle Krankheiten führte er auf einen überfüllten Magen zurück. Ich habe seine Prospekte gesehen, die massenhaft verteilt wurden. Nun will ich nicht sagen, dass alle Menschen für lange Zeit von roher Kost leben sollen, auch Du nicht. Aber für eine begrenzte Zeit vielleicht, bis Körper und Geist wieder im Einklang miteinander sind, meine ich. Als eine Frau Randlkofer kann ich natürlich Fasten und Apfelessen nicht als Allheilmittel ansehen, um Himmels willen nein. Ich habe auch keine Angst, dass dieser Herr Ehret uns die Kundschaft abspenstig machen könnte. Dazu sind unsere Waren doch viel zu verlockend.

Das will ich meinen! Rohkost, Äpfel und Zitronen – pfui Teufel!

Liebe Mutter, Du musst Dir also gar keine Gedanken machen um uns oder das Geschäft. Wir kommen sehr gut zurecht und haben auch noch zwei neue Verkäuferinnen und einen Patissier eingestellt. Hans Metzger hat inzwischen einige Etiketten für uns entworfen, zum Beispiel für unseren Kräuterlikör. Und Paul konnte ihn überreden, unser Schaufenster auf eine sehr originelle Weise zu gestalten.

Das nenne ich einmal eine gute Idee! Nicht einmal für die guten Ideen brauchen die jungen Leute mich noch. Sie haben selbst welche. Dann kann ich ja hierbleiben.

Wir freuen uns aber auch, wenn Du wieder nach Hause kommst. Nur gesund sollst Du werden, das ist das Wichtigste.

Es grüßt Dich, auch im Namen von Paul, von Korbinian und der ganzen Münchner Belegschaft.

Deine Lotte

Die Tür zu Thereses Zimmer war nur angelehnt, und Elsa konnte der Versuchung nicht widerstehen, sie noch etwas weiter aufzustoßen und hineinzuspähen. Sie wusste nicht, was sie erwartet hatte, jedenfalls nicht das: Ihre Mutter in einem Sessel unter dem Fenster sitzend, das zum Obstgarten hinausführte. Sie hatte den Vorhang zurückgezogen, um alles Licht von draußen zu nutzen, eine Brille auf der Nase, die Elsa noch nie bei ihr gesehen hatte, und war über einen Stickrahmen gebeugt.

»Mutter, du stickst?«

Therese sah über den Rand ihrer Brille zur Tür. »Ich habe dein Klopfen gar nicht gehört, Kind.«

»Entschuldige, die Tür stand offen, und ich war einfach neugierig.«

Auf dem runden Beistelltisch am Fenster lag eine Ausgabe der Zeitschrift *Jugend*, auf der eine Kachel mit zwei rubinroten Blüten und grünen Blattranken abgebildet war. Die Blüten waren auf das Leinen im Rahmen übertragen und Therese führte ihre Stickarbeit in Hunderten winzigen Plattstichen aus.

»Ich wusste gar nicht, dass du so etwas kannst, Mutter.«

»Ich auch nicht«, sagte Therese und legte den Stickrahmen beiseite. »Aber ich dachte, sticken müsste doch leichter gehen als malen. Und es passt auch besser zu einer älteren Dame wie mir. Was machen wir denn heute Schönes?«

»Einen Ausflug zum See«, schlug Elsa vor.

»Wenn ich unterwegs etwas Anständiges zu essen bekomme, bin ich dabei.«

Es klopfte. Auf Thereses »Herein« stand ein Mann mit runder Brille und einem zerknitterten, aber doch angenehmen Altherrengesicht in der Tür. Er erinnerte Elsa sofort an jemanden.

»Oh, Sie haben Besuch, verzeihen Sie.«

»Herr Brändi, so bleiben Sie doch. Darf ich Ihnen meine Tochter vorstellen?«

Und jetzt wusste Elsa auch, wen sie da vor sich sah. Den Herrn von Poschinger in einer etwas weniger vitalen, eher vergeistigten Variante. Ihre Mutter hatte sich also einen Kurschatten angelacht. Köstlich!

Auf der Terrasse des Seerestaurants im Rorschacher Hafen bestellte Therese eine große Schüssel Fischsuppe und als zweiten Gang Kalbsleber mit Rösti. Elsa beobachtete ihre Mutter dabei, wie sie in der Art eines Restauranttesters nur einen halben Löffel Suppe nahm, den Duft einsog, sie dann vom Löffel schlürfte, den Geschmack mit der Zunge ertastete und schließlich schluckte und nachdachte. Wahrscheinlich versuchte sie die Zutaten herauszuschmecken, womöglich sogar die einzelnen Fischarten, die verkocht waren. Es hätte ja sein können, dass sie ein neues Gewürz oder eine Einlage entdeckte, die sie selbst noch nicht ausprobiert hatte. Das anschließende Zerkauen der Leberstückchen zelebrierte sie, als handle es sich um sündteuren Beluga-Kaviar.

»Warum hast du mir eigentlich nie das Kochen beigebracht?«, fragte Elsa.

»Weil du dich nicht dafür interessiert hast. Weder fürs Kochen noch fürs Essen. Leider.«

»Du musst nach einer Nachfolgerin suchen, an die du all deine Küchengeheimnisse weitergeben kannst.«

»Und das bist du ja auf keinen Fall.«

»Wir könnten es versuchen«, sagte Elsa, aber Therese winkte ab.

»Eher schreibe ich ein Kochbuch«, sagte sie und seufzte zufrieden, während sie mit dem letzten Stück Rösti die Soßenreste vom Teller wischte. »Hast du denn jetzt Bilder mitgebracht von deiner Reise?«

Beim Kaffee begann Elsa von Palästina zu erzählen. Der Bodensee wurde zur Ägäis, die Elsa von Konstantinopel aus mit dem Schiff befahren hatte. Dass der See Genezareth das eigentliche Ziel ihrer Reise war, hatte Elsa erst gewusst, als sie dort ankam und den Mann traf, der dort lebte, und der, wie er versicherte, all die Jahre nur auf sie gewartet hatte.

»Er ist Russe, Mutter, und heißt Alexej. Und er hat mir jetzt schon zum zweiten Mal einen Antrag gemacht.«

»Ist das derselbe Russe, der einmal bei uns im Geschäft war und nach deiner Adresse gefragt hat? Der mit dem Buch?«, fragte Therese.

»Du weißt davon?«

»Rosa hat mir davon erzählt. Die Geschichte kam ihr ein bisschen seltsam vor. Wir haben dem Kerl kein Wort geglaubt. Aber dass ihm etwas an dir lag, das war uns schon klar. Wir haben in München ja keine Ahnung, was du so treibst in deinem freiheitlichen Leben in der Schweiz und welchen Umgang du pflegst. Wir dachten, die Adresse deiner Kanzlei wäre unverfänglich. War das in deinem Sinne?«

Elsa grinste. »Doch, ja, das war ganz in meinem Sinne.«

Therese musterte sie eine Weile. Elsa konnte sehen, dass sie ihre Neugier zu zügeln versuchte. So vertraut war ihr Umgang nie gewesen, dass sie ihrer Mutter irgendwelche Intimitäten anvertraut hätte.

»Und wie geht die Geschichte nun weiter?«, fragte Therese und betrachtete eine Möwe, die auf den Wellen schaukelte. »Geht es denn weiter oder kann es weitergehen, wenn dieser Mann so weit weg ist?«

»Du meinst, derselbe Mann würde mir auch noch einen dritten Antrag machen?«

»Es hört sich ganz danach an. Bei manchen dauert es eben länger. Und du bist ja ein besonders hartnäckiger Fall.«

»Ich weiß nicht.« Elsa wickelte sich eine Haarsträhne um den Finger, wie sie es als Kind immer gemacht hatte. »Es wäre ein Abenteuer. Ein völlig anderes Leben. Er ist wirklich keine gute Partie, Mutter.«

Therese nickte. »Das habe ich mir fast gedacht. Es überrascht mich aber auch nicht sonderlich. Und du brauchst ja nun wirklich keinen Ernährer, Kind. Du könntest selbst leicht eine Familie ernähren.« Es klang anerkennend, richtig stolz. Plötzlich sah ihre Mutter sie an. »Er wird doch hoffentlich nicht von der Polizei gesucht und muss sich dort verstecken, in Palästina?

»Nein, nein, Mutter. Er ist aus Überzeugung dort. Ein Weltverbesserer ist mein Alexej.«

»Also hast du dich entschieden?«

»Entschieden noch nicht. Aber es kann durchaus sein, dass er der Mann ist, von dem ich schon so lange träume. Ob die Wirklichkeit aber je an meine Träume heranreicht?«

»Fragt wer?«, sagte Therese ungerührt. »Ich jedenfalls nicht. Ich will nur eines: dass du glücklich wirst. Aber bist du das nicht längst, mit dem Leben, das du dir selbst so ausgesucht hast?«

»Doch, schon«, antwortete Elsa. »Aber ihn in meinem Leben zu haben, könnte mein Glück vollkommen machen. Vielleicht habe ich mich sogar nur deshalb bisher nicht gebunden. Als ob ich geahnt hätte, dass ich ihm noch einmal begegnen werde.«

»Er hat sicher auch einen Nachnamen?«

»Er heißt Droschin. Alexej Droschin. Ich habe ihn in St. Gallen kennengelernt, vor einigen Jahren. Und jetzt ist er nach Palästina ausgewandert. Er lebt und arbeitet mit anderen zusammen in einer Gemeinschaft.«

»Er ist Jude?«

»Russe und Jude, ja, aber das ist eigentlich nicht wichtig.«

»Was ist dann wichtig?«, fragte Therese.

»Nur die Liebe, Mutter.«

Therese nahm Elsas Hände, und sie spürte die langen knochigen Finger ihrer Mutter.

»Dass ich nicht will, dass du ins Heilige Land auswanderst, muss ich dir wohl nicht erst sagen. Aber wenn genau dort dein Glück liegt und nirgendwo sonst, dann wirst du wohl früher oder später gehen, wie ich dich kenne. Aber versprich mir dann, dass du mich einmal im Jahr besuchen kommst. Denn für solche Reisestrapazen bin ich zu alt.«

Therese ließ die Rechnung kommen und drängte plötzlich zum Aufbruch, obwohl sie noch nicht einmal unten am See gewesen waren. Elsa wurde den Verdacht nicht los, dass für ihre Mutter die gutbürgerliche Küche des Seerestaurants das eigentliche Ausflugsziel gewesen war und ihre plötzliche Eile möglicherweise etwas mit diesem Herrn Brändi zu tun haben könnte. Offensichtlich war die Kuranstalt Oberwaid nun gar kein so verhasster Ort mehr für ihre Mutter. Etwas hatte sich verändert.

Im Gegensatz zu ihr selbst hielt Eugen Brändi große Stücke aufs kneippsche Wassertreten. Er hatte die Hosenbeine hochgekrempelt bis unters Knie, Therese raffte ihre Röcke, und so wateten sie zusammen wie auf Stelzen durch das von einem sehr kühlen Bach gespeiste Becken. Kleine Windstöße rüttelten an den Blättern der hohen Pappeln, und unter den Apfelbäumen flog ein Wiedehopf auf schwarz-weiß gebänderten Flügeln flach über die Wiese. Es war ein heißer Sonntag Ende Juni, und wegen der großen Hitze hatte Therese der Idee mit dem Kneippbecken zugestimmt.

Sie liefen mit den Schuhen in der Hand barfuß zurück zum Haus, denn Eugen behauptete, das sei das Beste für ihre Füße. Er war ein überzeugter Anhänger von Bilfingers Naturheilkunde und nicht zum ersten Mal in Oberwaid.

Vor dem Eingang zum Hauptgebäude hatte sich eine Traube von Menschen gebildet.

»Ist etwas passiert?«, fragte Eugen Brändi, immer noch barfuß und mit den Schuhen in der Hand.

Die Menge bildete eine Gasse und gab den Blick frei auf die Person, um die sie sich scharte: Fregattenkapitän a. D. von Richtsfeld, ein Preuße mit Schmiss auf der Wange und Kaiser-Wilhelm-Bart. In der Hand hielt er eine Zeitung.

»Extrablatt«, bellte er. »Attentat in Sarajevo. Der österreichisch-ungarische Thronfolger Franz Ferdinand und seine Gattin Sophie wurden ermordet. Von einem feigen serbischen Attentäter«, fasste er zackig die Sachlage zusammen.

Brändi nestelte mit der freien Hand an seiner Brille. »Welches Datum haben wir heute?«, fragte er.

»Den 28. Juni 1914«, antwortete von Richtsfeld. »Weshalb fragen Sie?«

»Weil wir uns diesen Tag womöglich merken werden, solange wir leben«, sagte Brändi düster und sah sich nach Therese um.

Sie hatte auf einer Bank Platz genommen und war gerade dabei, sich die Schuhe anzuziehen. Sie spürte Eugens Anspannung und die Ernsthaftigkeit, die aus seinen Worten sprach. Und sie war besorgt, auch wenn sie die Zusammenhänge noch nicht ganz verstand.

»Was reden Sie da, Mann?« Von Richtsfeld warf sich in die Brust. »Die Österreicher werden doch mit diesen aufmüpfigen Serben fertigwerden, und zwar ein für alle Mal. Das dürfte ja auch keine unlösbare Aufgabe sein für unseren Bündnispartner. Was geht es also uns Deutsche an oder gar die Schweizer, Brändi? Selbst wenn Serbien keine Wiedergutmachung leistet und sich nicht fügt, kann uns das kaltlassen.«

»Und wenn es zu einem Krieg kommt, lässt Sie das auch kalt, Herr Kapitän?«, fragte Brändi.

Therese erschrak. Ein Krieg in Europa? Wegen eines Attentats auf dem Balkan?

»Dann ist es nicht unser Krieg, sondern der der Österreicher.« Von Richtsfeld, die ranghöchste militärische Instanz in Oberwaid, war sich seiner Sache sehr sicher. Und er duldete keinen Widerspruch.

»Du glaubst dem Kapitän Richtsfeld nicht?«, fragte Therese wenig später, als sie sich im Salon bei Kräutertee und ungesüßten Haferkeksen gegenübersaßen.

»Ich halte die Österreicher für schwach und …«, Eugen sah sich nach allen Seiten um und senkte die Stimme, »ich fürchte die Preußen und ihren Kaiser. Immer denkt er, er sei im Vergleich zu den anderen Nationen zu kurz gekommen. Keine Kolonien, weil die Engländer, Franzosen, Belgier, Niederländer schon alles unter sich aufgeteilt haben, und zu wenig Raum für sein tüchtiges Volk. Da ist schon seit Jahren eine Lunte gelegt, und am Ende kann auch ein nichtiger Anlass wie ein Konflikt mit dem kleinen Serbien genügen, um das Feuer zu entzünden.«

Eugen tunkte die Kekse, die steinhart waren und wie Brot schmeckten, ungeniert in seine Teetasse. Zucker war im ganzen Haus keiner aufzutreiben.

»Aber der bayerische König wird sich doch in diesen Konflikt nicht mit hineinziehen lassen«, behauptete Therese.

»Sie wissen doch, dass Ihr König nur in Friedenszeiten regiert, liebe Therese. Im Krieg herrscht allein der deutsche Kaiser, auch in Bayern.«

»Dann muss Ludwig III. sich eben dafür einsetzen, dass es keinen Krieg gibt. Wenn nur der Prinzregent noch leben würde!«

Wenn, wenn. Therese ließ ihre Kekse auf Brändis Teller gleiten. »Bedienen Sie sich«, sagte sie. »Ich möchte meine Zähne gern noch eine Weile behalten.«

Musste man sich ernsthaft Sorgen machen? Aber was konnte man denn bloß tun?

»Also, so geht das nicht, Chefin.« Korbinian hatte sich entrüstet vor Therese aufgebaut.

»Ich weiß nicht, worüber du dich jetzt so aufregst, Korbinian. Hast du denn mit Paul gesprochen?«

Sie wollte es langsam angehen, das Ankommen zu Hause und im Geschäft. Das hatte sie Elsa versprochen, und auch Eugen. Paul und Lotte wussten ebenfalls, dass sie sich nicht gleich wieder überanstrengen und von Aufregungen möglichst fernhalten wollte.

»Paul ist unterwegs, deshalb komme ich ja zu Ihnen.« Korbinian ließ sich nicht mehr abwimmeln.

»Also, in Gottes Namen, was gibt es denn, was so nicht geht?« Therese gab sich geschlagen.

»Das kann man denen nicht durchgehen lassen. Wenn das einreißt, ist keiner mehr im Betrieb, weil alle draußen auf der

Straße stehen.« Korbinian regte sich immer mehr auf. Sein Gesicht war schon krebsrot angelaufen.

»Ich weiß nicht, wovon du sprichst.« Therese war Wochen fort gewesen. Jetzt ging es auf Ende Juli zu, und sie war noch nicht wieder mit allen Ereignissen rundherum vertraut.

»Ja, haben Sie noch nichts mitbekommen von den Demonstrationen da draußen? Ganz schwarz ist es auf manchen Straßen von Leuten.«

»Und wogegen demonstrieren sie?«

»Gegen die Kriegsgefahr, sagen sie. Und von unserer Belegschaft sind jetzt auch schon welche dabei. Die Roten halt. Den Lehrling haben sie auch angestiftet und mitgenommen. Aber das geht doch nicht, während der Arbeitszeit. Wenn so etwas einreißt.«

»Wenn so viel los ist auf den Straßen, dann trauen sich die Kunden sowieso nicht ins Geschäft zum Einkaufen«, antwortete Therese pragmatisch und blieb ganz ruhig. Korbinian holte tief Luft, aber Therese kam ihm zuvor. »Lass sie«, sagte sie. »Vielleicht nützt es ja etwas, wenn sie auf die Straße gehen und protestieren. Jetzt schau mich nicht so an, Korbinian. Ich will auch keinen Krieg.«

»Aber Sie sind doch jetzt keine Rote?«, fragte er misstrauisch.

»Nein, bin ich nicht. Weder rot noch unzurechnungsfähig. Aber ich habe doch nicht dieses schöne Haus gebaut und das Geschäft vergrößert, damit ich jetzt auf Kriegswirtschaft umstellen muss. Wir verkaufen internationale Delikatessen, und das soll auch so bleiben.«

»Aber der Krieg, falls einer kommen sollte, wird doch auf keinen Fall lange dauern, heißt es«, wandte Korbinian ein. »Bis Weihnachten wird doch spätestens alles vorbei und unsere Burschen wieder daheim sein.«

»Siegreich natürlich«, ergänzte Therese.

»Natürlich. Wie im Siebziger Krieg gegen die Franzosen.«

Natürlich, dachte Therese, auf diesen Sieg waren alle deutschen Patrioten mächtig stolz. »Sie sind doch keine Pazifistin, Chefin«, fragte Korbinian besorgt, »wie diese Bertha von Suttner?«

»Ich habe mich noch nicht ausreichend damit beschäftigt«, antwortete Therese, »aber wenn ich es mir recht überlege, dann bin ich wahrscheinlich so etwas wie eine Pazifistin. Jetzt schau mich nicht so entsetzt an, Korbinian, natürlich bin ich für den Frieden. Als Delikatessenhändlerin kann ich doch gar nichts anderes sein. Ein Krieg bringt nichts Gutes.«

»Für den, der ihn verliert, nicht«, sagte Korbinian.

»Und ein Verlierer sinnt immer auf Rache. So hört das nie auf. Und ich persönlich wie als Geschäftsfrau habe nicht einen einzigen Feind im Ausland. Ich kenne nur nette, anständige Lieferanten, und dabei ist es ganz egal, ob sie aus Frankreich, Italien oder Russland stammen. Wir sind doch hier international, Korbinian. Unsere Feinde sind Not, Hunger, Elend, nicht die Serben oder Russen, und schon gar nicht die Franzosen mit ihrer feinen Küche und Lebensart.«

»Es geht aber im Augenblick nicht um Sie oder mich persönlich oder unser Geschäft«, sagte Korbinian.

»So, worum geht es denn?«

»Es geht um die Nation, um ganz Deutschland. Nicht um einen Einzelnen. Nicht einmal um unsere Heimat, das Königreich Bayern«, sagte Korbinian ganz feierlich und straffte die Schultern. Aber Therese ließ sich von seinen patriotischen, großdeutschen Anwandlungen nicht beeindrucken.

»Ich bleibe dabei, dass ich keine Feinde aus dem Ausland kenne. Dafür habe ich aber zwei Söhne und viele junge Männer in der Belegschaft, die ich nicht für einen Militärdienst oder gar einen Kriegseinsatz hergeben will.«

»Hermann und Paul sind schon zu alt, da müssen Sie sich keine Sorgen machen«, sagte Korbinian jetzt leiser.

»Da täusch dich mal nicht. Wieso sollten gerade die Reservisten nicht eingezogen werden? Dafür sind sie schließlich ausgebildet worden. Das ist doch der Sinn des Ganzen, dass die Reserve sich für den Ernstfall bereithält.« Therese wollte gar nicht daran denken. »Also, lass sie demonstrieren, Korbinian, wenn ich auch nicht glaube, dass sie etwas bewirken werden.«

»Außer dass sie sich in Gefahr bringen.«

»Gefahr?«, fragte Therese. »Wegen den Gendarmen?«

»Die Gendarmen tun ihnen nichts. Aber mir hat einer erzählt, dass er beobachtet hätte, wie sie auf der Theresienhöhe Strohpuppen in die Bäume gehängt haben. Und auf den Schildern, die sie ihnen umhängen, steht: ›Kriegsgegner‹.«

Therese war zutiefst beunruhigt. Das hörte sich ja nach einem Bürgerkrieg an.

»Da gehen halt einige ein bisschen zu hitzig an die Sache heran«, beschwichtigte Korbinian.

»Das sind doch dieselben Hurrapatrioten, die den Krieg befürworten und von einem schnellen Sieg träumen. Und dass die Welt dann neu geordnet wird und Deutschland endlich die Weltgeltung erhält, die dem Land schon lange zusteht.« Das war es, von dem der deutsche Kaiser schon lange herumschwadronierte.

»Bis Weihnachten spätestens wäre alles erledigt«, behauptete Korbinian verstockt.

Franzosen, Briten, Russen, alle erledigt?, wollte Therese fragen, und »Deutschland über alles in der Welt«? Aber sie sprach es nicht aus. So wie Korbinian dachten zu viele. Und was sollte ausgerechnet sie daran ändern?

Urplötzlich sehnte sie sich nach Oberwaid in das Sanatorium zurück, gegen das sie sich so lange innerlich gesträubt hatte. Jetzt gerade erschien es ihr wie ein Stück vom Paradies in einem gelobten, weil neutralen Land. Es waren die denkbar schlechtesten Zeiten, um sich keine Sorgen zu machen, wie der behandelnde Naturarzt ihr zum Abschied aufgetragen hatte. Sie hatte es ja versucht, aber es war ihr nicht gelungen. Wie konnte es das in diesen Zeiten auch?

»Deutschland vor dem Kriege« titelten die *Münchner Neuesten Nachrichten* am 1. August. Therese schloss die Augen und drückte die Finger auf die Augäpfel, als könne sie die Schlagzeile so ganz schnell wieder auslöschen.

Sie stand auf und ging ans Fenster. Im Hof wurde eine neue Lieferung vom Fuhrwerk ins Geschäft getragen. Willy, der Lehrling, lud sich gerade einen Sack Gemüse auf die Schultern. Ein hübscher Kerl mit einer Ballonmütze auf dem Kopf, schwarzen kurzgeschnittenen Haaren und weichen Gesichtszügen. Was würde auf die jungen Männer, Burschen wie ihn, noch alles zukommen? Sie fühlte sich plötzlich niedergeschlagen und kraftlos. Mit einem Mal kam ihr das alles sinnlos vor: das Entladen des Wagens, das Einräumen der Lebensmittel in die Regale und Körbe und auf die Präsentationstische, das Auszeichnen der Waren, die Gespräche mit den Kunden, warum denn die Maronen dieses Jahr so klein und die Pfirsiche von der Mainau so blass, der Ceylontee so viel teurer geworden war. Wenn es Krieg gäbe, dann spielte das alles keine Rolle mehr. So furchtlos Therese bisher durchs Leben und keiner Herausforderung aus dem Weg gegangen war, so sehr fuhr ihr die Angst vor dem Ungewissen bei der Schlagzeile »Deutschland vor dem Kriege« in die Glieder. Wie würde das nun weitergehen? Gab es noch eine Möglichkeit, das Unheil abzuwenden?

Sie ging zurück zum Tisch, las die ersten Zeilen. »Der Kaiser spricht zum Volk – Russland will den Weltkrieg – Deutschland im Kriegszustand – Allgemeine Mobilmachung in Russland und Österreich-Ungarn«. Der Kaffee in ihrer Tasse war kalt und bitter geworden. Sie rührte das Brot, die Butter, die englische Orangenmarmelade auf dem Tisch nicht an. Wie hätte sie jetzt etwas essen können?

Der Vormittag im Geschäft war schlimmer als Weihnachten und Silvester zusammen. Nur dass die Kunden nichts vorbestellt hatten, sondern hastig und fast wahllos ihre Körbe, Taschen, Einkaufsnetze, manche hatten sogar Rucksäcke mitgebracht, mit den frischen Lebensmitteln füllten. Als sie fast ausverkauft waren, wurden auch noch die Regale mit den haltbaren Waren leer geräumt. Die Kunden gaben Bestellungen auf und baten um prompte und garantierte Lieferung frei Haus. »Heute noch«, verlangten die Leute, als stünde ein Erdbeben unmittelbar bevor oder als käme eine Sintflut. Am frühen Vormittag hatten sie schon kein Brot und kein Gebäck mehr. Gemüse und Obst war bis auf ein paar Reste aus. Von Fleisch und Wurstwaren lagen nur noch ein paar sehr teure Schinkensorten in der Auslage. Die Räucherfische waren allesamt fort, sodass Therese schnell noch einige Forellen fürs Abendessen zur Seite schaffte. Heute wollten Hermann und Sonia mit den Kindern kommen. Mittags zog Therese sich zurück und überließ Paul und Lotte das Geschäft. Sie konnte nicht mehr.

»Du wirst doch hoffentlich nicht krank?«, fragte Lotte, die unmittelbar vor der Entbindung stand. Ihre Mutti wartete schon mit gepackten Koffern auf das Telegramm, das sie nach München rufen würde.

»Nein, nein«, winkte Therese ab. »Ich will mich nur ein bisschen ausruhen.«

»Mama, Johann hat sich irgendwo dort in der Hecke versteckt, und jetzt finde ich ihn nicht mehr.« Johannas Arme waren zerkratzt, und sie war kurz davor aufzugeben.

Paul zog eine Münze aus der Tasche. »Hol dir doch eine Kugel Eis und lauf damit an der Hecke entlang. Du wirst sehen, wie schnell dein Bruder wiederauftaucht.«

»Bekommt er dann auch ein Eis?«, fragte Johanna.

Die beiden waren wirklich wie Zwillinge. Paul spendierte lächelnd eine zweite Münze.

»Danke«, rief Johanna und war weg.

Die Cafés im Hofgarten und am Odeonsplatz waren bis auf den letzten Platz gefüllt. Lotte liebte den Sommer in der Stadt, auch wenn die Hitze für sie jetzt schon ziemlich beschwerlich wurde. München war eine so hübsche, grüne Stadt, ein bisschen behäbig vielleicht und bedächtig, aber das hatte seinen Charme und gab der Stadt ihren ureigensten Charakter. Ihr Baby war in den letzten beiden Wochen ruhiger geworden, aber die Hebamme sagte, es sei alles in Ordnung. Wenn nur dieser riesige Bauch nicht wäre. Und noch gab es keine Anzeichen, dass es bald so weit sein würde.

Doch anders als sonst lag an diesem Wochenende eine nervöse Stimmung in der Luft. Die Zeitungsjungen liefen mit ihren Umhängetaschen durch die Tischreihen und lieferten unermüdlich Nachschub. Jeder wartete, aber worauf? Auf eine Entscheidung, eine Gewissheit in all den Gerüchten, dem Raunen und dem Getuschel. Auf ein Wort des Königs, auch wenn alle wussten, dass er sich nicht gegen den Kaiser stellen würde. Aber er war der Regent, und das Volk wollte aus seinem Mund hören, wie die Sache stand und wie es weitergehen sollte.

Die Sommerhitze hatte sich wie eine Decke über die Stadt gebreitet. Alle suchten nach Schatten unter den Markisen der Cafés oder den Kastanienbäumen der Biergärten. Sonia erzählte gerade, dass sie schon ganz früh am Morgen ausgeritten war draußen im Moos.

»Sie hat ein neues Pferd«, erklärte Hermann, »einen fast schwarzen Trakehnerhengst, der auf den noblen Namen Sultan hört. Seitdem sehe ich sie kaum noch. Wenn ich morgens aufwache, ist meine Gattin schon mit ihrem neuen Liebhaber auf und davon.«

»Bis jetzt bin ich noch nicht mit ihm durchgebrannt«, sagte Sonia. »Zum Frühstück war ich immer wieder da. Also übertreib nicht.«

»Wir mögen uns trotzdem nicht so besonders, Sultan und ich«, sagte Hermann. »Ich glaube, der Gaul ist eifersüchtig auf mich.«

»Oder eher du auf Sultan«, sagte Lotte. »Und nenn ihn bloß nicht Gaul, das ist ja so etwas wie eine Majestätsbeleidigung für so ein edles Pferd. Vielleicht sollte ich mir auch so einen Liebhaber zulegen.« Lotte sah Paul herausfordernd an.

»Was willst du denn jetzt mit einem Hengst, in deinem Zustand! Du kannst ja nicht mal richtig reiten, auch wenn du nicht schwanger bist, du Stadtpflanze.« Er legte den Arm zärtlich um Lottes Schultern.

»Wann ist es denn jetzt eigentlich so weit?«, fragte Sonia.

»Noch gibt mir das Kind keine Zeichen, dass es rauswill«, sagte Lotte. »Paul behauptet ja, es müssen entweder zwei sein oder ein Elefant, weil mein Bauch so groß geworden ist. Er ist so gemein.«

»Und, kann es sein, dass es Zwillinge sind?«, fragte Hermann.

Lotte schüttelte den Kopf.

»Dann muss es ein Baby-Elefant sein«, neckte Paul sie.

Johanna kam mit zwei Portionen Eis zurück, und wie bei Sesam öffne dich ging die Hainbuchenhecke auf, und Johann verließ sein Versteck. Auf einer Bank vor dem Dianatempel schleckten die beiden ihr Eis. Erdbeer Johanna, und ihr Bruder, wie immer und von klein an, Schokolade.

Nach den Tageszeitungen wurde nun ein Extrablatt ausgerufen. Es war der 1. August, fünf Uhr nachmittags. Auch Paul ließ eine Münze in die Hand des Zeitungsjungen gleiten und nahm sich eines.

»Lies vor!«, drängte Lotte.

»Will unser Nachbar es nicht anders«, las Paul, »gönnt er uns den Frieden nicht, so hoffe ich zu Gott, dass unser gutes deutsches Schwert siegreich aus diesem schweren Kampfe hervorgeht, verkündet Kaiser Wilhelm II. vom Balkon seines Schlosses in Berlin.«

»Und was heißt das jetzt?«, fragte Sonia.

»Das heißt«, sagte Paul, »dass der deutsche Kaiser Russland den Krieg erklärt und die Mobilmachung des Heeres angekündigt hat.«

»Extrablatt, Extrablatt«, schrien die Zeitungsjungen weiter, aber an den meisten Tischen war es jetzt ziemlich still geworden. Alle überlegten, was das nun für sie persönlich, für die Familie, für den Betrieb bedeutete.

»Wir stehen kurz vor der Heu- und Getreideernte«, sagte Hermann. »Die Burschen, die gerade ihren Wehrdienst ableisten, werden zur Erntezeit alle nach Hause geschickt zum Mithelfen. Die Bauern rechnen fest damit, dass ihre Söhne Ernteurlaub bekommen. Das Korn ist jetzt reif und kann nicht warten. Die Leute wollen doch essen.«

»Und bei uns im Geschäft?«, überlegte Lotte. »Wenn wir unsere jungen, wehrfähigen Männer verlieren, was machen wir denn dann?«

»Noch mehr arbeiten«, antwortete Paul. »Willy bleibt uns, der ist zum Glück noch zu jung, und Korbinian natürlich, der ist zu alt. Außerdem werden in den Familien unserer Kunden auch bald die Männer fehlen.«

»Und du?«, fragte Lotte und sah Paul entsetzt an.

»Zu jung bin ich ja nun nicht, eher zu alt mit meinen neunundzwanzig Jahren. Außerdem muss ich ja den Betrieb weiterführen. Da mach dir mal keine Sorgen, Lottchen.«

Ob es so einfach wäre?, fragte Lotte sich und nahm Pauls Hand.

»Vor drei Monaten war einer unserer Knechte bei einer Wahrsagerin«, erzählte Sonia. »Sie hat Schlimmes prophezeit. ›Wer das Jahr 1920 erleben will‹, hat sie gesagt, ›der muss einen eisernen Kopf haben, denn es zieht ein Krieg herauf‹. Wir haben damals alle über einen solchen Unsinn nur gelacht. Es schien uns so weit weg. Doch jetzt hat sie wohl recht behalten.«

Lotte drückte immer noch ängstlich Pauls Hand. Da erhob sich von der Theatinerstraße her ein Lärm, der immer näher kam. Fahnenschwenkend und Hüte werfend, marschierte ein Zug von Männern zur Feldherrnhalle. Sie sangen das Deutschlandlied und anschließend die »Wacht am Rhein«.

»Die Jubel-Patrioten sind auch schon da«, sagte Paul. »Da waren mir die Antikriegsdemonstranten vom Juli lieber. Die haben wenigstens nicht so einen Lärm veranstaltet.«

»Wo wollen die denn hin?«, fragte Lotte, als der Zug vom Odeonsplatz in die Brienner Straße abbog.

»Zum Wittelsbacher Palais«, antwortete Hermann. »Sie rechnen bestimmt damit, dass der König sich zeigen und zum Volk sprechen wird.«

»Dann gehen wir doch auch hin!« Aufgeregt sprang Lotte auf. »Kommt, ruft die Kinder.«

Vor dem Palais des bayerischen Königs hatte sich schon eine riesige Menschenmenge versammelt. Viele jubelten, andere standen stumm am Rande und warteten auf sein Erscheinen. Da trat Ludwig III. auf den mittleren Balkon seines Palais' und nahm die Huldigungen der Münchner Bürgerinnen und Bürger entgegen. Wenn Lotte es richtig verstand, verkündete dieser alte König, der mit seinem weißen Haar, dem Rauschebart, der runden Brille und seiner Uniform mit einer ganzen Batterie von Orden ein bisschen wie eine Operettenfigur aussah, die

Mobilmachung der bayerischen Armee. Der König sagte, er wünsche sich, dass seine braven Soldaten sich tapfer schlagen und mit Sieg gekrönt wieder in die Heimat zurückkehren würden. Die Menschen schrien »Hoch, hoch« und »Vivat« und »Heil unserem König!«

»Dabei muss er im Kriegsfall das Oberkommando über sein Heer sowieso an den deutschen Kaiser abtreten«, sagte Paul zu Lotte. »Er führt also sein Volk gar nicht selbst in den Krieg.«

Lotte drückte Pauls Hand noch fester. Was wäre, wenn sie ihn doch holen kämen, um in die bayerische Armee und in diesen Krieg einzutreten?

»Was hast du denn?«, fragte Paul, »du zitterst ja. Ist dir nicht gut?«

»Ich habe Angst.« Lotte umarmte Paul ganz fest und schmiegte sich in seine Arme.

»Wovor denn?«

»Um dich«, sagte sie und hielt sich an ihm fest. »Dass sie dich holen kommen. Du bist doch Reservist und ausgebildet an der Waffe.«

»Ja schon, aber sie kommen doch bestimmt nicht sofort. Vor mir sind erst noch die Jüngeren dran, die aktiven Soldaten. Die armen Rekruten, die schon in den Kasernen sind.«

»Bis Weihnachten soll angeblich alles vorüber sein«, sagte Hermann hinter ihnen. »Ein Spaziergang, heißt es.«

»Ein kurzer Marsch von München über Metz nach Paris«, antwortete Paul. »Aber soll ich euch was sagen? Ich will gar nicht als Soldat nach Frankreich, mit einem Gewehr in der Hand.«

»Psst«, sagte Hermann, »nicht so laut. Pass bloß auf hier unter den ganzen Patrioten. Nicht dass sie dir gleich eins überziehen.«

»Und wenn sie Paul doch holen kommen?«, flüsterte Lotte.

»Wenn sie kommen, werden sie uns nicht fragen, ob es uns

gerade passt oder nicht«, raunte Hermann. »Paul nicht und mich auch nicht.«

Plötzlich machte Hermann einen Satz nach vorne und fiel halb auf Paul und Lotte, die immer noch eng umschlungen standen.

»Ja, da schau her«, rief jemand hinter ihnen, »meine Herren Neffen mit ihren werten Gattinnen.«

Max Randlkofer tat so, als zöge er den Hut, den er gar nicht mehr auf dem Kopf trug, weil er ihn wahrscheinlich in die Luft geworfen hatte. Mager und hohlwangig sah er aus, aber die Begeisterung sprang ihm förmlich aus den Augen.

»Das hätte ich euch gar nicht zugetraut, dass ihr so patriotisch veranlagt seid. Jetzt könnt ihr endlich etwas für das Vaterland tun, nicht nur für die eigene Geldtasche und das Bankkonto.« Er klopfte Paul und Hermann auf die Schultern. »Das Vaterland ruft, meine Herren. Lasst euch bloß nicht von eurer Mutter beschwatzen. Mütter haben immer Angst um ihre Söhne. Aber euer Platz ist jetzt an vorderster Front. Haut dem Franzmann anständig was hinter die Löffel, Jungs, damit ihm Hören und Sehen vergeht.«

Johann und seine Schwester rückten noch näher an ihre Eltern.

»Ihr wollt euch doch nicht etwa drücken, ihr zwei Prachtkerle? Natürlich könnte eure Mutter ihre Beziehungen spielen lassen, aber pfui, das wär doch eine Schande. Feigheit vor dem Feind, so etwas wird früher oder später immer bestraft, lasst euch das gesagt sein.«

Der ganze Platz stimmte schon wieder das Deutschlandlied an, das derzeit so beliebt war wie niemals zuvor. Zumindest hatte Paul es noch nie so oft gehört in München. Onkel Max hatte die Hand aufs Herz gelegt und sang aus vollster Überzeugung mit. Der alte König zog sich wieder in seine Räume zurück, der Balkon blieb leer. Als das Lied und die Hurrarufe verklungen waren, war Max verschwunden. Als hätte die Menge ihn verschluckt.

»Wer war das?«, fragte Johanna.

»Dein Großonkel Max«, antwortete Hermann.

»Und wieso ist er nie bei uns und bei Oma?«

»Weil die zwei sich nicht mögen«, sagte Sonia. »Er ist kein sehr netter Mann.«

»Das Gespenst vom Marienhof, als Oma das große Haus gebaut hat«, sagte Johann, »sah genauso aus wie er.«

»Nun«, sagte Lotte, »dann hat das Gespenst jetzt auch einen Namen. Es heißt Max und mit Nachnamen leider so wie wir. Und jetzt möchte ich bitte sofort nach Hause. Ich glaube, unser Baby mag dieses patriotische Gebrüll nicht. Es fühlt sich ziemlich so an, als wollte es jetzt raus.«

Die ganze Nacht war die Hebamme im Haus gewesen. Und auch Sonia blieb in München, um Lotte beizustehen. Paul lief unentwegt durchs Haus, Treppe rauf, Treppe runter, man hatte den Eindruck, *er* müsse das Kind zur Welt bringen, wüsste aber nicht, wie. Kurz vor dem Gebetsläuten um sechs Uhr am Morgen war der erste, noch zaghafte Schrei von Lottes Kind zu hören. Therese bekreuzigte sich und sprach ein erstes Vaterunser für ihr viertes Enkelkind.

Dann setzte sie Kaffeewasser auf. Es war Sonntag, und die Köchin hatte frei.

»Es ist ein Bub!«, rief Paul und streckte seinen Kopf zur Küchentür herein.

»Das ist ja wunderbar«, sagte Therese. »Ich gratuliere ganz herzlich. Hat er auch einen Namen?«

»Darüber sind wir uns noch nicht einig«, sagte Paul, »aber Lotte und dem Jungen geht es gut.«

»Und die Haarfarbe?«, wollte Therese wissen.

»Ich glaube blond, wieso?«

»Besser als rothaarig, ich meine, für einen Jungen«, behauptete Therese. »Ein Scherz, Paul, meinen herzlichen Glückwunsch euch beiden!«

Später durfte sie ihr Enkelkind sogar in den Arm nehmen. Lotte verschlief den Vormittag, aber die anderen würden irgendwann Hunger bekommen. Und Lottes Mutti war auch schon auf dem Weg, weil Paul gleich am Morgen noch ein Telegramm geschickt hatte. Also machte sich Therese ans Vorbereiten des Mittagessens. Hermann würde später auch noch kommen, um Sonia abzuholen.

Therese schob gerade den Rinderbraten ins Backrohr, als es klopfte und der Kopf ihres Lehrlings in der Tür erschien.

»Willy«, sagte Therese, »was machst du denn am heiligen Sonntag hier in der Dienerstraße? Ist dir langweilig ohne Arbeit?«

Er schüttelte den Kopf, sah unschlüssig zu Boden. Dann streckte er ihr einen Briefumschlag entgegen.

»Für mich?«, wunderte Therese sich.

Er nickte.

»Setz dich doch her, magst du einen Kaffee? Ich muss noch meine Brille suchen.«

Sie schenkte ihm Kaffee ein, stellte Milch und Zucker dazu und versuchte, das ungute Gefühl in ihrem Magen zu ignorieren. Was hatte das jetzt zu bedeuten?

Therese kam mit der Brille zurück, setzte sich an den Tisch, öffnete den Umschlag. Willys Kündigung.

»Was soll das heißen, Willy?«

»Ich werde mich am Montag freiwillig zum Heer melden«, antwortete Willy. Er strahlte seine Chefin an.

»Wie alt bist du?«, fragte Therese.

»Vor drei Wochen bin ich siebzehn geworden.«

»Dann brauchst du das Einverständnis deiner Eltern, sonst kannst du nicht gehen.«

»Die habe ich«, behauptete der Junge.

»Das glaube ich dir nicht.« Therese faltete das Blatt und steckte es zurück in den Umschlag.

»Doch, doch. Ich habe sie, bestimmt«, wiederholte der Lehrling.

»Wo wohnst du denn?«, wollte Therese wissen.

»In Sendling, Chefin. An der Implerstraße.« Er sah sie fragend an. Offenbar hatte er keine Ahnung, worauf sie hinauswollte.

»Dann fahren wir jetzt zu deinen Eltern. Sie sollen mir bestätigen, dass sie einen Siebzehnjährigen, der noch gar nicht muss, freiwillig in den Krieg schicken.«

»Was, jetzt gleich?«, stotterte Willy.

»Ja, jetzt gleich. Wir nehmen eine Droschke. Ich bin gleich fertig, muss mir nur noch die Schuhe anziehen.«

Willy drehte seine Ballonmütze zwischen den Fingern, drückte sie zusammen, ließ sie wieder auseinanderspringen. Er fühlte sich sehr unwohl.

Die Droschke hielt an einem fünfstöckigen Mietshaus an der Impler-, Ecke Oberländerstraße. Beide Flügel der Eingangstür standen offen, trotzdem lag ein unangenehmer Geruch nach Sauerkraut und fettem Fleisch in der Luft, nach Bier und schlechtem Tabak, der sich über die Generationen von Mietern schon in die Wände und Holzbohlen eingebrannt haben musste. Willy ging voraus in den dritten Stock, schellte, während Therese hinter ihm die Treppe hinaufstieg.

Willys Mutter weinte, sein Vater tobte. Es war bald klar, dass er einen Helden in der Familie haben wollte.

»Und wenn Sie ihn verlieren, Ihren Helden, meinetwegen ans Vaterland oder an den Kaiser in Berlin?«, fragte Therese. »Haben Sie noch mehr solche Buben wie den Willy?«

»Er ist unser einziger Sohn.« Die Mutter schniefte.

Doch Willys Vater ließ nicht mit sich reden. Die Bierflasche, die er vor sich auf dem Tisch stehen hatte, war sicher nicht seine erste an diesem Tag. Therese redete und redete, aber sie hatte keine Chance. Die Sache war entschieden.

Willys Mutter brachte sie zur Tür.

»Machen Sie sich nicht unglücklich«, sagte Therese zu ihr. »Setzen Sie sich durch gegen Ihren Mann. Soll er doch in den Krieg ziehen und der Held in der Familie werden. Willy, wir sehen uns am Montagfrüh, wie immer, ja?«

Der Bub schüttelte langsam den Kopf, sah zu Boden.

»Du bist jederzeit bei uns im Haus willkommen, Willy. Bist ein guter Lehrling. Aus dir könnte ein guter Handlungsgehilfe oder sogar ein Kaufmann werden. Überleg es dir. Wenn du nicht willst, darfst du auch nicht gehen. Nicht wegen ihm. Dein Leben ist es, nicht seines.«

Willys Mutter schluchzte. Der Junge studierte den ausgetretenen Holzboden auf dem Treppenabsatz, und Therese musste einsehen, dass sie gerade ihren Lehrling an den Krieg verloren hatte.

Angefangen hatte es gleich in der Nacht von Samstag auf Sonntag, ersten auf zweiten August, mit Schmierereien auf den Schaufenstern. Nur ein Wort stand da, aber das gleich mehrfach wiederholt: »Boche«. Jetzt war Ludwig also über Nacht wieder »der Deutsche« und zum Feind geworden. Es war noch nicht einmal alles wieder abgewaschen, als in der folgenden Nacht der erste Stein flog. Juliette weinte.

»Sie machen uns das schöne Geschäft kaputt, diese Dummköpfe«, jammerte sie.

»Und ich bin schuld«, sagte Ludwig.

»Bist du nicht. Was hast du denn getan?«

Vielleicht sollte ich zurück nach Deutschland gehen, dachte Ludwig. Das Herz wurde ihm schwer bei dem Gedanken, seine Familie, seine Werkstatt, die Chocolaterie, alles, was er sich aufgebaut hatte, zu verlassen. Die Kollegen in Bayonne hatten ihm nie etwas geschenkt, und er ihnen auch nicht. Konkurrenten waren sie gewesen, und das war ja auch normal. Doch jetzt war er von einem Tag auf den anderen wieder der Fremde, dabei hatten sie sich doch längst an den blonden Deutschen in der Rue des Augustins gewöhnt. Schließlich hatte er in eine alteingesessene Familie von Handwerkern eingeheiratet.

»Vielleicht muss ich jetzt fort von Bayonne«, sagte Ludwig.

»Du kannst doch jetzt nicht gehen«, rief Juliette. »Wo willst du denn hin?«

»Nach München«, sagte Ludwig.

»Dann musst du in den Krieg und gegen unsere Männer kämpfen.«

»So wie sie gegen mich.«

Juliette schlug die Hände vors Gesicht.

Ludwig beschloss, die Nacht im Geschäft zu verbringen. Und wenn sie mit ihren Steinen wiederkämen, dann würde er ihnen die Fäuste zeigen.

»Ich muss nachdenken«, sagte Ludwig und ging hinaus in seine Werkstatt.

Aber wie er es auch drehte und wendete, es blieb ihm nur die Wahl zwischen Pest und Cholera. Hierbleiben, riskieren, dass das Geschäft vor die Hunde ging, dass keiner mehr bei ihnen einkaufte, dass er wie Freiwild behandelt wurde. Oder zurück nach Deutschland gehen, sich mustern lassen und ab in den Krieg, gegen seine französischen Landsleute. Denn das waren sie doch für ihn geworden in den letzten Jahren, trotz aller Reibereien. Er schaltete seine Maschinen an. Das Rattern und Rühren klang in seinen Ohren schöner als jede Musik. Es vermittelte ihm das trügerische Gefühl, als könnte doch alles so weitergehen wie bisher, dabei war nichts mehr so wie noch ein paar Tage zuvor. Über Nacht war er zum Erzfeind seiner Nachbarn und Kollegen geworden, und als er seine Maschinen wieder abstellte, war er einer Lösung immer noch keinen Schritt nähergekommen.

Es war noch früher Morgen, als es am Montag an der Haustür klopfte. Es klang nicht nach feigen Steinewerfern, sondern höchstoffiziell. Die beiden Gendarmen, die vor der Tür standen, forderten Ludwig auf mitzukommen.

»Wohin?«, fragte er.

»Zur Wache.«

»Bringen Sie mich danach wieder heim?«

Sie zuckten die Achseln.

»Kann ich dann schnell ein paar Sachen packen und meiner Frau und meinem Sohn Auf Wiedersehen sagen?«, fragte Ludwig.

»Zehn Minuten«, gestand ihm Maillard, der ältere der beiden, zu. Ludwig kannte ihn, denn er half manchmal im Kramerladen seiner Mutter aus, wenn er keinen Dienst hatte.

»Bedienen Sie sich«, forderte Ludwig sie auf und führte sie in die Konditorei, wo sein Schwiegervater – hilflos – den Boden fegte.

Zehn Minuten später stand Ludwig mit seinem Köfferchen bereit. Selbst Émile, sein Schwiegervater, weinte. Dann fiel die Ladentür hinter ihm zu, und Ludwig hörte das leise Bimmeln der Türglocken drinnen und das Schluchzen seiner Frau und seines Sohnes.

Von der Wache in Bayonne wurde Ludwig zuerst nach Biarritz gebracht. Er sah, wie sein Name auf einer Liste von feindlichen Ausländern abgehakt wurde. In Biarritz kam ein österreichischer Kaufmann zu ihm in die Zelle. Er hatte in San Sebastián als Vertreter von Keramikwaren gearbeitet und war auf dem Weg nach Hause gewesen, als sie ihn im Zug verhaftet hatten.

»Was werden sie mit uns anfangen?«, fragte der Kaufmann mit Wiener Akzent. »Uns einsperren, bis der Krieg vorbei ist?«

Ludwig wusste es nicht.

Man brachte sie zurück zum Hafen von Bayonne, wo sie ein Schiff bestiegen und die Westküste hinauf nach Norden schipperten. Bei Bordeaux legten sie an und nahmen weitere Passagiere auf: Deutsche, Österreicher, Ungarn. Einer, ein Tiroler Ingenieur, der in Asturien ein Bergwerk geleitet hatte, erzählte, dass man ihn aus dem Zug heraus festgenommen hatte. Er wollte nach Hause und seiner Einberufung Folge leisten.

»Sie sperren uns weg, damit wir nicht in den Armeen unserer Länder kämpfen können«, behauptete der Tiroler. »So wollen sie unsere Truppen schwächen.«

»Aber mit welchem Recht denn?«, fragte Ludwig. »Wir haben doch nichts verbrochen.«

»Jetzt gilt das Kriegsrecht, nichts anderes mehr. Die dürfen alles. Und wo wolltest du dich denn darüber beschweren?«

»Man erzählt«, sagte ein Weinhändler aus dem Breisgau, der seine Winzer in Bordeaux besucht hatte, »dass es Internierungslager für Zivilisten, also solche wie uns, gibt oder geben wird.«

Lager, das klang in Ludwigs Ohren um keinen Deut besser als Gefängnis. Wie lange sollten sie dort ausharren, und was sollten sie überhaupt dort tun? Freiheitsberaubung blieb es ja immer noch, auch wenn da vielleicht keine Gitterstäbe sein würden.

Krieg, Krieg, Krieg. Mit jedem Hufschlag bohrte sich dieses Wort tiefer in Sonias Kopf wie eine beginnende Migräne. Dabei war der Morgen noch so friedlich und unberührt. Ganz feiner

Nebel lag über dem Moor, aus dem sich hier die Silhouette eines Baums, dort eines Strauchs oder einer Insel mit Schilfrohr schälte. Als dampfe die Erde, und die Gräser saugten sich mit Wasser voll, um es im Sonnenlicht wieder an die Luft abzugeben. An einem Wasserloch standen zwei Rehe und tranken. Das alles nahm Sonia ganz intensiv wahr, und doch war es immerzu da, dieses Krieg, Krieg, Krieg. Sie kannte den Krieg nur aus Büchern. Was sie darüber wusste, reichte, um ihr gehörig Angst einzujagen. Angst vor Veränderung, vor Zerstörung. Wie schön sie sich ihr Leben eingerichtet hatten. Die Kinder wuchsen behütet und in Sicherheit auf, der Gutshof war zu einem eingespielten, fast schon reibungslos funktionierenden Betrieb geworden, immer mehr Menschen und Tiere lebten hier mit ihnen, und allen ging es gut. Der Goldachhof war ein wunderbarer Ort zum Leben geworden. Das konnte sich durch diesen Krieg jetzt alles ändern. Hermann sagte, sie solle sich nicht so viele Sorgen machen. Sie hätten doch Glück, dass sie hier leben konnten. So würden sie immer genug zu essen haben und sich, falls nötig, selbst versorgen können. Und sie hätten ja einander.

Der Nebel hatte sich jetzt aufgelöst, eine Lerche stand direkt über ihr in der Luft. Sie glaubte schon Schüsse zu hören, aber es war nur der Specht, der mit seinem Schnabel auf einen morschen Stamm einhieb. »Sei unbesorgt«, sagte Hermann, wenn sie sich nachts an ihn schmiegte und er merkte, dass sie nicht einschlafen konnte. Unbesorgt, was für ein feines Wort, doch es half nicht, es auszusprechen. Es wischte ihre Sorgen nicht weg wie die Sonne den Morgennebel. An diesem Morgen war es sogar noch schlimmer als sonst. Das Herz schlug ihr bis zum Hals, und immerfort dröhnte es Krieg, Krieg, Krieg von Sultans Hufen bis in ihren Kopf. Sogar das Pferd schien etwas von der aufziehenden Gefahr zu wittern. Vielleicht spürte es auch nur die Unruhe seiner Reiterin. Sonia klopfte Sultan auf den Hals, aber er schnaubte und hob im Galopp nervös den Kopf. Sie wechselte in ein leichtes Traben und tätschelte weiter seinen Hals.

»Sei unbesorgt«, sagte sie zu Sultan, aber auch auf ihn schien das magische Wort keine Wirkung zu haben.

Sie würden mit weniger Personal auskommen müssen. Von den Knechten hatten drei schon ihre Aufforderung zur Musterung erhalten. Die Kornernte würden sie hoffentlich noch mit einbringen können, aber es gab weiterhin so viel Arbeit auf dem Hof, schwere Arbeit, die sie nicht einfach den Mägden übertragen konnten. Die Heuernte war schon im Gang, später kämen der Mais und die Kartoffeln. Wenn ihnen nur der Verwalter blieb, auch er ein Reservist wie Hermann.

Sonia ritt in gemäßigtem Tempo zurück, um nicht mehr dieses rhythmische Schlagen der Hufe zu hören. Im Westen tauchten die Höfe und Häuser von Ismaning auf, der neue Wasserturm, der als Landmarke aus den Feldern aufragte. Man sah ihn nicht kommen wie ein Gewitter, diesen Krieg, noch war alles wie immer. Und doch wäre er irgendwann da. Auch hier bei ihnen.

Sultan schnaubte und stieg fast auf, als Sonia durch das Hoftor ritt. Ein fremder Mann stand da mit Hermann. Er trug eine blaue Uniform und hatte ein Klemmbrett in der einen, einen Stift in der anderen Hand. Ein Knecht führte ihre braune Stute aus dem Stall.

»Ist er das?«, fragte der Unbekannte und strich sich über seinen Barbarossa-Bart. Hermann nahm Sultans Zügel, während Sonia absaß.

»Wer sind Sie?«, fragte Sonia alarmiert. »Was wollen Sie von uns?«

»Er …«, setzte Hermann an.

»Ich bin gekommen, um Ihren Hengst abzuholen«, unterbrach ihn der Fremde forsch. »Ein prächtiger Bursche. Er ist doch bereit, fürs Vaterland in den Krieg zu ziehen?«

»Mein Sultan? Das ist doch nicht Ihr Ernst. Er ist mein privates Reitpferd, er gehört nicht zu den Arbeitspferden auf dem Hof.« Sonias Herz raste. »Er hat noch nie einen Wagen gezogen.«

Der Uniformierte griff nach dem Stift und ging seine Liste auf dem Klemmbrett durch. »Er mag Ihrer sein und kein Arbeitspferd, aber er ist in meinem Musterungsverzeichnis aufgeführt. Und deshalb wird er von mir requiriert.«

»Aber das geht doch nicht«, protestierte Sonia und sah Hilfe suchend zu Hermann, aber der schüttelte sanft den Kopf, und Sonia verstand, was das heißen sollte. Es hatte keinen Zweck.

»Das geht wohl, liebe Frau. Sie müssten schon die Königin höchstpersönlich sein oder die Fürstin von Thurn und Taxis, damit wir bei Ihnen eine Ausnahme machen. Sind Sie eine Fürstin?«

Sonia hasste diesen widerlichen Menschen.

»Im Krieg stehen unsere tapferen Soldaten an erster Stelle, und die brauchen eben auch Pferde«, belehrte er sie.

»Aber sie werden doch nicht auf Pferden in den Krieg ziehen und mit dem Säbel kämpfen wie zu Napoleons Zeiten.«

»Sonia, bitte«, sagte Hermann, »ich bringe Sultan in den Stall und reibe ihn trocken. Ich lasse ihn noch fressen, und dann verabschiedet ihr euch voneinander, ja?«

Er sprach mit ihr wie mit einem Kind oder einer Kranken. Dann führte er Sultan in den Stall und ließ sie allein mit diesem Militaristen.

»Was glauben Sie, wer die Geschütze und das nötige Material an die Front bringt, wer die Verwundeten hinter die Linien und in die Feldlazarette schafft? Wer für Nachschub in der Verpflegung des Heeres sorgt?«, redete der Fremde auf sie ein. Ihr wurde übel.

»Aber ich sage Ihnen doch, dass Sultan kein Arbeitspferd ist. Er ist für solche Aufgaben völlig ungeeignet. Nehmen Sie meinen

Fuchs und wenn es sein muss auch den Haflinger mit.« Sonia war außer sich.

»Sie sollten sich das nicht so zu Herzen nehmen, gute Frau. Sehen Sie es als Ihren Dienst am Vaterland. Wir alle müssen jetzt Opfer bringen. An Weihnachten spätestens, wenn der Krieg vorbei und der Sieg errungen ist, bekommen Sie ihn ja wieder zurück.«

Was für eine freche Lüge, dachte Sonia. Hielt er sie für dumm?

»Und wenn ich ihn nicht wiederbekomme?«, fragte sie.

»Dann ist Ihr tapferer Gaul den Heldentod gestorben, wie einige unserer Kameraden auch. So ist das nun einmal in einem Krieg. Wo gehobelt wird, da fallen Späne.« Zufrieden strich er sich wieder über seinen roten Bart.

Sonia musste sich geschlagen geben. »Dann verabschiede ich mich jetzt von Sultan«, sagte sie. »Holen Sie sich doch eine Tasse Kaffee in der Küche und eine Scheibe frisches Brot mit Butter dazu. Bis dahin bin ich so weit.« Sie ging zum Stall.

Hermann hatte sich um Sultan gekümmert, er fraß ruhig sein Heu. Ihr Mann versuchte sie in den Arm zu nehmen, aber sie wollte lieber allein sein mit ihrem Hengst und schickte Hermann ins Haus. Die Tränen liefen ihr übers Gesicht, als sie sich an Sultan schmiegte, die Arme um seinen Hals legte und ihn mit Küssen überschüttete. Sie dachte kurz daran fortzureiten, hinaus ins Moor, nach Aschheim, Finsing, und sich dort zu verstecken und erst in einigen Tagen wiederzukommen. Was für ein Unsinn, ausgerechnet sie und eine solche Rebellion. Nein, es gab einfach keinen Ausweg.

»Dieser Mann steht da auf dem Hof und wird nicht ohne dich fortgehen«, flüsterte sie Sultan ins Ohr.

Um Himmels willen, was sollte sie nur tun? Was taten die Mütter, die ihre Söhne ziehen lassen mussten? Sie konnten sie auch nicht in Kellern und Scheunen verstecken oder ihnen verbieten zu gehen. Jetzt reiß dich zusammen, schalt sie sich. Es war nur ein Pferd. Nein, das stimmte nicht. Es war Sultan.

»Was mache ich nur ohne dich«, fragte sie den Rappen, der die Ohren spitzte. »Du musst auf dich aufpassen, hörst du? Lauf weg, wenn du Schüsse hörst, such Deckung, versteck dich. Wie soll ich dir bloß die Gefahren schildern, die im Feld auf dich lauern? Ich kenne sie ja selbst nicht. Ach, Sultan, wir werden uns doch wiedersehen? Ja, das werden wir ganz sicher. An Weihnachten, wenn der Krieg vorüber ist.«

Sie holte eine Karotte und einen Apfel aus der Vorratskiste und gab sie Sultan. Er stieß den Kopf zärtlich gegen Sonias Gesicht, und sie küsste seine Schnauze. Hermann kam zurück und holte den Hengst, weil er wusste, dass sie es nicht schaffen würde, ihn hinauszubringen.

»Sei vernünftig, Liebes«, sagte er, und dann musste sie ihn mit Sultan gehen lassen.

Liebe Juliette,
endlich darf ich Dir schreiben. Zwei Briefe pro Monat hieß es, sind uns erlaubt, und ich hoffe, das stimmt. Du hast lange nichts von mir gehört, aber mach dir keine Sorgen um mich. Ich lebe, und es geht mir den Umständen entsprechend gut. Man hat mich in die Bretagne in ein Internierungslager gebracht, zusammen mit etwa einhundert anderen Deutschen, Österreichern und Ungarn.

Drei Wochen nach meiner Festnahme wurden wir von Nantes aus im Zug nach Nordwesten verschickt und kamen schließlich im Kriegshafen Brest an der Nordwestspitze der Bretagne an. Beim Aussteigen lag vor uns der Atlantik, Brest halb rechts von uns. Wohin würde man uns von hier aus bringen? Einige munkelten, wir kämen nach Algier, andere fürchteten, man würde uns einfach im Meer ertränken.

Mit einem Schlepper flogen wir wie in einem hölzernen Spielzeugboot von Welle zu Welle. Das Seewasser spritzte uns ins Gesicht, und bald waren wir durchnässt bis auf die Haut. Manch einer weinte, denn in den Gesichtern der Männer sah man die Tränen nicht mehr. Wir waren ein jämmerlicher Haufen von entwurzelten, ihrer Freiheit beraubter Männer.

Nach einer Stunde etwa erreichten wir die Spitze einer Insel, deren Küste steil zum Meer hin abfällt. Oben glaubten wir eine Reihe von Holzbaracken zu erkennen. Wir gingen auf offener See vor Anker und kletterten an Strickleitern in kleinere Boote, mit denen wir an Land gerudert wurden.

Der Ort, an dem wir uns jetzt befinden, heißt Île Longue und liegt auf einer Halbinsel. Die Baracken gehören zu einem Zivilgefangenenlager, wo bereits an die sechzig Männer interniert waren, als wir ankamen. Und da wir mehr Männer als Betten vorfanden, machten wir uns fast sofort daran, selbst weitere Baracken mit einfachen Betten, Stühlen und Tischen zu bauen. Baumaterial ist ausreichend vorhanden. Auch Lebensmittel. Wir leben nicht üppig, aber wir müssen meistens nicht hungern.

Die anderen Internierten haben uns sehr freundlich aufgenommen. Sie hatten auf ihr Mittagessen verzichtet, damit wir bei unserer Ankunft eine warme Mahlzeit bekamen. Ihr Mitleid mit uns schon etwas verwahrlosten Gestalten war rührend, und wir stürzten uns auf jedes Stück Brot, das sie uns anboten. So viel Gutes waren wir gar nicht mehr gewohnt nach den letzten Wochen, in denen wir kaum genug zu essen und nie etwas Warmes bekommen hatten, dafür Tritte und Beleidigungen. Der Hunger schaute uns wohl aus den Augen, denn unsere Landsleute brachten uns noch mehr Brot aus ihren Vorräten, was mochten sie wohl von uns denken. Die meisten von ihnen waren von einem Schnelldampfer, der von Amerika mit dem Ziel Hamburg ausgelaufen war, durch ein französisches U-Boot abgefangen und in den Hafen von Brest gelotst worden. Sie kommen aus Berlin, Hamburg, Köln, Wien und Budapest. Nur aus München habe ich leider noch niemanden getroffen.

Einer stiftete ein Päckchen Tabak, andere brachten abgelegte Hemden, Strümpfe und sonstige Wäsche, denn manche von uns hatten auf dem Transport fast alles verloren. Ich glaube, dass Kinder bei der Weihnachtsbescherung kaum glücklicher sein können, als es die beschenkten Kameraden in dem Moment waren.

Meine liebste Juliette, wie geht es euch? Hoffentlich habt ihr unter den Nachbarn nicht immer noch zu leiden. Ich bin ja nun weg, vielleicht sind sie jetzt zufrieden. Ich denke viel an euch und fühle mich so schrecklich unnütz. Ich bin hier eingesperrt und kann nichts für euch tun. Wenn Du es entbehren kannst, schick mir doch bitte etwas Geld. Es gibt hier so einiges zu kaufen und zu tauschen, aber man braucht dazu Francs. Es heißt, es werden noch mehr Gefangene hierhergebracht. Die Franzosen entern im Ärmelkanal alle Schiffe, die aus Spanien, aus Afrika oder aus Amerika kommen und Deutsche oder Österreicher an Bord haben. Sie nehmen ihre Aufgabe sehr ernst. Das ist auch eine Art von Krieg. So bin ich also jetzt Kriegsgefangener geworden, obwohl ich unbewaffnet bin und noch nie eine feldgraue Uniform getragen habe. Dabei hatte ich mich fast schon als Franzose gefühlt und sogar auf Französisch geträumt.

Pass auf dich auf, Juliette, und auf unseren Jungen, und seid tapfer, alle beide. Grüße bitte auch Deinen Vater.

Euer euch liebender Ludwig/Louis/Papa

Was war das? Therese schreckte hoch. Da waren doch Geräusche im Haus. Oder hatte sie nur geträumt? Nein, das kam von unten, vom Geschäft. Aber mitten in der Nacht? Es waren doch nicht etwa Plünderer im Haus? Sie musste sofort an den Überfall auf den Juwelier Egersdörfer vor einigen Jahren denken. Aber jetzt war Krieg! Wollte sich da jemand bereichern? Da, schon wieder Getrappel, es waren eindeutig Leute im Haus!

Therese zog ihren Morgenmantel über. Warum waren denn die Kinder nicht wach, hatte denn keiner außer ihr etwas gehört? Sie suchte nach etwas, womit sie sich notfalls verteidigen konnte, und griff schließlich nach einem Spazierstock, der in der Garderobe stand. Sie hatte keine Ahnung, wer im Haus so etwas benutzte. Sie jedenfalls nicht. Möglichst leise lief sie die Treppe zum Geschäft hinunter. Da huschten tatsächlich Gestalten durch den Verkaufsraum.

»Halt!« Therese schwang ihren Stock. »Wer ist denn da? Gesindel!«

Der Lichtkegel einer Taschenlampe blendete sie.

»Psst, Mutter, so gib doch Ruhe!« Das war Lottes Stimme. »Es sind doch nur wir. Seit wann benutzt du einen Stock zum Gehen?«

»Tu ich ja gar nicht.« Therese sah den Stock an, als wüsste sie nicht, wozu sie ihn mitgenommen hatte. »Was in Gottes Namen treibt ihr hier mitten in der Nacht? Seid ihr toll geworden?«

»Wir räumen nur ein bisschen um.«

»Wieso denn, warum macht ihr das?«

Lotte hatte einen Korb mit den blauen Kaviardosen aus dem Schaufenster in der Hand. Russischer Astrachan-Kaviar, der feinste, den sie hatten. Therese bohrte ihren Stock in den Korb.

»Wo willst du denn jetzt hin damit? Wieso räumst du das Schaufenster aus?«

»Ach, Mutter. Das ist doch jetzt ein feindliches Produkt. Weil es aus einem Land kommt, mit dem Deutschland im Krieg ist, verstehst du?«

»Ja, bist du denn übergeschnappt? Wo soll der Kaviar denn sonst herkommen? Aus der Isar vielleicht?«

»Mutter«, Lotte stellte den Korb ab. »Gestern Abend sind Schaufenster eingeschlagen worden in einem Laden in der Kaufingerstraße, hat Margarete Däschner mir erzählt. Nur weil sie *bonbons* und *fruits confits* in der Auslage hatten.«

»Wie bitte?«

»Wo Frankreich doch jetzt über Nacht zu unserem Feind geworden ist.« Lotte redete mit ihr wie mit einer Schwachsinnigen.

»Dann wechseln wir halt die Preisschilder aus und schreiben Drops oder Zuckerl statt Bonbons und kandierte Früchte statt *fruits confits*. Da muss man sich nur was einfallen lassen.«

Lotte schüttelte den Kopf. »Es sind doch nicht nur die Preisschilder. Die Bezeichnungen stehen auch auf den Verpackungen. Wir können das nicht alles überkleben. Das fällt doch auf.«

»So ein Unsinn. Dann stelle ich mich eben an die Tür und vertreibe den Pöbel, wenn er auftaucht.«

»Tag und Nacht? Das ist kein Spaß, Mutter. Jedes Geschäft macht das jetzt so«, behauptete Lotte.

»Aber wir nicht. Delikatessen sind einfach nicht national, sondern das Feinste aus allen Ländern. Deshalb kommen die Leute schließlich zu uns. Und dass die französische Küche die beste in der Welt ist, weiß jedes Kind, sogar der Pöbel. Denn auch wenn er es sich nicht leisten kann, französische Foie gras zu kaufen – Gänseleberpastete, jaja –, so ahnt er doch, dass sie besonders fein schmecken wird.«

»Ich glaube, du verkennst die Lage«, schaltete sich jetzt auch Paul ein. »Die Nationalisten dürfen jetzt alles. Sie sind im Aufwind und reißen alle mit. Und im Übrigen sind wir jetzt kein Delikatessengeschäft mehr, sondern ein Feinkostladen. Weil wir jetzt keine englischen und französischen Wörter mehr brauchen.«

»Was ist denn das wieder für ein Schmarrn?«

»Es gibt Stimmen, die jetzt allen Ernstes fordern, dass es statt Restaurant ›Speisehaus‹ heißen soll und die Kinos in ›Lichtspielhäuser‹ umbenannt werden.«

»Kino klingt für mich aber weder besonders englisch noch französisch.« Therese setzte sich auf eine Weinkiste.

»Die *Münchner Neuesten Nachrichten* bekommen wütende Leserbriefe, wenn sie Werbung für einen französischen Likör abdrucken. Und irgendwelche Patrioten haben ernsthaft die Stadtverwaltung aufgefordert, den Englischen Garten in ›Deutschen Garten‹ umzubenennen.«

Therese blieb der Mund offen stehen. Wo waren all diese dummen Leute plötzlich über Nacht hergekommen?

»Die Englische Apotheke in der Theatinerstraße hat sich gleich selbst in Engel-Apotheke umgewandelt, damit sie ja nicht in den Verdacht geraten, dass sie mit dem Feind gemeinsame Sache machen«, berichtete Paul.

»Aber die heißt doch nach den Englischen Fräulein so, und das ist ein katholischer Orden«, sagte Therese. »Sind denn die Leute wirklich so einfältig?«

»Das Hotel Englischer Hof bei uns in der Dienerstraße heißt jetzt Hotel Posch«, sagte Lotte, »und aus dem Hotel Bellevue am Karlsplatz ist über Nacht das Hotel Königshof geworden. Klingt doch gleich viel Deutscher.«

»Ich führe aber kein Haus mit deutscher Feinkost, sondern mit internationalen Delikatessen, und bis vorgestern war das auch völlig in Ordnung so. Dem bayerischen Königshof war es recht, und den Bürgern war es auch recht. Bei mir hat sich jedenfalls nie jemand darüber beschwert.«

Therese starrte ins Halbdunkel des Verkaufsraums und sah überall Waren aus zahlreichen Ländern, auch solchen, mit denen Deutschland jetzt im Krieg war.

»Dann nennen wir den Roquefort aus Südfrankreich eben

ab jetzt Blauschimmelkäse aus dem Ostallgäu. Die Feinschmecker werden ihn trotzdem erkennen und verstehen, wieso der Käse aus dem Allgäu plötzlich so teuer ist.«

»Du wirst dir die Mühe sparen können, alle Etiketten umzuschreiben«, meinte Paul. »Das Beste wird sein, wir essen den Roquefort gleich selbst zum Frühstück. Es wird nämlich der letzte sein, den wir zu Gesicht bekommen, für wer weiß wie lange.«

Therese richtete sich auf und starrte Paul an.

»Es wird keine Lieferungen mehr aus Frankreich geben. Man wird unseren Käselieferanten keine Sondergenehmigung erteilen, damit sie uns, den Kriegsgegner, weiterhin mit ihren Spezialitäten versorgen dürfen. Ganz sicher nicht. Es gibt Ausfuhrverbote für bestimmte Länder. Unseren Roquefort bekommen jetzt die Briten oder die Russen oder eben die Franzosen selbst. Freunde, Mutter, nicht Feinde.«

»Aber ich habe doch gar keine Feinde. Das ist doch lächerlich. Ich bin Geschäftsfrau, keine Politikerin.«

»Du wirst keine Ausnahmen erwirken, Mutter, schlag dir das gleich aus dem Kopf. Jetzt herrschen andere Sitten. Kriegsrecht. Glaub nicht, dass ausgerechnet du dich darüber hinwegsetzen kannst.«

»Wenn der Prinzregent seine französischen Austern nicht gekriegt hätte bei uns, hätte er sie direkt in der Bretagne bestellt.« Therese seufzte.

»Der Prinzregent lebt aber nicht mehr. Und der jetzige König raucht nicht einmal Havanna-Zigarren wie sein Vater. Besser für ihn, dann muss er sich jetzt auch nicht einschränken.«

»Die Zigarren kommen aber doch nicht aus Frankreich«, meinte Lotte.

»Das stimmt. Aber die Engländer und Franzosen kontrollieren bald die Seewege, auch die nach Hamburg und Bremen, wenn sie es nicht jetzt schon tun. Kriegsrecht, Lotte. Die werden keine

Lieferungen aus Übersee mehr an uns durchlassen. Havanna, Venezuela, Kolumbien. Mit Kaffee und Kakaobohnen wird es bald schwierig werden. Auch da sollten wir beim Frühstück gleich noch einmal richtig zuschlagen. Wer weiß, wie lange es noch den guten Kaffee aus Kolumbien gibt, den du so gern trinkst, Mutter.«

Therese wollte sich das gar nicht vorstellen. Ein Delikatessengeschäft in Notzeiten, das war doch wie ein Goldfasan in einem Stall Haushühner.

Die Kinder räumten weiter verdächtige Waren in irgendwelche dunklen Verstecke. Therese blieb auf ihrer Kiste sitzen und fragte sich, wie sie das alles überstehen sollten. Sollten sie ihr Sortiment auf das eines Tante-Emma-Ladens umstellen? Aber dann verloren sie ihre langjährige Kundschaft. Und wenn sie auch nichts anderes anzubieten hatten als der Kramer um die Ecke, dann würden die Kunden gleich dort einkaufen. Durften sie ihre gebunkerten Vorräte noch an die Stammkunden verteilen, oder war das schon strafbar?

Paul schleppte eine Kiste Champagner nach hinten. Das rüttelte Therese aus ihrer Lethargie.

»Wo bringst du die hin? Du schüttest den Lelarge und den Pommery doch nicht etwa in den Lokus?« Sie sprang auf.

»Ich bin doch nicht verrückt, Mutter«, sagte Paul. »Wir heben Verstecke aus. Die Kiste kommt in den Kohlenkeller.«

»Ich dachte, Krieg heißt, dass zwei Armeen im Feld aufeinanderschlagen, bis einer siegt und einer verliert«, sagte Lotte. »Und jetzt betrifft es von Anfang an auch den Warenverkehr und die Versorgung der Leute zu Hause mit Lebensmitteln. Die haben doch mit dem Krieg gar nichts zu tun.«

Paul stellte seine Kiste ab und nahm Lotte in den Arm. Einen anderen Trost hatte er nicht für sie, denn es war genau so, wie Lotte es beschrieb.

Therese wurde klar, dass nichts mehr sein würde, wie es vor

den Ereignissen in diesem August 1914 gewesen war. Was konnten ihre Würste und Schinken, ihr Käse und ihre Feigenmarmelade dafür, aus welchem Land sie kamen? Sie waren ebenso unschuldig wie die Lieferanten und Produzenten, ob sie nun in der Champagne oder in Sankt Petersburg saßen. Es waren gute Leute, die hervorragende Ware lieferten und faire Preise nahmen. Menschen, mit denen sie seit Jahren, mit manchen seit Jahrzehnten geschäftliche, manchmal auch fast freundschaftliche Beziehungen pflegte. Denen sie zu Weihnachten eine Karte schickte und denen sie zum Geburtstag gratulierte. Und jetzt sollten das ihre Feinde sein? Durften sie jetzt nur noch Kartoffeln und Kraut verkaufen, das von den heimischen Äckern kam, und alles andere vom Speiseplan streichen? Kein Bœuf Stroganoff mehr und kein Chateaubriand? Keine Mousse au Chocolat und keine Crème brûlée? Würden jetzt die Kochbücher auch noch umgeschrieben werden? Musste Rottenhöfer seine berühmte Rezeptesammlung eindeutschen? Er war Hofkoch bei König Ludwig II. gewesen, und dort war in der Küche noch ausschließlich französisch gesprochen worden. Achtzig Prozent der Speisen in seinem Buch hatten französische Namen. Therese schnappte nach Luft, und Lotte brachte ihr ein Glas Wasser. So saß sie auf ihrer Kiste mitten im Geschäft und sah die Taschenlampen durch den Laden huschen.

»Wo bringt ihr den Kaviar hin?«, fragte sie. »Damit ich das weiß, wenn der Kommerzienrat Hundhammer kommt. Der kann ohne seinen Kaviar am Samstagabend nicht leben.«

»Wird er aber müssen«, sagte Paul trocken. »Wir bunkern ein paar Dosen in den untersten Schubläden des Verkaufstresens, bei der Kasse. Der Rest verschwindet.«

»Auch im Kohlenkeller?«, fragte Therese.

»Nein, im Kartoffelkeller.«

»Machst du Witze, Paul?«

»Ich versuche nur, eine Ordnung reinzubringen.«

»Ich zeichne einen Plan«, sagte Lotte, »damit wir im Notfall alles wiederfinden. Den werde ich mit Geheimbuchstaben verschlüsseln. Oder wir lernen ihn alle auswendig, und dann essen wir meine Skizze auf.«

Therese sah sie entsetzt an, aber ihre Schwiegertochter grinste von einem Ohr zum anderen.

»Kleiner Scherz, Mutter«, sagte sie.

Therese konnte darüber nicht lachen. Sie fragte sich nur eines: Wie lange würde dieser Spuk wohl dauern?

1915

Hermann hatte den Mann auf dem Fahrrad schon gesehen, kaum dass er in die Allee eingebogen war. Misstrauisch wartete er ab, was für ein komischer Vogel da wieder zu ihnen herausradelte. Seit Kriegsbeginn, so hatte er zumindest den Eindruck, kamen fast nur noch irgendwelche Bürokraten mit Weisungen auf den Hof, die meist nichts Gutes bedeuteten. Mit den Beamten des Städtischen Wehramts hatte es angefangen. Sie requirierten Lebensmittel und Vorräte für das Heer und legten dafür praktischerweise auch gleich die Preise selbst fest. Wenigstens waren sie bisher nur einmal wegen der Pferde auf den Goldachhof gekommen. Dass der Kerl mit seinem Barbarossa-Bart Sultan mitgenommen hatte, wäre zwar nicht zwingend nötig gewesen, aber ein Unrecht war es nicht, wenigstens keines, das nicht vom Kriegsrecht gedeckt gewesen wäre. Sonia war, nachdem sie Sultan hatte weggeben müssen, immer stiller und in sich gekehrter geworden. Sie arbeitete wie alle anderen auf dem Feld mit. Zusammen versuchten sie, die fehlenden Knechte zu ersetzen. Sogar die Kinder halfen mit, meist ohne sich zu beklagen, auch wenn es schwere Arbeiten für sie waren. Johanna nahm ihre Aufgaben sehr ernst. Jeden Tag suchte sie mindestens dreimal die Nester der Hühner nach frischen Eiern ab, und sie kümmerte sich auch darum, dass sie gerecht gefüttert wurden. Gerecht war in ihren Augen, dass die Hühner, die ein Ei gelegt hatten, ein paar Leckerbissen extra bekamen. Auch hatte sie eine Freundin unter den Hühnern gefunden, Emma, die einen lahmen Flügel hatte, aber trotzdem brav Eier legte. Johann war der Gänsejunge. Nach der Schule nahm er seinen Hirtenstock und zog mit der Schar Gänse hinaus in die Wiesen. Ganz aufgeregt wurden sie, wenn sie Johann von der Schule heimkommen sahen, und standen schon parat, wenn er nach dem Mittagessen das Gatter öffnete und »Gans, Gans, Gans« rief, um an ihrer Spitze durchs Moos zu marschieren. Das Leben war schwerer geworden, die Stimmung gedrückter. Die Listen mit den Verwundeten und Gefallenen, die in den Zeitungen und auf Anschlägen in der Gemeinde abgedruckt waren, wurden immer länger. Die, die geglaubt hatten, bis Weihnachten wäre der Spuk vorbei und die Soldaten würden wieder heimkehren, sahen ihre Hoffnungen getäuscht. Das Heer steckte an allen Fronten fest, und die Moral in der Heimat sank angesichts der zunehmenden Knappheit an Lebensmitteln und steigenden Preisen rapide. Die Hurrapatrioten waren frustriert und ein bisschen leiser geworden.

Nach den Gesandten des Städtischen Wehramts waren die Vertreter des Ausschusses für die Versorgung der Zivilbevölkerung auf den Hof gekommen. Sie kauften Hermanns Vorräte an Kartoffeln, Kraut, anderem Gemüse und Rüben auf, um sie in München für die Versorgung der Stadtbevölkerung einzulagern und für Engpässe vorrätig zu halten. Auch Korn wollte einer dieser Beamten bei ihm requirieren, aber Hermann weigerte sich, seine letzten Säcke herzugeben, weil die Familie und das Personal auf dem Goldachhof ja schließlich auch ernährt werden mussten. Dass in der Stadt bereits Mangelwirtschaft herrschte, war ihm bekannt, aber er konnte seine Leute auch nicht hungern lassen, zumal sie doppelt so schwer arbeiten mussten wie in Friedenszeiten. Er hatte kaum Erntehelfer gehabt im Sommer und Herbst. Woher auch? Sie hatten alle geschuftet wie die Tiere. Und überall wurde die Not allmählich sichtbar.

Hermann hatte gehört, dass die Räume, die die Stadt München in der Großmarkthalle zur Einlagerung von Vorräten zur Verfügung hatte, schon lange nicht mehr ausreichten. Es hieß, die Löwenbrauerei habe alle Gebäude der ehemaligen Brauerei Sankt Benno an der Nymphenburger Straße der Stadt als Vorratslager überlassen. Die Münchner Kindlbrauerei stellte ihre riesigen Malztennen zur Verfügung. An die zehntausend Zentner Kartoffeln sollten es sein, die mittlerweile gelagert waren, dreitausend Zentner Getreide, noch einmal so viel Reis, sechshundert Zentner weiße Bohnen und zweitausend Zentner Sauerkraut. Doch die Frage, die niemand beantworten konnte, war, wie lange es reichen würde, weil niemand wusste, wie lange der Krieg noch dauerte.

Missmutig trat Hermann auf die Straße, um den Fremden zu empfangen. Der ruderte jetzt so wild mit beiden Armen, dass er fast vom Rad kippte. Diese schlaksige Gestalt mit der hohen Stirn und dem einzelnen Haarbüschel, das der Glatze noch trotzte, kannte er doch! Erleichtert winkte Hermann zurück.

»Julius, was verschafft uns die Ehre? Wie lange haben wir keinen Ingenieur mehr zu Gast gehabt.«

»Der Möhrle muss doch mal nach dem Rechten sehen in der Provinz. Ob sein Kraftwerk auch noch tüchtig Strom produziert und läuft wie geschmiert. Wie geht es euch Landpflanzen denn? Habt ihr überhaupt mitbekommen, dass dort drüben im Westen Krieg herrscht?« Er stieg ab und drehte sich einmal um die eigene Achse. »Im Osten übrigens auch. Und irgendwo im Norden und im Süden wahrscheinlich genauso. In der Stadt müssen wir jeden Groschen zweimal umdrehen. Aber ihr lebt ja auf dem Hof im Schlaraffenland, und der Gänsebraten fliegt euch jeden Tag in den Mund.«

»Wenn wir das täten, Julius, dann bliebe für euch Städter und für unsere tapferen Soldaten aber nichts mehr übrig.«

Möhrle schob sein Fahrrad auf den Hof. »Wie geht es Sonia und den Kindern?«

»Komm rein und frag sie selbst. Ein Bierchen nach der weiten Fahrt?«

»Zuerst das Kraftwerk, dann das Bier.«

Nach Möhrles Inspektionsrundgang, bei dem er alles zu seiner Zufriedenheit vorfand, saßen sie bei einem Glas Bier und einer Brotzeit zusammen in der Stube. Dann rückte der Ingenieur mit der Information heraus, die er von seinem Schwager, der in Berlin Mitglied der Reichsregierung war, erfahren hatte und wegen der er den Weg zum Goldachhof überhaupt erst unternommen hatte.

»Ich dachte, ich erzähle es dir gleich, wahrscheinlich ist das ja wichtig für dich als Landwirt.«

»Was haben sich die Herren in Berlin denn wieder Feines ausgedacht?«, fragte Hermann.

»Gar nichts Feines. Sie haben beschlossen, dass im ganzen Reich Schweine geschlachtet werden sollen, weil sie den Menschen das Futter wegfressen. Es ist die Rede von bis zu einem Fünftel des gesamten Bestands.«

»Ein Fünftel? Haben die sich das auch gut überlegt da oben in Berlin? Wie viele wären das denn? Weißt du das?«

»Man spricht von fünf Millionen«, sagte Möhrle und nahm einen kräftigen Zug aus seinem Glas.

»Fünf Millionen?« Was für ein Irrsinn. Hermann mochte sich diese Massenschlächterei gar nicht vorstellen. »Dann schwappt ja ein Überangebot auf den Markt und macht die Fleischpreise endgültig kaputt. Das können die Leute doch gar nicht alles essen.«

»Das Fleisch soll konserviert werden, für schlechtere Zeiten. So haben sie sich das ausgedacht«, sagte Möhrle. »Aber man munkelt, es gibt womöglich gar nicht mehr genügend Rohstoffe für Konservendosen, weil die alle sofort in die Rüstungsindustrie gehen.«

»Das wäre eine Katastrophe, Julius. Ich begreife diese Leute nicht. Wie kommen die überhaupt auf so eine Idee?«

»Wissenschaftliche Berechnungen«, sagte der Ingenieur. »Das Kaiserliche Statistische Amt hat den Bestand an Getreide und Futterkartoffeln gezählt und festgestellt, dass für die rund fünfundzwanzig Millionen Schweine nicht genügend Futtervorräte vorhanden sind.«

»Und wie haben sie die Vorräte gezählt?«, fragte Hermann. »Da gab es doch im Spätherbst diese Befragung. Ich habe auch mit so einem Kerl zusammengesessen. Er wollte wissen, wie viele Futterkartoffeln ich für den Winter noch hätte.«

Möhrle nickte. »So haben sie die Daten erhoben, dann ihre Berechnung gemacht und jetzt die Schlachtung angeordnet.«

Hermann hätte sich die Haare raufen können.

»Was hast du denn, Hermann? Die Methode ist doch wissenschaftlich exakt und die Berechnung bestimmt fehlerfrei. Das traue ich unseren Herren Professoren durchaus zu, dass sie richtig rechnen können.«

Hermanns Faust landete krachend auf dem Tisch, dass das Bier in den Gläsern schwappte. »Die Professoren haben da etwas übersehen. Sie kennen sich halt mit der Landwirtschaft und den Bauern nicht aus. Ein Bauer denkt immer zuerst an seinen Hof, seine Leute und die Preise, die er erzielen kann.«

Möhrle sah nicht so aus, als verstünde er, worauf Hermann hinauswollte.

»Bauern prahlen nicht mit dem, was sie haben. Im Gegenteil. Meistens jammern sie, und sie untertreiben immer. Frag mich, was ich alles eingelagert habe für den Winter, für die Tiere, für schlechte Zeiten: Du wirst es nicht erfahren, und noch weniger, wenn du ein Beamter bist, der auf den Hof kommt, um mein Vieh oder mein Korn zu beschlagnahmen.«

»Du meinst«, sagte Julius, »die Zahlen, die sie erhoben haben, sind vielleicht nicht korrekt?«

»Ich bin mir sicher, dass sie falsch sind. Die Bauern haben ihre Kartoffelvorräte kleingeredet, damit sie nicht noch mehr abliefern müssen. Wenn sie kein Futter für ihre Schweine hätten, würden sie sie selbst schlachten, das kannst du mir glauben. Tun sie es nicht, dann haben sie auch genug Futterkartoffeln. Genau wie ich.«

»Was die Schweine fressen, wird bald die Bevölkerung selbst zum Überleben brauchen. Da gibt es eine massive Nahrungskonkurrenz. Deshalb müssen sie weg«, sagte Möhrle.

»Aber mit Fleisch kann man höhere Gewinne machen als mit Futterkartoffeln, Julius. Und so rechnen die Bauern. Das muss man wissen, wenn man zu ihnen geht und sie befragt.« Und noch einmal krachte Hermanns Faust auf den Tisch. »Das ist ja Mord«, rief er. »Massenmord an unseren Tieren. Beschlossen von irgendwelchen Professoren in Berlin, die noch nie einen Hof, ein Schwein oder einen Bauern von Nahem gesehen haben. Wenn die ihre Berechnungen für den Zweifrontenkrieg auch so anstellen, dann gute Nacht.«

»Aus Anlass seines siebzigsten Geburtstags stellt König Ludwig III. von Bayern eine Spende von hunderttausend Mark zur Verfügung«, las Therese in der Zeitung. »Mit der Bestimmung, dass sie zur Fürsorge für die Angehörigen der Kriegsteilnehmer und zur Linderung durch den Krieg verursachter Notlagen verwendet wird.«

Sie fragte sich, wie vielen Familien damit wohl geholfen werden konnte. Wahrscheinlich zu wenigen. Der Krieg dauerte jetzt schon fast ein halbes Jahr, und was die Versorgung mit Lebensmitteln betraf, ging es ans Eingemachte. Und der Krieg verschlang Soldaten. Anfangs hatte man sie noch bestaunt, die Lazarettwagen, zu denen die offenen Wagen der Münchner Straßenbahn umgebaut worden waren. Die Leute versuchten, einen Blick durch die Vorhänge vor den Fenstern zu erhaschen, wo die Verwundeten mit ihren Kopf-, Arm- oder Beinverbänden vom Bahnhof zu den Krankenhäusern transportiert wurden. Schulen und andere städtische Einrichtungen wurden zu Lazaretten umgerüstet. Die Verwundeten und Gefallenen wurden durch immer neue Soldaten ersetzt. Kanonenfutter, dachte Therese, auch wenn man es nicht laut sagen durfte.

Meine Söhne gebe ich nicht her als Kanonenfutter, nicht meine Söhne, redete sie mit sich selbst, während sie zur Prannerstraße hinüberlief, wo der Bayerische Landtag zusammentrat und einzelne Abgeordnete ihre Büros hatten.

Therese war angemeldet und wurde von der eleganten Vorzimmerdame gleich vorgelassen.

»Was führt Sie zu mir, Frau Randlkofer?«

Therese wartete, bis die Sekretärin die Tür hinter ihr geschlossen hatte. Dann öffnete sie ihre Tasche und baute vor dem verblüfften Kommerzienrat Hundhammer eine blaue Pyramide aus kleinen runden Kaviardosen auf. Erste Reihe unten vier, zweite Reihe drei, dritte Reihe zwei und vierte Reihe eine Dose. Hundhammer, der einen mächtigen, fast ganz kahlen Schädel und dazu einen fünf Zentimeter über das Kinn hinausreichenden, ganz gerade geschnittenen Vollbart trug, war hin- und hergerissen. Schließlich fuhr er mit seinem Stuhl zurück und brachte so Abstand zwischen sich und die Verlockungen auf seinem Tisch. Eine seiner Leibspeisen. Und das wusste Therese. Samstagabend, zwei Eihälften, hart gekocht, darauf ein Teelöffelchen körniger Kaviar, ein Glas Schaumwein dazu – davon hatte er Therese im Laden so oft vorgeschwärmt. Das war ihm inzwischen womöglich ein größeres Vergnügen geworden als die gestohlenen Stunden mit seiner Vorzimmerdame, dichtete Therese ihm noch dazu, nachdem sie das Fräulein kurz in Augenschein genommen hatte, die schon fast eine Enkelin des Herrn Hundhammer hätte sein können.

»Frau Randlkofer, was wird das hier? Etwa eine Bestechung mit Luxusgütern?«

»Die letzten, die ich habe«, log Therese. Von ihren Vorräten im Kohlen- und Kartoffelkeller musste ja niemand etwas wissen. »Deswegen ist es auch keine Bestechung, sondern ein freundschaftlich gemeintes Geschenk. Ich teile meine Schätze, oder was davon noch übrig ist, mit meiner treuesten Kundschaft. Gerade in diesen schweren Zeiten.«

»Das ehrt Sie natürlich.« Hundhammers Blick wurde begehrlicher. Es fiel ihm offensichtlich immer schwerer, den Bestechungsversuch zurückzuweisen. »Deshalb haben Sie sich extra hierherbemüht?«, fragte der Kommerzienrat und Vertreter der Zentrumspartei im Landtag. »Was machen denn Ihre Söhne?«

Thereses Blick musste Bände sprechen, denn Hundhammer nickte, als habe er verstanden, dass ihr Besuch vielleicht genau damit zu tun hatte.

»Setzen Sie sich doch.« Er ließ rasch die zehn Kaviardosen in den Schubladen seines Schreibtischs verschwinden. Immerhin, dachte Therese, hat er mein Geschenk angenommen, und wir kommen ins Gespräch.

»Meine Söhne haben beide einen Betrieb zu leiten«, sagte sie und nahm Platz. »Hermann den Goldachhof und Paul das Geschäft in der Dienerstraße.«

»Der Hof ist natürlich wichtig für die Versorgung mit Nahrungsmitteln«, sagte Hundhammer.

»Wenn das Wehramt allerdings alle Bauernsöhne und vielleicht auch noch die Bauern selbst, die Verwalter und die Gutsbesitzer einzieht, bleibt keiner mehr übrig, um für die Ernährung des Heeres und der Bevölkerung zu sorgen.«

»Ja, da muss man aufpassen, dass man nicht über das Ziel hinausschießt«, stimmte der Abgeordnete Therese zu. »Aber beim Geschäft in der Dienerstraße sieht es etwas anders aus. Feinkost ist in Zeiten wie diesen wirklich ein entbehrlicher Luxus. Es wird ja auch immer schwieriger, sie herzubekommen. Jetzt geht es aber nicht um eine kleine Oberschicht, deren guter Geschmack befriedigt werden soll, sondern um ein ganzes Volk, das vor Hunger und Mangelernährung bewahrt werden muss.«

Deinen Kaviar wirst du aber schön selbst essen und nicht unter das Volk verteilen, dachte Therese. Aber es ging ihr nicht um den Kaviar, sondern um Paul.

»Dann stellen wir in diesen besonderen Zeiten eben den Handel mit Feinkost ein« – sie dachte kurz, wie wenig Zeit es gebraucht hatte, um das Wort »Delikatessen« praktisch aus dem Sprachgebrauch zu verbannen – »und liefern stattdessen Lebensmittel für den täglichen Gebrauch breiterer Schichten. Gute Hausmannskost, und solange es irgendwie geht in gewohnter Dallmayr-Qualität. Die kann sowohl das Heer als auch die Münchner Bevölkerung brauchen. Wir nutzen unser weitverzweigtes und eingespieltes Lieferanten- und Vertriebsnetz und konzentrieren uns ganz darauf. Aber dafür muss Paul als Betriebsleiter in der Firma bleiben.«

»Sie wollen sich also für die Heeresversorgung verpflichten?«, fragte Hundhammer.

»Wenn ich dafür meine Söhne behalte, ja«, antwortete Therese.

»Das Städtische Wehramt wird dann bei Ihnen bestellen und auch selbst die Preise festlegen.«

Therese nickte. Sie hatte sich kundig gemacht.

»Verstehe«, sagte Hundhammer. »Also ich kann das an die entsprechende Behörde weiterleiten und freue mich, wenn ein so renommiertes Geschäft wie Ihres auf die Versorgung des Heeres umstellt. Meine Zusage erfolgt natürlich vorbehaltlich eines anderslautenden Bescheids durch eine höhere Instanz als mich«, sagte der Abgeordnete.

»Einverstanden«, antwortete Therese. Man konnte ja immer nur einen Schritt nach dem anderen tun, nicht zwei auf einmal. Und ein paar Dosen hatte sie ja immer noch im Keller.

Auf dem Heimweg fiel ihr ein, dass sie bald die Bestellliste für die Hochzeit von Prinzessin Adelgunde, eine Tochter von Ludwig III., mit Wilhelm von Hohenzollern abarbeiten mussten. Etwa zwanzig Münchner Firmen würden ihre Delikatessen, besser: ihre Feinkost rechtzeitig zum Fest anliefern, und Dallmayr war eine von ihnen. Denn mit gediegener Hausmannskost gaben sich eine bayerische Prinzessin und ihr Fürstgemahl, der ein preußischer General der Infanterie war, natürlich nicht zufrieden. Nur weil Krieg war, würde man bei den Feierlichkeiten in der Königlichen Residenz doch nicht Kutteln mit Sauerkraut auftischen. So weit ging die Verbrüderung der Krone mit dem einfachen Volk dann doch nicht.

Therese hatte die Liste nicht mehr ganz im Kopf, was die genauen Mengen betraf, die bestellt waren, aber die Lebensmittel selbst wusste sie noch so ungefähr, weil sie ja seit einiger Zeit täglich damit beschäftigt waren, die entsprechenden Lieferanten dafür ausfindig zu machen. Als kleine Gedächtnisübung rief Therese sich die einzelnen Posten auf der Bestellliste der Reihe nach ins Gedächtnis und zählte dabei mit. Als sie am Marienhof ankam, hatte sie siebzehn Artikel beisammen, von insgesamt über zwanzig. An Fleischwaren war sie sich sicher, dass Schinken, Lachsschinken, Truthahn, Schnepfen und Gänseleber bei ihnen bestellt waren. An Fisch geräucherter Lachs, Sardellen, Langusten, und, auch nicht ganz einfach zu besorgen, Schildkrötenfleisch, natürlich kein falsches, sondern echtes. Trüffel und Parmesankäse standen ebenso auf der Order wie Honig und Paprikapulver. Außerdem Birnen –

was ihnen besonders großes Kopfzerbrechen bereitete, mitten im Winter. Krachmandeln und Pistazien, und unter der bimmelnden Ladentür fiel ihr noch der Chesterkäse ein, der auf der Liste stand, obwohl er jetzt zum feindlichen Käse geworden war. Dem Käse war seine Herkunft egal, und den Herrschaften am Hof musste es nun auch recht sein, wenn er nicht aus der nordenglischen Grafschaft Cheshire, sondern aus dem Allgäu oder, wenn es gar nicht anders ging, aus dem Harz stammte.

Therese musste schmunzeln, als sie am Tag nach der Trauung in den *Münchner Neuesten Nachrichten* Folgendes nachlesen konnte: »Die Vermählung der Prinzessin Adelgunde von Bayern mit Fürst Wilhelm von Hohenzollern vollzog sich in der durch den Ernst der Zeit bedingten einfachen Weise, ohne Entfaltung eines prunkvollen Zeremoniells. Das Palais des Prinzen und der Gesandtschaften, die staatlichen und die städtischen Gebäude hatten Flaggenschmuck angelegt, ebenso bekundete die Bevölkerung der Stadt ihre Teilnahme an dem Fest durch Beflaggung der Häuser. Gegen elf Uhr fuhren die Mitglieder des Königshauses und die wenigen sonstigen Hochzeitsgäste an der Breiten Treppe der Residenz vor und versammelten sich dann in den Reichen Zimmern.«

In der »durch den Ernst der Zeit bedingten einfachen Weise« hatte Dallmayr seine zweiundzwanzig erlesenen Delikatessen zum mehrgängigen Menü beigesteuert. Hoflieferant Gillitzer hatte das Ochsenfleisch geliefert, Klaß die Zungen, August Eder das Kalbfleisch. Das Schweinefleisch, die Kalbsfüße und das Kalbfleisch kamen von Hoflieferant Brandl. Elser lieferte Rehe und Fasanen, Burgmair das Geflügel und die Gänseleber. Von Hoffischer Steinbacher kamen Seezungen und Salm. Sultaninen und Vanille lieferte die Firma Pries und Zechbauer wie immer die Zigarren. Und herausgekommen war, glaubte man dem Zeitungsbericht, bei dem riesigen Aufwand keine große Sause, sondern ein den Umständen entsprechendes einfaches Festmahl. Na dann, *bon appétit*, dachte Therese. Denn französisch denken war schließlich immer noch erlaubt.

Mit der Schere in der Hand saß Therese am Küchentisch und schnitt ein Blatt aus der *Münchner Illustrierten Zeitung*, das mit »Deutscher Heldensaal 1915« überschrieben war. Es enthielt sechsundzwanzig Porträts von jüngeren und nicht mehr ganz so jungen Männern in Uniform, die ihr Leben fürs Vaterland gegeben hatten. Seit September 1914 schnitt sie nun diese Seiten aus und führte Protokoll über die Münchner, die im Feld gestorben waren. Und es hörte einfach nicht auf.

»Warum tust du das, Mutter?«, fragte Lotte, wenn sie sie dabei überraschte.

Therese wusste keine rechte Antwort darauf. Sie musste es einfach tun, es war wie ein Zwang. Als könnte sie durch ihren Dienst als treue Chronistin die Gefahr bannen oder sie wenigstens von ihrer Familie und ihrem unmittelbaren Umfeld fernhalten.

In den ersten fünf Monaten des Krieges, von August bis Ende Dezember 1914, waren bereits eintausendachthundert Münchner Soldaten gefallen. Nach Paris, wie sie auf ihre Eisenbahnwaggons mit Kreide geschrieben hatten, war keiner von ihnen gekommen. Sie waren stecken geblieben in den weiten, flachen Landschaften Flanderns, die nun zerbombt waren, in den Dörfern, den Feldern und Wäldern an der Marne, östlich von Paris. Es war wie in jedem Krieg überall auf der Welt und wie Therese es von der ersten Schlagzeile, dem ersten Jubel über die Kriegserklärung des Kaisers an befürchtet hatte: Die Männer starben dahin, die Blüte der Nation ging elendig zugrunde, und es sah nicht danach aus, dass das Blatt sich so bald zum Guten wenden würde. Wie hatten die militärischen Führer den Feind so unterschätzen und die eigene Armee und Rüstung so überschätzen können? Nichts lief nach ihren Plänen, auch wenn sie das Gegenteil behaupteten. Die Heeres- und Frontberichte in den Zeitungen waren einer strengen Zensur unterworfen. Das wusste man. Denn wenn alles gut laufen würde, wie sie behaupteten, müssten doch die Soldaten längst wieder zu Hause sein. Doch die, die kamen, waren entweder schwer verwundet oder tot. Und viele Menschen, Familien, die ihre Väter, Söhne, Enkel in diesen Krieg schicken mussten, kannten nur ein Gutes: nicht den Sieg, sondern einfach das Ende des Krieges. Doch das schien fern. Also schnitt Therese weiter die Heldensaal-Blätter aus und sammelte sie, ohne eines auszulassen. Damit musste sie in den Augen ihrer Schwiegertochter das wunderliche Bild einer närrisch gewordenen Alten abgeben, aber es half nichts. Sie konnte einfach nicht mehr aufhören damit.

Sie las die Namen der Männer, ihre Geburts- und Sterbedaten, rechnete ihr Alter aus, sah sich die Bilder genau an und versuchte sich ein oder zwei Gesichter besonders einzuprägen, sich ihr Leben, aus dem sie herausgerissen worden waren, vorzustellen. Das tat sie, wenn sie in der Sankt-Benno-Kapelle im Dom niederkniete und für alle Opfer des Krieges betete. Auch das eine selbst gewählte Pflicht, der sie nun fast täglich nachkam.

Als sie an diesem zarten Frühlingstag mit ihrer Arbeit des Ausschneidens und Sammelns fertig war, den Ordner zuklappte und ins Büro ging, hatte Rosa ihr einen Brief auf den Schreibtisch gelegt. Er stammte von Kommerzienrat Hundhammer, und Therese war klar, dass es darin nicht um eine Kaviarbestellung gehen würde. Der Abgeordnete schrieb ihr, dass es ihm trotz aller Bemühungen nicht gelungen war, weiterhin die

Unabkömmlichkeit ihres jüngsten Sohnes zu gewährleisten. Dass es ihm leidtue, aber dass der Krieg keine Privilegien kenne, vor allem jetzt, wo die Verluste doch groß waren und die Lücken aufgefüllt werden mussten.

Die Lücken. Therese dachte an die Männer auf dem obersten Blatt ihrer Sammlung, die sie gerade einsortiert hatte. Das waren jetzt die Lücken. Sie waren aber nicht nur aus den Reihen ihrer Kompanien und Regimenter gerissen worden, sondern auch von ihren Bauernhöfen, den Werkstätten der Schuster, Schreiner und Zimmerer. Da waren Frauen, Kinder, Mütter, Väter, Brüder und Schwestern, Kollegen, Angestellte und Lehrlinge, die sie zurückgelassen hatten und denen nun der Mann, der Sohn, der Meister oder Lehrling fehlte. Und diese Lücken waren nicht mehr zu schließen.

Die Lücken im Heer wurden mit Nachschub aus der Heimat gefüllt. Jetzt wurden bereits Männer bis zurück zum Jahrgang 1870 eingezogen. Fünfundvierzigjährige. Der *Simplicissimus* hatte sich erst vor Kurzem mit einer Karikatur über diese neuen »Rekruten« mit Bierbauch und Glatze lustig gemacht. Eigentlich war die Zeichnung geschmacklos und eher zum Weinen als zum Lachen, denn die Sache war ja kein Spaß, sondern bittere Realität.

Therese legte den Kopf in die Hände. Dann war es also jetzt so weit. Sie hatte in letzter Zeit jeden Tag mit dieser Nachricht gerechnet und sie gefürchtet. Nicht unbedingt von Hundhammer, sondern vom Wehramt oder von Paul selbst, der eines Tages die Aufforderung zum Einrücken bekäme. Sie war ja keine Träumerin. Es war ihnen lediglich ein Aufschub gewährt worden, das war ihr mit jeder Woche und jedem Monat, den der Krieg länger dauerte, immer klarer geworden. Wenn sie jetzt schon Vierzigjährige holten, würden sie irgendwann auch die jüngeren Männer einziehen, die bisher noch davongekommen waren. Eine Flucht in die Schweiz, noch im Juli, vor der Kriegserklärung, wäre die einzige Möglichkeit gewesen, diesem Schicksal zu entkommen. Ein absurder Gedanke, aber sie hatte ihn gehabt.

Es war nun, wie es war. Therese zog sich die Jacke über und ging hinüber zum Dom, um zum heiligen Benno, dem Schutzpatron der Stadt, zu beten. Therese übertrug ihm die Aufgabe, seine Hand über Paul zu halten und ihn zu beschützen.

Die Aufforderung zur Musterung bekam Paul nur wenige Tage später. Der Termin im Wehramt war mit sehr kurzer Frist gesetzt worden. Erwartungsgemäß wurde Paul für wehrtauglich erklärt und rückte Mitte März zu einer Schnellausbildung in die Türkenkaserne ein, wo er zusammen mit Einberufenen aus ganz Bayern körperlich ertüchtigt und im Umgang mit der Waffe auf den neuesten Stand gebracht wurde.

Es erreichten sie kurze, der Zensur unterworfene Nachrichten wie aus dem Gefängnis. Paul schrieb ihnen in und noch mehr zwischen den Zeilen, dass es für ihn schrecklich öde war, sich an Tauen in die Höhe zu ziehen, auf allen vieren über den Kasernenhof zu robben, draußen in Grünwald das Ausheben von Schützengräben zu üben, sich von den Ausbildern schikanieren zu lassen, die kratzende Militärdecke millimetergenau auf Kante zu falten, weil mit dem Metermaß nachgemessen wurde. Aus seinen Andeutungen las Therese heraus, dass er den Dienst auf dem Kasernenhof und an der Waffe als eine große Verschwendung an Zeit und Lebenskraft ansah. Paul war mit seinen nunmehr dreißig Jahren zu alt und zu gefestigt in seinen Anschauungen. Nationalistische Propaganda erreichte ihren Sohn nicht. Therese und Anton hatten ihre Kinder zu selbst denkenden, im christlichen Sinne guten Menschen erzogen, nicht zu Patrioten. Paul und sein Bruder waren bisher taub gewesen gegen das Kriegsgeschrei. Das Vaterland und seine Bedrängnis – vielleicht war es falsch, vielleicht war es richtig.

Wer wusste es schon mit Sicherheit zu sagen? Doch dass so viele junge Männer ihr Leben lassen mussten, heiliger Benno, allein fast zweitausend Münchner in einem halben Jahr, das war doch zu viel. Das konnten doch auch der König und selbst der Kaiser nicht wollen. Und schon gar nicht die Mütter und die Frauen der Gefallenen. Wenn sie jung waren, fanden sie vielleicht später noch einmal einen Mann. Nur für die Mütter würde es keine neuen Söhne geben, wenn sie ihre verloren hätten.

»Pass bloß mit dem Plätteisen auf, Cilli! Das dunkle Leinen ist so empfindlich gegen Hitze«, rief Lotte und steckte eine weitere Haarnadel in ihre aufwendige Hochsteckfrisur. Der kleine Gregor spielte zu ihren Füßen mit einem Stoffball und seinem heiß geliebten Teddybären. Er ließ sich Zeit mit dem Laufenlernen. Er konnte sich am Bett hochziehen und hielt sich im Stehen mit einer Hand am Rahmen fest. Doch zur Fortbewegung benutzte er immer noch alle viere.

Mit dem Handspiegel prüfte Lotte am Schminktisch sitzend, ob sie auch keine Strähne übersehen hatte. Sie hatte ihrem Haar die tausend Bürstenstriche gegönnt, die es brauchte, um wie poliertes Kupfer zu glänzen. Das dunkelblaue Leinenkleid würde das Rot noch mehr leuchten lassen. Bloß nicht daran denken, wofür sie sich heute so schön machte. Und bloß nicht weinen, denn dann wäre alle Mühe umsonst. Sie übte am Spiegel dieses Lächeln, das sie unbedingt durchhalten wollte. Mundwinkel nach oben und nach außen gezogen, bis es wehtat. Lotte hatte sich geschworen, sie würde tapfer sein.

Sie hatte sich für das dreiteilige Ausgehensemble mit langem geradem Rock, Spitzenbluse und kurzer Bolerojacke entschieden. Am Stehkragen der Bluse würde sie die runde Brosche mit den Granaten tragen. Der kesse Bolero musste offen bleiben, damit die feine Spitze der Bluse und der Gürtel, der ihre jetzt wieder schmale Taille betonte, auch gut zu sehen waren. Das französische Etikett hatte sie vorsichtshalber herausgetrennt.

»Besonders mit der Spitzenbluse aufpassen, Cilli!«, rief sie ins Wäschezimmer hinüber.

»Ich hab schon mindestens zwei Jahre nichts mehr verbrannt beim Plätten.« Cilli stand in der Tür, das blaue Sommerensemble auf einem Kleiderbügel haltend. »Das Leinen ist verflixt empfindlich. Hinsetzen dürfen Sie sich damit nicht, sonst ist der ganze Aufwand umsonst gewesen.«

»Du bist ein Schatz, Cilli. Und, wie sehe ich aus? Sitzt meine Frisur?«

»Man könnte meinen, Sie gehen auf ein Sommerfest«, sagte das Mädchen und schlug die Hand vor den Mund. »Wenn es nicht so traurig wär.«

»Zum Traurigsein habe ich hinterher noch Zeit genug. Jetzt mache ich mich so hübsch, wie ich nur kann für meinen Mann.«

»Sie sind doch immer hübsch«, sagte Cilli. »Und mit ihren Haaren können Sie sich sowieso nicht verstecken. Ihr Mann wird Sie sofort erkennen unter all den Leuten, die kommen werden.« Sie bückte sich und gab Gregor den Ball zurück, der unter das Bett gerollt war.

»Das hoffe ich, Cilli. Und er soll mich strahlen und nicht weinen sehen.« Mundwinkel nach oben. Sie würde ihre Traurigkeit einfach weglächeln.

Sie durfte es Paul nicht noch schwerer machen. Bei seinem letzten Besuch zu Hause, der viel zu kurz gewesen war, hatten sie nur wenig Zeit für Gregor und die Familie, das größte Stück aber für sich allein reserviert. Sie hatten mehr gelacht als geweint, und das hatte Lotte sich auch für diesen Tag vorgenommen, und wenn es ihr das Herz zerreißen würde. Gregor würde bei Cilli zu Hause bleiben. Mit ihm zusammen wäre ihr das Herz noch schwerer geworden.

Sie kamen kurz vor der Truppe am Odeonsplatz an und erwischten die letzten freien Plätze auf den Stufen der Feldherrnhalle, von wo sie einen guten Blick auf den Platz vor der Theatinerkirche hatten. Dort sollte die Aussegnung stattfinden. Der Augenblick, als die Soldaten von der Brienner Straße kommend auf den Platz zogen, war schrecklich feierlich und zugleich düster. Mütter, Frauen, Freundinnen weinten und schnieften, ein paar Männer riefen Hurra, damit es nicht zu tragisch wurde, und Lotte spürte sofort, dass es ihr sehr schwerfallen würde, sich zusammenzureißen. Es war wie bei einer Beerdigung, auf der man sich vornahm, unter keinen Umständen zu weinen. Und kaum erklang der erste Ton des Trauermarsches, liefen die Tränen. Lotte zwang sich, ihr einstudiertes Lächeln aufzusetzen und wenn nötig die Zähne zusammenzubeißen, bis es schmerzte. Hinter dieser Maske würde sie sich verstecken, bis über den letzten Gruß hinaus. Als sie Paul entdeckte, machte ihr Herz einen Sprung. Er suchte sie mit den Augen, und sie winkte ihm scheu, lächelnd. Sein Blick war zärtlich und sanft, als habe er sich ganz in sein Schicksal ergeben. Wenn er diese Kraft aufbrachte, dann würde auch sie nicht einbrechen. Lächle, Lotte, lächle mit deinen Augen und deinem Mund, und mach es ihm nicht so schwer.

Hermann hatte Paul auch entdeckt und zeigte Sonia und den Kindern, in welcher Reihe sie ihn finden konnten. Johann stand neben seiner Oma und hielt tapfer ihre Hand. Lotte erschrak, als sie Thereses Gesicht sah. Es war grau und wie aus Stein.

»Schau, da ist ja auch Hans«, flüsterte Sonia.

Zwei Reihen hinter Paul stand Hans Metzger, der Maler vom Goldachhof. Die beiden waren im selben Regiment. War das nun ein gutes Zeichen?, fragte Lotte sich und lächelte ihre Zweifel weg. Natürlich war es das. Sie wies Elsa darauf hin, und sie nickte ernst. Hans und sie hatten sich bereits gesehen. Sie hielt die andere Hand ihrer Mutter und stand für den Fall einer Schwäche Thereses bereit, sie zu stützen. Elsa war extra aus der Schweiz angereist, um Paul Lebewohl zu sagen. Sie hatte lange Zeit Pläne geschmiedet, wie sie ihn von Bayern aus in die sichere Schweiz bringen könnte. Über den Bodensee, schwimmend, war ihre letzte Idee gewesen, und sie hatte wie besessen daran herumgebastelt, bis Therese auf den Tisch gehauen und gesagt hatte, dass Desertieren für ihren Sohn nicht infrage käme und nun endlich Schluss sein müsste mit diesem Unfug. Elsa nahm die Zurechtweisung klaglos hin. Sie schien fast dankbar, dass Therese ihr Gedankenkarussell mit diesem Machtwort endlich zum Stillstehen brachte.

Am Ende der ergreifenden Zeremonie bemühte die Menge sich um Jubel und Begeisterung, aber den meisten steckte ein mächtiger Kloß im Hals. Doch selbst mit dickem Hals konnte man immer noch lächeln, und Lotte lächelte. Nicht einmal eine Ohrfeige hätte sie daran hindern können.

Nach dem Segen machte die Truppe kehrt für den Ausmarsch durch die Brienner Straße, und viele der Angehörigen liefen neben ihren Liebsten her. Auch Lotte schloss sich ihnen an, um Paul zu begleiten. Therese blieb wie eine steinerne Sphinx auf den Stufen der Feldherrnhalle zurück.

Am Wittelsbacher Palais empfingen die bayerischen Soldaten den Segen ihres Königs, der trotz seines fortgeschrittenen Alters noch Träume hatte. Sein neuster war, sich im Falle eines Sieges das Elsass und Lothringen einzuverleiben.

Während des feierlichen Segens lächelte Lotte immer noch. Doch sie musste immer mehr kämpfen, als hingen Bleifäden an ihren Mundwinkeln, um sie nach unten zu ziehen. Und dann war er da, der schmerzliche, quälend lange Augenblick, in dem sie voneinander Abschied nahmen. Lotte musste ihren Paul, den sie so liebte, ziehen lassen. Sie wussten nicht, wohin sie ihn schicken würden und was ihm bevorstand. Nein, nicht darüber nachdenken. Alles würde gut gehen. Es musste doch gut gehen für Paul und für sie. Sie küsste ihn zum letzten Mal, Mundwinkel nach oben, tränennasse Wangen, nahm Pauls Hand und legte sie auf ihren Bauch.

»Wir werden auf dich warten, Gregor und ich und …« Sie hatte es nur ganz leise gesagt, aber an Pauls Augen konnte sie sehen, dass er sie verstanden hatte.

Liebe Juliette, lieber Antoine,
seit zwei Wochen haben wir das schönste sonnige und warme Wetter. Zum Dorf hinüber, hinter dem Stacheldrahtzaun, leuchten die Wiesen hellgrün, und die Bäume knospen. Auf der anderen Seite des Lagers blüht der wilde Ginster. Über dem Meer steht abends die Sonne wie eine blutrote Scheibe und wirft einen zartrosa Widerschein auf das dunkle Wasser. Dann verhüllt die Dämmerung das Land, und das Meer ist nur noch dunkel. Träge fließt die Zeit dahin.

Während einer Tour durch das Lager war ich letzte Woche sehr erstaunt, denn ich hörte eine Frauenstimme singen. Ich blieb stehen und betrat die Baracke, aus der die Stimme kam. Da bemerkte ich, dass es ein Grammofon war, das spielte. Also gibt es sogar Musik auf unserer Insel. Einige meiner alten und neu dazugekommenen Kameraden – wir sagen Kameraden zueinander, als wären wir Soldaten – haben sogar Musikinstrumente bei sich. Sie wollen ein Streichorchester gründen und Konzerte geben. Wir sind so hungrig nach allem, was uns an die Zivilisation erinnert, aus der man uns durch unsere

Festnahme herausgerissen hat. Die Kameraden erzählen, dass es in anderen Lagern sehr viel schlimmer zugeht als bei uns. Ich weiß nicht, ob es stimmt. Ich kenne ja nur Île Longue. Tagsüber sind wir uns selbst überlassen. Appelle finden nur zweimal täglich morgens und abends statt. Unser Lager untersteht dem französischen Innenministerium, heißt es, und unsere Aufseher sind keine Soldaten oder Gendarmen, sondern größtenteils ältere Männer, fast schon Pensionisten. Einen nennen wir Père Noël wegen seines Rauschebarts. Sie wollen nichts von uns und sind froh, wenn wir sie in Ruhe lassen. Sie schaffen sich mit dem eifrigen Tabakhandel ein gutes zusätzliches Einkommen. Nur die Überwachung außerhalb des Lagers wird von Soldaten durchgeführt, die draußen in Baracken untergebracht sind.

Man gibt uns mancherlei Aufgaben, was für uns wichtig ist, denn das Schlimmste ist doch die Langeweile. Alles, was auf der Insel ankommt, Fleisch, Reis, Bohnen, Baumaterial, alles, was vom Dampfschiff abgeladen wird, muss von uns hinauf ins Lager getragen werden.

Da wir praktisch kein Gemüse und überhaupt nichts Grünes bekommen, haben wir angefangen, alle geeigneten Flächen im Lager, so klein sie auch sind, in Gärten zu verwandeln. Es sind immer nur ein paar Quadratmeter, aber es steckt sehr viel Liebe und Fürsorge darin. Wir konnten Radieschen, Erbsen, Kartoffeln und sogar Gurken pflanzen. Nur mit dem Wasser gibt es immer wieder Probleme. Es gibt nicht genug, sodass die Radieschen mit unserem Waschwasser vorliebnehmen müssen. Aber sie tun uns den Gefallen und wachsen trotzdem.

Gestern kamen an die neunzig neue Gefangene an und wurden auf die Baracken verteilt. Neben der Kantine, in der nicht sehr gut gekocht wird für uns, hat unser »Komitee für gegenseitige Hilfe« einen kleinen Raum. Dort kann man, wenn man Geld hat, gelegentlich etwas kaufen. So habe ich für drei Francs ein Paar Segeltuchschuhe in meiner Größe erstanden.

Juliette, chouchou, ich fühle manchmal eine so schreckliche Leere in mir. Unzählige Male nehme ich ein Buch in die Hand und lege es wieder fort. Ich komme mir so nutzlos vor. Aus den Zeitungen, die uns erreichen, und aus den Briefen erfahren wir, dass die Versorgungslage in Deutschland schlecht ist. Ich hoffe, meine Mutter muss nicht hungern. Habt ihr denn genug zu essen? Und Antoine? Lassen sie euch in Ruhe, oder habt ihr immer noch darunter zu leiden, dass ich kein Franzose bin?

Gerade bin ich besonders deprimiert, weil wir heute Morgen zum ersten Mal seit unserer Anwesenheit auf der Insel die Erlaubnis bekamen, im Meer zu schwimmen. Ich bereitete mich mit einigen Kameraden, die ebenfalls schwimmen können, darauf vor und freute mich unbändig. Aber als ich unsere Aufseher herumbrüllen hörte und sie uns auf unbestimmte Zeit in der Reihe stehen und warten ließen, aus keinem anderen Grund als reiner Schikane, packte mich wegen dieser Ungerechtigkeit eine solche Wut, dass ich das Bad aufgab und zurück ins Lager marschierte. Hinterher hat mich eine Niedergeschlagenheit und Gleichgültigkeit erfasst, die mir sonst im Leben ganz fremd sind. Eine größere Langeweile als unsere kenne ich nicht. Man ist wie in einem Zustand der Zersetzung. Ich bin manchmal ganz stumpfsinnig und unfähig, mich auf irgendetwas zu konzentrieren.

Wie viele Stunden und Tage, Wochen und Monate müssen wir hier noch ausharren? Die allermeisten meiner Kameraden wünschen sich nichts sehnlicher, als an der Seite unserer Soldaten an der Front zu stehen und für ihr Land zu kämpfen. Aber ich habe zwei Vaterländer. Ich bin fast so gut Franzose wie Deutscher, und vielleicht sehne ich mich gerade deshalb nicht nach dem Krieg. Ich möchte einfach nur, dass er bald ein

Ende hat und ich wieder nach Hause darf. Ich warte und hoffe. Ich sehe hinaus aufs Meer, und die Gedanken fliegen ganz weit weg. Zu euch.

Euer euch liebender Ludwig/Louis

1916

Ein Orden – na und? Therese wusste nicht, warum so ein Tamtam darum gemacht wurde. Im Wittelsbacher Palais hatte ihr ein niederer Beamter, ein Schreiber – und nicht der König selbst – dieses Bronzekreuz mit dem Porträt Ludwigs III. und dem wirklich hübschen glänzenden Stoffband mit weiß-blauen Querrippen überreicht. Doch sie war nur zusammen mit vielen in einer langen Schlange gewesen. Alles Menschen, die ebenfalls für diese Auszeichnung auserkoren und zur Verleihung vorgeladen worden waren. Therese hatte sie bekommen, weil Dallmayr jetzt nicht länger die städtischen Feinschmecker, sondern das bayerische Heer mit nahrhafter Hausmannskost versorgte. Hoflieferant Alois Dallmayr lieferte nun auch Truppenproviant und ließ Preislisten für die Truppenverpflegung drucken. Darin stand gleich zu Beginn, dass die verzeichneten Preise nur unverbindlich, weil großen Schwankungen unterworfen waren. Sie führten jetzt viele Lebensmittel in kleinen Feldpostpackungen und hielten eine große Auswahl an Pappschachteln, Kästchen und Dosen vor, die gegen Vorauskasse auch direkt an die Adressen der Soldaten im Felde versandt wurden. Zwei Tuben Fleischpains in der Feldpostpackung, das Paket für 1,60 Reichsmark. Delikatessschinken ohne Bein, zum Rohessen, das Pfund für zwei Reichsmark. Billiger war Liebig's Fleischextrakt in Dosen mit je fünf Kugeln. Die Dose für fünfundzwanzig Pfennige. Suppenwürfel von Knorr, das Stück für zehn Pfennige, Erbswurst für dreißig Pfennige. Alois Dallmayr's Ochsenschwanz- oder Krebssuppe mit Einlage à fünfzig Pfennige die Dose, ausreichend für jeweils zwei Tassen. Dazu Kochvorrichtungen der Marke Perfekt mit je zwei Dosen Hartspiritus. Gerade erst hatten sie die aktuellen Listen drucken lassen und schon bald würde es noch neuere geben, mit wieder neuen Preisen. Was für ein trauriges Geschäft das war.

Manchmal war es schwer auszuhalten, wenn Therese die Angehörigen der jungen Männer im Feld beim Kaufen der kleinen, aber nur scheinbar belanglosen Gaben beobachtete. Oft standen den Verlobten, Müttern, Schwestern oder Vätern die Tränen in den Augen beim Einkauf. Und wenn sie sich dann vorstellte, wie die achtzehn-, neunzehn- oder auch dreißigjährigen Soldaten aus ihren kalten, feuchten und lehmigen Schützengräben herauskamen, um ein Paket aus der Heimat entgegenzunehmen, mit einem Gruß und einer Felddelikatesse, dann kamen ihr fast selbst die Tränen. An die Pakete, die ihren Adressaten einen Tag oder eine Woche zu spät erreichten, mochte sie erst gar nicht denken. Denn dann musste sie auch an Paul denken, und das Herz wurde ihr bleischwer. Niemals hätte Therese sich so etwas träumen lassen, als ihr Haus fertig gebaut war und sie vor vier Jahren das neue Geschäft so glanzvoll eröffnete.

Sie riss sich von ihren traurigen Gedanken los. Wenn die Feldpostsendungen, so einfach die enthaltenen Speisen auch sein mochten, nur die Männer im Felde erreichten, dann hatte sie doch einen wichtigen Beitrag geleistet und musste zufrieden sein. Mehr konnte sie nicht tun. Wie hart war es für viele Menschen in der Heimat, die sich die Pfennige für die Feldpost an ihre Männer, Väter und Söhne vom Mund absparen mussten. Nicht umsonst wurden die Pakete an die Soldaten »Liebesgaben« genannt. Denn das waren sie. Es hatte keinen Sinn, den alten glänzenden Zeiten nachzuhängen. Also würde sie jetzt auch ihre Auszeichnung ohne Bitterkeit entgegennehmen. Anderen ging es so viel schlechter als ihr und ihrer Familie. Das durfte sie nie vergessen.

Therese wusste wie jeder, der die Zeitung las, dass die König-Ludwig-Kreuze in großer Stückzahl verteilt wurden, um die Moral an der Heimatfront zu stärken. Gefertigt waren sie in Bronze, Eisen oder Zink. Ein Massenartikel. Die aus Silber waren für das Bayerische Kabinett und die Minister vorgesehen. Kein Grund, sich groß etwas darauf einzubilden, fand Therese. Eher die Botschaft: Durchhalten, auch wenn alles um uns herum vor die Hunde geht.

Maggi's Suppenwürze macht jede Suppe und schwache Fleischbrühe augenblicklich überraschend gut und kräftig im Geschmack. Nur nicht zu viel nehmen und nicht mitkochen lassen! Hatten sie es nicht wortwörtlich so in ihrer Preisliste abgedruckt? Man konnte sich alles schönreden, dachte Therese. Und schon spürte sie wieder eine Welle dieser galligen Bitterkeit in sich aufsteigen, die sie sich gerade noch selbst verboten hatte.

Neben den einfachen Truppen belieferte Dallmayr auch die Offizierskasinos, wo es feiner zuging als bei den Fußsoldaten. Für die Herren Offiziere gab es statt der günstigen falschen auch die teure echte Schildkrötensuppe, die Dose für siebzig Pfennige, oder den konservierten Hummer, von dem die einfachen Soldaten nur träumen konnten.

Vor einigen Wochen war es Therese sogar gelungen, eine Ladung von achtzigtausend Dosen norwegischer Fischkonserven, die ursprünglich für England bestimmt waren, zu Dallmayr nach München umzuleiten. Eine Art Kriegsbeute hatte sie da gemacht, mit englisch beschriftete Etiketten, die die Heeresverwaltung ihr geradezu aus den Händen riss. Was für seltsame Zeiten das waren, in denen sie gezwungen waren zu leben. Krieg war das Schlimmste, was den Völkern passieren konnte.

Was für ein Glück sie die letzten vierzig Jahre gehabt hatten, in Frieden zu leben. Den meisten wurde das erst jetzt so richtig bewusst. Aber so war nun einmal der Mensch. Oft merkte er erst, was er an Schönem gehabt hatte, sobald es verloren war.

Dass die Kinder mit Korbinian und den verbliebenen Angestellten nun so ein Brimborium um diesen Orden machten, leuchtete Therese nicht ein. Jetzt wurde sogar die Tür zum Geschäft abgesperrt und ein Zettel aufgehängt. »Vorübergehend geschlossen wegen Ordensverleihung«, stand darauf. Das war doch peinlich. Schampus hatten sie schon lange keinen mehr, um anzustoßen. Das dünne Kriegsbier war im Grunde ungenießbar, doch Korbinian hatte in irgendeinem Keller noch einen Obstler aus Tirol ausgegraben. Keine Vorkriegsware, also auch keine Spitzenqualität, aber man war ja bescheiden geworden.

»Müssen wir jetzt Frau König-Ludwig-Kreuzträgerin zu Ihnen sagen, Chefin?«, spottete Korbinian.

»Ja, bitte«, antwortete Therese, »und zwar mindestens in jedem zweiten Satz.«

Ein Kunde, der den Zettel wohl übersehen hatte, rüttelte an der Tür. Rosa Schatzberger rief »geschlossen« und der ältere Herr drehte sich um und ging wieder fort.

»Mutter, war das nicht …?«, rief Elsa, und Therese war schon an der Tür, drehte den Schlüssel um und sah, wie die magere, in seinen weiten Hosenbeinen schlotternde Gestalt Richtung Marienplatz davonstakste.

»Eugen!«, rief Therese. »Herr Brändi!«

Er drehte sich um, kniff die Augen zusammen, und dann sortierten sich die unzähligen Falten und Fältchen in seinem Gesicht zu einem Lächeln.

»Ich komme!«, rief er mit seinem schweizerischen »k«, das klang wie »kch«. Therese war mindestens gleich groß, aber kräftiger als das Leichtgewicht Brändi. Er verschwand fast in ihrer Umarmung und begann verlegen, seine Brille zu putzen. Ein hübscher kleiner Tick, fand Therese.

»Ein Schnäpschen, Eugen?«, fragte sie. »Ich hätte dir gern etwas Besseres angeboten, aber, du verstehst, bei uns herrscht schon im zweiten Jahr Mangelwirtschaft, und Gott weiß, wie lange es dauern wird, bis wir gar nichts mehr haben.«

»Das ist also das Haus, das du gebaut hast?«, fragte Brändi und betrachtete die prächtige gelbe Fassade mit den Säulen und den Bogenfenstern im Erdgeschoss.

»Das ist es. Wobei das Warenangebot mit der Fassade und der Innenausstattung schon lange nicht mehr mithalten kann. Also sei nicht enttäuscht, wenn du gleich mein elendes Sortiment siehst.«

»Ich weiß doch, wie es vor dem Krieg ausgesehen hat«, sagte Brändi.

»Woher denn? Ich dachte, du bist nie in München gewesen?«

»Das ist richtig, aber du hast mir im Sanatorium so viel davon erzählt. Ich konnte mir das bildlich vorstellen. Sogar einen kleinen Plan der einzelnen Abteilungen hast du mir auf eine alte Zeitung gemalt. Weißt du noch?«

Therese lächelte. »Warum bist du nach München gekommen, Eugen, hast du hier zu tun?«

»Ich bin gekommen, um dich zu besuchen, Therese. Der Krieg hat uns einen Strich durch all unsere Pläne gemacht. Eigentlich wäre ich gern früher nach München gereist.«

An der Tür standen jetzt alle Spalier, nachdem Elsa sie über Thereses Kurschatten aus der Schweiz aufgeklärt hatte.

»Ach, das Fräulein Tochter ist auch da«, sagte er und nahm das Schnapsglas entgegen.

»Auf dich, Eugen!«, sagte Therese.

»Nein, doch nicht auf mich alten Kerl«, winkte Brändi ab. »Trinken wir auf einen jungen Mann, über dessen Verbleib ich kürzlich in St. Gallen erfahren habe. Daraufhin habe ich mich nach München aufgemacht, denn ich dachte, das würde seine und die gesamte Dallmayr-Familie ganz sicher interessieren. Therese hat mir im Sanatorium von ihm erzählt, und ich habe mir seinen Namen gemerkt.«

Alle starrten ihn an, und er genoss sichtlich den Augenblick der Spannung, für den er so weit gereist war und zwei Landesgrenzen überschritten hatte.

»Trinken wir auf Ludwig Loibl«, sagte er. »Er lebt, und ich weiß sogar wo: in einem Internierungslager bei Brest, im Nordwesten Frankreichs. Man kann ihm dorthin schreiben und vielleicht auch ein Päckchen mit ›Liebesgaben‹ schicken, so sagt ihr doch in Deutschland zu den Paketen, die eure Soldaten bekommen.«

Korbinian kippte seinen Obstler, ohne auf die anderen zu warten. »Ich fahre auf der Stelle zu Frau Loibl nach Haidhausen und hole sie her, damit sie es von Ihnen selbst erfährt.«

Therese nickte. »Und Lilly soll auch mitkommen, die Schwester von unserem Ludwig. Führt sie mit ihrem Mann zusammen nicht inzwischen den Mühldorfer Hof in der Frauenstraße?«

»Stimmt ja. Dann fahre ich als Erstes dorthin. Vielleicht ist die Frau Loibl eh auch dort und passt auf das Kind auf.«

»Danke, Korbinian. Was wird sie froh sein, wenn sie endlich Nachricht von ihrem Sohn bekommt.«

Eugen Brändi erzählte ihnen, dass er in St. Gallen in einem Deutschen Hilfsverein in der Abteilung für Kriegsbeschädigte und Hinterbliebenenfürsorge ehrenamtlich tätig war. Um sich nützlich zu machen, wie er sagte. Dort war vor einigen Wochen ein Mann eingetroffen, der als deutscher Zivilgefangener in Frankreich gewesen war. Wegen einer schweren Erkrankung war er im Zuge eines Austauschs von Gefangenen in die neutrale Schweiz gebracht worden war. Er hatte Brändi vom Internierungslager Île Longue bei Brest erzählt und dass einer seiner Kameraden dort ein gewisser Ludwig Loibl, Chocolatier aus Bayonne und ehemaliger Lehrling bei Dallmayr in München gewesen war.

»Dallmayr, Lehrling, Ludwig«, sagte Brändi, »da hat es dann doch geklingelt bei mir.

»Und da hast du dich gleich auf den Weg gemacht«, sagte Therese. »Du bist ja ein richtiger Held, Eugen. Eigentlich hättest du mein König-Ludwig-Kreuz verdient.« Sie nahm es vom Tisch, befestigte es an dem weiß-blauen Band und heftete es Eugen Brändi ans Revers.

»Eigentlich würde mir ein weißes Schweizerkreuz auf Rot besser stehen«, sagte er verlegen. »Wir haben ja keinen König. Und Gott sei Dank sind wir neutral geblieben.«

Therese führte Brändi durch das Geschäft.

»Vor dem Krieg hättest du mein Sortiment sehen müssen! Jetzt habe ich weder Delikatessen noch Feinkost, nur Kartoffeln, Kraut und etwas Speck, Linsen, Erbsen und Bohnen. Wie ein beliebiger Kramerladen.«

Eugen Brändi drückte mitfühlend ihre Hand.

»Man gewöhnt sich an fast alles«, sagte er. »Das Wichtigste sind aber nicht die Dinge und auch nicht der Gaumen oder der Bauch. Am wichtigsten sind die Menschen, die wir lieben. Habe ich recht?«

Therese lud ihren Freund zu einer Kutschfahrt ein, um ihm etwas von der Stadt zu zeigen. Doch für München galt dasselbe wie für ihr Geschäft: überall Armut, Mangel und Not. Vor dem Rathaus hatte sich eine Gruppe von Frauen mit ihren Kindern versammelt. Auch Kriegsversehrte, denen ein Bein, ein Fuß, eine Hand oder ein Arm fehlte, waren darunter. Die Frauen trommelten mit Kochlöffeln auf Töpfe.

»Eine Hungerdemonstration«, erklärte Therese ihrem Freund. »Die ersten gab es schon im Winter 1915. Damals wurden sie schnell von den Schutzmännern aufgelöst. Aber schau, heute stehen die Polizisten nur noch herum, ohne einzugreifen. Sie wissen ja, dass die Frauen recht haben. Wenn sie Glück haben oder lange genug trommeln, kommt ein Magistratsbeamter und bietet ihnen ein wenig Hilfe an, Bezugsscheine für Lebensmittel oder Ähnliches.«

Tatsächlich kam eine Dame aus dem Rathaus gelaufen und verteilte zusätzliche Essensmarken und Milchmarken für die Kinder.

Vor einigen Kolonialwarenhandlungen in der Kaufinger und Neuhauser Straße hatten sich lange Schlangen von Frauen und Kindern gebildet, weil es etwas für ihre Lebensmittelmarken zu holen gab. Sie hofften darauf, dass genügend da war und es auch für die, die weit hinten in der Schlange standen, noch reichen würde. Erst wenn der eiserne Rollladen eines Geschäfts runterging, löste sich die Schlange auf, um sich vor dem nächsten Geschäft wieder zu sammeln. Auch vor den städtischen Suppen- und Volksküchen standen ganze Trauben von Menschen. Am Westfriedhof, hatte Therese gelesen, gab es jetzt einen Kriegsschulgarten, und in der Max-II-Kaserne an der Dachauer Straße waren Gemüsebeete angelegt worden. Wo früher gepflegte Grünflächen und Blumenrabatten gewesen waren, wuchsen jetzt Gemüse und Salat.

Therese wies den Kutscher an, zum Englischen Garten zu fahren, der, Krieg hin oder her, doch seinen Namen behalten hatte. Er wirkte verwahrlost. Und das aus Friedenszeiten gewohnte Publikum fehlte: die Flaneure, die Familien, die sich zum Picknick trafen, die schmucken Reiter und Reiterinnen. Stattdessen weideten Kühe auf den weiten Grünflächen. Sie zertrampelten, was einmal ein englischer Rasen gewesen war, und hinterließen überall ihre dampfenden Haufen auf, neben und zwischen den Tausenden Maulwurfshügeln, um die sich kein Gärtner mehr kümmerte. Das Gras wuchs bis auf die Wege, es gab keine sauberen Trennlinien mehr. Auf dem Oberwiesenfeld wurde Getreide ausgesät und weiter draußen, zwischen den Kasernen, wuchs hohes Gras, und eine Gruppe von Frauen pflückte Löwenzahnblätter für die Kaninchen, die jetzt in jedem Hinterhof gehalten wurden. Zuletzt waren sogar Dachsfleisch und Eichhörnchen auf dem Viktualienmarkt angeboten worden, seit normales Fleisch rar und für die meisten Bürger so gut wie unbezahlbar geworden war.

»Hier«, sagte Therese und zeigte auf den ehemaligen Exerzierplatz, »ist vor sieben Jahren der Graf Zeppelin mit seinem Luftschiff gelandet. Meine Söhne und die Enkel waren dabei. Sie sind ihm im Automobil bis nach Niederbayern gefolgt.« Bei dem Gedanken an Paul wurde ihr schwer ums Herz.

Eugen Brändi bemerkte es und nahm ihre Hand. »Er kommt schon wieder, dein Paul, ganz bestimmt.« Er tätschelte ihr die Hand. »Er wird doch bald zum zweiten Mal Vater.« Brändi tätschelte weiter, während Therese sich schnäuzte. »Nicht weinen, Therese«, versuchte er sie zu trösten. »Ein fünftes Enkelkind muss dich doch sehr stolz und glücklich machen.«

»Ja, natürlich. Der kleine Gregor macht mich wohl glücklich. Er ist ein solcher Schatz. Und Lotte ist so tüchtig. Elsa ist da und hilft mit, und seit einigen Wochen ist auch Balbina wieder im Haus. Du erinnerst dich, dass ich dir von ihr erzählt habe?«

»Natürlich«, sagte Eugen Brändi und nickte, »deine verlorene Tochter. Ist ihr Mann ...?«

»Gefallen, meinst du? Nein, glücklicherweise nicht. Er ist im Krieg, ich glaube an der Westfront, und das Hotel in Lindau ist zum Lazarett umfunktioniert worden. Dort gibt es für sie jetzt nichts zu tun, deshalb ist Balbina mit ihrer Tochter hergekommen und hilft bei mir im Geschäft mit.« Sie sah ihren Freund Eugen an. »Du bleibst doch ein paar Tage, damit wir auch zum Goldachhof hinausfahren können?«

»Ja, ein bisschen werde ich wohl bleiben können, wenn du Platz für mich hast. Dann muss ich mich wieder um meinen

Deutschen Hilfsverein kümmern. Es gibt ja noch mehr Gefangene und Internierte, nicht nur deinen Ludwig.«

»Wenn nur mit Paul alles gut geht«, seufzte Therese.

Eugen Brändi nickte und streichelte weiter ihre Hand.

Das Trommelfeuer kam von vorne und von den Seiten, und es dauerte nun schon Tage und Nächte an. Die pausenlosen Detonationen der einschlagenden Granaten waren längst in ein dröhnendes Donnern übergegangen. Man konnte die einzelnen Einschläge gar nicht mehr herauszuhören, aber Paul konnte sehen, wie rings um ihn herum die Erdbrocken in die Luft flogen. Das war kein Krieg mehr, das war die Hölle. Und er war nun an vorderster Front dabei. Tag und Nacht waren sie unter Dauerbeschuss, und über allem gellten die grauenhaften Schreie der getroffenen Kameraden und ihre vergeblichen Hilferufe. Der Wind wehte den ekelhaft süßlichen Gestank der Verwesenden über das Schlachtfeld, vermischt mit dem beißenden Geruch explodierender Granaten. Paul fror erbärmlich. Seine Stiefel steckten im eiskalten Wasser, das sich am Grund des Bombentrichters sammelte, in den er Schutz suchend gesprungen war. Der deutsche Angriff war gescheitert und der Weg zurück in die eigene Stellung bei dem intensiven Beschuss unmöglich. Wie schon am Abend, so meldeten seine Sinne auch jetzt am Beginn der Nacht Gefahr, sogar höchste Lebensgefahr. Aber er war zu erschöpft, um sich dieser Gefahr entgegenzuwerfen oder vor ihr zu fliehen. Wenn es in den folgenden Sekunden, Minuten, Stunden vorbei wäre, dann sollte es so sein. Seine Kraft war verbraucht. Er dachte an zu Hause, an die große Küche, in der seine Mutter am Herd stand und die Bratensoße abschmeckte, an den »blauen Salon«, wo das Bild seines Vaters hing, den er als Kind verloren hatte und gerade jetzt bitter vermisste. Er dachte an Lotte mit ihrem roten Haar und der samtweichen Haut, die immer ein wenig nach Zimt roch, an den kleinen Gregor und das zweite Kind, von dem er nicht einmal wusste, ob es wieder ein Junge war oder ein Mädchen. Ein hübsches rothaariges Mädchen. Dann schlief er tatsächlich ein, trotz des Granatfeuers, des Gestanks und der Kälte. Und wenn er die Nacht nicht überleben und der Feind ihn im Morgengrauen, in zwei oder fünf Stunden in seinem Erdtrichter finden würde, dann wäre er so kalt wie das Wasser in seinem Erdloch.

Es war genug. Viel mehr als er je hatte ertragen können. Und doch strichen die Schwingen des Todesengels in dieser Nacht nicht über sein Gesicht. Paul erwachte, steif gefroren, und er sah, dass der Morgen graute. Ein weiterer Tag lag vor ihm. Er schlug ein Kreuz, bedankte sich bei der Jungfrau Maria, Jesus Christus und wer sonst noch dabei mitgeholfen hatte, dass er noch am Leben war. Erst jetzt, im ersten schwachen Schein des Tages, erkannte er, dass einer neben ihm lag. Es war einer der ihren. Paul erinnerte sich nicht, ob er bereits dagelegen hatte, als er hier Deckung suchte, am Beginn der Nacht, oder ob er nach ihm gekommen und lautlos neben ihm gestorben war. Er war wegen des starken Beschusses auf dem Rückzug in ihre Stellungen nicht mehr vorangekommen. Die Kameraden würden bemerkt haben, dass er zurückgefallen war, dass er irgendwo auf dem Feld oder in einem Trichter lag, lebend, verwundet oder bereits tot. Sie warteten auf eine Gelegenheit, nach ihm zu suchen, aber in der Dunkelheit konnten sie ihre Stellungen unmöglich verlassen. Also musste Paul selbst versuchen, hier rauszukommen, auch wenn seine Glieder steif gefroren waren. Wie barbarisch kalt es nachts hier draußen war. Er betrachtete den toten Kameraden und erinnerte sich an ihn. Ein junger Rekrut aus dem Oberland, der hier seinen letzten Atemzug getan hatte. Paul suchte nach der Erkennungsmarke, die der tote Soldat in einer Lederhülle um den Hals trug. Paul las die Einträge auf der Marke, dann riss er sie von der Kette und steckte sie ein. Der Gefallene hieß Otto Zechmeister, war am 15.8.1895 in Münsing geboren und hatte der 5. Infanterie-Division des III. Königlich Bayerischen Armee-Korps angehört. Wenn Paul es zurück in die eigenen Reihen schaffte, dann würde Ottos Mutter zumindest erfahren, dass sie nicht mehr beten musste für die Rückkehr ihres Sohnes, sondern nur mehr für seine Seele. Aber sie wüsste dann wenigstens, wann und wo ihr Sohn gestorben war.

»Ruhe in Frieden«, flüsterte Paul, dann streckte er seinen Kopf über die Trichterwand und wagte einen Blick hinaus. Er sah eine Kraterlandschaft, ein von Granaten durchpflügtes, mit tiefen Löchern gespicktes Niemandsland, in dem es überhaupt keine Siedlungen, keine Häuser, Straßen, keine Wälder mehr gab, nur diese unendliche graue Schlammwüste. War der Lärm durch den permanenten Beschuss der letzten Tage und Nächte nervtötend gewesen, so schlug Paul nun eine Stille entgegen, die fast noch beängstigender war. Es war die Ruhe vor einem Orkan. Die Frage war nur, wann er losbrechen würde. Er musste zurück in den Unterstand, der mit Bohlen und Brettern in den Lehmboden gehauen war, und einen kläglichen, aber den einzig verfügbaren Schutz bot, den es für sie gab. Paul hoffte, dass ihn sein Orientierungssinn über Nacht nicht verlassen hatte. Dort hinten mussten ihre Stacheldrahtverhaue und die Maschinengewehrnester liegen. Dort befand sich der Frontabschnitt, den sie bis gestern besetzt gehalten hatten.

Mehrmals die Woche kamen Züge mit Rekruten hier an. Mit Kampfeswillen, mit Angst oder Bangen verließen die jungen Kerle die Waggons, die sie aus der Heimat an die Grenzen gebracht hatten. Wenn es schlecht kam, würde die Hälfte von ihnen schon innerhalb der nächsten zwei Wochen von Granaten zerfetzt oder durch Gewehrkugeln den Tod gefunden haben.

Ihre Gebeine würden irgendwo zwischen den Stellungen liegen oder in eilig ausgehobenen Massengräbern verwesen.

In seinem halb mit Wasser vollgelaufenen Granatloch fühlte Paul sich wie ein Wurm. Es schüttelte ihn, wenn er in diese bleigraue Ödnis blickte, die ihn umgab. Denn auf den Schlachtfeldern in der Champagne, an der Marne, an der Somme, bei Ypern oder vor Verdun wohnte nur noch der Tod. Im Laufe des Tages würden sich Fliegenschwärme über den Leichen sammeln, die überall in den Senken und Feldern lagen. Viele mit verrenkten Gliedern, manche mit Kalk oder Stroh, Erde oder Sand notdürftig bedeckt. Der Wind, der über die Ebene strich, war nie stark genug, um den Todesgeruch zu vertreiben.

Die Angst packte Paul wie ein Schüttelfrost, aber er musste den Weg zurück in ihre Stellung wagen. In dem Trichter liegen zu bleiben, hieße, auf den sicheren Tod zu warten. Und so weit war er noch nicht. Er spürte sie immer noch, die Angst vor dem Sterben, nicht sehr stark, aber sie war noch da. Vielleicht, wenn er die Schultern des toten Kameraden nutzte, konnte er aus dem Trichter entkommen, ohne dass er wegrutschte. Dann würde er flach am Boden dahinkriechen und darauf hoffen, dass er nicht bereits vom Feind beobachtet wurde. Erst wenn sich dann immer noch nichts rührte, wollte er sich aufrichten und seine Beine in die Hand nehmen, um den Maschinengewehrsalven zu entkommen. Er musste es zumindest versuchen. Natürlich konnte es auch schiefgehen. Es konnte immer alles schiefgehen, sobald man den Schützengraben verließ.

In dem Moment, als Paul die Hände auf den Trichterrand legte und sich hinaufschwingen wollte, nahm er eine Bewegung wahr, dort, wo er die feindliche Linie vermutete, von der er fortwollte und fortmusste. Da waren Soldaten. Ein Gegenangriff der Franzosen im Morgengrauen, ein Überfall auf die deutschen Stellungen. Wenn Paul jetzt laut schrie, könnte er seine Kameraden warnen, aber er wäre sofort tot. Vielleicht waren die Kameraden auch schon vorbereitet auf den Angriff und hatten den Stacheldrahtverhau längst verstärkt. Bevor er eine Entscheidung für den Heldentod oder für eine winzige Überlebenschance treffen konnte, hatte sein Körper das Kommando übernommen und war zurück in den Trichter gerutscht. Paul drückte sich an den toten Kameraden im Loch, legte sich seinen rechten Arm um die Schultern, der so steif war, als wäre er über Nacht gefroren, und drehte den Kopf zur Seite. Es sollte so aussehen, als wären sie Arm in Arm zusammen gestorben.

Und dann kam der Angriff der Franzosen. In seinem Trichter spürte Paul, wie die Erde unter ihren Stiefeln bebte. Ihre Schritte suchten einen Weg durch das Gelände, zwischen den wassergefüllten Granatlöchern hindurch. Das Zwielicht der Dämmerung war ein tückischer Schutz. Pauls Nackenhaare stellten sich auf, als er einen der Männer ganz nah über sich spürte. In seiner Panik griff er nach dem Spaten, der halb verdeckt unter dem toten Kameraden lag. Paul umschloss fest seinen Griff. Der Gegner bewegte sich oben am Trichterrand, ein Klumpen Erde, den sein Stiefel lostrat, fiel Paul in den Nacken, und plötzlich rutschte der Franzose mit den Füßen voraus in die Grube. Nun war es also so weit. Der andere würde ihn töten, jetzt, auf der Stelle. Paul riss die Augen auf. Er wollte nicht blind erschlagen oder aufgespießt werden.

Seinen Spaten über dem Kopf erhoben, stand der Feind über ihm. Paul sah das Entsetzen in seinen Augen. Es war nicht so leicht, einem Mann den Schädel zu spalten. Tu es, dachte Paul, tu es einfach. Du hast keine Wahl.

Doch der andere zögerte, starrte ihn an.

»Heilige Maria, Mutter Gottes«, fing Paul an zu beten.

»Paul?«, flüsterte der andere. Er sprach seinen Namen französisch aus.

Paul war nicht sicher, ob er nur fantasierte, aber er antwortete: »Oui, je suis Paul.«

»Raymond«, sagte der Franzose. »Raymond Lelarge.«

Raymond? Der Winzer aus der Champagne, den Paul auf seinem Weingut besucht hatte. Was würde Raymond jetzt tun? Ihn erschießen, ihm den Spaten überziehen oder das Bajonett in den Bauch rammen? Liegen lassen konnte er ihn eigentlich nicht. Und wenn er ihn verschonte – wer sagte ihm, dass Paul im Gegenzug auch ihn verschonen würde? Sie waren jetzt Todfeinde. Alles, was vor dem Krieg gegolten hatte, war nun nichts mehr wert. Paul ließ den Griff des Klappspatens los und hob die Hände. Er würde ihm nichts tun. Und Raymond Lelarge war entweder besonders feige oder besonders mutig. Er gab Paul ein Zeichen, dass er sich weiterhin tot stellen sollte. Als Raymond weiter vorrücken wollte, kam einer seiner Kameraden schon wieder angelaufen und forderte Raymond zum Rückzug in die eigenen Stellungen auf. Vielleicht hatten Pauls Kameraden den Stacheldraht noch einmal verstärkt, sodass die Franzosen ohne große Verluste nicht durchkamen. Einer von ihnen stolperte in Pauls Trichter und stieg ihm mit dem Stiefel auf die Hand. Paul schrie auf. Der Stürmende erschrak und schrie, Raymond solle den *boche* auf der Stelle töten.

»Tue-le«, rief er. »Töte ihn.«

»C'est un ami«, erwiderte Raymond. »Das ist ein Freund.« Der Franzose forderte ihn auf aufzustehen, setzte Paul das Gewehr an den Hinterkopf und trieb ihn vor sich her, hinaus aus dem Trichter und auf die französischen Linien zu. Wenn sie mich am Leben lassen, schoss es Paul durch den Kopf, dann gerate ich jetzt in Gefangenschaft und bin weg von der Front. Und wenn nicht? Dann ist es hoffentlich ganz schnell vorbei.

Raymonds Wort zählte, und das war Pauls Glück. Sie ließen ihn am Leben und brachten ihn mit einer Gruppe von zwanzig weiteren Gefangenen ins Transitlager Souilly, keine zwanzig Kilometer hinter die Front.

Zu Beginn war Souilly nur ein Pferch, in dem die Gefangenen hinter Stacheldraht wie in einem Käfig ausharren mussten. Dann wurden große Zelte und Holzbaracken aufgestellt. Es war bitterkalt, alle Männer hatten Läuse, und es gab nie genug zu essen. Aber Paul war der Mordmaschine vor Verdun entkommen.

Auch in Gefangenschaft starben die Soldaten an allem Möglichen: Hunger, Infektionskrankheiten, Ruhr, Schikanen durch Aufseher oder Arbeitseinsätze knapp hinter der Front. Doch Pauls Überlebenschance war durch seine Gefangennahme deutlich gestiegen. Mit vielen Monaten Verspätung wurden sie als Kriegsgefangene an die deutschen Behörden gemeldet. Und noch viel später bekam Paul seine erste Post von daheim. Darin erfuhr er, dass seine Tochter bald ihren zweiten Geburtstag feiern würde. Lotte hatte das Kind nach ihrer Tante Margarethe Greta getauft. Paul war mit allem einverstanden, wenn nur alle gesund waren. Wie lange würde es wohl dauern, bis er seine Tochter endlich kennenlernen durfte! Das Heimweh und die Sehnsucht nach der Familie trieben ihm die Tränen in die Augen, wenn er abends auf seinem Strohsack lag und versuchte einzuschlafen. Wenn er von der Freiheit und einem ganz normalen Leben träumte, das sie ihm und allen Männern seiner Generation einfach weggenommen hatten. Von Raymond, dem Paul sein Leben zu verdanken hatte, hörte er nichts mehr. Aber er schloss ihn jede Nacht in seine stockenden, unsicheren Gebete mit ein.

1918

Elsa lief durch die Ludwigstraße stadtauswärts Richtung Schwabing. Sie hätte auch die Trambahn nehmen können, aber sie hatte es nicht eilig und keine Lust auf die mürrischen, verhärmten Gesichter der Menschen in der Straßenbahn in ihren armseligen, abgetragenen Kleidern. Dann war sie lieber gleich an der frischen Luft, wo sie den Entgegenkommenden erst gar nicht ins Gesicht sehen musste.

Der Januar war nicht kälter als sonst, aber Elsa kam es so vor, als seien sie alle in den letzten vier Jahren viel dünnhäutiger geworden. Es fehlte ja nicht nur an Nahrungsmitteln und Kohlen, es fehlte fast noch mehr an Freude, Spaß, an ein wenig Hoffnung und Zuversicht. Es machte etwas mit den Menschen, dass sie hungerten und froren und es in den Geschäften außer Steckrüben fast nichts mehr zu kaufen gab. Am Schwarzmarkt ja, aber das konnten sich die Wenigsten leisten. Wer etwas zu tauschen hatte, fuhr hinaus aufs Land zum Hamstern. Die Soldaten gingen an der Front durch die Hölle, und zu Hause war es auch schon lange nicht mehr schön. Alles, was das Leben aufregend und lebenswert machte, gab es längst nicht mehr: die großen Bälle zur Faschingszeit, die Umzüge, Konzerte, Theateraufführungen, Radrennen, Turnveranstaltungen. Das Oktoberfest war drei Jahre in Folge abgesagt worden. Und obwohl sie nicht verboten waren, gab es auch die Ausflüge aufs Land nicht mehr, die Ausfahrten mit der Kutsche oder mit den Rädern, die Wanderungen in den Bergen – nichts machte den Leuten mehr Freude. Schon bei der geringsten Zerstreuung fühlte man sich schlecht. Es waren schwere Zeiten, die schwersten, die Elsa je erlebt hatte. Und die Veränderung war so schnell gegangen wie ein Zwinkern. Einmal nur die Augen geschlossen, und als man sie wieder öffnete, war der Krieg da. Der Hurrapatriotismus war untergegangen, und der Traum vom Siegfrieden längst ausgeträumt. Schon so lange Jahre gab es nichts als Entbehrung und Bangen.

Elsa arbeitete nun von München aus für ihre Kanzlei in St. Gallen. Vorwiegend für deutsche Kunden, die ihre Geschäfte oder ihr Geld in der Schweiz angelegt hatten oder es dort noch anlegen wollten. Sie nahm Termine in ganz Süddeutschland wahr, aber insgeheim sann sie immer öfter über ihren Absprung nach. Am liebsten hätte Elsa einfach den Zug nach Konstantinopel bestiegen und wäre abgereist. Doch an eine Reise durch den Balkan war im Augenblick nicht zu denken, außerdem gab es sogar in Palästina eine Front. Deutsches Militär kämpfte mit den Osmanischen Truppen gegen das Britische Empire. Alexej hatte geschrieben, dass am See Genezareth zwar nicht geschossen wurde, aber auch sie litten unter den Einschränkungen und schlimmen Versorgungsengpässen. Außerdem konnte Elsa ihre Mutter jetzt nicht allein lassen. Therese wurde alt und von Tag zu Tag mutloser. Solange Paul gefangen und neben Hunger und Krankheitsgefahren auch der Willkür des Feindes ausgesetzt war, gab es für sie keine glückliche Stunde mehr. Es hieß, die Franzosen setzten die deutschen Kriegsgefangenen wenige Kilometer hinter der Front zu Nachschubarbeiten für ihr Militär ein. Das war ein Verstoß gegen die Haager Landkriegsordnung, aber wie sollte das Deutsche Reich deren Einhaltung einklagen, nachdem es das neutrale Belgien überrannt hatte und bis heute besetzt hielt? Elsa konnte jetzt unmöglich fortgehen.

Therese war stiller geworden in letzter Zeit. Ihr Archiv der Gefallenen führte sie schon lange nicht mehr. Aus den Zeitungen und Illustrierten waren die »Heldentafeln« auch längst verschwunden. Es hätte die Menschen auf Dauer zu sehr deprimiert, die Toten zu zählen, die offiziell immer noch als Helden galten. Totenlisten hätten die Leute noch kriegsmüder gemacht, als sie ohnehin schon waren. An einen Sieg glaubte schon lange niemand mehr. Bei den Sozialdemokraten hatte sich eine Gruppe um Karl Liebknecht abgespalten, die offen für Frieden und gegen die Kriegsanleihen stimmte.

Mit ihrer Lesebrille auf der Nase saß Therese nun oft über ihren Stickrahmen gebeugt, ohne die Nadel auch nur einmal zu bewegen. Stattdessen starrte sie Löcher in die Luft, dachte an Paul und an Ludwig und betete vielleicht für sie. Wer weiß, welches Gelübde sie für den Fall von Pauls unversehrter Rückkehr abgelegt hatte.

Elsa hatte sich vor dem Ausgehen für das petrolfarbene Kleid mit der tiefen Taille entschieden. Den passenden Glockenhut hatte sie bei ihrer Modistin umarbeiten und die üppigen Verzierungen entfernen lassen. Da er zweifarbig in zwei Blautönen gearbeitet war, war er immer noch auffällig genug. Elsa trug ihn mit einem umlaufenden Samtband und vorne hochgeklappter Krempe. Sie war auf dem Weg zu ihrem Malerfreund Sigmund Rainer. Doch als sie vor seiner Wohnungstür stand und bei ihm klingelte, behauptete Sigi, er sei »unpässlich«, und bat sie, ein andermal wiederzukommen. Unpässlich. Man hätte auch sagen können: uninspiriert, deprimiert oder einfach nur betrunken. Elsa ließ sich von ihm abwimmeln. Sie hatte keine Lust, den Tag mit einem angetrunkenen Mann zu verbringen. Sigi machte eine schlimme Phase durch. Er quälte sich zuletzt sehr mit seiner Kunst. Das Professorengehalt und seine Verbeamtung wirkten sich nicht wirklich positiv auf seine künstlerische Schaffenskraft aus. Und der Rotwein machte es auch nicht besser.

Elsa lief eine große Runde zum Hohenzollernplatz und von dort über die Herzogstraße zur Leopoldstraße. Am Feilitzschplatz stoppte sie. Diese Frau mit dem kräftigen dunklen Haar, das unter ihrem Filzhut hervorquoll, den fast schwarzen Augen und dem entschlossenen Blick – diese Frau kannte sie doch.

»Sarah?«, fragte Elsa.

»Meinen Sie mich?«, fragte die andere zurück. »Ich heiße Sonja Lerch.«

»Oh, verzeihen Sie.« Aber Elsa war sich so sicher. Sogar die Stimme erkannte sie wieder. »Dann habe ich Sie mit einer Frau verwechselt, die sich mir vor einigen Jahren als Sarah Rabinowitz vorgestellt hat, in der Schweiz.«

»In Bern?«, fragte sie.

»In St. Gallen.« Elsa war ein bisschen enttäuscht, dass sie sich gar nicht zu erinnern schien.

»Dann sind Sie ... meine Lebensretterin?«

»Elsa«, sagte sie, da Sarah sich offensichtlich nicht mehr an ihren Namen erinnerte.

»Fräulein Elsa!« Sarah gab ihr die Hand. War es ihr unangenehm, dass sie sich begegneten? »Ich habe inzwischen geheiratet, darum heiße ich jetzt Lerch.« Sie sahen sich an, und jetzt lächelte Sarah.

»Alexej hat mir geschrieben, dass Sie vielleicht in München sind«, sagte Elsa. »Aber ich habe Sie den ganzen Krieg über nicht finden können.«

»Alexej?« Sarah machte einen sehr angespannten Eindruck. »Hören Sie, Elsa, ich muss zu einer Versammlung in der Schwabinger Brauerei. Jetzt gleich. Kommen Sie doch mit.« Sie griff nach Elsas Arm, hängte sich ein und wollte sie einfach mitziehen. Sie übernahm gleich wieder das Kommando. Das war die Sarah, die Elsa kannte, egal, wie sie sich jetzt nannte.

»Was für eine Versammlung ist das denn?«, fragte Elsa.

»Eisner spricht.«

»Eisner, der Journalist?«

»Er ist der Führer der Unabhängigen Sozialdemokraten in München. Pazifist, ein exzellenter Redner und der geborene Anführer. Er spricht zu den Arbeitern aus den Munitionsfabriken, die seit heute Morgen streiken. Bekommt ihr Bürgerlichen denn eigentlich gar nichts mit von dem, was in der Stadt so geschieht?«

Bürgerlich – in Sarahs Mund klang es wie ein Schimpfwort. Sie musterte Elsas Mantel, den Saum des petrolfarbenen Kleides, der darunter hervorsah, und natürlich den zweifarbigen Hut mit der Krempe.

»Wie hübsch Sie sind«, sagte Sarah und zog an Elsas Ellbogen. »Kommen Sie doch mit und hören Sie sich das an. Ich werde später auch noch zu den Arbeitern sprechen, darum muss ich jetzt da rein. Und wenn Sie Kurt Eisner noch nicht kennen, dann wird es höchste Zeit.«

»Ist das überhaupt legal?« Elsa zögerte.

»Was soll an einer Versammlung, auf der ein paar Leute über die aktuelle Lage in Bayern reden, denn illegal sein? Wenn wir uns nicht trauen zu reden, haben wir doch nie eine Chance, gehört zu werden.«

Sie lief mit Elsa am Arm zum Eingang der Schwabinger Brauerei, die vor dem Krieg für seine Künstlerfeste während der Faschingszeit berühmt gewesen war. Hier und im Künstlerhaus waren die weit über München hinaus bekannten fantastischsten und originellsten Kostümfeste der ganzen Stadt gefeiert worden.

»Eisner meint, das Aussprechen der Wahrheit ist der erste Schritt zur Revolution«, sagte Sarah.

Das beruhigte Elsa nicht unbedingt. In eine Revolution hineinzustolpern, von der sie nicht das Geringste verstand, war das Letzte, was sie jetzt noch brauchen konnte. Sie nahm sich vor abzuhauen, sobald ihr die Sache komisch vorkam. Am besten, noch bevor die Polizei auftauchte.

Im Saal der Brauerei waren an die zweitausend Arbeiter versammelt. Am Rednerpult saßen die Obleute der Freimanner Krupp-Arbeiter, wie Sarah Elsa erklärte, und an der Podiumsseite dieser Kurt Eisner, der mit seinem ergrauten Vollbart, den kleinen dunklen Augen und der runden Dichterbrille eher wie ein Eremit aussah und nicht unbedingt wie ein Parteiführer. Elsa fiel auf, dass er einen wachen Blick hatte und sehr aufmerksam zuhörte. Als er ans Pult trat, reckten die Männer und Frauen im Publikum die Hälse, und es wurde mucksmäuschenstill. Gespannt warteten sie darauf, dass er das Wort an sie richtete.

»Wenn Eisner spricht«, flüsterte Sarah, »wünschen sich die meisten Leute, sie könnten die Dinge genau so klar und präzise beim Namen nennen, wie er es tut. Und von ihm fühlen sie sich respektiert und verstanden. Schau, wie sie an seinen Lippen hängen.«

Eisner sprach darüber, dass die Arbeiter im Habsburger Reich die ersten gewesen waren, die Mitte Januar mit den Streiks angefangen hatten. Von Wien über Prag bis nach Budapest waren innerhalb von zehn Tagen insgesamt siebenhunderttausend Arbeiter in den Ausstand getreten. Eisner zählte die Forderungen der Streikenden auf: bessere Lebensmittelversorgung, demokratisches Wahlrecht, das Ende des Krieges und ein rascher Friedensschluss mit Russland. Darüber informierte er die Münchner Arbeiter, denn in den Zeitungen war es so nicht zu lesen gewesen. Sie waren alle der Zensur unterworfen. »Seit drei Tagen wird nun auch in Berlin gestreikt«, sagte Eisner. »Hunderttausend Arbeiter sind auf den Straßen und fordern ›Frieden und Brot‹. Und jetzt ist es Zeit, dass München, Nürnberg und andere Städte in Bayern sich endlich anschließen.«

Immer mehr Arbeiter und Arbeiterinnen drängten in den Saal. Kurt Eisner nutzte seinen Platz auf dem Podium nicht, um die Menge aufzuwiegeln. Während der Diskussion im Anschluss an seinen kurzen Vortrag ließ er die Arbeitervertreter sprechen, hörte zu und beantwortete lediglich Fragen, die an ihn gerichtet wurden.

»Kurt und die Arbeiterschaft«, sagte Sarah zu Elsa. »Er wird nicht müde zu betonen, dass sie sich selbst führen und sich von niemandem vertreten lassen sollen, der kein Arbeiter ist. Er versteht sich nur als Berater, nicht als Führer, obwohl er das sein könnte und vielleicht auch irgendwann sein muss. Er ist ein durch und durch integrer Mensch.«

»Einige scheinen ihn so zu verehren, dass sie jedes Wort mitschreiben, das von seinen Lippen kommt.« Elsa zeigte auf zwei Männer, die rechts vor ihnen am Rand der Stuhlreihe saßen.

»Das sind die Polizeispitzel«, sagte Sarah. »Sie protokollieren alles, was auf dem Podium gesprochen wird. Nur wenn ich oder eine andere Genossin eine Rede hält, machen sie Pause und holen sich ein Bier.«

»Und wieso das?«, fragte Elsa.

»Weil sie dann nur notieren, dass eine Frau aufs Podium trat, hysterisch herumschrie und irgendwelche absurden Forderungen stellte. Was wir Frauen zu sagen haben, kann man nicht ernst nehmen, also muss man es erst gar nicht mitschreiben.«

»Dann kann die Polizei aber auch nichts gegen dich und die anderen Frauen unternehmen«, meinte Elsa. »Denn ihr habt ja praktisch nichts gesagt.«

»Das wäre dann ja ein echter Vorteil. Hoffen wir, dass du recht behältst«, sagte Sarah. Elsa hatte das Du wohl bemerkt.

»Was macht dein Mann?«, fragte Elsa. »Ist er auch hier?«

Sarah schüttelte amüsiert den Kopf. »Eugen und Genosse? Nein, nein, er ist ein ganz Braver. Privatdozent an der Universität, Romanist. Er beschäftigt sich mit dem Futurum als

Ausdruck des sittlichen Sollens und den Besonderheiten der französischen Syntax. Er ist ein bisschen arg vergeistigt, aber sehr lieb.«

»Weiß er, dass du hier bist?«

»Er weiß es, aber er findet es nicht gut.«

Plötzlich wurden die Türen des Saales aufgerissen und von Polizisten besetzt. Einer forderte die Arbeiter auf, nach Hause zu gehen, die Versammlung werde jetzt aufgelöst. Es wurde gepfiffen und gejohlt, aber Eisner rief zu Ruhe und Besonnenheit auf.

»Das Wichtigste sind die Arbeitsniederlegungen und unsere Forderungen. Nicht vergessen, Männer und Frauen. Die Versammlung an sich ist nicht wichtig. Alles Nötige ist gesagt. Wir werden nichts riskieren und gehen jetzt nach Hause.«

Doch nach Hause wollte keiner. Als nächstes Ziel wurde beim Hinausgehen die Gaststätte Mathäserbräu am Stachus vereinbart. Dort würden später auch die Arbeiter aus den Bayerischen Motorenwerken zusammenkommen.

»Und dort wirst du sprechen?«, fragte Elsa.

»So war es geplant. Aber ich muss mich jetzt noch mit Kurt absprechen. Entschuldige mich bitte. Hier.« Sarah kritzelte ihre Schwabinger Adresse auf den Rand eines Bierdeckels. »Besuch uns doch mal«, sagte sie und gab Elsa den Deckel.

Dann versuchte sie gegen den Strom der Arbeiter, die auf die Ausgänge zustrebten, zum Podium zu gelangen. Und obwohl sie eine zarte, kleine Person war, bahnte sie sich entschlossen und mühelos ihren Weg.

Elsa drückte sich mit klopfendem Herzen an den Polizeikräften vorbei und war erleichtert, als sie ins Freie gelangte. Die Zahl der Arbeiter hatte sich jetzt nahezu verdoppelt. War es ihr also doch noch gelungen, Sarah wiederzusehen. Sie wirkte stark und kämpferisch. Und schön war sie in ihrer Entschlossenheit. Mitreißend. Vielleicht wurden sie ja doch noch

Freundinnen, jetzt, wo sie sich endlich wiedergefunden hatten. Die russische Revolutionärin – »Steppenfurie« hatte man Frauen wie sie an den Schweizer Universitäten zugleich abschätzig und bewundernd genannt – und der biedere Münchner Privatdozent, dachte Elsa. Wie passte das zusammen? Sie nahm sich vor, die beiden bald zu besuchen, um es herauszufinden.

Am nächsten Tag war in der Zeitung zu lesen, dass Kurt Eisner noch in derselben Nacht verhaftet und in das Untersuchungsgefängnis Neudeck gebracht worden war. Von Sonja Lerch stand nichts in der Zeitung, aber die Sache ließ Elsa keine Ruhe. Besorgt lief sie zu der Adresse in Schwabing, die Sarah ihr aufgeschrieben hatte, und klingelte bei »Lerch«, doch sie traf nur auf Sarahs Ehemann. Sie stellte sich als Freundin von Sarah vor.

»Eine ihrer Genossinnen?«, fragte Lerch misstrauisch und ließ sie erst in die Wohnung, als sie es verneinte und erzählte, dass sie sich in der Schweiz kennengelernt hatten, ganz unpolitisch beim Baden.

»Sarah ist heute im Morgengrauen abgeholt worden. Alle ihre Freunde hatten sie gewarnt, hierher in die Wohnung zu kommen«, sagte er resigniert. »Trotzdem hat sie es getan. Sie wollte mich noch einmal sehen, bevor sie untertauchen oder ins Ausland gehen würde.« Der schlaksige, große Mann mit der hohen Stirn stand am Fenster und sah auf die Schellingstraße hinunter, die Hände in den Hosentaschen, ohne jede Körperspannung.

Wie dumm von einer Revolutionärin, noch einmal nach Hause zu gehen, wenn die Genossen schon verhaftet werden, dachte Elsa. »Wo ist sie jetzt?«, fragte sie. »In Neudeck, wie Eisner?«

Lerch nickte.

»Darf man sie besuchen?«

Lerch zuckte die Achseln. Er schien überfordert. Vielleicht stand er noch unter Schock.

In den Regalen, auf Tischen und Ablagen, sogar auf dem Boden stapelten sich zu Hunderten die Bücher. Wirtschaftlich hatte es der Herr Privatdozent noch nicht so weit gebracht. Die Wohnung glich einem Studentenzimmer. Einer Junggesellenbude. Nirgendwo ein Zeichen, eine Spur, dass eine Frau, dass Sarah bis heute Morgen hier gelebt hatte.

Therese fand, dass der traurigste Ort in ganz München das Kriegsministerium in der Ludwigstraße war. Und gerade dort zog es sie immer wieder hin. Zu Hause sagte sie, sie müsse sich einmal die Beine vertreten, doch in Wahrheit kam sie hierher. In den Arkaden des Prachtbaus neben der Hof- und Staatsbibliothek hingen täglich die aktuellen Listen mit den Gefallenen und Vermissten der bayerischen Armeeverbände aus. Den ganzen Tag über schlichen dort Männer und Frauen, junge, ältere, vornehme und einfache Leute herum und suchten auf den Listen nach Namen von Männern aus der Familie, der Nachbarschaft oder Angehörigen von Freunden und Bekannten. Manche standen sehr lange und schienen jeden einzelnen Namen auf den Totenlisten mit dem Eisernen Kreuz in der linken oberen Ecke abzulesen. Niemand sprach ein Wort, auch wenn das keiner angeordnet hatte. Es herrschte eine Stimmung wie auf dem Friedhof, und die stille Versunkenheit der Anwesenden war für Therese jedes Mal wieder ergreifend.

Sie hätte nicht sagen können, warum es sie hierherzog. Sie wusste mittlerweile, dass Paul sich gar nicht mehr an der Front, sondern in Gefangenschaft befand. In Sicherheit war er trotzdem erst, wenn der Krieg zu Ende und er endlich nach Hause gekommen wäre.

An diesem Morgen Anfang März des vierten Kriegsjahres gellte ein verzweifelter Schrei durch den Vorplatz unter den Arkaden und zerriss die sonst übliche feierliche Stille. Eine Dame in eleganten Schnürstiefeln und in einen kostbaren Pelzmantel gehüllt sank auf die Knie und warf die Hände vors Gesicht. Therese stellten sich die Nackenhaare auf. Trotz des warmen Mantels fror sie plötzlich. Sie konnte sich im ersten Augenblick gar nicht bewegen. Ein Mann eilte zu der Dame, um ihr aufzuhelfen, aber sie schüttelte den Kopf. »Mein Friedrich«, schluchzte sie, »unser Ältester.«

Therese packte das Grauen. Sie konnte einfach nicht anders, als hinaus auf die Ludwigstraße zu fliehen und Richtung Odeonsplatz davonzulaufen. Heute war sie nicht dazu imstande, jemandem Trost zu spenden. Schon gar nicht einer Mutter, die ihren ältesten Sohn verloren hatte.

Therese fühlte sich ohnmächtig, sie war traurig, aber auch empört. Wie hatte es so weit kommen können? Noch mehr Elend war doch nicht mehr auszuhalten. Und wer war schuld an dieser ganzen Misere? Therese dachte wehmütig an das schöne Leben, das sie vor dem Krieg geführt hatten. Es lag so unfassbar weit zurück. Wie lange würde es dauern, bis es wieder so sein würde wie in jenem Sommer des Jahres 1914, als sie an Eugen Brändis Seite barfuß und mit gerafftem Rock durch das eisige Kneippbecken in Oberwaid gewatet war und sie den bunten Wiedehopf hatten fliegen sehen? Nie wieder konnte es werden wie damals, denn so viele junge Männer fehlten und würden nie zurückkehren. Friedrich, der Älteste dieser Dame, vielleicht ein Offizier. Und wie viele noch aus Friedrichs Truppe und aus den Truppen der anderen Offiziere? Sie und Eugen und ihre Generation würde es wohl nicht mehr erleben, dass das Leben wieder so wurde, wie sie es von früher kannten. Aber wie würde es ihren Kindern und Enkeln ergehen? Was für eine Schande, ihnen, denen die

Zukunft gehörte, ein solches Elend, einen solchen Ruin zu hinterlassen.

Alles war kaputt, die Leute waren arm, nicht einmal Kartoffeln gab es genügend. Kaffee, Brot, ein saftiger Braten. Man hatte schon fast vergessen, wie diese Dinge geschmeckt hatten und dass sie einmal selbstverständlich gewesen waren. Vor diesem Krieg. Sogar die Soldaten hungerten und froren, während sie ihr Leben aufs Spiel setzten. Wofür? Für den Kaiser, das Vaterland, den König, Deutschland? Was für eine Schande! War denn der tiefste Punkt des Elends immer noch nicht erreicht? Konnte ein Volk noch tiefer sinken, mussten die Söhne und Brüder noch mehr Leid ertragen?

Therese schlang die Arme um den Körper. Nicht wegen der Kälte, sondern wegen des Zorns, der sie gepackt hatte und innerlich schüttelte. An allem mangelte es inzwischen. Zuletzt hatten sie alle Zinkdeckel von den Bierkrügen abgeschraubt und sie für die Rüstungsindustrie abgegeben. Die Schulkinder wurden zum Sammeln von Bucheckern in den Wald geschickt, weil es kein normales Speiseöl mehr gab. Die Kinder sollten Brennnesseln sammeln, um mit den Pflanzenfasern das Garn zu ersetzen, das es auch nicht mehr gab. Auf dem Schwarzmarkt, bei den Schiebern, bekam man vieles immer noch, aber wer konnte sich die astronomischen Preise schon leisten? Und wer wollte dabei erwischt werden, wie man offen gegen die geltenden Verordnungen verstieß?

Therese ging zurück ins Geschäft und bat Rosa um einen heißen Tee mit Rum zur Stärkung. Sie besah sich das Elend in ihrem Laden, der einmal ein florierendes Delikatessengeschäft gewesen war. Sie hätte weinen mögen wie die Frau unter den Arkaden des Kriegsministeriums, doch dazu hatte sie kein Recht. Schließlich lebte Paul, und deshalb würde sie sich eben wieder einmal zusammennehmen.

Während sie ihren Tee schlürfte, kam der kleine Gregor und

kletterte auf Thereses Schoß. Er war jetzt drei Jahre alt, hatte spät laufen gelernt und sprach nicht sehr viel. Wahrscheinlich bedrückte ihn die armselige und triste Welt, in der er aufwachsen musste, dachte Therese manchmal. Dank des Goldachhofs mussten sie zum Glück nicht hungern. So viele Städter fuhren jetzt an den Wochenenden hinaus aufs Land, um zu hamstern. Für etwas zu essen waren sie bereit, viel zu geben. Schmuck, Uhren, schöne Kleider gegen Weizen, Hafer, ein Stück Butter, einen Liter Milch.

Gregor saß jetzt wie ein kleiner Reiter auf Thereses Schoß und spielte mit ihrem Medaillon. Es dauerte einige Zeit, bis er es geöffnet hatte. Bestimmt hatte er einen Schatz erwartet, aber da war nur ein ovales, sepiabraunes Foto.

»Ist?«, fragte Gregor.

»Kind, sprich ganze Sätze«, antwortete Therese wie so oft. Aber er wartete, dass sie es ihm vorsagte. »Du willst wissen, wer das ist?«

»Das ist?«, kam es wie ein Echo zurück.

»Gregor, es heißt: Wer ist das?« Therese suchte in ihrer Rocktasche nach einem Taschentuch.

»Wer ist das?«, fragte Gregor einwandfrei, und jetzt durfte Therese ihm die Antwort nicht schuldig bleiben.

»Das ist dein Papa«, sagte sie, und ihre Stimme zitterte.

»Papa«, wiederholte Gregor. »Papa ist?«

»Kind, du willst wissen, wo dein Papa ist.« Therese schnäuzte sich. »Ich auch. Seit sie ihn wieder verlegt haben, sind wir ohne Nachricht. Gott im Himmel, wann ist endlich Schluss mit diesem Wahnsinn? Wann kommt dein Papa endlich wieder heim?«

Gregor sah seine Oma ganz ernst an, dann legte er seine Hände um ihren Hals und drückte ihr einen Kuss auf die Wange.

»Papa wieder heim«, sagte er ernst und nickte. Er klang wie ein Orakel. Und Therese tat Gregor den Gefallen und nickte ebenfalls.

»Ja, bestimmt kommt dein Papa bald wieder heim.«

Gregor nahm das zerlesene Bilderbuch vom Tisch und fing an darin zu blättern. Und Therese verfiel wieder in ihre düsteren Gedanken.

Weihnachten war praktisch ausgefallen. Silvester war ausgefallen. Fasching war sowieso ausgefallen, und jetzt fiel auch noch der traditionelle Aschermittwoch aus. Es war etwas eingetreten, das Therese nie erlebt und auch nicht für möglich gehalten hätte. Aschermittwoch und bei Dallmayr gab es nicht die kleinste Spur von einem Fisch. Auch am Viktualienmarkt, wo jede Münchner Hausfrau, die auf sich hielt, am Aschermittwoch Fisch von langen Tischen nach Gewicht kaufte, war nichts zu finden, was ausgesehen oder gerochen hätte wie Fisch. So schlecht stand es um sie.

Das Bimmeln der Ladentür riss sie aus ihren Gedanken, doch als sie den eintretenden Kunden erkannt hatte, besserte sich ihre Laune auch nicht. Ihr Schwager Max kam auf sie zugesteuert. Er war immer noch nicht wieder in seine Anzüge hineingewachsen, und das würde ihm jetzt auch schwerlich gelingen. Mit dem Enkel auf dem Schoß blieb Therese einfach sitzen. Ein schneller Blick, und Max hatte das prekäre Warenangebot erfasst.

»Grüß Gott, Therese. Na, wie heißt denn der junge Mann?«

Max baute sich vor Therese auf. Gregor hatte sich erschrocken. Der Junge drückte sich an seine Großmutter und war nicht bereit, Max seinen Namen zu verraten.

»Gregor heißt das Kind. Er ist Pauls Sohn«, sagte Therese. »Was führt dich her, Max?«

»Ach, ich hab gedacht, ich schau einmal beim Dallmayr vorbei, ob ich bei euch einen anständigen Fisch bekomme. Ihr habt ja sonst immer das größte Angebot gehabt am Aschermittwoch.«

»Hättest du gern einen Süßwasser- oder Seefisch gehabt?«, fragte Therese.

Max sah sich verwundert um, denn er konnte nirgendwo einen Fisch sehen, nicht einmal eine Flosse oder einen Schwanz von einem Fisch. Weder einen ordinären Hering noch die winzigste Sardelle.

»Na, ist ja auch egal«, sagte Therese, »ich hab sowieso keinen. Nein, stimmt nicht, dahinten in der Ecke, aus der es so streng riecht, müsste noch ein Rest getrockneter, in Salz eingelegter Stockfisch übrig sein.« Nie hätte sie sich in Friedenszeiten so weit erniedrigt und ihren Kunden getrockneten Stockfisch angeboten. Dabei war Lotte mächtig stolz darauf, dass sie diesen minderwertigen Fraß irgendwo aufgetan hatte. Denn immerhin zählte der Stockfisch, wenn man es ihm auch nicht mehr ansah, zur Gattung der Fische.

»Bemüh dich nicht, Schwägerin«, sagte Max. »Ich schau dann lieber, ob es im Hofbräuhaus etwas Anständiges zu essen gibt. Schweinebraten können sie ja heute am Fastentag schlecht servieren. Auch wenn ich gar nichts dagegen hätte.« Er trat an die erste Vitrine. »Was hast du denn da Feines?«

Therese wusste genau, dass in ihren Vitrinen nichts wirklich Feines mehr zu finden war. »Nur gesunde Sachen«, behauptete sie. »Grüne Erbsen in Sülze ganz links, Erbsen mit Bohnen in Sülze auf halb links, Sellerie in Sülze in der Mitte, und rechts rote Bete in Sülze und ein Rest gemischtes Gemüse in Sülze.«

»Schau, schau.« Breitbeinig und auf sein Stöckchen gestützt stand Max da und grinste. »Eure Happen in Aspik mögen ja gesund sein, groß sind sie aber nicht, und billig auch nicht. Achtzig, neunzig Pfennige für die Portion finde ich ganz schön gesalzen.«

Therese dachte nicht daran, sich provozieren zu lassen. »Einen Gemüsesalat hätte ich noch, kunstvoll angemacht und ganz ohne einen Tropfen Öl.«

»Und wie sieht es mit einem schönen Stück Käse aus?«, fragte Max, der doch sah, dass nichts da war, was auch nur annähernd an einen Käse erinnerte.

Therese mochte gar nicht daran denken, wie viele Sorten Käse aus wie vielen Ländern sie vor dem Krieg in den Auslagen gehabt hatte. Und jetzt? Nicht einmal mehr einen stinkenden Handkäse hatte sie zu bieten, bei dem Lotte wahrscheinlich wie beim Stockfisch zugegriffen hätte. Aber es gab einfach gar nichts. »Ein Ei kannst du haben«, bot Therese ihm schließlich an.

»Ein einziges?« Therese nickte.

»Die Zeiten, als man sie im Dutzend oder halben Dutzend kaufte, sind vorbei. Sei froh, wenn du eines bekommst.« Sie winkte Korbinian, dass er sich um Max kümmerte, der wahrscheinlich gar nichts kaufen wollte, sondern nur kiebitzen, wie es um ihr Geschäft stand. Das hatte er nun getan und bestimmt mit Genugtuung festgestellt, dass es nicht einmal mehr ein Schatten seiner selbst war.

»Komm, Grex«, sagte Therese und hob ihren Enkel vom Schoß. »Lass uns mal nachsehen, was es bei uns heute zu Mittag gibt. Fisch ist ja leider keiner da, da müssen wir uns jetzt etwas anderes einfallen lassen.«

Gregor griff nach der Hand seiner Großmutter. »Pannekuchen«, schlug er vor.

»Ich könnte dir einen Kriegspfannkuchen backen. Mit Erbsenmehl, einem einzigen Ei und Milch, die mit Wasser verdünnt ist. So hat es die *Münchner Hausfrauenzeitschrift* vor Kurzem empfohlen. Aber weißt du was, Grexi, jetzt schauen wir mal, ob die Oma nicht doch noch etwas Besseres in ihrer Speisekammer stehen hat. Vielleicht ist da ja noch ein bisschen Weizenmehl übrig und mehr als ein Ei. Was meinst du, wie fein das schmeckt. Und vielleicht hab ich auch noch einen Würfel Zucker, den mahlen wir uns im Mörser ganz fein. Hilfst du mit?«

»Grexi mit«, sagte Gregor und lief an Thereses Hand zur Treppe.

»Auf Wiedersehen, Max«, rief Therese zurück ins Geschäft.

»Ja, ich muss dann auch los.« Max wandte sich zur Tür und ließ Korbinian einfach stehen, der gekommen war, um ihn zu bedienen.

Genug spioniert, dachte Therese. Ihr Schwager hatte sich versichert, dass sie auch nicht mehr hatte als er. Das würde ihn besänftigen und für gute Stimmung sorgen, zumindest so lange, bis er feststellen musste, dass es im Hofbräuhaus womöglich auch nur Erbsen in Aspik und vielleicht noch eine Portion Sauerkraut ohne Bratwurst gab.

Elsa lief über den Mariahilfplatz und von dort auf den Auer Mühlbach zu, der auf beiden Seiten von Laubbäumen gesäumt war. Sie waren noch nicht grün, trugen aber schon dicke Knospen. Endlich war ihr die Genehmigung für einen halbstündigen Besuch im Untersuchungsgefängnis Neudeck erteilt worden, und Elsa hatte sich diesen Vorfrühlingstag dafür vorgenommen. In dem Schreiben stand, dass es untersagt war, Essen oder Trinken in das Gefängnis mitzubringen. Also hatte Elsa eine dünne, aber warme Decke und ein hübsches Schultertuch aus Wolle mit feinem Lochmuster für Sarah besorgt. Sie hatte es wegen seiner Farbe ausgesucht. Das strahlende Königsblau passte gut zu Sarahs dunklen Augen, und es kam Elsa irgendwie russisch vor.

Sie war nicht oft in der Gegend um den Mariahilfplatz. Außer wenn hier die Auer Dult stattfand oder wenn sie zum Biergarten oder zum Starkbieranstich am Nockherberg gingen. Das gelbe Gebäude mit seiner Längsseite zum Auer Mühlbach hin und den kleinen vergitterten Fenstern war ihr früher nie so richtig aufgefallen. Es steht hier in der Stadt mitten unter uns, dachte sie, aber wir sehen es nicht. Ihr Herz klopfte, als sie sich an der Pforte anmeldete und von einem Beamten ins Besuchszimmer gebracht wurde. Ihre Tasche musste sie abgeben. Sie setzte sich, legte sich die Decke auf den Schoß und wickelte ihre Hände in das Wolltuch, denn ihre Finger waren plötzlich ganz kalt.

Sie erschrak, als Sarah den Raum betrat. Nur fünf Wochen war es her, dass sie sich gesehen hatten, aber ihre Freundin hatte sich stärker verändert als in den dreizehn Jahren davor. Sarah war blass, die Wangen hohl, sie wirkte fahrig und zerstreut, unruhig, als hätte sie gar keine Zeit oder viel Wichtigeres zu erledigen.

»Wie geht es dir?«, fragte Elsa.

»Ich habe seit Wochen Zahnschmerzen«, sagte Sarah, und Elsa fiel auf, dass sich ihr russischer Akzent verstärkt hatte. Wie war so etwas möglich?

»Kannst du nicht von einem Zahnarzt behandelt werden?«

»Ich sage es ihnen drei- oder viermal am Tag, aber sie denken, ich simuliere. Oder sie wollen mich schikanieren. Dabei bin ich in Untersuchungshaft, nicht einmal verurteilt.«

»Welcher Sache klagen sie dich an?«, fragte Elsa.

»Landesverrat. Es war nur eine Versammlung, aber sie sagen, ich hätte die Arbeiter und Arbeiterinnen zur Arbeitsniederlegung aufgewiegelt.«

»Hast du einen Anwalt?«

»Die Partei kümmert sich.« Sie sagte es, als ginge es sie nichts an oder als wäre es ihr gleichgültig.

»Aber dein Mann darf dich doch besuchen?«

Sie nickte. »Er dürfte, aber er tut es nicht.«

»Wie bitte? Er war noch nicht bei dir?« Der Privatdozent mit seinen vielen Büchern fand keine Zeit, seine Frau zu besuchen?

»Er will sich scheiden lassen«, sagte Sarah mit einem Hauch von Stimme, der von dem offenen, ungemütlichen Raum mit dem Wärter an der Tür so schnell verschluckt wurde, als habe sie ihn nie gesagt.

Elsa schüttelte den Kopf. »Aber warum denn?«

Sie hatte ihn doch gesehen, den Büchermenschen. Er war bestimmt kein Unmensch. Sarah hatte sich trotz höchster Gefahr zu ihm geflüchtet, um ihn noch einmal zu sehen. Sie liebte ihn doch.

»Eugen steht erst am Anfang seiner Karriere«, sagte Sarah, als müsste doch noch der dümmste Kartoffelbauer verstehen, dass dies Grund genug war, sie im Gefängnis nicht zu besuchen.

»Er kannte doch dich und deine Überzeugungen, bevor er dich geheiratet hat, oder nicht?«

»Ja, aber damals war er noch Student, da hatte er keine Professur in Aussicht.«

Was für ein erbärmlicher Feigling und Opportunist, dachte Elsa. Es sprach überhaupt kein Funke Ironie oder Sarkasmus aus dem, was Sarah sagte und wie sie es sagte. Wie lange würde sie ihren Eugen denn noch verteidigen? Das war eine Liebe, die Sarah kein Glück brachte und keinen Trost spendete.

»Von uns revolutionären Frauen wird einmal nichts bleiben«, sagte Sarah wie aus dem Nichts. »Man wird sich nicht einmal mehr an uns erinnern, wenn wir fort sind.«

Elsa wurde das Herz schwer. Es klang so abgeklärt, als hätte Sarah keine Kraft mehr für den Kampf, der ihr erst noch bevorstand.

»Irgendwann muss das anders werden, Elsa. Wir müssen gesehen werden, und man soll sich an uns erinnern, über unseren Tod hinaus.«

Der Wärter machte sie darauf aufmerksam, dass ihre halbe Stunde um war. Als Sarah schon aufgestanden war und gehen wollte, rief Elsa sie noch einmal zurück. Sie schälte ihre Hände aus dem blauen Tuch und gab es Sarah zusammen mit der Decke.

»Jetzt hätte ich es fast vergessen«, stammelte sie.

»Das ist aber schön«, sagte Sarah und fuhr mit den Fingern über das feine Muster des Wolltuchs. »Es ist noch warm von deinen Händen. Danke schön, meine Lebensretterin. Und grüß Alexej von mir, wenn du ihn siehst.«

Sie zwinkerte Elsa zum Abschied zu und lächelte. Und für den kurzen Moment blitzte die Erinnerung an die fröhliche, zupackende, auf Konventionen pfeifende Sarah auf, die Elsa im Frauenbadi in St. Gallen kennengelernt hatte. Und dann war sie fort, mit ihren Zahnschmerzen und der Gram um ihren Liebsten, der sie verraten hatte.

Elsa war froh, wieder hinaus ins Freie zu kommen. Sie lief fort von diesem hässlichen Gebäude mit den vergitterten Fenstern, in denen so viele Menschen saßen, die Schmerzen, Hunger, Kälte und Einsamkeit ertragen mussten. Manche fühlten sich vielleicht dennoch geliebt, andere zweifelten daran, ob jemand auf sie wartete, und wieder andere hatten jede Hoffnung aufgegeben, dass derjenige, den sie am meisten vermissten, überhaupt noch kommen würde.

Als Elsa in die Küche trat, standen dort die allerersten Maiglöckchen des Jahres in einer kleinen geschliffenen Vase aus blauem Bleiglas auf dem Tisch. Die Blümchen verströmten einen betörenden Duft. War das die Überraschung, die Rosa ihr angekündigt hatte, als sie nach Hause gekommen war? Sie hatte es ihr zugeflüstert, und Elsa war unwillkürlich zusammengezuckt. Sosehr die Menschen in Friedenszeiten Überraschungen liebten, so sehr fürchteten sie sich jetzt in solch unsicheren Zeiten davor. Eine Überraschung also, aber Elsa glaubte nicht, dass die Maiglöckchen damit gemeint waren, wenngleich sie doch eine Sehnsucht in ihr auslösten nach Frühling, nach dem Grün saftiger Wiesen, und ihr Duft sie an sinnliche Momente denken ließ. Die eigentliche Überraschung aber war ein Paket, das für sie angekommen war, offensichtlich aus einem fernen Land. Man sah es ihm an, dass es weit gereist war. Ein wenig zerknautscht, die Ecken eingedrückt, mit vielen bunten Briefmarken versehen und noch mehr Stempeln: runden, ovalen, rechteckigen, dreieckigen, sogar wellenförmigen. Es musste viele Grenzen überwunden haben. Das Paket kam aus Palästina, und als Elsa es öffnete, lief ihr eine Träne über die Wange. Sie nahm den Brief zur Hand, der zwischen zwei reifen Zitronen steckte.

Meine geliebte Elsa,
das sind die ersten beiden Zitronen von einem Baum in Degania Alef, den ich selbst gepflanzt, gehegt und begossen habe. Und ich war es auch, der sie geerntet hat. Eine ist für Dich, meine Geliebte, die andere für Sarah, denn wer im Gefängnis sitzt, bekommt immer zu wenig Vitamine. Ich habe auch die ersten Granatäpfel ernten können, aber ich weiß nicht, ob und wie sie die weite Reise überstanden hätten. Deshalb die Zitronen. Sie sind stark und werden sicher wohlbehalten bei Dir ankommen.

Ich denke an euch beide und hoffe, Sarah verlässt bald ihren grausigen Aufenthaltsort. Und ich wünsche mir nichts mehr auf der Welt, als dass Du bald Deine Koffer packst und kommst. Zu mir. Ich glaube, ich möchte hier sesshaft und alt werden. Aber nur mit Dir, Liebste, mit niemandem sonst. Wir bräuchten auch sehr dringend eine Anwältin, die sich darum kümmert, dass die Grundstücke, die wir erworben haben, auch richtig verbrieft werden. Wir wollen sie behalten und an unsere Nachkommen weitergeben. Unser Traum ist der Aufbau eines eigenen Staates. Revolutionäre und Weltverbesserer haben wir hier genug. Was wir brauchen, sind Leute, die etwas von der Landwirtschaft verstehen, vom Ackerbau, von der Viehzucht und der Bewässerung der Felder. Und Rechtsgelehrte wie Dich, die sich in der Welt der Verträge und mit den Land- und Wasserrechten auskennen, klug reden und überzeugen können. Brich Deine Zelte in der Schweiz ab, Elsa, und verlasse das sinkende Schiff Europa. Erst wenn der Krieg vorbei ist, wird man sehen, was alles zerstört ist und dass es nie mehr so sein wird wie früher. Hier kannst Du viel Gutes tun und viel bewegen. Und Du wärst an meiner Seite, Tag und Nacht und bis ans Ende unserer Tage, das hoffentlich noch nicht so bald eintritt.

Übrigens kann ich nicht mehr aufhören, Puschkin zu lesen, denn er war es schließlich, der uns zusammengebracht hat. So liege ich abends mit Puschkin im Bett und beiße vor Sehnsucht in den Band mit Liebesgedichten, den ich dem Genossen Rittmeyer in München natürlich nie zurückgegeben habe. Wie hätte ich das auch tun können!

Komm zu mir, meine Liebste, und erlöse mich von diesem Puschkin!

Dein Alexej

Im Frühjahr überstürzten sich die Ereignisse im Lager auf der Île Longue. Die Internierten erhielten die Nachricht, dass ein Vertrag zwischen Franzosen und Deutschen über den Austausch von Kriegs- und Zivilgefangenen unterschrieben worden war und nur noch ratifiziert werden müsste. Alle wurden unruhig, packten ihre Sachen, überlegten, was sie mitnehmen konnten und was sie zurücklassen mussten. Auch Ludwig war wie im Fieber. Einzelne begannen sogar schon damit, sich voneinander zu verabschieden. Es wurde kein neues Programm mehr aufgestellt, kein Theaterstück mehr geübt und kein Konzert mehr geprobt. Die kleine Lagerzeitung, die sie selbst verfassten, wurde eingestellt. Alle fieberten ihrer Freilassung entgegen und hatten keine Geduld mehr für Proben und Vorbereitungen. Einige hatten ihre Gemüsebeete nicht mehr bestellt, weil sie dachten, sie kämen nach Hause. Wenn nicht im Frühling, so im Sommer. Aber sie täuschten sich allesamt. Plötzlich hieß es, der Vertrag werde vielleicht dieses Jahr gar nicht mehr ratifiziert.

Zu allem Unglück erreichte eine erste Welle der Spanischen Grippe auch die Île Longue. Sie musste von den Wärtern oder dem Personal eingeschleppt worden sein. Die Stimmung verschlechterte sich immer weiter. Die einen litten unter Fieber, die anderen an ihrer bitteren Enttäuschung. Ihre Lage schien hoffnungslos. Ludwig dachte wie viele seiner Kameraden, dass man sie einfach vergessen hatte im äußersten Nordwesten Frankreichs. Niemand kümmerte sich mehr um sie, und vielleicht kämen sie nie wieder nach Hause.

Das Leben im Lager wurde unerträglich. In seinen Briefen berichtete Ludwig von Streitereien, sogar Schlägereien, ohne dass der Lagerrat einschritt. »Ich will endlich nach Hause!«, schrieb er und brachte seinen Brief zur Poststelle. Dann lief er am Lagerzaun entlang wie ein gefangener Tiger und starrte hinaus aufs Meer, das ihm so feindlich und abweisend vorkam wie nie zuvor. Flügel müsste man haben, dachte er, während er den Möwen zusah, wie sie mühelos über die Steilküste hinaus im Wind dahinsegelten. Aber er musste weiterhin hierbleiben, ein Vergessener, hinter Zäunen auf einer Insel, von der es kein Entkommen gab. Einen kurzen Moment blitzte der Gedanke auf, den Zaun zu überwinden und sich die Felsküste hinabzustürzen, um auch zu fliegen wie die Seevögel. Aber dann dachte er an Juliette und Antoine, und was sie seinetwegen schon alles ertragen hatten. Es sollte nicht umsonst gewesen sein.

Als Elsa den nächsten Besuchsantrag stellte, sagte man ihr, die Gefangene sei nach Stadelheim verlegt worden. Und als sie schließlich dort vorsprach, teilte man ihr völlig überraschend mit, dass Sonja Lerch bereits am Karfreitag, dem 29. März, in der Haft verstorben sei. Aber wie konnte das sein? Auf ihre Nachfrage erklärte man ihr, Sarah habe sich in einer Isolierzelle, wohin man sie gebracht hatte, weil sie verwirrt und unruhig war, am Fenstergitter erhängt. »Womit denn?«, fragte Elsa.

»Mit einem blauen Wolltuch«, sagte man ihr. Es musste das gewesen sein, das sie selbst Sarah bei ihrem Besuch mitgebracht hatte.

Elsa mochte es nicht glauben, so schrecklich war diese Nachricht. Ihr nächster Gedanke galt dem Witwer. Nun muss er sich nicht einmal mehr scheiden lassen, dachte sie bitter. Sarah hat es ihm verdammt leicht gemacht. Oder auch nicht. Denn er würde nun für immer mit seiner Schuld weiterleben müssen, falls er zu solchen Gefühlen überhaupt fähig war.

Elsa tastete nach der Zitrone in ihrer Tasche. *Für Sarah*, hatte Alexej geschrieben, *denn wer im Gefängnis sitzt, bekommt immer zu wenig Vitamine*. Eine Zitrone aus Palästina, Sarah, das hättest du nicht tun dürfen!, dachte Elsa. Tränen schossen ihr in die Augen. Du hättest durchhalten müssen, Sarah. Wir beide wären wunderbare Freundinnen geworden, ganz bestimmt. Ich habe dich einmal aus dem Wasser gezogen und dir damit das Leben gerettet. Man vergeudet doch nicht sein Leben, nachdem man schon einmal dem Tod von der Schippe gesprungen ist. Das war doch eine Verpflichtung, Sarah. Stattdessen hast du aufgegeben und dein Leben einfach fortgeworfen. Musstest du dazu unbedingt das russisch-blaue Wolltuch verwenden? Gab es wirklich nichts anderes? Dieses Tuch sollte dir Wärme spenden und Geborgenheit. Es sollte dir doch nicht den Tod bringen. Nein, nicht den Tod.

Sarah Sonja Lerch wurde am Ostermontag auf dem Neuen Israelitischen Friedhof beerdigt. Irgendwann würde Elsa sie dort besuchen kommen. Aber noch war es zu früh, der Schmerz zu groß. Denn es war Frühling geworden in der Stadt. Und im Frühling ging man nicht an ein frisches Grab, wenn man das Leben liebte.

»Was steht denn so Interessantes in der Zeitung, dass du gar nicht mehr aufhören kannst zu lesen? Sag bloß, der Krieg ist endlich aus.«

Balbina stand an den Küchenschrank gelehnt und schenkte sich eine Tasse Kaffee ein. Sie wartete täglich auf die Verkündung des Kriegsendes und dass ihr Mann endlich aus dem Lazarett im Elsass entlassen würde, wo er mit einer Beinverletzung lag.

»Kurt Eisner wird heute auf der Theresienwiese sprechen«, sagte Elsa.

»Sitzt der nicht im Gefängnis?«

»Er ist im Oktober freigekommen«, sagte Elsa. Und dasselbe wäre mit Sarah bestimmt auch geschehen, dachte sie bitter. Vielleicht hätte man bei ihr sogar ein Auge zugedrückt, wenn ein geschickter Anwalt sie als naive Idealistin hingestellt hätte, die gedacht habe, sie könne den Krieg beenden, wenn sie die Arbeiter in den Rüstungsbetrieben dazu brachte, die Fabriken zu verlassen und die Arbeit niederzulegen. Doch für Sarah war es zu spät. Elsa spürte immer noch diesen Klumpen in der Brust, wenn sie an Sarah dachte. Alexej war sehr traurig gewesen, als sie ihm in einem Brief davon erzählte. Aber er hatte geschrieben: Sarah hat es so gewollt, und das müssen wir respektieren. Sie war eine großartige Frau. Ja, das war sie. Aber Elsa wäre es lieber gewesen, sie wäre etwas weniger großartig gewesen und dafür noch am Leben. Sarahs Opfer kam ihr so sinnlos vor. Eisner war frei und würde zu den Arbeitern und den Soldaten und allen, die sich auf der Theresienwiese versammelten, sprechen. Und Sarah hätte an seiner Seite mit dabei sein können, wenn sie noch am Leben wäre.

»Das wird eine große Kundgebung mit mehreren Rednern. Ich glaube, ich muss dahin und mir das anhören. Komm doch mit.«

Balbina schlürfte ihren Kaffee. »Ich weiß nicht«, sagte sie.

Balbina wartete auf ihren Mann. Sie schrieb ihm regelmäßig und schickte Päckchen mit etwas Geld, Tabak, Zucker, Wurst und anderen Dingen, die sie auf dem Schwarzmarkt besorgte, ins Elsass, um ihm das Leben ein wenig angenehmer zu machen. Er hatte Granatsplitter abbekommen und war mehrfach an den Beinen operiert worden.

Elsa dachte an die Zeit, als sie noch zusammen unter einem Dach gelebt hatten. Sie war fünfzehn gewesen, als ihr Vater starb, Balbina sechzehn und Ludwig fast sechzehn. Jetzt waren Balbinas Tochter Marie und Johann und Johanna so alt wie sie damals. Ihr Neffe und die Nichten lebten lieber draußen auf dem Goldachhof als in der Stadt, was man ihnen angesichts des Elends überall nicht verdenken konnte.

»Gehst du jetzt mit?«, fragte Elsa und faltete die Zeitung zusammen.

»Wie kalt ist es denn?«, fragte Balbina.

»Nicht besonders.«

»Brauchen wir einen Schirm?«

»Jetzt komm schon, wir nehmen die Trambahn zum Goetheplatz. Von dort ist es nicht mehr weit. Vielleicht gibt es ja doch noch eine Revolution. Und wenn es eine gibt, Balbina, dann sind wir mit dabei.«

Die Trambahnschaffnerin in ihrem zweireihigen knöchellangen Mantel mit den Goldknöpfen und der schräg umgehängten

Geldtasche erschien Elsa auf Anhieb wie ein Sinnbild der werktätigen Frau. Mit üppigen braunen Locken und einer Mütze, die verwegen schief saß. Man hatte sich so an die Schaffnerinnen gewöhnt und ganz vergessen, dass es vor drei, vier Jahren noch keine einzige von ihnen in München gegeben hatte. Was würde eigentlich aus all diesen Frauen in der Tram, in den Munitions- und Lebensmittelfabriken, bei der Eisenbahn, in den Büros und Ämtern und in der Landwirtschaft, wenn die Männer zurückkamen? Würden sie ihren Uniformrock und die Arbeitshosen an den Nagel hängen, um sich wieder um den Haushalt und das Mittagessen zu kümmern? Die Arbeiterinnen verdienten in der Regel nicht viel, aber sie ernährten damit ihre Familien. Und sie stellten täglich unter Beweis, dass sie ihren Mann stehen konnten. Würden sich die Männer, sobald sie aus dem Krieg heimkehrten, schnurstracks in die Küche begeben, damit das Essen auf dem Tisch stand, wenn ihre Frau abends von der Arbeit kam? Elsa grinste bei dem Gedanken. Sie selbst war ja eine richtige Niete in der Küche, aber alle Männer, die sie bisher kennengelernt hatte, waren noch unfähiger als sie. Immerhin war sie dazu in der Lage, sich ein weiches Ei zu kochen.

»Sag bloß, du machst dich über die arme Schaffnerin lustig«, sagte Balbina. »Die Ärmste kommt ja überhaupt nicht mehr durch zum Kassieren, so voll ist die Tram. Jetzt hängen die Leute schon an den offenen Türen. Schau, wie die Rockschöße der Männer im Fahrtwind flattern wie ein Schwarm Fledermäuse.«

»Am Goetheplatz steigen wir alle aus!«, rief einer der Männer, ein Soldat mit einer Augenklappe. »Und Geld für ein Billett haben wir sowieso keines.«

Die Schaffnerin hatte es aufgegeben, Fahrkarten zu verkaufen, und sich nach vorne zum Fahrer zurückgezogen. Vielleicht hatte sie auch ein Herz für Arbeiter und Soldaten.

Am Goetheplatz leerte sich die Trambahn bis auf ein paar alte Frauen, die zum Waldfriedhof weiterfuhren. Die Massen strömten auf die Theresienwiese wie sonst nur zum Oktoberfest. Alle Zufahrtsstraßen waren schwarz von Menschen und der Platz unter der Bavaria schon rappelvoll. Elsa drängte an der Bronzestatue vorbei hinauf zu den Säulen der u-förmig angelegten Ruhmeshalle. Von dort musste man einen guten Blick hinunter auf den Platz haben. Wie viele Menschen mochten es sein, die sich hier versammelten? Bestimmt mehrere Zehntausend. Arbeiter waren da, viele Soldaten, die wegen Verwundungen ausgemustert waren, aber immer noch ihre Uniformen trugen. Vielleicht war auch der ein oder andere Deserteur unter ihnen. Hier würde sie bestimmt niemand denunzieren.

Elsa boxte sich durch die Menge, und Balbina bemühte sich den Anschluss nicht zu verlieren. Von oben, unter den Säulen, winkten ihnen ein paar Burschen und deuteten an, es gäbe noch Platz für zwei zierliche Frauen. Sie kamen gerade noch rechtzeitig zum Beginn der Kundgebung. Zuerst sprach Kurt Eisner, dann Erhard Auer, der Führer der Mehrheits-SPD, und nach ihnen weitere Redner, die Elsa nicht kannten. Einer fiel ihr besonders auf, weil er von Eisner an das Rednerpult geleitet werden musste. Der Mann war offenbar blind.

»Das ist der Bauernführer Ludwig Gandorfer«, wusste einer der Arbeiter aus den Bayerischen Motorenwerken, die ihnen Platz gemacht hatten.

Die Redner forderten nicht weniger als die Abdankung des deutschen Kaisers und des bayerischen Königs, den sofortigen Friedensschluss mit den Mächten der Entente und die Einführung des Achtstundentages für die deutschen Arbeiter. Die Menge bejubelte diese Forderungen und schüttelte die Fäuste zur Bekräftigung ihrer Zustimmung. Die Luft vibrierte von ihren Hoffnungen und dem wachsenden Gefühl, dass es an der Zeit und möglich sein könnte, dass sich, wenn nicht heute, so doch ganz bald etwas änderte und ihre Forderungen tatsächlich in die Tat umgesetzt würden. Vielleicht nicht genau hier und in diesem Augenblick. Aber auch nicht irgendwann und irgendwo in einer fernen Zukunft. Die Arbeiter und Soldaten hatten die Nase voll von Kaiser und König, von Krieg und Elend, von Lügen und Vertröstungen, von Durchhalteparolen für einen »Siegfrieden«, der seit dem Winter 1914 ein Phantom und Trugbild geworden war. Aber eines, an dem die Militärführung wie die Politiker festgehalten hatten, obwohl sie schon lange wussten, dass nichts mehr zu gewinnen war. Viele hatten auch die Nase voll von ihren Volksvertretern und Parteigenossen in der SPD, die vier volle Kriegsjahre stillgehalten hatten im Schulterschluss mit den konservativen Kräften. Die jede neue Kriegsanleihe und alle Maßnahmen mitgetragen hatten, die den Krieg immer weiter verlängerten, der Millionen von Soldaten im eigenen und in den Nachbarländern das Leben kostete. Es lag tatsächlich so etwas wie eine Revolution in der Luft, das spürten auch Elsa und Balbina.

Als die Kundgebung endete, war die Stimmung so aufgeheizt, dass die meisten nicht nach Hause gehen wollten. Was wartete dort schon auf sie? Während Auer mit den gemäßigten Männern in der SPD zurück zum Goetheplatz marschierte und dort die wartenden Droschken und Automobile bestieg, wandte sich Eisner mit ein paar Hundert Anhängern nach Norden, Richtung Donnersbergerbrücke.

»Wo gehen die hin?«, fragte Elsa.

»Wenn ich der Eisner wär«, sagte ein sehr hagerer, ausgezehrter Mann mit dunklen Ringen unter den Augen, »ich würd in die Kasernen gehen und mir die Soldaten holen. Die haben alle keine Lust mehr auf diesen elenden Krieg. Die wollen an keine Front mehr und sinnlos ihr Leben hingeben, genau wie die Matrosen an der Ostsee. Die warten nur auf einen Funken, der das Pulverfass endlich in die Luft jagt.«

Plötzlich entdeckte Elsa auf der Wiese unter sich ein bekanntes Gesicht. »Hans«, rief sie und legte dabei die Hände wie einen Trichter an den Mund.

Sie rief noch ein paarmal, und endlich drehte der Mann sich nach ihr um. Er war es tatsächlich. Hans Metzger, der Maler vom Goldachhof und Freund ihres Bruders Hermann. Elsa winkte ihm enthusiastisch. Sie erinnerte sich genau, dass er vor drei Jahren zusammen mit Paul bei der Aussegnung am Odeonsplatz dabei gewesen war. Dort hatten sie sich zum letzten Mal gesehen. Hans lebte also und war wieder in München! Sie musste mit ihm reden, ihn nach Hause mitnehmen zur Mutter. Wie würde die sich freuen.

Auch Hans erkannte Elsa wieder und hob scheu die Hand. Freute er sich denn gar nicht, sie zu sehen? Sie waren einmal zusammen gewesen, eine kurze Affäre, nichts Ernstes, und noch vor dem Krieg. Elsa mochte ihn, aber es war nie mehr daraus geworden. Ob er ihr das immer noch nachtrug, nach all den Jahren? Sie winkte weiter, signalisierte ihm, er solle zu ihnen heraufkommen, aber Hans schüttelte den Kopf.

»Ich muss da hinunter«, sagte sie zu Balbina. »Das ist Hans, ein Freund von mir. Bin gleich wieder da.«

»Warte, ich komme mit«, rief Balbina und lief hinter ihr her.

Als sie Hans fast erreicht hatte, stockte Elsa. Was hatte er denn da unter die Achseln geklemmt, waren das etwa Krücken? Sie sah an ihm hinunter. Sein linkes Hosenbein war auf der Mitte des Oberschenkels nach oben umgeschlagen und am Gürtel eingehängt. Jetzt verstand Elsa, warum Hans nicht zu ihnen hinaufgekommen war.

Elsa versuchte sich nichts anmerken zu lassen. Sie lächelte Hans an, fiel ihm um den Hals und umarmte ihn, aber doch vorsichtig, damit er das Gleichgewicht nicht verlor.

»Wie schön, dich zu sehen, Hans«, sagte sie. »Bin ich froh, dass du lebst.«

»Wirklich?«, fragte Hans grimmig. »Ich kann mir ja was Schöneres vorstellen als ein Leben als Krüppel.« Es klang verbittert und mutlos.

Elsa wusste nicht, was sie darauf sagen sollte. »Kommst du auch noch mit Eisner und den Soldaten in die Kasernen?«, fragte sie.

»Lass mal«, antwortete Hans Metzger. »Das lange Stehen während der Kundgebung hat mir schon gereicht. Man macht sich als normaler Mensch keine Vorstellung davon, wie weh einem ein Bein tun kann, das irgendein Sanitäter nach der Operation hinter dem Lazarett in eine Grube geworfen hat.«

»Hans.« Elsa nahm seine Hände. »Komm doch mit in die Dienerstraße. Mutter wird sich so freuen, dich zu sehen. Sie geht fast jeden Tag beten für Paul.«

»Hoffentlich hilft es.« Hans sah zu Tode erschöpft aus.

»Bitte, komm mit. Ich besorge uns eine Droschke, damit wir nicht noch einmal in der überfüllten Trambahn stehen müssen. Du kommst doch, Hans? Mutter würde es nicht ertragen, wenn ich ihr erzähle, dass ich dich getroffen, aber nicht mitgebracht habe.«

Sie sah, wie Hans mit sich kämpfte, bis er schließlich einwilligte. Balbina lief voraus, um auf der Theresienhöhe eine Droschke zu bekommen, und wartete, bis die beiden nachkamen.

Balbina stieg als Erste aus und lief ins Geschäft, um ihre Tante auf den Besuch vorzubereiten. Aber Therese war im ersten Moment doch sprachlos, als sie den früher so verwegenen Künstler, der stets einen schwarzen Hut getragen und Zigarillos geraucht hatte, plötzlich in einen Invaliden verwandelt sah. Mit seinen achtunddreißig Jahren sah er aus wie sechzig.

»Hans, Sie leben!«, rief sie, »wie schön, dass Sie bei uns vorbeikommen.«

Wie aber sprach man über ein Bein, das fehlte? Fragte man, wie und wo es passiert war? Konnte man das als Soldat den Nichtsoldaten wirklich erklären, oder speiste man sie lediglich mit irgendeiner Abenteuergeschichte ab, die nichts davon verriet, wie es wirklich gewesen war und wie man es selbst erlebt hatte? Elsa wusste es nicht, und ihre Mutter offenbar auch nicht.

Therese kochte Kaffee und opferte ein paar lang gehortete Leckerbissen aus ihrer Speisekammer. Es sah aus wie englisches Teegebäck und schmeckte nicht mehr ganz frisch, aber immer noch herrlich süß und nach echter Butter. Weiß der Himmel, wo sie die Sachen immer noch herzauberte.

Als sie zusammen am Tisch saßen, kam die Frage, auf die Elsa schon die ganze Zeit gewartet hatte.

»Haben Sie eine Nachricht von Paul?« Therese musste ihn einfach fragen. »Haben Sie ihn gesehen?«

»Leider nein.« Hans Metzger schüttelte den Kopf. »Aber wenn er in Gefangenschaft bei den Franzosen ist, wie Sie sagen, dann kommt er mit uns Frontsoldaten ja nicht in Kontakt. Ich habe außerdem monatelang im Lazarett gelegen. Das letzte halbe Jahr ist mir einfach so durchgerutscht zwischen Morphium, Fieber und Wundschmerz. War nicht besonders viel los mit mir.«

»Hast du wieder angefangen zu malen?«, fragte Elsa.

Hans schüttelte den Kopf. »Ich bin doch jetzt zu nichts mehr nutze«, sagte er.

»Wieso denn?«, antwortete Therese prompt. »Sie haben doch, wenn ich mich recht erinnere, immer mit Ihren Händen gemalt, nicht mit den Füßen.«

»Mutter!« Elsa kannte ihre Mutter gut genug, um zu wissen, dass sie es nicht wirklich böse meinte. Aber es klang sehr taktlos. Doch Hans schien gar nicht beleidigt zu sein, er grinste sogar.

»Die Frau Dallmayr wie sie leibt und lebt«, sagte er. »Sie haben sich wirklich kaum verändert.« Er wusste, dass Therese ihn ins Herz geschlossen hatte. Immerhin hatte die Familie ihn monate-, wenn nicht gar jahrelang auf dem Goldachhof mit durchgefüttert. Sie, Hermann und Sonia und Paul.

Hans biss in einen Keks und ließ sich das Buttergebäck auf der Zunge zergehen. »Vielleicht werde ich ja irgendwann wieder malen. Nur mit den Fresken wird es wohl vorbei sein. Auf einem Gerüst herumturnen ist mit einem Bein doch ein bisschen gefährlich.«

Noch in derselben Nacht hatte Kurt Eisner, der tatsächlich die Soldaten aus den großen Kasernen geholt hatte und mit ihnen in die Stadt eingezogen war, den Freistaat Bayern ausgerufen und die Monarchie für abgeschafft erklärt. Bayern war über Nacht Republik geworden. Als Therese am Morgen aus dem Fenster sah, hing vom südlichen der beiden Türme des Doms eine einsame rote Fahne. Sie nahm auch das nüchtern hin. Alles, was den Krieg stoppen konnte, erschien ihr jetzt gut und richtig, und wenn es eine rote Fahne an der Frauenkirche sein musste. Lange würde sie da ohnehin nicht hängen. Denn der Wind war ein Geselle wie der Tod. Er machte keine Unterschiede. Ob die Fahne nun schwarz, rot oder weiß-blau war, ein Königswappen trug oder nicht, das war ihm egal. Irgendwann würde er sie zerfetzen oder aus der Verankerung reißen und gleich mitnehmen.

»Jetzt ist unser Millibauer weg«, sagte Korbinian, als Therese ins Geschäft kam. Mit diesem Spitznamen hatten die Münchner Ludwig III. wenig schmeichelhaft bedacht. »Gestern ist er noch durch den Englischen Garten spaziert wie jeden Tag. Aber die Passanten haben zu ihm gesagt, er soll besser nach Hause gehen und seine Sachen packen, weil die Revolution kommt. Er wollte es zuerst gar nicht glauben.«

»Und wo ist er jetzt?«, fragte Therese.

»Am Chiemsee heißt es, im Schloss Wildenwart, oder in Berchtesgaden. Andere sagen, er hat schon die Landesgrenzen überschritten und sich in einem Schloss bei Salzburg einquartiert.«

»Tja, die Bayern haben ihn halt nie so gemocht wie seinen Vater Luitpold.«

»Er hätte Prinzregent bleiben sollen wie sein Vater, dann hätten sie sich schon mit ihm anfreunden können. Aber dass er sich zum König krönen lassen musste, obwohl König Otto noch lebte, das hat den Leuten nicht gepasst«, sagte Korbinian. »Und das haben sie ihm immer nachgetragen. Dass er außerdem eine Milchwirtschaft in Leutstetten betrieben hat, das auch.«

»Ich verstehe bis heute nicht, warum«, sagte Therese.

»Weil das keine Beschäftigung für einen König ist«, behauptete Korbinian.

»Hätte er stattdessen Märchenschlösser bauen sollen wie unser Ludwig II.?«

»Warum nicht?«, antwortete Korbinian. »So etwas verzeihen die Leute einem König eher als eine lausige Milchwirtschaft.«

Therese schüttelte den Kopf. Was für ein Blödsinn, dachte sie.

»Den Preußen-Kaiser wird es auch nicht mehr lange geben«, sagte Korbinian.

»Um den ist es nicht schade«, sagte Therese. »Der hat uns kein Glück gebracht.«

»Dem Dallmayr schon, also vor dem Krieg«, sagte Korbinian. »Königlich kaiserlicher Hoflieferant sind wir geworden, weil wir ihn beliefert haben. Was machen wir denn jetzt damit?«

»Womit?«, fragte Therese.

»Mit dem Schild da draußen an unserer Tür. Es gibt ihn doch jetzt gar nicht mehr, den König. Und womöglich gibt es den Kaiser auch nicht mehr lange. Soll ich es gleich selbst abmontieren, bevor einer von den Revolutionären kommt und es herunterreißt? Wer weiß, was dabei alles kaputtgeht. Wenn's dumm kommt, geht womöglich auch unsere Glastür dabei zu Bruch oder eines von den Schaufenstern.«

»Hier reißt keiner irgendwas herunter, Korbinian, solange ich hier bin und etwas zu sagen habe«, antwortete Therese. »Das Schild bleibt dran.«

»Sicher, Chefin?«

»Ganz sicher. Ich bin doch kein Chamäleon, oder wie dieses Tier heißt, das seine Farbe nach Belieben wechselt. Ich war Hoflieferantin, und ich habe hart dafür gekämpft. Das weiß doch jeder hier in der Altstadt. Wieso sollte ich es jetzt verleugnen, bloß weil es gerade offiziell keinen Hof mehr gibt? Den möchte ich sehen, der mir was von meiner Fassade reißt.«

Nun war er also wirklich aus, der Krieg. Sonia schloss kurz die Augen und starrte dann gleich noch einmal auf die Schlagzeile und das Datum der Extraausgabe der Zeitung, die der Zeitungsjunge mit dem Fahrrad auf den Hof gebracht hatte: 11.11.1918. Vier Jahre und drei Monate hatte dieser Krieg gedauert und dabei so vielen Männern das Leben gekostet: Deutschen, Franzosen, Belgiern, Briten, Russen, Serben, Österreichern, Ungarn, Amerikanern und wahrscheinlich auch noch von anderen Nationen, die Sonia gar nicht alle kannte. Es kam ihr so vor, als hätten sie diese vergangenen fünfzig Monate wie in einem Schockzustand gelebt. Sie hatten sich weiter bewegt, waren aufgestanden, hatten sich um den Hof gekümmert, die Tiere, die Angestellten, um ihre Kinder, und doch waren sie die ganze Zeit wie unter einer dicken Nebelbank herumgetappt. Wie Geister hatten sie ihr Tagwerk verrichtet, getan, was getan werden musste. Es war kein schönes, buntes Leben gewesen, und eigentlich auch kein richtig ganzes Leben, nicht einmal ein halbes. In München, sagte man, hatte es eine Revolution gegeben. Und wenn schon. Auf dem Land war davon nichts zu spüren. Der König hatte abgedankt, ebenso der Kaiser. Nun schlichen sie sich also fort, die, die verantwortlich waren für das ganze Elend, das hinter ihnen und auch für das, was noch vor ihnen lag. Ins Exil waren sie gegangen, wo sie bestimmt nicht wesentlich schlechter lebten als in ihren Residenzen in München oder Berlin. Ludwig saß in einem Schloss in Salzburg, der Kaiser in Holland. Sie würden weiter mit silbernen Löffeln aus feinstem Porzellan essen und unter Daunendecken schlafen. Dagegen würden die toten Soldaten in fremder Erde liegen bleiben, und die Überlebenden mussten zusehen, wie sie zurechtkamen. Ein König oder Kaiser fehlte ihnen dabei am allerwenigsten.

Ihr Hofmaler Hans Metzger war zurückgekehrt und lebte wieder mit ihnen auf dem Goldachhof. Stundenlang saß er vor seiner Staffelei und starrte ins Moos, beobachtete die Rehböcke, die des Morgens und in der Dämmerung die Entwässerungsgräben aufsuchten, um zu trinken, sah die Birkenstämme vor dem Gewitterhimmel weiß aufleuchten, sah die Wolken sich zusammenballen und über den Himmel fegen, und war doch unfähig, einen Stift oder Pinsel in die Hand zu nehmen und irgendetwas davon festzuhalten. Es schien ihm alles einerlei geworden. Seine Sinne waren stumpf von der erlebten Gewalt und den Grausamkeiten, die jede Seele zerstören mussten. Manchmal sprach er mit Hermann darüber, was er an der Front erlebt hatte. Nur ihm gegenüber öffnete er sich, und es floss viel Schnaps in diesen Nächten. Sie ließen ihm alle Zeit, die er brauchte, und wenn es Jahre wären. Das Einzige, was er gern tat, war, mit den Kindern die Hausaufgaben in Deutsch und Mathematik durchzugehen, ihnen ihre Fragen zur deutschen Geschichte, auch der, die gerade erst passierte, zu beantworten, wonach sie im Unterricht nicht wagten zu fragen. Und er brachte ihnen bei, wie man ein Pferd zeichnete oder ein Huhn, eine Scheune oder einen Baum. Nur Menschen wollte er immer noch nicht malen.

Ein paar Tage später, als sie beim Frühstück die Zeitung las, stellten sich Sonia die Nackenhaare auf. Da stand, dass auf dem Münchner Schlachthofgelände ausgemusterte Militärpferde an Zivilisten versteigert wurden. Treue Schlachtrösser, die an der Front im Einsatz gewesen waren und bei Gasangriffen sogar eigene Masken getragen hatten. Die Männer hatten ihre Pferde während des Kriegs als treue Kameraden geschätzt und geliebt. Bei leichteren Verwundungen hatten sie sie zur Behandlung in ein Tierlazarett gebracht, das es hinter manchen Frontabschnitten gab.

Sonia erinnerte sich immer noch sehr genau an den einen Tag, als für sie ganz persönlich der Krieg begonnen hatte. Es war der Morgen gewesen, an dem sie ihr Sultan weggenommen hatten. Ob er noch lebte? An diese Möglichkeit auch nur zu denken, ließ ihr Herz schneller schlagen. Durfte man angesichts von so viel menschlichem Leid sich noch so sehr an ein Pferd klammern? Falls Sultan lebte, konnte sie doch nicht zulassen, dass er an irgendeinen Wildfremden versteigert wurde. Tränen traten ihr in die Augen, und Sonia schämte sich dafür. Es war nur ein Tier. Nein, das stimmte nicht. Es war nicht nur ein Tier, es war ihr Hengst Sultan.

Hermann riet ihr davon ab, zum Schlachthof zu gehen. Aussichtslos, sagte er, sie solle nicht so sentimental sein. Sie verstand ihn, und wahrscheinlich hatte er recht. Und doch ließ es ihr keine Ruhe. Sie musste dorthin, sich nur einmal umschauen.

Aus dem einen Mal wurden mehrere. Nach jedem Tag, den sie von frühmorgens an auf dem Gelände an der Zenettistraße herumlief, zwischen Hallen und Backsteingebäuden, nahm

Sonia sich vor, nach Hause zu fahren und nicht mehr wiederzukommen. Und dann dachte sie, nur einen Tag noch. Wenn er dann nicht kommt, gebe ich es auf. Sie sah so viele Pferde, die meisten unendlich schreckhaft und verängstigt. Einige so bösartig, dass sie nur noch für den Pferdemetzger taugten. Sultan war nicht unter ihnen. Sie hätte ihn unter Tausenden wiedererkannt.

Viele der Käufer und der Neugierigen auf dem Gelände trugen Stoffmasken vor Mund und Nase. Denn seit dem Kriegsende breitete sich die Spanische Grippe in München aus. Und jetzt waren nicht, wie in den Hungerwintern, die alten Leute und die Kinder am stärksten betroffen. Am schwersten traf es nun ausgerechnet die Generation der Kriegsteilnehmer. Junge Männer und Frauen zwischen zwanzig und vierzig erkrankten am häufigsten, konnte man in den Zeitungen lesen. Sie litten unter schweren Lungen- und Atemwegserkrankungen, bei manchen färbte sich die Haut bläulich-schwarz, als hätten sie die Pest, erzählte man. Deshalb versuchten sich viele Besucher im Schlachthof mit Stoffmasken gegen eine Ansteckung zu schützen. Auch Sonia trug welche.

Nach einer Woche kam Hermann, um Sonia zu suchen, und spürte sie auf dem weiten Gelände des Schlachthofs auf.

»Es hat doch keinen Sinn, Liebes«, sagte er und nahm sie fest in den Arm. »Dein Sultan war ein Held, und als Held wird er gefallen sein. Finde dich damit ab, Sonia. Er braucht deine Hilfe nicht mehr. Aber wir brauchen dich. Bitte.«

Es reichte, um Sonias Widerstand zu brechen. Er hatte ja recht. Als sie durch die Pferdehalle auf den Ausgang zugingen, sah Sonia in der allerletzten Box eine Stute stehen, die offensichtlich lahmte.

»Die ist nur noch für den Schlachter gut«, sagte der Verkäufer. »Hat zu viel erlebt im Krieg.«

Sonia kaufte das Pferd für kleines Geld und führte es aus dem Schlachthof hinaus in die Freiheit. Sie wollte dieser Stute das Gnadenbrot geben, stellvertretend für Sultan, der nicht zurückkehren würde.

Sonia rieb die offenen Wunden der Stute mit ihren selbst gemachten Kräuterauszügen ein, päppelte sie mit endloser Geduld auf bis zu dem Tag, an dem sie tatsächlich wieder laufen und Sonia mit ihr ausreiten konnte. Wegen ihrer Blesse auf der Stirn, die die Form einer Mondsichel hatte, nannte Sonia die Stute Luna.

Hans Metzger, der Tiere lieber malte als Menschen, griff zum ersten Mal zum Pinsel, als Sonia ihr Pferd an einem sonnigen Wintertag Ende Dezember über den Hof führte. Der Schnee lag zentimeterdick, und auf der obersten Schicht glitzerten die Schneekristalle. Luna stieß dampfend den Atem durch die Nüstern und schüttelte ihre Mähne. Sie stupste die Schnauze in den weichen Schnee, hob den Kopf und legte ihn dann auf Sonias Schulter. So standen sie eine Weile in inniger Verbundenheit, während der Pinsel des Malers über das Papier flog.

1919

Drei Monate nach Kriegsende hatten sie immer noch keine Nachricht von Paul. Therese saß am Frühstückstisch und konnte einfach nicht aufstehen. Heute fiel es ihr unendlich schwer, ins Geschäft hinunterzugehen. Es hieß, die Franzosen behielten die deutschen Kriegsgefangenen als Unterpfand für die Wiedergutmachungen, die das Deutsche Reich nach den Friedensverhandlungen leisten sollte. Menschenleben gegen Stahl, Kohle und Lokomotiven. Therese hatte nicht einmal mehr Kraft, in die Frauenkirche hinüberzugehen, um zu beten. Der heilige Benno war anscheinend machtlos gegen die französischen Generäle und ihre Faustpfand-Strategie. Der Frieden schmeckte gar nicht süß, und er duftete auch nicht nach Frühling. Das Morden war vorbei, aber nicht der Hunger, nicht das Elend und auch nicht das Sterben. Es war seltsam, wie gelassen man die furchtbare Grippe hinnahm, die mehr und mehr Menschen in der Stadt und im ganzen Land dahinraffte. Sogar die Zeitungen wunderten sich darüber, wie wenig Aufhebens die Leute um die Grippetoten machten. Man hatte sich an den Massentod auf den Schlachtfeldern so gewöhnt, dass das Sterben daheim schon fast gleichmütig hingenommen wurde. So weit war es mit ihnen gekommen.

Im Dallmayr-Haus gab es immer noch kaum mehr als die gemeine Steckrübe und die grüne Erbse in Aspik. Die britische Seeblockade bestand weiterhin, auch nach dem Tag des Waffenstillstands im Wald von Compiègne, und eine geplante Übergabe der deutschen Handelsflotte als Reparationsleistung würde alles noch schlimmer machen. Der König war fort, und alles, was er noch zustande gebracht hatte, war, die königlichen Beamten von ihrem Eid zu entbinden, damit sie überhaupt weiterarbeiten konnten. Abgedankt hatte er nicht. Und der deutsche Kaiser, hieß es, hatte nicht einmal seinen tapferen Soldaten für ihren Einsatz gedankt. Selbst eingefleischte Monarchisten wie Korbinian weinten diesen Herrschern keine Träne mehr nach. Österreich-Ungarn existierte nicht mehr. Aus dem riesigen Reich war ein winziger, unbedeutender Alpenstaat ohne Zugang zur Adria geworden. Deutschland hatte Elsass-Lothringen, das Memelland, Danzig, Westpreußen und alle Kolonien abtreten müssen. Statt noch mehr Platz an der Sonne zu erringen, war Deutschland geschrumpft und hatte seine Stellung in Europa, wenn nicht in der Welt, eingebüßt. Wer weiß, für wie lange. Vielleicht für immer. Was hatte Therese einmal werden wollen? Das führende Delikatessenhaus im Deutschen Reich oder auch in ganz Europa? Sie stützte den Kopf in die Hände und gestand sich ein, dass sie es wohl nicht mehr werden würde. Ihr Traum schien ausgeträumt. Es wurde Zeit, einen Schritt zurückzutreten und alles den Kindern zu überschreiben.

In München regierten die Arbeiter- und Soldatenräte. Obwohl Therese selbst durch und durch bürgerlich dachte und fühlte, hatte sie den Eindruck, dass der von den Räten gewählte Ministerpräsident, dieser Kurt Eisner, kein schlechter Mensch war. Während der Revolution war kein Tropfen Blut vergossen worden. Eisner hatte sogar angekündigt, noch während er das Residenztheater schließen ließ, dass alle Besitzer von bereits gekauften Theaterkarten entschädigt würden. Therese hatte den Aushang mit eigenen Augen gesehen und sich sehr gewundert, dass ein Revolutionär an solche Kleinigkeiten dachte und sich sogar um Gerechtigkeit in so kleinen Dingen bemühte. Die Münchner Bürger mochten Eisner dennoch nicht. Er war Jude, in Berlin geborener Preuße und Journalist, nicht das, was der gemeine Bayer sich als Staatsoberhaupt erträumte. Die Münchner waren mehrheitlich auch gegen die Revolution. Aufruhr und Umsturz, das passte einfach nicht zu ihrer Mentalität. Dazu waren sie zu behäbig, zu traditionsverhaftet und vielleicht auch geistig zu unbeweglich. Wie Therese es vorausgesehen hatte, war die rote Fahne schon sehr bald wieder vom Turm der Frauenkirche verschwunden, und keiner hatte danach ein zweites Mal versucht, eine aufzuhängen.

Am 12. Januar 1919 ging Therese zum ersten Mal in ihrem langen Leben zum Wählen. Es hatte sich eine Schlange vor dem Wahllokal im Tal gebildet. Und da stand eine blonde junge Frau mit einem Kind an der Hand, die Therese bekannt vorkam. Sie erinnerte sich nicht sofort, aber als die Frau freudestrahlend auf sie zukam, wusste sie wieder, wen sie vor sich hatte.

»Frau Randlkofer, wie geht es Ihnen?«

»Es geht schon, Lilly, und selber?«

»Was für ein herrlicher Tag, nicht? Wie lange haben wir Frauen darauf gewartet, dass wir endlich wählen dürfen. Ich muss die ganze Zeit schon vor mich hin grinsen.«

»Und das kleine Fräulein an deiner Hand?«

»Das ist die Ursi. Sag schön Grüß Gott, Ursula.«

Das Mädchen machte einen Knicks.

»Die Mutter hätte schon auf die Ursi aufgepasst, aber ich wollte sie unbedingt mitnehmen. Sie soll sich das gut einprägen, und wenn noch mal wer kommt, in der Zukunft, und den Frauen das Wahlrecht wieder wegnehmen will, dann soll sie auf die Barrikaden gehen. Gell, Ursi?«

Das Mädchen lächelte scheu.

»Wie alt bist du denn?«, fragte Therese.

Ursi hob eine Hand und spreizte die Finger. »So viel«, sagte sie.

»Dann dauert es ja gar nicht mehr so lang, bis du selbst wählen darfst.« Therese zwinkerte ihr zu.

»Ist Paul nach Hause gekommen?«, fragte Lilly.

Therese schüttelte den Kopf. »Ludwig?«

»Auch noch nicht«, antwortete Lilly. »Aber wir wollen zuversichtlich bleiben, Frau Randlkofer, nicht?«

»Natürlich«, sagte Therese.

»Sie sind an der Reihe, Frau Randlkofer«, rief Lilly aufgeregt, als hätte das Riesenrad vor Therese angehalten, und sie hätte es fast übersehen einzusteigen.

»Auf Wiedersehen, ihr zwei Hübschen«, sagte Therese und nahm ihren Wahlzettel entgegen.

Eine Woche darauf durften sie schon wieder wählen, diesmal den Deutschen Reichstag in Berlin. Eisner war in Bayern kläglich gescheitert, wie Therese es nicht anders vermutet hatte. Er war Manns genug, sein Scheitern einzugestehen, und hatte vor, noch im Februar zurückzutreten. Mit der Rücktrittserklärung in der Tasche wurde er am 21. Februar auf dem Weg zum Parlament in der Prannerstraße auf offener Straße erschossen. Und obwohl die Münchner ihn nicht gewählt hatten, hatten sie ihn anscheinend doch gemocht oder zumindest respektiert, denn sein Begräbnis fünf Tage später auf dem Münchner Ostfriedhof wurde zu einer der größten Massenkundgebungen, die die Landeshauptstadt München je gesehen hatte. Sogar Korbinian war mitgelaufen. Er meinte, das gehöre sich so, wenn der erste Ministerpräsident, den der Freistaat Bayern je hatte, ermordet worden war.

Therese versetzte der Gedanke, dass sie es womöglich gar nicht mehr erleben würde, dass Paul nach Hause kam, regelrecht in Panik. Der Kummer fraß sich in ihrem Herzen fest, und sie konnte nichts dagegen tun. Wie ihr schönes Geschäft, so war auch sie nur mehr ein Schatten ihrer selbst.

Am 8. Mai 1919, einem Donnerstag, überschrieb Therese im zweiundsiebzigsten Lebensjahr ihren Besitz an ihre Kinder. In Niekammer's Landwirtschafts-Güter-Adressbuch von Bayern lautete der Eintrag zum Goldachhof für 1919 wie folgt: »Herrschaftliches Gut der Geschwister Randlkofer. Es umfasst 209,4 Hektar, wovon 74 Hektar Acker, 73 Hektar Wiesen, 15 Hektar Weide, 8 Hektar Teiche und 1 Hektar Hofräume und Wege. 10 Pferde, davon 4 Fohlen, 50 Rinder, davon 20 Kälber, 30 Schweine und 2 Maultiere.«

In Absprache mit Hermann und Elsa hatte Therese bestimmt, dass der Besitz zu gleichen Teilen oder Stimmrechten an alle ihre Kinder aufgeteilt wurde: Hermann, Elsa, Paul und ihr Kinder Nummer vier, Balbina.

Um ein Uhr mittags marschierten sie in der Kolonne zum Schiff. Der Kommandant war kurz davor aus seinem Büro gestürzt, hatte die Beine der Männer gezählt, sie durch zwei dividiert, und dann wurden sie in Gruppen zu zwanzig auf den Weg geschickt. Wie fast alle seine Kameraden auf der Île Longue hatte auch Ludwig schon fast nicht mehr daran geglaubt, dass er jemals von hier wegkommen würde.

Der Sommer 1918 war vergangen und ebenso der Herbst. Doch ihre Lage schien hoffnungslos. Dabei war der Krieg seit November aus. Die Gefangenen konnten nicht begreifen, dass sie selbst nach Unterzeichnung des Friedensvertrags von Versailles immer noch nicht freigelassen wurden. Die Unruhen nahmen zu, einige versuchten zu fliehen und wurden wieder eingefangen. Kein Einziger schaffte es durchzukommen. Bis es plötzlich eines Tages im Oktober hieß: Das Lager wird aufgelöst, es geht auf die Heimreise. Am 20. Oktober wurden alle Internierten freigelassen. Punkt ein Uhr mittags war Ludwigs Gruppe an der Reihe und marschierte zum Schiffsanleger.

Die Herbststürme pfiffen über das Meer und peitschten die Ginsterbüsche auf den Feldern. Vor ihnen lag die Bucht mit dem Kriegshafen von Brest und vielen weiteren Inseln und Halbinseln, die alle bewohnt waren. Unter anderen Umständen hätte man hier ein paar Urlaubstage verbringen können, so schön war das Land am Meer. Nach Jahren der Lagerhaft war die Bretagne jedoch für alle Internierten zu einem Ort geworden, den sie nie wieder freiwillig aufsuchen würden. Keiner von ihnen würde je nach Brest zurückkehren.

Auf der Überfahrt mit dem Dampfer flog ein Schwarm großer Seemöwen kreischend über ihnen, und weiter draußen glaubte Ludwig Delfine aus dem Wasser springen und wieder eintauchen zu sehen. Wie alle Männer hatte auch er nur einen Gedanken: Bloß weg von hier. Auf das Festland übersetzen, dann einen Zug Richtung Heimat besteigen und erst dort wieder aussteigen, wo man ihn kannte und erwartete.

In Brest liefen sie vom Hafen bis zum Bahnhof zu Fuß. Mit Gepäck dauerte das eine knappe Stunde. Es waren auch ältere Männer dabei und kranke oder von der Grippe geschwächte. Einmal wollten ein paar bretonische Jugendliche ihnen gegen eine kleine Münze beim Tragen des Gepäcks helfen, aber da rief ein Erwachsener von einer Mauer herunter, dass sie nicht helfen sollten, denn diese Männer seien dreckige *boches*. Also ließen die Kerle das Gepäck stehen und trollten sich. Die Männer halfen sich gegenseitig, so gut sie konnten.

Ganze fünf Jahre und einen Monat seines Lebens hatten sie Ludwig gestohlen. Die Franzosen, die er bewundert hatte, deren Sprache er flüssig zu sprechen gelernt hatte. Das Land, in dem er gelebt und seine Chocolaterie betrieben, in dem er geheiratet und ein Kind gezeugt hatte. Die Grande Nation hatte ihn seiner Freiheit und Würde beraubt für fünf lange

Jahre, in denen er völlig isoliert und zur Untätigkeit verurteilt gewesen war. Draußen war das Leben weitergegangen, während er sich in der engen Welt des Lagers hinter dem Stacheldraht immer nur im Kreis gedreht hatte.

Was erwartete ihn, wenn er wieder nach Hause kam? War es überhaupt noch sein Zuhause? Konnte es das je wieder sein? Juliette hatte zu ihm gehalten, ihm regelmäßig geschrieben, ihm Pakete geschickt, ihn versorgt, so gut sie konnte. Ludwig war ihr dankbar, wie jeder dankbar gewesen wäre, den man nicht vergessen hatte. Antoine war schon fast kein Kind mehr. Juliette schrieb, dass er Ludwig jeden Tag ähnlicher wurde. Dann sah er also jetzt auch aus wie ein *boche*, dachte Ludwig bitter.

In den letzten drei Jahren hatte er auch Post von seinem anderen Zuhause bekommen. Ein ausgetauschter Lagerinsasse, der wegen seiner Grippeerkrankung in die Schweiz gebracht wurde, hatte den Kontakt nach München hergestellt. Seine Mutter schrieb ihm regelmäßig, und ebenso Lilly, die inzwischen mit ihrem Julius zusammen eine Gastwirtschaft am Isartor führte. Sie hatte ihm ausführlich von jenem bemerkenswerten Tag berichtet, an dem sie zum ersten Mal ihre Stimme in einer allgemeinen, freien, gleichen und direkten Wahl abgeben durfte. Für Lilly war es ein Festtag gewesen.

1920

Es mochte um die null Grad haben, kalt, aber nicht zu kalt für einen Februartag. Leichter Schneegriesel lag auf der Straße und stob mit kleinen Böen auf, wirbelte kurz durch die Luft und schwebte wieder zu Boden. Der Himmel war glatt und grau, aber im Süden, hinter München, hatte der Föhn eine blaue Schneise über den Schneekronen der Alpengipfel geöffnet. Paul hätte sie nicht einzeln benennen können, aber er hatte sie so viele Male gesehen, dass sie für ihn vor allem eines bedeuteten: Heimat.

Wie viele Landschaften hatte er in den letzten Jahren gesehen. Hügeliges Land oder flache Ebenen wie in Flandern. Der entscheidende Unterschied war nicht, ob hinter diesem Land, auf dem man sich befand, die See oder die Berge lagen, ob die Menschen flämisch, französisch oder deutsch sprachen. Nicht einmal, ob es Fremde, ob es Heimat war. Der entscheidende Unterschied war, ob der Mensch in dieser Landschaft ein freier Mann war oder ein Gefangener.

Heimat. Es hatte nicht viel gefehlt, und Paul hätte seinen Glauben daran verloren, sie noch einmal wiederzusehen. Aber nicht an diese dunkelsten Stunden in seinem Leben wollte er jetzt denken, hier in der Schotterebene, die ihm so vertraut war. Denn nun träumte er nicht von ihr, sondern er war tatsächlich da und merkte, wie seine Aufregung sich allmählich legte und er immer ruhiger wurde, je näher er dem Hof kam.

Seine Familie wusste, dass er vielleicht heute kommen würde, aber sie erwarteten ihn erst im Laufe des Nachmittags oder gegen Abend. Doch sein Zug war als einer der ersten durchgekommen. Von Metz nach Saarbrücken, und in Mannheim hatten sie dann doch noch den Nachtzug nach München erreicht. Bei der Ankunft war es immer noch stockfinstere Nacht gewesen, aber Paul hatte keine Geduld mehr gehabt, auf den ersten Zug nach Ismaning zu warten, und hielt nach einem Kutscher Ausschau, der ihn im Morgengrauen hinaus nach Ismaning fuhr. Den restlichen Weg zum Hof wollte er zu Fuß gehen. Denn mit einem Mal ging ihm das Ankommen fast zu schnell. Sein Herz kam bei der Eile nicht mit und klopfte hart in seiner Brust.

Pauls Fußabdrücke zogen eine gleichmäßige Spur durch die weiß überzuckerte Mayerbacherstraße. Der Rucksack war ihm leicht, und sein alter Militärmantel schützte ihn gegen die Kälte. Er lief nun direkt auf die Ahornallee seiner Mutter zu. Die Kronen der Bäume waren kahl, aber die Stämme waren in die Höhe geschossen und viel breiter geworden in den fast fünf Jahren seiner Abwesenheit. Dass es so lange dauern und er an einem Datum mit vier Zweien zurückkehren würde, hätte Paul nicht für möglich gehalten, damals, als Raymond ihm sein Leben schenkte und er in Gefangenschaft geriet. Am 22.2.1920 kam er also nach Hause. Dabei war der Krieg schon lange aus. Er und die Kameraden, die mit ihm im Zug gesessen hatten, sie hatten eben Pech gehabt. Oder Glück, wenn er an die Tausenden und Abertausenden dachte, die auf den Feldern in Flandern, an der Marne und der Somme oder vor Verdun geblieben waren.

Ein Fuhrwerk kam ihm entgegen, das die Milchkannen auf den Höfen im Moos einsammelte, um sie nach Ismaning und von dort nach München zu bringen. Der Kutscher tippte sich an seine Mütze, und auch Paul grüßte, wie es auf dem Land üblich war.

War das nun der schönste Tag seines Lebens? Der schönste in den letzten fünf Jahren bestimmt. Als Soldat und dann als Kriegsgefangener hatte Paul mehr ertragen müssen, als er je für möglich hielt. In der ersten Zeit waren sie als deutsche Kriegsgefangene auf den Straßen verhöhnt und bespuckt worden. Der ganze Hass der Bevölkerung und ihr unsägliches Leiden unter dem Krieg in ihrem Land, auf ihren Dörfern und in ihren Städten, war über die Gefangenen hereingebrochen. Und man konnte es den Leuten nicht einmal übel nehmen. Sie suchten einen Schuldigen, und den Kaiser und seine Generäle bekamen sie ja nicht zu fassen. Nur diesen armseligen Haufen entwaffneter und ihrer Würde beraubter Männer. Das änderte sich erst allmählich, als die Gefangenen, auch Paul, wieder zu Menschen werden durften, die einen Namen hatten und eine Geschichte. Als sie auf den Höfen bei der Ernte mithalfen, beim Wiederaufbau von Brücken und Straßen. Paul fiel es leichter als seinen Kameraden, die Franzosen nicht zu hassen für das, was sie ihnen antaten. Denn er hatte es schließlich einem Franzosen zu verdanken, dass er am Leben geblieben war. Daran dachte er, während er Zwangsarbeit leisten, tagelang hungern musste oder Schweinefraß vorgesetzt bekam. Er hatte sich vorgenommen, seine Kompassnadel nach den Guten auszurichten. Nach denen, die ihm genauso zu essen gaben wie allen anderen Arbeitern auf dem Hof. Die seinen Strohsack erneuerten, wenn er nass oder so voller Läuse war, dass er lieber auf der bloßen Erde schlief.

Paul dachte oft an seinen Retter. Er betete, dass Raymond Lelarge aus dem Krieg heimgekehrt war und sie sich irgendwann wieder begegnen würden. Als Freunde.

In der Mitte der Ahornallee blieb Paul stehen, berührte die Rinde eines der Ahornbäume, spürte ihren glatten Stellen wie ihren Schrunden nach, die sich auf der Haut des Baumes in einem ungleichen Rhythmus abwechselten. Wie im richtigen

Leben, dachte er und legte seine Arme um den Stamm. Der Baum ruhte zu dieser Jahreszeit, aber in seinem Inneren glaubte Paul zu spüren, dass er lebte und atmete. Das Geräusch, das dann an sein Ohr drang, stammte jedoch nicht von diesem Baum, sondern von einem Lebewesen. Paul lauschte. Es war ein dünner, kläglicher Hilferuf. Im Graben neben der Allee fand Paul ein vor Kälte zitterndes Kätzchen. Durch das Tigerfell schimmerte rosa seine nackte Haut. Es würde bald erfrieren, wenn seine Mutter nicht zurückkam. Paul nahm es hoch, steckte es in seine Manteltasche und wärmte es mit der Hand. Er spürte seinen raschen Herzschlag. Jetzt waren sie schon zu zweit.

Paul hatte die kleine Brücke erreicht. Die Kapelle mit dem Zwiebelturm war verschlossen. Über dem Eingang zum Hof hing eine Girlande aus Tannenzweigen und ein Schild. »Hurra, hurra, der Paul ist wieder da!« stand da, und außen herum waren Brezen, Würste, ein Bierkrug, eine weiße Taube und zwei Gänse gemalt. Das hatte Hans Metzger sich ausgedacht, der alte Freund, der jetzt Invalide war. Aber Gott sei Dank malte er wieder.

Kein Mensch war draußen auf dem Hof, sogar das Flugloch der Tauben in ihrem Turm war unbesetzt. Was musste er auch mitten im Februar zurückkommen, wenn alles drinnen in der warmen Stube saß. Eine Magd kam mit einer Futterschüssel für die Hühner aus dem Haus. »Jessas, Maria und Josef«, rief sie, als sie Paul sah, und bekreuzigte sich. Dann machte sie kehrt und lief zurück ins Haus. Paul blieb einfach stehen und wartete.

Der nächste Kopf, der an der Tür auftauchte, war der mit den roten Haaren, nach denen er sich seit fünf Jahren jeden Tag und jede Nacht sehnte. In Hausschuhen rannte sie auf ihn zu, schlitterte und rutschte auf dem Schneegriesel aus, und Paul sprang ihr entgegen und fing sie auf, wirbelte sie einmal im Kreis, dass ihre Pantoffeln flogen.

»Warum hast du denn nicht angerufen? Wir hätten dich doch geholt«, sagte sie, während ihr die Tränen übers Gesicht liefen.

»Scht, scht«, sagte Paul und küsste ihren Mund, ihre Augen, roch an ihrem Haar, griff in diese dicken roten Locken, die er mehr vermisst hatte als alles andere. Seine Sehnsucht fand gar kein Ende. An der Tür stand jetzt seine Mutter und streckte ihre großen Hände nach ihm aus. Wie dünn sie geworden war.

»Jetzt geht das Leben doch weiter«, sagte sie, als Paul Lotte absetzte und sie in den Arm nahm.

»Jetzt ist die kleine Greta gar nicht da«, sagte Lotte und schniefte.

»Wo ist sie denn?«

»Mit Sonia beim Ausreiten.«

»Sie reitet? Mit vier Jahren?«

»Auf einem von den Haflingern. Sonia führt ihn an der Leine. Aber Greta hat so eine Freude mit den Pferden.« Sie wischte sich wieder eine Träne fort. »Und wo ist Gregor? War er nicht bei dir, Mutter?«

»Der Grexi hat sich versteckt«, sagte Therese. »Er hat ein bisschen Angst.«

»Angst?«, fragte Paul. »Vor mir?«

»Es ist wegen den Königs von einem der Nachbarhöfe«, sagte Lotte. »Seit der Vater vom Krieg zurück ist, gibt es jeden Tag Ärger und Streit in der Familie. Der Herr König säuft, und dann fängt er an zu prügeln.«

»Wo ist er denn jetzt hin?«, fragte Paul.

Therese sah zum Pferdestall hinüber. »Ich hab ihn da reinlaufen sehen.«

Paul nahm seinen Rucksack ab. »Stellt schon mal das Kaffeewasser auf«, sagte er, »ich bin gleich da, und Gregor bringe ich mit.«

Paul öffnete die Stalltür und schloss sie leise hinter sich. Eine hübsche braune Stute stand da, die er noch nicht kannte. Er näherte sich ihrer Box, strich ihr über die Stirn mit der sichelförmigen Blesse und sah sich dabei unauffällig im Stall um. Dann setzte er sich auf einen Strohballen, holte das Kätzchen aus der Tasche und legte es sich in den Schoß. Es fing sofort an zu schnurren und leise zu miauen.

»Armes Kätzchen«, sagte Paul, »du hast bestimmt Hunger, was? Wo ist denn bloß deine Mutter?« Weiter hinten im Stall, wo das Heu lag, raschelte es. »Ich sehe heute meinen Sohn Gregor zum ersten Mal wieder«, sprach Paul weiter mit dem Kätzchen, »nach ganz langer Zeit. Aber der Gregor hat sich vor mir versteckt, weil er ein bisschen Angst vor mir hat. Er kann sich wahrscheinlich gar nicht mehr an mich erinnern. Dabei hätte ich ihn so gern gesehen und mit ihm geredet. Aber das geht jetzt eben nicht.«

Es knackte noch einmal, und dann tauchte der Kopf des Jungen hinter einem Strohbund auf. Er sah zuerst auf das Kätzchen und dann zu Paul. Beim scheuen Blick seines Sohnes überschwemmte Paul eine Welle von Zuneigung. Was für ein hübsches Kind aus ihm geworden war, mit seinem rotblonden Schopf, den grünlichen Augen und den vielen Sommersprossen auf der Nase.

»Bist du mein Vater?«, fragte Gregor, der jetzt schon fast sechs Jahre alt war.

Paul nickte. »Ja, der bin ich.« Er streckte ihm die Hand entgegen, und Gregor kam zögernd näher. Paul legte den Arm um ihn. »Geht es dir gut, Gregor? Hast du es schön hier auf dem Hof?«

»Bei Oma in der Stadt auch«, sagte Gregor. »Im Laden hat sie noch nicht so viele gute Sachen, aber in ihrer Speisekammer gibt es immer etwas Süßes.«

»Für dich?«, fragte Paul.

Gregor nickte.

»Meinst du, ich kriege auch mal was davon?«

»Du?« Gregor überlegte.

»Ja, ich. Ich bin doch der Sohn von Oma Therese.«

»Hm«, machte Gregor. »Wir können sie ja mal fragen.«

»Gut, aber jetzt brauchen wir Milch, sonst muss das Kätzchen noch länger hungern. Gehen wir?« Paul streckte die Hand aus, und Gregor legte seine kleine Hand hinein.

Quellenverweise

Elisabeth Angermair, Andreas Heusler, Machtwechsel. München zwischen Oktober 1918 und Juni 1919, München 2020, Volk Verlag.

Lena Christ, Erinnerungen einer Überflüssigen (Original: München 1912).

Lena Christ, Die Rumplhanni (Original: München 1916).

Oskar Maria Graf, Wir sind Gefangene. Ein Bekenntnis aus diesem Jahrzehnt (Original: München 1927).

Rudolf Hartbrunner, Münchner Zeitensprünge auf www.hartbrunner.de

Hermann Heimpel, Die halbe Violine. Eine Jugend in der Residenzstadt München. Koehler, Stuttgart 1949.

Josef Hofmiller, Revolutionstagebuch 1918/19 (Original: München 1934).

Victor Klemperer, Man möchte immer weinen und lachen in einem, Revolutionstagebuch 1919, Berlin 2016.

Cornelia Naumann, Der Abend kommt so schnell. Sonja Lerch – Münchens vergessene Revolutionärin, Meßkirch 2018.

Cornelia Oelwein, Zwischen Goldach und Seebach. Die Geschichte des Goldachhofs und der Mooskultivierung in Ismaning, Ismaning 2013, Franz Schiermeier Verlag.

Beatrix Ost, Als wär's ein Teil von mir. Eine Kindheit zwischen Krieg und Frieden, Augsburg 2004, Weltbild Verlag.

Erich Maria Remarque, Im Westen nichts Neues, Köln 2013 (Original: Berlin 1929).

Erich Maria Remarque, Der Weg zurück, Köln 2014 (Original: Berlin 1931).

Ernst Toller, Eine Jugend in Deutschland, Autobiographie (Original: Amsterdam 1933).

Hermann Wilhelm, München im Ersten Weltkrieg. Ja, Kinder, es ist Krieg ...!, München Verlag 2013.

Bericht des Kriegsgefangenen Eugen Lenz über seinen Aufenthalt im Lager Île Longue (www.ilelongue14-18.eu).

Fünf Jahre hinter Stacheldraht. Bericht des Zivil-Internierten Hellmut Felle (www.ilelongue14-18.eu).